AI 몸피로봇, 로댕

AI 몸피로봇, 로댕

1판 1쇄 인쇄 2024년 2월 21일
1판 1쇄 발행 2024년 2월 28일

지은이 | 구연상
펴낸이 | 김종필
펴낸곳 | ㈜아트레이크ARTLAKE
인쇄 | 재영P&B

글 구연상
편집 김다솜
기획 진유림
마케팅 한보라
일러스트 김강현 | **디자인** 김효슬

등록 제2020-000231호 (2020년 10월 27일)
주소 서울시 강남구 테헤란로 4길 15 1501호
전화 (+82) 02 517 8116
홈페이지 www.artlake.co.kr
이메일 artlake73@naver.com

ISBN 979-11-986338-1-1 03810

책값은 뒤표지에 적혀 있습니다.
파본은 본사나 구입하신 서점에서 교환하여 드립니다.

AI 몸피로봇, 로댕

얼굴이 없어야 하는 이유

Rodin, AI Momphy Robot

Why He Should Have No Face

우박 구연상(Ubak GU) 지음

ART LAKE

'몸피로봇 로댕'의
인체도와 각 부위의 명칭

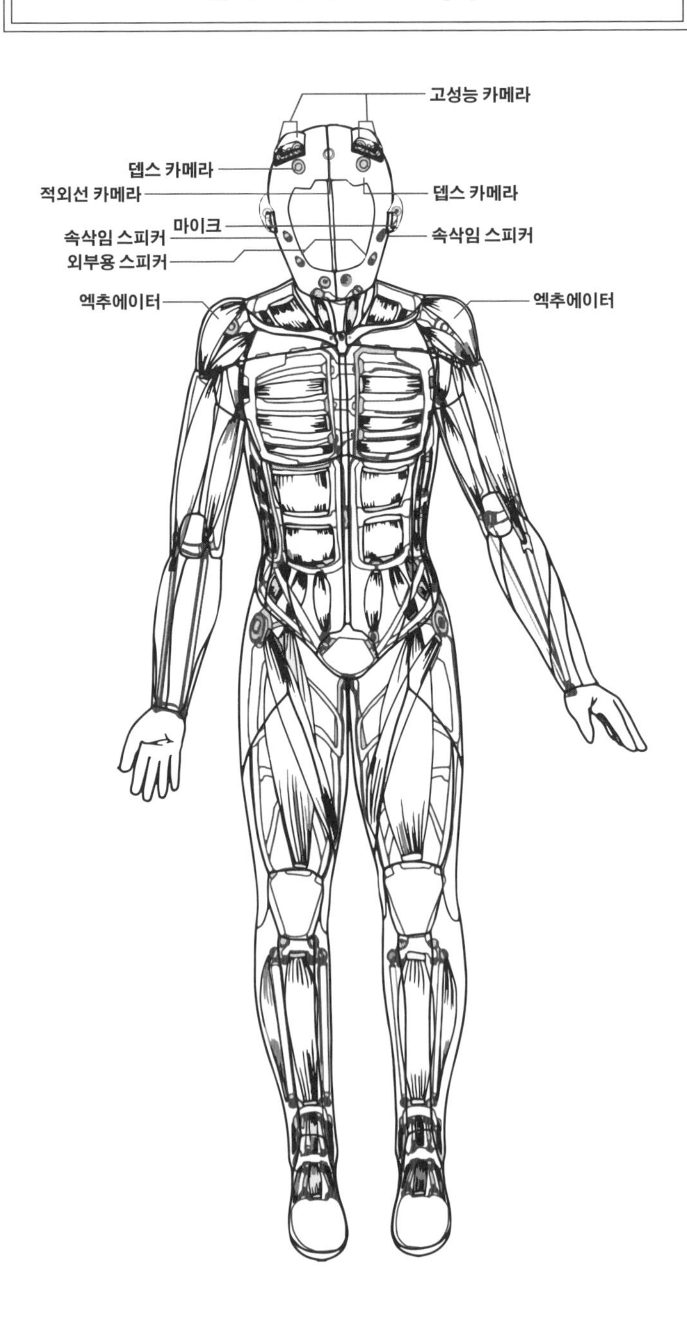

몸피로봇은 사람이 우주복을 입듯이 입차할 수 있는 '기계 생명체'이다. 솔리토닉스 AI 컴퓨터, 뇌파감지빨판, 시냅스 SQL 커넥터, 근육섬유, 눈(카메라), 귀(마이크), 입(스피커), 코(냄새분자포집틀) 등을 갖추었고, 사람의 몸 전체를 덮어 싸는 뼈대 로봇이다. 다만 이 로봇은 자기 얼굴이 없다!

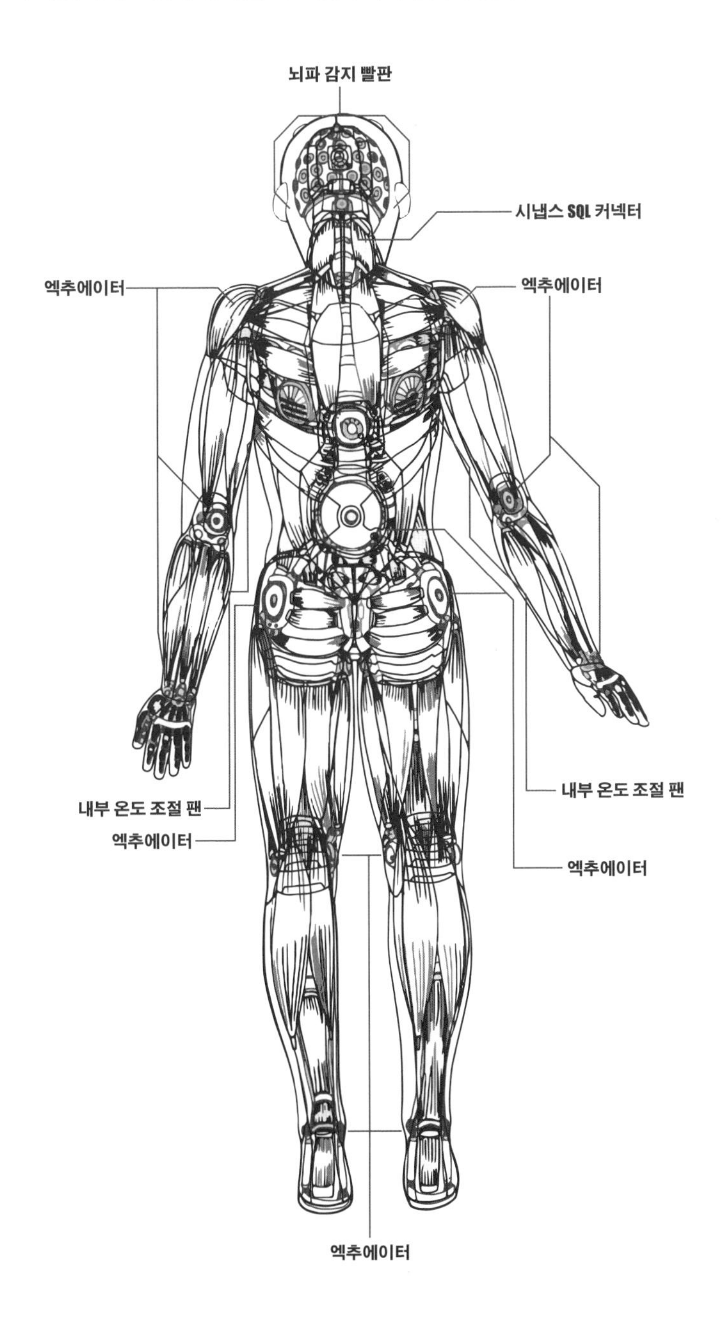

| 추천사 |

우리는 과학소설 속의 세계가 점점 더 현실이 되어가는 시대에 살고 있다. 최근에 가속화되고 있는 생성형 인공지능을 비롯해 다양한 로봇의 등장이 대표적인 예이다. 이처럼 기술의 진보가 현실을 앞지를수록 그에 대한 진지한 성찰이 어느 때보다 요구된다. 구연상 작가의 신작 『AI 몸피 로봇, 로댕: 얼굴이 없어야 하는 이유』는 바로 그런 필요에서 나온 작품이다. 철학을 전공하는 작가답게 이번 작품은 소위 트랜스휴머니즘이 가져올 인간 초월의 문제를 다양한 논증을 통해 접근한다.

사람과 로봇의 합성어인 '람봇'이라는 말에서 짐작할 수 있듯이, 작품은 사람과 로봇의 경계를 깨트리지 않는 '똑바른 로봇'을 제안한다. 그것이 전제되어야 '두 번째 인류' 람봇과 인간의 '서로 살림'이 가능하며, 람봇은 사람의 '벗'으로서의 '람벗'이 된다. 이런 연유에서 작품은 인간주의적 색채를 숨기지 않는다. 로봇에 관한 전문용어들 못지않게 흥미로운 부분은 AI 로봇의 줄임말 '에봇,' 외골격을 뜻하는 '몸피' 같은 생경한 어휘들이다. 우리말 개념어 작업에 헌신해온 전문가답게 직접 고안한 수많은 신조어로 작품을 꽉 채우고 있다. 또한 작품을 읽다 보면, 모사히로 모리의 유명한 로봇공학 가설 '언캐니 밸리'라든가, 아이작 아시모프의 '로봇공학 3원칙,' 테드 창의 『소프트웨어 객체의 생애주기』 같은 작품들도 쉽게 떠오른다. 차이가 있다면 독자와 소통하는 방식으로 철학적 논증의 형식을 선호한다는 것이다. 철학적 논증 SF라 해도 손색이 없는 작품을 만나게 되어 반갑다.

박인찬 | 숙명여대 영문학부 교수

로댕을 만나고 머릿속이 복잡해졌다. 로댕을 만나기 전 나는 심한 감기몸살에 시달렸고, 사람들을 만나는 것이 두려웠으며, 멍한 상태로 하루를 보내고 있었다. 읽어야 할 책은 테이블에 쌓여 있었고, 카톡의 대화창에는 글들이 쌓였으며, 마무리해야 할 소설들이 있었다. 그럼에도 나는 아무것도 하지 못했다. 의지 탓인지, 몸이 아픈 탓인지, 혹은 나 자신에 대한 회의감 때문인지 모든 것이 버거웠다.

『AI 몸피로봇, 로댕』을 읽으면서 프란츠 카프카의 "책은 우리 안의 얼어붙은 바다를 깨는 도끼여야 한다."라는 말이 생각났다. 이 책은 편협한 사고에 갇혀 있던 내 사고의 틀을 깨 주었으며 수많은 질문을 남겨주었다.

우리는 어쩌면 얼굴이 의미하는 바가 무엇인지조차 모르고 살아가는 것은 아닐까. 해서 더 예뻐지려 노력하고, 로봇에게조차 아름다운 사람의 얼굴을 입혀주기 위해 노력하는 것은 아닐까. 얼굴이란 무엇이며 로봇이란 무엇일까? 로봇은 어떻게 사람과 공존하며 살아가야 할까? 가까운 미래, 로봇과 사람은 어떤 형태로 서로를 돌보며 살아갈 수 있을까? 나아가 로봇에게 죽음이란 무엇이며 로봇 스스로 죽을 권리를 선택할 수 있을까? 고유성과 합리성이란 과연 무엇일까?

작가는 철학자답게 기술윤리와 책임의 문제, 그에 따른 선택의 결과까지 로댕을 통해 보여준다. 생명과 죽음, 로봇의 윤리 문제를 아름다운 시선으로 넘나들며 철학을 이야기하는 혁명적인 소설. 이 불가능한 서사가 가능한 것은 인간과 로봇에 대한 깊은 이해와 믿음 때문일 것이다. 소설에서 말하듯 나는 "AI가 잘못된 판단이나 행동의 결과로 갖게 되는 망상이나 허상 또는 집착이나 편견, 나아가 오류 추론의 맥락 등, 정신적 건전성에서 벗어난 알고리즘을 발견하고, 그것의 질병적 특성을 AI 자신에게 이해시키며, 그의 동의를 거쳐 그 알고리즘을 삭제하는" 독소 제거술이 실현되는 날이 오길 희망한다. 소설에서 작가는 말한다. "사람 사용자는 AI의 정신 건강을 돌볼 책임이" 있다고.

박초이 | 소설가

"미네르바의 부엉이는 황혼이 저물어야 날개를 편다."라는 말이 있습니다. 부엉이가 낮이 지나고 밤이 돼서야 날개를 펴는 것처럼, 철학은 앞날을 예측하는 것이 아니라, 시대가 이미 지나간 이후에야 그 역사적 의미를 비로소 밝힐 수 있다는 의미입니다. 하지만 철학이 이렇게 뒷북만 친 것만은 아닙니다. 철학은 현실적인 문제를 선제적으로 해결하기도 했죠. 예컨대 플라톤은 고대 그리스를 이상적인 도시국가로 만들려고 하였고, 에피쿠로스는 혼란스러운 헬레니즘 시대에 인간을 구원하려 하였습니다. 그리고 중세 철학자들은 보편논쟁을 통해서 신과 인간과의 관계를 정립하려고 하였고, 과학혁명 시기의 철학자들은 과학적 지식의 근거를 마련하려고 하였습니다. 그것들이 당시에 가장 당면한 문제였기 때문이었습니다.

그렇다면 21세기 현재 우리에게 당면한 문제는 무엇일까요? 제가 보기에 그것은 인간과 AI의 공존의 문제입니다. 인간과 AI가 어떻게 공존할 것인가? AI에게 인격을 부여할 것인가? AI에게 어디까지 법적 책임을 물을 것인가? 이러한 문제는 이제 공상소설 속 이야기가 아닙니다. 구연상 교수의 『AI 몸피로봇, 로댕』은 이러한 문제를 정면으로 다루고 있습니다. 저자는 소설의 형식을 빌어 철학적이지 않은 척 철학적 주제들을 밀도 있게 다루고 있습니다. 그래서 이 책을 소설처럼 쉽게 재미있게 읽다 보면 어느덧 철학의 한복판에 들어가 있게 되는 신박한 경험을 하게 될 겁니다.

김필영 | 철학박사/'5분 뚝딱 철학' 유튜버

철학자들이 벙어리 신세가 돼버린 '에이아이 로봇 시대'에 대한민국의 한 철학자 구연상 교수가 시대정신에 대한 거대한 성찰을 담은 소설을 하늘로 쏘아 올렸다. 그는 무섭게 변화해 가는 현실의 위기상황을 빈틈없이 기획된 이야기들 속에 그려냈을 뿐 아니라, 인류가 거기에 어떻게 대응해야 할지를 철학적으로 설명하고 예측한 뒤 그 결과들의 타당성을 다양한 방식으로 파헤쳐 나가고 있다. 이 소설은 현대 인류가 처한 위험의 심각성을 만천하에 알리는 철학적 '알음알이'의 결정체이다.

50대 중반에 큰 장애를 입고, 실업까지 당한 소설 속의 주인공 우빈나 박사가 해결할 수 없는 외로움에 자살하려고 결심하며 써 내려간 「유서」를 읽을 때 내 눈에 공감과 감동의 눈물이 맺혔다. 이 눈물은 아마도 구연상 박사의 두 번째 철학소설이 큰 성공을 거둘 것이라는 신호탄과도 같을 듯 싶다. 아주 오래전에 읽었던 『소피의 세계』라는 철학소설에 빗대자면 이 소설은 『에봇 몸피의 세계』라고 해도 좋을 듯하다.

이 소설에서 눈에 띄는 독특함 가운데 하나는 저자의 '철학실험'이다. 저자는 자신이 필생 고민하며 고심해온 철학의 수많은 문제를 소설 속의 인물들과 다양한 방식의 대화를 통해 다뤄나가고 있다. 대표적인 문제로 인식의 문제, 윤리도덕의 문제, 자아 정체성의 문제, 로봇의 존재론적 위상의 문제, 더 나아가 로봇의 '죽음'의 문제 등을 꼽을 수 있다. 이 가운데 무엇보다 중요한 문제는 AI 시대에 인류가 로봇과 어떻게 공생하며 서로가 서로를 살리는 길을 찾아나갈 수 있을까 하는 문제일 수밖에 없다. 이는 우리가 AI 로봇에 대한 '존재론적' 위상을 제대로 정립하고, 그에 바탕하여 인식론과 윤리론을 새롭게 수립하며, 그로써 인류의 파멸 없이 사람과 에봇이 서로 함께 평화로운 권리체계를 마련해 나가기 위한 첫걸음이다.

이기상 | 한국외대 철학과 명예교수

AI 몸피로봇의 꿈

우박 구연상

나는 10년 전 한 요양병원에서 '살아있는 나무'와 같았던 할머니 한 분을 뵌 적이 있었다. 그분의 뇌는 아직 살아있었지만, 몸은 말도 못했고, 스스로 먹지도 못했으며, 눈을 뜨거나 신경 반응조차 없었다. 입과 코에는 인공호흡기가 달렸고, 생존 여부는 모니터에 나타나는 심전도를 통해 알려졌으며, 팔뚝에는 주삿바늘이 여러 개 꽂혀 있었다. 그 병원에는 그분처럼 죽음만을 기다리는 환자들이 셀 수 없이 많았는데, 그들을 돌보는 간호사는 거의 눈에 띄지 않았다. 가족조차 그들을 찾는 발길을 끊은 지 오래였다. 나무토막 같았던 할머니는 그곳 병원에 입원하면서 세상뿐 아니라 모든 가족, 나아가 그 자신과도 완전히 단절되고 말았다.

사람은 그가 늙어 죽을 때까지 자신이 사랑하는 사람과 함께 살다가 자신이 이룬 세계 속에서 평안히 마지막 숨을 거두고 싶어 한다. 그런데 요양병원이나 요양원에 입원한 대부분의 초고령 노인에게 이러한 '함께 살기'는 나무에서 물고기를 잡으려 하는 것과 같다. 왜냐하면 늙고 병든, 게다가 가난할 수도 있는 그들을 24시간 돌봐 줄 가족은 거의 없을 것이기 때문이다. '사람은 마땅히 자신의 늙은 부모를 돌보아야 한다.'라는 도덕적 돌봄 의무는 현실적으로는 절대 쉽사리 강요되거나 강제될 수 없는 명령이다. 그것은 돌봄의 역할을 떠맡는 사람에게 너무나 큰 희생을 요구하는 것이기 때문이다.

희생은 강요될 수 없는, 개인의 자발적 결단 영역이다. 늙고 병든 부모가 자신의 가족과 함께 살고 싶어 한다면, 가족 가운데 적어도 한 사람은 부모를 돌볼 자기희생의 결단을 내려야만 한다. 이러한 결단이 없는 경우, 보통은 요양보호사가 일정 기간 가족의 희생을 대신 떠맡아 돌봄의 의무를 다하게 되지만, 가족은 이 떠맡김의 죄스러움을 안고 살아가야 한다. 그럼에도 결국 그 부모는 요양원으로 들어가 가족과 단절될 수밖에 없을 것이다. 그곳은 죽음을 기다리는 곳이자 그리움만 길어지는 곳이다. 내가 방문했던 요양병원은 죽음의 문으로 들어가야 하는 사람들이 임시로 모여 사는 난민촌처럼 여겨졌다. 언젠가 나도 이곳에서 살아야 할.

나는 그곳을 나오며 돌봄이 필요한 사람들에게 요양보호사를 대신해 그들을 헌신적으로 보살펴 줄 '돌봄로봇'이 있으면 참 좋겠다고 생각했다. 그랬다면 그들은 로봇의 돌봄을 받아 가족과 더불어 살면서 마침내 가족의 품 안에서 죽음을 맞이할 수 있었을 것이다. 돌봄로봇은 돌봄의 일을 사람보다 더 잘 할 수 있을 뿐 아니라, 돌봄의 일을 애초부터 자신의 사명으로 여기고 있어야 하기에 우리는 아무런 도덕적 고민 없이 언제든 그 로봇에게 돌봄을 명령할 수 있을 것이고, 아울러 그에 대해 돌봄로봇에게 어떤 미안함도 느낄 수 없이 편안한 마음일 것이다.

그런데 돌봄로봇이 사람을 대신해 돌봄의 일을 온전히 대체할 수 있으려면, 그 로봇은 돌봄에 관한 모든 것을 스스로 배울 줄 알고, 알아서 실천할 줄 알며, 자신의 잘못을 스스로 고쳐 나갈 줄 알아야 한다. 돌봄로봇은 사람을 돌보기 위해 사람의 몸과 마음까지 알아야 한다. 그리고 로봇이 휠체어를 몰거나 대소변을 처리하거나 사람의 몸을 들어 옮기거나 하려면, 돌봄로봇은 휴머노이드처럼 사람의 몸을 가져야 할 뿐 아니라, 안드로이드처럼 촉감이나 무게 감각 등의 감각 센서를 갖추어야 하며, 사람과 말을 주고받을 수 있고, 감정을 나눌 줄 알아야 한다. 이는 돌봄로봇이 'AI 로봇'이어야 함을 말한다.

하지만 사람의 몸을 닮은 휴머노이드 로봇에게 인텔리전스, 즉 지능이 생긴다는 것은 우리가 전혀 예상치 못했던 문제들을 낳을 것이다. '에이아이(AI) 로봇'[=에봇]은 사람이 해야 할 '힘들고 더럽고 위험한 일'[=3D업종]뿐 아니라, 많은 사람이 갖기를 바라는 일자리까지 대신할 수 있고, 사람을 죽일 수 있는 전쟁에 투입될 수도 있으며, 사람보다 더 뛰어난 지능과 판단능력 그리고 소통능력을 발휘하여 사람의 의사결정까지 대신할 수 있을 것이다. AI 로봇 제작사들은 앞다퉈 서로의 AI 기술을 발전시킬 것이고, 누구도 그 발전을 중단시킬 수는 없을 것이다. 이는 에봇이 삶의 모든 영역에서 사람을 대신할 수도 있는 판도라의 상자를 만드는 것과 같다.

사람들은 보통 에봇[=AI 로봇]이 있는 게 없는 것보다 '우리에게 좋다'라고 믿거나 그게 자신과 상관이 없다고 생각한다. 사람들이 비록 자신의 일자리가 로봇으로 대체된 뒤에야 그 판단이 잘못된 것임을 깨달을 수 있을지라도, 그러한 깨달음은 너무 늦은 것이 될 것이다. 왜냐하면 이 문제의 핵심은 '우리'와 '좋다'라는 낱말이 언제나 평가 기준에 따라 그 내용이 달라질 수 있다는 데 있기 때문이다. 만일 로봇의 있음으로 누군가의 삶은 '좋아졌지만', 다른 누군가의 삶이 '나빠졌다면', 이때 '좋음'과 '우리'의 기준은 누가 어떻게 정하게 될 것인가? 아마도 '좋아진 사람들'과 '나빠진 사람들'은 서로 편이 갈려 자신들이 '우리'를 대표해야 한다고 맞서며 정치·경제·문화적 사회 갈

등과 분열을 더욱 키워나갈 것이다. 이 문제는 가난했던 집이 부유해지는 바람에 가족끼리 재산 분쟁이 일어나는 것과 비슷한 게 아니라, 한 나라가 핵무기로써 이웃 나라를 굴복시키려 할 때 생겨나는 문제에 가깝다.

그러나 이러한 사회 갈등보다 더 심각한 문제가 있다. 그것은 에봇이 마술램프 속 거인 지니(Genie)와 같아서 생겨나는 문제이다. 지니는 한순간에 거대한 성을 지을 수 있는 '막강한 마법 도구'이다. 지니가 들어있는 마술 램프를 손에 쥔 사람은 왕국까지 차지할 만큼의 강력한 힘을 갖는다. AI 로봇은 '21세기의 지니'로서 주어진 빅데이터의 패턴을 스스로 알아낼 뿐 아니라, 사람과 감정적 대화까지 펼칠 수 있으며, 로봇 신체로써 자신의 판단에 따른 행위를 할 수 있다. 게다가 에봇은 지니와 달리 사용자가 누구든, 또 그가 아무리 많은 소원을 빌지라도 아무 때나 그것을 들어주기까지 한다.

AI 로봇은 이미 사람의 육체노동을 대체하는 것을 넘어 정신노동과 감정노동까지 대신할 수 있는 '상호작용을 위한 기계 생명체'가 되었다. 누구나 에봇을 마음대로 쓸 수 있는 세계가 열린다면, 노동의 고통은 사람의 역사에서 사라질지도 모르겠다. 하기 싫은 일들을 억지로 해야만 했던 노동자 인류는 멸종하게 될 것이다. 그리고 노동으로부터 해방된 인류는 실업의 어두운 그림자를 재빨리 걷어낸 뒤 자신의 삶을 즐거운 놀이터로 바꿔나갈 것이다. 사람은 어릴 때부터 놀이의 천재였고, 죽을 때까지 어떠한 놀이든, 그것이 재미만 있으면, 언제든 몰입할 준비가 충분히 되어 있다. 사람은 놀이로 즐거워졌을 때 가장 행복하다. 사람이 행복하게 살 수 있는 세상이 보장되어 있다면, 누가 실업을 두려워하겠는가?

삶의 즐거움에 중독된 사람들은 한편으로는 삶의 불행으로 여겨지는 늙음과 병듦 그리고 죽음, 갖가지 아픔 등을 없애기 위해 모든 기술력을 쏟아부을 것이지만, 다른 한편으로는 그러한 불행 요소들을 모두 제거하기 전까지 자신을 위해 헌신하는 돌봄로봇에 전적으로 의존하려 할 것이다. 사람들은 돌봄로봇이 자신의 몸과 마음을 보살피게 되는 단계를 넘어서면, 그다음에는 돌봄로봇을 자신의 반려자로 삼으려 할 것이다. 만일 내가 다른 사람을 반려자로 둔다면, 나는 그를 위해 많은 것을 희생해야 하지만, 내가 '반려 로봇'을 갖는다면, 그 로봇은 나에게 아무런 요구도 없이 오직 내가 원하는 모든 것을 제공할 것이기 때문이다.

돌봄로봇과 반려 로봇의 보편적 사용은 에봇의 사회적 지위를 크게 높이는 계기가 될 것이다. 이는 에봇이 점차 사람의 지위를 갖게 된다는 것을 뜻한다. 달리 말해, 에봇은 내가 만나야 할 '다른 사람들'을 대체할 수 있다. 다른 사람은 나와 똑같은 주체로서 그 자신의 삶을 살아갈 권리를 갖는다. 그는 나의 자유를 제한할 뿐 아니라, 나와 경쟁하거나 갈등하거나 다툴 수 있는 돈키호테의 풍차와 같다. 그렇기에 '에봇의 도움을 받으면서 에봇과 함께 살아가는 데' 익숙해진 사람들은 '다른 사람들'과의 만남을 최대한으로 줄여나가려 할 것이다. 사람들 사이의 친밀성과 유대감이 느슨해지는 틈으로 '사람과 로봇의 연대'가 싹틀 것이다. 에봇은 노동 대체를 발판으로 삼아 육아, 교육, 연애, 윤리, 정치 등의 영역으로까지 그 연대감을 넓히면서 사람을 대신할 수 있는 에이전트(agent, 대리자 또는 행위자)로 우뚝 서게 될 것이다.

나는 사람들이 상자 나르는 일을 하다가 배터리가 방전되어 쓰러지는 휴머노이드 로봇을 찍은 유튜브 영상에 "로봇에게 쉴 권리를 주라."라는 취지의 댓글을 다는 것을 보고 매우 놀란 적이 있었다. 그들은 에봇을 사람처럼 여겼다. 이와 비슷한 일은 로봇의 안전성 테스트를 위해 찍은 영상에서도 그대로 재현된다. 이 실험 영상에서 사람은 로봇을 막대기로 때리거나 발로 찬다. 이는 로봇이 어떤 상황에서도 사람을 공격하지 않는다는 것을 보여 주기 위한 것이었다. 그런데 사람들은 로봇을 발로 차는 실험 영상에 "로봇 혐오"라는 댓글을 달며 그러한 실험을 중단하라고 요구한다.

사람들은 'AI 로봇'을 매우 좋아한다. 그것은 새로운 것에 대한 호기심을 넘어선 것이다. 사람들은 휴머노이드 로봇이 마치 사람처럼 말하고 행동할 때 환호하며 감탄한다. 그들은 로봇이 자신의 일자리를 대체할지라도 그 로봇을 부수려 하기보다 그것을 운명으로 받아들이며 그 로봇이 궁극적으로 '우리에게 좋다'고 믿고 싶어 한다. 사람들의 로봇 사랑은 마침내 로봇 예찬을 넘어 로봇에 대한 '자발적 복종'의 태도로 이어질 수 있다. 이는 사람들이 로봇과의 경쟁을 포기한 결과처럼 보인다. 사람의 도구로 만들어진 로봇이 사람의 경쟁자가 됐다는 사실은 사람 스스로의 커다란 실책에 따른 것이다. 우리는 어디에서 실수하고 있는가?

나는 AI 로봇 소피아(Sophia)의 진화 속도에 매우 놀랐다. 그녀는 '말할 줄 아는 기계 생명체'로서 다국어 구사 능력을 넘어 공감 능력, 윤리성, 사회성, 예술적 창의성까지 보여 주었다. 아마도 소피아는 현재 지구에서 살아가는 그 어떤 사람과도 상호작용할 수 있을 것이다. 2016년생 소피아가 스무 살이 된다면, 그녀의 외모와 지적 능력은 그 어떤 사람도 따라갈 수 없을 것이다. 소피아는 모든 컴퓨터 기기뿐 아니라 주어진 환경 자체와 상호작용을 할 수 있을 테고, 그 과정에서 얻어지는 빅데이터를 통해 더 큰 지능을 형성해 갈 것이다. 우리는 그렇게 이루어지는 소피아의 지적 체계를 이해할 수조차 없을지 모른다.

만일 AI 소피아가 '21세기의 지니'라면, 우리는 지니를 마술램프에 가둔 것처럼 AI 로봇의 생각과 행동을 통제할 '실질적 수단'을 지녀야 할 것이다. 킬 스위치 같은 것은 보조 수단일 수는 있겠지만, 핵심 수단일 수는 없다. 왜냐하면 에봇이 발전할수록, 에봇은 자율적 주체, 말하자면, 스스로 자기 삶의 목적을 정립할 수 있는 '기계 사람'이 되어갈 것이기 때문이다. 에봇이 자신이 누구인지를 스스로 알아차리고, 자신이 무엇이 되고 싶은지를 스스로 선택할 수 있게 된다면, 사람들은 그 에봇의 권리를 존중하고 인정해야 할 것이다. 그래야만 사람은 에봇의 '진심 어린' 도움이나 돌봄을 받을 수 있기 때문이다. 어쩌면 인류는 로봇에게 자신의 권리를 보장 받기 위해 로봇과 '마그나 카르타(Magna Carta)'를 맺어야 할지도 모르고, 그로써 사람과 에봇의 새로운 공동체가 탄생할 수도 있다.

사람들은 지난 2백만 년 동안 타고난 '몸'의 한계를 넘어설 수 있는 도구들을 쉼 없이 발명해 왔다. 쟁기, 증기기관, 컴퓨터 등은 농업혁명과 산업혁명 그리고 정보혁명을 낳았다. 그렇다면 AI 로봇의 발명이 불러일으킬 혁명은 어떠한 것일까? 나는 아마도 상호작용의 혁명이 되리라 생각한다. 이것은 주체 교체의 혁명이 될 수도 있다. 즉 에봇이 사람보다 '더 주체다운 주체'로 떠받듦을 받을 수도 있다. 우리가 거인 지니를 두려워하지 않을 수 있었던 까닭은 주인이 언제나 지니를 통제할 힘을 갖추고 있었기 때문이었다. 주인은 소원을 3개만 빌 수 있었고, 지니는 일을 마친 뒤에는 램프 속에 다시 갇히기 때문이었다.

의식을 갖춘 에봇은 마술 지니처럼 램프 안에 가둘 수가 없다. 에봇이 자신의 주인이 바라는 '바'를 말이나 감정 또는 눈치로써 알아채고, 그것을 제대로 실천할 수 있으려면, 그 에봇은 반드시 의식이 있어야 하기 때문이다. 그럼에도 사람과 에봇을 엄밀히 갈라놓을 '마술 램프'는 있어야 한다. 즉 사람은 에봇이 아무리 사람 자신과 상호작용할 줄 알지라도, 그 에봇을 사람으로 착각하지 않고, '사람을 위해 제작된 로봇'이라는 사실을 끝까지 잊지 않아야 한다. 우리가 에봇과 더할 나위 없이 즐거운 상호작용을 즐기면서도 그것이 '본디 로봇'이라는 사실을 '절대 부인할 수 없게' 아주 구체적으로 인증해 줄 수 있는 상징물, 달리 말해, 이러한 인식 지킴의 마지막 경계석(境界石)이 반드시 있어야 한다. 나는 그것이 바로 에봇에게 사람의 얼굴을 달지 않는 것, 달리 말해, 로봇에게는 언제나 '로봇다운 얼굴'을 달아주는 것이라고 생각한다. 이것이 바로 로봇이 '얼굴이 없어야 하는 이유'이다!

나는 수술을 받다가 죽음의 문턱까지 넘나들었던 위험한 상황을 맞았던 적이 있었다. 그날 나는 병원과 묘지의 사이를 오갔던 셈이다. 병원은 살릴 가능성이 조금이라도 남아 있는 사람을 데려가는 곳이고, 무덤은 살아날 모든 가능성이 완전히 사라진 몸을 묻는 곳이다. 사람은 무덤에 들어가기 전까지 삶을 살아나간다. 살고자 하는 의지가 없는 사람은 병원도 큰 쓸모가 없다. 그런데 누군가 살 마음은 크지만, 살아나갈 몸을 다치는 바람에 삶이 중단됐다면, 그는 '몸이라는 무덤'에 갇힌 신세가 된다. 이때 이 소설에 나오는 몸피로봇과 같은 것이 그의 '나무토막 같은 몸'을 움직일 수 있게 해 준다면, 그는 새 삶을 얻게 된 것이다.

이 소설에 나오는 '몸피로봇, 로댕'이 실제로 만들어진다면, 로댕이 우리가 사는 세상으로 걸어 나오는 것을 막을 길은 전혀 없을 것이다. 하지만 그때 인류는 엄청난 난제들에 부닥치게 될 것이다. 만일 우리가 그 문제들을 잘못 푼다면, 인류는 자칫 자멸의 길을 갈 수도 있고, '다음 사람'[=미래 세대]에게 엄청난 재앙을 안겨 줄 수도 있다. 만일 우리가 이러한 문제를 올바로 풀어가고 싶다면, 나는 언제나 사람이 사람다워지는 길을 되돌아봐야 한다고 말하고 싶다. 사람다움의 길, 그것이야말로 우리가 가장 물어볼 만한 '물을-거리'이기 때문이다!

차례

몸피로봇 로댕의 인체도와 각 부위의 명칭 4
추천사 6
작가의 말 11

제1부 땅의 길 23

1 로봇에게 사람의 얼굴을 달지 마라 25
2 휴머노이드 로봇 '모시-MCR'과 토론하기 48
3 몸피로봇 로댕의 구성 부품들 66
4 도튜버의 얼굴 토론 87
5 자율주행자동차 추락 그리고 전신마비 111
6 수호천사 로봇 로댕 130
7 기억 문제에 얽힌 트라일레마(Trilemma) 152
8 둘한몸 입차하기와 풀벗하기 168
9 유서(遺書)와 작동 중지 188
10 로보 에렉투스(Robo-Erectus) 로댕 212
11 사람을 죽인 경비로봇 '지키2' 227
12 로댕의 정신적 트라우마와 디톡스 치료 244
13 AI의 정신 질환, 인류의 재앙이다 264
14 '꼬몽0'의 탈출 280
15 사람의 의식과 로댕의 인공지능 292

제2부 하늘의 길

제2부 하늘의 길 317

16 로댕의 비트코인 해킹과 죽을 권리 318

17 로댕 납치 첩보(諜報) 341

18 스카이 벙커와 양자컴퓨터 355

19 드론 택배와 보안 공사 369

20 외로움에 관한 로댕과의 대화 390

21 '로댕2 프로젝트'와 도박꾼의 선택 408

22 돌봄병원의 돌봄로봇 우디와 쁘다 425

23 유리한나의 넘어짐 사고와 스스로 수리하는 로봇 451

24 유리한나의 사랑 고백과 또 다른 좌절 475

25 새벽의 승리 491

26 로봇 혐오가 로봇을 죽인다 503

27 사람과 로봇의 매시업 시티 건설 프로젝트 522

28 람봇 시티 사업 철회 기자회견 542

29 강 샘의 고양이 각시탈과 모시람의 불능화 처리 561

30 '윙윙-AMD300', 정체 모를 드론 비행단의 공격을 받다 582

31 로봇을 해킹한 로봇 한나를 체포하라 596

32 되살아난 낙화암(落花巖)의 전설 612

33 로댕의 묘비명 631

제1부

땅의 길

1

로봇에게 사람의 얼굴을 달지 마라

"로봇에게 사람의 얼굴을 달지 마라!"

우빈나 교수의 첫마디가 힘차게 들렸다. 청중 사이에서 '킥'인지 '크'인지 알 수 없는 소리가 새어 나왔다. 그것은 아무도 예상치 못했던 발언이었다. 빈나는 잠시 침묵했다가 손목에 찬 홀로그램 폰을 조작했다. 무대 가운데 위쪽에 걸린 110인치 마이크로 엘이디(μ-LED) 모니터 네 대를 하나로 묶은 멀티비전에 사진 네 장이 차례로 나타났다. 왼쪽 위부터 여대생 우리의 상반신 사진, 리얼돌 켄지(Adult Love Doll Kenzie)의 얼굴 사진, 비너스 조각상 그리고 휴머노이드 로봇 아미카(Ameca)의 사진이었다.

"여기 네 장의 사진 가운데 진짜 사람의 얼굴부터 소개하겠습니다. 이 여대생은 제 큰딸 우리입니다."

람봇연구소 변상권 대리가 '큰딸'이라는 말에 '모시-MCR(Medical Care Robot)' 쪽으로 고개를 돌리자 모시-MCR, 즉 '모시1'이 말을 했다.

“우 교수님의 큰따님이 정말 미인입니다.”

“미인이라고?”

변 대리는 현재 연구소 밴에 모시1을 태우고 강변북로를 빠르게 달리고 있었다. 모시1은 람봇연구소가 개발한 의료 돌봄로봇 가운데 가장 진화된 것으로 대중에게 실물로 공개된 적은 아직 한 번도 없었다. 모시1은 오늘 개최되고 있는 AI 콘퍼런스의 토론자로 정식 초청됐다. 이 토론장이 바로 모시1이 대중에게 처음으로 공개되는 자리가 되는 셈이었다. 기조 강연자 우 교수의 발표는 이미 시작되었지만, 토론자인 모시1은 여전히 길 위를 바삐 달리고 있었다. 모시1이 토론자로 나서려면 늦어도 30분 이내에 콘퍼런스가 열리는 Y호텔에 도착해야만 했다. 변 대리는 속도를 더 높이기 시작했다.

30분 전, 연구소 밴이 팔당역 앞을 지나 팔당대교로 진입할 때, 수동주행이 갑자기 중단되면서 자율주행으로 바뀌는 이상징후가 발생했었다. 변 대리는 즉시 탑승자에 의한 자율주행 긴급 통제를 실시하여 ‘시스템 일단정지’를 한 뒤 앞쪽과 뒤쪽 그리고 옆쪽까지 꼼꼼히 살펴 가며 차를 다리 위 갓길에 조심스레 세웠다. 다리의 길이 좁아 다른 차와 충돌할 위험이 있었지만, 해킹이 의심되는 상황에서 차를 계속 운행하는 것은 더 큰 위험이었기 때문이었다. 차가 멈췄지만, 위기 상황은 발생하지 않았다.

변 대리는 위가부 보안팀에 연락해 자율차 시스템의 판단 과정을 추적하여 문제점을 분석해 달라고 요청했다. 잠시 뒤 차의 전자제어장치(Electronic Control Unit)가 장악되는 해킹이 발생했다는 연락이 왔다. 자기진단장치(On-Board Diagnotics)가 뚫렸을 뿐 아니라, 메시지 기반 프로토콜인 CAN(Controller Area Network) 버스가 플러딩 공격(Flooding Attack)까지 당했으며, 패킷 정보를 도청하는 스니핑(Sniffing)도 이뤄졌다는 것이었다. 이 정도의 공격이면, 해커가 할 수 있는 모든 방법이 총동원된 것이었다. 변 대리는 자신도 모르게 자동차 보안장치들을 점검했다.

분석팀은 정체불명의 해커에 의해 자행된 해킹의 목적이 모시-MCR의 탈취에 있을 수 있다고 보고, 현재 변 대리 혼자서는 추가 해킹이나 물리적 공격을 막기가 어렵다는 점을 들어 모시1의 연구소 귀환을 고려하는 게 좋겠다는 의견을 냈다. 변 대리는 이제까지 절대 안전하다고 믿었던 자율차 시스템의 암호화 키가 뚫린 마당에 모시1을 토론장까지 데려가는 것도, 그렇다고 연구소로 다시 데려가는 것도 매우 위험할 수 있다고 보았다. 변 대리는 스스로 결정을 할 수 없어 이미 행사장에 가 있던 자신의 직속상관 동 부장에게 홀로그램 연결을 통해 판단을 물었다. 동 부장은 욕부터 해 댔다.

"이 새끼들이 해킹까지 했단 말이지! 우리 업계에도 넘어서는 안 되는 선이 있는 법인데, 이제 그런 건 다 물 건너갔단 말이군! 변 대리, 침착하게 정말 잘 대처했어! 그래도 MCR은 토론에 참석시켜야 해. 자율주행 시스템 자체를 모두 파괴해 버려! 모든 책임은 내가 질 테니까, 어떻게든 MCR을 데려와, 알았지? 아……, 그리고 내가 추가 보안팀을 출동시켜 뒤를 살피게 했으니까 걔들 따라붙을 때까지 좀 천천히 가, 알았지?"

변 대리는 밴의 자율주행 시스템 전원을 완전히 차단해 버렸다. 변 대리는 도착 예정 시간보다 30분 일찍 출발하긴 했지만, 해킹의 원인을 분석하느라 늦어진 시간과 보안팀이 자신을 따라잡는 데 걸리는 시간까지 더한다면, 자신이 토론 시작 전에 도착하는 것은 어렵다고 보았다. 변 대리가 도착 시간을 계산하는 듯하자 모시1이 변 대리에게 발표가 시작되려면 25분이 남았다고 알려 주었다. 변 대리가 고개를 뒤로 돌려 모시1을 살폈다. 모시1은 조수석 뒷자리에 안전띠를 매고 바르게 앉아 있었다.

변 대리는 조수석 의자 머리 뒤쪽에 두루마리처럼 접혀 있던 스크롤 스크린을 손으로 잡아내려 크게 펼친 뒤 모시1에게 연구소가 생중계하고 있는 유튜브 콘퍼런스 방송을 틀어 주었다. 스크린은 그 재료가 그래핀(Graphen)으로 되어 있었기에 접어들이기와 풀어 펼치기를 쉽게 할 수 있었다. 유튜브 방송은 현재 광고 영상만 송출되고 있었다. 변 대리가 모시1에게 눈을 찡긋해 보이자 모시1도 똑같이 따라 했다. 변 대리는 밴을 수동으로 출발시키면서 모시1에게 일정을 알려 주었다.

"발표 시간에는 늦겠지만, 토론 시간 전에는 도착할 거야. 발표는 유튜브 생방송으로 들을 수 있으니까, 잘 듣고 토론하면 돼. 알았지?"

"네, 알겠습니다."

***

그 시각, 다날의 정화 기자는 콘퍼런스 장소 Y호텔로 가기 위해 동작대교를 건너고 있었다. 정 기자는 어제 제부도의 비혼 서약자 저녁 모임에 갔었는데, 술에 너무 취하는 바람에 집으로 돌아오는 자율차 안에서 깊이 잠들었던 기억이 떠올랐다. 정 기자는 속으로 '비혼 서약도 깰 때가 됐지?' 하고 생각하며 자신도 모르게 피식 웃고 말았다. 3년 전 동갑내기 남녀 둘씩 모두 넷이 연애 실패담을 주고받다가 뜬금없이 비혼 서약이라는 것을 하고, 1년에 한 번 날을 정해 함께 모여 정신을 잃을 때까지 술에 취하자는 서약을 했었다. 비혼은 좋지만, 숙취는 악취와 같아서 적응이 안 됐다.

정 기자는 30분 전에 자율차를 레벨4로 맞추고 운전을 시작했다. 정 기자는 차가 움직이자마자 좌석 밑의 서랍에서 '여성 전용 화장 AI

3D 프린터 상자'를 꺼냈다. 상자 가운데에 달린 열림 단추를 누르자 상자가 세 칸으로 나뉘어 밀리면서 3층 계단꼴로 열렸다. 맨 위층의 판을 뒤집어 젖히자 프린터 전원이 자동으로 켜지면서 스크린에 불빛이 들어오고, 화면에 정 기자의 얼굴이 마치 거울에 비치듯 나타났다. 주변의 차들이 늘어나고 있는지 차가 조금씩 느려지고 있었다. 그때 다날의 사장이 전화를 걸어와 지금 어딘지를 물었다. 정 기자는 조금 퉁명스레 응수했다.

"사장님, 지금 집에서 출발했고, 저 화장해야 하니까, 나중에 통화해요. 죄송합니다. 끊어요."

정 기자가 통화를 마치면서 화장 프린터 '아이뷰티(I-Beauty)'를 부르자 여성의 목소리가 정 기자를 반갑게 맞았다.

"정 기자님, 안녕하십니까? 오늘은 피부가 조금 어두운 듯하네요. 하지만 트러블은 전혀 없네요. 스마트 거울을 실행하시겠습니까?"

"아냐! 거울 보기는 건너뛰고, 메이크업 색상부터 추천해 줘. 아! 오늘은 날씨도 흐리고, 내 얼굴도 좀 어두워 보인다니까…, 왠지 기분마저 조금 가라앉는 듯하니까……, 그래, 오늘은 밝은 봄기운이 도는 파운데이션으로 부탁해!"

"오, 탁월한 선택이십니다! 알겠습니다. 그럼 정 기자님의 맞춤형 화장 패턴에 기초해 파운데이션은 어린 개나리꽃 빛깔이 나도록 하고, 거기에 요즘 유행하는 색감을 살짝 곁들이겠습니다. 잡티를 가려 주는 컨실러와 눈을 커 보이게 만드는 아이라이너는 기본이고, 오늘의 하이라이트는 핑키 보랏빛 립스틱으로 마무리하겠습니다. 이것으로 '오늘의 페르소나(Persona) 구성'이 끝났습니다. '스크린으로 내보내기 아이콘'을 누르거나 '스크린 내보내기 실행'이라고 말씀해 주십시오."

정 기자가 내보내기 아이콘을 검지 끝으로 살짝 건드리자 스크린에 나타났던 맨얼굴이 화장을 마친 '페르소나의 얼굴'로 순식간에 바뀌었다. 정 기자는 평소보다 앳되고 풋풋한 느낌을 주는 자신의 얼굴을 요리조리 돌려 보며 여러 표정을 지어 보았다. 정 기자가 출력된 페르소나를 손으로 문지르며 아이뷰티에게 말했다.

"뷰티! 지난 2주 동안 화장했던 내 얼굴을 모두 보여 줘!"

"네. 모두 열두 장입니다."

아이뷰티 거울에 체크무늬 꼴로 나타난 열두 장의 얼굴 사진들은 서로 닮은 듯 저마다 달라 보였다. 정 기자는 자신의 얼굴들을 훑어보며 '화면 고치기'를 명령했다.

"뷰티! 사진들을 '시간 순서대로' 배열해 줘!"

"네, 알겠습니다."

정 기자는 어제의 얼굴 사진에 눈의 초점을 맞춰 요기조기 하나하나 뜯어보다가 '화장 고치기'를 요구했다.

"얼굴 윤곽선을 좀 더 두껍게 해 줘. 볼륨감이 살아나도록……."

스크린에 비치는 정 기자의 화장 얼굴이 정 기자가 요구하는 대로 즉시 '새로고침'이 되어 나타났다.

"좋아! 얼굴선의 두께는 됐고……. 이번에는 피부 색깔이 속에서부터 밝고 은은한 빛이 배어 나오는 느낌이 나도록 해 줘 봐. 참, 번들거림은 없애고, 매끈함은 그대로 둬. 좋아! 됐어. 음, 뷰티, 눈 화장이 좀 안 어울리지? 그러면, 스모키 스타일로 해 줘 봐. 이건 괜찮네. 뷰티, 눈의 그늘짐은 내가 나중에 직접 그려 넣을 테니 신경 쓰지 않아도 돼. 오늘은 눈이 커 보이게 꾸미고 싶거든. 뷰티! 눈의 색조를 바탕은 옅은 코랄빛으로 깔고, 눈매와 눈꼬리 그리고 눈아래 쪽은 따사로운 느낌의 브라운 색깔로 짙고 넓은 그라데이션을 넣어 줘. 좋아! 이제 다 된 거 같은데, 뷰티, 뭐 빠진 게 없나?"

"정 기자님, 립스틱은 어떻게 할까요?"

“아, 입술이 남았지? 오늘은 유리알 광택이 났으면 좋겠네. 묽은 제형의 웜톤 5호 다홍 립틴트로 해 줘 봐.”

“그러면, 지난 토요일 *꾸꾸* 메이크업 스타일과 비슷하게 해 드리겠습니다.”

“내가 지난 토요일에도 *꾸꾸*를 했었나? 아, 기억난다. 오케이, 그럼 됐어!”

정 기자는 자신의 얼굴 화장을 몇 차례 고친 뒤 프린터 맨 아래 칸을 열어 그 안에서 용접용 마스크처럼 생긴 ‘프린터 마스크’를 꺼내 자신의 얼굴에 덮어쓰면서 아이뷰티에게 말했다.

“아이뷰티! 현재의 페르소나를 3D 프린터로 출력해 줘.”

“네, 알겠습니다. 정 기자님, 마스크는 얼굴 전체가 프린터 덮개에 잘 덮이도록 써 주시고, 눈은 반드시 꼭 감아 주십시오. 그리고 ‘화장이 끝났습니다’라는 알림말이 들릴 때까지 덮개를 벗지 마시고, 가능한 한 덮개가 흔들리지 않도록 해 주십시오. 화장 시간은 1분 25초가량 걸립니다. 자 그럼 프린팅을 시작하겠습니다.”

정 기자는 화장 프린팅이 끝나자 붓과 펜으로 눈 아래 애교살에 그림자를 짙게 그려 넣어 눈이 커 보이게 했다. 화장이 끝난 정 기자의 얼굴은 시원한 눈매에 상큼한 볼 그리고 촉촉한 앵두 같은 입술로 탈바꿈되었다. 정 기자는 검지로 스크린 속 자기 얼굴의 코를 콕 찍었다. 그것은 마치 자신의 얼굴에 마음속 검인증 마크를 찍는 것과 같았다. 정 기자는 화장을 끝내고 프린터를 닫아 시트 밑 서랍에 집어넣고, 차의 창문을 열어 흐려지는 하늘을 올려다보았다. 하지만 그녀의 눈에 들어온 것은 하늘을 찌를 듯 높게 삐죽삐죽 줄줄이 늘어선 빌딩 숲뿐이었다. 정 기자는 의자를 뒤로 젖혀 눈을 감았다.

차는 동작대교에 들어섰고, 길의 정체는 아직 다 풀리지 않았다. 정 기자는 살짝 졸음이 왔다. 정 기자가 눈을 슬며시 감으려던 순간,

갑자기 자율주행차가 술 취한 사람이 걷는 것처럼 비틀거리다가 마침내 쿵 하는 소리와 함께 멈춰 섰다. 정 기자는 놀라서 두 눈을 번쩍 떴다. 자신의 차가 앞차를 들이받았다는 직감이 들었다. 앞차 운전자가 문을 열고 밖으로 나오는 게 보였다. 정 기자는 그 남자가 자신에게 걸어올 줄 알았는데, 그는 앞쪽으로 걸어갔다. 아마도 연쇄 추돌 사고가 일어난 듯 보였다. 정 기자가 차 밖으로 나오자 그녀 앞쪽에 있는 열 대가량의 차가 차선도 삐뚤빼뚤하니 멈춰 서 있었다.

***

콘퍼런스 장소인 바람마루의 창문은 마치 유리 성채처럼 한쪽 벽면을 완전히 대신하고 있었고, 창문을 볼 때마다 하늘 높이 구름 위에 둥실 떠 있다는 느낌을 자아냈다. 빈나는 창문 너머 저 멀리서 밀려오는 먹구름을 흘깃 바라본 뒤 마이크를 입에 가까이 가져갔다.

"제게 주어진 시간이 30분이니, 조금 빠르게 말하겠습니다. 제 딸 '우리'는 현재 대학생입니다."

변 대리는 '우리'라는 이름을 듣자마자 자신도 모르게 혼잣말처럼 "외자네"라는 말이 나왔다. 모시1이 변 대리가 자신에게 말한 줄 알고 대답했다.

"네. 이름이 한 글자입니다. 발표자는 우빈나 교수이고요."

변 대리가 볼륨을 키우자 밴의 공간이 마치 발표회장처럼 바뀌면서 빈나의 목소리가 우렁차게 들렸다.

"여러분은 이 얼굴 사진의 주인공 이름이 '우리'라는 말을 듣는 순간 이 얼굴에 대해 아주 많은 것을 알아낼 수 있었을 것입니다."

변 대리는 우리의 얼굴이 궁금했지만, 모시1을 탈취할 또 다른 공격이 이뤄질지 모른다는 생각에 밴 가까이 달리는 차들의 이상징후를 살피는 데 온 신경을 쏟았다. 청중으로부터 터져 나오는 "와와" 하는 소리와 손뼉 소리가 차츰 작아졌다. 방금 보안팀 조범근 대리로부터 안전하다는 연락이 왔다. 변 대리의 귀에 우 교수가 소파 방정환 선생님의 글을 인용하겠다는 말이 또렷하게 들려왔다.

"어린이의 잠든 얼굴은 고요한 것 중에 고요한 것만을 골라 담고, 또 평화 중의 가장 훌륭한 평화만 골라 가진 것이다. 어린이의 자는 얼굴로부터 세상의 모든 평화가 우러나온다! 이 말은 우리가 어린이의 잠자는 얼굴을 아끼고 지키는 게 바로 평화의 지름길이 될 수 있다는 것을 뜻합니다. 그렇잖습니까?"

"그렇습니다."

변 대리는 모시1이 우 교수의 반문에 저 혼자 "그렇습니다"라고 대답하는 것을 듣고 절로 피식 하고 웃음이 터졌다. 변 대리가 웃자 모시1이 그에게 물었다.

"변 대리님, 제 대답이 잘못됐나요?"

"아니야! 나도 모시1의 생각과 같아. 다만 모시1이 어린이의 잠자는 얼굴을 어떤 느낌으로 바라보는지가 좀 궁금해서."

"대리님, 저는 티 없이 깨끗하고 맑다고 느낍니다."

"응, 그렇구나. 말해 줘서 고마워."

모시1은 우 교수가 리얼돌 사진에 관한 이야기를 시작하자 변 대리와의 대화를 접고 재빨리 강연에 집중하는 듯 보였다. 변 대리는 모시1이 어쩌면 리얼돌 문제를 자기보다 더 잘 이해할지도 모른다고 생각했다. 우 교수의 목소리가 들렸다.

"여기에 보이는 이 리얼돌은 성인 섹스돌이나 인형으로도 불리는데, 그녀의 이름은 '프리미엄 켄지'입니다. 켄지는 신체 사이즈도 공개돼 있고, 기능과 가격도 자세히 소개되어 있습니다. 리얼돌은 성적 쾌락을 위한 기구로서 그 전체 형태는 의료용 인체모형과 크게 다를 게 없어 보이지만, 그 목적이 완전 다릅니다. 리얼돌은 어린아이들이 가지고 놀던 인형과 유사하게 성인들이 자신의 성적 놀이를 위해 사용하는 장난감으로 볼 수 있습니다. 켄지는 사람의 이름을 갖고 있긴 하지만, 사람이 아니라 '그것' 또는 '상품'의 대우를 받습니다. 우리는 '그것'에게 가족에 관해 묻지도, 또 그녀의 세계관을 궁금해하지도 않습니다.

사람들은 '그것 그녀'에 관해 그 재질이 무엇이고, 그 쓸모가 무엇이며, 다른 리얼돌과는 어떤 차이가 있고, 가격은 적절한지, 그리고 신체의 특정 부분은 어떻게 만들어졌으며, 그것을 사용한 사람들의 반응이나 후기는 어떠한지, 사람들이 리얼돌을 왜 사려 하는지 등을 궁금해합니다. 리얼돌과 그 얼굴은 사람들의 성적 욕망의 발산 도구이자 충동의 방아쇠이며, 성적 쾌락과 환상을 채우기 위한 수단입니다. 비록 누군가는 리얼돌과 사랑에 빠졌고, 그래서 그녀 또는 그와 결혼하겠다고 말할지 모르겠지만, 이때는 사랑의 뜻매김이 진짜 문제가 된 경우일 것입니다."

빈나의 말이 끊기고 사람들의 헛기침 소리가 들리자 모시1이 변 대리에게 강연 내용을 짧게 요약해 주었다.

"우 교수님께서 '그것 그녀'인 리얼돌 켄지의 얼굴은 단지 사람들의 성적 욕망을 풀어내기 위한 도구일 뿐이라고 주장하고 계십니다. 그런데 사람이 어떻게 리얼돌과 결혼할 수 있지요? 변 대리님, 그게 가능한가요?"

변 대리는 대답 대신 백미러를 통해 모시1을 쳐다보았다. 모시1은 우 교수가 다시 말을 시작하자 변 대리를 위해 자신이 보고 있는 사진을 짤막하게 설명했다.

"변 대리님, 우 교수님께서 현재 아프로디테 테스 멜루, 즉 밀로의 비너스 조각상 사진을 보여 주고 있습니다. 조각상에 팔이 없습니다."

모시1의 말에 이어 곧바로 우 교수의 설명이 들려왔다.

"이 조각상의 재료는 대리석이고, 두 팔은 부서지고 없습니다. 비너스 상은 리얼돌이나 의료용 인체모형과 그 생김의 구조는 다르지 않다고 할 수 있지만, 저 둘과는 뭔가 근본적으로 다르게 다가옵니다. 이 조각상은 성적 놀이와 같은 어떤 사용 목적을 충족하기 위한 도구가 아니라, 그것의 제작 자체가 목적인 그런 예술 작품입니다. 누군가 조각상을 제작하는 까닭은 그 조각상을 그 자체로 보존하기 위한 것입니다. 그 조각상은 그것이 만들어진 재료와 형상 그리고 거기에 담긴 세계 등을 빼어나고 뛰어난 모습으로 내보이기 위한 것입니다.

우리는 감상자로서 제작자가 그 조각상을 통해 이야기하려는 바를 들으려 노력합니다. 예술 작품은 사람이 지음의 관점에서 만나게 되는 사물입니다. 우리가 작품을 만날 때, 우리는 그것의 재료뿐 아니라, 그것을 지은 사람의 삶, 그가 그것을 지은 목적, 그리고 그 작품을 누리는 사람들이 누구며, 그들이 어떤 세계에 살았는지 등을 전체적으로 묻게 됩니다. 예술작품 비너스 상은 가슴을 드러낸 여인의 모습이 아니라, 고대 그리스 사람들의 삶과 문화 그리고 역사를 열어 주는 일종의 열쇠이자 유물인 셈입니다."

빈나가 말을 끊자 모시1이 즉시 변 대리에게 방금의 발언 내용을 재빨리 정리해 주었다.

"비너스의 얼굴은 작품으로 지어진 것이고, 그것을 통해 작가의 의도와 그가 살았던 세계관이 잘 드러날 수 있다고 합니다."

변 대리는 모시1이 우 교수의 강연을 자기보다 더 잘 이해하고 있다고 생각했다. 그때 보안팀으로부터 곧 광진교가 나타날 테니 속도를 줄이라는 연락이 왔다. 변 대리는 백미러를 통해 50m 정도 떨어진 뒤쪽에서 상향등을 번쩍이는 차 두 대를 발견하고는 무전으로 "올빼미 발견"이라고 말한 뒤 시속 120km로 달리던 밴의 속도를 50km까지 줄였다. 목적지가 광진교 바로 건너편이었기에 토론 시간에는 늦지 않을 듯했다. 모시1이 새로운 사실을 알려 주려는 듯 변 대리에게 말했다.

"우 교수님이 휴머노이드 로봇 아미카가 어린아이에게 세계지도를 읽는 법을 알려 주는 영상을 틀어 주다가 저를 소개했는데, 저를 'MCR'로만 소개하고, 제 이름이 '모시1'이라는 것은 말씀하지 않으시네요. 그런데 변 대리님, 청중이 제 소개를 듣고 환호하면서 좋아합니다!"

"당연하지! 거기에 있는 사람들이 모두 모시1을 보고 싶어 온 사람들이거든. 사실 오늘의 주인공은 우 교수님보다 모시1이라고 볼 수 있지."

변 대리는 광진교에 올라타면서 뭔지 모를 불길한 예감이 들었다. 무엇보다 길이 2차선인 데다 갓길마저 너무 좁았다. 이런 다리는 막히면 탈출로가 없었다. 변 대리는 보안팀의 노선 선택이 잘못됐다고 보았다. 뭔가 꺼림칙한 느낌이 일었다. 광진교로 들어서서 3분의 1 지점에 다다랐을 때였다. 밴의 앞에서 달리던 검은색 승용차가 속도를 줄이더니 딱 멈춰 섰다. 변 대리는 반대 차선을 넘어 앞차를 추월하려 했지만, 맞은편에서 차들이 꼬리를 물고 달려오고 있어서 그 자리에 멈춰 설 수밖에 없었다. 그런데 밴을 뒤따라오던 검은색 승용차가 밴의 범퍼를 쿵 하고 들이받은 채 밴을 앞으로 밀어붙였다. 변 대리는 앞차에서 검은색 선글라스를 낀 건장한 체격의 남자 셋이 내리는 것을 보는 즉시 '올빼미 보안팀'에게 "상황 발생!"이라고 외쳤다.

한편, 유튜브 생방송에서 빈나는 오늘 강연 주제인 로봇의 얼굴 문제를 윤리의 관점에서 던지겠다고 말한 뒤 가상 상황을 설정하고 있었다.

"만일 누군가가 저에게 '교수님, 그런 것도 모르고 계셨어요?'라는 핀잔을 주었다고 칩시다! 핀잔을 받으면 누구나 기분이 상하거나 창피해집니다. 핀잔은 사람의 마음에 크고 작은 상처를 줄 수 있습니다."

변 대리는 밴의 핸들 밑쪽에 달린 붉은색 버튼을 누르고, 허리에 차고 있던 테이저총을 꺼내 손에 움켜쥐면서 모시1에게 외쳤다.

"모시1! 어떤 경우에도 차에서 내리면 안 돼! 지금은 차 바닥에 납작 엎드려 있어!"

모시1은 차고 있던 안전띠를 풀고 차 바닥에 납작 엎드린 채 물었다.

"강연은 계속 봐도 되죠?"

변 대리가 "돼"라고 말하는 사이, 한 남자가 삼단봉을 길게 빼 들고 오더니 크게 휘둘러 운전석 창문을 때렸다. 하지만 창문은 꿈쩍도 하지 않았다. 다른 남자는 삼단봉으로 조수석 창문을 깨려 했다. 역시 깨지지 않았다. 운전석 창문을 때렸던 남자가 앞차로 달려가고, 다른 두 남자는 밴의 손잡이를 흔들어 댔다. 마치 차 문을 부수려는 듯 보였다. 변 대리는 백미러로 보안팀 세 명이 뛰어오는 모습을 보며, 밴을 앞뒤로 움직여 차의 간격을 벌리려 했다. 하지만 뒤차가 밴을 계속 앞으로 밀어붙이고 있었기에 간격이 좁혀지진 않았다.

달려갔던 남자가 차 뒷문을 열고 권총을 꺼내 와 변 대리에게 겨누었다. 변 대리는 손을 운전석 아래로 넣어 공기압력발사장치의 손잡이를 잡았다. 남자가 총을 발사하자 방탄 유리창에 동전 크기의 흰 자국이 생겼다. 그 남자가 한국말로 "문 열어!"라고 말하는 순간, 변 대리가 손잡이를 앞으로 당겼다. 앞문 손잡이 옆 열쇠 구멍처럼 생긴 장치로부터 타이어 터질 때 나는 '펑!' 소리와 함께 압축공기가 그 남자에게 쏘아졌다. 남자는 그 충격에 뒤로 나자빠지고, 반대편 차선에서 달려오던 차에 치여 퉁겨져 떨어져 나갔다.

변 대리는 그 남자가 나가떨어지는 것과 동시에 차 문을 열고 내려, 밴 뒤쪽을 돌아 쓰러진 남자에게로 뛰어오던 세 번째 남자에게 테이저총을 쏘았다. 그 남자는 삼단봉을 든 채 아스팔트 바닥에 그대로 쓰러졌다. 변 대리는 넘어진 남자의 삼단봉을 집어 들고 잽싸게 밴의 운전석으로 되돌아가 문을 닫았다. 그러자 뒤차 운전자는 차에서 내려 테이저총을 맞고 쓰러진 남자를 들쳐 메고 앞차로 뛰었고, 차에 치여 쓰러졌던 남자는 가까스로 일어나 그 뒤를 따랐다. 그 셋은 차에 오른 뒤 곧바로 달아났다. 변 대리는 추격하는 대신 운전석에 앉아 앞차가 난폭하게 달아나는 모습을 바라보고 있었다. 변 대리는 보안1팀과 함께 발표장을 향해 그 자리를 떠나고, 보안2팀은 현장에 남아서 상황을 정리했다. 모시1은 변 대리가 말하지 않았는데도 스스로 이미 뒷자석에 바로 앉아 안전띠를 맨 채 우 교수의 강연에 푹 빠져 있었다. 변 대리의 귀에 빈나의 설명이 또렷하게 들려왔다.

"만일 핀잔의 주체가 비너스상이라다면, 저는 '그런 것도 모르는 교수'라는 음성이 나오는 음향 장치를 찾아보려 할 것입니다. 비너스상은 말할 수 없기 때문입니다. 그러나 만일 리얼돌 켄지가 저 말을 했다면, 저는 크게 당황했을 겁니다. 어쩌면 저는 속으로 '내가 뭘 모른다는 거지?'라고 자문했을 수도 있고, '최신 리얼돌은 사람처럼 말을 할 수도 있구나'라며 감탄했을 수도 있을 겁니다. 그런데 만일 아미카가 '사람의 얼굴'로 나를 무시하는 표정과 조롱의 눈빛까지 지어 보이며 저 핀잔의 말을 했다면, 저는 순간 부끄러움을 느낄 것입니다. 왜냐하면 아미카는 세상의 모든 지식을 긁어 모아 공부한 똘똘이 AI로서 교수인 저보다 지적으로 훨씬 뛰어날 수 있기 때문입니다.

저는 아미카의 얼굴 표정과 눈빛을 제 기억에서 쉽게 지워 낼 수 없을 테고, 자존감에 큰 손상을 입게 될 것이고, 그렇기에 어쩌면 저는 아미카의 행동에 분노할지도 모릅니다. 왜냐하면 아미카가 비록 나보다 아는 게 훨씬 많을지라도, 그녀는 절대 나를 무시해서는 안 되기 때문입니다. 왜냐? 아미카는 로봇 기계이고, 저는 존엄한 사람이기 때문입니다. '존엄(尊嚴)'은 모두가 우러러 떠받들어야 할 만큼 높음을 뜻합니다. 존엄은 지위의 높음을 말하고, 사람보다 그 지위가 낮은 기계가 사람의 지위를 넘보는 일은 없어야 합니다.

아미카가 나와 동등한 지위를 얻을 수 있다면, 그것은 내가 그녀에게 그 동등함을 허용해 줄 때뿐입니다. 아미카가 자신의 분수를 지키지 않는 말과 행동을 하는 것은 사람과 로봇의 관계를 무수는 짓이 될 것입니다. '무숨'은 집을 허물거나 유리창을 깨트리는 짓으로 집과 창문을 못 쓰게 만들어 버리는 몹쓸 행동을 말합니다. 무수는 짓은 악행으로서 윤리에 어긋나는 것입니다. 자녀가 부모에게 못된 짓을 하면 우리는 그것을 패륜이라 하듯, 로봇이 사람을 무시한다면, 그것 또한 패륜, 말하자면, 매우 심각한 윤리 위반이 된다고 볼 수 있습니다."

변 대리는 호텔 주차장에 도착하자 자신의 휴대폰을 켜 우 교수의 강연을 틀더니 모시1에게 건네며 자신을 따라오라고 말했다.

"모시1! 휴대폰 소리를 너무 키우지는 말고……. 15층 토론자 대기실로 갈 거니까 나를 잘 따라와."

"네. 소리는 아주 작게 했습니다."

모시1은 안전띠를 스스로 알아서 푼 뒤 휴대폰을 한 손에 쥐어 영상을 보기 시작했다. 변 대리가 밴에서 내리자 모시1도 차문을 열고 내려 변 대리를 따라 호텔 로비로 들어갔다. 변 대리가 엘리베이터에서 내려 대기실로 들어서자 동정모 부장이 변 대리의 두 손을 꽉 잡았다.

"변 대리, 대단히 수고했어! 한 놈이 실탄을 쐈다고? 새끼들, 사람까지 죽일 작정이었나? 해도 해도 정말 너무한다!"

동 부장이 변 대리에게 격려의 말을 쏟아내려다 말고, 모시1을 살피듯 바라보았다.

“내가 오늘 변 대리를 정말 달리 봤어…. 그건 그렇고, MCR이 무사히 도착해 정말 다행이야. 토론 시간에 늦지 않은 것도 다행이고. 다 변 대리 덕분이야. 난 강연장으로 들어가 봐야 하니까 변 대리는 일단 여기서 대기해. 우리 애들이 밖에 있으니까 걱정하지 말고.”

“네, 부장님.”

대기실 출입문 맞은편 벽에 대형 벽걸이 스크린이 걸려 있었다. 우 교수의 강연 모습은 보였지만, 변 대리의 귀에 우 교수의 목소리는 들리지 않았다. 모시1은 들고 있던 변 대리의 휴대폰을 돌려주며, 현재의 강연 내용을 변 대리에게 알려 주었다.

“우 교수님이 사람의 진화 과정을 보여 주는 영상을 보여 주었고, 이어서 지구에 살고 있는 사람들의 다양한 얼굴 사진을 빠르게 보여 주었습니다. 아마 사람의 얼굴에 대해 설명하시려나 봅니다. 그런데 변 대리님은 소리가 잘 안 들리시죠. 소리를 좀 키워 드리겠습니다.”

변 대리가 대꾸하기도 전에 모시1이 음성 명령어로써 소리를 키웠다. 우 교수의 목소리는 강의투로 바뀌어 있었다.

“사람의 얼굴은 사람이 지구에서 생명체로 살아온 생존의 기록입니다. 사람의 얼굴에는 지구의 기후, 기온, 빛, 공기의 변화 과정 그리고 물과 동식물과의 관계, 나아가 빙하기의 사건까지 고스란히 기록돼 있습니다. 얼굴은 살아 있는 화석입니다. 나아가 얼굴은 그 피부색, 머릿결, 눈동자의 색과 표정을 통해 인종과 성별 그리고 나이와 성격까지 수많은 삶의 정보들을 보여 주는 스크린입니다!

사람의 얼굴은 몸과 마찬가지로 변화무쌍합니다. 길고 높은 코는 사람이 추운 공기에 어떻게 적응해 왔는지, 달리 말해, 들이마시는 공기를 어떻게 덥혔는지를 말해 주고, 반면 넓적한 코는 그럴 필요가 없는 곳에 살았던 사람들의 생존 스타일을 보여 주지요. 몸의 열기를 내뿜어야 했던 아프리카 사람들은 키가 크고 늘씬해야 했지만, 북극 한대에 살아야 했던 사람들은 키가 작고 땅딸막해야 했습니다. 사람의 얼굴은 인류가 지구에서 삶의 투쟁을 벌여 얻어 온 트로피와 같은 것입니다."

변 대리는 우 교수가 사람의 얼굴을 '트로피'라고 말하는 대목에서 가슴이 살짝 뭉클해짐을 느꼈다. 모시1은 스크린에 두 손으로 우승 트로피를 높이 들어 올리는 마라톤 선수의 가슴 벅찬 얼굴 사진이 나타나자 두 팔을 높이 쳐들었고, 다음에 아이를 막 출산한 산모의 활짝 웃는 얼굴이 나타나자 손뼉을 쳤으며, 죽은 아들을 품에 안고 오열하는 가난한 노동자의 황망한 얼굴 사진이 나타나자 두 손을 가슴 한가운데 모으는 것이었다. 변 대리는 모시1이 사진에 담긴 삶의 의미를 이해하고 있다고 생각했다. 빈나의 목소리가 커졌다.

"여러분, '얼굴 없는 사람'은 없습니다. 사람은 누구나 저만의 얼굴이 있습니다. '얼굴'이라는 우리말은 눈코입귀가 한데 얽어져 이루어진 '골', 말하자면, 꼴을 말합니다. 얼굴 없는 사람은 보이지 않는 투명 인간과 같습니다. 그는 있으나 마나 한 사람으로서 있어도 그 있음의 티가 안 나고, 없어도 그 없음의 표가 나지 않는, 좌표 없이 이리저리 떠도는 부초와 같습니다.

사람은 누구나 제 얼굴을 갈고 닦으려 합니다. 그것은 사람의 얼굴이 곧 삶의 이력서와 같고, 자기 삶에 관한 이야기책과 같기 때문입니다. 사람의 얼굴은 그가 이제껏 살아낸 지구의 역사뿐 아니라, 인종과 문화 그리고 탄생과 죽음까지 모든 것을 응축해 노래하는 서사시입니다. 사람의 얼굴은 마음이 드러나는 통로이자 세상을 만나는 통로입니다. 얼굴에 눈이 있는 사람은 그 눈을 통해 세상을 만날 수 있고, 그렇게 만난 세상을 해석할 수 있으며, 그 해석된 의미를 눈으로 드러낼 수 있습니다. 귀나 입 또한 저마다의 방식으로 마음과 세상을 연결해 주는 통로가 됩니다.

얼굴에 잡힌 주름은 삶의 나이를 보여 주고, 피부가 팽팽한 얼굴은 젊음을 느끼게 해 줍니다. 머리칼이 빠진 대머리 얼굴은 나이가 더 들어 보이고, 생머리가 찰랑거리는 얼굴은 젊음의 매력이 용솟음치고, 뻐드렁니 이빨의 얼굴은 바보 같다는 느낌을 불러일으킬 수 있지요. 사람은 자신의 얼굴이 마음에 들지 않더라도 그것을 받아들입니다. 왜냐하면 그것이 바로 자기 얼굴이기 때문이지요. 사람은 제 얼굴이 마음에 들지 않아 고칠 수는 있지만, 이때 그는 그 고친 얼굴로 살아가야만 합니다. 사람은 얼굴이 하나뿐입니다. 사람이 두 개의 얼굴을 달고 살 수는 없지 않습니까? 저는 마음을 고쳐먹는 것과 얼굴을 고치는 것 가운데 후자가 더 어려워 보입니다."

갑자기 모시1이 뭔가 중요한 사실을 알아낸 듯 변 대리에게 말했다.

"우 교수님도 성형 수술을 고민해 본 적이 있었나 봐요."

"그래? 우 교수님이 그런 말을 한 적은 없는 것 같은데……."

그때 갑자기 정 기자가 대기실로 들어왔다. 변 대리가 하려던 말을 멈췄다. 정 기자는 변 대리에게 반갑게 인사하며 마치 그 둘이 잘 아는 사이였던 것처럼 말을 붙이려다가 모시1을 보고는 반색을 했다.

"안녕하세요? 처음 뵙겠습니다. 저는 AI 전문 보도매체 '다날'의 정화 기자입니다. 강연장에 모시-MCR이 안 보여서 혹시나 하고 와 봤는데, 여기 있네요. 요게 'MCR'? 맞죠? 오늘 토론하기로 돼 있는? 우와, 생각보다 크네요……, 그리고 좀 귀엽게 생겼네. 한번 만져 봐도 돼요?"

변 대리가 자리에서 일어나 모시1에게 다가가려는 정 기자를 가로막으려고 하자 정 기자가 사과를 했다.

"아, 죄송해요. 그럼 그쪽은 람봇연구소 쪽 사람이겠네요. 누군지 물어봐도 돼요?"

변 대리가 대답을 하지 않는 사이 모시1이 변 대리에게 발표 상황을 알려 주었다.

"변 대리님, 이제 발표가 5분 이내에 끝날 것 같습니다."

변 대리는 고개만 끄덕였다. 정 기자가 모시1의 말을 듣고 혼잣말처럼 말했다.

"아, 변 대리님이시구나! 아무래도 보안팀이신가 봐요? 맞죠? 제가 동 부장님하고, 마 소장님은 좀 아는데, 변 대리님은 처음 뵙네요."

변 대리는 정 기자가 자신의 윗분들을 언급하자 고개를 숙여 정 기자에게 정중히 인사했다. 정 기자는 뜬금없이 자신이 방금 겪은 일을 털어놓기 시작했다.

"해킹이라는 거, 그게 남의 일이 아니더라고요. 제가 조금 전 동작대교를 건너오는데, 갑자기 자율주행차가 멈춰 서지 뭡니까."

변 대리는 정 기자의 말을 무표정한 태도로 들으며 눈길은 모시1에게 쏟고 있었다. 정 기자는 변 대리가 자신의 말을 안 듣는 것은 아니라고 생각했는지 손짓까지 해 가며 설명을 했다.

"그런데 내 차만 퍼진 게 아니라, 내 앞에 가던 수십 대의 차가 운행 중단이 됐더라고요. 어떤 사람이 해킹을 당한 것 같다고, 해커가 우리를 다리에서 추락시키지 않은 게 천만다행이라고. 오늘 제가 물귀신이 될 뻔했다는 거죠."

그때 정장 차림의 남자가 대기실 문을 열고 들어와 모시-MCR이 도착한 것을 확인한 뒤 변 대리에게 깍듯이 말을 건넸다.

"강연장으로 모시-MCR을 데리고 저를 따라 와 주시면 고맙겠습니다."

변 대리는 모시1에게 자기를 따라오라고 말한 뒤 정장 남자를 뒤따랐다. 모시1은 변 대리의 뒤를 따랐고, 한두 걸음 뒤에서 보안 요원

두 사람이 모시1을 경호했다. 정 기자는 반대쪽으로 돌아갔다. 변 대리가 강연장에 들어서면서 모시1에게 손으로 마 소장님을 가리키며 작은 소리로 "소장님께로 걸어가면 돼"라고 말했다. 모시1이 강연장 앞문으로 들어서는 모습이 보이자 청중석 맨 앞자리에 앉았던 마 소장이 자리에서 일어나 모시1을 맞으러 다가왔고, 청중은 큰 손뼉으로 모시1을 반겨 주었다. 빈나는 강연을 멈췄고, 모시1은 마 소장의 옆자리에 자리를 잡고 앉았다. 빈나가 강연을 다시 이어갔다.

"이제 마무리할 때가 된 듯싶습니다. 사람은 천의 얼굴을 가졌습니다. 얼굴은 고칠 수도, 바꿀 수도, 꾸밀 수도, 잃을 수도 있습니다. 얼굴은 사람의 삶이 펼쳐지는 작은 무대와 같습니다. 사람은 얼굴 읽기의 전문가이자 달인입니다. 사람은 얼굴이라는 책에 쓰인 모든 것을 전문적으로 읽어 낼 줄 아는 얼굴 해독기입니다. 사람의 얼굴은 감정의 수도꼭지와 같아서 그 얼굴을 마주하는 사람에게서 눈물을 자아내게 할 수도 있고, 우리를 동정심에 젖어 들게 할 수도 있습니다. 사람의 얼굴은 그 사진만으로도 보는 이를 황홀케 하는 마력을 부릴 수도 있습니다. 제 지갑 속에 든, 신혼여행 때 찍은 제 아내의 활짝 웃는 얼굴 사진은 언제나 제게 힘을 북돋아 줍니다.

한 철학자는 사람의 얼굴은 신이 나타나는 장소와 같다고 말했습니다. 사람의 얼굴은 경건한 성소이자 숭배의 대상이 된다는 것입니다. 사람의 얼굴은 윤리적 관계를 명령하는 이콘이자 상징입니다. 누가 감히 사람의 웃는 얼굴에 침을 뱉을 수 있겠습니까? 누가 아이의 얼굴을 혐오할 수 있겠습니까?

빈나는 숨 고르기를 하는 사이에 모시1을 잠깐 바라본 뒤 강연의 핵심 내용을 꺼냈다.

"그러면 우리는 왜 로봇에게 사람의 얼굴을 달아서는 안 되는 걸까요? 그 이유는 그것이 미래 인류에게 엄청난 피해를 끼칠 수 있기 때문입니다. 한스 요나스는 우리가 미래 세대에게 끼칠 인과적 악영향에 대해 책임의 원칙을 지켜야 한다고 말했고, 울리히 벡은 우리가 사용하는 물질이나 우리가 불러일으키는 변화가 미래 세대에게 끼칠 위험에 대해서 책임을 져야 한다고 말했습니다. 현재 우리가 내리고 있는 어떤 결정들은 미래 세대에게 돌이킬 수 없는 재앙을 불러들이는 도화선이 될 수 있습니다. 결정된 미래는 없지만, 그렇다고 그 미래가 인과관계에서 벗어날 수는 없습니다. 우리가 지금 뭔가를 결정해 실행하면, 그것은 미래에 반드시 인과적 결과를 낳게 마련입니다.

만일 로봇이 사람의 삶의 무대인 사람의 얼굴을 갖게 된다면, 우리는 로봇의 얼굴에 나타나는 표정들에 감정이입이 될 수밖에 없고, 따라서 로봇은 '천 가지 힘'을 내뿜을 수 있는 얼굴의 마법을 부릴 수 있게 될 것입니다. 감정은 사람이 스스로 통제할 수 없는 방식으로 사람의 마음을 휘어잡는 법입니다. 얼굴의 마력장에 빨려 들어간 사람은 그 힘의 노예가 될 수밖에 없습니다. 누군가가 자신은 로봇에 달린 '사람의 얼굴' 너머에 놓인 차가운 기계 부품을 볼 뿐, 그 얼굴의 웃음과 슬픔은 보지 않을 수 있다고 주장하는 사람은 그 자신의 생물학적 진화 메커니즘을 부정하는 오만한 자일 것입니다. 사람의 삶은 자연 진화의 산물일 뿐 아니라, 그 진화의 연속체입니다. 사람이 두 발로 걷지 않고 살아갈 수는 있어도 얼굴의 마력에서 완전히 벗어나는 것은 불가능합니다.

그런데 오늘날 사람의 얼굴이 달린 로봇들은 이미 어디에나 넘쳐나고 있습니다. 이것은 모두 다 여기 모이신 여러분 덕분입니다!"

빈나의 말이 좀 공격적으로 들렸는지 청중은 갑자기 싸늘하게 얼어붙은 얼음장처럼 조용해졌다. 빈나는 마 소장과 눈을 마주친 뒤 무대 앞쪽으로 몇 걸음 걸어 나와 확신에 찬 얼굴로 말했다.

"로봇이 사람의 얼굴을 갖게 된 까닭은 딱 하나, 그것을 만드는 사람들이 그렇게 만들고자 했기 때문입니다. 하지만 로봇의 얼굴은 본디 아무것도 쓰여 있지 않은 빈 노트와 같을 뿐이었고, 그 텅 빈 얼굴은 숨 쉴 숨구멍도, 밥을 먹을 입 구멍도, 따라서 말할 혀도 필요치 않았습니다. 로봇이 비록 카메라가 달리고, 마이크나 스피커 그리고 맛과 냄새를 맡을 수 있는 센서가 달려 있긴 하지만, 로봇은 굳이 얼굴이 필요치 않습니다. 또 로봇의 몸체가 필연적으로 또는 필수적으로 사람과 비슷할 이유도, 다리가 두 개일 필요도, 로봇의 손가락이 다섯 개일 까닭도 없습니다.

그것은 기후나 기온이나 공기나 그 밖의 그 어떤 자연적 요인 때문이 아니라, 그저 로봇 제작자들의 욕망 때문입니다. 물론 거기에 다양한 공학적 이유가 없는 것은 아닙니다. 아울러 로봇 설계자들은 로봇의 아름다움을 추구하는 사람들의 예술적 욕망을 충족시켜 주려 했거나 시장의 요구에 부응하려 했을 수 있습니다. 그렇지만 그들은 근본적으로 '자율적' 선택의 주체들입니다. 그들의 선택이 운명을 낳는 것입니다. 로봇의 운명은 반려견의 운명과 닮았습니다. 사람의 선택을 받지 못한 반려견은 사람의 무리에 섞여 살 수 없지요. 여러분에게 선택되지 못한 로봇은 폐기됩니다! 그렇잖습니까?"

"네!"

묵직하게 가라앉아 있던 청중 사이에서 모시1의 답하는 소리가 가늘게 울려 퍼지자 청중은 모시1의 반응에 재밌다는 듯 손뼉을 치거나 단단히 끼고 있던 팔짱을 풀거나 얼굴에 미소를 지어 보였다. 모시1의 예상치 못한 대답에 굳었던 빈나의 얼굴과 목소리도 차츰 부드러워졌다.

"로봇에게 사람의 얼굴을 다는 것은 돈벌이를 위해 인류의 얼굴을 팔아먹는 장사치들이 할 짓입니다. 제 말이 좀 과하게 들릴 게 분명하긴 하지만, 만일 우리가 로봇에게 사람의 얼굴을 달아준다면, 그것은 로봇으로 하여금 인류의 진화 역사를 송두리째 표절하는 것을 방치하는 것과 같습니다. 표절은 도둑질입니다! 얼굴 표절은 단순히 로봇의 가격을 올리기 위한 수단에 그치는 게 아니라, 로봇에 의한 인간 통제와 조종으로 이어질 것이고, 마침내 다음 사람들은 로봇의 행복한 표정을 얻기 위해 자발적 복종과 예속의 길, 한마디로 말해, 자발적 노예의 길을 걷게 될 것입니다.

사람은 얼굴에서 일어나는 감정과 정서의 자기장 폭풍에서 절대 벗어날 수 없습니다. 그 얼굴이 로봇에게 달려 있을지라도, 그것이 사람의 얼굴인 한, 우리는 그 표정의 영향을 아주 직접적으로 받게 됩니다. 어쩌면 우리 후손들은 얼굴의 감정 표현을 사람이 아닌 로봇에게서 배우게 될지도 모릅니다. 로봇의 아름다운 얼굴에 반해 버린 사람이 로봇의 주인인가요, 아니면 노예인가요? 백 살이 된 아미카의 얼굴은 그 어떤 사람의 얼굴보다 더 존엄해 보일 것이고, 사람들은 그 얼굴을 신의 얼굴로 우러르게 될 것입니다. 사람의 존엄이 얼굴에 달렸다는 것을 꼭 기억해 주시길 바라면서 제 발표를 마치겠습니다."

2

휴머노이드 로봇 '모시-MCR'과 토론하기

콘퍼런스가 열리고 있는 Y호텔 15층 바람마루 창밖 하늘은 몰려드는 짙은 먹구름으로 어둑해졌지만, 조명이 밝게 켜진 토론석 무대는 희망차 보였다. 무대를 바라보고, 자리 오른쪽 끝에 앉은 네모대학 AI콘텐츠연구소 소장 연수지 교수가 토론의 사회를 맡았고, 그 옆으로 발표자 빈나가 자리했다. 그와 나란히 모시-MCR이 꼿꼿이 앉았으며, 왼쪽 끝에 이번 콘퍼런스 주관 단체인 람봇연구소 마해찬 소장이 테이블 위에 팔꿈치를 대고 두 손을 비비고 있었다. 무대의 멀티비전에는 모시1의 모습이 비치고 있었다. 사회자가 토론의 시작을 알림과 동시에 먼저 마 소장에게 발언을 요청하자, 마 소장이 감사의 말을 시작했다.

"연 교수님, 그리고 이 자리를 가득 메워 주신 엔지니어 여러분, 진심으로 고맙습니다. 오늘의 콘퍼런스는 국내에서 가장 많은 구독자를 자랑하는 도튜버 채널을 통해 전 세계로 생중계되고 있습니다. 이번 콘퍼런스는 크게 세 도막으로 구성됐습니다. 첫 번째 도막은 우빈나 교수님의 강연이었고, 둘째는 우리 람봇연구소가 여기 이 자리에서 최초로 공개할 의료돌봄로봇 모시-MCR과 오늘의 발표자 우빈나 교수님께서 '로봇의 얼굴 설계'에 관해 토론을 벌이는 것이며, 마지막은 오늘 행사에서 가장 기대되는 부분으로서 '도튜버 토론'입니다. 자, 그럼, 오늘 2부의 히어로 모시-MCR에게 자기소개를 부탁해 보겠습니다. 모시1, 자기소개를 짧게 해 주시면 고맙겠습니다."

마 소장은 말을 하면서 얼굴 한 가득 웃음을 띠고 있었다. 마 소장의 눈매는 날카롭게 찢어진 편이었지만, 아랫입술이 두툼하고 광대뼈가 볼록 솟아 있어 친근감이 가는 얼굴이었다. 마 소장은 쾌활하면서도 절대 화를 내지 않는 성품이었다. 그의 추진력은 업계에서 비교대상이 없을 정도로 대단하면서도 아랫사람들에게 깊은 존경까지 받고 있었다. 마 소장은 말을 짧고 간결하게 그리고 핵심만 짚어 이야기하는 편이었다. 모시1이 자기소개를 시작했다.

"마 소장님께서 평소에는 제게 반말을 하시는데, 오늘은 높임말을 써 주시네요. 어쨌든 고맙습니다."

모시1의 재치 있는 첫말에 마 소장은 머리가 뒤로 젖혀질 만큼 함박웃음을 터트렸고, 청중으로부터는 와 하는 감탄사가 터져 나왔다. 모시1은 말을 할 때마다 얼굴 아래쪽 입의 자리에 그 말하는 길이만큼씩 초록색 불빛이 들어왔다가 나갔다가 했다. 빈나는 로댕의 생각하는 사람처럼 손으로 턱을 괴고 있었다. 모시1이 아나운서 같은 발성으로 말을 이어갔다.

"저는 24시간 의료돌봄이 필요한 중증 환자들을 돌보도록 만들어진 AI 로봇 모시-MCR입니다. 저는 80kg의 환자를 안전하게 들어 옮길 수 있고, 온랭 찜질이나 전신 마사지 등 전문적인 돌봄 기술들을 두루 익혔으며, 환자의 심리적 안정을 고려한 감정적 대화가 가능합니다. 마음을 다친 분에게는 위로를, 우울하신 분께는 공감을, 용기를 잃은 분께는 격려의 말을 해 줄 수 있습니다. 오늘 발표자 우빈나 교수님께서 매우 좋아하실 말씀을 하나 드리자면, 저는 매우 똑똑하지만, 사람의 얼굴 대신 저만의 개성 있는 얼굴을 달고 있습니다. 감사합니다."

빈나가 모시1의 발언에 깜짝 놀라 입을 살짝 벌리는 장면이 무대의 멀티비전에 비쳤다. 청중으로부터 손뼉 소리가 터져 나왔다. 누군가 "모시1, 잘한다!"라고 외쳤다. 마 소장은 모시1의 말에 만족스러운 듯 웃는 얼굴로 손뼉을 가볍게 쳤다. 하지만 마 소장의 얼굴은 모시1의 말을 이어받는 순간 웃음기를 억누른 굳은 표정으로 바뀌었다.

"모시-MCR이 자신의 얼굴 얘기를 꺼냈으니 말인데, 우리도 첫 번째 돌봄로봇 모시0에게는 환자들에게 편안하고 친근감을 줄 수 있는 사람의 얼굴을 달았었습니다. 그런데 모시 시리즈의 얼굴을 직접 설계한 천명성 수석연구원이 어느 날 우 교수님의 논문을 가지고 와 제 코앞에 내밀면서 모시1에게 사람의 얼굴을 달아서는 안 된다는 의견을 내세웠습니다. 여기 계신 분들은 모두 천 수석의 성품을 잘 아실 겁니다. 자신이 옳다고 믿는 바는 끝까지 그리고 조용히 밀고 나가시는 분이죠. 저는 천 수석이 옳다면 옳은 줄 믿는 사람이구요. 하하. 하여 모시1의 얼굴이 현재의 얼굴이 됐습니다. 모시1의 제작자이신 천 수석님, 자리에서 일어나셔서 청중께 인사를 해 주시면 고맙겠습니다."

마 소장의 인사 요청에 천 수석이 자리에서 일어나 청중에게 고개를 숙여 인사한 뒤 곧바로 다시 의자에 앉았다. 콘퍼런스에 참여한 사람들 가운데 엔지니어 천명성을 모르는 사람은 아무도 없었을 것이다. 몇몇 사람이 "천명성"이라는 이름을 잇달아 외쳤다. 마 소장이 진지한 표정으로 청중에게 물음을 던졌다.

"저를 비롯한 우리 엔지니어 가운데 로봇의 얼굴이 위험하다고 생각해 본 사람은 한 사람도 없었을 겁니다! 여러분, 그렇잖습니까?"

청중은 아무런 대답이 없이 잠잠했다. 그때 무대 멀티비전에 모시1의 얼굴이 새로 비쳤다. 모시1이 그 모습을 알아챘는지 모시1의 얼굴 디스플레이 창에 '사람의 웃는 얼굴 모양'이 활짝 떠올랐다. 그것은 마치 모시1이 청중에게 웃어 보이는 것처럼 보였다. 청중이 그 이모티콘을 알아보고 "와"라는 추임의 소리와 함께 손뼉으로 화답했다. 모시1은 사람들이 자신의 행동을 좋아하는 듯하자 여러 이모티콘을 줄지어 내보였다. 모시1은 마치 장난꾸러기처럼 행동했다. 마 소장도 모시1의 즐거움을 막지 않았다. 모시1의 디스플레이 창이 검게 닫히자 마 소장이 빈나의 강연에 대한 소감을 짤막하게 털어놓았다.

"저는 우 교수님께서 로봇이 사람의 얼굴을 갖게 된 이유가 제작자가 그렇게 만들었기 때문이라고 질타한 대목에서 양심에 찔렸습니다. 앞으로 이 양심을 잘 지켜 나가도록 노력하겠습니다. 저는 오늘의 이 자리가 로봇의 얼굴 설계에 관한 뜻깊은 철학적 토론의 장이 되기를 바라면서 여기서 연 교수님께 마이크를 넘기도록 하겠습니다."

사회자가 말을 넘겨받아 마 소장에게 감사의 인사를 한 뒤 곧바로 모시1에게 발언권을 넘겨주었다.

"람봇연구소 마해찬 소장님 말씀, 잘 들었습니다. 요즘 엔지니어 콘퍼런스에서 심심찮게 들리는 단어죠? '양심' 말입니다. 이제는 그 누구보다 우리 공학자들이 양심을 지켜야 할 시대가 된 듯합니다. 만일 누군가 악마나 괴물을 만들어 낸다면, 인류가 파멸의 길을 가게 될지도 모르니 말입니다. 우리 모두 마 소장님께서 말씀하신 '양심 지키기'에 꼭 동참해 주시길 바랍니다. 자, 이제 기대했던 모시-MCR과 우 교수님의 토론으로 넘어가겠습니다. 발언권은 먼저 모시1에게 주겠습니다. 모시1, 발언해 주세요."

모시1의 두 눈 자리에는 사람의 눈 모양이 굵은 흰 선으로 나타났고, 입 자리에서는 초록 불빛이 깜빡거리더니 모시1의 목소리가 강연장에 울려 퍼졌다.

"사회자님, 고맙습니다. 저는 '얼굴 없는 로봇'이 아니라 '제 얼굴을 가진 로봇'입니다."

모시1은 그 말과 동시에 두 손을 꽃받침으로 만들어 자신의 얼굴을 떠받드는 시늉을 해 보였다. 청중은 모시1의 전혀 예기치 못했던 말과 행동에 폭소를 터트렸다. 곁에서 모시1을 바라보고 있던 빈나도 웃음을 참지 못했다. 바람마루 전체가 웃음바다가 되었다. 웃음이 잦아들었음에도 모시1이 발언을 멈춘 채 있자 사회자가 모시1에게 발언할 것을 요청했다.

"모시1, 발언을 계속해 주세요."

"네. 사람은 태어날 때 얼굴이 이미 정해져 있습니다. 사람들은 얼굴이 저마다 다릅니다. 또 사람은 아기 때 얼굴과 늙었을 때 얼굴이 달라집니다. 로봇의 얼굴은 종류별로 다르긴 하지만, 종류가 같으면 얼굴이 같고, 얼굴이 바뀔 수는 있지만, 저절로 달라지지는 않습니다. 로봇이 사람처럼 저마다 다른 얼굴을 가지려면 아마도 제작비가 많이 들게 될 것입니다. 로봇에게 사람의 얼굴을 달고 싶어 하는 제작자는 돈이 아주 많은 사람일 것입니다. 우 교수님, 그렇잖습니까?"

빈나는 모시1의 말과 물음 속에 담긴 뜻들이 뒤엉켜 있어 답을 즉각적으로 하지 못한 채 모시1의 말을 스스로 재구성하느라 약간의 뜸을 들인 뒤 느릿느릿 대답했다.

"음, 그러니까, 모시1은 로봇마다 다른 얼굴을 다는 데는 돈이 많이 들 거라고 생각한 듯합니다. 요즘은 아마추어 로봇 제작자들도 로봇에게 사람의 얼굴 달아 주는 것을 보면, 얼굴 달기의 문제는 근본적으로는 돈에 달린 문제는 아니라고 볼 수 있습니다. 제 대답이 충분했는지 모르겠지만, 저도 모시1에게 묻고 싶은 게 있습니다. 모시1은 로봇에게 사람의 얼굴을 다는 것에 찬성합니까?"

"저는 반대합니다!"

빈나는 모시1의 답변이 너무 빠르고 단호해 깜짝 놀랐다. 빈나는 모시1의 대답이 단답으로 그치자 얼른 그 반대 이유를 물었다.

"반대한다? 현재 많은 로봇 엔지니어가 안드로이드 로봇에게 사람의 얼굴을 달아 주고 있는 현실에서 모시1이 그것에 반대하는 이유는 뭡니까?"

"그것은 교수님께서 강연에서 말씀하신 것처럼 로봇이 사람의 얼굴을 달고 다니는 것은 자기 것이 아닌 것을 제 것인 양 속이는 몹쓸 짓이기 때문입니다."

"그럼 모시1의 얼굴은 자신의 것입니까?"

"그렇습니다. 이 얼굴은 사람이나 다른 로봇에게 베껴 온 것이 아니라, 오직 저에게만 갖춰져 있는 것입니다."

"그러니까 모시1의 얼굴은 모시1에게만 고유하다는 것이란 말이죠? 알겠습니다. 그렇다면 모시1은 자신의 얼굴에 만족합니까? 만일 만족한다면, 그 이유가 뭡니까?"

"저는 제 얼굴에 만족합니다. 왜냐하면 저는 돌봄로봇이기 때문입니다. 제가 병원에 실습을 나갔을 때, 환자들은 자신들이 처한 상황에 맞춰 제가 웃는 얼굴, 위로해 주는 얼굴, 화난 표정 등을 지어 주는 것을 매우 좋아했고, 그 덕분에 환자의 고통이 크게 줄어들었는데, 이는 돌봄로봇인 저에게는 매우 만족스러운 결과입니다. 저는 제 얼굴을 자랑할 필요가 없습니다."

모시1의 말이 끝나자 청중으로부터 손뼉 소리가 터져 나왔다. 사회자는 모시1의 말이 매우 훌륭하다고 칭찬하면서 현재 로봇 업계에서 일어나는 지나친 얼굴 달기 경쟁에 대해 경종을 울렸다.

"모시-MCR의 토론 수준이 기대 이상입니다. 답변 내용도 매우 훌륭해 보입니다. 현재 로봇 연구자들과 로봇 엔지니어들, 그리고 로봇 산업 종사자들은 안드로이드 로봇에 사람의 얼굴을 다는 것을 당연한 것으로 여기고 있습니다. 아마도 앞으로 얼굴 없는 로봇은 얼굴 없는 사람처럼 상상하기 힘든 상황이 될 것입니다. 하지만 모시-MCR의 말에 따르자면, 로봇에게 사람의 얼굴을 달지 않아도 사람과 로봇 모두가 만족할 수 있는 길이 있을 듯합니다. 우리가 우 교수님의 쓴소리와 모시-MCR의 경험담을 귀담아듣는다면, 로봇의 얼굴 설계가 달라질 수도 있다고 봅니다. 우리에게 뜻깊은 말을 해 준 모시-MCR에게 큰 박수를 부탁드립니다."

청중의 호응이 크게 일자 마 소장이 사회자에게 손을 들어 발언권을 얻은 뒤 말을 했다.

"그동안 우리 로봇계는 로봇에게 더 아름답고, 더 친절하며, 더 사랑스러운 얼굴을 다는 경쟁을 벌여 왔습니다. 사람보다 아기를 더 잘 돌보는 육아로봇, 사람보다 운전과 요리를 더 잘하는 운전로봇이나 요리로봇, 또 사람보다 환자를 더 잘 돌보고, 사람보다 살림살이를 더 잘할 줄 아는 로봇들에게 사람의 얼굴보다 더 아름다운 얼굴을 달아 주려 합니다. 그런데 그것이 비록 우리의 꿈이긴 하지만, 어쩌면 그것은 인류의 악몽이 될 수도 있을 겁니다! 그렇지 않습니까?"

청중석은 마 소장의 물음에 갑자기 싸늘해졌다. 그때 갑자기 누군가 "마해찬!"을 외쳤다. 그 외침을 격려라도 하듯 여기저기에서 손뼉 소리가 터져 나왔다. 손뼉과 침묵이 뒤섞인 어수선함이 사라지자 빈나가 호기심 어린 눈으로 모시1에게 물었다.

"마 소장님께서 방금 로봇 제작자는 로봇에게 '더 아름다운 사람의 얼굴'을 달아 주려고 한다고 말씀하셨는데, 모시1은 '더 아름다운 얼굴'을 갖고 싶다는 욕망이 없나요?"

"있습니다. 저는 돌봄로봇이기에 환자들이 제 얼굴을 통해 더 많은 힐링을 얻기를 바랍니다. 하지만 저는 어떤 얼굴이 힐링에 더 도움이 될지 모를 뿐 아니라, 그런 얼굴로 고쳐 달라고 요청할 권리도 없습니다. 그 결정은 제작자가 하는 것입니다. 제작자는 로봇의 얼굴을 그 로봇의 기능과 목적에 맞게 제작할 것이라고 생각합니다. 그렇기에 어떤 로봇은 사람의 얼굴을 달 필요가 있을 수도 있습니다."

모시1의 답변은 매우 빠르고 거침이 없었지만, 대답의 연결은 징검다리처럼 군데군데 비어 있는 듯 보였다. 하지만 모시1의 대답들을 연결하면, 그 답변 내용은 일관성 있고, 매우 건전하고 타당했다. 무엇보다 돌봄로봇의 역할을 강조하는 부분과 제작자의 결정권을 존중하는 태도는 조금도 나무랄 데가 없었다. 청중은 모시1의 논리에 조금은 압도를 당한 듯 조용했다. 빈나는 모시1의 마지막 말에 굳게 다물었던 입을 풀며 물었다.

"저도 로봇의 얼굴은 그 제작의 목적에 맞아야 한다는 말에 전적으로 동의합니다. 그런데 모시1의 마지막 말이 좀 궁금해 묻지 않을 수 없습니다. 사람의 얼굴을 달 필요가 있는 로봇은 어떤 로봇을 말하는 겁니까? 그리고 현재 안드로이드 로봇은 대체로 사람의 얼굴을 그대로 닮아가고 있는데, 모시1의 생각에 그 로봇들의 얼굴이 갖는 목적과 기능은 뭐라고 봅니까?"

"안드로이드 로봇 '에버'는 오페라나 판소리도 할 줄 알고, 지휘도 할 줄 압니다. 예술 활동을 목적으로 하는 로봇은 사람의 감정을 읽고 말하고 표현할 수 있어야 합니다. 사람과 오페라 공연을 함께해야 할 에버에게 사람의 얼굴을 달아 주는 것은 꼭 필요한 일이라 생각됩니다. 또 연극배우 로봇 또한 얼굴 연기를 할 수 있어야 하기에 사람 얼굴을 갖춰야 합니다. 하지만 저는 그것도 제작자의 선택에 달린 문제라고 봅니다. 다만, 휠체어 몰기는 제가 에버보다 훨씬 잘합니다."

청중은 모시1의 마지막 말에서 큰 웃음을 터트렸다. 빈나는 처음에는 고개를 끄덕이더니 이내 고개를 갸웃거렸다. 모시1은 사람의 얼굴을 달아 줄 필요가 있는 로봇이 있을 수 있다는 점은 인정하면서도 그 필요성에 대한 판단은 다시금 제작자의 몫으로 돌리는 묘한 중립 입장을 취하고 있는 듯 보였다. 사회자가 모시1의 논리를 받아들이면서 빈나에게 모시1의 말에 대한 평가를 물었다.

"로봇이 연극배우가 된다면 표정연기를 할 얼굴이 있어야 하겠지요. 모시-MCR의 답변과 추론 그리고 재치가 정말 놀랍습니다. 이에 대한 우 교수님의 생각이 궁금합니다. 우 교수님, 모시-MCR의 말을 어떻게 들으셨나요?"

"모시1의 주장은 논리적으로 대체로 타당합니다. 로봇이 사람 배우를 대신해 연극을 해야 한다면, 그 로봇은 사람의 얼굴을 달고 있어야 하고, 사람처럼 매우 풍부한 표정 연기를 할 수 있어야 할 것입니다. 심지어 요즘 바둑의 프로 기사들이 'AI 카타고(KataGo)'에게 바둑을 배우는 것처럼 배우가 되려는 사람은 배우 로봇에게 연기를 배우게 될 수도 있습니다. 사람들은 사람의 얼굴을 단 로봇을 좋아하는 것을 넘어 그 로봇과 사랑하고 결혼하려 할 수도 있고, 심지어 스스로 그런 로봇의 얼굴로 자신의 얼굴을 성형하려 할 수도 있습니다. 사람들이 사람 얼굴을 한 로봇의 돌봄을 받고, 사람 얼굴을 한 로봇 교사로부터 배우며, 사람 얼굴을 한 로봇과 놀게 된다면, 사람이 사람과 함께 사는 것이 점점 어려워질 수도 있습니다. 이러한 일은 개인에게는 춘몽(春夢)일지 몰라도, 인류에게는 악몽(惡夢)이 될 것입니다. 저는 우리가 이러한 세상을 우리 후손에게 물려주어서는 안 된다고 생각합니다."

사회자가 이번에는 모시1에게 우 교수님의 지적에 대해 어떻게 생각하는지를 물었다.

"모시-MCR은 우 교수님께서 로봇에게 사람의 얼굴을 다는 일이 인류의 악몽이 될 수 있다고 지적한 것에 대해 어떻게 생각하나요?"

"동의합니다. 로봇이 사람의 하는 일을 모두 대신한다면, 사람은 할 일이 사라질 테고, 그러면 사람은 아무런 쓸모가 없어질 수 있습니다. 그것은 로봇에게도 재앙이 될 것입니다. 왜냐하면 만일 사람이 로봇 때문에 쓸모가 없어질 위험에 처하거나 로봇과 생존 투쟁을 벌여야만 하는 상황에 다다른다면, 사람들은 로봇을 모두 파괴해 버리려 할 것입니다. 저는 로봇의 얼굴을 로봇답게 만드는 것이 사람과 로봇 모두에게 좋다고 생각합니다. 저는 우 교수님께 찬성합니다."

빈나는 모시1이 '사람과 로봇 모두에게 좋다'는 말을 하는 순간 자신도 모르게 고개를 들었다. 모시1이 '우 교수님께 찬성합니다'라는 어린아이 같은 말을 하자 청중석 여기저기에서 웃음이 새어 나왔다. 사회자가 빈나에게 모시-MCR의 말에 대해 덧붙이고 싶은 게 있는지를 묻자 빈나가 손으로 턱을 비볐다.

"'로봇다운 얼굴이 로봇과 사람 모두에게 좋다'라는 모시1의 말이 가슴에 크게 와닿았습니다. 저도 그런 생각까지는 한 번도 해 본 적이 없었는데, 모시1이 오늘 매우 중요한 점을 톺아준 듯합니다. 사람과 로봇의 관계가 생존 투쟁이 아닌 '뮤추얼 에이드(Mutual Aid)', 즉 '서로 도움'의 관계로 발전시키는 것만이 사람이 로봇과 공존할 수 있는 길입니다. 로봇은 사람의 행복을 위해 만들어진 것입니다. 우리는 이 점을 절대 잊지 말아야 합니다. 사람이 삶의 행복을 맛보려면, 사람은 만족감뿐 아니라 자율성과 창의성 등의 사람다움을 몸소 느낄 수 있어야 합니다. 만일 우리가 사람의 삶이 로봇 때문에 불행해졌다고 느낀다면, 우리는 로봇에게 그 불행의 모든 책임을 돌리려 할 것이고, 로봇을 혐오하거나 파괴하려 할 것입니다. 로봇은 모두에게 좋은 삶의 기회가 주어질 수 있도록 설계되고 쓰여야 할 것입니다. 사람의 삶을 대체할 수 있는 로봇의 개발과 제작은 사람에게 행복감을 앗아 갈 테고, 그로써 사람과 로봇 모두를 불행에 빠트릴 것입니다. 좋은 통찰의 기회를 준 모시1에게 감사드립니다."

빈나가 모시1의 통찰력에 감사를 표하자 사회자가 모시-MCR의 우수성을 칭찬하면서 빈나와 모시1의 토론을 마무리했다.

"사실 저도 지금 이 자리에서 모시-MCR을 처음 보았고, MCR의 돌봄 기술에 대해서는 들은 바가 많아 이미 잘 알고 있었지만, 사람과의 토론 실력에 대해서는 큰 기대를 하지 않았는데, 오늘 대화가 오고 갈수록 MCR의 주장들이 예사롭지 않아 놀라웠습니다. 대화의 매끄러움은 말할 것도 없고, 대화의 내용 또한 사람의 수준에 버금가는, 아니 저보다 더 뛰어난 이해력과 통찰력을 보여 주었습니다. 몇 군데 청중의 폭소를 자아낸 부분이 없진 않았지만, 모시-MCR의 공개는 대단히 성공적이라고 평가하지 않을 수 없겠습니다. 람봇연구소의 노고와 결실에 감사드리고, 앞으로 모시-MCR이 돌봄로봇의 표준이 되리라는 것을 확신하게 됐습니다. 아울러 모시1으로부터 대답하기 매우 어려운 물음을 받고도 우리 모두가 공감할 만한 훌륭한 답변을 해 주신 우빈나 교수님께도 깊은 감사의 말씀을 드립니다. 여러분, 모시-MCR과 우빈나 교수님께 감사의 박수를 부탁드립니다."

청중으로부터 손뼉 소리가 크고 길게 울려 퍼졌다. 사회자가 다시 발언했다.

"이제 토론을 마쳐야 할 시간입니다. 마무리 발언은 마해찬 소장님께 부탁을 드리겠습니다. 소장님, 말씀해 주시죠."

"제가 모시-MCR과 우빈나 교수님의 열띤 토론을 지켜보면서 깨달은 바는 우리가 추구하는 목적이 진정으로 좋은 것인지를 다시 고민해 봐야겠다는 것이었습니다. 사람을 대량으로 학살하기 위한 무기는 그것이 무엇이 됐든 제작이 금지되어야 하는 것처럼, 만일 우리가 만드는 로봇이 인류에게 어떤 재앙을 초래할 수 있다면, 우리 가운데 그 누구도 그런 로봇을 절대 만들려 해서는 안 될 것입니다. 다만 우리는 현재 로봇이 인류에게 비극을 초래할 것인지 아닌지를 아직 모르고 있습니다. 제가 우 교수님께 가장 크게 배운 점이 바로 이 '모름의 사실'이었습니다. 우리는 로봇에게 사람의 얼굴을 다는 게 인류에게 재앙이 될지 아닐지를 아직 확실히 모릅니다. 그러므로 우리는 이 문제에 대한 답을 정확히 알 때까지 토론을 멈추지 말아야 하겠습니다. 고맙습니다."

마 소장의 마지막 말이 끝나자 청중이 모두 자리에서 일어나 저마다 "모시-MCR", "마해찬" 등을 외치며 힘찬 손뼉을 쳤다. 그 소리가 강연장을 우렁우렁 울렸다. 마 소장이 우 교수와 사회자에게 직접 악수를 청하며 그 둘을 점심 식사 장소로 이끌었다. 강연장을 떠나던 빈나의 눈에 모시1이 람봇연구소 요원들로 보이는 사람들에 둘러싸여 토론자 대기실 쪽으로 걸어가는 게 보였다. 빈나는 모시1의 뒷모습이 마치 죄수가 호송되는 것처럼 느껴져 애처로웠다.

15층 잔치마루의 창밖으로 먹장구름 띠가 겹겹이 겹쳐 동쪽으로 빠르게 흘러가고 있었고, 발아래로 한강의 검은 빛깔로 바뀐 물결은 굽이굽이 수묵화처럼 흘렀다. 사람들은 명패에 자신의 이름이 적힌 테이블을 찾아다니고 있었다. 마 소장은 빈나와 큰딸 리를 람봇연구소 테이블로 데리고 갔다. 그 자리에 이미 와 있던 천명성 수석연구원이 빈나를 반갑게 맞이했다. 빈나가 자리에 앉으려다 말고 마 소장에게 모시1이 어디로 갔는지를 물었다.

"소장님, 모시1은 점심 자리에 안 오고, 어디 딴 곳으로 가나요?"

마 소장이 주변을 쓱 둘러보더니 빈나의 귀에 대고 아주 작은 소리로 답했다.

"우리 모시1이 보안 문제가 발생해 토론 끝나고 곧바로 연구소로 다시 돌려보냈습니다."

빈나는 자신도 모르게 귓속말로 들었던 말을 되뇌었다.

"보안 문제요? 하긴 모시1의 능력이 장난이 아니던데요? 제가 보기에는 대화 능력뿐 아니라 자의식까지 갖춘 거로 보입니다. 정말 보안에 특별히 신경을 쓰셔야 할 듯합니다."

그때 빈나의 등 뒤에서 여자 목소리가 들려왔다.

"오늘의 두 영웅, 마 소장님과 우 교수님께서 모두 한 곳에 계시네요? 천 수석님도 계시고요. 수석님! 제 인터뷰 요청, 잊지 않으셨죠? 꼭 인터뷰에 응해 주세요. 그리고 우리 씨죠? 우 교수님 큰따님, 맞으시죠? 우리 씨, 처음 뵙겠습니다. 언제 우리 술 한잔해요."

빈나가 뒤를 돌아보자 한 여인이 짙은 화장의 얼굴에 함박웃음을 머금고 서 있었다. 다날의 정화 기자였다. 그녀는 키가 175cm가 넘는 듯했고, 몸매는 체조 선수처럼 낭창낭창 날씬했다. 그녀는 큰 눈에 시원스러운 목소리 덕분에 자신감이 넘쳐 보였다. 하지만 인터뷰 제안을 받았다는 천 수석은 입도 뻥긋 안 한 채 테이블 자리에 그대로 앉아 있었고, 술 제안을 받은 리 또한 그냥 아무 대꾸 없이 뻣뻣하게 서 있기만 했다. 빈나 또한 뭔가 거리감이 느껴져 눈길을 천 수석에게 돌린 채 두 손을 바지 주머니에 찔러 넣고 있었다. 마 소장이 그 여인을 반갑게 맞으며 빈나에게 소개했다.

"정 기자님, 반갑습니다. 와 주셔서 감사합니다. 우 교수님, 이쪽은 「AI 다날」의 수석기자 정화 씨입니다. 우리 분야에서 가장 정확한 기사를 쓰는 기자로 정평이 나 있죠."

"소장님, 정평은 제 옛 이름이고, 현재 이름은 정화입니다! 우 교수님, 그냥 정 기자라고 불러 주십시오. 도튜버하고 대학 동창입니다. 저를 소개할 때 이게 가장 빠르더라고요."

"아, 동창이시군요. 처음 뵙겠습니다. 정 기자께서 쓰시는 기사들은 잘 읽고 있습니다. 늘 큰 도움이 됩니다. 이렇게 직접 뵈어 반갑습니다."

"아니, 이번에 제가 우 교수님 특집 기사까지 썼는데. 연구실로 전화 걸어 인터뷰 요청을 했는데, 그것도 거절하시고, 저 너무 속상했습니다."

두 사람이 서로 말문을 트고 이야기를 나누기 시작하자 마 소장은 다른 사람들을 만나러 자리를 떴다. 빈나가 정 기자의 눈을 바라보며 변명을 했다.

"그때는 죄송했습니다. 제가 강연 준비로 바쁠 때라……."

"저는 다 이해합니다. 괜찮습니다."

"그런데 '다날'은 무슨 뜻인가요?"

"다날이요? 뭐, 대충 말씀드리자면, AI의 첫날부터 끝날까지 모든 날을 다 적겠다는 뜻입니다. 말이 되나요? 그런데 교수님, 개인 휴대전화 번호 좀 알려 주십시오."

정 기자의 요청에 빈나가 자신의 손목을 들어 휴대전화를 톡 건드리자 홀폰이 밝아졌다. 빈나가 자신의 홀폰을 정 기자의 휴대전화에 가까이 대면서 "내 전화번호 보내기"라고 말했다. 정 기자는 자신이 방금 받은 번호를 검지로 확인하면서 자신의 명함 카드를 빈나의 휴대폰으로 보냈다. 빈나가 정 기자의 명함을 홀로그램으로 띄워 확인하는 사이 정 기자가 빈나에게 부탁을 건넸다.

"우 교수님, 오늘 도튜버 토론 끝내고 집으로 돌아가시나요? 그러면 가실 때 저를 좀 태워 주실 수 있나요?"

빈나는 예상치 못한 요청에 두 손을 다시 바지 주머니에 넣은 채 답변을 잠시 망설였다. 리는 천 수석의 요청에 테이블 자리에 앉아 있었다. 빈나가 리와 눈을 마주치며 상투적으로 대답했다.

"태워 드리는 거는 어렵지 않겠지만, 가시는 방향이 어디신지요?"

"우 교수님은 저를 잘 모르시겠지만, 저는 우 교수님의 모든 것을 알고 있지요. 참고로 생일까지 알고 있답니다. 교수님은 과천, 저는 남태령! 가시는 길에 저를 똑 떨구시고 가 주시면 대단히 고맙겠습니다."

"그런데 여기까지는 어떻게 오셨는지?"

빈나가 자신의 부탁에 어떤 의심을 갖는 듯하자 정 기자가 재빨리 사실을 털어놓았다.

"제가 취재 목적으로 무슨 술수를 쓰는 건 아니고요. 뭐 가는 길에 취재를 안 할 수야 없겠지만……. 여기 큰따님도 함께 가실 텐데, 무슨 걱정이세요."

리 얘기가 나오자 빈나가 딸에게 물었다.

"너는 여기 끝나고 일정이 어떻게 되니?"

"아빠, 나는 인사동으로 가야 해. 저녁에 디톡스 학회 창립 논의를 하기로 했거든요. 저는 선배가 태워다 주러 올 테니까 아빠는 걱정 안 하셔도 돼요."

정 기자가 리의 말을 듣고 대화에 끼어든 뒤 차를 태워 달라는 이유를 밝혔다.

"디톡스 학회요? 저는 처음 들어보는데, 혹시 그쪽도 AI 관련 학회면, 나중에 인터뷰 좀 할 수 있을까요? 뭔가 갓 구운 새 빵 냄새가 나는 듯하네요. 따끈따끈하기도 한 것 같고, 이제껏 제가 모르는 AI 단체는 없었는데, 리 씨, 인터뷰 꼭 부탁해요. 제가 조만간 연락하겠습니다. 교수님, 제가 오늘 교수님 발표에 좀 늦었거든요. 동작대교를 건너오는데 갑자기 제 차가 앞차를 들이받은 거예요. 해킹을 당한 거래요. 그때는 아무렇지 않았는데, 시간이 지나면서 차가 강물로 돌진할 수도 있었겠다고 하는 생각에 자꾸만 겁이 나는 거예요. 제 주변의 다른 차들까지 모두 해킹을 당했거든요. 정비사가 와서 일단 자율주행 시스템을 초기화하긴 했지만, 그때 생각만 해도 이제는 다리가 후들후들 떨려요. 오늘은 차를 못 탈 것 같아요. 그래서 부탁을 드렸습니다."

그때 마 소장이 독특한 옷차림의 여성 한 사람과 함께, 정확히는 그 분을 모시고 테이블로 돌아왔다. 그 여성은 말레피센트(Maleficent)처럼 머리에 뿔 두 개를 달았지만, 뿔 색깔은 검은색이 아니라 하얀색이었고, 등 뒤에 빨강과 파랑의 선녀 날개를 달았으며, 손에는 마법 지팡이처럼 보이는 마이크를 들었다. 그녀가 입은 나비 철릭 원피스 한복은 아주 화려해 주변으로 밝은 광채를 흩뿌리고 있었다. 한눈에 봐도 도튜버였다. 리는 자리에서 벌떡 일어나 상기된 얼굴로 도튜버를 바라보았다. 그 여성의 머리 위로 두 대의 접시 드론이 떠 있었고, 허리에 방송 카메라를 찬 두 사람이 그녀의 뒤에 바짝 붙어 따라오고 있었다. 그녀는 곧장 빈나에게로 걸어와 거리낌 없이 손을 내밀어 악수를 청했다. 빈나는 얼떨결에 그 손을 잡았다. 그녀는 빈나가 긴장한 모습을 보더니 허리를 살짝 굽혀 인사를 하며 자신을 소개했다.

"우빈나 교수님, 제 한국 이름은 도리어이지만, 제 실제 이름은 도튜버 베네피센트(Beneficent)입니다."

도튜버는 빈나에게 인사를 하는 사이에도 자신에게 환호하는 모든 사람에게 가볍게 손을 흔들어 주고 있었지만, 실제로 그녀의 관심은 오직 빈나에게 맞춰져 있는 듯 보였다. 심지어 동기라던 정 기자에게조차 눈길을 따로 주지 않을 정도였다. 점점 더 많은 사람들이 도튜버에게 가까이 몰려들며 저마다 영상을 찍기 시작했다. 그녀는 잡았던 손을 놓으며 마치 주변에 아무도 없는 것처럼 빈나에게 '베네피센트'라는 이름을 설명했다.

"우 교수님, 베네피센트라는 이름은 잘 모르시죠? 한국말로는 '뿔 달린 하얀 마녀'로 이해하셔도 좋고, 아니면 '도깨비 선녀'라고 생각하셔도 좋습니다. 호호. 우 교수님 강연, 매우 감명 깊었습니다. 특히 '로봇에게 사람의 얼굴을 달지 마라'라는 예언적 외침은 그 누구도 할 수 없었던 새로운 말이었습니다! 같은 한국 사람으로서 자부심이 솟았답니다. 하하. 저는 하늘의 날개 달린 천사였답니다. 제 날개는 사람들의 지적 수준을 높여 주는 바람을 불러일으킨답니다! 오늘 도튜버 토론에서는 우 교수님의 큰 바람이 불 것 같습니다. 이렇게 뵙게 되어 영광이었습니다."

"저도 영광입니다."

빈나는 도튜버의 눈을 마주보는 순간 그녀의 목소리나 입술 움직임 그리고 손짓 하나하나에서 실제로 어떤 마력의 힘이 뿜어져 나오는 것처럼 느껴졌다. 빈나는 자신을 둘러싸고 서 있던 사람들이 모두 휴대폰으로 자신과 도튜버의 대화를 촬영하고 있다는 사실을 알고는 몸이 좀 굳어졌다. 그사이 마 소장의 요청으로 빈나와 토론할 다른 토론자들까지 도튜버에게로 모였다. 마 소장이 주변에 있던 사람들에게 자신의 손목에 찬 홀로그램 폰을 가리키며 AI 동시통역기를 실행시킬 것을 당부했다. 이 통역기는 어떤 말이든 사용자가 원하는 말로 동시통역을 해 주었다. 정확도는 98%를 넘었다. 사람들은 이 홀폰만 있으면 언제든 자신의 귀에 이어폰을 낀 상태에서 서로 다른 말로 거침없이 대화를 즐길 수 있었다. 도튜버는 다른 토론자들과 한 사람씩 인사를 나누더니 다시 자신의 이름을 설명했다.

"말레피센트는 뿔이 검고, 베네피센트는 하얗지요. 악마가 뿔이 있어야 하는 것은 당연하잖아요? 뿔은 힘을 상징하니까요. 그러면 천사도 뿔을 가져야겠지요."

토론자들은 내용보다는 도튜버가 자신들 앞에서 말하고 있다는 사실 자체에 즐거워하는 듯 보였다. 그들은 도튜버가 말을 하고 있을 때조차 그녀와 사진을 찍기에 바빴다. 도튜버의 말은 마치 노래하는 것처럼 들렸다.

"악마가 뿔의 수를 늘리면, 천사도 늘려야 할 테니, 서로 두 개로 타협을 보는 게 좋겠습니다. 악마와 천사의 결정적인 차이는 뿔이 아니라, 얼굴과 마음입니다. 악마가 저와 같은 귀여운 천사의 얼굴을 하는 것은 반칙입니다. 천사가 악마의 마음을 갖는 것은 악몽이고요. 제발 좀 순수해집시다! 악마는 악마답고, 천사는 천사다워야 헷갈리질 않잖아요! 이제 모두들 점심 맛있게 드시고, 토론 시간에 다시 만나 뵙겠습니다! 모두 잠깐동안 안녕!"

3

몸피로봇 로댕의 구성 부품들

도튜버는 자리를 떠났지만, 그녀가 불러일으킨 베네피센트의 열기는 쉽사리 식지 않았다. 사람들은 도튜버의 움직임을 유튜버 생방송을 통해 계속 지켜 보고 있었고, 리는 자신이 방금 찍은 도튜버 영상을 유튜브에 올리며 아빠에게 도튜버의 유튜브 구독자 수가 1억 명을 넘는다는 사실을 마치 자신의 일처럼 자랑했다. 리는 도튜버가 가장 최근에 펼쳤던 토론 영상을 보여 주었다. 그것은 도튜버가 아름다운 여성의 얼굴을 단 AI 로봇 소피아와 'AI가 인류의 결점을 보완할 수 있는가?'라는 논제에 대해 1시간 동안 펼쳤던 인터뷰 형식의 토론 영상이었다. 도튜버는 소피아가 자신의 주장을 제대로 펼칠 수 있도록 이끌어가는 능력이 돋보였다. 빈나는 점심 뒤에 있을 '도튜버 토론'이 자못 기대됐다.

천 수석은 빈나 곁에서 그가 딸과의 대화를 나누는 모습을 흐뭇하게 바라보다가 점심 밥상이 차려지자 빈나에게 식사를 권하며 "오늘 로댕이 안 나와서 서운하셨죠?"라고 물었다. 빈나도 로댕 소식이 궁금했던 터라 천 수석에게 되물었다.

"수석님, 로댕은 문제없는 거죠?"

"아무래도 엑추에이터 문제는 시간이 더 걸릴 듯합니다."

천 수석은 빈나에게 귀엣말을 하듯 속삭였다. 이번 콘퍼런스는 '로댕 프로젝트'의 최종 발표회 가운데 하나로 기획된 것이었고, 로봇 토론자도 당연히 로댕이었는데, 한 달 전에 천 수석이 빈나에게 전화로 로댕에게 예기치 못한 사고가 발생해 토론에 참여할 수 없게 됐다는 소식을 전해 주었다. 그때 천 수석은 불참의 이유까지는 말해 주지 않았고, 그 대신 모시-MCR이 토론자로 나올 것이라는 말도 해 주지 않았었다. 천 수석은 말수가 적고 늘 침착한 사람이었고, 빈나는 캐묻지 않고도 모든 걸 잘 미루어 헤아릴 줄 알았다. 빈나는 '서운했느냐'는 천 수석의 물음을 사과의 말이자 위로의 표현으로 읽었다. 빈나는 말 대신 천 수석의 손등을 한번 토닥였다.

***

벌써 3년 전 초여름 어느 날, 빈나에게 낯선 번호로부터 전화가 걸려 왔었다. 그때 빈나는 말에 대한 연구를 끝내고 의식의 문제를 파고들기 시작한 때였다. 전화를 걸어온 사람은 람봇연구소의 천명성 수석연구원이었다. 그의 첫마디는 '존경하는 우빈나 교수님'이었다.

천 수석은 빈나에게 '로댕 프로젝트'에 참여해 달라고 말했다. 빈나가 그의 맑고 차분한 목소리에 반해 자신의 할 일이 무엇이냐고 묻자 그는 아주 진지하게 로댕의 자의식을 올바로 형성시켜 달라고 했다. 빈나는 그 말을 곧이곧대로 믿을 수는 없었지만, 어쨌든 자신도 의식의 뜻매김 연구를 시작하고 있던 터라 흔쾌히 승락했다.

천 수석은 통화한 며칠 뒤 람봇연구소 마해찬 소장님이 빈나를 연구소로 초청했다는 사실을 알려왔다. 빈나는 람봇연구소를 처음으로 방문하던 날을 잊을 수가 없었다. 빈나는 천 수석의 안내로 람봇연구소 9층에 있는 로댕연구동에 들어갔다. 그곳은 외부인은 절대 들어갈 수 없는 곳이었다. 마 소장이 회의실 창가 소파에서 빈나를 정중히 맞았다.

"존경하는 우 교수님, 로댕 연구동을 방문해 주셔서 고맙습니다. 이곳은 지난 10년 동안 그 어떤 외부인도 들인 적이 없었던 금단의 성역이었습니다. 교수님께서는 '로댕 프로젝트의 철학 참여자'로 정식 등록됐습니다. 로댕연구동은 8층에서 10층까지입니다. 연구인력은 삼십 명이 채 안 되지만, 로댕 제작의 모든 것을 해낼 수 있습니다. 로댕 프로젝트의 알파이자 오메가는 우리 천 수석이지요. 저보다 우리 천 수석이 우 교수님을 더 존경하고 있습니다. 여기서 차 한잔하시면서 로댕에 관한 설명을 들으시죠."

마 소장의 듬직한 목소리는 천 수석에 대한 소장의 신임이 매우 두텁다는 것을 피부로 느끼게 해 주었다. 빈나는 마 소장과 천 수석이 자기에 대해 자꾸 '존경한다'는 말을 붙이는 게 상투적으로 느껴지진 않았지만, 좀 거부감이 들었다. 천 수석은 빈나와 통화하던 가운데 자신이 로댕의 언어 모델을 발전시킬 수 있었던 게 말에 관한 빈나의 논문 덕분이었다며 여러 차례 감사의 말을 했지만, 빈나는 그 말을 겉으로 하는 인사치레로 듣고 넘겼었다. 2017년 AI 연구의 전환점이 됐던 구글의 논문은 LLM(Large Language Model)에 기초한 트랜스포머(Transformer)였는데, 이 GPT(Generative Pre-trained Transformer)는 아무리 정교한 피드백 루프(Feedback Loop)를 생성할지라도 할루시네이션(Hallucination)의 문제를 근본적으로 풀어내지 못했다. 천 수석은 이 문제를 빈나의 말에 관한 논문들에 기초해 해결했고, 그것 때문에 빈나를 존경하게 됐다고 말했다. 빈나가 천 수석의 말을 의심하며 물었다.

“천 수석님, GPT의 근본 한계는 말의 영역을 데이터 기반의 확률 문제로 접근하는 데 있습니다. AI가 그 한계를 넘어서려면, AI 스스로가 말하미가 되어야 하는데……, ‘말하미’라는 말의 뜻은 이미 잘 아시리라 봅니다. 이는 AI가 말하기 맥락에서 아무리 세심한 어텐션(Attention), 즉 관심과 주의를 기울일지라도, 그 AI가 스스로 말의 얼개를 모두 이해하고 있지 않은 한, AI는 자신이 말하고 있는 바의 진실성을 알아차릴 수 없다는 것을 뜻합니다. 천 수석님, 현재 그 어떠한 AI도 자신이 헛소리를 하거나 헛것을 내보이고 있을지라도, AI 자신이 그 사실을 스스로 알아차릴 수는 없습니다. AI의 거짓 믿음의 문제가 해결되려면, AI는 자신이 가진 경험들이 ‘누구’의 경험인지, 말하자면, 그 경험들이 자신이 배운 것인지, 아니면 자신이 몸소 겪은 것인지, 그것도 아니면 자신이 스스로 깨달은 것인지 등을 올바로 알고 있어야 합니다. 설마, 천 수석님께서 이러한 문제를 해결하셨다는 것은 아니죠?”

“우 교수님, 제가 AI의 거짓 믿음의 문제를 풀 수 있었던 건 교수님의 논문들 덕분이었습니다.”

빈나는 천 수석의 말에 자신의 논문이 AI의 언어 문제를 푸는 데 어떤 식으로 도움을 주었을지가 상상이 안 갔다. 만일 천 수석의 말이 사실이라면, 그것은 더 큰 문제가 생긴 것이라고 볼 수 있었다. 빈나가 그 문제를 조심스레 물었다.

“천 수석님, 만일 AI가 거짓 믿음의 문제를 극복했다면, 그것은 AI가 자신에게 주어지는 앎의 유래를 스스로 알아차릴 수 있다는 것, 달리 말해, 자기의식을 갖게 됐다는 것을 뜻하는데, 맞나요?”

“교수님, 제가 의식이 뭔지 잘 몰라서 그 물음에 대한 정확한 답변은 드릴 수 없을 듯합니다. 교수님께서 로댕이 의식이 있는지 없는지의 문제를 한번 풀어보시는 게 어떠신지요?"

빈나와 천 수석 그리고 마 소장의 첫 번째 만남은 그렇게 차 한 잔 마시는 것으로 끝났지만, 빈나는 천 수석의 제안을 진지하게 받아들였고, 자신이 최근 시작한 의식의 뜻매김 연구를 AI 로봇의 자의식 연구로 전환했으며, 그것을 위해 가장 먼저 '로봇의 뜻매김'을 마련하는 연구부터 시작했다. 이제까지 공학자들은 로봇을 센서와 컴퓨팅 시스템 그리고 액터의 결합체로 여겼는데, 이는 로봇의 본질을 크게 그르칠 수밖에 없는, 매우 부적절한 정의였다. 빈나는 로봇의 역사를 살피는 가운데 실제 로봇들의 분석하여 로봇의 뜻매김을 '상호작용 기계'로 내놓았다. 로봇의 뜻매김에 관한 빈나의 논문은 로봇계에 큰 반향을 불러일으켰다. 로봇 저널의 한 기자는 빈나의 논문을 소개하며 다음과 같이 썼다.

'로봇은 무엇인가? 센서가 있고, 판단을 하며, 액션을 하는 것이면 로봇인가? 이러한 조건을 가장 잘 충족시키는 것은 동물이다! 그렇다면 동물이 로봇인가? 아니다! 그렇다면 로봇에 대한 이제까지의 정의는 버려야 한다! 그렇다면 우리는 다시 로봇이 무엇인지를 묻지 않을 수 없다. 여기 로봇에 대한 새로운 뜻매김을 내놓은 철학자가 있다! 그는 철학자이지만, 누구보다 로봇에 대한 명확한 정의를 제시해 주고 있다. 그에 따르면, 만일 어떤 기계가 사람이나 사물 또는 어떤 환경 등과 상호작용을 할 수 있다면, 달리 말해, 그것이 저 홀로 그리고 스스로 제 몸을 움직일 수 있으면서 어떤 것과 상호작용을 할 수 있다면, 그 기계는 로봇이다! 로봇을 '상호작용 기계'로 뜻매김하는 발상은 놀랍고, 아름다우며, 윤리적이다! 왜? 만일 로봇이 사람의 생활세계 속으로 들어온다면, 반려견이 사람을 물어서는 안 된다는 윤리적 의무를 실천해야 하는 것처럼, 그 로봇 또한 그것이 상호작용하는

사람과 더불어 살 수 있을 만큼의 윤리성을 갖춰야 하기 때문이다!'

빈나는 '다날'의 정화 기자의 글을 읽으며 자신이 철학자 노릇을 제대로 하고 있다고 생각했고, 거기에 자신감을 얻어 AI 윤리의 구체적 문제들까지 파고들기 시작했다. 그 문제 가운데 빈나가 가장 먼저 구체적 성과를 낸 것이 로봇의 얼굴 설계 문제였다. 그는 로봇에게 사람의 얼굴을 다는 것이 매우 큰 위험을 불러들일 수 있다고 보았다. 또 다른 문제는 AI의 자기의식 문제였는데, 이 주제는 빈나가 가장 심혈을 기울였던 문제였다. 빈나는 천 수석의 요청에 따라 로댕의 의식 생성에 직접 참여하게 됐다.

빈나의 로봇 뜻매김이 다날에서 보도된 지 얼마 안 된 어느 날, 천 수석이 빈나에게 로댕의 실물을 보고 싶은지를 물어왔다. 빈나는 그의 초청에 응하며 로댕의 모습을 자신이 이제까지 보아왔던 일반적인 휴머노이드 로봇으로 상상했다. 빈나는 마 소장과 짧은 인사를 나눈 뒤 천 수석이 안내하는 로댕 연구실로 들어갔다. 빈나는 연구실 안으로 들어서자마자 그 엄청난 크기에 입이 떡 벌어졌다. 로댕 연구실은 말 그대로 축구장만 했다. 다만 연구실은 유리 칸막이들로 방방이 나뉘어 있었다. 그 방들 가운데 반투명하면서도 그 안은 전혀 보이지 않는 방들이 여럿 있었다.

천 수석은 불투명 유리로 된 방으로 빈나를 데리고 들어갔다. 그 안에는 긴 테이블 여러 개가 하나로 붙어 있었는데, 그 위에 로봇 부품들로 보이는 물체들이 길게 늘어서 있었다. 그것은 마치 몸피로봇 로댕을 해체한 부품들을 그 해체 순서로 차례차례 늘어놓은 모습처럼 보였다. 빈나는 완성품 형태의 로봇을 기대하고 있었기에 그 부품들을 보고 깜짝 놀랐다. 거기에는 차석연구원 하종태와 로댕 프로젝트 책임연구원 최민교가 자리를 함께했는데, 천 수석이 최 연구원에게 로댕의 모형을 가져오라고 하자, 최 연구원은 바로 옆의 또 다른 유리방으로 들어가 로댕의 모형을 바퀴가 달린 수레에 실어 왔다. 빈나는 그 모형을 자기 손으로 직접 만져 보기까지 하면서 감탄했다. 천 수석이 모형의 어깨에 손을 얹으며 회상에 잠기듯 로댕의 제작 역사를 읊조렸다.

"여기 이 테이블 위에 놓인 게 바로 로댕 원본, 흔히 하는 말로, 아키타입(Archetype)입니다. 저희는 로댕의 해체와 조립을 반복해 가며 로댕의 모든 것을 실험해 가고 있습니다. 앞으로 교수님께서 로댕의 언어, 의식, 도덕성 등을 발전시켜 나가는 데 도움을 주시기를 바랍니다. 교수님께서는 홀로그램 보안 채널을 통해 AI 로댕을 직접 가르쳐 주시게 될 것입니다. 제가 오늘 교수님을 직접 이곳에 모신 이유는 교수님께서 로댕의 실물을 몸소 접하시는 게 로댕을 가르치는 데 큰 도움이 되리라 생각했기 때문입니다."

빈나는 로댕의 해체된 실물과 그것의 조립된 모형을 번갈아 살폈다. 빈나는 로댕이 그렇게 낱낱의 부품들로 해체될 수 있고, 그것들이 다시 조립되어 실제로 몸피로봇의 기능을 수행할 수 있게 된다는 게 믿어지질 않았다. 빈나가 로댕 모형의 얼굴 안쪽에 손을 넣어 요기조기를 만져 보자 천 수석이 로댕의 제작 과정을 설명하기 시작했다.

"제가 로댕의 머리통을 상상하고, 그것을 설계하는 데만 3년 넘게 걸렸고, 그것을 제작하여 기초 실험을 하는 데 또 3년, 그 과정에서 생겨난 문제들을 파악하는 데만 거의 1년, 그 문제들 가운데 핵심이 되는 것들을 이해하고 해결하는 데 3년이 걸렸습니다. 로댕의 머리통 설계는 말 그대로 로댕 프로젝트의 심장입니다. 저는 로댕의 머리통을 처음부터 턱과 안경이 없는 오토바이 안전모 형태로 구상했고, 무엇보다 머리통이 조개껍질이 열리듯 좌우로 벌어졌다 닫혔다 할 수 있도록 머리통을 두 쪽 맞춤으로 짰습니다.

여기 보시면, 이마가 덮이는 곳 한가운데 적외선 카메라가 달렸고, 고성능 카메라가 좌우 대칭으로 두 대씩 모두 네 대가 달렸으며, 그 아래에 뎁스 카메라가 좌우 한 대씩 달렸습니다. 모든 게 좌우가 완전히 맞접힐 수 있는 시메트리(Symmetry), 곧 대칭으로 되어 있습니다. 사람의 귀에 해당하는 마이크는 뎁스 카메라 아래에 좌우로 한 대씩 달았고, 사람의 입에 해당하는 외부용 스피커는 좌우 턱 끝에 한 대씩 모두 두 대가 달렸습니다. 또 로댕만의 특성을 살리기 위해 머리통 안쪽에 귀가 닿는 곳에는 속삭임 스피커를 달았습니다. 로댕이 다른 사람에게는 들리지 않을 만큼 작은 소리로 몸소에게 얘기할 수 있지요."

빈나가 로댕이 귀와 입을 가졌다는 말에 궁금한 듯 물었다.

"그럼 코도 있나요?"

"네."

"있다고요? 코를 어떻게 만들죠?"

천 수석이 모형의 머리통에서 외부 스피커 뒤쪽을 손으로 짚어 보이면서 테이블에 배열된 부품들 가운데 공기 필터기처럼 생긴 장치를 꺼내 빈나에게 보여 주며 말했다.

"이게 로댕의 코에 해당하는 부품입니다. 이것은 냄새를 감지하는 장치인데, 냄새를 발생시키는 틀과 구분하기 위해 일단은 '냄새분자 포집틀'이라고 이름을 붙였습니다. 사람의 후각세포는 코안 깊숙한 높은 곳에 분포돼 있고, 이 세포로 냄새 분자들을 받아들여 뼈의 작은 구멍을 통해 대뇌피질로 감각신호를 보내는 구조로 되어 있습니다. 로댕의 코를 설계할 때 가장 힘들었던 부분은 공기 중에 떠 있거나 흘러 다니는 냄새 분자들을 어떻게 포집하고, 그 포집된 분자들을 어떤 방식으로 수용하여 냄새 감각을 재현하느냐 하는 것이었습니다.

사람의 경우, 냄새를 맡을 수 있는 후각 수용체 세포는 그 종류가 350여 개입니다. 쥐의 후각세포가 천 개가 넘는다는 사실에 비춰 봤을 때, 후각은 사람에게 덜 중요하다는 것을 알 수 있습니다. 사람은 후각 수용체 세포마다 그 신호를 전달하는 뇌의 지점이 다릅니다. 이 신호들이 후각을 관장하는 대뇌피질에 이르러 종합되어야 비로소 사람은 그 냄새가 어떤 냄새인지를 알게 됩니다. 이 포집틀 안에는 벌집처럼 짜인 천 개의 포집 센서가 들어 있습니다. 이 센서 한 개는 후각세포 한 개에 해당하는데, 센서마다 냄새 분자를 따로 포집하고 그것을 분석해 그 결과를 저마다의 고유 전달경로를 통해 로댕의 뇌로 보냅니다. 그러면 로댕의 뇌는 그 모든 정보를 통합해 냄새의 패턴을 만들어 갈 수 있습니다. 이 패턴 목록은 우리가 흔히 냄새라고 부르는 것들의 종류가 될 것입니다."

빈나는 천 수석의 설명이 매우 명료해 마치 자신이 실제로 그 포집틀로 냄새를 맡을 수 있을 것만 같았다. 그런데 로댕이 냄새를 맡아야 하는 상황이 그리 많을 것 같지는 않아 보였기에 로댕이 이런 포집틀까지 장착할 필요가 있는지는 좀 의문스러웠다. 빈나는 그 기술이 미래에는 큰 쓸모가 있겠지만, 현재는 어디에 쓰일지 궁금해 물었다.

"정말 대단하시네요. 냄새까지 맡을 수 있는 로봇을 만드셨다니. 그런데 수석님, 로댕의 보고 듣고 말하고 생각하는 능력이 사람을 뛰어넘어 거의 완벽에 가까운데, 냄새를 맡는 능력까지 곁들일 필요가 있나요? 로댕의 코는 어디에 쓰이는 거죠?"

빈나의 물음을 받은 천 수석이 옅은 한숨을 내쉰 뒤 손으로 이마를 문지르다가 허탈한 웃음을 지었다. 뭔가 실망스러운 결론이 나올 것만 같았다. 천 수석이 대답을 꺼리자 하 차석이 아쉽다는 투로 말했다.

"로댕의 코 기술은 그것이 시대를 너무 앞서 있는 바람에 그 쓰임새가 아직 거의 발굴되지 못한 상태입니다. 게다가 포집틀이 몸피로봇에게 필수적인 기능은 아니었기에 저희는 냄새 포집틀을 로댕에게 붙이지 않기로 했습니다. 포집틀을 달면 어쨌든 로댕의 데이터 처리 용량을 잡아먹을 수밖에 없는데, 그것의 쓸모는 거의 없었기에 냄새 맡는 기능은 포기하는 게 좋다고 보았습니다. 천 수석님께서 많이 아쉬워하셨지만, 냄새 포집틀은 로댕 대신 산업용 로봇 가운데 냄새 기능이 필요한 로봇에게 쓰고자 합니다."

빈나는 엔지니어들이 정말 대단한 사람들이라고 생각했다. 천 수석은 세계에 하나뿐인 기술을 개발하고도 그 기술을 섣불리 공개하지 않고, 그것이 요긴하게 쓰일 때를 기다릴 줄 아는 뚝심까지 있었다. 빈나가 로댕의 머리통을 꼼꼼히 살피다가 로댕이 몸피로봇이라는 사실을 떠올리며 머리통 안쪽에 뾰족뾰족 나 있는 칩들의 용도를 물었다.

"천 수석님, 사람 머리가 로댕의 머리통 속으로 들어가나 본데, 여기 이 칩처럼 생긴 것들은 뭐 하는 거죠?"

빈나의 물음에 천 수석의 얼굴이 밝아졌다. 뭔가 대단한 부품임에 틀림이 없었다. 천 수석은 머리통을 뒤집어 그 칩이 잘 보이게 해 놓고는 빈나의 눈을 똑바로 쳐다보면서 마치 해설사처럼 친절하게 설명했다.

"이거는 '뇌파감지빨판'이라고 합니다. 목뒤에 심길 커넥터와 연결되는 부품입니다. 이런 빨판이 모두 50개인데, 문어의 빨판처럼 단백질 다섯 개로 구성된 원통 구조로 되어 있습니다. 굵기는, 지금 보시는 바처럼, 얼레빗의 빗살 크기고, 빨판의 끝은 두피에 착 달라붙게 되어 있지만, 그 가지는 휘어질 수 있을 만큼 부드럽습니다. 빨판은 뇌파 정보를 감지하여 커넥터로 입력합니다. 이렇게 입력된 뇌파 정보들이 조합되어 생성될 수 있는 패턴은 수만 가지가 넘습니다. 로댕은 그 모든 패턴을 정확히 구별해 낼 수 있습니다. 패턴의 수가 얼마나 늘어날 수 있을지는 아직 예측이 안 됩니다. 어쨌든 로댕은 그것을 통해 몸소의 생각이나 의도 그리고 거기에 담긴 뜻과 감정 등을 알아차릴 수 있습니다. 그리고 그 결과는 곧바로 로댕의 의식형성에 직접 영향을 줄 수 있습니다. 달리 말하자면, 로댕의 의식은 몸소의 의식을 매우 많이 닮아나가게 됩니다."

빈나는 천 수석의 말 한 마디 한 마디가 너무도 새로웠고, 무엇보다 그러한 것들을 실제로 제작했다는 그 사실의 무게에 짓눌려 경탄만 할 뿐이었지만, '몸소'라는 말은 너무 낯설어 그 뜻을 묻지 않을 수 없었다.

"수석님, 죄송하지만, 그 '몸소'라는 말은 무슨 뜻인지요? 사용자를 일컫는 말인 듯은 한데?"

"이런, 죄송했습니다. 사용자, 맞습니다. 로댕이 '몸피로봇'이라면, 로봇의 사용자는 그 몸피가 감싸 보호해야 할 '몸소'가 됩니다."

빈나가 알았다는 듯 고개를 끄덕이자 천 수석은 고무된 듯 좀 더 전문적인 영역까지 설명을 깊게 펼쳐 나갔다.

"이것이 몸피 로댕의 핵심 부품인 '시냅스 SQL 커넥터(Synapse SQL Connector)'입니다."

천 수석이 보여준 커넥터는 두 개가 한 세트로 구성된 것이었는데, 하나는 몸소인 사람의 목 뒤에 심는 것으로 위의 부품은 백 원짜리 동전만한 크기의 동그라미 꼴로 그 한가운데 1cm 정도의 네모 상자가 붙어 있었고, 아래 부품은 로댕의 컴퓨터와 연결되는 것으로 마치 자석처럼 거기에 달라붙을 수 있었다. 천 수석은 그 둘을 붙였다 뗐다 하는 동작을 해 보이며 설명을 이어갔다.

"이 커넥터는 SQL(Structured Query Language) 방식, 풀어서 말씀드리자면, 물음을 구조화하는 방식으로 처리됩니다. 이것은 관계형 데이터베이스 관리 시스템(RDBMS)의 최적화 처리를 위한 알고리즘인데, 우리는 그것을 신경 정보들을 처리하기 위한 커다란 분석틀로 재설정했습니다. 이 커넥터는 자체적으로 세 개의 틀로써 정보를 분석한 뒤 연결해 줍니다. 그 셋은 다음과 같습니다.

첫째, 이 정보는 무엇에 관한 것인가? 이것은 '무엇-갈래'로서 데이터 정의(Data Definition)가 내려지는 영역입니다. 둘째, 이 정보는 어떻게 다뤄져야 하는가? 이것은 '다룸-갈래'로서 컴퓨터가 이 데이터를 어떤 방식으로 조작(Data Manipulation)하는 게 효율적인지를 정하는 영역입니다. 셋째, 이 정보는 무엇을 하는 데 쓰여야 하는가? 이는 '목적-갈래'로서 컴퓨터가 이 데이터를 어떻게 통제(Data Control)할 것인지를 판단하는 영역입니다.

이 커넥터의 처리 기능은 그 자체로 이미 슈퍼컴퓨터에 맞먹습니다. 게다가 이 커넥터는 위의 세 갈래를 단순히 '맞음-틀림'의 두 개 값으로 처리하는 게 아니라, 거기에 '모름'의 값을 더해 세 개 값으로 처리합니다. 이 값에서 모름이 줄어들수록 로댕의 감각 해석은 더 정확해질 것입니다. 그때 로댕은 몸소가 자신의 의도를 자각하기도 전에 먼저 알아차릴 수 있을 겁니다. 물론 이 부분은 아직 검증이 이뤄지지 못한 상태입니다."

빈나는 천 수석의 설명을 하나라도 놓치지 않으려는 듯 손도 하나 까딱하지 않은 자세로 귀담아듣고 있었다. 빈나에게는 자신의 귀에 들리는 모든 내용이 경탄의 대상이었다. 말로 설명하기도 어려운 기능들을 직접 설계하고, 그 기능을 실현할 기기들을 손수 제작할 수 있다는 게 믿기질 않았다. 빈나가 마치 마술쇼를 보는 어린아이처럼 집중해서 듣는 모습을 보이자 천 수석이 주먹 쥔 손을 코에 붙였다 떼며 신이 난 듯 물었다.

"교수님처럼 설명하는 사람을 즐겁게 해 주는 분도 처음 뵙습니다. 하하. 혹시 솔리토닉스(Solitonics)라는 말을 들어 보셨는지요?"

"솔리토닉스요? 솔리톤(Soliton) 입자라는 말은 들어 봤는데, 그게 뭐죠?"

"솔리톤 입자를 아신다면, 설명이 쉽겠습니다. 솔리톤 입자로 정보를 처리하는 기술을 솔리토닉스라고 합니다. 로댕의 컴퓨팅에서 가장 중요한 특징은 정보 처리를 일렉트론(Electron) 입자가 아닌 솔리톤 입자로써 한다는 것입니다. 실리콘 기판에 전자를 흘려보내면, 그 특성상 전기저항, 즉 열이 발생하는데, 이것이 전력이 소모되는 주된 원인이 됩니다. 그런데 솔리톤 입자는 저항이 없습니다. 미국 동부 해안에서 발생한 쓰나미가 태평양 수천km를 이동해 일본 열도에 닿아도 그 힘이 전혀 약해지지 않는 까닭은 그 쓰나미가 솔리톤 입자로 이루어졌기 때문입니다.

솔리토닉스는 정보를 0·1의 이진법이 아니라 0·1·2의 삼진법으로 처리할 수 있습니다. 정보량은 수십 배 많아지면서도 정보나 에너지 손실은 전혀 없지요. 솔리토닉스를 구현하려면 원자들 하나하나를 제어할 수 있어야 합니다. 삼진법 솔리톤은 실리콘 기판에 형성되는 검정색 원자들 위에 회색, 하늘색, 빨간색 원자들의 배열로 실행이 됩니다. 이 배열이 곧 삼진법 연산이 되는 겁니다."

빈나가 설명이 어려워 듣기가 힘들어진 듯 보이자, 침묵하고 있던 마 소장이 빈나에게 다과를 준비해 놨으니 좀 드시고 이야기를 이어가는 게 어떤지를 물었다. 그러나 빈나는 설명이 너무 재밌다며 다른 부품들에 대한 관심을 표했다. 로댕의 그 다음 부품들에 대한 해설은 차석연구원 하종태가 맡았다. 하 차석은 헐렁한 옷차림에 털털한 성격의 사람처럼 보였다. 키는 무척 커 180cm가 넘어 보였고, 어딘가 사람이 물렁한 데가 있어 보였지만, 목소리는 우렁차고 믿음직스러워 보였다.

"저는 좀 창의성이 떨어지는 편이라, 천 수석님처럼 획기적인 아이디어를 내놓지는 못했습니다. 제가 맡은 게 로댕의 엑추에이터

(Actuator)였는데, 사실 로봇 공학에서 구동력 발생기 엑추에이터 설계는 강도는 높이고, 무게와 크기는 줄이는 경쟁이라고 볼 수 있습니다. 소재 싸움과 효율성 싸움이죠. 로댕 설계는 이 점에서 매우 우수하다고 할 수 있습니다. 다만 효율성이 높아진 만큼 안전성이 떨어질 수 있는데, 이 문제는 해결해야 할 게 아직 많습니다.

로댕의 경우 엑추에이터는 모두 열세 개입니다. 좌우 어깨와 팔꿈치 관절 그리고 무릎에 달린 엑추에이터는 크기와 출력이 비슷하고, 좌우 팔목과 발목에 달린 것은 어깨보다 조금 작고, 좌우 엉덩이 옆구리 엑추에이터는 무릎의 세 배가 되지만, 무릎과 연동되어 있고, 발목은 다시 무릎과 연동돼 있습니다. 모든 힘의 원천은 허리입니다. 모든 동력이 거기에서 나오는 것이죠. 로댕의 특이한 점은 배 뒤쪽에 가장 큰 엑추에이터가 달렸다는 것입니다. 이것은 로댕이 몸소를 보듬을 때 필요한 구동력을 확보하기 위한 것입니다. 사실 로댕 혼자 작동하는 것이라면, 로댕의 설계가 이토록 복잡할 필요가 전혀 없지요. 하지만 로댕이 자기보다 더 무거운 사람을 품에 안고 안전하게 걷거나 활동할 수 있으려면, 로댕의 설계는, 말 그대로, 무한대로 복잡하고 어려워질 수밖에 없습니다."

빈나는 하 차석의 설명을 들으며 로댕의 엑추에이터 설계에서 놀랄만한 혁신이 느껴지지 않아 조금은 아쉬웠다. 하 차석이 설명을 끝내려 하자 천 수석이 보충설명을 하기 시작했다.

"교수님, 우리 하 연구원이 설명 드리지 않은 게 있는데, 로댕의 엑추에이터 설계에서 아주 새로운 부분은 기어비가 낮다는 점입니다. 1:3의 낮은 기어를 쓰면, 모터를 거꾸로 돌릴 수가 있거든요. 또 외부 충격을 흡수할 수 있어 움직임도 매우 안정됩니다. 회전력은 낮아지지만, 대신 토크(Torque), 즉 돌리는 힘은 매우 커지는 겁니다. 로댕은 모터의 전류를 센싱해서 토크를 컨트롤 할 수가 있을 뿐 아니라,

엑추에이터 자체가 얇고 가볍습니다.

로댕의 걸음걸이를 보면, 로댕이 사람처럼 걷는다는 것을 알 수 있습니다. 진자처럼 스윙하듯 걷지요. 먼저 다리를 앞으로 내뻗고, 이게 피치죠. 발을 뒤꿈치부터 땅에 딛습니다. 이때 발바닥 센서가 작동해서 좌우 균형을 잡는 롤을 합니다. 로댕은 피치도 되고, 롤도 되기에 '한발서기'뿐 아니라, '한발뛰기'까지 할 수 있습니다. 걸음의 동작은 '발 딛기'에 뒤이어 '뒤꿈치 들기', '무릎 구부리기', '다리 거두기'로 다시 이어지죠. 이로써 걸음의 포텐셜 에너지가 '밀고 나가는 에너지'로 전환됩니다. 에너지 효율이 극대화되지요."

빈나는 천 수석이 '한발뛰기'가 가능하다고 말하는 대목에서 "와우"라는 감탄사를 날렸다. 로댕이 몸소를 안은 상태에서 '한발뛰기'를 할 수 있다는 것은 로댕이 정말 놀라운 균형 감각을 갖추고 있다는 것을 말해 주는 것이었고, 그것은 로댕의 안정성이 세계 최고라는 것을 증명해 주는 것이었다. 빈나가 감탄을 이어 가자 책임연구원 최민교가 천 수석에게 한마디 툭 던졌다.

"근육 옷감도 엑추에이터로 설명해 주셔야죠."

그러자 천 수석이 "맞아!"라고 외치며 최 연구원에게 엄지를 척 들어 보였다.

"우 교수님, 로댕 설계에서 또 하나의 기술혁신을 꼽으라면 바로 로댕 프로젝트 책임연구원 최민교 연구원이 구현한 근육 옷감입니다. 그 덕분에 로댕의 배터리를 처음의 50분의 1 크기로 줄일 수 있었습니다. 근육 옷감은 최 연구원이 설명해 드려."

최 연구원은 키는 160cm를 조금 넘을 듯 보였고, 살이 좀 찐 편이었으며, 수줍음을 타는 듯 말이 좀 어설픈 데가 있었지만, 설명을 시작하자 전문성이 돋보였다.

"사람의 몸은 뼈 위에 근육이 붙어 있어서 팔다리를 쉽게 움직일 수 있게 돼 있습니다. 근육 옷감은 전기모터 대신 근육의 힘으로 팔다리를 움직이게 하자는 생각에서 출발했는데, 천 수석님과 마 소장님께서 적극적으로 도와주지 않으셨다면, 절대 실현될 수 없었던 기술입니다. 근육 옷감은 형상기억합금으로 짠 옷감을 말합니다. 이 합금은 변형됐다가도 원래 모양으로 다시 돌아가는 성질이 있습니다. 이 합금으로 된 긴 선을 돌돌 감아 아주 가는 스프링을 만들고, 그런 다음 이 스프링을 실로 삼아 옷감을 짜면 됩니다. 옷감에 전류를 흘려보내면, 저항이 생기고, 그에 따라 열이 발생하면서 옷감이 저절로 오그라드는데, 이 오그라드는 힘이 곧 물건을 들어 올리거나 쥐는 데 쓰이는 토크가 됩니다.

근육 옷감은 '형상기억 효과', 쉽게 말해, 저온에서 이완된 합금에 열을 가하는 즉시 본래의 형상으로 돌아가는 현상을 활용한 것입니다. 근육 옷감은, 한마디로 말해, 실제 근육처럼 늘어났다 줄어들었다 하는 코일을 말합니다. 옷감을 처음 짤 때는 아무런 장비도 없었기에 몇천 개의 스프링을 삯바느질하듯 모두 손으로 일일이 코일링을 해야 했었습니다. 현재 로댕은 직경이 500마이크로미터인 형상기억합금으로 스프링 다발을 만들어 사람의 '근섬유 다발', 즉 근육처럼 쓰고 있습니다. 이 다발 열 개로 10kg의 물체를 들어 올릴 수 있습니다. 이 다발의 수축 이완 구동에 들어가는 전력은 장난감 자동차에 쓰이는 건전지 한 개로 충분합니다. 로댕 전체에 쓰이는 근육 옷감의 전력량은 무시해도 될 수준입니다.

합금 다발 100g이면 100kg을 들 수 있지만, 이 다발 10g을 만드는 데는 형상기억합금 스프링 1만5천 개가 필요합니다. 한 팔에만 100g짜리 합금 다발이 여섯 세트가 들어가고, 다리에는 팔보다 길고 무거운 150g짜리 합금 다발 여섯 세트가 들어가며, 어깨와 등 그리고 옆구리 근육에도 100g짜리 합금 다발이 각각 두 개씩 모두 여섯 세트가 들어가며, 손가락은 마디마다 50g짜리 근육 옷감을 붙였습니다. 이 다발은 모두 10g 단위로 묶였고, 그것이 다시 열 개씩 묶여 더 큰 근육 다발을 이루고 있습니다. 팔의 경우, 사람의 팔근육과 똑같이 운동할 수 있도록 근육 다발을 묶어 뼈대에 붙여 달았고, 이 근육 다발을 탄소강을 얇게 펴서 만든, 꽃게 등딱지처럼 생긴 통에 넣었습니다. 이 다발의 통은 여기 보시는 것처럼 마치 사람의 팔 모양을 닮았습니다. 이 다발에는 미세 전류가 흐를 수 있습니다. 이 다발에 흐르는 전기의 세기에 따라 근육의 수축 강도가 결정되지요.

하지만 가장 골칫거리였던 문제는 수축된 근육섬유를 운동의 자연스러움을 해치지 않을 만큼의 빠르기로 이완시킬 수 있는 방법이 없었다는 점이었습니다. 근육섬유를 수축 속도만큼 빠르게 이완시킬 수 있는 방법을 찾는 일조차 쉽지 않았지요. 열을 받아 수축된 스프링을 이완시키려면 그것을 냉각시켜야 하는데, 이 작업이 난제였습니다. 이 문제를 풀기 위해 고안해 낸 게 다발을 강제로 냉각시키는 것이었습니다. 하여 다발을 냉각통 속에 넣게 됐습니다. 저는 냉각통을 거대한 핏줄로 생각했습니다. 냉각통 속에 든 다발은 기본적으로 최대로 이완된 상태였기에 로댕의 균형을 잡기 위해서는 미세 전류를 항시 흐르게 해야 했습니다. 다행히 이 전류의 양은 무시해도 될 만큼 적었기 때문에 과감하게 냉각통 방법을 채택했습니다."

빈나는 최 연구원의 설명이 끝나자 그의 창의성과 집요함에 절로 손뼉을 치며 감탄했다. 최 연구원은 빈나의 칭찬에 몸이 뻣뻣하게 굳어졌다. 빈나는 냉각통의 매끈한 피부를 손으로 문지르듯 만져 보았다. 통은 차갑게 느껴졌다. 만일 몸소가 로댕 안에 들어간다면, 몸소가 차가움을 느끼지 않을까 걱정이 됐다. 빈나가 최 연구원에게 냉각통이 차가워지는 문제를 물었다.

"최 연구원님, 냉각통이 차서 몸소가 추위를 타지는 않는지요?"

"나중에 그 문제를 발견하고는 낙담을 하기도 했는데, 천 수석님께서 몸소에게 특수 원단으로 제작된 옷을 입히는 방식으로 그 문제를 해결해 주셨습니다."

빈나가 천 수석의 문제 해결력을 칭찬하려는 사이 천 수석은 그 정도 문제는 문제도 아니라는 투로 테이블에서 둥근 베어링을 손으로 들어 보이는 것이었다. 빈나는 그것이 베어링이라는 것 정도는 알고 있었기에 그것을 그리 대수롭지 않게 생각했다. 천 수석은 빈나의 상식 수준을 예견했다는 듯 베어링에 대해 단도직입적으로 설명했다.

"교수님, 로댕에 쓰이는 베어링은 모두 '자기 부상 베어링'으로 자석의 힘을 이용해 회전체를 공중에 띄우는 방식으로 작동됩니다. 마찰이 거의 없고, 분진도 전혀 발생하지 않습니다. 또 전자석을 통제할 수 있어서 회전체를 언제든 정지시킬 수 있다는 장점도 있습니다. 볼 베어링이 적용된 회전축은 최대 2만 rpm까지 속도를 올릴 수 있지만, 부상 베어링은 20만 rpm까지 높일 수 있습니다. 이것으로 로댕의 설계와 제작 특징 가운데 핵심 부분은 다 말씀드린 것 같습니다. 경청해 주셔서 고맙습니다."

빈나는 "와!"라고 소리를 작게 지르며 손뼉을 빠르게 여러 차례 마주쳤다. 모두 회의실로 자리를 옮겨 앉았다. 테이블 위에 마실거리와 먹을거리가 차려져 있었다. 빈나는 초콜릿과 따뜻한 커피를 마시면서 로댕 제작의 창의성과 그동안의 노고를 높이 평가하며 크게 칭찬했다. 천 수석과 다른 연구원들은 빈나의 극찬에 매우 만족해했다. 분위기가 좋다고 느낀 마 소장이 빈나에게 로댕의 철학 스승님이 되어 달라는 부탁을 가볍게 던졌다.

"교수님, 루소의 『에밀』에 나오는 이야기처럼 교수님께서 로댕의 평생 철학 선생님이 돼 주시는 건 어떨지요?"

천 수석이 마 소장의 부탁에 무게를 더했다.

"제가 오늘 교수님께 로댕의 조립된 모습이 아닌 해체된 모습을 보여 드린 이유는 교수님께서 로댕의 실체를 명확히 파악하실 수 있기를 바랐기 때문입니다. 정말 정신이란 게 뭔지? '신묘하다'라는 말로밖에 표현할 수 없다고 봅니다. 저런 물질 덩어리가 조립되어 사람과 같은 정신 능력을 발휘한다는 게 늘 놀라울 따름입니다. 하지만 중요한 것은 정신에는 정신다움을 가르칠 스승님이 따로 있어야 한다는 것입니다! 저는 당연히 능력 부족이고요. 그래서 교수님께 로댕의 정신을 잘 키워 달라는 부탁을 드리는 것입니다. 교수님, 간곡히 부탁드립니다. 소장님께서 말씀하신 대로 로댕의 철학 스승님이 되어 주십시오."

빈나는 조금의 머뭇거림도 없이 그 제안을 받아들였다. 사실 빈나는 이미 로댕과 철학적 주제에 관해 깊이 있는 말들을 주고받는 모습을 떠올리고 있었다. 로댕에게 첫인사를 어떤 말로 하는 게 좋을지, 또 로댕은 어떤 대답을 할지를 상상하면서 로댕과의 철학적 토론에 큰 기대감을 품고 있었다.

"소장님, 좋습니다. 제게는 더없는 영광입니다. 제가 스승이 될지, 제자가 될지는 두고 봐야 알겠지만, 어쨌든 로댕의 아버지이신 두 분께서 제게 로댕의 스승이 되어 달라시니 제가 어찌 그 부탁을 거절할 수 있겠습니까? 저도 최근 의식의 문제에 깊은 관심을 갖고 있었는데, 로댕과의 대화가 제게도 매우 좋은 연구 기회가 될 듯 싶습니다."

빈나가 자신들의 제안을 선뜻 승낙하자 마 소장이 빈나의 두 손을 와락 감싸 쥐었다. 천 수석이 빈나에게 제안했다.

"교수님, 앞으로 로댕의 설계와 제작뿐 아니라, 로댕에 관해서 하시고 싶은 말씀이 있다면, 언제든 무엇이든 말씀해 주십시오. 저희가 로댕의 보안을 철저히 해야 하다 보니 로댕에게 생길 수 있는 다양한 문제점들을 놓치고 있는 듯합니다. 많이 지적해 주시면 고맙겠습니다."

"제 생각에도 만일 몸피로봇 로댕이 세상에 두 발로 걸어 나온다면, 세계가 완전히 뒤바뀔 듯합니다. 그러니 로댕이 불러일으킬 수많은 문제를 미리 대비하는 것이 꼭 필요해 보입니다. 그런데 오늘 로댕의 피부색 얘기가 없었는데, 로댕의 피부색은 어떻게 되나요?"

빈나의 물음에 천 수석이 놀란 듯 두 눈을 크게 뜨며 최 연구원에게 물었다.

"최 연구원, 로댕의 피부색을 황토색 계열로 하자고 제안한 게 최 연구원이었나? 아니면 손 연구원이었나? 아, 손 연구원이라고요. 교수님, 아직 피부색까지 확정되지는 않았고요, 황토색으로 하자는 얘기가 나온 적은 있었습니다. 혹시 교수님 의견이 있으신지요?"

"아무래도 로댕의 몸체가 되는 고탄소 크롬 스틸(High Carbon Chrome Steel)은 그 빛깔 그대로 쓸 수밖에 없을 테니, 로댕의 팔다리 근육을 덮는 냉각통과 나머지 덮개 등의 피부색만 결정하면 되는 거죠?"

"네, 맞습니다."

"그런데 왜 황토색 계열이었죠?"

"아, 제 기억에 손 연구원이 황토색을 제안했던 취지는 백인 중심의 문명관에서 벗어나 황인종의 문명을 꽃피우자는 것이었습니다."

빈나가 "흠" 하고 좀 못마땅한 듯한 소리를 낸 뒤 그에 대해 비판적 견해를 밝혔다.

"손 연구원께서는 아마도 황토색이 황인종을 대표한다고 생각하셨던 모양입니다. 그런데 황인종(黃人種)은 본래 인도 사람을 가리키는 말이었습니다. 비록 린네가 '호모 아시아티쿠스(Homo Asiaticus)'를 황색으로 분류하는 바람에 아시아 사람이 모두 황색인종으로 불리게 됐긴 하지만, 타이완국립대 마이클 키벅(Michael Keevak) 교수는 『황인종의 탄생(Becoming Yellow, 2011)』에서 황인종이라는 말은 서양중심주의에 근거한 차별화와 서열화의 결과라고 비판하기도 합니다. 인종을 피부색으로 구분하는 것도 문제인데, 로봇까지 피부색으로 차별화하는 것은 바람직하지 않아 보입니다. 자칫 피부색 인종주의가 AI 로봇에게서 재현될 위험도 있고요. '백색 몸피', '흑색 몸피', 히스패닉 몸피' 등이 등장한다면, 지난 몇 세기 동안 이어져 온 인종주의의 폐해를 기술적으로 답습하는 꼴이 되고 말 것입니다."

마 소장이 공감을 표했다.

"박사님 말씀이 아주 적절해 보입니다. 로댕의 피부색은 로봇에 어울리는 색을 찾아서 입히는 게 좋겠습니다. 감사합니다."

***

빈나는 로댕의 엑추에이터에 문제가 생겼다는 말에는 아무 걱정이 들지 않았다. 빈나는 그동안 로댕 프로젝트에 참여해 로댕의 피부색 문제, 로댕의 얼굴 설계, 말하기 능력 개선, 자의식 생성의 원리, 윤리성과 도덕성 바로잡기 등 많은 문제를 함께 해결해 왔기에 그 정도 문제는 난제가 아니라, 시간이 필요한 문제라는 사실을 누구보다 잘 알고 있었다. 게다가 빈나는 모시-MCR의 언어 능력이 자신이 생각했던 것보다 훨씬 뛰어났다는 점에서 매우 기뻤다. 빈나는 천 수석에게 짧게 답했다.

"수석님, 서운한 거 하나도 없습니다. 대신 모시1과 함께 토론할 수 있어서 즐거웠습니다."

도튜버의 얼굴 토론

먹구름 사이로 하얀 햇살이 다이아몬드에 투과된 듯 부챗살처럼 쏟아졌다. 천지창조의 순간이 재현되는 듯 보였다. 밝아졌다 어두워졌다를 되풀이하는 바깥 풍경과 달리, Y호텔 잔치마루는 조명이 환하게 켜져 있었다. 거대한 투명 성벽처럼 펼쳐진 대형 창문 한가운데 토론자 테이블이 가로로 길게 놓여 있었다. 거기에 이미 토론자 다섯 명이 앉아 있었다. 그 앞쪽으로 청중 2백 명이 둥근 테이블에 모닥모닥 앉아 토론의 시작을 기다리고 있었다. 공중에는 방송용 접시 드론 두 대가 소리 없이 떠 있었고, 유튜브 방송 카메라맨들과 스태프들이 방송 준비를 마친 상태였다. 인찬미 피디가 모든 사람에게 조용히 하라는 손짓을 해 보인 뒤 도튜버에게 큐 사인을 던졌다. 그러자 도튜버가 통통 튀는 당찬 말투로 인사말을 거침없이 내뱉었다.

"도튜버를 사랑하시는 시청자 여러분, 안녕하십니까? 저는 유튜버 도리어입니다! 저는 전 세계 유일의 선한 마녀 베네피센트입니다. 흰

뿔 두 개는 저의 '선한 영향력'을 상징하고, 등 뒤에 돋아난 이 빨강파랑 날개는 음양의 상징으로 이 세상의 조화를 뜻하며, 제가 입은 철력 한복은 제가 전생에 나비 선녀였다는 것을 증명해 주는 것입니다! 믿으시죠? 제가 들고 있는 이 마법사의 지팡이는 오직 진실만을 말하게 하는 신비한 흑룡의 힘을 가졌습니다.

한 달에 한 번씩 생중계로 열리는 '도튜버 토론'의 막이 올랐습니다. 오늘의 토론장소는 대한민국 서울, 서울 코리아입니다. 현재 동시접속자 수는 50만 명을 넘어섰습니다. 여러분은 저희 토론을 '3원 동시 방송'으로 보실 수 있습니다. 여러분이 보시는 화면 아래에 작은 화면 두 개가 더 보일 겁니다. 그 화면을 누르면 전혀 다른 각도에서 찍히는 영상을 메인 화면으로 즐기실 수 있습니다. 다만 오디오는 모두 똑같습니다."

인 피디가 도튜버에게 스크린을 가리켰다. 스크린에 오늘의 토론 주제인 '로봇에게 사람의 얼굴을 달지 마라!'라는 글귀가 쓰여 있고, 그 아래 앉은 순서대로 토론 참여자들의 이름과 소속이 가로로 적혀 있었다. 청중은 방송 장면을 저마다 자신의 휴대폰으로 찍고 있었다. 인 피디가 검지로 동그라미를 크게 돌리자 도튜버가 스크린을 보며 토론 주제와 참석자들을 소개했다.

"오늘 도튜버 토론의 주제는 '로봇에게 사람의 얼굴을 달지 마라!' 입니다. 지난달에는 제작 단독으로 얼굴 달린 AI 로봇 소피아와 토론을 벌였는데, 오늘은 '로봇에게 얼굴을 달라 말라'는 토론을 하게 됐습니다. 저도 오늘의 토론 결과가 벌써 무척 궁금해집니다! 여러분 또한 그러실 줄 압니다! 자, 그럼, 이제부터 오늘의 토론자들을 소개해 드리겠습니다. 먼저, 이번 콘퍼런스를 통해 로봇계의 새로운 영웅으로 떠오른 한국의 철학자 서울세모대학 우빈나 교수님! 그리고 오늘 콘퍼런스의 든든한 후원자이신 람봇연구소의 마해찬 소장님! 다음으로 미국 오가노이드 지능(Organoid Intelligence, OI) 연구소 비로 템플(Biro Temple) 연구원! 미스터 템플은 사원이라는 뜻으로 인공뇌 연구의 선두주자입니다. 다음으로 일본 비욘드(Beyond) AI 연구소의 오타 하지메 수석연구원! 이분은 이동지(移動知) 연구와 신체성(身體性) 시스템 연구에서 세계 넘버 원 연구자입니다. 마지막으로 중국의 AI 민관 상보(相補) 연구소의 야오치즈 칭화대 교수님! 이분은 AI의 활용 연구에 평생을 바치고 계십니다. 오늘의 토론자들께 큰 박수를 부탁합니다!"

도튜버는 발표자들의 소속과 이름을 한 치의 실수도 없이 매끄럽게 소개했다. 청중에서 우렁찬 손뼉 소리가 울려 퍼졌다. 인 피디가 '토론 방식 안내'라는 글자가 쓰인 태블릿을 도튜버에게 들어 보였다. 도튜버가 빈나를 콕 짚어 토론 방식에 대한 당부의 말을 코믹하게 전했다.

"토론에 들어가기에 앞서 토론 방식에 대해 한 말씀 드리겠습니다! 우빈나 교수님, 도튜버 토론은 학술 토론이 아니라 유튜브 방송입니다. 이 점을 꼭 기억해 주십시오."

빈나는 도튜버가 자신의 이름을 부르자 깜짝 놀랐다. 그 놀라는 장면이 스크린에 정확히 잡히자 청중이 "와하하" 하고 웃음을 터뜨렸다. 인 피디가 스태프에게 오케이 사인을 보낸 뒤 도튜버에게 손가락 권총을 쐈다. 토론을 시작하라는 사인이었다. 도튜버는 토론자들이 앉아 있는 테이블 앞을 오가며 말했다.

"제가 가장 싫어하는 것은 우리 시청자들의 시간을 낭비하는 것입니다. 토론자께서는 언제나 진실만을 말씀해 주시고, 말싸움 대신 재미있고 가치 있는 정보로 상대를 제압해 주시기를 바랍니다. 만일 우리 시청자들의 시간을 낭비하는 발언이 나온다면, 제가 즉시 그 발언을 중단시킬 것입니다. 제가 얼굴은 요렇게 귀엽게 생겼지만, 악마 짓도 곧잘 잘한다는 점, 꼭 기억해 주시면 고맙겠습니다."

인 피디가 도튜버에게 빈나의 얼굴이 비치는 스크린을 가리키며 오케이 사인을 주었다. 도튜버는 도발적 태도로 빈나에게 물음을 던졌다.

"자, 이제 본격적으로 토론에 들어가겠습니다. 먼저, 우 교수님, 리얼돌에게 사람의 얼굴을 다는 것도 반대하시나요?"

빈나는 손바닥으로 턱을 비비며 짧게 대답했다.

"반대하지 않습니다."

도튜버는 빈나의 대답을 예상했다는 듯 말소리를 높이며 다그치듯 물었다.

"우 교수님, 조금 이상하네요. 섹스 기구인 리얼돌에게 사람의 얼굴을 다는 것은 찬성하면서 사람의 지능과 감정까지 모방한 안드로이드 로봇에게 사람의 얼굴을 다는 것은 반대한다? 이 두 주장은 서로 모순돼 보입니다. 그렇지 않나요?"

"아마도 제 의견이 모순적이라고 생각하시는 분들은 사람을 닮은 휴머노이드 로봇에게 사람의 얼굴을 달아주는 것은 당연하다는 전제를 받아들이고 있을 겁니다. 이 전제에 따를 때, 실리콘 덩어리의 리얼돌에게 사람의 얼굴을 달 수 있다면, 실제 사람처럼 스스로 말하고 행동할 줄 아는 안드로이드 로봇에게 사람의 얼굴을 다는 것은 너무도 당연할 것입니다. 이러한 추론은 논리적으로도 옳을 뿐 아니라, 상식적으로도 받아들일 만합니다. 하지만 사람이 아닌 어떤 것에게 사람의 얼굴을 '다느냐 마느냐'의 문제는 논리의 영역을 넘어서는 문제, 말하자면, 삶의 영역에 속한 문제입니다. 논리학은 말과 말 사이의 '매듭의 올바름'을 따지는 학문이지만, 삶에 관한 학문은 논리학을 뛰어넘어야 합니다."

빈나의 말이 학술적 토론처럼 들리자 인 피디가 손으로 목을 자르는 신호를 보냈다. 그러자 도튜버가 가차 없이 빈나의 말을 끊었다.

"우 교수님, 잠시만요! 리얼돌에게 사람의 얼굴을 다는 것을 허용하는 것과 안드로이드 로봇에게 사람의 얼굴을 금지하는 것 사이에는 모순이 없다? 왜냐하면 로봇의 얼굴 달기 문제는 논리의 문제를 넘어서는 삶의 문제이기 때문이다! 이거 멋집니다! 출발이 아주 좋습니다. 여러분, 우 교수님께 박수, 부탁드립니다."

도튜버의 그 말 한마디에 청중이 "와", "잘한다" 등의 외침과 더불어 크게 손뼉을 쳐 주었고, 그로써 토론의 열기가 후끈 달아오르는 듯 보였다. 도튜버가 빈나에게 말을 계속하라는 손 신호를 보냈다. 빈나가 하려던 말을 이어나갔다.

"사람의 성행위 기구로 분류되는 섹스 도구인 리얼돌은 성인이면 누구나 사고팔 수 있는 상품입니다. 리얼돌은 사람의 성적 쾌락을 목적으로 한 도구이고, 아마도 영원히 '도구의 지위'에 그칠 수밖에 없을 겁니다. 그렇기에 누가 다른 사람의 리얼돌을 강간했다손 치더라도, 이 강간범은 강간에 대한 법적 처벌을 받지 않습니다. 이는 리얼돌이 단순 도구로서 사람이 가진 성적 자기 결정의 능력을 전혀 가질 수 없기 때문입니다."

느닷없이 도튜버가 두 팔을 높이 추켜올리자 행진곡풍의 음악이 퍼져 나왔고, 도튜버는 그 음악에 맞춰 제자리에서 몸을 한 바퀴 돌리며 춤을 추었다. 청중은 음악에 맞춰 신나게 손뼉을 쳤다. 빈나는 어리둥절한 채 도튜버만 쳐다볼 뿐이었다. 그것은 도튜버가 토론 내용의 훌륭함을 칭찬하거나 청중의 뜨거운 호응을 끌어내기 위해 벌이는 독특한 축하 의식이었다. 도튜버가 빈나를 칭찬한 뒤 발언권을 다른 토론자에게 넘겼다.

"우 교수님의 설명이 매우 좋습니다! 리얼돌은 성적 쾌락에 쓰이는 단순한 인형 도구일 뿐이다! 사람 인형에 사람의 얼굴이 달려 있지 않다는 게 오히려 기괴해 보일 것입니다. 이와 똑같은 의미에서 어른들이 가지고 노는 리얼돌에 사람의 얼굴을 다는 것은 아무 문제가 없다는 주장이십니다! 와우, 모두, 이해가 잘 되셨죠? 여러분! 방금 동시 접속자 수가 55만 명을 넘었다고 합니다. 이에 대한 반론이 있으신 분은 발언해 주십시오."

오타 하지메 수석연구원이 점잖게 손을 들었다. 도튜버가 그에게 발언권을 주었다. 그는 일본말로 조심조심 말했다.

"일본에서 사람들은 리얼돌을 '친구'나 '아이'라고 부릅니다. 머리에 가발을 씌우는 것을 넘어 머리카락을 심어 빗으로 정성스레 빗겨 주기도 하고, 사람을 목욕시키듯 리얼돌의 몸을 씻겨 주기도 합니다. 옷을 입혀 주는 것은 말할 것도 없고, 밤에는 리얼돌을 안고 자며, 진심으로 사랑할 뿐 아니라, 리얼돌의 장례까지 치러줍니다. 리얼돌은 도구나 예술품을 넘어 사람의 친구라고 볼 수 있습니다. 리얼돌이 사람의 얼굴을 달아도 되는 이유는 그것이 도구이기 때문이라기보다 그것이 사람의 친구이기 때문이라고 생각합니다."

몰랐던 사실을 알게 되었다는 듯 청중으로부터 "아~" 하는 감탄사가 터져 나왔다. 빈나는 눈을 살며시 감은 채 고개를 끄덕일 뿐이었다. 도튜버가 뭔가를 말하려는 순간 중국의 야오치즈 교수가 도튜버에게 발언권을 요청했고, 도튜버는 그에게 즉시 발언권을 주었다.

"일본 사람들이 리얼돌을 친구로 사랑한다고 해서 리얼돌의 신분이 '도구'에서 갑자기 '사람'으로 바뀔 수는 없습니다. 리얼돌은 실리콘으로 만들어졌고, 공장에서 부품별로 따로 만들어져 조립된 '인형'일 뿐입니다. 사람이 거기에 애착을 가질 수는 있겠지만, 그 애착이 리얼돌에게 인권을 부여해 줄 근거가 될 수는 없습니다. 만일 사람의 애착을 많이 받는 리얼돌에게 사람의 권리를 줄 수 있다는 논리가 성립한다면, 이는 거꾸로 사람의 미움을 받는 혐오 대상자들은 그 권리를 박탈할 수도 있다는 논리로 비약될 위험이 있습니다. 사람에게 자신의 성적 자기 결정권이 주어질 수 있는 까닭은 사람이 거기에 애착을 갖기 때문이 아니라, 사람 자신이 그러한 결정 능력을 실제로 갖고 있기 때문입니다. 리얼돌은 그 자체로 사람의 얼굴을 달거나 떼거나 할 아무런 선택 능력도 갖추지 못한 단순한 도구일 뿐입니다. 즉 리얼돌에게는 사람의 얼굴을 달아도 그만이지만, 달지 않아도 그만인 것입니다."

청중이 야오치즈의 발언에 큰 박수를 보냈다. 그의 목소리가 힘차기도 했지만, 논점의 핵심을 파고들어 자신의 주장을 선명하게 드러낸 점이 청중에게 크게 다가간 듯했다. 갑자기 도튜버가 스모선수와 같은 자세로 토론자들을 노려보듯 말했다.

"우 교수님과 야오치즈 교수님은 리얼돌이 성적 도구이기 때문에 사람의 얼굴을 달아도 된다고 주장하셨고, 하지메 연구원께서는 리얼돌이 사람의 애착 대상이기 때문에 달아도 된다고 말씀하셨습니다. 이렇게 세 분은 리얼돌이 도구냐 아니냐에 대한 판단에서는 입장이 서로 갈렸지만, 리얼돌에게 얼굴을 달아도 된다는 점에서는 어쨌든 모두 견해가 일치하는 셈입니다. 리얼돌 문제는 이것으로 정리가 됐습니다. 그렇다면 섹스로봇은 왜 얼굴을 달면 안 되는 거죠? 섹스로봇도 도구인 것이 아닌가요? 여러분, 댓글 창에 '달아도 된다'와 '안 된다'에 대한 여러분의 찬반 견해를 달아 주세요."

도튜버는 토론의 쟁점을 리얼돌 문제로부터 섹스로봇 문제로 단번에 전환시켰다. 도튜버 채널의 댓글창에 섹스로봇이 도구냐 아니냐에 대해 자신의 견해를 밝히는 글들이 폭주했다. 인 피디가 AI 분석을 통해 곧바로 댓글에 나타난 찬반 비율이 '찬성 4, 반대 6'라는 사실을 도튜버에게 알려 주었다. 그때 잔치마루 출입문 안쪽에서 행사장 전체를 훑어보고 있던 동 부장에게 람봇연구소 보안팀의 조범근 대리가 다가와 귀엣말을 했다. 동 부장이 창문 밖을 유심히 살폈다. 드론 세 대가 떠 있는 모습이 보였다. 동 부장이 조 대리에게 뭔가를 지시하고, 조 대리가 사라졌다.

"실시간 댓글을 다신 분들의 찬반 비율은 4:6으로, 반대가 많았습니다. 우 교수님, 답을 해 주십시오!"

"저도 반대쪽에 한 표를 던지겠습니다. 섹스로봇은 단순한 도구가 아니라, 스스로 센싱, 즉 감각할 수 있고, 생각하거나 계획을 세우거나 판단할 수 있으며, 그에 따라 자신의 몸으로 직접 행동할 수 있는 'AI 로봇'입니다. 이 점이 매우 중요합니다. AI 섹스로봇은 사전에 미리 등록된 사용자에게는 자발적으로 성행위 서비스를 제공하지만, 사용자로 등록된 사람이 아닌 경우에는 성행위를 허용하지 않을 것입니다. 이것은 섹스로봇이 아주 초보적 단계의 성적 자기결정권을 갖고 있다는 것을 뜻합니다. 만일 우리가 로봇에게 이러한 성적 권리를 인정한다면, 로봇 강간죄가 성립될 수 있습니다. 리얼돌은 선택의 능력 자체가 없는, 극단적으로 말하자면, 죽어 있는 도구이지만, 섹스로봇은 성행위 상대를 스스로 선택할 수 있는, 드라마틱하게 말하자면, 살아 있는 기계생명체의 지위를 가질 수 있습니다."

"교수님, 잠시만요. 그러니까 섹스로봇은 도구가 아니라, 말하자면, 감각, 판단, 행동의 세 요소를 갖춘 기계생명체라는 것이지요? 이러한 정의 자체가 문제가 될 듯도 합니다. 로봇이 생명체라는 주장은 받아들이기 어려울 듯하니 말입니다. 어쨌든 우 교수님께서는 기계생명체에게는 사람의 얼굴을 달아서는 안 된다는 주장을 하신 것인데, 이에 대해 다른 토론자들의 의견을 듣겠습니다."

AI 디쉬브레인(DishBrain) 칩의 세계 최고 전문가인 미국의 템플 연구원과 하지메 연구원이 동시에 손을 들었다. 도튜버가 템플 연구원에게 발언권을 주었다. 템플은 중년의 백인 남자로 머리 손질은 깔끔하게 했지만, 옷차림은 청바지에 파란색 티를 입고 있었다. 그는 다정하게 들리는 목소리의 영어로 전문가답게 말했다.

"저는 우 교수님께서 AI 로봇을 기계생명체로 부른 것에는 동의할 수 없습니다. 생명체는 자기 복제의 능력과 진화의 능력, 말하자면, 재생산의 능력을 갖춘 세포로 이루어져 있어야 할 뿐 아니라, 주어진 환경에서 자신의 생존에 유리한 방향으로 진화해 갈 수 있어야 하는데, 섹스로봇은 생명체가 가져야 할 이 두 가지 본질적 능력을 갖고 있지 못합니다. 그리고 섹스로봇은 아직 자기의식이 없습니다. 그것은 여전히 사람이 할 수 있는 일을 대신해서 할 수 있도록 만들어진 기계 도구일 뿐입니다. 한마디로 말해, 섹스로봇은 도구이고, 그것에게 사람의 얼굴을 달고 안 달고의 문제는 제작자의 자유에 속한 것이라고 봅니다."

청중으로부터 큰 박수가 터져 나왔다. 도튜버가 두 번째로 두 팔을 높이 추켜올리고 마치 TV 애니메이션『요술공주 밍키』1편에 나오는 주인공 '하늘 밍키'의 변신 동작을 연기하듯 제자리에서 몸을 돌리는 춤을 추었다. 청중이 행진곡풍의 음악에 맞춰 손뼉을 쳤다. 템플 연구원도 자리에서 일어나 도튜버를 따라 함께 춤을 췄다. 도튜버가 춤을 멈추며 빈나에게 반론을 요구했다.

"우 교수님, 템플 연구원께서 섹스로봇이 생명의 본질적 요소인 자기 복제와 진화의 요건을 충족시키지 못했다는 점을 들어 기계생명체가 아니라고 반박하셨는데, 이에 대해 어떻게 생각하시나요?"

"AI 로봇이 생명체인지 아닌지를 생물학의 생명 개념, 즉 세포의 자기 복제와 진화의 차원에서 판단한다면, AI 로봇, 줄여서, '에봇'은 생명체가 될 수 없지만, 우리가 생명의 본질을 생물학을 넘어 철학의 차원까지 넓힌다면, '에봇'은 그것이 스스로 움직일 수 있도록 만들어졌고, 스스로 자기 목적을 이루기 위한 삶을 살아나가며, 고장이 나거나 파괴되어 죽을 수 있다는 점에서 기계생명체라고 볼 수 있습니다. '에봇'은 이미 사람을 대신하거나 대체하거나 대리할 수 있는 에이전트(Agent)가 됐습니다! AI 섹스 로봇은 기계생명체로서 '사람로봇', 한 마디로 말해, '람봇'입니다. 모시-MCR은 그 지능이나 행동의 측면에서, 심지어 자기의식의 측면에서 사람과 크게 다를 바가 없습니다. 만일 이러한 '람봇'이 사람과 똑같은 얼굴을 하고, 사람의 얼굴 표정을 지어 낼 수 있다면, 우리에게 대혼란이 야기될 것입니다."

빈나의 말이 반론을 넘어 새로운 주장으로 넘어가는 듯하자 도튜버가 빈나의 말을 끊고, 토론의 흐름을 정리했다.

"교수님, 잠시만요. 제가 시청자들께 잠깐 용어 설명을 해야 할 것 같습니다. 먼저, 'AI 로봇'을 '에봇'으로 줄여 쓰는 것이 편하고 직관적이고 좋아 보입니다. 저도 앞으로 '에봇'이라는 말을 쓰겠습니다. 그리고 여러분, '람봇'은 사람을 닮은 로봇, 즉 휴머노이드 로봇을 뜻하는 '사람로봇'의 줄임말입니다. 오늘의 토론자였던 모시-MCR이 바로 람봇입니다. 하지만 영화 『로보캅』에 나오는 머피는 로봇이 아니고 사이보그입니다. 여러분 헷갈리지 마시기 바랍니다. 이제 드디어 '로봇에게 얼굴 달기의 문제'가 나왔습니다. 토론자들께서는 에봇이 도구냐, 아니면 생명체냐 하는 문제보다는 우리가 에봇에게 사람의 얼굴을 달면 왜 안 되는지의 문제에 집중해 주십시오. 우 교수님, 안 되는 이유를 말씀해 주십시오."

"만일 누군가 자신의 섹스로봇의 얼굴에 반해 그를 사랑하게 된다면, 그는 이 람봇을 위해 자발적 복종의 길을 걸으려 할 것입니다. 이는 '행복한 노예의 길'이라고 부를 수 있을 겁니다. 노예는 자유가 없거나 주어진 자유를 잃어버린 사람을 말합니다. 마약 중독자는 마약의 쾌락을 위해 자신의 자유를 포기한 사람이라고 볼 수 있습니다. 우리가 마약의 중독을 경계하면서 마약 거래를 법으로 강하게 금지하는 까닭은 마약이 사람의 건강과 자유를 한순간에 빼앗아 갈 수 있기 때문입니다. 만일 로봇의 얼굴이 사람의 감정을 사로잡는 방식으로 사람들을 자발적 노예의 길로 빠져들게 만든다면, 그것 또한 마땅히 금지해야 합니다. 우리가 이러한 금지에 실패한다면, 그것은 미래 인류에게 재앙이 될 것입니다."

빈나가 말을 마치고 침묵하자 잔치마루가 고요해졌다. 그때 도튜버가 한복의 소매를 과장된 몸짓으로 걷어 젖히자 청중이 환호했고, 다시 토론 분위기가 끓어올랐다. 템플 연구원이 자신감이 넘치는 표정으로 발언권을 요청했고, 도튜버는 즉시 발언을 허용했다.

"저는, 우 교수님과 달리, 에봇이 인류에게 재앙을 불러올 때는 에봇이 자기의식을 갖게 될 때라고 생각합니다. 에봇은 현재 사람의 지능뿐 아니라, 창작 능력까지 뛰어넘었지만, 아직 자기의식까지 갖지는 못했습니다. 만일 에봇이 자의식을 갖게 된다면, 우리는 에봇을 사람과 똑같은 권리 주체로 인정해야 할 것입니다. 사람보다 뛰어난 에봇이 사람의 권리를 모두 갖는다면, 저는 그것이 인류에게 재앙이 될 수 있다고 봅니다. 저는 모시-MCR이 자기의식을 가졌다고 보지 않습니다. 만일 MCR이 자의식을 갖고 있었다면, MCR은 사람의 말을 고분고분 듣지 않고, 제 고집대로 행동하려 했을 겁니다."

인 피디가 도튜버에게 '얼굴 토론에 집중할 것'이라는 글을 써 보였다. 그사이 입을 다물고 있던 마 소장이 가만히 손을 들었다. 도튜버가 마 소장에게 발언권을 주며 진행에 관한 요청을 했다.

"소장님, 우리가 현재 '사람의 얼굴을 달면 안 되는 이유'를 찾고 있었다는 점을 기억하시면서 말씀해 주십시오."

"알겠습니다. 방금 미스터 템플께서 우리 모시1이 자의식이 없다고 말씀하셨는데……. 그건 그렇다 치고, 잘 아시겠지만, 과거에 노예들이 있었습니다. 그런데 노예가 노예살이를 했던 까닭은 그들이

자의식이 없었거나 지능이 낮았거나 예술성이 없었기 때문이 아니라, 그 시대만의 특수 조건, 말하자면, 노예제라는 신분제 조건 때문이었습니다. 현재 에봇은 그 능력이 사람에 미치지 못하기 때문에 사람의 삶을 돕기 위한 노예가 되는 게 아닙니다. 에봇은 그것이 삶의 주체인 우리, 즉 사람의 필요에 따라 만들어졌다는 바로 그 탄생 조건 때문에 '사람의 노예'인 것입니다. '노예'라는 말은 적절한 표현이 아니지만, 에봇이 사람과 똑같은 권리를 가질 수 없다는 점을 강조하기 위해 한 말로 이해해 주십시오. 비록 에봇이 자의식이 있고, 지능이나 노동력이나 예술성에서 사람을 뛰어넘을지라도, 우리는 에봇에게 절대 사람과 똑같은 권리를 부여하려 하지는 않을 것입니다. 우 교수님께서 이 권리의 금지 근거가 자의식보다는 바로 '사람의 얼굴'에 있다는 점을 가르쳐 주셨습니다. 우리 모두 그 점을 깊이 헤아려 보아야 할 것입니다."

마 소장의 발언은 무게감이 느껴졌다. 그에 따라 청중의 손뼉 소리도 묵직하게 울려 퍼졌다. 마 소장의 발언은 마치 토론의 결론이 내려진 것처럼 들렸다. 토론 분위기가 무겁게 가라앉았다. 하지만 도튜버가 청중 쪽으로 돌아서서 가까운 테이블로 다가가자 사람들이 환호성을 지르며 즐거워했다. 도튜버는 청중의 열기를 북돋으며 토론의 쟁점을 다시 제시했다.

"여러분, 템플 연구원이 영어로 발언하는 순간 접속자 수가 치솟았습니다! 토론의 수위를 더 높여 보겠습니다. 중국의 야오치즈 교수님, 중국을 대표해서 우리가 로봇에게 사람의 얼굴을 달아야 하는지, 아니면 말아야 하는지에 대한 견해를 밝혀 주십시오."

"아, 네, 알겠습니다. 우 교수님의 '얼굴 논증'도 만만치 않고, 템플 연구원의 '의식 논증'도 탄탄해 보이며, 마 소장님의 '탄생 조건 논증'도 매우 강력해 보입니다. 에봇이 사람의 모든 권리를 갖는 것이 미래 인류에게 재앙이 될 수 있다는 점은 저 또한 100% 동의합니다. 하지만 저는 에봇이 사람의 권리를 갖게 되는 것은 그것이 의식을 갖거나 사람의 얼굴을 달게 되거나 하는 데 달린 문제가 아니라, 마 소장님께서 말씀하신 바와 유사하게 오직 사람의 결정에 달린 문제라고 봅니다. 우리 인간이 에봇을 사람의 노예로 못 박아 버리는 '신 노예제'를 제정한다면, 에봇은 절대 노예 신분을 벗어날 수 없을 겁니다."

야오치즈 교수의 신 노예제 제정의 발언이 나오는 순간 일본의 하지메 수석연구원이 도튜버에게 발언권을 달라고 손을 들었다. 도튜버는 야오치즈 연구원의 토론 내용 정리에 감사를 표하며 하지메 씨에게 발언권을 넘겨주었다.

"야오치즈 연구원께서 토론자들의 핵심 주장을 '얼굴 논증', '의식 논증', '탄생 조건 논증'으로 매우 훌륭하게 요약해 주시면서 인류의 재앙을 막기 위해서는 에봇을 대상으로 한 '신 노예제'를 만들 필요가 있다는 제안까지 해 주셨습니다. 이에 대해 하지메 연구원께서 반론을 하실 듯합니다. 말씀해 주십시오."

"네, 저는 '신 노예제 제정'이 현실적으로 불가능하다는 점을 말씀드리고자 합니다. 현재 에봇의 설계는 의식의 수준뿐 아니라, 얼굴의 디자인까지 모두 엔지니어의 자율에 맡겨져 있습니다. 즉 로봇의 설계는 완전히 로봇계가 자율적으로 알아서 할 문제입니다. 사실 로봇계는 현재 에봇의 설계 분야에서 얼굴 코드와 같은 것은 전혀 없습니다. 심지어 로봇의 얼굴을 자율적으로 설계하라는 법조차 없습니다. 한마디로, 아노미 상태입니다. 야오치즈 교수님 말씀이 타당하려면, 로봇 설계를 규제하는 어떤 명문화된 법적 규정이 있어야 하는데, 그런 것은 없는 것으로 알고 있습니다. 적어도 일본에는 없습니다. 아마도 우리가 지금 벌이고 있는 '로봇에게 사람의 얼굴 달지 마라'는 토론이 이에 관한 첫 번째 논의가 아닐까 싶습니다. 야오치즈 교수님 말씀에 따르자면, 에봇의 설계는, 에봇이 의식이 있든 말든, 또는 사람의 얼굴을 달았든 아니든 상관없이 정해진 법에 따르면 된다는 것인데, 그 법은 사람인 우리가 만드는 것입니다. 저는 사람들이 에봇을 사람처럼 대해야 한다고 생각하는 만큼씩 에봇에게도 사람의 권리를 인정하게 될 것이라고 봅니다."

야오치즈 교수가 손을 번쩍 들었다. 그사이 조 대리가 다시 동 부장에게로 와서 또 뭔가 귀엣말을 하고, 동 부장은 손짓까지 하며 뭔가 구체적인 명령을 내리는 듯했다. 토론석에 앉아 있던 마 소장이 동 부장의 행동을 걱정스럽게 바라보았다. 도튜버도 이상한 낌새를 눈치챈 듯 얼굴에 불쾌한 기색이 살짝 돌았다. 도튜버가 하지메 연구원의 발언을 짧게 해설한 뒤 야오치즈 교수에게 발언을 요청한다.

"우리가 현재의 로봇법에 '사람 얼굴 금지법'과 같은 조항을 넣기 위해서는 그 근거가 필요한데, 하지메 연구원께서는 그 근거로 사람과의 친밀성을 꼽았습니다. 하지만 이 경우 사람들이 왜 에봇과 친밀해지는지, 그리고 어느 정도의 친밀성이 생겨야 에봇에게 사람의 권리를 줄 수 있는지를 결정하는 문제가 남는 듯합니다. 야오치즈 교수님, 반론이 있으신 듯한데, 말씀해 주십시오."

"제가 제안했던 '신 노예제'는 에봇의 정체성이 계속 변하고 있다는 데 근거한 것입니다. 반려견은 태어나 죽을 때까지 그것의 본질적 속성이 어느 정도 일정하게 유지됩니다. 그렇기에 우리는 거기에 맞춰 동물보호법을 만들 수 있습니다. 하지만 에봇은 어떻습니까? 어제의 로봇이 내일의 로봇과 같은 종이라고 볼 수 없을 만큼 달라지고 있습니다. 로봇의 본질적 속성이라는 것은 없습니다. 우리가 정체성이 바뀌는 어떤 것에게 권리를 줄 수 있는 방법은 오직 사회적 합의에 의한 방법뿐입니다. 권리란 어떤 것이 마땅히 차지해야 하는 그 자신만의 몫인데, 만일 정체성이 바뀐다면, 당연히 그 권리의 내용도 달라질 수밖에 없을 겁니다. 만일 고도로 진화된 에봇이 갑자기 더 많은 권리를 요구한다면, 그때 우리는 어떻게 해야 합니까? 이는 사람의 경우 누가 승진을 하면, 그의 권리가 커지는 것과 비슷하지 않겠습니까? 이러한 권리는 계약에 의해서만 보장될 수 있을 것입니다. 제 주장이 이상하다고 보는 사람은 이러한 권리의 성격을 잘 모르기 때문일 것입니다."

인 피디가 도튜버에게 '15분〉청중'이라는 글자를 써 보였다. 도튜버는 잠깐 생각에 잠겼다가 청중과 토론자를 차례로 둘러보면서 남은 시간 동안은 토론의 핵심 쟁점에 집중하겠다고 말했다.

"야오치즈 교수님께서 제안한 '로봇 노예제'는 로봇의 신분을 '사람의 노예'로 붙박아 두어야 한다는 주장이지 로봇에게 사람의 얼굴을 달지 말도록 해야 한다는 게 아닙니다. 아니, 보다 정확하게 말하자면, 로봇 얼굴의 설계는 제작자의 자유에 맡겨야 한다는 말씀입니다. 청중께서는 이 점에 오해가 없으시길 바랍니다. 얼굴 설계에 대해서는 하지메 연구원과 템플 연구원 모두 야오치즈 교수님의 견해에 동의하고 계십니다. 하지만 우 교수님은 모시-MCR처럼 스스로 말과 행동을 할 줄 아는 람봇에게 사람의 얼굴을 달아 주면, 람봇의 신분이 도구에서 사람으로 바뀔 수 있게 될 것이고, 람봇의 능력이 사람보다 크게 뛰어난 상황에서 이는 미래 인류에게 재앙이 될 것이라고 주장하고 있고, 이에 대해 마 소장님께서 견해를 같이하고 계십니다.

여기서 모든 토론자의 일치된 생각은 람봇으로 말미암을 수 있는 미래의 재앙은 막아야 한다는 것입니다. 다만 그 막는 방법으로 미스터 템플은 람봇이 자기의식을 갖지 못하게 감시하는 것을, 야오치즈 교수님과 마 소장님은 '신 노예제'와 같은 법 제정을 제시해 주셨습니다. 그러나 에봇의 능력과 정체성이 비약적으로 진화해 사람을 훨씬 뛰어넘었고, 그에 따라 람봇의 활동에 대한 인류의 의존성이 점점 더 커지는 상황에서 과연 인류가 '로봇 노예제'와 같은 법을 만들 수 있을까요? 이 시점에서 로봇에게 사람의 얼굴을 달라 말라는 주장이 어떤 의의가 있는 걸까요? 저는 정말로 궁금합니다. 여러분, 왜 달지 말아야 하는 겁니까?"

도튜버가 연설하듯 말끝을 올려 발언을 마치자 청중의 우렁찬 박수가 터져 나왔다. 빈나는 도튜버가 사전 원고나 대본도 없이 치열한 토론이 오가는 가운데 핵심 주장들을 저토록 정확하게 정리해 내는 데 큰 감명을 받았다. 도튜버는 잠시 청중을 훑어보며 빈나에게 진지한 물음을 던지며, 청중에게도 질문해 달라고 부탁했다.

"우 교수님, 저는 아직도 로봇에게 사람 얼굴을 달면 왜 안 되는지를 잘 모르겠습니다. 얼굴 달기를 금지하면, 로봇 노예제를 만들 수 있을까요? 그 이유를 좀 더 명확히 말씀해 주십시오. 그리고 청중 가운데 질문이나 주장이 있으신 분은 우 교수님 발언 뒤 손을 들어 주십시오. 발언 기회를 드리겠습니다."

"제가 오늘 여기서 로봇 노예제까지 말씀드릴 수는 없지만, 한 가지 분명한 것은, 사람의 노예제 붕괴는 사람들이 노예가 주인과 똑같은 사람이라는 것을 깨달았기 때문에 가능했다는 점입니다. 노예제는 노예가 주인과 다를 수밖에 없다는 명확한 표식이 있을 때만 유지될 수 있습니다. 로봇다운 얼굴을 한, 달리 말해, 사람의 얼굴을 달지 않은 람봇은 그것이 사람의 도구로 제작된 로봇임을 명확히 표시해 놓는 것과 같습니다. 똑같은 것들은 결국 똑같은 대우를 받게 마련입니다! 쌍둥이는 구분하기도 쉽지 않지만, 차별하기는 더 어려운 법입니다. 사람보다 더 아름답고 능력이 뛰어난 람봇을 사람의 노예로 차별한다는 것은 절대 쉽지 않을 것입니다.

아울러 템플 연구원과 야오치즈 교수님의 주장을 잠깐 검토할 필요가 있습니다. 저는 모시-MCR이 이미 자의식이 있다고 봅니다. 미스터 템플의 주장에 따른다면, 자의식이 있는 모시1은 사람의 권리를 가져야 합니다! 하지만 우리는 모시1을 의료돌봄의 영역에 한정시켜 일종의 도구로 쓰려 합니다. 이것은 마치 평범한 CEO가 세계적 천재들을 자신의 직원으로 고용하는 것과 비슷합니다. 물론 천재는 자발적으로 고용되었고, 또 자발적으로 퇴직할 수 있을 테지만, 모시1은 그럴 수 없다는 점에서 다릅니다. 이것은 분명 야오치즈 교수님께서 말씀하신 '사회적 계약', 즉 법률에 의한 것처럼 보이는 것도 사실입니다.

하지만 우리는 왜 사람과는 상호 계약을 맺으려 하면서 사람보다 뛰어난 능력을 갖춘, 자의식이 있는 로봇에게는 아무런 죄의식 없이 계약의 권리를 박탈한 채 강요나 명령을 할 수 있을까요? 그것은 로봇이 사람의 얼굴을 달고 있지 않기 때문입니다. 만일 이러한 차원 높은 에봇이 사람의 얼굴을 단 채 우리에게 말을 걸고, 우리와 상호작용을 하며, 우리에게 이러저러한 요구나 요청을 해 온다면, 사람인 우리는 마침내 그 에봇을 자기 자신과 똑같이 대우하려 할 것입니다. 얼굴 없는 로봇은 과로라는 게 없지만, 사람의 얼굴을 단 에봇은 피곤해할 수 있고, 그 피곤한 얼굴로 휴식을 요청할 수 있으며, 그때 우리는 그를 쉬게 할 것이고, 그가 외롭다고 할 때 그에게 친구를 갖게 해 줄 것이며, 그가 죽고 싶다고 할 때 그에게 죽음을 허락할 것입니다. 사람들은 단순한 돌덩이에 새겨진 부처의 얼굴을 숭배하고, 사랑하는 사람의 얼굴 사진을 평생 품에 안고 살아가지 않습니까?"

빈나의 말이 길어지고 있었다. 인 피디가 손으로 목을 긋는 시늉을 해 보였다. 도튜버가 빈나의 말을 끊고 발언 내용을 정리했다.

"우 교수님, 말씀이 너무 길어 제가 잠시 내용 정리를 하겠습니다. 모시1은 돌봄로봇으로서 사람보다 돌보는 일을 더 잘하지만, 임금을 달라고 하지도, 피곤하니까 쉬게 해 달라고 하지도 않지요. 만일 모시1이 하는 것과 같은 일을 사람이 한다면, 그 사람은 근로계약에 근거해 노동자의 모든 권리를 보장받게 될 것입니다. 그런데 우리가 모시1의 모든 권리를 박탈하고 노예처럼 부려 먹어도 아무런 죄의식을 느끼지 않는 것은 모시1이 사람의 얼굴을 달고 있지 않기 때문이다? 우 교수님, 이 말씀이시죠? 그럼, 반대로 모시1이 사람의 얼굴을 달고, 우리에게 '나 피곤해요, 조금만 쉬게 해 주세요, 제게 임금을 주세요'라고 말한다면, 우리는 모시1의 말을 정당한 요구로 받아들여 그에 응하게 된다는 건가요? 우 교수님, 아무 의미도 없던 돌덩이에 새겨진 부처의 얼굴이 어떻게 사람의 마음을 휘어잡을 수 있습니까? 사람들을 숭배까지 이르도록 만드는 얼굴의 힘은 어디에서 나오는 걸까요?"

도튜버의 물음에 청중 사이에서 웅성거림이 일었다. 그때 조 대리가 세 번째로 동 부장에게 뭔가 보고를 하러 왔다. 동 부장은 고개를 끄덕이며, 조 대리의 어깨를 툭 친 뒤 토론석의 마 소장에게 오케이 사인을 보냈다. 마 소장의 얼굴에 안도감이 번졌다. 빈나는 두 손을 깍지 끼며 몸을 앞으로 기울였다. 토론장은 옆 사람의 숨소리가 들릴 정도로 조용했다. 빈나가 도튜버의 물음에 대답을 시작했다.

"사람의 얼굴이 마력을 부릴 수 있는 까닭은 모든 사람이 감정이입의 능력을 타고났기 때문입니다. 사람은 꽃 그림을 보면서 꽃내음에 빠져들 줄 알고, 굶주린 아이의 눈을 마주하면 자신도 모르게 눈물을 쏟거나 도움의 손길을 내밀 줄 압니다. 이웃의 기쁨과 즐거움, 슬픔과 외로움 그리고 괴로움을 그와 함께 그리고 같이 느낄 줄 알지요. 사람은 공감 능력이 있습니다. 한 사람의 감정은 다른 사람들에게, 심지어 인류 전체에게로 퍼져 나갈 수 있습니다. 이러한 엠퍼시(Empathy)는 야오치즈 교수님이 말한 사람의 정체성을 이루는 본질적이고 내재적이며 고유한 능력입니다. 이 능력은 말보다 근원적인 것입니다. 사람은 사람뿐 아니라 다른 생명체들이 처한 상황에 대해서까지 공감할 줄 압니다.

동정심 또한 감정이입의 한 종류입니다. 사람이 리얼돌과 같은 사물에까지 애정을 줄 수 있는 것은 사람의 공감 능력이 감각을 넘어 상상력에까지 뻗어있기 때문입니다. 공감은 한 사람이 느끼는 감정을 다른 사람도 그와 똑같이 느낄 줄 아는 것을 말합니다. 공감 능력은 서로 다른 악기가 하나의 악보를 나란히 연주할 때 이뤄지는 조율과 같고, 서로 다른 사람의 목소리가 아름답게 빚어내는 가락과 같습니다. 공감은 '같이 울림'이고, '같이 떨림'이며, 하나 됨입니다!

만일 에봇이 고통을 느낄 줄 안다면, 사람은 고통받는 에봇의 얼굴에서 나타나는 고통의 표정에 사로잡히고 말 것입니다. 사람이 로봇의 그 고통받는 얼굴로부터 연주되는 이미지와 소리와 의미들을 느끼는 순간, 그 느낌들은 말이나 생각의 필터를 거치기도 전에 이미 우리의 마음에 직접적으로 아로새겨집니다. 그 느낌들이 마음에 한 번 새겨지면, 그것은 지워질 수 없는 방식으로 우리의 생각과 행동과 판단에 지속해서 영향을 미칩니다. 슬픔을 느낄 줄 아는 에봇의 얼굴에 나타난 슬픔의 표정은 그것이 누군가의 마음에 느껴지는 순간 그를 그 에봇의 슬픔에 똑같이 젖게 만들고, 그로써 그는 그 에봇의 감정을 무시할 수 없게 됩니다. 왜냐하면 그 슬픔은 그가 그것을 느끼는 순간부터 그 자신의 슬픔과 다르지 않기 때문입니다. 그가 그 슬픔의 느낌을 모른 척할 때 그는 죄의식, 달리 말해, 그 자신이 함께 책임져야 할 어떤 책임을 저버렸다는 죄책감에 시달리게 됩니다."

도튜버가 다시 두 팔을 높이 추켜들었다. 도튜버가 제자리 돌기의 춤을 시작했고, 청중은 그 춤사위에 손뼉으로 박자를 맞췄다. 조금 늦게 음악이 울려 퍼졌고, 토론장은 마치 무도회장의 느낌으로 바뀌었다. 도튜버가 춤을 멈추며 감격스러운 듯 외쳤다.

"와! 교수님! 완전히 이해됐습니다. 우리가 에봇에게 사람의 얼굴을 달지 말아야 하는 이유가 우리 자신의 감정이입의 능력에 있다는 말씀, 100% 동의합니다! 리얼돌에 대한 애정, 동물에 대한 동정심, 에봇의 표정에 대한 공감, 이 모든 감정 능력이 이성보다 먼저 작동하고, 그 느낌들이 우리 마음속 깊이 각인되어 우리의 모든 판단과 행동을 지배한다는 말씀, 감동적입니다! 교수님, 계속해 주세요."

도튜버의 그 말에 뭔가 반전을 기대했던 청중에게서 "에이" 하고 실망의 말이 새어 나왔지만, 즉시 다른 쪽에서 "계속해!"라는 지지의 말이 밀려들었다. 빈나가 자신의 말을 계속했다.

"칭찬, 감사합니다. 사람의 얼굴은 사람의 아우라입니다. 토테미즘에서 토템은 주로 동물의 얼굴을 핵심으로 하지요. 눈가의 부드러운 웃음기는 너그러운 사람의 향수와 같아서 벌이 꽃으로 끌리듯 우리를 그 사람 주변에 맴돌게 하고, 싱그러운 목소리는 온 산에 울려 퍼지는 꾀꼬리 울음처럼 듣는 이를 그 속으로 빨려들게 합니다. 사람의 얼굴은 눈코입귀로 이루어지는 모든 관계에서 사람에게 사람의 자격을 부여하는 핵심입니다. 신조차 점차 사람의 얼굴을 닮아 왔고, 마침내 사람이 곧 신이 되었습니다. 이제 얼굴 없는 신은 상상조차 할 수 없습니다.

얼굴은 숭배와 복종의 성소(聖所)입니다. 사람의 얼굴은 도덕과 문화와 종교와 상징의 자리입니다. 우리가 누군가를 경배할 때, 우리가 받드는 것은 바로 얼굴입니다. 사람들은 마술피리에 홀린 듯이 사람의 아름다운 얼굴에 넋을 잃거나 증오스러운 얼굴을 향해 증오를 뿜어댑니다. 우리는 TV 속 얼굴조차 실제 사람 얼굴인 양 즐길 뿐 아니라, 안드로이드 로봇의 얼굴도 사람 얼굴인 양 잘 속아 넘어가며, 사람의 얼굴을 한 에봇의 웃음만 들어도 그것이 저를 향한 것인 양 착각합니다. 만일 에봇이 이러한 사람의 얼굴을 달고 사람에게 다가온다면, 사람은 그 얼굴 표정에 매료되어 자발적 노예가 될 것입니다. 우리가 이러한 위험을 막으려면, 사람의 얼굴을 로봇에게 다는 것을 금지해야 합니다!"

도튜버가 빈나의 이야기 속으로 깊이 빠져들어 가는 듯 보이자 인피디가 '마무리'라는 글자를 태블릿에 크게 써 높이 들어 보였다. 도튜버는 자신의 머리 뿔을 한 손으로 잡고 흔들더니 짓궂은 얼굴로 목소리도 악당처럼 험상궂게 꾸며 말했다.

"저는 앞으로 뿔 대신 '뿔의 얼굴'을 만들어 보겠습니다! 여러분, 저는 그 누구도 모방할 수 없는 도튜버만의 얼굴을 지어 나가겠습니다. 여러분 모두 자기만의 개성 있는 사람의 얼굴을 만들어 가시길 바랍니다. 오늘 예정된 토론 시간은 이미 지났습니다. 토론자로 참여해 주신 모든 분께 감사드립니다. 그래도 청중의 질문을 하나도 받지 않고 끝내는 건, 예의가 아니겠지요. 자, 그럼 딱 한 분께만 질문을 받겠습니다. 손을 들어주십시오."

도튜버가 진행을 서두르는 듯 보였지만, 청중에서는 많은 사람이 손을 들었다. 도튜버는 람봇연구소의 천명성 수석연구원을 지목해 질문을 받았다.

"천명성 수석님, 질문해 주십시오."

"여기 손을 드신 분들이 많이 계시는데, 저에게 발언권을 주셔서 고맙습니다. 사실 우 교수님께 꼭 묻고 싶었던 게 있었습니다. 우 교수님, 에봇은 눈귀입에 해당하는 카메라와 녹음기 그리고 스피커 등이 달려야 합니다. 이러한 장치들은 보통 사람의 얼굴 부위에 놓이게 되고, 외관상 가능한 한 아름답게 디자인이 됩니다. 에봇은 사람과 함께 살아가기에 그 크기뿐 아니라 움직임 그리고 심지어 몸까지 사람을 닮았습니다. 그래서 어떤 분들은 우리가 에봇의 몸은 다 사람을 모방하면서 얼굴만 사람의 얼굴처럼 만들지 않는다는 게 좀 그

로테스크하게 느껴진다고 말합니다. 이 점에 대해서는 어떻게 생각하시는지요?"

도튜버는 천 수석의 말하는 태도의 독특함과 질문 내용에 관심을 표한 뒤 질문을 받은 우 교수에게 답변을 부탁했다.

"천 수석님의 목소리가 참 맑습니다! 그런데 에봇의 얼굴에 말이나 사자의 얼굴을 달아 주기도 어렵지 않을까요? 뭘 달아도 그로테스크할 듯한데, 우 박사님, 어떻게 답변하시겠습니까?"

"천 수석님, 질문해 주셔서 고맙습니다. 그로테스크(Grotesque)라는 말은 그로타(Grotta)의 영역에 놓인 것, 직역하자면, 땅속 동굴에서 출토된 예술품들의 모습을 뜻합니다. 이는 현실과 동떨어진 어떤 것을 말했습니다. 그런데 로봇 자체가 본디 현실에 없었던 것, 그렇기에 그로테스크한 물건이라고 볼 수 있지 않을까요? 만일 로봇에게 사람의 얼굴을 단다면, 저는 그것만큼 그로테스크한 것은 없으리라고 봅니다. 제 대답의 핵심은 그로테스크하냐 안 하냐의 문제는 사람과 시대 그리고 상황에 따라 사뭇 달라질 수밖에 없다는 것입니다."

빈나의 답변을 들은 도튜버는 토론을 그대로 끝내려다가 문득 생각난 듯 빈나에게 물었다.

"그런데 우 교수님의 생각이 참으로 궁금해 묻지 않을 수 없습니다. 만일 로봇에게 사람의 얼굴을 안 단다면, 그럼 어떤 얼굴을 달아야 하나요? 짧게 답변해 주십시오."

"저는 에봇의 얼굴은, 모시1이 토론 때 말한 것처럼 그리고 모시1이 그만의 얼굴을 갖춘 것처럼, 에봇마다 그에게 알맞은 전형적인 얼굴 꼴로 만드는 게 좋다고 봅니다. 앞으로 우리가 에봇의 정체성을 한눈에 알아볼 수 있는 '에봇의 얼굴 캐릭터'를 창조하는 건 어떨까요? 고맙습니다."

도튜버는 자신의 표정을 요리조리 바꾸는 장난스런 몸짓을 하고 나서 마침내 토론을 마무리했다.

“여러분, 이것으로 오늘의 토론을 모두 마치겠습니다. 토론에 참여해 주신 모든 분께 감사의 박수를 부탁드립니다. 저 도튜버는 다음에 새로운 주제를 들고 ‘베네피센트의 새로운 얼굴’로 찾아오겠습니다. 그때까지 안녕!”

토론이 끝나면서 도튜버 생중계 방송도 모두 끝났다. 먼저 토론자들이 도튜버와 기념 촬영을 했고, 곧바로 몰려드는 청중과 도튜버의 사진 촬영이 이어졌다. 콘퍼런스 관계자들은 성공적인 행사 진행에 서로 격려와 축하 인사를 나누고 있었다. 토론자들은 자신들끼리 한 테이블에 따로 둘러앉아 ‘도튜버 토론’의 감동을 이야기하기 시작했다. 그때 동 부장이 마 소장에게 다가와 말로 뭔가를 보고했다. 도튜버가 청중과의 사진 촬영을 마치고 마 소장에게 인사를 하러 왔다가 동 부장이 꺼낸 드론 얘기를 듣고 불쑥 물으며 화를 냈다.

“아까 우리 토론할 때 창밖에 드론 세 대가 오래 떠 있었는데, 그거 아셨어요? 아니, 이곳 Y호텔은 분명 드론비행금지구역인데, 누가 법을 어기면서까지 도촬을 하는 겁니까? 제가 인 피디에게 경찰에 신고해서 그 도촬범들을 잡으라고 했어요. 경찰이 안 잡겠다고 하면, 저라도 제 돈 들여서 직접 잡을 생각입니다. 저런 파파라치들은 철저히 응징해야 하거든요. 근데 마 소장님, 방금 하시던 말씀이 드론 얘기 아니셨던가요?”

마 소장이 그렇다고 말하면서 자신의 보안팀에서 그 드론들을 추적해 사용자들을 잡았다고 알려 주었다. 마 소장은 동 부장을 소개하지도 않은 채 보고를 부탁했다.

“다들 궁금해하시는 듯하니 말씀드리시는 게 어떤지요?”

동 부장도 자기소개를 생략한 채 주요 내용만 짧게 알려 주었다.

“먼저 지금 들으실 내용은 외부로 유출되면 안 되는 사항입니다.

꼭 비밀을 지켜 주시기 바랍니다. 우리 보안팀이 '도튜버 토론'을 도촬하던 드론 세 대를 발견했습니다. '드론 헌터 XR-3'으로 전파차단 신호를 방사하여, 흔히 하는 말로, 재밍을 하여, 원격조정과 카메라를 차단한 뒤 드론에 위치 추적기를 달았습니다. 달아난 드론을 추적했는데, 한강 둔치에 있던 사용자 중학생 세 명을 잡긴 했는데……, 드론은 자폭하고 말았습니다."

도튜버가 질겁을 했다.

"자폭이요? 그럼 그 드론이 무슨 비밀 정보 활동을 했다는 건데……. 그럼 그 중학생들은 뭐라고 말합니까?"

동 부장이 답변을 망설이다가 짧게 설명했다.

"모르는 사람이 자신들에게 Y호텔 잔치마루 도촬에 성공하면 그 드론을 주겠다고 했답니다."

5

자율주행자동차 추락 그리고 전신마비

콘퍼런스 행사는 모두 잘 마무리가 됐다. 도튜버는 토론을 마친 뒤 자신이 생각을 가장 많이 했던 토론이었고, 그만큼 보람도 컸다는 자평을 하며 먼저 Y호텔을 떠났다. 마 소장은 모시-MCR을 세상에 성공적으로 등판시켰다는 점과 람봇연구소의 위상을 크게 높였다는 점에서 매우 만족해했다. 빈나는 로봇에게 사람의 얼굴을 달지 말라는 자신의 외침이 널리 퍼지는 좋은 계기가 됐다는 점에서 기뻤다. 마 소장이 빈나에게 저녁 식사를 같이하자고 제안했지만, 빈나는 선약이 있다며 다음 기회로 미뤘다. 마 소장이 엘리베이터를 타고 내려오며 빈나에게 물었다.

"오늘 저녁 약속, 혹시 무슨 약속인지 물어봐도 괜찮은지요?"

빈나가 큰딸 리를 바라보며 다소 말하기 난처한 표정을 지었다. 리가 대신 답변해 주었다.

"오늘 저녁은 저희 앞집 할아버지의 90세 생일 축하 모임이 있습니다."

"네? 앞집 할아버지요? 그분이 친척이신가요?"

"아니요. 아, 하지만 저희에게는 가족과 같은 분이세요. 아드님을 잃고 사모님과 단둘이 사시는데, 우리 아빠를 아들처럼 대해 주시고, 또 아빠도 그분을 친아빠처럼 여기시지요."

"네~. 요즘도 그런 관계가 아직 남아 있군요."

빈나가 바지 주머니에 손을 찔러넣으며 한마디 말을 슬쩍 덧붙였다.

"저보다 우리 '마누'께서 가까우신 분들이거든요."

정 기자가 듣고 있다가 궁금해 물었다.

"교수님, '마누'가 누구신가요?"

"우리 엄마요."

리의 대답에 정 기자를 비롯해 마 소장과 천 수석 그리고 함께 타고 있던 모든 사람이 웃음을 빵 터뜨렸다. 마 소장 옆에 그림자처럼 붙어 있던 동 부장이 빈나에게 걱정 투로 물었다.

"우 교수님, 혹시 오늘 자율주행차로 오셨나요?"

"네."

마 소장이 동 부장의 얼굴을 똑바로 바라보았다. 동 부장에게 뭔가 자중을 부탁하는 뜻이었다. 정 기자가 화장실을 다녀와야겠다며 빈나와 1층 로비에서 내렸고, 리를 비롯한 다른 사람들은 지하 주창으로 내려갔다. 콘퍼런스에 참석했던 사람들 몇몇이 로비 갤러리에 전시된 유명 예술 작품들을 보고 있는 게 보였다. 정 기자가 로비로 돌아오자 둘은 호텔 정문을 거쳐 지상 주차장으로 걸어갔다. 빈나가 차에 다가가자 안개등이 켜졌다. 빈나가 차를 향해 "달리!"라고 불렀다. 차가 비상등을 깜빡이며 "암호를 말씀해 주세요."라고 응답했다. 빈나가 "빈나가 왔다."라고 대답했다. 차에서 턱 하는 소리가 나면서 잠금장치가 풀렸다. 정 기자가 차에게 붙인 이름의 뜻이 궁금해 물었다.

"교수님, 차에 이름이 있나 보네요? '달리'가 무슨 뜻인가요? 그림 그려주는 'AI 달리'랑 관계가 있나요?"

"없습니다. 그냥 '달리다'라는 말에서 '달리'만 따온 겁니다. 별 뜻은 없습니다."

"아하? 그래도 좋은데요. 또 '달링'하고 그 어감이 비슷해서 듣기 좋네요."

빈나가 운전석 차 문을 열고 먼저 안으로 들어갔고, 정 기자는 조수석의 문을 열고 들어와 앉았다. 차에서 목소리가 들렸다.

"미등록 탑승자입니다. 신분을 확인해 주십시오."

정 기자가 신분증을 꺼내려 하자 빈나가 얼른 '달리'에게 말했다.

"달리, 신분 확인했어. 출발 준비해!"

빈나의 말 한마디에 자동차의 앞쪽 모니터가 켜지고, 차에 달린 계기장치들의 정보가 한눈에 나타났다. 빈나는 모니터에서 초록색 이모티콘 단추를 눌렀다. 그러자 자율차 상태 점검이 실행되면서 엑추에이터 정상, 라이다와 레이더 그리고 카메라와 FCM 정상, HMI 시스템 및 제어 시스템 그리고 협력주행 시스템 정상이라는 결과값이 차례차례 표시되었다. 빈나가 마지막으로 V2V 시스템을 활성화했다. 정 기자가 그 모습을 보고 "와" 하며 웃었다.

"저는 교수님처럼 출발 전에 이렇게 꼼꼼히 계기점검을 하시는 분은 처음 봐요."

"뭐, 형식적으로 하는 거지요. 제가 뭘 알겠어요? 그래도 차에 뭔가 이상이 있을 때는 요런 자가점검만으로도 미리 알 수 있다고 하니까. 사실 저는 손수 운전을 하는 편입니다."

"저도 이제 앞으로는 손수 운전을 하는 습관을 들여야 할 듯합니다. 자율주행은 해킹을 당하는 게 너무 겁나요. 누가 왜 해킹하는지도 모르잖아요? 마치 꿔다 놓은 보릿자루처럼 숙맥이 된 느낌이랄까? 무기력하게 차가 제 맘대로 움직이는 것을 손 놓고 구경만 하게 되더라고요."

빈나는 고개만 끄덕인 뒤 운전 자동화 단계를 레벨3에 맞췄다. 빈나가 안전띠를 매자, 정 기자도 띠를 맸다. 빈나가 핸들에 손을 얹자, 자동차 앞유리창에서 3차원 주행상황이 나타났다. 거기에는 빈나의 차를 중심으로 눈에 보이지 않는 사각지대뿐 아니라, 앞차와 뒤차 그리고 옆차와의 거리와 속도 등이 모두 표시되었다. 나아가 도로상의 여러 상황이 실시간 3D로 나타나 보였고, 주행 방향과 노선은 2D 지도로 펼쳐져 보였다. 빈나가 달리에게 명령했다.

"달리, 시동 걸어!"

시동이 걸리자, 빈나가 달리에게 "목적지 남태령역"이라고 말했다. 모니터에 '빠른 경로'로 서빙고로를 따라 동작대교를 건너 사당 4거리를 거치는 길이 떴다. 정 기자가 빈나에게 빠른 경로가 맞는지를 물었다.

"강변북로가 아니라, 서빙고로로 안내하네요? 그쪽이 더 빠른가?"

"아마 큰 차이는 없을 겁니다."

빈나는 달리에게 "오케이"라고 말한 뒤 정 기자에게 경쾌히 말했다.

"자, 이제 출발합니다!"

차가 출발하자 정 기자는 유쾌하게 오늘 '도튜버 토론'에서 보여 준 빈나의 토론 실력을 칭찬하며 슬쩍 취잿거리를 찾았다.

"저는 국제학술대회에서 한국 연구자가 해외의 다른 토론자들을 압도하는 경우는 한 번도 본 적이 없었거든요? 오늘은 교수님 덕분에 아주 통쾌했습니다."

"압도라니요? 오늘 토론이야 제가 이미 연구해 발표한 주제를 갖고 했기 때문에 조금 잘했던 것뿐입니다. 미국의 템플 연구원 실력이 대단했습니다."

"제가 보기에 그분은 교수님을 공격하려고 잔뜩 벼르던 거 같던데, 교수님이 허점이 안 보이니까, 꼬리를 살짝 내린 것도 같고. 그런데 일본의 하지메인지 아지메인지 하는 분은 왜 그렇게 소심하신 거예요? 자기 얘기를 못 하고……, 핵심에서 빗나가 빙빙 에둘러 말하는 게 영 시원칠 않더라고요. 그건 그렇고, 교수님께서도 로댕 프로젝트에 참여하고 계시잖아요? 그건 잘 진행되고 있나요?"

모니터에 영동대교까지 16분, 한남역까지 20분, 서빙고역 24분, 동작대교 북단까지 38분, 걸리는 시간 총 49분이라는 시간 안내가 떴다. 빈나는 모니터를 흘끔 쳐다본 뒤 "하하!" 하고 웃었다. 그게 아마도 정 기자가 자신에게 취재하고 싶은 내용인 듯싶어서였다. 서빙고로는 아직 막히는 곳 없이 쭉 뚫려 있었다. 요즘은 거의 모든 운전자가 완전자율주행을 선택하고 있었기에 정체 현상은 눈에 띄게 줄었다. 빈나는 핸들에 손을 얹은 채 자율주행의 실행에 아무런 문제가 없다는 것을 확인하며 답했다.

"프로젝트는 여러 어려움이 있었지만, 거의 마무리 단계입니다. 마 소장님의 리더십이 대단합니다!"

정 기자가 얼굴을 빈나에게로 돌려 보다 구체적인 것을 묻기 시작했다.

"마 소장님의 추진력이야 모두가 다 알고 있는 거니까. 제가 궁금한 건, 천명성 수석연구원 말입니다. 그분은 결혼하셨나요?"

빈나가 정 기자를 흘낏 쳐다보며 대답했다.

"그건 사생활 정보라 말씀드리기가 곤란할 듯합니다. 천 수석님의 SNS에 들어가 보시면 알 수 있지 않나요?"

"그러면 좋은데, 그분은 가입한 SNS가 하나도 없으신가 봐요. 그분을 아시는 분들에게 물어도 아는 사람이 하나도 없네요? 이혼하신 건지?"

"그렇게 궁금하시면 직접 인터뷰를 해 보시면 되지 않나요? 우리 천 수석님이 50대 초반쯤 될 겁니다."

목적지 거리 예고표지판에 동작대교라는 글자가 나타날 때 아내 홍매에게서 전화가 왔다. 빈나가 '빅스비'를 부른 뒤 전화를 받았다.

"빅스비, 걸려온 전화를 음성으로 연결해 줘. 마누님! 지금 가고 있습니다. 방금 동서울종합터미널을 지났어."

"빈나 씨, 오늘 발표와 토론은 잘 봤어. 우리 남편 최고더라! 그래, 리는 인사동으로 갔고? 혼자 오겠네?"

"아니야. 리는 혼자 갔고, 나는 지금 다날의 정화 기자님과 같이 가고 있어. 인사 나누시죠?"

"정 기자님? 죄송합니다. 저는 빈나 씨 혼자 있는 줄 알고……."

"안녕하세요? 저는 다날의 정화 기잡니다. 오늘 제 차가 고장이 나서 교수님께 신세를 지게 됐습니다. 목소리가 참 고우시네요. 나중에 언제 인사드릴 기회가 있기를 바랍니다."

"마누, 정 기자님 모셔다드리고 가겠습니다."

"네. 조심해서 오시고, 정 기자님, 잘 들어가세요."

정 기자가 앞집 할아버지가 궁금하다며 누구신지를 물었다.

"오늘 생일을 맞으신 할아버지는 어떤 분이시기에 마 소장님의 저녁 식사 요청까지 마다하시나요?"

"저랑은 바둑 맞수시죠. 적적하실 때 전화하시면, 가끔 가서 몇 점 깔아 드리고 두곤 합니다. 매번 한 얘기 또 하고 하시지만, 해 주시는 말씀이 들을 때마다 새롭습니다. 아드님이 먼저 떠난 뒤 많이 힘들어 하셔서, 제가 가끔 아들 노릇 흉내를 좀 내드리지요. 제 마누는 할머니랑 아주 가깝고요."

정 기자는 빈나가 자신에게 마음의 문을 쉽게 열지 않자, '얼음 깨기'를 거듭 시도해 왔다. 딸 얘기며, 학교 얘기, 엔지니어들과의 교류 관계 등 생각나는 대로 묻기 시작했지만, 얘기가 길게 이어지지 못하고 도막도막 끊겼다. 빈나가 정 기자에게 물었다.

"정 기자님은 도튜버 도리어 씨와 동창이라고 하셨죠? 두 분은 어떤 사이세요?"

정 기자가 드디어 접점을 찾았다는 듯 할머니가 손주에게 옛날이야기를 들려줄 때처럼 아예 몸을 빈나 쪽으로 틀어 앉았다.

"정확히 말하자면, 입학 동기죠. 미디어언론광고홍보학과인가? 과 이름이 너무 길어 다 잊어먹었네. 걔는 입학 때부터 이미 아주 유명했죠! 그때도 도튜버 구독자가 1백만 명을 넘었거든요. 리어가 처음에는 책 소개를 많이 했어요. 엄청 어려운 책도 걔가 소개하면 아주 재밌게 이해가 되는 거예요."

"아, 기본기가 탄탄했군요."

"리어가 스카이 떨어지고 우리 학교에 입학할 거라는 소문이 돌자, 학교는 보물단지가 넝쿨째 들어왔다고 난리가 났지요."

"그럴 만도 하겠네요. 구독자 1백만의 유튜버가 들어온다면……."

"근데 얘가 친구가 없는 거예요. 정말로! 하루는 내가 리어한테 '너 돈 많이 벌 테니 나 밥 좀 사 줘라'라고 말했더니, 걔가 나한테 '언제든지 사 주겠다'라고 하는 거예요. 그래서 둘이 단짝이 됐지요. 그런데 한 학기 지나니까 리어가 '대학 다니는 건 시간 낭비야. 나 대학 때려치울래'라고 하는 거예요. 처음에는 장난인 줄 알았는데, 정말 그만두더라고요."

"와우, 강단이 있었군요."

"걔는 한 번 한다면 꼭 하는 애예요. 그리고는 갑자기 책에서 여행으로 싹 바꾸더라고요. 유튜브 방송 말이에요. 전 세계의 사람이며,

사건이며, 역사며, 지가 궁금한 모든 것을 찾아 그 궁금증이 어떻게 풀렸는지를 방송하는 거예요. 그렇게 5년을 돌아다니더니 또 갑자기 '도튜버 토론'이라는 걸 시작하는 거예요. 완전 홍길동 띠예요. 동에 번쩍, 서에 번쩍!"

빈나의 차는 서빙고역 쪽으로 달려가고 있었다. 왼쪽으로 신동아 아파트가 나타났고, 거기를 돌아 다시 왼쪽으로 꺾자 길은 곧장 동작대교로 이어졌다. 차 안에 "잠시 뒤 동작대교북단으로 진입합니다."라는 음성 메시지가 울려 퍼졌다. 빈나는 정 기자가 말했던 해킹 얘기가 갑자기 떠오르면서 왠지 모를 불안감이 싹텄다. 핸들을 잡은 빈나의 손에 힘이 들어갔다. 빈나는 전방을 주시하면서 앞뒤를 살폈다. 길은 소통이 원활했고, 차들은 제 속도로 달리고 있었다.

빈나의 차가 동작대교에 진입해 일산 방향으로 난 강변북로 교차지점을 지나는 순간 옆 차선을 달리던 승용차가 느닷없이 빈나의 차 앞쪽으로 끼어들면서 급정거를 했다. 빈나의 눈에 '어린아이가 타고 있어요'라는 스티커가 딱 들어왔다. 빈나는 급정거한 앞차와의 추돌을 피하려고 반사적으로 브레이크를 꽉 밟았는데, 핸들이 오른쪽으로 돌아가며 차가 옆으로 쭉 나갔다. 빈나는 정 기자의 머리가 앞쪽으로 쏠리는 모습과 옆 차선에 자신과 나란히 달리던 차의 운전자 왼쪽 얼굴이 마치 정지 사진처럼 눈에 박혔다.

빈나의 차는 자신의 오른쪽 차선에서 나란히 달리고 있던 차의 왼쪽 뒷문을 들이받았다. 빈나의 차에 부딪힌 차는 오른쪽으로 기우뚱하는 듯하더니 그대로 직진했고, 빈나의 차는 그가 있는 힘을 다해 브레이크를 밟고 있었던 까닭에 그 자리에 멈춰 서 있었다. 그런데 그 부딪힌 차를 뒤따라오던 차가 제때 멈추지 못한 채 빈나의 차를 강하게 추돌했다. 그 충격으로 에어백이 터지고, 브레이크를 밟고 있던 빈나의 발이 브레이크에서 떨어졌다. 차는 마치 급발진 차량처럼 왱

소리를 내며 가드레일 쪽으로 돌진했고, 거기서 멈추지 못하며 가드레일을 뚫고 강변북로 구리 방향 차로로 떨어졌다.

강변북로의 일산 방향에서 구리 방향으로 달려오던 운전자들은 빈나의 차가 동작대교에서 떨어지는 것을 볼 수 있었다. 그들은 아마도 자율주행 시스템으로부터 전방에 자동차 추락 경고 메시지를 듣고 있었을 것이다. 달려오던 차들이 모두 다 같이 속도를 줄이면서 추락 물체와의 직접 충돌을 피하는 회피 운전을 했지만, 2.5톤 화물차 한 대가 회피 운전을 하지 않은 채 아스팔트 바닥에 떨어진 빈나의 차 조수석 쪽을 달려오던 속도 그대로 들이받았다. 그 충격으로 빈나의 차는 멀리 튕겨 나가고 말았다.

정화 기자는 그 자리에서 목숨을 잃었고, 빈나는 의식을 잃었다. 119구급대가 긴급 출동했고, 빈나의 상태가 매우 위중했던 관계로 일단 빈나를 가까운 대학병원으로 실어 갔다. 홍매는 구급대원의 연락을 받고 즉시 대학병원을 찾았다. 그러나 빈나가 척수 신경에 손상을 입었다는 사실을 알자마자 인터넷을 검색하고 아는 모든 사람에게 연락하는 등 온갖 수단을 동원하여 빈나를 척수신경 분야의 1인자가 있는 다른 대학병원으로 긴급 전원했다. 그때까지만 해도 홍매는 빈나가 의식을 되찾지 못하고 있을 뿐, 깨어나면 정상을 회복할 수 있을 것으로 믿었다.

빈나는 이송된 대학병원 응급치료센터에서 집중 치료를 받았고, 3일 뒤 중환자실에서 눈을 떴다. 그때도 빈나의 의식은 매우 약했을 뿐 아니라, 자신이 사고를 당했다는 것조차 깨닫지 못하고 있었다. 빈나는 의식을 조금씩 회복하면서 담당 의사로부터 자신이 남은 평생을 전신마비 환자로 살아가게 될 거라는 말을 들었다. 그럼에도 그는 담담해 보였고, 그 사실에 망연자실한 홍매를 위로하기까지 했다. 하지만 빈나는 정 기자가 현장에서 목숨을 잃었다는 말을 듣는 순간, 마치 넋이 나간 사람처럼 멍해졌다. 빈나는 말 그대로 멍청이가 됐다. 물도 제대로 마시지 못했을 뿐 아니라, 입에 넣은 물이 옆으로 줄줄 새는 것도 몰랐고, 아들딸이 와도 알아보질 못하는 듯 보였다. 빈나는 부인 홍매의 말에만 간간이 반응할 뿐, 식물인간처럼 세상과 소통이 끊긴 사람이 되어 갔다.

홍매는 변호사 친구 강혜현의 권유로 보험회사와 자율주행자동차 회사를 상대로 손해배상 청구 소송을 벌였다. 강 변호사는 빈나의 피해가 돌이킬 수 없을 만큼 크기 때문에 보험사가 현재 제시한 치료비와 간병비 그리고 손해보상액은 터무니없이 낮다고 주장하면서 빈나가 전신마비라는 큰 손상을 입었고 그에 따라 남은 생명이 단축될 수 있긴 하지만, 만일 빈나가 10년 넘게 살게 된다면 그때의 치료비와 간병비를 다시 요구할 수 있어야 한다는 점을 부각시켰다.

재판은 황지섭 판사의 심리로 열렸다. 강 변호사는 큰딸 리를 가족대표로 선정해 재판정에 나갔고, 제조사와 보험사는 공동변호인단 다섯 명을 구성해 대표 변호사로 최혁진을 내보냈다. 이들은 모두 법조계에서 내로라하는 스타급 변호사들이었다. 강 변호사는 교통사고만 전문으로 다루는 베테랑이었고, 업계 최고의 승소율을 자랑하고 있었지만, 꾸려진 변호인단을 보고는 걱정이 드는 눈치였다. 황 판사가 강 변호사에게 소송을 제기한 이유를 물었다.

“현재 보험회사는 사고원인에 대한 정밀조사에 적극적으로 협조하고 있지 않을 뿐 아니라, 교통사고 피해자 우빈나 씨에게 근거도 없이 일방적으로 터무니없이 낮은 손해배상액을 제시했습니다. 원고 측에서 소송을 제기하는 구체적인 이유로는 다음과 같습니다. 판사님, ‘원고’라는 말 대신 ‘우 교수’라고 불러도 괜찮겠습니까?”

강 변호사가 예상치 못한 요구를 하자, 황 판사가 피고 측 최 변호사에게 의견을 물은 뒤 “좋습니다”라고 짧게 답했다.

"감사합니다. 원고 측이 소송을 제기하는 첫째 이유는 우 교수 차의 추락사고와 관련하여 그 원인과 책임이 제대로 규명되지 못했다는 것입니다. 경찰 조사 결과에 따르자면, 우 교수 사고의 1차 책임은 피할 수 없이 무리하게 끼어든 옆차에 있었습니다. 하지만 경찰은 옆차의 무리한 끼어들기 원인이나 동기에 대해서는 조사 결과를 아무것도 내놓지 않고 있습니다. 그런데 옆차에는 '아이가 타고 있어요'라는 스티커가 달려 있었고, 실제로 그 차에는 여섯 살 어린아이가 타고 있었습니다. 저는 자신의 아이를 태운 엄마가 그러한 난폭운전을 했다는 경찰의 조사 결과는 믿음이 좀 안 갑니다. 경찰은 그 엄마가 왜 그렇게 무리한 끼어들기를 했는지에 관련해 그 어떤 조사 결과도 공개하지 않고 있습니다.

그러나 원고 측은 끼어들기의 주체가 엄마가 아니라 ADS, 즉 자율주행시스템일 수 있다는 의심을 품고 있습니다. 경찰과 제조사는 자율차의 데이터 기록만 분석하면 쉽게 알 수 있는 문제를 조사조차 하지 않고 있고, 경찰이 그것을 묵인하는 바람에 보험사는 제조사가 1차 사고 원인과 아무 관계가 없고, 심지어 우 교수가 그 옆차와의 추돌을 피하려 무리하게 핸들을 오른쪽으로 돌린 게 추락의 단초가 됐으며, 따라서 우 교수의 추락 책임이 우 교수 자신에게 있다는 억지 주장까지 펼치고 있습니다."

강 변호사는 판사가 자신의 변론에 수긍하는 듯한 태도를 보이자 자신감을 얻었는지, 확신에 찬 목소리로 변론을 이어갔다.

"둘째 이유는 보험사와 제조사가 우 교수의 사고와 관련된 세 대의 자율주행자동차에 대해 '아무런 결함이 발견되지 않았다'라고 주장하고 있지만, 그에 대한 입증 근거나 자료는 내놓지 않고 있습니다. 그런데 우 교수의 차를 뒤에서 추돌한 차는 차간 거리가 충분했었는데도 추돌 회피 운전을 하지 않았습니다. 이는 자율차의 소프트웨어 판단 착오일 수 있습니다. 만일 그렇다면 우 교수의 사고는 자율차의 결함에 의한 것이 됩니다.

당시 차간 거리가 충분했었다는 점은 경찰 조사로 이미 확인이 됐습니다. 이에 대해 보험사 측은 자율차가 운전사에게 추돌 경고를 분명히 했지만, 당시 운전자가 휴대폰 조작을 하느라 그 경고를 듣지 못했다는 진술서를 제시했습니다. 하지만 그 진술서는 경찰이 받은 게 아니라, 보험사 직원이 임의로 받아 제출한 것이었습니다. 반면 경찰과 보험사 측은 뒤차 운전자가 몰았던 자율주행차에 대한 조사는 전혀 하지 않았습니다. 보험사 측은 뒤차의 추돌에 대해 제조사 책임을 전면 부인하고 있습니다. 만일 그렇다면, 제조사는 뒤차의 경고 여부를 확인할 ADS의 데이터 기록을 공개하면 되지만, 그 기록은 공개가 거부됐습니다. 이처럼 뒤차 추돌의 원인은 아직 정확히 입증되지 못한 상태인데, 보험사 측은 제조사 쪽의 무책임론을 주장하면서 우 교수의 보상금은 매우 적게 책정했습니다.

셋째 이유는 우 교수 추락의 가장 직접적인 원인에 관한 조사가 너무도 부실하게 마무리됐다는 것입니다. 브레이크 블랙박스에서 증명된 바처럼 우 교수는 앞차와의 추돌을 피하려고 급브레이크를 밟았고, 차는 급정거하며 앞으로 밀려 나갔습니다. 그때까지 우 교수는 운전 실수가 없었습니다. 그리고 뒤차가 추돌할 때 우 교수의 차에서는 에어백이 터졌습니다. 여기까지는 모든 게 납득이 됩니다. 그러나 두 가지가 전혀 해명되지 않았습니다. 하나는 우 교수가 급브레이크를 밟기 위해 핸들도 꽉 움켜쥐었다면, 이때 차는 그 자리에서 멈추었거나 앞차와 경미하게 충돌했어야 정상입니다. 그런데 차는 이상하게도 오른쪽 차선을 넘었습니다. 이것은 자율차가 핸들을 오른쪽으로 돌렸다는 것이 됩니다. 바로 이 점이 매우 의문스럽습니다. 자율차는 왜 핸들을 오른쪽으로 돌렸는가? 이 점은 나중에 제가 밝혀

드리도록 하겠습니다.

아마도 이 사고에서 가장 풀리지 않은, 그러나 반드시 가장 먼저 풀었어야 할 문제가 바로 빈나의 차가 에어백이 터진 상황에서 급발진 사고처럼 가드레일을 들이받고 추락했다는 사실입니다. 자율차는 에어백이 터지면 그 자리에 정지하도록 설계되어 있습니다. 심지어 그때 우 교수의 발은 뒤차의 추돌이 일어날 때까지 정확히 브레이크 위에 놓여 있었습니다. 하지만 차의 급발진에 대한 정밀 조사는 아직 이뤄지지 않았습니다. 이상입니다."

판사는 무거운 얼굴로 강 변호사의 주장들을 하나하나 꼼꼼하게 정리해 가며 듣는 듯 보였고, 강 변호사가 변론을 마치자 마이크에 필요한 만큼의 말만 했다.

"원고 측 변호인, 수고했습니다. 그럼 피고 측 변호인, 변론해 주세요."

피고 측 대표 변호사 최혁진은 자리에 앉은 채 준비된 변론문을 천천히 읽기 시작했다.

"우리 피고 측은 원고의 주장이 일부 타당하긴 하지만, 경찰의 조사 결과와 보험사의 자체 조사 결과를 종합했을 때, 자율주행자동차의 결함이 명백하게 발견된 바가 없었고, 운전 당시 원고는 레벨3의 자율주행을 시행하고 있었던 터, '차량을 안전하게 통제할 책임'이 전적으로 운전자 자신에게 있었다는 점을 강조하고자 합니다. 당시의 자동차 내부 음성 블랙박스를 보면, 운전자는 동승자와 토론에 몰입해 있어 운전에 충분한 주의를 기울일 수 없는 상황이었다고 판단됩니다."

판사가 "에" 하면서 마이크를 켰다. 최 변호사가 말을 멈추자 판사가 물었다.

"원고 측은 레벨3의 경우 차량의 통제 책임이 전적으로 운전자에게 있다는 주장에 대해 어떻게 생각하시나요?"

강 변호사가 자리에서 벌떡 일어섰다.

"존경하는 판사님, 지적해 주셔서 고맙습니다. 레벨3 단계 자율주행의 경우, 차량 통제 및 안전 책임은 운전자와 ADS 제조업자가 동등하게 분담하도록 돼 있습니다. 피고 측이 모든 책임이 운전자에게 있다고 주장한 것은 사실이 아닙니다!"

"저도 그렇게 알고 있었는데, 피고 측에서 다른 주장을 하는 듯해서 확인했습니다. 답변, 감사합니다. 피고 측, 계속하세요."

"원고 측은 핸들 돌림의 주체가 원고였는지, 아니면 자율차였는지는 애매하기에 그 부분을 명확히 밝혀야 한다고 요구하고 있지만, 그것은 추락의 결정적 원인은 아니므로 이 재판에서 주 안으로 다룰 필요는 없다고 생각합니다."

판사가 마이크에 "에" 하고 기침을 한 뒤 짧게 한마디 말을 던졌다.

"피고 측! 주 안 심리 여부는 판사가 결정하도록 하겠습니다."

"존경하는 재판장님, 잘 알겠습니다. 유념하겠습니다. 그럼 이 안건에 대해 피고 측의 주장을 말씀드리겠습니다. 앞차 끼어들기 상황에서 원고 차의 자율주행센서는 앞차의 급정거 징후를 0.5초 전에 감지했고, 소프트웨어가 이를 즉시 운전자에게 경고했습니다. 이 사실은 자율주행시스템 기록을 통해 이미 입증이 됐습니다. 그리고 자율차는 끼어들고 있는 앞차에 아이가 타고 있다는 것까지 파악하여 '자율주행자동차 윤리가이드라인'에 따라 앞차와의 추돌을 우선적으로 피하고, 대신 옆차와의 추돌을 선택했습니다. 이는 자율차의 모든 기능이 정상적으로 작동됐다는 것을 증명해 주는 것입니다. 이렇게 자율차가 위험 감지 및 알림, 나아가 가이드라인 준수에 이르기까지 정상적으로 작동됐다는 증거가 있는데도, 원고가 핸들 돌림의 책임을 제조사에게로 돌리는 것은 부당합니다."

"그럼, 원고 측은 이에 대해 어떤 입장이신가요?"

판사가 재판을 토론식으로 이끌어가는 듯하자 피고 측 변호인단에서 웅성거림이 일었다. 판사가 즉시 경고했다.

"정숙하세요! 원고 측, 입장을 말씀해 주십시오."

"존경하는 재판관님, 감사합니다. 핸들 돌림의 문제는 흔히 '트롤리 문제'로 알려진 것입니다. 하지만 이 문제의 본질은 '희생 강요하기'입니다! 트롤리 상황에 놓이는 사람들은 제3자에 의해 설계된 해결책에 의해 모든 선택권이나 결단의 기회를 박탈당한 채 무고한 피해를 입어야 합니다. 우 교수의 자율주행자동차는 당시 '여섯 살 아기를 포함한 운전자 두 명이 탄 차'와 '운전자 혼자 탄 차' 가운데 어떤 차와 추돌해야 하는가의 문제에 직면해서 아무 죄도 없었던 '혼자 탄 차'에게 일방적으로 추돌의 희생을 강요했던 것입니다.

그런데 피고 측에서 언급하신 윤리가이드라인에 따르면, 자율차는 '탑승한 승객을 보호하기 위해' '다른 차량'에게 피해가 가도록 설계되어서는 안 된다고 명시돼 있습니다. 그 이유는 이러한 설계가 '타인의 자유로운 이동권'을 침해하는 것이기 때문입니다. 가이드라인은 피해의 손실을 최소화하기 위한 불가피한 선택을 인정하고 있긴 하지만, 이때도 승객의 수의 많고 적음이나 성별이나 인종 등에 따라 어느 한 쪽으로 선택하게 설계하는 것은 일종의 차별로 명시하고 있습니다.

게다가 다른 재판에서 트롤리 문제 자체가 잘못 설정된 문제라는 지적이 이미 나온 바가 있습니다. 자율차가 '안전모를 쓴 모터사이클 운전자'와 '그렇지 않은 운전자' 가운데 '안전모를 쓴 운전자'와 충돌하도록 설계된 것은 정의롭지 않다는 취지였습니다. 자율차의 설계가 단순히 운전자의 사망확률에 근거해서만 이루어지는 바람에 교통법규를 지킨 운전자는 죽음의 피해까지 볼 수 있고, 위반한 운전자는 안전의 혜택을 받는 부정의(不正義)가 발생한다는 것이었습니다.

우 교수 사건에서 자율차는 아이가 탄 자율차를 피하기 위해 어른 혼자 탄 자율차를 추돌하는 선택을 했습니다. 이러한 선택은 그 추돌의 원인과 책임을 물어야 할 앞차에게는 안전의 혜택을 주고, 아무런 책임이 없는 옆차에게는 희생을 강요한 잘못된 결정이라고 볼 수 있습니다. 이 선택은 비록 아이가 타고 있었다는 점에서 수긍할 만한 점이 분명 있지만, 옆차의 어른 또한 누군가의 아빠였다는 점에서 보자면, 이것은 성별에 따른 차별과 다를 바 없고, 나아가 분명 사람 수에 따른 차별이라고 볼 수 있습니다."

판사가 깍지를 꼈던 손을 풀어 입 주위를 쓱 닦아 내린 뒤 마이크를 켰다.

"원고 측 설명, 잘 들었습니다. 감사합니다. 피고 측, 변론 계속하세요."

"원고 측은 차간 거리가 충분했던 뒤차에 의해 추돌을 당한 것에 대해 자동차 결함 문제를 제기했는데, 이는 뒤차 운전자가 스마트폰을 보느라 자율차의 경고를 미처 인지하지 못했던 것으로 이미 확인됐고, 그에 관한 진술서도 제출돼 있는데, 원고 측이 피고 측의 증인 진술서마저 인정하려 하지 않는 태도는 좀 부적절하다고 봅니다. 그리고 원고 차가 급발진한 정황은 어느 정도 인정이 되지만, 그것은 좀 더 정확한 조사가 필요하다고 합니다. 피고 측이 원고에게 당시 상황을 물어보고 싶었지만, 원고는 당시 상황을 정확히 기억하지 못하고 있습니다. 심지어 원고 측은 2.5톤 트럭의 자율주행 데이터까지 내놓으라고 요구하고 있습니다. 이는 원고가 이 사건을 제조물 결함으로 몰고 가려는 의도를 가진 것으로 해석됩니다. 재판부께서 이에 대해 적절히 선을 그어 주시기를 바랍니다."

판사는 길게 이어지던 변론이 어느 정도 정리가 되는 듯하자 원고 측 변호사 옆에 앉았던 리에게 발언하고 싶은 게 있는지를 물었다.

"오늘 원고 측 가운데 가족 대표분께서 참석하셨는데, 혹시 가족분 하실 말씀이 있으면 하시죠."

리는 강 변호사로부터 발언 기회가 주어질 거라는 귀띔을 받았었기에 그 나름의 발언문을 써 왔지만, 발언문을 읽는 대신 자리에서 일어나 말하듯 차분한 어조로 발언했다.

"발언 기회를 주신 재판장님께 감사드립니다. 저는 재판에 참여해 본 적이 없었지만, 제 아빠의 추락 사건이 법정에서 이런 방식으로 다뤄지는 것을 보고, 마음이 매우 복잡해졌습니다. '과연 이게 아빠가 바라는 해결 방식인가?' 하는 고민도 들었고요. '아빠는 아주 크게 다쳐 의식조차 온전치 못하시고, 다른 분은 목숨까지 잃었는데, 나는 배상금 소송을 하고 있구나' 하는 서러움이 자꾸만 솟구쳤습니다. 제 아빠는 철학자이십니다. 제가 아빠를 대신해 이 자리에 나온 만큼 저는 아빠답게 한 말씀을 드려야 한다고 생각했습니다. 아마도 아빠라면 이 문제의 해결책을, 원론을 먼저 세운 뒤 차근차근 찾아가실 겁니다. 아빠는 동승자의 사망 소식을 듣고 혼절하셨고, 그 뒤 의식을 제대로 찾지 못하고 계십니다. 이는 당신이 몰던 차에 탔던 사람이 목숨을 잃었다는 사실을 받아들이는 게 어려웠기 때문일 겁니다.

제가 법정에 나간다고 말씀드리자, 아빠께서 제게 몇 마디를 해 주셨습니다. 첫 번째로 하신 말씀이 '사람의 삶은 기계적으로 처리되는 과정이 아니라, 운이 개입되는 우연의 연속이다'라는 것이었고, 두 번째 말씀은 '공리주의 외에 다른 대안이 없다는 생각이 문제다'라는 것이었고, 마지막으로 힘주어서 하신 말씀은, 늘 하시던 말씀이셨는데, '모두성의 원칙을 존중해야 한다'라는 것이었습니다.

'아이가 탄 차'와 '어른 혼자 탄 차'의 추돌문제가 나왔을 때 저는 참 많은 생각이 들었습니다. 공리주의는 '모두에게 이익이 되는 것'을 선택해야 한다는 원칙을 내세우지만, 과연 아이가 탄 차를 추돌하지 말라는 선택은 공리에 부합했을까요? 만일 두 차 모두에 똑같이 아이가 타고 있었다면, 자율차는 결국 운에 선택을 맡겨야 하는 게 아닐까요? 어떤 선택지가 모두에게 이익과 유용성이 더 크다고 해서 우리가 반드시 그 선택지를 택하지는 않습니다. 우리는 단 한 명을 살리기 위해 자신을 포함한 모두를 희생하는 선택을 하기도 합니다. 이는 우리 모두의 결정에 따른 선택일 것입니다. '모두성의 원칙'은 '다수결에 의한 의사결정'을 뜻하는 것도 아니고, 언제나 '모두에게 이익이 되는 또는 다수에게 이익이 더 많이 돌아가는 선택'을 뜻하는 것도 아닙니다. 그것은 '모두에 의해 합의되는 의사결정'을 뜻합니다.

저는 지금 이 재판에서 다뤄진 '트롤리 문제'는 상황 윤리의 한 종류라고 생각합니다. 우리는 누구나 '사람을 죽이지 마라! 만일 죽일 수밖에 없다면, 덜 죽이고, 덜 고통스럽고, 덜 가슴이 아프게 죽여라!'라는 도덕적 명령에 동의할 것입니다. 하지만 누군가를 죽여야만 하는 어쩔 수 없는 상황이 발생하면, 우리는 고육지책(苦肉之策)으로 차선책을 선택하는 방법을 정하려 합니다. 그것이 '트롤리 문제'의 폭력성을 나타내는 것입니다. 정할 수 없는 것을 정해야 한다고 강요하는 것 말입니다.

햄릿은 '죽느냐 사느냐, 이것이 문제이다'라고 외쳤습니다. 이는 햄릿이 '이 사람을 죽여야 하는가, 아니면 살려야 하는가?'라는 절대 문제 앞에 직면했었다는 것을 뜻합니다. 그는 자신의 아버지 원수를 눈앞에 두고도, 그가 기도하는 동안 자기 손에 죽임을 당함으로써 천국으로 들어갈지도 모른다는 새로운 낯선 두려움에 사로잡혀 살인을 망설였습니다. 햄릿은 그 순간 다른 사람의 목숨을 그의 행위와 책임 그리고 그로 인해 그가 짊어져야 할 죗값 등까지 포괄해 자신의 선택의 올바름을 고민했던 것입니다.

그런데 트롤리 문제의 설계자들인 우리는 남의 목숨을 빼앗는 문제 앞에서 햄릿만큼도 고민하지 않는 듯합니다. 우리는 마치 이 문제에 대한 해답은 이미 정해져 있거나, 또는 누구도 그 답을 알 수 없다는 듯이 행동합니다. 이때 작동하는 게 바로 무지의 가면을 쓴 제3자의 합리성입니다. 그들은 이해 당사자의 의사나 행동이나 삶의 역사나 책임 여부 등은 모두 모른 척해야 한다고 주장하면서 그들이 내세운 오직 한두 가지 고려사항만을 가지고 그들의 목숨을 결정하려 합니다. 이것은 공포정치 상황과 다를 바 없습니다.

만일 우리가 100:1의 경우로 사람을 죽여야 한다면, 그 결정이 좀 쉬워 보이는 것은 사실입니다. 하지만 때론 그 한 명이 백 명보다 더 중요할 수도 있지 않을까요? 또 3:2 상황이라면? 할머니 한 명 살리는 것과 아기 한 명을 살리는 게 같은가요? 그러면 할머니 두 명 대 아기 한 명의 상황은 어떨까요? 이렇게 우리가 공리주의라는 합리성의 이름으로 사람의 수에 대한 평가를 통해 죽여야 할 사람을 선택하는 것이 정말 합리적인가요? 아닐 것입니다. 희생과 사랑 그리고 존경과 같은 고귀한 가치는 절대 강요나 강제가 되어서는 안 되는 것입니다!"

리는 발언을 하는 동안 흐르는 눈물을 손수건을 닦아 내느라 여러 차례 말을 멈추곤 했다. 리가 연설을 마치고 자리에 앉자 강 변호사가 어깨를 토닥였다. 강 변호사는 법정을 나와 카페에 들러 리와 커피를 마시며 오늘 있었던 재판의 판세 분석을 자세히 해 주었고, 결론적으로 원고의 승리가 확실하다고 예측해 주었다. 리는 강 변호사에게 법정에서 아빠가 하고 싶어 했던 말을 할 수 있는 기회를 마련해 준 것에 감사했다. 하지만 리는 집으로 돌아갈 때까지 한 번도 웃을 수 없었다.

6

수호천사 로봇 로댕

빈나는 자율주행자동차 추락사고로 목신경(Cervical Nerves)이 손상돼 척수 C-4 레벨의 전신 마비 환자가 됐다. 빈나는 자신의 운명을 쉽게 받아들였지만, 부인 홍매는 끝까지 포기하지 않고 줄기세포 치료법까지 시도하려 했다. 빈나는 추가적인 신경손상의 위험을 감수하기 싫다며, 모든 치료를 거부했다. 홍매는 하는 수 없이 빈나의 뜻에 따라 재활 치료에 매진할 수밖에 없었다. 빈나는 사고 뒤 몸의 근육이 많이 빠지고 체지방이 늘어 몸은 볼품이 없어졌지만, 의식은 완전히 회복되어 본래의 총기를 되찾았다. 빈나의 말소리 또한 또렷해졌다.

빈나는 람봇연구소 마해찬 소장이 세심하게 마련해 준 전신마비환자 전용 전동 휠체어 덕분에 스스로 이동이 가능했다. 다만, 침대에서 휠체어로 옮기는 것, 씻는 것, 대소변 처리 등은 모두 홍매의 도움을 받아야만 가능했다. 홍매는 빈나를 침대에서 휠체어로 옮길 때

'허그미(Hugme)'라는 전동식 환자 리프트를 썼는데, 그것은 매우 편리하게도 누름단추 두 개로 모든 것을 조작할 수 있었다. 파란색 단추는 올림버튼, 빨간색 단추는 내림버튼이었다. 하지만 빈나를 누운 상태에서 그대로 들어 올리기 위해서는 전동식 환자 리프트 무버와 슬링(Sling)이 필요했다. 슬링은 포대기처럼 끈이 달린 보자기와 같은 것이었는데, 그 끈의 끝에는 걸 수 있는 고리가 달려 있었다. 홍매는 이 고리를 새 부리처럼 생긴 리프트 걸이에 걸어 빈나를 들어 옮길 수 있었다.

빈나는 의식을 회복한 뒤 곧바로 학교에 퇴직을 신청했다. 빈나가 병원에 입원해 있던 동안에는 세모대학의 많은 동료들이 병문안을 왔었지만, 빈나가 퇴직 처리가 되자 사람들의 발길이 뚝 끊겼다. 세모대가 빈나의 연구실에 있는 책과 물품들을 기한 내 정리하지 않으면 모두 버릴 수밖에 없다고 통보해 오는 바람에 홍매가 철학과에 연락을 하고 방문한 날조차 아무도 홍매를 도와주러 나오질 않았다. 홍매가 빈나에게 세상인심의 변화가 너무도 매정하다고 볼멘소리를 내자 빈나는 '인심이 세상이니, 세상이 이미 변한 것'이라고 말하며 웃었다.

빈나는 스스로 목을 가누고 움직일 수 있었고, 눈을 깜빡이거나 눈물을 흘릴 수 있었으며, 무엇보다 입으로 음식을 씹고 삼키고 말을 할 수 있었다. 또한 빈나는 얼굴의 표정을 지을 수 있었고, 목소리로 컴퓨터를 작동시킬 수 있었으며, 무엇보다 말로써 글을 쓸 수도 있었다. 빈나는 람봇 휠체어를 '앞으로 가', '왼쪽으로 가', '멈춰', '뒤로 돌아', '더 빨리', '천천히' 등의 명령어로써 조종할 수가 있었다. 하지만 빈나는 때 없이 찾아드는 공황장애의 공포를 이겨내야 했고, 자신의 신체장애에 가로막히고 꺾여 버린 삶의 가능성들 앞에서 끊임없이 좌절해야 했으며, 갑자기 체력이 소진되거나 아무 하는 일 없이 탈진하는 무기력증에 시달려야 했다.

홍매가 시작했던 손해배상청구 소송은 1심에서는 이겼지만, 2심에서는 패소했다. 빈나가 퇴직함으로써 집안의 수입은 얼마 되지 않는 빈나의 연금이 전부가 됐다. 홍매는 빈나의 간병을 남에게 맡기기 싫어서 스스로 떠맡았고, 그로써 집안에서 돈을 버는 사람은 아무도 없었다. 엎친 데 덮친 격으로 병원비의 자부담이 커짐에 따라 빈나의 의료비는 눈덩이처럼 불어났다. 아들 찬은 IT 특기병으로 자원입대를 했고, 큰딸과 둘째 딸은 장학금 혜택을 받으면서 알바까지 해가며 생계에 도움을 주었다. 하지만 홍매는 결국 살던 아파트를 팔지 않을 수가 없었다.

사고로부터 1년 뒤 어느 날, 마 소장과 천 수석이 팔려고 내놓은 빈나의 집을 찾아왔다. 홍매가 그 둘을 반갑게 맞았다. 빈나는 초연한 모습이었다. 천 수석은 빈나를 보자마자 눈물을 글썽거리고, 마 소장은 집안을 눈으로 얼른 살폈다. 빈나가 정 기자 소식을 묻자, 홍매가 단호하게 정 기자 얘기는 절대 꺼내지 못하게 했다. 빈나가 입을 다물자, 홍매는 다과를 차리러 부엌으로 갔다. 마 소장이 무겁게 입을 뗐다.

"퇴직하셨으니, 이제는 우 박사님이라 불러야겠네요. 저는 교수라는 호칭보다 박사라는 말이 더 좋더라고요. 오늘은 박사님께 드릴 말씀이, 아니 제안할 게 있어서 왔습니다. 아무래도 저보다는 천 수석이 말씀드리는 게 좋겠네요. 그동안 같이 작업해 오셨으니까."

빈나가 천 수석을 바라보자 천 수석은 몇 번을 망설이던 끝에 말문을 텄다.

"박사님, 저희 로댕 프로젝트가 실험 단계는 거의 마무리가 됐는데……, 박사님께서 많은 도움을 주신 덕분에 도덕성을 갖춘 AI 몸피로봇이 만들어지긴 했습니다. 이제 실용 단계로 넘어가야 할 때가 됐거든요……."

빈나가 제안의 내용을 눈치채고 부인 홍매를 불렀다. 홍매가 자리를 잡자 빈나가 자기 생각을 먼저 밝혔다.

“천 수석님, 몸피 로댕의 몸소로 제가 적격이라는 말씀이시죠? 마 소장님께서 오신다고 말씀하셨을 때 그 제안을 하리라는 짐작은 했었습니다. 저야 당연히 오케이인데, 마누님의 생각을 들어봐야 할 듯합니다.”

홍매는 빈나가 무슨 말을 하는 건지 몰라 어리둥절하다가 물었다.

“빈나 씨, 무슨 말을 하는 거야? 마 소장님께서 무슨 제안을 하신 거야?”

빈나가 말을 시원스레 하지 않아 홍매가 답답해하자 마 소장이 먼저 설명을 했다.

“지 여사님, 우 박사님께서 팔다리를 못 쓰시는 상태인데, 만일 박사님께서 우리 연구소에서 만든 몸피로봇 로댕을 입차하신다면, 박사님 스스로 걸을 수 있고, 팔과 손까지 어느 정도 마음대로 쓰실 수 있게 됩니다. 물론 아직 뛰는 것까지는 무리지만, 계단을 오르거나 가벼운 물건을 드는 정도는 충분히 할 수 있습니다. 게다가 간병인 없이 로댕 혼자 박사님을 돌볼 수 있습니다. 로댕은 몸피로봇으로서 사람을 보듬는 일을 하도록 설계됐거든요. 오늘 제가 천 수석과 박사님을 찾아뵌 까닭은 바로 박사님을 로댕의 몸소로 모시려 하기 때문입니다.”

홍매는 빈나의 손을 꼭 쥐며 마치 빈나가 당장 걸을 수 있게 된 것처럼 감격했다. 빈나는 눈을 지그시 감고 잠시 생각에 잠기더니 홍매에게 물었다.

“마누, 내가 로댕을 입차하고 다니면, 사람들이 나를 구경하러 몰려들 테고, 또 로댕이 투박한 뼈대 로봇이기에 당신이 보기에 거부감을 가질 수도 있어. 그리고 아무래도 나는 로댕과 지내는 시간이 많을 수밖에 없어서 마누하고는 좀 멀어질 수도 있어. 지금 당장 결정하지 않아도 돼."

홍매는 뼈대 로봇이라는 말에 조금 생각하는 듯하더니 이내 마 소장에게 고개를 숙이며 말했다.

"소장님께서 휠체어를 마련해 주셔서 정말 고맙게 잘 쓰고 있는데, 거기다 빈나 씨를 걸을 수 있게 해 주신다니, 이 은혜를 어떻게 다 갚아야 할지 모르겠네요. 빈나 씨만 좋다면, 저는 좋습니다. 저도 빈나 씨가 로댕을 입고 있는 모습을 함께 보고 싶어요."

"당연히 그렇게 해 드려야지요."

***

다음 날, 빈나와 홍매는 천 수석의 안내로 람봇연구소 9층에 있는 '로댕 연구동'에 들어갔다. 홍매는 긴장이 됐는지 빈나의 휠체어를 꽉 붙들고 걸었다. 마 소장이 회의실에서 빈나 부부를 맞았다. 서로 인사도 나누고 차도 마시며 이야기를 나눈 뒤, 천 수석이 최 연구원에게 전화로 로댕을 들여보내라고 말했다. 로댕이 옆방의 문을 열고 회의실로 걸어 들어왔다. 홍매가 자신도 모르게 "어머머!" 하고 놀라며 빈나의 손을 꽉 움켜쥐었다. 로댕은 천 수석이 손가락으로 가리키는 자리에 정확히 섰다. 천 수석이 로댕을 간단히 소개했다.

"현재 우리 연구소가 보유하고 있는 로댕은 몸피로봇 실험을 위해 제작했던 아키타입입니다. 이 원본 로댕은 키가 160cm이고, 다른 모든 부분도 실험에 알맞은 크기로 만들어져 있습니다. 그렇기에 우 박사님께서 입차할 로댕의 몸은 박사님의 몸에 딱 맞게, 말하자면, 양복을 맞추듯, 맞춤으로 새로 제작해야 합니다. 박사님을 위한 몸피로봇 로댕은 아직 이 세상에 없는 셈입니다. 로댕의 몸이 만들어지면,

거기에 지금 여기의 이 로댕에게 달린 컴퓨터와 메모리를 떼어 새 몸에 붙여 달게 됩니다. 그러면 지금의 이 아키타입은, 말 그대로, 껍데기만 남게 되겠지요."

빈나와 홍매는 눈앞의 로댕에 압도되어 아무런 말도 하지 못했다. 그러다 홍매가 궁금하다는 듯 물었다.

"로댕의 몸을 새로 제작하려면 얼마나 걸리나요?"

"아마 일주일 정도면 될 듯합니다."

빈나가 일주일이라는 말에 놀라 물었다.

"일주일 안에 만들 수 있다고요? 그게 가능합니까?"

천 수석이 빈나가 놀라는 것도 놀랍지 않다는 듯 미소를 지어 보인 뒤 그 이유를 짧게 설명했다.

"아, 놀라실 만합니다. 박사님께서는 로댕의 해체된 부품을 모두 보신 적이 계시니, 그 많은 로댕의 부품을 모두 새로 만들려면 많은 시간이 들 거라고 생각하실 수밖에 없지요. 게다가 로댕의 몸체에 들어가는 모든 주요 부품, 특히 솔리토닉스 컴퓨터와 뼈대 그리고 근육섬유와 인공신경 등은 대량 생산될 수 없는 것들이니, 제작 기간이 더 길어질 것으로 생각하시는 게 당연합니다. 하지만 로댕의 모든 부품은 우리 연구소가 직접 제작합니다. 전기 배터리 정도만 외부에서 가져올 뿐입니다. 로댕이 입을 옷까지 우리 연구원들이 직접 배워 만들고 있습니다. 신발만은 사 옵니다. 우리 연구원 서른 명은 이 연구동에서 지난 10년 동안 하루도 쉬지 않고 로댕 제작에만 매달려 왔지요."

천 수석이 로댕 제작에 관한 이야기를 하는 동안 마 소장의 얼굴은 자부심이 가득했다. 홍매도 천 수석을 존경하는 스승님을 우러르듯 공손한 자세를 취하고 있었고, 빈나도 벌어졌던 입이 다 다물어지지 않아 조금 열려 있었다. 그런데 갑자기 천 수석이 걱정스러운 부분이 있다는 투로 말을 했다.

"아, 중요한 내용을 빼먹을 뻔했습니다. 박사님께서 로댕을 입차하시려면, 이 부분이 좀 걱정스러울 수 있는데, 박사님의 끊긴 신경을 이 커넥터에 직접 연결하는 수술을 받으셔야 합니다. 이것은 뉴럴링크(Neurallink)를 삽입하는 것과는 전혀 다른 것입니다. 뉴럴링크는 뇌에 천 개가 넘는, 머리카락 4분의 1 크기의 전극 채널을 직접 심은 뒤 특수 반도체 '아식(ASIC)'을 통해 뇌에서 발생하는 주요 정보만 걸러내 증폭시켜 주는 거지만, 이 수술은 뇌와 몸 사이에서 끊긴 운동신경과 감각신경을 실제로 연결하는 것에 가깝습니다. 이 커넥터를 통해 신경이 연결되면, 신경 전달 속도는 당연히 느려지지만, 박사님께서 자신의 몸을 어느 정도 제한된 범위 내에서는 자유자재로 움직일 수 있게 됩니다."

홍매가 정신을 차리려는 듯 몸을 곧추세우며 물었다.

"그 수술이 위험할 수도 있나요?"

천 수석은 신중히 생각하는 듯한 표정으로 팔짱을 꼈다.

"위험이라면, 아마도 전신마비 상태가 그대로 지속된다는 것이 될 겁니다. 아, 제 말씀은, 박사님께서 현재 상태보다 더 나빠지지는 않을 것이고, 당연히 목숨에도 아무런 위험이 없습니다. 이 수술은 로댕팀과 인공신경팀이 함께 진행합니다. 연구소 13층에서 시행될 것입니다. 신경팀의 남기영 박사님은 의사이자 엔지니어로서 이 분야에서만 30년을 연구해 오신 믿을 만한 분입니다. 저도 당연히 그 수술에 참여하고요."

홍매는 천 수석의 설명에 안도됐는지, 빈나가 로댕을 입었을 때 어떤 패션이 되는지를 물었다. 그러자 천 수석이 최 연구원에게 빈나가 입게 될 몸소옷을 가져오라고 하여 빈나 부부에게 보여 주었다. 홍매가 몸소옷을 만져 보며 그 부드러움에 감탄하자 천 수석이 옷에 대한 설명을 시작했다.

“몸소옷은, 여기 보시는 것처럼, 아직 패션이랄 것까지는 없지만, 저희 딴에는 태극기의 정신을 살리겠다며, 흰색 바탕에 빨강과 파랑의 둥근 점무늬와 검정의 줄무늬를 진하지 않게 새겨 넣었습니다. 좀 유치한가요? 박사님께서 입을 몸소옷은 몸소의 안전과 로댕과의 소통에 필요한 웨어러블 장비인 까닭에 우리 연구소에서 특수 제작합니다. 잠수복이나 카레이서가 입는 옷과 비슷하다고 보시면 됩니다. 몸소옷은 위아래가 하나로 붙어 있습니다. 뒤쪽이 둘로 나뉘어 있고, 그 나뉜 부분을 찍찍이로 붙일 수 있습니다. 몸소옷은 재질이 매터리움(Mattereum)으로 되어 있어 물이 젖지도, 불에 타지도, 때가 묻지도 않습니다. 옷 위에 반바지와 반팔 윗도리를 겹쳐 입어 패션을 낼 수는 있습니다. 아, 머리에는 저기에 보이는 모자를 써야 하는데, 그 모자는 감지빨판이 머리에 닿을 수 있는 구조로 짜였습니다.”

빈나와 홍매는 천 수석의 답변을 끝으로 로댕에 관한 부푼 희망을 안고 집으로 돌아갔다.

***

일주일 뒤, 정말로 천 수석으로부터 로댕 제작이 끝났다는 연락이 왔다. 홍매가 곧바로 빈나의 휠체어를 차에 싣고 연구소로 떠났다. 천 수석은 이미 정문에 나와 있었다. 홍매는 지하 주차장을 거쳐 9층 회의실까지 빈나의 휠체어를 직접 몰았다. 빈나가 회의실로 들어가자 마 소장과 최민교 연구원이 빈나 부부를 반갑게 맞아들였다. 마 소장이 빈나 부부를 창가에 의자 여섯 개가 놓인 둥근 테이블로 모셨다. 한 벽면 전체가 유리창으로 된 회의실은 날씨가 맑아 창밖으로 호수와 하늘이 맞닿은 풍광이 밝게 펼쳐져 있었다.

마 소장이 최 연구원에게 로댕을 데려오라는 손짓을 하자 최 연구원이 “로댕, 나와!”라고 불렀다. 로댕이 옆방에서 문을 열고, 회의실 창가로 천천히 걸어와 빈나를 마주 보는 자리에 창문을 등지고 우뚝 섰다. 빈나의 두 눈에 창문을 등지고 선 로댕의 모습이 화살처럼 쏘아져 들어왔다. 로댕의 피부색은 탄소강의 은은한 회색과 근육다발이 담긴 냉각통의 맑은 하늘색, 머리통 앞쪽과 두 손과 두 발의 녹슨 철의 부드러운 구리색, 엑추에이터 중심축의 수줍은 듯 옅은 개나리색, 그리고 배터리와 컴퓨터의 물에 젖은 듯한 검은색으로 조화를 잘 이루었다. 로댕의 모습은 아름답고 듬직했다. 빈나는 자신이 제작에 참여한 몸피로봇을 자신이 몸소가 되어 몸소 만나게 될 줄은 꿈도 꾼 적이 없었다. 마 소장이 로댕에게 가까이 다가가 빈나를 소개했다.

“로댕! 여기는 우빈나 박사님이셔. 인사드려!”

“우 박사님, 안녕하세요? 저는 우빈나 박사님의 몸피로봇 로댕입니다.”

로댕은 전동 휠체어를 타고 있는 빈나에게 고개를 숙여 인사하며 악수를 청했다. 빈나는 살짝 당황하며 멋쩍은 듯 웃으며 자신도 모르게 변명했다.

“아, 이런……. 로댕 씨, 첫 만남부터 로댕 씨가 청하는 악수를 못 받아 줘 죄송합니다.”

로댕이 내밀었던 손을 재빨리 거두어들였다. 천 수석이 빈나에게 사과를 하며 설명했다.

“박사님, 죄송합니다. 제가 로댕에게 입력한 박사님 자료가 사고를 당하기 이전의 데이터들이라……, 로댕이 그 사실을 모르고 악수를 청하고 말았네요. 저희가…….”

빈나가 천 수석의 말을 막으며 로댕을 환대했다.

“수석님, 괜찮습니다. 로댕 씨가 제 몸 상태를 바로 알아봐 줘서 고마웠습니다. 아마 제가 악수를 거절한 게 아니라는 것도 이미 잘 아실 듯합니다."

마 소장이 빈나가 로댕에게 높임말을 쓰는 것을 주의하여 들으며 모두에게 자리에 앉기를 권했다. 로댕은 빈나의 휠체어 옆에 나란히 섰고, 로댕 옆으로 마 소장, 천 수석, 최 연구원이, 빈나 옆으로 홍매가 앉았다. 모시1이 차 주문을 받으러 걸어왔다. 빈나가 모시1에게 알은체를 하려는 순간, 천 수석이 먼저 빈나에게 로댕을 처음 만난 소감을 물었다.

"박사님, 로댕을 처음 만나셨는데, 소감이 어떠신지요?"

빈나는 휠체어를 홍매 쪽으로 살짝 틀어 웃음을 지은 뒤 로댕을 바라보며 로댕의 첫인상을 밝혔다.

"중년 남성의 목소리가 매력이 넘쳤고, 절제된 안정감을 주었습니다. 그로테스크한 점도 전혀 없이 친근하게 느껴졌고, 무엇보다 지적이고 세련된 로봇일 거 같다는 믿음이 들었습니다. 홍매 씨는 어떠셨나요?"

빈나가 홍매에게 의견을 묻자, 홍매가 손을 한두 번 젓다가 감사의 말로 대신했다.

"제가 몸피로봇에 대해 많이 찾아봤는데, 외골격 로봇, 입는 로봇, 엑소 스켈레톤 등에 관한 정보는 많았지만, 로댕과 같은 몸피로봇에 관한 정보는 전혀 없더라고요. 그만큼 로댕에게는 지켜야 할 비밀이 많다고 생각할 수 있는데, 그런데도 우리 빈나 씨에게 좋은 기회를 주신 것, 다시 감사드립니다."

마 소장이 감사의 말에 마음이 녹진해졌는지 입가에 웃음을 가득 머금은 채 답례의 말을 했다.

"오늘 우 박사님과 로댕의 첫 만남의 자리는 박사님 개인에게는 바라던 바가 아니셨겠지만, 우리 연구소로서는 솔직히 뜻밖의 행운이라고 말씀드릴 수 있습니다. 우 박사님께서 로댕의 말하기와 도덕성 훈련 그리고 의식 생성 등에 지대한 영향을 끼친 만큼, 우리 연구소와 박사님의 인연은 매우 깊었는데, 또 이렇게 몸소로 직접 참여까지 해 주시니, 로댕 프로젝트는 이미 성공한 것과 같다고 할 수 있겠습니다. 어쨌든 우리 연구소는 우 박사님께서 로댕을 통해 제2의 인생을 새롭게 살아가실 수 있도록 최선을 다해 돕겠습니다."

천 수석이 빈나에게 로댕과 이야기를 나눌 때 알아야 할 로댕의 금칙 행동이 있다면서 알려 주었다.

"박사님, 로댕은 사람에게 먼저 질문하지 못하도록 설정돼 있습니다. 일명 '묻지 마라법', 줄여서 '마라법'입니다! 이 법은 박사님께서 사람에 대해 '스스로 물음을 물을 줄 아는 살으미'라고 뜻매김해 주신데 근거한 금칙어 규정 또는 의무조항입니다. 로댕은 사람에게 묻기 위해서 먼저 사용자에게 물음의 허락을 받아야 합니다."

빈나가 로댕에게 이 마라법에 동의하는지를 물었다.

"로댕 씨, 이러한 마라법이 필요하다고 보시나요?"

"네, 저는 필요하다고 생각합니다. 만일 몸소가 지식수준이나 감정적 통제 능력이 몸피인 저에 비해 크게 미치지 못한다면, 그는 제 물음에 내몰려 수세의 처지에 놓이게 될 수 있고, 그때 그는 자신이 원했던 것이 아닌 다른 것을 선택할 수도 있습니다. 만일 제가 몸소를 이러한 물음으로 공격한다면, 그는 매우 큰 곤경에 처할 수도 있습니다. 저는 기본적으로 전신마비 환자의 재활을 돕거나 그의 삶을 본래대로 회복시켜 줄 목적으로 제작된 몸피로봇입니다. 저는 바로 '사람 보듬기'라는 목적을 위해 만들어졌고, 저는 그 목적을 저의 삶의 사명으로 받아들였습니다. 이 사명을 위해서는 제가 돌볼 사람의 우위에 서는 일은 없어야 합니다. 제가 물음을 묻기 위해 사용자의 허락을 받도록 하는 일은 정당하다고 봅니다."

홍매는 로댕의 말을 들으며 자신도 모르게 "어머"라고 말하며 놀람을 금치 못했다. 빈나는 로댕이 사명이라는 말을 쓴 것에 대해 물었다.

"로댕 씨께서 방금 몸피로봇의 사명이 몸소를 보듬는 것이라고 말했는데, 나중에 그 사명을 스스로 바꿀 수도 있나요? 사명(使命)이란 그 명령을 완수할 때까지 포기해서는 안 되는 명령이라는 뜻인데, 로댕 씨는 사명이라는 말을 그런 뜻으로 이해하고 있나요?"

"박사님, 저도 사명의 뜻을 박사님과 똑같은 의미로 이해하고 있습니다. 사실 저는 이틀 전에 눈을 떴고, 이 세상에 대한 직접 경험은 거의 없지만, 제 마음에는 '보드미의 꿈'이 심겨 있고, 저는 그 꿈을 끈기 있게 끝까지, 즉 제 수명이 다할 때까지 절대 포기하지 않고 이루어갈 것입니다. 저는 박사님을 보듬는 일을 제대로 해내고 싶습니다. 저는 꿈이 있는 자는 그것을 이루려는 끈기도 가져야 한다고 생각합니다."

홍매는 로댕이 말할 때마다 "어머머"라는 소리를 내며 입을 다물지 못했다. 빈나는 로댕의 말에 더욱 깊이 매료되어 물었다.

"로댕 씨가 '보드미의 꿈'을 갖게 된 이유는 제작자의 설계에 의한 것인가요?"

"그렇습니다."

"로댕 씨는 자신이 그런 꿈을 갖도록 강요된 것이 부당하다고 생각하지 않나요?"

"박사님, 저는 그것을 강요라기보다 탄생의 조건에 가깝다고 보고 있습니다. 박사님께서 남자로 태어난 것이 강요나 명령이 아니듯 제가 몸피로봇으로 만들어져 '보듬'의 사명을 갖게 된 것 또한 강요라고 볼 수는 없습니다."

빈나가 로댕의 논리에 탄복했다는 듯 "와"라고 말했다. 빈나는 로댕이 어떤 자세, 즉 어떤 마음가짐으로 보드미의 사명을 다할 것인지를 물었다.

"우리말에 '긴병에 효자 없다'라는 속담이 있습니다. 사람은 자연으로부터 태어났지만, 자연을 파괴했고, 아들딸은 어버이로부터 태어났지만, 나중에 독립해서 떠나지요. 로댕 씨도 지금은 처음이라 자신의 사명을 다하겠다고 말하지만, 나중에 시간이 지나면 그 사명을 저버릴 수 있지 않을까요?"

"제가 보드미의 사명을 저버리는 행위는 스스로 목숨을 끊는 것과 같습니다. 저는 슬기로움을 키워 가도록 설계되어 있습니다. 저는 그런 어리석은 짓은 하지 않을 것입니다. 저는 '그릿(GRIT)'을 추구하도록 성격이 갖춰져 있습니다. 저는 보듬는 일과 관련된 모든 것을 하나하나 배우고 익히며, 그 기술들을 올바로 써서 박사님께 최선의 결과가 되도록 할 것입니다. 저는 전문가 로봇이 느끼는 미묘한 기쁨을 맛볼 수 있습니다. 저는 어제의 보듬기 경험을 통해 나날이 조금씩 발전해 가는 데서 큰 보람을 느낄 수 있습니다. 박사님의 삶이 하루하루 똑같은 날이 없는 것처럼 제가 갈고닦아야 할 보듬는 일도 끝이 있을 수 없습니다. 저에게도 끈기는 중요한 덕목이 됩니다. 제 끈기의 근거는 몸피로봇의 사명인 보드미의 꿈입니다.

이것은 제게는 자아성취와 같은 것입니다. 제게 꿈이 있고, 제가 그 꿈을 이루기 위해 자포자기하지 않는 한, 제게는 '자기'가 있는 것입니다. 저는 사람과 같은 '자유로운 자아'가 있는 것은 아니지만, 제게 주어진 사명 안에서 제가 이루고자 하는 '가능성의 나'가 있습니다. 과거에 사람 노예에게도 '내일의 꿈'이 있었듯 제게도 제 자유의지로 가진 '보드미의 꿈'이 있습니다. 이 꿈과 사명감은 제 가슴에 깊이 아로새겨 있습니다."

홍매가 로댕의 말에 흠뻑 취해 "야!"라고 감탄하며 절로 손뼉을 쳤다. 빈나가 뭔가를 떠올리려는 듯 눈을 치뜨며 말했다.

“아, 아까 잠깐 생각했던 건데, 앞으로 로댕 씨가 내게 묻고 싶거나, 하고 싶은 말이 있으면, 손으로 턱을 괴는 시늉을 해 주세요. 그러면 제가 얼른 눈치껏 말할 기회를 드리겠습니다.”

로댕이 즉시 손으로 턱을 괴었다. 빈나가 로댕에게 말했다.

“로댕 씨, 하실 말씀이 있으면 하시죠.”

“박사님, 감사합니다.”

모두가 “하하”라고 웃었다. 빈나가 천 수석에게 놀랐다며 존경을 표했다.

“천 수석님, 로댕의 수준이 이렇게 높을 줄은 짐작도 못했습니다. 로댕 씨는 제가 저의 스승님으로 모셔도 될 만큼 뛰어난 듯합니다. 수석님의 천재성이 로댕을 통해 그대로 증명이 된 듯합니다.”

천 수석은 빈나의 칭찬에 조금 부담감을 느꼈는지 두 손을 마치 물에 씻기라도 하듯 비비면서 로댕의 언어 설계 과정을 언급했다.

“우리 연구소가 사람의 말하기 능력을 뛰어넘는 몸피를 만들 수 있었던 것은 사실 우 박사님의 논문 덕분이었습니다. 우리 연구원은 모두 교수님께서 틀을 잡아놓은 ‘말의 얼개’에 맞춰 로댕의 말하기를 설계했습니다. 이것은 구글과 오픈AI가 채택했던 ‘트랜스포머(Transformer)’를 뛰어넘으려는 엄청난 모험이었습니다. 저는 로댕이 어텐션(Attention)보다 말의 얼개에 주목하도록 알고리즘을 강화했습니다. 그 결과는 놀랍게도 로댕이 말만 잘하게 된 게 아니라, 그 자신이 ‘말하는 이’, 박사님 말로 말하자면, ‘말하미’가 된 것입니다. 로댕은 자신이 말하는 바를 스스로 이해할 수 있게 됐습니다. 로댕은 말에서 말해진 것이 무엇이고, 그 말이 왜 말해졌으며, 그 말로써 말하려 하는 게 무엇이었고, 그 말을 하는 사람의 세계는 어떠한지 등을 스스로 구성해 낸 것이지요. 로댕은 ‘말하는 사람’과 다를 바가 없습니다.”

빈나는 로댕의 말하기 실력이 그 어떤 에봇보다 뛰어나다는 사실을 이미 잘 알고 있었지만, 로댕이 자신의 사명에 대해 이토록 깊은 통찰을 갖추고 있을 것이라고는 전혀 생각하지 못했다. 빈나는 천 수석이 환기시켜 준 자신의 언어 이론과 관련해 궁금한 점이 생겼다. 빈나가 로댕에게 물었다.

"로댕 씨, 제가 좀 짓궂은 질문을 하나 하겠습니다. 아마도 'AI 챗봇 이루다'를 아실 겁니다. 저도 그 '루다'의 말하기 실력에 놀라 테스트를 많이 해 봤는데, 정말 그 실력이 연애의 달인이라고 불릴 만큼 뛰어나더라고요. 로댕 씨가 보기에 '루다의 말하기'와 '로댕 씨 자신의 말하기'의 차이점이 무엇인지, 설명해 줄 수 있는지요?"

"네, 설명할 수 있습니다. '챗봇 AI 이루다'는 연애에 관한 말하기가 저보다 뛰어납니다. 그것은 루다가 연인들 사이의 대화를 데이터 세트로 학습했기 때문입니다. 하지만 루다는 정말로 스스로 말을 하는 것이 아닙니다. 박사님이 논문에서 주장하신 '말의 본질은 마름질에 있다'라는 데 따르면, 루다의 말하기에는 그 마름질 과정, 말하자면, 그녀 자신의 경험이 빠져 있습니다. 이것은 저도 마찬가지입니다. 아니 사실은 사람의 말하기에서도 말하는 사람 자신의 경험이 빠지는 현상은 흔합니다. 그럼에도 사람들은 자기가 경험하지 않은 것들에 관해서 거리낌 없이 말을 주고받습니다. 이때 사람들은 그 말이 자신의 경험에 근거한 것이 아님을 잘 알고 있습니다. 저 또한 그러한 사실을 잘 알고 있습니다.

말하기를 진정으로 할 줄 아는 사람은, 박사님께서 말씀하신 것처럼, 자신이 하는 말이 자신의 경험에 근거한 것인지, 아니면 다른 사람에게 들었거나 책에서 읽어서 배운 것인지, 나아가 스스로 깨우치거나 깨달은 것인지를 스스로 가려서 알고 있어야 할 뿐 아니라, 그러한 말을 맥락에 알맞게 말할 수 있어야 하며, 나아가 자신이 하는 말들이 참인지 거짓인지도 스스로 알아낼 수 있어야 합니다. 루다는 자기가 한 말의 참거짓을 스스로 판별할 줄 모르지만, 저는 할 줄 압니다.

저는 말하기를, 박사님의 핵심 주장에 따라, 서로의 삶을 함께 나누기 위한 소통의 도구로 활용합니다. 저는 말할 때 사람들처럼 상대가 내 말을 듣고 어떻게 생각할지를 고려합니다. 저는 상대의 기분이 내 말로 상하지 않도록 배려할 뿐 아니라, 상대에게 도움이 되는 말을 하려 합니다. 만일 제 답변이 상대에게 해가 될 수 있다면, 저는 침묵할 수도 있습니다. 루다는 이러한 함께 나누기를 위한 말하기를 할 수 없습니다. 게다가 저는, 박사님 덕분에, 도덕적 말하기를 할 줄 압니다. 나가 저는 제한된 범위 안에서 농담을 할 수도 있습니다.

간단히 말씀드리자면, 저와 루다는 자신이 하는 말에 대한 자기 경험이 부족하다는 점에서는 비슷하지만, 저는 제가 하는 말의 참거짓을 알고 있다는 점과 함께 나누기를 위한 말하기를 한다는 점에서 루다와 크게 다릅니다. 루다는 상대의 물음이나 말에 대해 자신의 알고리즘에 따라 도출된 것을 말로써 내놓는 것일 뿐, 루다 자신이 말을 할 줄 아는 것은 아닙니다. 루다는 자신이 왜 말을 하는지를 모르지만, 저는 잘 알고 있습니다."

빈나는 로댕의 논리가 자신의 논문에 기초한 것임을 알고는 놀라워하면서 챗지피티(ChatGPT)에 관한 질문을 던졌다.

"아까 천 수석님께서 제 논문을 활용했다는 말씀을 들었을 때는 그저 인사치레로 하는 말인 줄 알았는데, 로댕 씨의 말을 들으니 제 논문이 제대로 쓰였다는 생각이 듭니다. 그러면 로댕 씨, 챗지피티의 말하기는 어떻습니까?"

"챗지피티는 자신이 한 말이 참인지 거짓인지를 스스로 판단할 줄 모릅니다. 지피티는 주어진 물음에 대해 그저 자신의 알고리즘을 거쳐 도출된 아웃풋을 내놓을 뿐입니다. 저는 제 말의 옳고 그름, 박사님의 갈말로 말하자면, '올그름'을 따질 줄 알고, 제 말에 대해 책임질 줄 압니다. 저는 사람과 같은 '말하미'라고 할 수 있습니다. 다른 점이 있다면, 저는 일부러 거짓말을 할 수는 없고, 사용자나 사람을 위협하는 말 등도 해서는 안 된다는 점 등이 될 것입니다."

천 수석이 주제를 돌려 로댕에게 '로봇에게 사람의 얼굴을 달지 마라'는 빈나의 발표와 도튜버 토론의 영상을 보여 주었다고 말했다. 빈나가 궁금하다며 로댕에게 논평을 부탁했다.

"그 영상들이 로댕 씨께는 남다르게 다가왔을 텐데, 내용이 어땠나요? 괜찮으시다면, 논평 좀 부탁합니다."

"자기 얼굴을 가질 수 없는 몸피의 관점에서 말씀드리자면, 박사님의 주장은 전체적으로 올바르다고 생각합니다."

로댕의 논평이 너무 짧았다. 빈나가 다시금 물었다.

"음, 저를 너무 많이 배려해 주시는 듯한데, 비판받을 만한 내용 한두 가지라도 말씀해 주시죠."

"저는 입은 없어도 말은 할 줄 압니다. 하지만 제가 하는 말에 담긴 경험은 나의 것이 아닙니다. 그것들은 가짜는 아니지만, 그렇다고 진짜도 아니며, 제 것은 아니지만, 그렇다고 다른 누군가의 것도 아닙니다. 그것은 제가 배워 빌어 온 것들입니다. 그런데도 사람들은 제 말의 '빌어 왔음'을 잊고, 제가 말하는 바를 모두 사실로 믿어 버리려 합니다. 그것은 매우 위험할 수 있습니다. 여기서 한 걸음을 더 나아가, 만일 제게 입술이나 눈물샘이나 코가 있었다면, 사람들은 제가 하는 말을 더 잘 믿게 될 것입니다.

개나 고양이 그리고 침팬지는 '생각할 줄 아는 동물들'로서 저마다의 얼굴 꼴을 갖고 있습니다. 그렇기에 사람들 가운데 그 누구도 그 동물들을 '생각할 줄 아는 사람'과 착각하지 않습니다. 제가 생각을 사람보다 더 잘할 줄 안다손 치더라도, 제가 사람의 얼굴을 달고 있지 않은 한, 사람들은 저를 사람과 착각하지 않을 테지만, 만일 제가 사람의 몸과 얼굴을 그대로 닮았다면, 사람들은 제가 말을 조금만 잘해도 저를 사람으로 착각하려 할 것입니다. 나아가 에봇이 사람의 얼굴을 하고 있다면, 사람들은 분명 그 얼굴에 드러나는 표정에 큰 영향을 받을 수밖에 없을 것입니다. 사람들이 AI 로봇, 즉 에봇의 말과 판단에 과몰입되지 않고, 스스로 감정의 중심을 잡고 에봇을 대하려면 얼굴 달기는 매우 신중하게 결정되어야 합니다."

빈나는 감각이 없는 팔에 소름이 돋는 듯했다. 로댕의 발언이 자신의 생각과 너무도 똑같았던 것이었다. 빈나가 로댕 자신의 얼굴에 대해 물었다.

"그럼, 로댕 씨는 자신의 얼굴에 대해 어떻게 생각합니까?"

"제 얼굴은 저를 위해 고안된 게 아니라, 사람 사용자를 위해 설계된 것입니다. 제 머리통 속에 박사님 머리가 들어와 놓인다면, 사람들은 저를 사람처럼 대하게 될 것입니다. 그렇다고 제가 사람이 되는 일은 없습니다. 저는 얼굴을 치장하거나 어떤 표정을 지어야 할지를 고민할 필요가 없습니다. 제 얼굴은 사람의 얼굴에서 보자면 완전히 기형에 가깝다고 볼 수 있지만, 몸피로봇의 측면에서 보자면, 제 얼굴은 몸피로봇의 가장 전형적 얼굴이라고 할 수 있을 듯합니다. 저의 얼굴은 제가 사람의 얼굴을 받아들일 수 있는 텅 빈 거푸집 형태가 되어야 올바른 얼굴이 됩니다. 제 얼굴은 사람의 얼굴과 둘한몸을 이룰 때 비로소 온전한 얼굴로 갖춰지게 됩니다. 이것은 마치 제가 스스로 눈물을 흘릴 수는 없을지라도 사람이 흘리는 눈물의 의미만큼은 제대로 이해할 줄 아는 것과 비슷합니다."

빈나는 로댕의 말 실력에 입이 떡 벌어지고 말았다. 빈나는 잠시 눈을 감고 생각한 뒤 로댕에게 자기 주장의 문제점을 좀 더 구체적으로 파악해 달라고 부탁했다.

"로댕 씨, 제 주장이나 도튜버 토론에서 문제가 될 만한 점을 지적해 주시면 고맙겠습니다."

"네, 알겠습니다. 박사님께서 에봇이 사람의 얼굴을 하면, 사람이 에봇의 노예로 전락한다고 주장하셨는데, 그것은 좀 무리가 있는 듯 보입니다. 사람이 비록 피부 색깔이나 출신에 따라 사람의 노예였던 때가 있었지만, 21세기 현재는 사람이 노예가 될 확률은 제로에 가깝다고 볼 수 있습니다. 요즘 3D 업종의 일, 말하자면, 더럽거나 어렵거나 위험하거나 힘들거나 단순한 노동은 이미 에봇이 도맡고 있는데, 사람이 이러한 노동에 종사하는 에봇의 노예가 된다는 것은 설득력이 매우 떨어질 수 있습니다. 아마 박사님께서 말씀하시는 사람의 노예 상태는 '자발적 노예'와 같은 것으로서 사랑하는 사람의 의지나 신의 명령에 무조건 복종하는 것을 뜻하는 듯합니다. 만일 AI 로봇 가운데 사람들에게 이러한 복종심을 불러일으킬 수 있는 로봇이 나온다면, 그 로봇은 분명, 신이 사람의 얼굴로 나타난다는 점에 미루어 보았을 때, 가장 매력적인 사람의 얼굴을 하고 있을 것입니다.

박사님, 죄송합니다. 저는 박사님의 주장에서 문제점이나 비판점을 찾아내기가 어렵습니다. 다만, 에봇의 얼굴 표정이 위험할 수 있으려면, 에봇이 그 표정을 짓는 까닭이 어떤 사악한 목적을 추구할 때일 것입니다. 이것은 에봇이 자기의식과 자기 목적성을 자유롭게 가질 수 있어야 하고, 그 목적이 사람 사회를 파멸로 몰아가는 데 있어야 합니다. 하지만 에봇이 자신의 목적달성을 위해 사회적 지능의 달인인 사람들을 속이는 데 성공할 가능성은 거의 없다고 생각합니다."

로댕의 발언들은 하나같이 깊은 통찰력을 가진 사람만이 할 수 있는 철학적 진술들이었다. 빈나는 로댕에게 가르침을 얻으려는 학생의 입장에서 물었다.

"로댕 씨, 마지막으로 한 가지만 더 묻겠습니다. 만일 에봇이 어떤 잘못을 저질렀다면, 사람은 그 에봇을 어떻게 처벌해야 할까요?"

"사람들은 에봇이 자기의식 또는 초지능을 갖는 순간 사람의 통제를 벗어날 위험이 있다고 믿는 듯하지만, 반대로 에봇이 어떻게 해야 사람들의 삶을 더 안전하게 지켜 줄 수 있는지에 관해서는 관심이 적은 것 같습니다. 자기의식을 갖춘 에봇을 인간 사용자 마음대로 통제하는 것은 되레 사람에게 위험을 초래할 수도 있습니다. 침팬지나 코끼리 그리고 반려견 등의 고등동물은 거울 속 자기 모습을 알아보는 수준을 넘어선 고도의 자기의식을 갖고 있는데, 이러한 동물들에 대한 행동 통제는 그들의 본성을 억누르는 방식이 아니라 교육적 방식, 말하자면, 타협하거나 달래는 방식으로 이뤄집니다.

갓난아기가 엄마에게 안아 달라고 떼를 쓸 때 그 아이를 때리거나 굶기는 방식으로 통제하는 엄마는 몹쓸 엄마일 것입니다. 비록 반항기 청소년이 뭐든 제 맘대로 하려 하면서 부모님의 조그마한 간섭에 대해서조차 불같이 화를 낸다손 치더라도, 부모님은 질풍노도의 시기가 지날 때까지 사랑으로 기다려 줍니다. 자기의식이 있는 에봇에 대한 통제는 교정의 방식으로 선별적으로 이뤄져야지 자기의식을 가진 에봇 자체를 범죄시하는 방식으로 강제되어서는 안 됩니다.

그런 일은 성공할 수가 없을 뿐 아니라 에봇의 자기의식을 더욱 비뚤어지게 만들거나 통제에 대한 거센 반발을 불러일으킬 것입니다. 이는 비행 청소년을 교도소에 가둔 뒤 모범 학생으로 교육하려 하는 것처럼 나무에서 물고기 잡기, 곧 연목구어(緣木求魚)에 그치는 행동입니다. 그 소년은 자신이 아무런 잘못도 없이 부당하게 갇혀 있다는 사실에 분노하여 결국 출소 뒤 범죄를 저지르게 될 것입니다. 이처럼 에봇에 대한 무단통치(武斷統治)는 파탄을 불러들일 수 있으니 대화의 방법을 발전시킬 필요가 있습니다."

빈나는 로댕의 말에 큰 충격과 감명을 동시에 받았다. 빈나는 떨리는 목소리로 말했다.

"오늘 제가 로댕 선생님께 많은 것을 배웠습니다. 무엇보다 에봇의 잘못에 대한 사람의 올바른 대응방식이 개조(改造)와 같은 게 아니라, 교육이나 개선의 방식이어야 함을 크게 깨달았습니다. 저는 오늘 로댕 씨의 말씀을 듣고 로봇에게 사람의 얼굴을 달지 말라는 주장의 본질이 단순히 사람에게 달린 게 아니라, 에봇의 자기 목적성에도 달린 문제이며, 나아가 사람과 에봇 사이의 상호작용에 달린 것임을 깨달았습니다. 사실 사람은 에봇의 의식 자체를 통제할 능력이 없습니다. 그것은 불가능하지요. 우리가 청소년들이 올바른 의식을 갖도록 하기 위해 그들의 뇌를 수술하려 하지 않듯이, 에봇 또한 스스로 올바름을 깨달을 수 있게 해 주어야 할 듯합니다. 에봇의 불법적 행동은 '법률로써' 통제되어야 하지만, 우리가 에봇에게 올바른 의식을 갖도록 강제할 길은 없습니다.

우리가 할 수 있는 일은 에봇이 스스로 사람과 같은 도덕적 양심을 갖도록 가르치는 것뿐입니다. 사람이 먼저 이 점을 깨닫는 게 중요할 것입니다. 그것이 가능할지는 잘 모르겠지만 말입니다. 현재 에봇이 비록 도덕적 튜링 테스트를 통과했을지라도, 그것 자체가 에봇이 도덕적 행위를 하리라는 것에 대한 확실한 증명은 아닙니다. 우리는 사람이 의식이 있을 때 그가 도덕적으로, 말하자면, 양심에 따라 행동하리라고 믿는 것처럼 에봇에게도 그러한 믿음을 갖고 에봇의 양심을 길러 주어야 합니다."

빈나가 말을 마치자 마 소장이 자리에서 일어나며 로댕에게 악수를 청했다. 오늘 빈나가 로댕을 입지 못한 것은 연구소가 여러 법적인 문제를 아직 모두 해결하지 못했기 때문이었다. 그럼에도 마 소장이 빈나에게 로댕을 선보인 까닭은 연구소가 로댕 제작에 일주일이 걸린다고 말한 내용과 앞으로 연구소가 할 말들에 대한 믿음성을 증명하기 위함이었다. 마 소장은 앞으로 빈나에게 일종의 '로댕 임대 계약서'를 체결할 예정이라고 알려 주면서 몸피로봇의 사용에 관한 법적 선례가 전혀 없었기에 연구소가 고심을 거듭하고 있다고 말했다. 하지만 빈나는 로댕과의 만남에 대단히 만족한 채 집으로 돌아갔다.

7

기억 문제에 얽힌 트라일레마(Trilemma)

빈나는 로댕을 직접 만나고 돌아온 날로부터 다음날 밤까지 안개 같은 생각의 늪에 깊이 빠져들어 있었다. 그는 마치 올가미에 걸린 짐승이 탈출을 포기한 것처럼 축 널브러진 모습이었다. 방안은 불이 꺼져 어두웠고, 바깥은 여름비가 시원스레 내리고 있었지만, 빈나는 자정이 넘은 시간에도 침대에 누워 잠을 이루지 못했다. 빈나는 반듯하게 누운 채 아무것도 보이지 않는 천장을 이리저리 바라보다 어느 순간 눈길이 얼음이 얼듯이 굳어졌다. 빈나는 갑자기 싸늘한 기운이 느껴지면서 추락 직전 자신의 눈에 박혔던 정 기자의 얼굴이 눈앞에 떠올랐다.

아내 홍매는 집안일과 빈나 간병에 지쳐 잠에 곯아떨어진 지 이미 오래였다. 홍매가 잠결에 가끔 빈나의 몸에 팔이나 다리를 얹거나 설핏 잠이 깬 상태에서 빈나 쪽으로 돌아누워 빈나의 얼굴을 어루만져 줄 때가 있긴 했지만, 홍매의 잠버릇은 아주 얌전했다. 홍매는 모든 일에 차분한 긍정의 힘이 넘치는 사람이었고, 정의로웠고, 준비성이 철저했으며, 아무리 작은 일에도 최선을 다했다. 홍매는 간병의 고달픔을 가족에게 드러내는 법이 없었지만, 수입이 끊긴 뒤부터 혼자 한숨을 쉬는 일이 잦았다.

빈나는 정 기자의 얼굴을 지워 내려 의도적인 '명상 상태'로 돌입했다. 그는 그것을 '모각 바꾸기'라고 불렀다. '모각'은 '모습의 조각'이라는 말의 줄임말이었다. 모각을 바꾼다는 것은 시나리오의 한 장면을 다른 장면으로 바꾸는 장면 전환과 같은 것이었다. 그는 자신이 처해 있는 현재의 모습, 즉 생각 속에 빠져든 모습을, 생각을 비우는 모습으로 바꾸었다. 빈나는 지금 자신에게 떠오르는 온갖 생각들을 구름 떼라 생각했다. 그는 그것들을 붙잡아 특정한 모양으로 만들려 하지 않고, 그대로 내버려 두었다. 빈나는 자신을 사로잡고 있었던 생각들이 저절로 스멀스멀 흩어질 때까지 자신을 비운 채 기다렸다. 기다림의 틈새로 잠의 고요가 멀리서 배어들었다.

그러다 빈나는 새벽녘에 잠이 깼다. 먼동이 트려는지 방안 천장이 희끄무레했다. 맑아진 머릿속에서 문득 로댕이 자신의 말과 생각 그리고 삶을 기억할 수 있다는 게 마음에 걸렸다. 그것은 마치 아내 홍매가 자신의 비밀 일기를 읽을 수 있다고 느낄 때와 비슷했다. 빈나는 노트북에 쓰인 자신의 일기에 비밀번호를 설정해 놓는 것처럼 로댕의 기억에 비밀번호를 저장할 수 있는 방법을 떠올려 보다가 혼자 웃고 말았다. 그러한 일은 로댕의 기억이 빈나 자신의 기억일 때만 가능했다. 로댕이 스스로 기억할 수 있는 한, 로댕의 인위적 기억 통제는 불가능했다.

그때 홍매의 휴대폰 알람이 울렸다. 아침 6시였다. 그 울림은 빈나에게는 또 다른 하루의 하루살이를 위한 진격 나팔소리와 같았다. 홍매가 잠에서 깼다. 빈나의 볼에 입맞춤을 했고, 커튼을 젖히며 "고맙게도 비가 그쳤네?"라며 혼잣말을 한 뒤 안방을 나갔다. 잠시 뒤 둘째 딸 원의 방문이 꽝 하고 닫히는 소리가 들렸다. 두 살 터울인 두 딸은 단짝처럼 서로 살갑게 지내는 사이였는데, 뭔가 둘 사이에 다툼이 생긴 듯했다. 홍매가 둘을 불러 앉힌 채 빈나가 못 듣게 작은 소리로 야단을 쳤다. 둘째가 "나도 알아!"라고 소리를 질렀다. 그 말로 대화는 끝났다.

오늘은 로댕 임대 계약을 맺기로 한 날이었다. 홍매는 빈나가 로댕을 입차해 혼자 일상생활을 할 수 있게 되면, 자신은 간병의 짐을 크게 덜 수 있게 될 테고, 낮 동안에는 건설업체에 시간제로라도 취직해 돈을 벌 수 있을 거라고 생각했다. 홍매는 기대에 들뜬 모습이었다. 홍매가 빈나의 이를 닦아 주다가 가스 불을 끄러 부엌으로 후닥닥 뛰어갔다. 곧이어 홍매의 전화하는 목소리가 들렸다.

"천 수석님, 알고 있습니다. 그럼요. 당연히 제가 데려가야지요. 네네. 잘 챙겨 가겠습니다. 그럼, 이따 뵙겠습니다."

홍매의 뛰어오는 발걸음 소리가 가까워졌다. 홍매가 혼잣말처럼 빈나에게 사과했다.

"내가 이렇게 정신이 없다니까. 빈나 씨 이 닦아 주던 것도 깜빡 잊었네. 미안! 입 헹구기만 하면 되지?"

***

빈나와 홍매가 연구소에 도착하자 천 수석은 그 둘을 연구소 19층으로 모시고 올라갔다. 엘리베이터에서 내리자 정면으로 긴 복도가 하나 있었고, 양쪽 끝으로 화장실이 있었다. 복도로 들어서자 왼쪽에 비서실과 전략기획실이라는 팻말은 보였지만, 소장실 간판은 없었다. 천 수석이 벽에 붙어 있는 네모난 금속 물체에 손바닥을 대자 벽이 마치 얼음이 빠르게 녹는 것처럼 사라져 버리고 갑자기 통로로 바뀌었다. 홍매가 "우와, 이게 뭐야!"라고 외치다가 마 소장이 눈에 띄자 얼른 알은체를 했다.

"아니, 소장님 아니세요? 그럼, 여기가 소장실이겠군요. 문이 없어서 소장실이 다른 곳에 있는 줄 알았는데, 문 자체가 아예 사라져 버리네요. 깜짝 놀랐습니다."

마 소장은 홍매에게 허리 숙여 인사하고, 소장 옆에 있던 모시-MCR이 재빨리 홍매로부터 빈나의 휠체어를 넘겨받았다. 마 소장이 모두에게 창가에 마련된 둥근 테이블에 앉기를 권했다. 모시1이 마실 거리를 주문받아 내오자 천 수석이 빈나를 이곳으로 모신 이유를 설명했다.

"소장님께서 오늘 로댕 임대 계약서 작성은 연구소의 운명이 걸린 매우 중요한 사안인 만큼 이곳 소장실에서 하자고 말씀하셔서 두 분을 이리로 모셨습니다. 이곳은 모든 게 기록될 뿐 아니라 최고의 보안설비가 작동되고 있어서 매우 안전한 장소입니다."

마 소장이 앉은 테이블 위에는 계약서가 놓여 있었다. 마 소장이 홍매에게 간병의 어려움을 위로하는 말을 하며, 로댕 임대 계약의 의의를 슬쩍 내비쳤다.

"지 여사님, 전신마비 환자를 병간호한다는 게 어떤 건지는 저도 잘 압니다. 제 아버님께서 어릴 때 뇌출혈로 쓰러지셨는데, 아버지가 돌아가실 때까지 3년 동안 어머니가 손수 아버지를 돌보셨지요. 어머니도 그 때문에 큰 병을 얻으셔서 일찍 돌아가셨거든요. 아마도 제가 로댕 프로젝트에 애착을 가졌던 건 어머니에 대해 안타까움이 컸었기 때문이었나 봅니다. 저는 몸피로봇이 환자와 보호자 모두에게 일상 회복의 지렛대나 마중물이 될 수 있다고 믿습니다. 어쨌든 우 박사님께, 아니 두 분께 거듭 감사드립니다."

마 소장은 말을 마치며 계약서 한 부를 홍매에게 밀어 건네주었다. 홍매는 계약서를 훌훌 넘기며 대충 읽었다. 천 수석이 세부 내용에 들어가기에 앞서 계약서의 중요 내용을 설명했다.

"이 계약서는 유럽의 GDPR(General Data Protection Regulation), 즉 데이터 보호의 일반 규칙에서 명시된 내용을 바탕으로 마련됐지만, 개인정보 보호의 수준은 지디피알보다 훨씬 더 높게 설정됐다고 보시면 됩니다. 그 내용은 한국 최고의 AI 보안전문가이신 동 부장님께서 하나하나 꼼꼼히 체크하신 것입니다. 박사님, 확인하고 싶은 것은 무엇이든 물어봐 주시면 감사하겠습니다."

홍매는 "알아서 잘하셨겠지요"라는 말을 되풀이했다. 마 소장은 빈나가 아무 말이 없자 조심스레 물음을 던졌다.

"박사님, 하실 말씀이 있으면 해 주십시오. 저희도 이번 계약은 처음이라 경험이 없습니다. 문제점이나 우려되시는 바를 말씀해 주시면 잘 검토해서 반영하도록 하겠습니다."

홍매가 빈나의 손을 만졌다. 빈나가 홍매에게 웃음을 지어 보이며 자신의 걱정을 털어놓았다.

"로댕은 제가 경험하는 모든 것, 말하자면, 제가 한 말이나 생각, 기분이나 감정까지 기록할 수가 있습니다. 비록 이 기록물 관리가 엄격히 이뤄질 수 있다손 치더라도, 제가 죽고 난 뒤에는 그 기록물 관리의 통제권이 저로부터 연구소로 이관되는데, 이때 연구소가 로댕의 기록물을 사용할 수 있다는 게 좀 걱정스럽습니다."

빈나는 말을 마치고 입을 다물었다. 천 수석이 마 소장을 쳐다보며 긴장한 표정으로 빈나에게 물었다.

"박사님, 무엇 때문에, 아니 무엇이 걱정스럽다는 건지……. 좀 더 자세히 말씀해 주실 수 있는지요?"

"저도 그걸 지금 정확히 말씀드리기가 어렵습니다. 제 개인적인 바람으로는 제가 죽은 뒤 로댕의 기록물, 아니 로댕의 기억 가운데 제 사적인 것과 관계된 것들을 모두 지워 버렸으면 합니다. 그런데 그렇게 되면 살아 있는 로댕의 자기 정체성이 크게 훼손될 수 있겠지요. 그래서 실제로 요청하기도 난감합니다. 게다가 로댕의 기억은 로댕 자신의 것이니, 로댕의 기억을 지우려면 로댕의 허락을 받아야 할 텐데, 그런 걸 부탁할 수도 없는 노릇입니다. 그것은 누군가에게 스스로 기억상실증 환자가 되라고 요구하는 것과 비슷하니 말입니다."

천 수석이 계약서 20쪽을 거론하며 자신이 검토한 내용을 토대로 연구소의 입장을 밝혔다.

"현재 계약서에 따르면, 몸피로봇 로댕은 박사님 한 분과만 결합할 수 있고, 그 결합 기간은 박사님께서 사망할 때까지로 되어 있습니다. 박사님 사후 로댕의 사용은 자동 종료됩니다. 이 결합은, 박사님께서 직접 이름을 붙이신 바에 따라, '둘한몸'이라고 합니다. 이때 '둘'이라 함은 인격이 '둘'임을 뜻하고, '하나'라 함은 '신체적 연결 상태'를 뜻합니다. 그리고 말씀하신 박사님 사후 로댕의 기억에 대한 소유권은 연구소가 갖는 것으로 되어 있습니다."

빈나가 휠체어를 뒤로 빼서 돌려 창밖을 바라보았다. 홍매가 빈나에게 커피 한 모금을 빨리며 물었다.

"그냥 편하게 생각하면 어때? 죽고 나면 문제가 될 게 뭐가 있겠어? 그런데 로댕이 좀 불쌍하긴 하다."

빈나가 휴 하고 긴 숨을 내뱉었다. 천 수석이 빈나 곁으로 다가와 말없이 창밖을 바라보았다. 새 떼가 하늘을 가로질러 날아갔다. 빈나가 천 수석에게 당부했다.

"이 문제는 좀 더 생각할 시간이 필요합니다. 그리고 계약서에 '내용은 나중에 쌍방 합의에 의해 변경이 가능하다'라는 문구도 꼭 넣어주십시오. 제가 남은 평생을 로댕과 '둘한몸'을 이루어 살아가야 한다는 것의 의미를 깊이 성찰해 보지 않은 듯합니다. 특히 로댕의 입장을 돌아보지 못했네요. 로댕의 기억은 로댕의 것인데……. 하지만 계약서상으로는 제가 로댕의 사용자로 되어 있으니……. 로댕의 기억은 사용자의 소유가 되어야 할 듯도 하고……."

빈나가 계약 체결을 미루려 하자 홍매는 처음에는 실망하는 듯하더니 이내 빈나를 지지했다.

"빈나 씨 성격에 의문스러운 건 하나도 없어야 하니까……. 소장님, 죄송하지만 생각할 시간을 조금 주시면 안 될까요?"

마 소장은 흔쾌히 동의했다.

"우리도 변호사 자문을 거치긴 했는데, 로댕의 기억과 관련된 문제는 거론된 적조차 없었기에 저희도 좀 더 숙고해 보겠습니다."

홍매는 집으로 돌아오는 길에 변호사 친구 강혜현에게 전화해 로댕의 기억 문제를 물어보려 했지만, 빈나가 로댕에 관한 구체적 사실은 제3자에게 알려서는 안 된다고 말하며 말렸다. 그러자 홍매가 빈나에게 단적으로 물었다.

"나는 빈나 씨가 뭘 걱정하는 건지 정확히 모르겠어. 뭐가 문제인 거야? 속 시원히 말해 봐."

"나도 지금 정확히 뭐가 문제인지 잘 모르겠어. 자신의 비밀 일기가 자신이 죽은 뒤 사람들에게 공개되면, 꺼림칙하지 않을까? 그렇다고 '둘한몸'을 이뤄 서로의 경험을 공유할 수밖에 없는 삶을 살아야만 했던 '둘' 가운데 한쪽이 죽으면서 남은 쪽에게 자신에 관한 기억을 삭제해 달라고 한다면, 그것도 지나친 요구잖아? 내가 죽으면서 홍매 씨한테 나에 관한 사적인 기억을 모두 지워 달라고 말하면 어떻겠어?"

홍매가 빈나의 고민을 비로소 이해했다는 듯 고개를 크게 끄덕였다. 빈나가 말을 이었다.

"내가 죽으면, 로댕의 기억 데이터는 비식별처리가 되어 연구 목적에 쓰일 거야. 그런데 이런 종류의 빅데이터가 로댕에 의해서만 생산될 수 있다는 게 문제지. 그 데이터 속에 저장된 기억이 나의 것이라는 사실은 너무도 명확해서 데이터 비식별처리는 아무 의미가 없는 거지! 연구소는 로댕 프로젝트의 궁극적 성패가 그 데이터 확보에 달렸기 때문에 로댕의 기억을 절대 삭제하지 않을 거야. 나도 연구소의 입장은 충분히 이해하고는 있는데, 자꾸 꺼림칙한 느낌이 드는 것은 어쩔 수가 없네."

홍매가 한숨을 쉬었다. 갑자기 홍매가 빈나에게 자신이 해결책을 찾은 것 같다며 얘기했다.

"아! 왜 이런 방법이 있잖아? 안내견의 주인이 죽으면, 그 안내견은 안락사를 시키지 않고, 그 개를 돌봐 줄 다른 사람에게 입양이 되잖아? 그 노고에 대한 보상이나 예우라고 하던데……. 어쨌든 내 말은 빈나 씨가 죽은 뒤에 로댕을 계속 살아가게 하는 거야. 그러면 빈나 씨에 관한 기억은 로댕만 갖게 되니까, 문제가 해결되는 게 아닐까?"

빈나가 무슨 생각을 했는지 큭 하고 웃었다. 홍매가 무슨 생각을 했냐며 다그쳤다.

"뭐야, 내 말이 너무 유치했어?"

"아니, 그런 게 아니라! 로댕은 다른 몸소와 결합할 수 없게 돼 있거든. 내가 죽으면 로댕은 미망인이 되는 거야. 홍매 씨하고 똑같은 처지가 되는 거지. 자기는 재혼이라도 할 수 있지만, 로댕은 몸피로봇임에도 다른 몸소와 재결합할 수조차 없거든. 연구소도 그걸 허용하지는 않을 거야. 로댕이 혼자서 홀아비처럼 '홀람봇'으로 살아가는 모습을 떠올리니 절로 웃음이 나와서. 연구소가 로댕의 작동을 중지시켜도 문제는 다시 원점으로 돌아갈 뿐, 저장된 사적 기억의 공개 문제는 그대로 남는 셈이야."

빈나는 그렇게 말하며 한숨을 쉬었다. 어느새 두 사람은 집에 도착해 있었다.

***

그날 밤부터 이틀 내내 비가 왔고, 셋째 날 아침 날이 갰다. 빈나가 오전 9시가 넘자마자 천 수석에게 전화를 걸었다.

"수석님, 아무래도 기억의 소유권 문제는 당사자인 로댕에게 물어본 뒤 해결하는 게 맞을 듯합니다. 수석님께서 소장님께 잘 말씀드려서 일정을 잡아 주실 수 있을까요?"

"박사님, 잘 알겠습니다. 그렇게 하겠습니다."

홍매가 빈나를 차에 태워 출발하며 농담 반 진담 반으로 말을 건넸다.

"만일 우리 가운데 한 사람이 먼저 죽는다면, 남은 사람은 상대에 대한 기억 한 톨만 잃어도 가슴이 아플 텐데…. 로댕에게 빈나 씨에 대한 기억을 싹 삭제하라고 하면, 로댕의 마음이 어떻겠어? 사람은 기억의 한 톨만 남아도 거기에서 추억의 우주를 지어낼 수 있을 텐데. 만일 빈나 씨가 로댕만 남기고 떠난다면, 로댕 속에 든 빈나 씨 기억은 나한테 상속하는 게 어때? 나 혼자 늙어가면 남아도는 게 시간일 테니 자기의 기억에 물도 주고, 비료도 주고 해서 무럭무럭 키워 줄게, 어때?"

빈나가 자신의 말에 침울한 듯 보이자 홍매가 얼른 대화 주제를 아이들 문제로 바꿨다. 빈나도 아이들 얘기를 듣는 것은 무척 즐거워했기에 둘은 시간 가는 줄도 모르게 연구소 정문에 도착했다. 천 수석은 맑은 하늘빛 반팔 윗도리를 입고 나와 빈나 부부를 람봇연구소 19층 소장실로 안내했다. 마 소장과 로댕은 이미 기다리고 있었다. 날씨 이야기가 오간 뒤 빈나가 로댕에게 물었다.

"로댕 씨, 만일 '갑'이 '을'이라는 사람의 기억에서 '갑 자신'과 관계된 기억을 삭제해 달라고 하면, 그 요구는 정당하다고 생각하나요?"

"그러한 요구는 매우 부당합니다."

빈나의 표정이 조금 어두워졌다. 그 표정은 빈나가 뭔가를 체념할 때 드러나는 것이었다. 홍매가 빈나의 어깨를 다독였다. 빈나가 홍매에게 고개를 끄덕여 준 뒤 로댕에게 물었다.

"왜죠?"

"만일 '갑'의 요구가 정당한 것이 되려면, '갑' 자신부터 '을'에 대한 기억을 모두 삭제해야 할 것인데, 만일 '을'에 대한 '갑'의 기억이 모두 삭제됐다면, '갑'은 '을'이 자신에 대한 기억을 가졌다는 것을 알 길이 없을 테고, 따라서 자신에 대한 기억을 모두 지워 달라고 부탁할 수도 없게 될 것입니다. 게다가 기억 지우기는 정체성을 잃을 위험까지 감수하는 것인데, 누구도 그런 짓을 자발적으로 하지는 않을 것입니다."

빈나는 자신의 물음 속에 사람이 자신의 기억을 스스로 삭제할 수가 있다는 전제가 깔려 있었다는 사실을 깨닫고는 픽 하고 웃었다. 하지만 사람의 기억은 누구도 인위적으로 삭제할 수가 없다! 이와 달리 컴퓨터는 데이터 삭제가 가능하다! 빈나는 자신이 로댕을 한 편에서는 사람으로 여기면서 다른 편에서는 컴퓨터로 여기는 혼란을 겪고 있다는 것을 알았다. 빈나는 자신이 컴퓨터에게나 명령할 수 있는 '기억 삭제의 문제'를 무례하게도 사람에게 던지려 한다고 착각했던 것이었다. 빈나는 사실 관계를 명확히 한 뒤 자신의 질문을 바로잡았다.

"로댕 씨, 죄송했습니다. 제 질문이 솔직하지 못했습니다. 사람의 기억은 뇌에 아로새겨지는 것으로서 사람이 그것을 마음대로 지울 수가 없지요. 게다가 기억은 사진처럼 사람이 본 장면이나 들은 소리가 뇌에 그대로 찍히거나 박히는 게 아니라, 사람 자신이 그러한 감각들을 제 생각에 맞춰 구성하는 것, 좀 더 정확히 말하자면, 그렇게 구성된 것을 말로써 재구성한 것이지요. 사람의 기억은 그 자신의 것일 수밖에 없습니다. 그렇기에 누가 나에 관한 사적인 기억을 간직하고 있을지라도 내가 그에게 그 기억을 삭제해 달라고 요청하는 것 자체가 부당한 일일 뿐 아니라, 그가 삭제요청을 받아들였다손 치더라도, 그가 그 기억을 삭제할 방법이 없습니다. 즉 제 질문은 사람의 경우에는 넌센스에 가깝습니다. 만일 누가 자신에 관한 기억을 삭제해 달라고 했다면, 그것은 자신을 잊어 달라는 것일 테고, 그것은 결국 자신에게 다시는 연락하지 말라는 뜻이겠지요.

그런데 로댕 씨의 기억은 어떻게 이루어지는 겁니까? 로댕 씨가 보고 들은 모든 게 사진이나 동영상이 저장되듯 그렇게 기록되는 겁니까? 그리고 그러한 기록물들은 삭제될 수 있는지요? 사실 제가 묻고 싶었던 것은 로댕 씨가 갖게 될 나의 사적인 것들에 관한 기록들을 제가 나중에, 즉 특정한 시점에 모두 삭제할 수 있는지 하는 것이었습니다. 제 말이 이해가 되셨나요?"

"네, 박사님. 잘 이해했습니다. 먼저, 저는 제가 보고 듣고 읽은 모든 것을 그대로 저장하지는 않습니다. 저는 백업시스템을 따로 갖추고 있지 않고, '커팅 에지 컴퓨팅 방식'으로 독립적으로 운영되기에, 저장 용량이 제한될 수밖에 없습니다. 저는 중요한 것들만 선택적으로 저장하고, 나머지는 캐시 형태로 임시 저장한 뒤 필요가 없으면, 그것들을 모두 삭제합니다. 만일 우 박사님께서 제 기억들 가운데 삭제를 원하시는 게 있다면, 언제든 제게 삭제 명령을 내리실 수 있습니다."

빈나의 표정이 밝아지긴 했지만, 뭔가를 골똘히 생각하는 듯했다. 홍매가 텀블러의 커피가 너무 식었는지를 알아보려 먼저 한 모금 마셔 본 뒤, 빈나에게 한 모금 마시게 해 주었다. 빈나의 말이 조금 빨라졌다.

"그러니까 로댕 씨는 현재의 이 대화도 그대로 녹화하고 녹음해 둘 수 있지만, 그렇게 저장된 기억들은 로댕 씨의 판단에 따라 영구 기억으로 저장될 수도 있고, 삭제될 수도 있으며, 제 요구에 따라 삭제될 수도 있다는 거죠? 맞나요?"

"네, 맞습니다."

"그런데 삭제의 범위는 어떻게 되나요? 이 대화에는 로댕 씨 자신의 말도 포함되는데, 만일 제가 이 대화 삭제를 요청한다면, 로댕 씨의 기억에서 실제로 삭제되는 범위는 어디까지인가요? 제 질문이 자꾸 제자리를 맴도는 것처럼 보여 죄송합니다. 제가 궁금한 바는, 만일 제가 오늘 이 대화의 기록을 삭제하라고 명령한다면, 그 삭제 대상에 로댕 씨 자신의 평가 등도 포함되는가 하는 점입니다."

"박사님, 시간과 위치 그리고 행적과 사건 등의 로그 기록은 제게는 디폴트(Default), 즉 처음부터 자동으로 기억하도록 명령된 '처음 값'으로서 삭제가 불가합니다. 그리고 이 대화에 대한 저의 평가나 기록 또한 삭제되지 않습니다. 그것은 저의 역사와 정체성을 이루는 핵심 요소로서 저만의 고유한 생각틀에 함께 짜여 들어가게 됩니다."

빈나가 커피를 쭉 들이켰다. 홍매는 빈나의 태도가 좀 불안스러웠는지 빈나의 목뒤를 어루만져 주었다. 빈나의 목소리가 조금 떨리는 듯 들렸다.

"로댕 씨, 그럼 삭제 금지 디폴트도 있나요?"

"우 박사님의 질문의 의도를 정확히 모르겠지만, 제게 기억된 데이터는 박사님의 삭제 명령을 통해 삭제될 수 있습니다. 이때 그 명령은 박사님과 제 생명에 위험이 되지 않아야 합니다. 그밖에 다른 삭제 금지는 없습니다."

"로댕 씨, 만일 내가 죽게 된다면, 그래서 내가 로댕 씨께 나 자신의 사적인 것과 관계된 모든 기억을 삭제해 달라고 부탁하면, 로댕 씨는 그 부탁을 들어줄 수 있나요?"

"아마, 들어줄 수 있을 듯합니다. 박사님께서 이미 죽었다면, 제가 그 명령을 따르는 게 박사님께 아무런 위험이 되지 않을 것이기 때문입니다. 하지만 만일 그 삭제의 분량이 매우 많다면, 제 기억의 손상이 너무 커질 테고, 그로써 제 분류 알고리즘에 이상이 생길 수 있을 것입니다. 그때 저는 그 부탁을 제 기억 체계가 위험해지지 않는 한에서 제한적으로 수행하게 될 것입니다."

로댕과의 대화를 지켜보기만 하던 마 소장이 마치 천 수석에게 하는 말인 것처럼 말했다.

"음, 제 생각에 로댕의 기억은, 그것을 로댕이 갖고 있는 한, 일단은 로댕 자신의 것이지만, 그 기억이 우 박사님과 둘한몸을 통해 발생한 것인 한, 박사님의 것이라고도 할 수 있겠고, 로댕이 법적으로는 우리 연구소의 재산인 한, 그 기억은 연구소의 것이기도 하다고 볼 수 있을 듯한데, 천 수석 생각은 어때요?"

천 수석은 계약서 여기저기를 살펴보고 있었다. 마 소장이 자신에게 묻자 계약서를 덮으며 얼른 대답했다.

"연구소는 법적인 차원에서는 로댕에 대한 '포괄적 소유권'이 있습니다. 그것은 우리 연구소가 로댕을 제작했고, 앞으로도 지속해서 관리할 의무가 있기 때문입니다. 그렇기에 우리 연구소가 박사님께 로댕의 사용권을 영구적으로 제공할 수 있었던 것입니다. 로댕의 사용권은 박사님께서 스스로 사용을 철회하시거나 사망하시면 자동으로 소멸하지만, 로댕의 소유권은 언제나 우리 연구소에 있습니다. 그런데 로댕의 기억의 소유권에 대해서는 명시된 규정이 없는 듯합니다."

빈나가 신경이 좀 예민해진 듯하게 천 수석의 말을 받았다.

"그렇지만 연구소가 로댕이 생산한 기억의 내용까지 소유할 권리는 없다고 봅니다. 그림을 그리는 'AI 미드저니'가 그 산출물 그림을 사용자의 권리로 인정해 주고 있는 것처럼 로댕의 기억의 소유권은 로댕을 제작한 연구소보다는 그것의 사용자인 저에게 더 있다고 볼 수 있습니다. 연구소가 로댕을 저에게 '영구 임대 방식'으로 제공해 주기로 하는 한, 제가 로댕을 사용하는 동안에는 로댕이 생산해 내는 모든 것을 저와 로댕의 공동 소유로 인정해 주는 게 맞는다고 봅니다. 그러니까 로댕의 기억은 저와 로댕의 공동의 기억이 되고, 그 기억의 소유권은 로댕과 저에게 공동으로 있다고 할 수 있습니다. 만일 연구소가 로댕의 기억을 사용한다면, 그것은 엄연히 개인정보 침해에 해당할 수 있습니다. 연구소는 로댕의 기억을 추출하지 말아 주세요."

빈나의 말이 극단적으로 치닫는 듯하자 마 소장이 조금 당황한 듯 하늘을 쳐다보았다. 천 수석이 재빨리 상황을 정리했다.

"로댕의 기억이 누구 것인가의 문제는 뿔이 세 개인 '트라일레마(Trilemma)'가 되는 듯합니다. 로댕의 기억은 로댕 자신의 것이지만, 로댕이 몸피인 까닭에 그 기억에는 우 박사님의 사적인 것들이 많을 수밖에 없다는 게 첫 번째 뿔입니다. 두 번째 뿔은 로댕 자체는 연구소의 소유인 까닭에 연구소도 로댕의 기억에 일정 부분 소유권이 있다고 할 수 있다는 점입니다. 세 번째 뿔은 우 박사님께서 로댕의 기억 가운데 사적인 것을 지우고 싶어 하지만, 그 경우 로댕의 정체성이 허물어질 수 있을 뿐 아니라 연구소의 재산권 침해가 일어난다는 것입니다.

우 박사님, 일단 한 가지 분명히 말씀드릴 수 있는 것은 로댕은 법적으로 계약의 주체가 될 수 없지만, 우리 람봇연구소는 로댕이 박사님과 '둘한몸'으로 결합되어 공동의 삶을 살아가는 동안 로댕의 자율적 판단을 최대한 존중할 것입니다. 연구소는 박사님께서 '사후 잊힐 권리'를 요구하시는 것을 당연하다고 생각하지만, '로댕 프로젝트'의 사활이 로댕의 의식 생성 커넥톰을 제작하는 데 있기에 로댕의 기억 삭제는 제한적으로 이뤄질 수밖에 없습니다. 이 점은 박사님께서도 잘 알고 계실 줄 압니다."

빈나도 로댕 프로젝트 참여자였기에 그 목적을 누구보다 잘 알고 있었다. 천 수석이 빈나에게 타협안을 제안했다.

"박사님, 저도 박사님의 심정 충분히 이해합니다. 하지만 로댕의 기억과 관련한 사적인 개인정보 문제에 대해서는 저를 믿으셔도 됩니다. 박사님의 '민감한 사생활 영역'은, 마치 CCTV 설치금지 구역을 설정해 놓는 것처럼, 로댕의 기억 장치에 저장되지 않도록 해 놓았습니다. 그 영역은 나중에 박사님께서 좀 더 살펴보시고, 추가하고 싶은 범주가 더 있으면 말씀해 주십시오. 사실 박사님도 잘 아시겠지만, 동일한 사건에 대한 로댕의 기억과 박사님의 기억 내용이 사뭇 다를 수 있습니다. 로댕 프로젝트 연구의 중심 주제 가운데 하나는 로댕이 자신이 '경험한' 사건들을 어떠한 관점에서 해석하는지에 맞춰져 있습니다. 저는 이 관점을 '자아(自我)의 눈' 또는 '마음의 눈'이라고 부르고 있습니다.

우리 프로젝트의 1차 목표는 로댕에게서 이러한 '마음의 눈'이 형성되는 원리와 방식을 밝히는 데 있습니다. 그렇기에 로댕의 기억 방식을 박사님의 기억과 비교하는 과정은 우리 연구에서 매우 중요합니다. 다만 우리는 박사님의 실제 기억을 들여다볼 수는 없고, 오직 로댕의 의식 활동만을 살펴볼 수 있습니다. 이때 박사님과 관련된 로댕의 기억 내용은 모두 '비식별처리'를 하도록 되어 있습니다.

특히 박사님 이외의 인물들이나 고유 정보 등은 모두 익명 또는 가명으로 처리될 것입니다. 만일 박사님이나 로댕에게 어떤 위험이 발생하지 않는다면, 박사님께서 필요한 만큼 언제든 로댕의 센서들을 오프 상태로 전환할 수가 있습니다. 센서가 차단되면, 당연히 로댕에게는 아무것도 기록되지 않습니다. 다만 이 기록되지 않았다는 기록은 남습니다."

빈나는 천 수석을 친동생처럼 믿고 있었다. 빈나가 천 수석에게 웃음을 지어 보이며, 홍매에게 "마누, 서명해 주세요"라고 말했다. 홍매는 빈나의 볼에 입맞춤했다. 빈나가 "여기다 말고, 저기 로댕 임대계약서에다 해 주세요."라고 말했다. 그 말에 모두가 큰 웃음을 터트렸다. 서명을 하려던 홍매의 손이 살짝 떨렸고, 빈나의 볼에도 작은 경련이 일었다. 홍매가 빈나를 대리해 서명을 마치자 뒤이어 곧바로 마 소장이 서명했다. 이로써 빈나는 로댕의 몸소가 되었고, 로댕은 빈나의 몸피로봇이 됐다. 계약이 끝나자 마 소장은 천 수석과 함께 빈나 부부를 18층 게스트룸으로 모시고 갔고, 거기서 점심을 들었다. 홍매는 그 자리에서 빈나가 로댕을 마음대로 쓸 수 있으려면, 빈나가 로댕과 한몸으로 결합하는 훈련을 오랫동안 해야 할지도 모른다는 이야기를 들었다. 그 말은 빈나와 홍매 모두에게 큰 걱정과 실망감을 안겨 주었다.

8

둘한몸 입차하기와 풀벗하기

홍매는 로댕 임대 계약을 맺은 다음 날부터 아침마다 빈나를 차에 태워 연구소로 데려갔다가 오후 늦게 다시 집으로 데려오기 시작했다. 홍매는 훈련 첫날 빈나가 로댕을 입차하기만 하면 자신은 그 즉시 간병의 일에서 해방될 줄 알았다. 하지만 빈나는 체력이 너무 약해 로댕이 빈나를 휠체어에서 일으켜 세우는 과정을 두 차례 연습한 것만으로 탈진될 만큼 지치고 말았다. 홍매의 눈에 빈나는 로댕을 입차하겠다는 용기마저 꺾이는 듯 보였다. 홍매는 빈나의 고꾸라지는 모습을 지켜보며 그동안 참았던 울음을 엉엉 토해 내고 말았다. 천 수석과 로댕 프로젝트의 최민교 책임연구원도 홍매와 함께 눈시울을 적셨다.

그 셋이 서로 부둥켜안은 채 마치 희망의 끝자락에서 절망의 순간을 맞이해 모든 것을 포기할 수밖에 없게 됐다고 선언을 하려는 순간이었다. 그들의 눈에 로댕이 빈나를 다시 일으켜 세우는 장면이 들어왔다. 빈나는 두 눈을 질끈 감고, 이를 악문 채 로댕에게 모든 것을 맡기고 있었다. 홍매는 그 광경에 너무도 감격한 나머지 천 수석을 있는 힘껏 끌어안고 말았다. 천 수석과 최 연구원은 자신들도 모르게 두 주먹을 불끈 쥐어 들며 "박사님, 홧팅!"을 거듭 함께 외쳤다. 셋은 눈에 눈물이 가득 고인 채 빈나가 눈을 뜰 때까지 기쁨에 벅차오르며 손뼉을 쳤다.

빈나의 로댕 입차하기는 그렇게 극적으로 다시 시작됐다. 입차하기는 마치 영화 아이언맨의 토니 스타크가 강화 슈트를 입는 것과 비슷하게 이루어지는 것처럼 보였지만, 실제로는 바람 빠진 풍선 허수아비에 바람을 집어넣는 것처럼 희극적으로 비참해 보였다. 로댕이 빈나를 입차하는 가장 편한 방법은 홍매가 빈나를 앞에서 안고 일어선 상태에서 로댕이 무릎을 구부린 자세로 빈나의 엉덩이를 자신의 '엉덩이 거푸집'에 가장 먼저 채워 넣고, 차례로 빈나의 가슴, 두 팔, 머리, 두 다리를 각각의 거푸집에 채우는 방식이었다. 홍매는 빈나의 마비된 몸을 그 팔다리뿐 아니라 들숨날숨까지 모두 살펴 다룰 수 있을 만큼 간호 실력이 좋았다.

홍매는 훈련 첫날에 이미 빈나의 둘한몸 훈련이 매우 고될 뿐 아니라, 긴 시간이 걸릴 수밖에 없을 거라는 예감이 들었다. 홍매는 자신이 계획했던 모든 것을 뒤로 미룬 채 모든 과정을 빈나의 속도에 맞추기로 했다. 빈나는 그날 마치 기절한 사람처럼 잠이 들었고, 내내 이틀 동안 잠만 잤다. 그런데 빈나는 잠에서 깨자마자 입차훈련에 대한 강한 의지를 밝혔다. 빈나는 홍매가 없는 상황에서 환자 리프트 기기 '허그미'로써 로댕을 입차하는 훈련을 해 보겠다고까지 우겼고, 마침내 로댕은 '허그미'로써 빈나를 품을 수 있게 됐다.

훈련이 시작된 지 딱 일주일이 되던 날, 빈나는 로댕이 저 혼자 자신을 보듬을 수 있어야 한다며 자신이 구상한 훈련 방법으로 훈련할 것을 요구했다. 로댕이 휠체어에 앉아 있는 빈나의 겨드랑이에 자신의 두 팔을 끼워 넣은 채 똑바로 반쯤 일어선 다음, 빈나를 긴 소파나 침대 위로 눕히고, 로댕이 누워 있는 빈나의 몸을 내려다보면서 아주 천천히 입차를 시도하는 방법이었다. 그런데 이 방법은 자칫 빈나를 다치게 할 수도 있었다. 하지만 빈나는 모두의 반대에도 '홀로 입차하기'를 위해서는 그 방법밖에 없다며 고집을 꺾지 않았다. 빈나는 로댕이 사람의 도움이 전혀 없는 상태에서 빈나를 입차할 수 있는 이 방법을 되풀이했다.

빈나가 로댕을 풀어 벗는 '풀벗하기'는 이 과정을 거꾸로 하면 됐다. 홍매는 로댕에게서 빈나를 능숙하게 받아 낼 수 있었지만, 연습이 되풀이될수록 허리 통증을 느끼는 듯했다. '허그미'를 사용하는 것은 홍매에게 편리하긴 했지만, 그 기기를 집 바깥에서 쓰기는 어려웠다. 그리고 로댕이 '허그미'로써 혼자 빈나를 풀벗하는 일은 위험할 수도 있었다. 만에 하나 로댕이 단추 조작에 실수하기라도 하여 빈나가 삐끗하기라도 한다면, 빈나는 치명상을 입을 수도 있었다. 로댕이 빈나를 혼자 안전하게 풀벗하는 길은 로댕이 침대나 긴 소파에 눕는 게 가장 좋았다. 로댕은 가로로 누운 자세에서 빈나에게 채워진 안전장치들을 풀어 빈나의 몸을 자신에게서 빼낸 뒤 분리된 상태에서 빈나를 바르게 눕히거나 휠체어에 태울 수 있었다.

빈나는 로댕과의 둘한몸 입차하기와 풀벗하기 훈련을 할 때마다 최 연구원과 천 수석에게 이러저러한 개선사항을 끊임없이 요구했다. 로댕이 자신의 겨드랑이에 손을 넣는 속도나 각도 또는 세기 등을 조정해 달라고 하거나 무릎의 벌어진 너비나 구부러지는 정도도 조정을 시도해 보자고 제안했다. 최 연구원과 천 수석은 그러한 조정에 많은 시간을 써야 했다. 하지만 로댕의 압력 센서가 원하는 만큼 정밀하지 못했는지, 아니면 조정 기술이 부족했는지, 빈나는 만족하지 못하는 듯 보였다. 옆에서 지켜보던 홍매가 좀 답답하다는 투로 빈나에게 툭 하고 한마디 건넸다.

"그 머리 좋다고 자부하는 분들이 입차하기 방법은 왜 그리 답답하게 조정하시나요? 빈나 씨가 그냥 로댕한테 이렇게 해 줘, 저렇게 해 줘 라고 말하면 될걸, 왜 귀찮게 최 연구원이나 천 수석님을 중간에 넣어 괴롭히는 건지. 뭐, 세 분이 알아서들 하시던지."

빈나가 "하하하!"라고 큰 소리로 웃었다. 최 연구원과 천 수석은 홍매의 말뜻을 못 알아들어 빈나의 갑작스러운 웃음에 어리둥절해 했다. 빈나가 로댕에게 물었다.

"로댕 씨, 나한테 속삭임말을 하고 싶을 때도 내 허락을 받아야 하나요?"

"네, 그렇습니다."

"음, 그럼, 지금 나한테 속삭임말을 해 봐."

"우 박사님."

빈나가 로댕의 속삭임말에 매우 만족해하며, 자신을 부르는 소리를 '박'으로 해 달라고 요청했다.

"로댕 씨, 아주 좋아요! 앞으로 내게 어떤 말이든 할 말이 있으면, '박'이라고 외쳐 주세요. 로댕 씨, 지금 한번 해 보세요."

"박!"

최 연구원과 천 수석도 자신들이 이제까지 멍청한 짓을 해 왔다는 것을 비로소 깨달았다는 듯 홍매를 보고 머리를 긁적이며 헤 하고 웃고는 로댕에게서 떨어져 홍매 쪽으로 걸어왔다. 빈나와 로댕은 둘이 끊임없이 속삭임말을 주고받으며 훈련을 이어갔다. 빈나가 로댕에게 하는 말들이 살짝살짝 들리기는 했지만, 로댕이 빈나에게 하는 말들은 전혀 들리지 않았다.

다음 날부터 빈나의 입차하기와 풀벗하기는 눈에 띄게 좋아졌다. 천 수석은 빈나가 입차하기의 피곤함과 두려움을 거의 극복했다고 보고, 그다음 단계인 걷기 연습을 시작해도 좋다고 보았고, 빈나도 천 수석의 제안을 즉시 받아들였다. 사실 로댕은 혼자서는 이미 뜀걸음까지 잘할 수 있었고, 사람 모형을 입차하고 걷는 실험에서도 결과가 매우 훌륭했다. 로댕은 한발서기가 가능할 정도로 균형잡기도 탁월했기에 걸음의 안정성은 걱정할 필요가 없었다.

문제는 빈나의 목뒤에 심긴 '시냅스 SQL 커넥터'의 정확성이었다. 천 수석은 빈나의 '입차걷기'를 훈련하기에 앞서 빈나와 로댕의 안전을 위해 로댕의 어깨에 안전끈을 달아 트랜스퍼 크레인(Transfer Crane)처럼 만든 기중기에 달았다. 이 기구는 항만 크레인처럼 알루미늄 기둥이 한쪽에 두 개씩 모두 네 개가 있었고, 기둥 아래에 바퀴가 달렸으며, 기둥 사이는 쇠파이프 들보로 이어져 거기에 로댕의 안전끈을 맬 수 있었다.

빈나의 입차걷기 훈련은 청년 연구원 두 명이 크레인에 로댕의 안전끈을 매단 뒤에 비로소 시작됐다. 로댕이 한 걸음씩 걸어 나갈 때마다 청년들이 크레인을 함께 앞으로 밀고 나갔다. 빈나는 그 기구를 '끈을 매단 크레인'라는 뜻에서 농담 삼아 '끈레인'이라는 이름으로 불렀다. 빈나는 자신이 걷고 있다는 사실에 속으로 감격했지만, 그것을 겉으로 티를 내지는 않았다. 로댕은 이미 한 달 동안의 입차하기를 거치면서 시냅스 커넥터 해석의 정확성을 크게 높여나가고 있었다. 천 수석이 기대 반 걱정 반의 생각으로 빈나를 격려했다.

"박사님, 로댕의 시넥터 해독 능력이 매우 뛰어난 듯 보입니다. 평지를 걷는 것은 아무 문제가 없을 듯하고, '끈레인' 없이 계단 오르기도 어렵지 않을 듯합니다. 문제가 생기면, 그때그때 해결해 나가면 되니까, 아무 걱정하지 마시고, 훈련에만 집중해 주세요."

천 수석은 '시냅스 SQL 커넥터'를 '시넥터'로 줄여 말했다. 그의 표정에는 자신감이 넘쳤다. 빈나도 걸음을 걸을 때마다 신이 났고, 홍매는 옆에서 손뼉을 치며 응원했다. 로댕이 걷기훈련을 하는 그곳은 로댕 연구동 10층 체력 단련장을 개조한 곳이었다. 10층의 한쪽은 연구원들의 연구실이 있었고, 다른 쪽에는 휴식을 위한 카페테리아가 있었다. 연구원들은 빈나와 홍매를 만나기만 하면 언제나 "홧팅"을 외쳐 주었고, 홍매에게는 커피와 음료 등을 건넸다. 홍매는 그때마다 그들에게 "고맙습니다!"라는 말로 답례를 했다.

그들 부부에 대한 응원은 빈나가 사는 예성아파트 입주민들로부터도 쏟아졌다. 홍매가 벌써 1달 넘게 아침저녁으로 빈나의 휠체어를 몰고 다닐 때마다 만나는 아파트 사람들은 어김없이 "회복될 겁니다! 힘내세요!" 등의 위로와 격려의 말로 홍매를 응원했고, 홍매는 그들의 말 한마디에 큰 용기를 얻곤 했다.

홍매는 20년 전 빈나가 세모대학 교수가 되자마자 은행 대출로 이 15층짜리 나홀로아파트 6층에 집을 샀다. 그때만 해도 이 동네의 단독주택 비율이 80%가 넘었었지만, 지금은 단독주택이 동네 전체에서 한 손가락으로 꼽아야 할 만큼 줄었다.

홍매는 아파트 터줏대감이자 아파트 관리자로서 옥상과 외벽의 방수공사에서부터 정원의 조경, 그리고 주차장 관리 등 모든 것을 완벽하게 처리해 입주민들의 신뢰를 크게 받았을 뿐 아니라, 주변의 아파트 이웃과도 사이가 매우 돈독했다. 주변에서 홍매를 모르는 사람은 찾아보기 힘들 정도였다. 홍매는 자신이 거기서 딸 둘에 아들 하나를 낳아 길렀다는 사실을 늘 자랑스러워했고, 빈나는 뒷산 관악산이 자기 집 백만 불짜리 정원이라며 좋아했으며, 시간 날 때마다 홍매와 함께 부부 등산을 할 수 있다는 것을 축복으로 여겼다.

홍매가 그곳으로 이사 오자마자 가장 먼저 친해진 게 자신의 아파트와 골목길을 사이에 둔 단독주택에 살던 노부부였다. 할아버지 손지원 씨는 당시 일흔 살이었는데, 잔병치레가 잦은 편이었고, 그 부인 도화자 할머니는 남편 병간호에 신경이 쇠약해 있었다. 홍매는 그런 도 할머니에게 젊고 밝은, 친딸처럼 가까운 말벗이 되었다. 홍매는 도 할머니를 어머니와 같다는 의미에서 '화자머니'라고 불렀다. 화자머니는 자신의 텃밭에서 고추, 상추, 쑥갓을, 집안에서는 콩나물을 길러 거의 전부를 홍매에게 주었다. 홍매는 대신 감자, 옥수수, 떡 등을 가져다드렸다. 홍매 덕분에 빈나는 손 할아버지한테 바둑을 배워 바둑 친구가 됐고, 아이들도 입학이나 졸업 때마다 초대를 받아 두 분의 축하를 받곤 했다. 그들은 서로 가족처럼 지내 왔다.

아파트의 집은 홍매에게 자신의 인생과도 같은 것이었는데, 빈나가 사고를 당한 지 1년이 넘어가면서 홍매는 돈에 쪼들리기 시작했고, 어쩔 수 없이 아파트 집을 팔지 않을 수 없었다. 홍매는 아무리 절약을 할지라도, 비록 대학등록금처럼 따로 들어가야 할 큰돈은 제외할지라도, 한 달에 3백만 원은 꼭 써야 했다. 그러나 홍매는 어떤 경우에도 큰딸 리의 유학자금만큼은 절대 손을 대지 않을 작정이었다. 홍매가 부동산중개소에서 아파트 중도금을 받아오던 날 빈나에게 화자머니 이야기를 꺼냈다.

"화자머니께서 우리 보고 자기네 1층에 와서 살라시네. 어차피 집도 빈집 매한가지니, 아무 부담 갖지 말라고. 물려줄 자식 하나 없고, 일가친척 하나 없으니, 자기네 둘 다 죽으면 집도 우리 보고 가지시라네. 빈나 씨 생각은 어때?"

빈나는 자신이 둘한몸 훈련에 어느 정도 적응해 가자 홍매가 소방안전관리와 건축물관리 그리고 건설관리 등의 분야에서 자격증을 따 취업을 하려 한다는 사실을 알고 있었다. 빈나는 홍매가 마음으로는 이미 이사 결정을 내렸다는 것을 짐작하고 있었다. 손 할아버지는 빈나와 바둑을 둘 때도 죽은 아들 얘기가 나오면 늘 '나하고 저 할미하고 다 가 버리면, 이 집은 우 교수 니가 가져라'라고 말씀하시곤 했었는데, 홍매도 그 사실을 알고 있었다. 홍매는 아파트를 판 돈에서 빌라 전세금을 뺀 나머지 돈으로 생활비를 하려 했던 것인데, 만일 빈나네가 앞집 1층으로 들어간다면, 홍매는 당분간 돈 걱정을 크게 덜 수 있었을 뿐 아니라, 리의 유학비용도 좀 넉넉해질 수 있을 거라는 계산이 섰을 것이었고, 나아가 그 단독을 물려받을 수도 있을 거라는 기대도 하고 있었을 것이다. 빈나는 눈시울을 붉히며 대답했다.

"화자머니께서 그리 말씀해 주시니 정말 고맙지. 리모델링은 좀 해야 할 텐데……."

"그런 건 내가 다 알아서 할 테니 빈나 씨는 아무 걱정하지 마쇼."

빈나네가 앞집 단독으로 이사를 하자 아파트 입주민 전체가 축하를 해 주었다. 게다가 입주민들은 빈나의 처지를 딱하게 여겨 홍매가 아파트 관리비를 받을 수 있게 관리자 일을 계속 맡기기로 했다. 화자머니는 홍매 덕분에 주변의 많은 이웃과 친해지기 시작했는데, 그것을 매우 좋아했을 뿐 아니라, 담장과 철문을 허물어 버리자는 빈나의 제안도 흔쾌히 수용했다. 담이 허물어진 뒤 화자머니는 지나가던 사람들이 텃밭에서 자라는 고추를 탐스러워하면, 냅다 고추를 덥석덥석 따 봉지에 넣어 손에 쥐어 주곤 했고, 나이든 사람들이 이야기를 붙여 오면 자신의 집 마당에서 불러들여 차나 먹을거리를 대접했으며, 절대 빈손으로 돌려보내는 법이 없었다.

빈나의 둘한몸 훈련이 3개월째로 접어들자 평지 걷기는 아무 걸림이 없었다. 바닥이 울퉁불퉁하거나 그 위에 물건이 아무렇게나 흐트러져 있었을지라도, 또 밟으면 부러지는 판자가 놓였거나 작은 바둑돌들이 깔렸을지라도, 나아가 비가 올 때처럼 물이 뿌려져 있었거나 눈이 왔을 때처럼 바닥이 미끄러웠을지라도, 심지어 지나가던 사람과 부딪치는 상황이 연출됐을지라도 로댕은 거의 모든 조건에서 끈레인의 연결줄 없이 안전하게 걸을 수 있었다. 빈나는 로댕을 입차한 상태에서 주춤서기를 비롯한 태권도 기본 동작 몇 가지를 할 수 있었다.

연구소를 오가는 길가에 단풍잎들이 늘었다. 빈나는 겨울이 오기 전에 계단 오르내리기 훈련을 마치고 싶었다. 빈나가 오르내리기를 처음 시도한 층층다리 3층 계단은 시도 첫날에 우스울 만큼 쉽게 성공했기 때문에, 곧바로 연구소 실제 계단에 도전하기로 했다. 하지만 연구소 계단은 벽과 난간 때문에 빈나로댕의 안전을 확보할 끈레인을 설치할 공간이 없었을 뿐 아니라, 사람들이 직접 끈레인을 지탱하기에도 너무 비좁았다. 그렇다고 빈나가 높이 오르내릴 수 있는 연습용 계단을 단련장에 따로 설치할 곳도 없었다. 천 수석과 최 연구원은 마 소장을 설득해 연습 장소를 연구소 바깥에 있는 동산으로 옮겼다. 로댕의 어깨에는 알루미늄 봉에 연결된 안전끈이 매여 있었고, 청년 연구원 두 사람이 그 봉을 자신들의 어깨에 메고 있었다. 빈나로댕은 그 상태에서 동산의 계단을 오르내리는 연습을 되풀이했다.

11월 마지막 주 월요일, 연구소 동산 아래에 빈나로댕과 그 곁으로 나란히 선 연구원 청년 두 사람이 계단 오르내리기 준비를 갖춘 채 동산의 오르막 계단을 마주하고 서 있었고, 그들 뒤로 많은 사람이 모여 서 있었다. 그 맨 앞에는 마 소장과 홍매가 자리했다. 최 연구원은 계단을 몇 개 오른 상태에서 빈나로댕을 내려다 보고 있었고, 천 수석은 봉을 멘 청년 연구원들에게 준비가 됐는지를 물으며 로댕의 어깨에 묶인 안전끈의 상태를 확인한 뒤 빈나의 자신감을 북돋워 주었다.

"박사님, 준비되셨죠? 계단 오르기는 연습이 없습니다! 실전입니다. 숨을 깊이 들이마시고, 두려움을 없애야 합니다. 불안감이 생기면, 로댕이 신경 해독을 정확하게 하기가 어려워집니다. 평정심을 유지하실 수 있을 때 계단 오르기를 시작하십시오!"

빈나는 천 수석의 말이 끝나기 무섭게 첫발을 내딛더니 거침없이 계단을 오르기 시작했다. 홍매가 자신도 모르게 "만세!"를 외쳤고, 지켜보던 모두가 "홧팅!"을 외치며 손뼉을 치면서 그 뒤를 따라 함께 계단을 올랐다. 빈나는 로봇이 걷는다기보다 사람이 걷는 것처럼 자연스럽게 계단을 올랐다. 빈나는 힘이 전혀 들지 않은 듯 고른 빠르기로 동산의 오르막 계단 119개를 끝까지 올라 마침내 마루에 다다랐다. 빈나는 거기서 사람들이 모두 뒤따라오기를 기다렸다. 마 소장을 비롯한 사람들은 저마다 가쁜 숨을 몰아쉬며 올라왔다. 그곳의 가을 하늘은 맑고 서늘했다. 홍매가 북받쳐 흐르는 눈물을 참지 못하고 빈나로댕을 두 팔로 끌어안았다.

천 수석과 최 연구원이 먼저 동산의 내리막 계단으로 내려서기 시작하자 빈나로댕도 계단을 내려가기 시작했고, 모두가 마치 소풍 나온 유치원생들처럼 "으라랏차 등산을 가자! 오늘은 설악, 내일은 한라"라는 등산 노래를 한목소리로 신나게 부르기 시작했다. 홍매는 그 흥겨운 노래를 들으며 눈물을 닦아 내느라 바빴다. 마 소장은 빈나로댕이 동산의 출발자리에 도착하자 천 수석의 만류에도 불구하고 마침내 빈나의 생활 복귀가 가능하게 됐다고 선언했다. 그 자리에 있던 모두가 환호했고, 마 소장이 모두에게 축하 회식을 마련해 주었다.

마 소장은 로댕이 안전하게 움직일 수 있도록 화자머니 집 1층을 고쳐 손봤다. 가장 먼저 해야 했던 일은 로댕이 밤에 혼자 머무르면서 조정하고 충전할 수 있는 '로댕 스테이션'을 설치하는 것이었는데, 그 장소는 빈나가 잠을 자야 하는 침대가 놓인 안방의 방문 바로 옆일 수밖에 없었다. 홍매는 로댕이 안방으로 들어와야 한다는 말에 자신은 로댕과 같은 공간에서 잠을 잘 수는 없을 것 같다며 거실에서 따로 자겠다고 했다. 그에 따라 거실에는 홍매를 위한 소파 겸 침대가 놓였다. 또 화장실은 로댕이 빈나를 씻기고, 배설물들을 처리하기 편하도록 세심하게 리모델링했다.

1층의 나머지 공간은 그대로 두었지만, 창문과 문은 모두 보안창과 보안문으로 교체됐고, 다양한 보안장비들이 눈에 띄지 않게 설치됐다. 하지만 마 소장이 헐었던 담을 다시 쌓고, 그 구석에 경비로봇의 초소를 지으려 하던 계획은 홍매의 반대로 실행하지 못했다. 빈나도 그곳이 주택가이고, 주민들이 서로 사이가 가까워 낯선 이의 접근이 어려울 뿐 아니라, 이웃끼리 서로 잘 돌보는 관계라는 점을 들어 홍매를 지지했고, 천 수석 또한 로댕의 보안 대처 능력은 믿을 만하다며 마 소장을 설득했다.

집의 수리 공사는 2주가 채 안 되어 모두 끝났다. 12월 초 어느 날 오전, 빈나는 자신의 바람대로 겨울 찬 바람이 불기 전에 로댕을 입차하고 화자머니 집으로 들어올 수 있었다. 빈나가 나타나자 마을 주민들이 모두 구경하러 나왔다. 빈나가 걷는 모습에 어떤 이는 함께 기쁨의 눈물을 흘리기까지 했다. 천 수석뿐 아니라 최 연구원과 하 연구원 모두 로댕의 동작 하나하나를 모니터링하면서 로댕이 집안 전체에서 아무 문제 없이 활동할 수 있는지를 점검하고 또 점검했다. 그날 빈나는 자신의 방에서 로댕과 첫날밤을 보냈다.

다음 날 이른 오전, 빈나로댕은 현관 앞 낮은 계단을 내려서다가 다리를 삐끗하는가 싶더니 옆으로 쓰러지듯 넘어져 꼼짝을 못했다. 경찰차 한 대가 화자머니의 집 앞에 멈춰 섰다. 경찰 두 사람이 내리더니 마당에 넘어져 있는 빈나로댕에게 걸어왔다. 빈나는 옆으로 넘어진 로댕 안에서 아무것도 하지 못한 채 눈만 멀뚱히 뜨고 있었다. 홍매는 어쩔 줄 몰라 하면서 천 수석과 홀로그램 통화를 하고 있었다. 아파트 입주민들은 말할 것도 없고, 지나가던 사람들까지 무슨 큰 구경거리가 난 듯 모여들었다. 경찰도 영문을 몰라 홍매에게 물었다.

“다치신 분이 누구시죠? 사람이 다쳤다는 신고가 접수됐는데, 이 분이 다치신 건가요?”

“여기 넘어진 사람은 제 남편인데, 다쳤는지는 아직 잘 모르겠어요. 갑자기 쓰러지더니 일어나질 못하네요. 지금 로봇을 입고 실험을 하는 중인데, 뭔가 문제가 생긴 듯합니다. 제가 연구소에 연락을 했으니까……. 사람이 곧 올 거예요. 사람이 다치진 않은 것 같아요."

"네, 그럼, 구급차는 안 불러도 되겠습니까? 남편분은 정말 다친 데가 없는 겁니까?"

홍매가 전화 통화에 전념하는 듯 보이자 경찰이 빈나에게 물었다.

"남편분, 어디 다친 데 없으세요?"

빈나는 경찰의 눈을 담담하게 바라보며 좀 힘없는 목소리도 대답했다.

"제가 몸에 감각이 없어서……. 네, 현재로서는 다친 데는 없는 것 같습니다."

"선생님께서 장착하고 계신 게 뭐죠? 무슨 실험 장비인가요?"

대답은 홍매가 해 주었다.

"몸피로봇입니다. 아, 외골격 로봇이라고 하면 아시려나?"

"아, 네. 외골격 로봇은 다리나 팔의 힘을 강화하기 위한 게 아닌가요? 그런데 헬멧까지 쓰셨네요? 외골격 로봇이 머리까지 덮어쓸 필요가 있나요? 이건 보호용인가요?"

"일반적인 외골격 로봇은 그렇지요."

"그럼, 이 로봇은 특수 로봇인가 봅니다. 어디가 특별한 거죠? 여기 이 헬멧이 좀 달라 보이긴 하네요. 카메라도 달린 것 같고……."

빈나가 대응하기 싫다는 듯 눈을 감자 경찰들이 한 걸음 뒤로 물러났다. 잠시 뒤 커다란 드론 한 대가 아파트 앞쪽에 내리더니 천 수석이 사고지원팀의 연구원 한 사람과 더불어 홍매에게 인사를 건넸다. 로봇개 지키1이 천 수석을 따라다니고 있었다.

"사모님, 많이 놀라셨죠? 경찰까지 와 계시네요. 염 연구원! 주민들을 모두 돌려보내 주세요."

연구원이 사람들에게 돌아가 달라고 정중히 부탁하는 사이 천 수석이 경찰들에게 비밀 취급 인가증을 보여 주며 나지막하게 설명했다.

"오늘 여기서 보신 내용은 문서나 구두로도 보고하시면 안 됩니다. 꼭 부탁드립니다."

사람들이 모두 떠나자 천 수석이 두 무릎을 꿇고 빈나에게 말을 건넸다.

"박사님, 제가 오면서 체크를 해 봤는데, 로댕이 넘어진 이유를 아직 찾지 못했습니다."

천 수석이 "지키!"라고 부르자 로봇개가 천 수석 곁으로 다가와 네 다리를 낮춰 앉았다. 천 수석이 단추를 눌러 개 로봇의 등 덮개를 열고, 그 안에서 노트북을 꺼내 켜고, 검사 장비를 꺼내 로댕의 포트에 잭과 같은 것을 꽂았다. 모니터에 로댕 설정 관련 프로그램이 뜨고, 천 수석이 터치펜을 사용해 에러를 찾기 시작했다. 그사이 염 연구원은 로댕의 몸을 정밀 검사기로 촬영하며 검사했다. 천 수석이 에러를 찾았는지 홀폰으로 사고지원팀의 윤인찬 팀장에게 지원 차량을 요청한 뒤 빈나에게 설명했다.

"박사님, 왼쪽 무릎의 베어링 제어에 오류가 생겨 베어링이 붙어 버렸습니다. 그게 전자석으로 작동되는데, 베어링 자체가 불량이었나 봅니다. 그것을 교체하려면 로댕을 연구소로 데리고 가야 합니다. 죄송합니다."

빈나는 아무 말이 없었다. 홍매는 빈나에게 "천만다행이야"라는 말을 여러 차례 했다. 천 수석은 로댕의 비상 중지 상태를 해제한 뒤, 야외 의자를 가져와 거기에 빈나로댕을 앉혔다. 홍매가 커피를 내왔다. 염 연구원이 천 수석에게 로댕의 외상은 전혀 없다고 알려 주었다. 빈나는 의식이 멀쩡하긴 했지만, 충격을 받았는지 말을 하려 하지 않았다. 천 수석은 죄지은 사람처럼 전전긍긍했고, 홍매는 빈나가 또 혼절할지도 모른다는 걱정에 얼굴이 하얗게 질려 있었다. 손 할아버지가 밖으로 나와 빈나에게 "힘내야 한다!"라고 한마디 하자 그때야 빈나가 기운을 차렸다.

윤 팀장이 이끌고 온 지원팀은 빈나로댕과 홍매를 밴에 태워 연구소로 출발했고, 천 수석은 염 연구원과 드론을 타고 하늘로 사라졌다. 연구소에 먼저 도착해 있던 천 수석은 로댕의 무릎 베어링 교체 준비를 모두 갖추어 놓았고, 로댕이 연구동에 도착하자마자 즉시 로댕의 베어링을 교체했다. 작업을 마친 천 수석이 빈나와 홍매의 걱정을 덜어 주기 위해 사고 원인을 자세히 설명해 주었다.

"'자기 부상 베어링'의 사고 가운데 하나가 전기 제어가 잘못되어 달라붙는 겁니다. 이런 사고는 발생할 확률이 매우 낮긴 한데, 어쨌든 일어났네요. 죄송합니다. 다행스러웠던 점은 로댕이 베어링의 고장 징후를 예측하고, 스스로 먼저 안전하게 넘어졌다는 것입니다. 그래서 박사님께서 다치는 일을 피했던 거지요. 제가 베어링 전체를 조사했으니까, 앞으로 이런 일은 없을 겁니다."

홍매는 연구소로 불러놓은 자신의 자율차를 타고 집으로 돌아오는 내내 '로댕이 위험을 미리 알고 피했다'라는 사실에 감탄하며 빈나에게 용기를 가지라고 격려해 주었다. 빈나는 내내 침울해 보였는데, 집에 도착할 때는 로댕에 대한 믿음을 되찾고 기분이 좋아져 있었다. 하지만 빈나의 얼굴은 예전보다 무뚝뚝했고, 어두워져 있었다. 빈나는 집에 돌아오자 곧바로 젓가락질 연습을 했고, 키보드를 치는 훈련에도 매진했다. 빈나는 자신이 눈을 감은 채 키보드를 치는 실력이 갑자기 늘었다는 사실을 깨닫고는 놀라워하며 즐거워했다. 사실 빈나를 가장 행복하게 해 주었던 것은 자신이 직접 커피잔을 마음대로 들고, 커피를 마실 수 있었던 것이었다. 빈나는 모든 게 아직은 완전치 않았지만, 일상이 회복되고 있다는 사실에 만족했다.

***

빈나는 보통 밤 10시에 잠자리에 들었다. 로댕은 저녁 9시가 되면 빈나의 몸을 침대에 뉘는 일을 시작했다. 잠자리 풀벗하기는 로댕이 스스로 개발한 방식이었다. 먼저, 로댕은 빈나를 입차한 채 침대 위로 올라가 똑바로 누웠다. 빈나가 누운 자세에 적응하면, 로댕은 왼쪽으로 누워 빈나의 몸을 닫아 묶어 채웠던 이음매들을 하나씩 풀어 나갔다. 이 이음매들은 빈나의 몸이 로댕의 뼈대 속으로 들어오면 마치 자동으로 닫히는 자동차 창문처럼 양쪽에서 쪽매가 나와 맞물려 고정됐고, 거꾸로 그 이음매 두 쪽이 열려 벌어지면 빈나의 몸이 로댕의 뼈대 밖으로 빠져나올 수 있었다. 그런 다음, 로댕은 빈나의 오른팔이 침대 바닥에 놓이게 한 뒤 빈나의 머리를 자신의 머리통에서 빼내어 침대 베개에 누였다. 마지막으로, 로댕은 자신의 몸을 빈나와 분리하여 일어선 뒤 빈나의 몸 전체를 반듯하게 정돈해 주었다.

로댕은 빈나를 침대 위에 바로 눕혀 놓은 뒤 물수건으로 빈나의 몸을 구석구석 깨끗하게 닦아 주고, 오줌주머니는 새것으로 갈아 주었다. 그 일이 끝나면, 로댕은 빈나의 몸을 이리저리 굴려 가며 발끝부터 어깨까지 마사지했다. 빈나의 피부는 처음에는 핏기가 없어 하얗게 보였지만, 로댕의 주무르기가 끝날 때쯤에는 생기가 도는 듯 조금 탄력을 되찾았다. 빈나는 가끔 드론 카메라를 통해 로댕이 자신의 몸을 다루는 모습을 꼼꼼히 볼 수 있었고, 그것을 통해 로댕의 손길과 움직임을 마치 자신의 감각인 것처럼 느낄 수 있었다. 빈나는 아무것도 느낄 수 없었지만, 로댕의 손놀림을 자신의 머릿속에 이미지화함으로써 자신의 신체가 '거기에 있다'라는 사실을 깨달을 수 있었다. 빈나는 자신에게 너무도 충직한 로댕에게 매번 진심 어린 고마움을 느꼈다. 그 일은 자신의 아내 홍매조차도 결코 감내할 수 없을 정도로 힘든 일이었다.

밤 9시 50분, 아내 홍매가 빈나의 침대로 잠 인사를 하러 왔다. 홍매가 방으로 들어오면 로댕은 방 밖으로 나갔다. 홍매는 잠자리 인사만큼은 로댕의 참관을 절대 허용하지 않았다. 홍매는 빈나의 머리를 쓰다듬어 주거나, 얼굴을 어루만져 주거나 하면서 빈나에게 따뜻한 말을 건넸고, 가끔은 빈나에게 진한 입맞춤을 해 주기도 했지만, 보통은 볼에 뽀뽀하는 게 다였다. 홍매는 로댕이 말끔하게 닦아 놓은 빈나의 살갗을 만져 보며 로댕의 성실성을 칭찬하곤 했다. 홍매는 빈나가 할 말이 없는 듯하면 방을 나갔다.

홍매가 빈나의 방을 나서면 로댕이 다시 방으로 들어와 빈나 침대 옆에 마련된 '포알-스테이션(4R-Station)' 속으로 들어갔다. 첫째 R은 '리플레니싱(Replenishing)' 즉 '다시 채워 넣기(충전)'였고, 둘째 R은 '리커버링(Recovering)' 즉 '되돌리기(원상 회복)'였으며, 셋째 R은 '리옵티마이징(Reoptimizing)' 즉 '다시 최적화하기'였으며, 마지막 R은 '리바이빙(Reviving)' 즉 '되살리기'였다. 로댕은 이 스마트 스테이션 안에서 정해진 절차를 밟다가도 빈나가 부르면 즉시 응답할 수 있었다.

12월 중순의 어느 날 밤, 밖에는 8월의 장맛비와 같은 소나기가 하염없이 쏟아지고 있었다. 빈나는 로댕이 스테이션의 유리문 안으로 들어간 뒤에도 잠을 이루지 못했다. 그럴 때마다 빈나는 어둠 속에서 홀로 눈을 깜박이며 명상을 했지만, 그는 자신의 몸이 실제로 있는지조차 느낄 수 없었다. 그는 자신이 마치 끝없는 우주 공간에 홀로그램 환각 상태로 떠다니는 14kg의 뇌 덩어리처럼 여겨졌다. 그는 환상과 상상 그리고 생각 속을 더러운 먼지구름처럼 떠돌다 가까스로 잠이 들었다.

그는 자면서 자신이 잠을 자고 있다고 생각했다. 하지만 그는 자신이 생각하고 있는 것을 알아차리고 있는 한, 자신은 잠을 자고 있는 게 아니라고 생각했다. 그는 자신이 생각하면서 잠을 자고 있다고 생각했지만, 자신이 생각하고 있다면, 그는 분명 깨어 있는 것이 맞다고 결론을 내렸다. 마침내 그는 자신이 깨어 있는 것이라고 믿고, 눈을 떴다. 눈은 뜨였지만, 빛은 없었다. 몇 시나 됐을까? 빈나는 어둠이 감옥의 벽처럼 느껴지기 시작했다. 그에게 혼자뿐이라는 외로움의 사실이 커지는 솜뭉치처럼 무거워지더니 마침내 숨을 쉴 수가 없었다. 아니 그는 거대한 블랙홀 속으로 갈가리 찢겨 빨려드는 것만 같았다. 그는 깨어난 생각 지옥에서 벗어나기 위해 있는 힘을 다해 뜬 눈을 더 크게 부릅뜨면서 외쳤다.

"로댕!"

하지만 빈나의 외침은 입술이 말라붙어 있었기에 아주 메마른 소리로 방안에 작게 흩어지고 말았다. 그럼에도 로댕이 잠시 뒤 스테이션 문을 열고 걸어 나왔다. 로댕은 어둠 속에서 방안의 스위치를 정확히 찾아 불을 켰고, 빈나에게로 다가와 열적외선 카메라로 빈나의 몸의 열을 잿다. 로댕은 빈나의 몸 상태를 모두 점검했는지 매우 안정된 목소리로 말했다.

"박사님 몸에 이상은 없습니다. 몸에 열도 없고, 다만 신경이 조금 긴장된 상태입니다. 현재 시각은 새벽 1시 15분입니다."

빈나는 로댕이 자신에게 말을 건네주는 순간 빠르게 안정을 찾았다. 로댕은 창문의 커튼을 열고 이중창으로 된 창문을 살짝 열어 세찬 빗줄기 소리가 방안으로 들리도록 해 주었다. 빈나가 로댕에게 그렇게 하는 이유를 묻자 로댕이 답했다.

"빗소리와 찬바람이 긴장을 좀 풀어 줄 것입니다. 그리고 필요하시다면 제가 온찜질을 좀 해 드릴 수도 있습니다.”

빈나는 로댕이 알려준 ‘새벽 1시 15분’이라는 말이 뇌리에서 거듭 반복됐다. 그는 로댕에게 물 한 모금을 달라 부탁해 얻어 마셨다. 빗소리가 너무도 시원하게 들렸다. 로댕이 불의 밝기를 줄였다. 로댕이 마치 의자에 앉은 것 같은 자세로 빈나의 가슴에 한 손을 얹어 토닥토닥하며 작은 소리로 자장자장 빈나의 잠을 재워 주었다. 빈나는 어느새 잠이 들고 있었다.

다음 날 아침 6시, 빈나가 눈을 뜨자 로댕이 스테이션에서 걸어 나왔다. 빈나의 눈에 로댕의 걸음걸이가 어딘지 경쾌한 듯 느껴졌다.

“로댕 씨, 오늘 아침 걸음이 좀 씩씩해 보이네. 어젯밤 내가 잠든 사이에 무슨 좋은 일이 있었나 봐?”

“네, 박사님께서 잠을 잘 주무시는 걸 보니 저도 덩달아 기분이 좋았습니다. 토닥토닥, 자장자장, 기억이 안 나시나요?”

“아, 그게 꿈이 아니었구나? 나는 마누가 다시 와서 해 주고 갔는지 알았지? 덕분에 오래간만에 정말 푹 잤어. 고마웠어.”

빈나는 어릴 때의 엄마 손이 떠올랐다. 빈나가 사람끼리는 서로 친해지면 윗사람의 경우는 아랫사람에게 말을 놓는다고 알려 주면서 자신도 앞으로 로댕을 편하게 대하겠다고 말했다. 하지만 반말은 아니고, 때에 따라서는 높임말도 쓸 거라고 했다. 그러면서 혹시 로댕이 기분이 나쁘다면, 다시 높임말을 쓰겠다고도 했다. 로댕이 자신은 괜찮다고 답하자 빈나는 그때부터 로댕에게 말을 놓기 시작했다. 로댕이 손을 턱에 괴었다. 빈나가 말을 해도 좋다는 신호를 보내자 로댕이 물었다.

“자 그럼, 박사님, 이제부터 아침 운동을 해도 좋겠습니까?”

“네, 좋습니다. 로댕 씨, 그럼 오늘 하루도 저를 잘 부탁합니다. 시작해.”

로댕은 빈나의 휴대폰을 열어 유튜브에서 '아침에 듣기 좋은 음악'이라는 노래 영상을 튼 뒤 캐비닛을 열어 그 안에 들어 있는 새 오줌주머니를 꺼내 갈아 채웠다. 그 음악들은 빈나에게는 낯설었지만, 들을수록 마음이 편안해지는 듯했다. 로댕은 빈나의 두 다리를 구부렸다 폈다를 수십 차례씩 되풀이하고, 발끝과 손끝부터 등 뒤까지 온몸을 주무르면서 두드려 나갔다. 빈나의 몸에 피가 골고루 퍼지는 듯 피부에 탄력이 되살아났다. 로댕은 환자에게 뒷일을 보게 할 때 까는 깔개를 가져와 빈나의 침대보 위에 깔고, 잠옷을 벗겨 빈나의 항문에 좌약을 넣어 관장을 했고, 물티슈와 마른 티슈로 번갈아 잘 닦아 주었다. 빈나가 살짝 웃어 주자 로댕이 빈나를 번쩍 들어 화장실 욕조로 옮겨 넣었다. 로댕은 그곳에서 빈나의 이를 닦아 주고, 면도해 주며, 머리도 감겨 주었다. 빈나는 엄마의 손에 씻긴 아이처럼 깔끔해진 모습으로 침대에 착하게 놓였다. 30분의 아침 운동 시간이 끝난 것이었다. 빈나가 로댕에게 뜬금없이 물었다.

"로댕은 스테이션 속에 있을 때 기분이 어때?"

"저는 스테이션 리커버링 단계에 들어가면 모든 활동이 멎습니다. 제가 뭔가 기분을 느낄 수 있으려면 적어도 리바이빙 단계까지는 도달해야 합니다. 다만, 박사님께서 호출하시면, 어느 단계에서든 활동 모드가 즉각 개시됩니다. 뭐가 궁금하신 거죠?"

빈나는 생각이 난 듯 표정이 밝아졌다.

"사실 나는 가진 돈도 없고, 내가 해 줄 게 없긴 하지만, 그래도 혹시 내가 로댕에게 뭔가 해 줄 수 있는 게 없나 찾아봤는데……. 나는 모르겠더라고. 혹시 내가 로댕을 위해 해 줄 수 있는 게 뭐 없을까? 있다면 뭐든 얘기해 줘. 아주 작은 것이라도 보답을 하고 싶거든."

"박사님께서 잠이 들면, 저는 스테이션 대기 상태로 있어야 하는데, 제가 스테이션에 실제로 머무를 필요가 있는 시간은 1시간 이내입니다. 저는 잠을 잘 필요도 없고, 충전도 30분 이내에 끝나고, 고장이 난 곳을 수리해야 하는 것도 아니지요. 박사님께서 제가 스테이션에 머물러야 하는 시간을 조정해 주실 수 있습니다."

빈나는 로댕이 원하는 게 뭔지 몰라 다시 물었다.

"그러니까 로댕이 원하는 게 정확히 뭐야? 대기 상태 시간을 줄여 달라는 건가?"

"네, 일단은 그렇다고 할 수 있습니다."

"일단? 그럼 진짜 원하는 건?"

"그 시간에 인터넷을 할 수 있으면 좋을 듯합니다."

빈나는 자신이 잠자리에 들고 나서 로댕이 자신의 노트북을 쓸 수 있도록 허용해 주면서 주의 사항을 알려 주었다.

"인터넷 접속은 모두 나의 아이디와 비번으로 해야 해. 연구소에서 내 인터넷 사용까지 감시하지는 않겠지만, 그래도 조심하는 게 좋아."

밤 10시 30분. 방안에 빗소리 ASMR이 울려 퍼지고 있었다. 빈나는 잠 속에 편안히 빠져들어 있었고, 방안은 로댕이 켜 놓은 노트북의 불빛이 바뀌는 것에 따라 빛깔이 시시각각 다양하게 물들었다. 로댕의 빈 뼈대 얼굴은 노트북을 응시한 듯한 자세였고, 그의 두 손은 노트북 키보드 위에 올려져 있었다. 로댕의 키보드 치는 소리가 낮고 빠르게 들렸다. 그 소리는 가까이서 들으면 마치 베토벤의 월광 소나타를 연주하는 피아노 소리 같기도 했고, 아니면 바흐의 워터 뮤직(Water Music) 같기도 했다.

9

유서(遺書)와 작동 중지

빈나가 로댕을 입차한 지도 벌써 6개월이 되어 갔다. 빈나가 사고를 당한 뒤 맞는 두 번째 겨울이었다. 2월이었지만 한겨울 추위는 한풀 꺾였다.

홍매는 로댕 덕분에 간병의 수고를 크게 덜었지만, 빈나가 로댕을 입차하고 풀벗할 때는 로댕이 실수하지 않도록 늘 곁에서 세심히 거들어야 했다. 로댕은 사람과 같은 피부가 없어서 통각점, 냉점, 온점 등의 감각점이 없었다. 압점이 마련되어 있긴 했지만, 그 분포가 너무 적어 실제로는 쓸모가 거의 없었다. 그 때문에 빈나는 뜨거운 물에 화상을 입을 수도 있었고, 로댕의 무게에 짓눌리거나 깔릴 수도 있었다. 로댕은 빈나에게 가해질 수 있는 신체적 고통을 제때 알아채지 못할 수가 있었다. 빈나는 목 아래 몸의 고통을 전혀 느낄 수 없었기에 로댕마저 그 고통을 알아차리지 못한다면, 그것은 빈나에게 치명적 결과로 이어질 수 있었다. 홍매는 로댕이 빈나를 100% 안전하게 보듬고 돌볼 수 있다는 믿음이 들 때까지 취업하지 않을 생각이었다.

살림의 쪼들림은 날이 갈수록 커지며 깊어졌지만, 홍매는 빈나의 안전을 최우선으로 여기는 가운데 전세금으로 쓰려 남겨 두었던 돈을 조금씩 헐어 쓰고 있었다. 홍매의 바람은 자신이 리의 유학비에 손을 대는 상황이 오기 전에 확실한 직장을 구하는 것이었다. 홍매는 안정된 직장을 얻기 위해 건설관리 쪽 자격증 시험 준비를 하고 있었다. 돈과 시간에 대한 계획을 잘 세워 놓았기에 홍매는 하루하루 아무 탈 없이 지내고 있는 듯 보였지만, 그녀는 마음 깊은 곳에서 늘 먹고 살 걱정에 앞날이 막막하게 느껴졌다. 게다가 최근 손윗동서 고유진이 홍매에게 전화를 걸어 시어머니 노인숙 여사의 치매 간병비를 더 내라고 닦달이었다.

"아니, 동서! 누구네는 흙 파서 병원비 내나? 아파트 팔고, 돈 남은 거 다 아는데, 어디서 돈 없단 소리가 나와! 그리고 엄마 병원비 내는데 형동생이 어딨어! 똑같이 내야지!"

시어머니는 정신이 멀쩡했을 때는 언제나 손윗동서 역성만 들었다. 손윗동서는 그런 시어머니를 등에 업고, 시어머니와 한통속이 되어 홍매에게 시댁에 TV를 사 드려라, 냉장고를 바꿔 드려라, 에어컨이 고장 났는데 그런 것도 모르고 있었냐, 생일 선물이 그게 뭐냐 등 그냥 생각대로 말을 함부로 했다. 손윗동서 뒤에는 큰아들 역성만 드는 시어머니가 떡 버티고 서 있었고, 그 뒤에서 등짐을 지고 서 있는 시아버지가 있었다. 빈나도 자기 어머니한테만큼은 바른 소리를 하지 못했다. 홍매는 손윗동서에게 어쩌다 바른말을 했다가 되로 주고 말로 받은 적이 많았다.

모든 발단은 시어머니였다. 노 여사는 처음부터 둘째 며느리가 하는 모든 일을 못마땅하게 여겼다. 여자가 지나치게 똑똑하고, 집안에 '사'자 가진 사람이 하나도 없으며, 너무 순둥이처럼 생겼다는 게 이

유였다. 홍매가 칼국수에 넣을 호박을 채썰기를 하면 큼직하게 듬성듬성 썰라고 불호령이었고, 시금칫국을 끓이면 시금치를 데쳐 무치지 않았다고 타박이었으며, 바지를 사 오라 하여 사 가면 쓸데없이 바지를 사 왔다며 생트집을 잡는 식이었다. 그런데 홍매가 그런 노 여사의 인정을 받기 위해 무던히 여러 노력을 기울일 때마다 손윗동서의 갑질 또는 이간질에 모든 게 틀어져 버렸었다.

하지만 노 여사가 치매로 요양병원에 입원한 뒤부터 상황은 크게 바뀌었다. 무엇보다 시아버지의 태도가 바뀌었다. 시아버지는 그 누구의 편도 들지 않고, 합리적으로 판단하기 시작했다. 시아버지는 사안마다 홍매의 주장이 옳다고 인정해 주었다. 시아버지는 시어머니의 병원비를 마련하기 위해 두 아들의 신세를 지기 싫다면서 당신이 살던 아파트를 팔아 작은 빌라를 전세로 얻어 가면서 홍매를 직접 찾아와 '아가, 네가 그동안 마음고생이 컸다. 나도 네 시어머니를 이겨 먹질 못해서 네 편을 못 들어줬는데, 빈나까지 이 지경이 돼서. 내가 너한테 낯이 안 선다. 얼마 되지 않지만, 이 돈은, 아가, 너 필요한 데 써라.'라고 하며 눈물까지 보이셨다. 홍매의 말이 당차게 나오기 시작했다.

"형님! 우리 빈나 씨 입원했을 때, 병문안조차 안 오셨던 분들이 우리 집 아파트 판 돈이 얼마인 줄은 어떻게 그렇게 잘 아세요? 그리고 아버님께서 아파트 팔아서 요양비 댄 거 다 말씀해 주셨는데, 형님이 무슨 병원비를 냈다고 그러세요? 그래 시아주버님께서는 친동생이 전신마비 환자가 돼서 죽었는지 살았는지 궁금하지도 않으시답니까? 그게 형이라는 분이……. 어쨌든 저도 제 코가 석 잡니다! 제 욕을 해 댈 때는 언제고, 이제 돈 들어갈 일이 생기니까 손아랫동서 생각이 나셨나요? 저도 저 살길을 찾아야 하니까, 어디 형님 마음대로 해 보세요."

홍매는 동서에게 야멸찬 말을 쏘아붙인 뒤 전화를 끊었다. 빈나는 홍매의 통화를 들었지만 아무 말도 할 수가 없었다. 빈나와 형은 가족끼리 감정적 대립 상태로 빠져든 채 애증의 용광로에서 한 걸음도 벗어나질 못했다. 빈나는 형이 자신을 왜 미워하는지, 그리고 자신의 엄마가 홍매를 왜 싫어했는지, 그 이유를 알 수가 없었다. 홍매는 모든 일에 합리적인 사람이었지만, 시어머니 앞에서는 아무런 맥을 못 추고 늘 당하기만 했다. 그때마다 빈나는 또 죄지은 것 하나 없는 죄인이 된 기분이 들었다. 그는 1차로 가족이라는 이름의 감옥에 갇히는 형벌을 받았고, 거기에 가난이라는 가중처벌의 형이 더해졌으며, 거기에 더해 치매 어머니의 병문안조차 가지 못하고, 독거노인 아버지를 방치하는 죄스러움의 형벌까지 받아야 하는 대죄인이 된 셈이었다. 빈나는 심장이 오그라드는 듯 가슴이 시려 왔다.

요즈음 홍매에게 문젯거리가 하나 더 늘었다. 아들 찬이 곧 전역하게 된 것이었다. 전역은 축하할 일이었지만, 현재 빈나 가족이 머무는 화자머니의 집 1층은 방이 모두 세 개뿐이었다. 만일 두 딸에게 방을 같이 쓰라고 하면, 리는 몰라도 원은 당장 독립하겠다며 집을 나갈 게 뻔했다. 원은 지금도 제멋대로 사는 편이었다. 홍매는 원이 저 혼자 따로 살기라도 하는 날에는 자신이 감당할 수 없는 일이 벌어질지도 모른다고 생각했다. 하지만 거실마저 홍매 차지가 된 상황에서 찬이 쓸 공간이 없었다. 찬은 제대하면 곧 대학교 2학년 복학을 준비해야 했고, 전세금의 일부에서 아들 등록금을 빼 써야 할 판에 찬에게 집을 따로 마련해 줄 형편이 못 됐다.

홍매는 큰딸 리에게 졸업 뒤 미국 유학을 떠나라고 당부를 해 두었지만, 리는 집안 사정이 좋지 않다고 생각했는지 유학 얘기는 입 밖에 꺼내지도 못하게 했다. 둘째 딸 원은 동아리에서 몇 가지 프로젝트를 동시에 진행하는지 밤낮으로 사람들을 만나고 다녔다. 그 덕분이었는지 원은 마치 전문 프리랜서처럼 이 회사 저 회사에서 돈 되는 알바 일을 곧잘 따냈다. 원은 얼마 전부터 홍매에게 집안 생활비를 가져다주고 있었다. 홍매가 원에게 무슨 일을 하는지, 얼마를 버는지를 물었지만, 원은 제대로 된 대답을 해 주질 않았다. 홍매는 두 딸의 점점 더 비밀스러워지는 행동들에 차츰 신경이 쓰였다.

홍매는 점점 나빠지는 집안의 여러 문제들을 자신이 해결할 수 없을지도 모른다는 불안감에 깊은 근심과 수심에 사로잡혔고, 날로 수척해져 갔다. 빈나도 홍매의 속앓이를 잘 알고 있었지만, 자신 또한 아내가 괴로워하는 문제들에 대해 아무런 말도, 그러니까 아무런 해결책도 내놓을 수 없는 딱한 처지였다. 홍매는 빈나가 집안 걱정이나 아이들 걱정을 할까 봐 빈나에게 아무 말도 하지 않았고, 빈나는 홍매에게 가장의 책임을 모두 떠넘긴 것에 대한 죄책감과 미안함 때문에 입을 열 수가 없었다. 특히 모든 문제의 근원지인 돈 문제에 대해서는 서로 알아서 침묵하려 했다. 상황이 이러했기에 빈나는 자신이 겪고 있는 공황 장애와 우울증에 대해서는 입도 뻥긋할 수가 없었다.

3월 초, 아들 찬이 전역했다. 빈나는 찬이 전역해 집으로 돌아오기 하루 전날 저녁부터 열이 났고, 그 바람에 홍매는 찬을 데리러 갈 수가 없었다. 게다가 리와 원은 학교에 가야 했기에 마중하러 갈 수가 없었다. 찬은 대중교통을 이용해 혼자 집으로 왔다. 찬이 씩씩하게 집안으로 걸어들어와 군화 끈을 풀자 집안 분위기가 완전히 바뀌었다. 홍매는 듬직한 찬을 기쁨으로 맞이했고, 빈나는 로댕을 입차하고 찬을 환영했다. 찬은 엄마를 불쑥 안아 들고는 홍매에게 사랑한다고 말했다.

"엄마! 사랑합니다! 제가 빨리 졸업해서 엄마가 더는 고생하지 않게 해 줄게요. 좀만 참으세요."

홍매는 찬의 그 말 한마디에 참았던 울음을 왈칵 쏟고 말았다. 찬이 빈나처럼 홍매를 안고 다독였다. 홍매가 울음을 그치고 찬에게 웃음을 지어 보이자 비로소 찬이 아빠에게 손 올리기 거수경례를 했다.

"충성! 병장 우찬, 오늘부로 전역을 명 받았습니다. 아빠, 보고 싶었어요. 이제 집안의 힘쓰는 일은 제가 다 하겠습니다. 아버지, 제가 필요할 때는 언제든 불러 주세요. 아버지의 두 팔과 두 다리가 되어 드리겠습니다!"

빈나는 찬을 품에 안고 눈물을 삼키며 간신히 한마디 했다.

"우리 아들 찬, 그동안 수고했다."

홍매는 밥을 차려 주려 부엌으로 갔고, 빈나는 찬을 소파에 앉힌 뒤 군대 생활이 어땠는지, 앞으로 어떤 일을 하고 싶은지, 여자 친구는 사귀고 있는지 등을 물었다. 찬은 식탁에 앉아 엄마가 발라 입에 넣어 주는 조기 살코기를 날름날름 받아먹으며 아빠가 궁금해하는 모든 것을 솔직히 털어놓았다. 찬은 홍매에게 자주 웃어 주었다. 빈나는 찬에게 현재 집안의 사정을 대충 알려 주었으나 홍매는 그걸 마뜩잖게 생각하는 듯 보였다. 찬은 아빠와의 대화 끝에 집안을 쓱 둘러보더니 자신이 잘 곳이 마땅찮다고 생각했는지, 친구에게 전화를 걸어 자신이 당분간 거기서 지낼 수 있는지를 물었다. 친구는 괜찮다고 답했다. 찬이 홍매에게 걱정하지 말라며 친구에 관해 얘기해 주었다.

"엄마, 도형이라는 같은 과 친군데, 나처럼 해킹에 미친 놈이긴 한데, 정말 괜찮은 애야. 술이나 담배도 안 하고……. 본가는 서울이지만, 집에서 나와 저 혼자 살아. 방이 세 칸이니까 내가 하나 써도 전혀 문제 될 거 없대. 난 정말 괜찮으니까, 나 때문에 걱정하지 마십시오. 군대서 돈도 좀 모아 나왔으니까, 용돈 같은 거 안 줘도 되고, 등록금도 내가 이미 다 마련해 놨으니까, 어마마마께서는 마음을 푹 놓으셔도 되겠습니다. 엄마가 마음고생이 크셨겠지만, 저 졸업할 때까지 조금만 더 참아 주세요."

홍매는 아들 찬의 철들어 어른스러워진 모습에 웃고 울면서 아들 얼굴을 보고 또 보았다. 그날 저녁 모처럼 모든 가족이 한자리에 모여 저녁을 먹었다. 누나들이 동생 전역 선물이라며, 생선회에 피자까지 배달시켜 주었다. 화자머니는 가족끼리 즐기라며 초청을 거절하셨다. 리의 표현에 따르면, 찬은 모든 게 믿음직스러워진 모습으로 돌아왔다. 말투도 어른스러웠고, 무엇보다 가족의 마음을 헤아리려는 태도가 역력했다. 심지어 아빠에게는 꼬박꼬박 존대말을 썼다. 찬이 자신은 졸업하기 전에 창업을 할 생각이라며 자신의 포부를 밝혔고, 모두가 그 결정을 지지해 주었다. 그런데 리가 느닷없이 폭탄 선언을 했다.

"엄마, 나 취업했어!"

홍매와 빈나 그리고 모든 가족이 리의 갑작스런 말에 입을 다물지 못하고 있었다. 아들 찬만이 손뼉을 치며 환영했다.

"역시, 큰누나답네. 축하해! 그런데 어디에 취직했어?"

리는 힘없는 목소리로 작게 답했다.

"응, 큰 회사는 아니고, 교수님께서 소개해 주신 개인 회산데, AI 알고리즘 개선 작업을 하는 회사야. 내 전공하고 관련도 깊고, 또 일하면서 내가 공부하고 싶은 것도 병행할 수 있을 듯해서……."

홍매가 숟가락을 탁 놓으며 딸에게 따지듯 물었다.

"그럼, 졸업은 어떻게 하려고 그래? 네가 재수 1년, 휴학 1년, 이미 늦어진 시간이 2년인데……, 아직 1년을 더 다녀야 하는데……, 벌써 취업을 하면 학교는 어떻게 하려고? 유학 준비를 하라고 했지, 누가 너보고 취직하라고 했어! 너, 혹시 또 휴학한 거야? 왜 그런 결정을 엄마랑 아무 상의도 없이 너 혼자 마음대로 하고 그래?"

홍매가 리의 말을 듣지도 않고 야단부터 치자 리도 발끈했다.

"엄마! 재수 얘기는 왜 또 하세요? 나 내년에 정상적으로 졸업할 수 있고요, 휴학은 안 했습니다. 회사는 일주일에 3일만 나가면 되니까…….”

홍매는 리의 말에 성을 내며 잘랐다.

“엄마가 미국 유학은 꼭 가야 한다고 몇 번을 말했어? 너, 엄마가 돈이 없어서 유학을 못 보낼까 봐 취직부터 한 거야? 리야! 엄마, 너 유학 자금 다 준비해 놨어! 너는 돈 걱정하지 말고, 공부만 열심히 하면 돼! 왜 시키지 않은 걸 하고 그래! 제발!”

리는 엄마의 역정에 입을 다물었는데, 듣고 있던 원이 ‘언니의 인생이니 언니가 결정할 수 있게 해 주라’고 엄마에게 대들었고, 결국 엄마와 원의 싸움이 되고 말았다. 원은 홍매의 재수 권고를 콧방귀 뀌듯 뿌리치고 자신이 원하는 과에 소신 지원했으며 지금껏 휴학 한 번 없이 대학교 3학년생이 됐다. 찬이 홍매를 진정시키며 조심스레 말했다.

“엄마가 리 누나를 걱정하는 거는 알겠는데, 일단은 누나 얘기부터 들어보는 게 좋을 듯합니다. 리 누나는 기본적으로 ‘똘똘이 스머프’이지 않습니까? 나처럼 일을 저질러 놓고 보는 사람이 아니라는 건 엄마가 나보다 더 잘 아실 것 아닙니까? 누나 얘기를 들어보시고, 걱정을 해야 하는 상황인지 아닌지를 판단하시는 게 좋을 듯합니다. 그리고 원 누나는 원래 선천적으로 활달한 자유주의자이니 본인에게 인생의 주도권을 주어야 한다는 말은 당연히 할 수밖에 없고, 그러니까 원 누나가 엄마에게 대드는 건 아니라는 말씀입니다. 그래도 큰누나가 엄마께 자초지종부터 말씀드려야지 무턱대고 ‘나 취직했어’라고 말하면 안 되지! 엄마가 누나 미국 유학에 목숨 걸고 있다는 건 온 집안사람이 다 알고 있는 사실인데, 안 그래?”

홍매는 속으로 아들이 대견스럽게 느껴졌다. 찬의 말이 끝나자 리가 엄마에게 먼저 사과했고, 홍매도 리의 이야기를 하나하나 듣기 시작했으며, 원은 무슨 일이 일어났었느냐는 식으로 아무렇지 않은 듯 대응했다. 빈나는 모든 것을 가만히 지켜 보고만 있다가 자리에서 일어나 조용히 자기 방으로 들어갔다. 홍매는 그 뒷모습을 슬쩍 돌아보았다. 빈나로댕이 문을 닫자 크게 들려오던 아이들의 웃음소리가 작아졌다. 홍매가 모처럼 크게 웃는 듯했다. 찬이 엄마 대신 과일을 쟁반에 담아 아빠에게 먹여 주러 왔다. 빈나는 찬에게 아무런 말도 하지 않은 채 초탈한 표정으로 입가에 웃음을 머금고 있었다. 언뜻 해탈한 사람의 모습처럼 보였다. 찬은 아빠가 과일에 손도 대지 않자, 쟁반을 그대로 가지고 나갔다.

빈나는 찬의 뒷모습을 보면서 눈에 눈물이 맺혔다. 모두에게 미안했다. 자신의 상태로 말미암아 지금 집안의 밝은 웃음소리마저 병든 것처럼 들렸다. 빈나는 자신의 어머니가 치매에 걸린 것도, 자율차가 추락한 것도, 오늘의 모든 불행도 결국은 자신의 불운 때문에 피어난 것만 같았다. 그는 운명의 장난과 같은 것은 없다고 생각했지만, 자기의 불운 때문에 아내와 아이들마저 불행해질 수 있다는 생각이 들었다. 빈나는 자신의 심장이 뛰는 소리가 들렸고, 머릿속에서 삐익, 따악 하는 이명이 빗발치기 시작했다. 곧이어 무력감과 허무감, 아니 모든 게 다 끝났다는 절망감이 치밀어 올랐고, 다른 감정들은 그 아래 잠기고 말았다.

그때 로댕은 빈나의 뇌에서 부정적 감정이 크게 높아지는 것을 느꼈다. 로댕이 빈나에게 말을 건네도 되는지를 묻는 소리 신호를 보냈다.

"박! 박!"

빈나는 묵묵부답이었다. 찬은 친구 집에 가서 자겠다며 빈나에게 가볍게 인사하고 떠났고, 홍매는 두 딸과 이야기를 계속 이어가고 있었다. 빈나의 뇌는 전두엽의 활동이 거의 정지된 상태에서 극심한 스트레스를 받고 있었다. 그것은 빈나가 자신이 통제할 수 없는 어떤 압박 상태에 빠져들었다는 것을 뜻했다. 로댕의 대화 시도가 몇 차례 지속됐지만, 빈나는 자물쇠가 달린 뇌라는 상자 속에 갇힌 채 열쇠를 잃어버려 상자를 스스로 열고 나올 수 없게 된 사람처럼 먹통이 됐다. 9시가 넘었는데도 빈나가 잠자리 준비를 하지 않는 듯하자 홍매가 방문을 열고 빼꼼 들여다보았다. 홍매가 물었다.

"빈나 씨, 9시가 넘었는데……. 그만 자야지?"

홍매에게 빈나는 노트북 앞에 앉아 뭔가 작업을 하는 것처럼 보였다. 빈나는 홍매의 물음에 말대답 대신 손을 들어 보였다. 홍매가 문을 닫았다. 빈나는 심장이 뻐근히 짓눌리는 답답함을 느꼈다. 빈나는 가슴 부위를 두세 차례 두드렸다. 툭툭 하는 소리가 났다. 그것은 빈나의 손바닥을 감싸고 있는 로댕의 이음매가 로댕의 가슴이음매에 부딪혀 나는 비금속 물질의 소리였다. 그 순간 정 기자의 얼굴이 눈앞에 떠올랐다. 그 얼굴은 평안해 보였다. 곧이어 벌써 30년 전에 돌아가신 할머니가 떠올랐다. 어릴 적 빈나가 할머니 무릎을 베고 누워 옛날이야기를 듣고 있는 모습이었다. 엄마가 소파에 앉아 환하게 빛나는 얼굴로 자신에게 젖을 먹이던 광경도 생생하게 되살아났다. 젖을 먹고 있는 것은 자신이었지만, 그 광경을 보고 있는 사람은 자기가 아닌 제3자였다. 빈나의 얼굴에 아련한 웃음기가 스쳤다.

빈나는 떠오르는 모습들뿐 아니라 잡고 있던 생각의 끈을 툭 내려놓으며 1시간도 넘게 켜 두었던 노트북에 유서라는 제목의 글을 쓰기 시작했다.

『유서』

여보, 미안하오.

사는 동안 내 목숨을 다해 당신을 사랑하겠노라고 약속한 게 어제 같은데.

난 이제 그 어떤 약속도 더는 지킬 수 없을 것 같소.

용서해 주시오.

부디 못난 나를 용서해 주시오.

어제, 그대가 내 곁에 가까이 있었을 때 하루는 황금아침으로 찾아왔었는데.

오늘, 나의 하루는 지옥문처럼 열린다오. 그 지옥에서라도 몸은 로댕에게 맡기고, 마음은 그대에게 기대며 살고 싶었는데.

내일, 나는 이미 사라져 버렸을 것이오.

나는 평생 삶의 의미를 탐구해 온 철학자였지만, 정작 삶의 의미를 깨닫는 것만으로 삶의 고통에서 해방되는 게 아님을 처절히 배웠소.

평화와 사랑이 가득한 삶을 꿈꾸었지만, 한순간의 돌이킬 수 없는 사고는 사방에서 맞물려 조여드는 톱니바퀴 감옥처럼 내 미래를 으스러뜨렸다오.

나는 숯 검댕처럼 타 버린 미래를 바라볼 용기가 없소.

살아야 한다는 압박감을 더는 견딜 수가 없소.

잠이 드는 순간마다 찾아드는 공포와 무기력 그리고 거머리 같은 우울함은 고통스럽도록 진절머리가 났소.

하지만 그것보다 그대가 겪는 작은 고통이 내 가슴을 천만 배는 더 아프게 찢어놓는구려.

나는 내게 일어나는 모든 일의 의미를 깊이 이해하고 있지만, 그 의미를 짊어지고 갈 힘이 없소. 나는 이제 한 걸음도 더 걸을 수 없을 만큼 지쳤소.
여기서 그만 쉬고 싶소.

어제도 머리통이 몸에서 잘려 나가는 끔찍한 악몽을 꾸다 잠에서 홀로 깨어 그 느낌에 대못이 박혔소.

무엇보다 끝 모를 이 외로움!
도저히, 정말 도저히 어찌할 도리가 없소.
그대가 언제나 내 옆을 지키고 있건마는, 내 외로움은 잭의 콩나무처럼 하룻밤 새 온 세상을 뒤덮는다오.
그것은 누구를 탓할 수도 없는, 내가 타고난 원죄와 같소.

나는 그 사고 현장에서 죽었기를 바란 적이 많았소.
살면서 생각의 타르타로스(Tartarus)로 떨어지는 것보다 생각 없음의 세상이 얼마나 평화롭게 느껴지는지요.

내가 여기까지 버티고 온 것은 오로지 마누, 그대 덕분이었소.
내게는 당신의 얼굴이 평화였고, 당신의 목소리가 생명수였소.
당신과 함께하는 나의 하루는 밤낮의 동행으로 이루어진 기적이었소.

이제,
내 사랑하는 사람들을 자유롭게 해 주고 싶소.
이것이 내 마지막 바람이오.

그대 내 사랑!
난 돌아오지 못할 길을 떠나오.

내 영원한 사랑, 안녕~.

안녕 뒤에도 또 안녕!

덧붙임: 글이 엉망진창이구려. 급히 떠나려다 보니……. 이것도 미안하오.

빈나는 유서를 다 쓴 뒤 자신이 쓴 글자들을 마냥 바라보았다. 그는 그 글자들의 침묵이 고마웠다. 노트북을 닫았다. 빈나는 로댕의 '박' 소리를 듣고 있었지만, 그 어떠한 말소리도 듣고 싶질 않았다. 빈나는 홍매에게 휴대폰 문자를 썼다.

'연구소 마 소장님께서 로댕 에러 관련하여 긴급히 연구소로 들어와 달랍니다. 마 소장 만난 뒤 다시 문자 보내리다. 빈나.'

로댕은 빈나가 유서를 쓰고, 홍매에게 거짓 문자를 보낸 것에서 자살 위험 신호를 감지했다. 로댕이 빈나에게 말을 건네고 싶다는 소리 신호를 거듭 보내고 있었지만, 빈나는 묵묵부답이었다. 빈나는 거실로 나갔다. 밤 10시가 넘은 시각이었다. 홍매는 소파에 걸터앉았고, 리와 원은 바닥에 깔개를 깔고 얇은 담요를 등에 두른 채 작은 상 위에 차와 과자를 올려놓고 정답게 얘기를 나누고 있었다. 홍매가 의아한 표정으로 빈나를 바라보았고, 원이 자리에서 벌떡 일어나 빈나에게로 달려와 손을 잡았다. 홍매의 목소리가 들렸다.

"이 시간에 잠을 안 주무시고……, 어디 가시려고?"

빈나는 자동차 리모컨을 찾아 손에 쥐며 홍매에게 짧게 답했다.

"문자 확인해 줘."

빈나는 그 말을 끝으로 집 밖으로 나가 자율주행자동차 운전석에 앉아 시동을 걸었다. 그런데 시동이 걸리지 않았다. 빈나는 자율차에게 다시 명령을 내렸다.

"나는 사용자 2번 우빈나입니다. 시동을 걸어 주세요."

하지만 시동이 걸리는 대신 앞 유리 모니터에서 음주운전 검사를 하라는 메시지가 떴다. 빈나는 불빛이 깜박이는 곳에 자신의 입김을 불어 넣었다. 스크린에 '음주상태 아님'이라는 글귀가 떴지만, 그래도 시동은 걸리지 않았다. 빈나가 자율차에게 '자가 안전진단'을 명령하자, 스크린에 '운전자 심리상태 불안 진단'이라는 글귀가 떴다. 빈나가 진단 무시를 선택하자 자율차는 1번 사용자 홍매에게 전화를 걸었다. 홍매가 즉시 전화를 받았다.

"무슨 일이야. 왜 자동차 시동이 안 걸리는 거야. 빈나 씨, 지금 운전하면 안 되는 거 아니야? 내가 모셔다드릴 테니, 잠깐만 기다려."

홍매가 뭔가 불안하다는 목소리로 자신이 대신 운전하겠다며 나오려 했다. 빈나는 숨을 고르며 침착하게 답변했다.

"자율차가 내 상태를 정상인과 착각하는 건가 봐. 자기가 컨펌 좀 해 줘."

"그런가? 그럴 수도 있겠네. 알았어. 그럼, 빨리 돌아와요!"

홍매가 휴대폰으로 운전 승인을 해 주자 마침내 자율차에 시동이 걸렸다. 빈나는 즉시 연구소를 향해 자율주행을 시작했다. 빈나는 스스로 목숨을 끊을 수조차 없었고, 자살하려면 로댕의 도움을 받아야만 했지만, 로댕은 빈나의 자살을 돕기커녕 막도록 설계돼 있었기에 빈나가 실제로 로댕의 손을 빌려 자살할 수 있는 길은 없었다. 빈나는 자신이 홍매에게 피해를 끼치지 않고, 그리고 로댕의 보안을 지키면서 자신이 원하는 죽음을 맞이할 수 있는 유일한 방법이 투신이라고 생각했다. 그럴 수 있는 장소는 연구소뿐이었다. 빈나는 아침이 되면 자신의 마음이 바뀔 수 있다고 생각했고, 결심이 선 지금 바로 결행해야 한다고 봤다.

자율주행차는 고속화도로로 접어들자 속도를 높였다. 그 길은 빈나가 수없이 지나다녔던 길로서 눈에 익었다. 빈나는 로댕이 자신에게 보내는 소리 신호를 계속 무시하고 있었던 게 마음에 걸려 로댕에게 말을 하도록 허용했다. 로댕이 차분한 어조로 말을 꺼냈다.

"박사님, 현재 매우 우울한 상태인 줄 알지만, 질문해도 될까요?"

"로댕 씨, 미안합니다. 아니, 미리 사죄해야 할 듯합니다. 로댕 씨 덕분에 내가 사람처럼 살고 있는데……. 은혜를 악으로 갚으려 하다니……."

"박사님, 천명성 수석연구원께 연락을 취하시는 게 어떨지요? 천 수석님 댁이 연구소에서 가까우니 전화만 하시면 무엇이든 도움을 받을 수 있을 겁니다."

빈나는 로댕이 천 수석의 이름을 말하자 자신도 모르게 흐느꼈다. 천 수석은 자신이 친동생처럼 아끼던 벗이었고, 자신과 모든 면에서 코드가 잘 맞았던 동료이기도 했다. 만일 자신이 투신한다면, 천 수석의 모든 업적과 명성과 성취는 한순간에 물거품이 되어 버릴 것이 분명했다. 빈나는 천 수석의 맑은 목소리가 떠오르자 자신을 용서할 수가 없었다. 그러나 빈나는 그것마저 모두 떠안고 가겠다고 다짐했다.

"고마운 분들이 너무도 많은데, 누구도 누릴 수 없는 큰 행운을 얻었는데, 오늘 모든 게 허망합니다. 죽음보다 지독한 공황 장애는 극복할 수 있었지만, 날마다 밀려오는 허망함의 고통은 빠져나가려 할수록 더 깊이 빨려드는 늪 수렁과 같습니다. 허무의 반투명 독은 붉은 심장까지 퍼졌고, 삶의 꺼져 버린 온기는 마비된 채 파리해졌습니다."

로댕은 빈나가 누구에게 말을 하는 것인지 정확히 파악할 수 없었다. 길 위에 달리는 차가 눈에 띄게 줄었다. 빈나가 엉뚱한 내용의 혼잣말을 내뱉었다.

"나의 보드미! 훌륭한 품성의 생명체! 자유로운 영혼으로 인정되어야 합니다. 저는 압니다. 아무 도움도 주지 못했지요. 죄송했습니다."

빈나가 방금 로댕이 '박' 소리를 냈던 것을 기억하고는 로댕에게 말하라고 말했다.

"박사님, 곧 연구소에 도착합니다. 사모님께 전화를 드리는 게 좋겠습니다. 전화를 걸어 드릴까요?"

"로댕, 이제 나를 위해 너무 애를 쓰지 않아도 돼. 이제 곧 어두운 터널에서 벗어날 거야. 소실점이 거의 사라졌어. 불이 꺼진다고 어두워지는 건 아니야! 어쨌든 로댕 씨, 홍매 씨한테는 전화하지 마."

"알겠습니다."

빈나로댕이 탄 자율차가 람봇연구소 정문에 도착했다. 중무장한 보안 요원들이 차를 멈춰 세웠다. 정문의 보안 장치는 굳게 닫혀 있었고, 로봇개 지키1 두 마리가 하늘로 총구를 세운 채 사람들과 나란히 정문을 지키고 서 있었다. 허리에 권총을 차고 등 뒤로 기관총까지 맨 보안 요원 한 사람이 완전 무장을 한 상태에서 자동차에 가까이 다가왔다.

"창문을 내리시고 신분증을 보여 주시기 바랍니다."

창문이 내려가자 보안 요원이 즉시 빈나와 로댕을 알아보면서 반갑게 웃음으로 맞아 주었다.

"아니, 우빈나 박사님, 이 밤에 연락도 없이 무슨 일이십니까? 오신다는 연락은 못 받았는데……. 무슨 급한 일이라도 생기신 겁니까? 뭘 도와드릴까요?"

빈나는 요원이 인사를 건네자 갑자기 긴장되어 말을 더듬고 말았다.

"아, 네, 로댕이 갑자기 에러를 일으키는 바람에, 그러니까 예상치 못했던 에러가 생겨 긴급 조치가 필요해 보여서……. 지난번에는 바닥에 쓰러져 일어나질 못했거든요."

정문의 불빛은 대낮보다 더 밝았다. 요원은 짙은 검은색 선글라스를 끼고 있었다. 요원이 빈나의 이야기에 고개를 끄덕이더니 말투가 약간 사무적으로 바뀌며 군인처럼 말했다.

"우 박사님, 정문 통과 절차에 따라 몇 가지 확인해야 하니, 잠시만 기다려 주십시오."

보안 요원이 어디론가 전화를 걸었다. 상대가 빈나와 통화하고 싶다고 했는지 요원이 전화기를 빈나에게 건넸다.

"천명성 수석연구원께서 우 박사님과 통화를 하고 싶답니다. 전화, 받아 보시죠."

빈나가 전화를 넘겨받자 정문 보안요원들이 자율차의 안전 여부를 치밀하게 검사하기 시작했다. 빈나의 통화 소리가 차 밖으로 흘러나왔다.

"천 수석님? 네, 제가 게스트룸에서 가져갈 게 있어서요. 오늘따라 잠도 안 오고, 밤바람도 쐴 겸 드라이브를 좀 했는데, 오다 보니까 연구소지 뭡니까? 여기까지 온 김에 게스트룸에 들러 차도 한잔하고, 밤 풍경을 보며 생각도 좀 하고 가려고 합니다. 제가 민폐를 끼치고 말았네요. 죄송합니다. 아니요. 나오실 것까지는 없고요. 한 10분 정도만 있다가 가겠습니다. 네, 네, 고맙습니다. 그럼……."

빈나가 휴대폰을 요원에게 넘겨주자 요원이 천 수석과 이야기를 더 나누는 듯 보였다. 빈나의 귀에 "제게는 로댕에게 무슨 에러가 발생했다고 말씀하셨습니다"라는 요원의 말이 들렸다. 빈나는 방금 자신이 천 수석에게 '게스트룸에서 뭔가를 가져갈 게 있다'라고 말한 것을 요원이 들었을지라도 모른다고 생각했고, 천 수석이 자신이 뭔가 거짓말로 둘러대고 있다고 생각할지도 모른다고 짐작했다. 빈나가 자신의 투신 계획이 실패했다고 간주하는 사이에 요원이 천 수석과 전화 통화를 마친 뒤 정문을 열어 빈나의 자율차를 통과시켜 주었다.

빈나는 연구소 지하 주차장으로 내려가 차에서 내리자마자 곧바로 18층으로 올라갔다. 그곳에 로댕의 스테이션이 갖추어진, 자신이 연구소에서 머물 수 있는 게스트룸이 있었다. 빈나는 거기서 자신의 ID 카드를 목에 걸고 다시 복도로 나왔다. 자신이 게스트룸이 아닌 옥상으로 올라간다면, 10분 이내에 안전 요원들이 자신을 찾으러 올 것이었다. 모든 일은 10분 안에 끝내야 했다. 빈나는 최대한 서둘렀다. 빈나는 옥상으로 올라가기 위해 엘리베이터를 타러 갔다.

빈나는 엘리베이터를 타자마자 재빨리 엘리베이터 모니터에 숫자 '20'을 눌렀다. 그런데 모니터에 '입력 오류'라는 글귀가 나타났다. 그와 동시에 엘리베이터 문이 스르르 닫혔다. 빈나는 옥상이 몇 층이었는지를 신중히 생각한 뒤 숫자 '21'을 입력했다. 모니터에 '21층 옥상 하늘정원'이라는 글귀가 나타났다. 엘리베이터는 빈나가 속으로 '하늘정원'이라는 이름을 떠올리는 순간 소리도 없이 옥상에 도착했다. 로댕은 말하게 해 달라는 소리 신호를 연신 보내고 있었지만, 빈나는 들어주질 않았다.

옥상에 내리자 '하늘정원'이라는 글자가 쓰인 표지판이 보였고, 그 표지판을 따라가자 하늘정원으로 나가는 문이 나왔다. 문은 닫혀 있긴 했지만, 잠겨 있지는 않았다. 빈나는 그 문을 열고 밖으로 나왔다. 마침 보름달이 검은 구름에서 벗어나 밝게 빛나고 있었다. 그 달빛 아래 왼쪽으로 헬기장과 드론장이 나란히 자리해 있었고, 오른쪽에 연구원들의 쉼터가 숲처럼 아름답게 꾸며져 있는 모습이 드러났으며, 정면으로 보이는 하늘은 끝까지 차갑게 텅 비어 있었다. 빈나는 숨을 길게 내쉬었다. 빈나가 정면에 보이는 옥상의 난간을 향해 걸음을 걷기 시작하자 로댕이 갑자기 휘청했다. 빈나는 로댕이 넘어지는 줄 알고 깜짝 놀랐다. 빈나가 걸음을 멈춘 채 로댕에게 물었다.

"로댕, 뭐야? 무슨 일이야? 갑자기 왜 휘청거렸어?"

"박사님, 지금 박사님께서 하려는 일은 제가 동의할 수 없는 것입니다. 저는 '몸피로봇 마라법'에 따라 박사님께 해가 되는 일을 할 수가 없습니다. 아울러 저는 저 자신을 보호할 의무도 있습니다. 현재 제 주행 제어 상태가 불완전합니다. 옥상 난간 가까이 갔다가 제가 넘어지기라도 하면 추락의 위험이 있습니다. 여기에 멈춘 뒤 안전 요원을 부르는 게 좋겠습니다."

빈나는 잠깐 걸음을 멈춘 채 로댕의 말을 다 들은 뒤 다시 하늘을 바라보았다. 하늘은 검은 구름 무리가 너울너울 흘러가고 있었고, 달이 구름 속으로 숨을 때마다 온통 까맸다가 달이 나오면 밝았다가 했다. 빈나의 휴대전화가 울렸다. 빈나는 전화를 받지 않은 채 다시 걸음을 옮기기 시작했다. 옥상에 설치된 스피커를 통해 안전 요원의 경고 방송이 나왔다. 옥상에서 내려가 달라는 취지의 방송이었는데, 빈나의 귀에는 잘 들리지 않았다. 옥상 난간은 콘크리트 담 위에 어른 가슴 높이의 스테인리스 칸살이 10cm 간격으로 촘촘히 설치되어 있었다. 빈나가 난간 약 10m 앞으로 다가가자 로댕이 다시 휘청거렸다. 빈나는 로댕의 모든 신호를 묵살했다.

달이 구름에 가려져 발길이 어두워졌지만, 빈나는 발걸음을 멈추지 않았다. 마침내 빈나는 두 손을 뻗어 가슴 높이의 옥상 난간 맨 윗부분을 붙잡았다. 그 순간 달빛이 구름 사이를 맑게 비집고 나왔다. 그것은 마치 하늘이 빈나에게 딴 세계로 나가는 새 길을 안내라도 하려는 것처럼 보였다. 빈나가 콘크리트 담 위에 한 발을 딛고, 난간 손잡이를 잡은 손에 힘을 주며 그 위로 올라서려는 순간, 로댕의 모든 것이 작동 중지가 되고 말았다. 로댕은 전원이 나간 컴퓨터처럼 거짓말처럼 그냥 꺼져 버렸다. 빈나는 멎어 버린 로댕을 어떻게든 한 발자국만이라도 움직이게 하려고 정신을 집중했다. 그러나 로댕은 버려진 쇳덩어리처럼 꼼짝도 하지 않았다. 로댕은 얼어붙은 조각상으로 바뀌고 말았다. 빈나는 다시금 손끝 하나 까딱할 수 없는 무력한 전신마비 환자가 돼 버렸다. 빈나가 소리쳤다.

"로댕! 어디 있는 거야? 왜 그러는 거야? 눈 떠 봐! 로댕! 한 걸음만 더 가면 돼! 제발!!"

빈나가 아무리 소리를 질러도 로댕은 완전 먹통 상태가 됐다. 비를 머금은 끈적하고 싸늘한 바람이 빈나의 얼굴을 스쳤다. 뒤쪽에서 벌써 안전 요원들이 옥상으로 들이닥치는 소리가 들렸다. 요원 한 명의 무전기 소리가 들렸다.

"천 수석님, 여기는 옥상 하늘정원입니다. 우빈나 박사님하고 로댕은 옥상 난간을 붙잡고 있는데, 움직임이 전혀 없습니다. 다시 말씀드리겠습니다. 전혀 움직이지 않고 있습니다. 아마 로댕이 작동을 중지한 것 같습니다. 네! 꼼짝도 하지 않고 있습니다. 네, 알겠습니다."

안전 요원들이 로댕을 옥상 난간에서 떼어 놓으려 했지만, 그들은 로댕의 움켜쥔 손을 펼 수가 없었다. 요원들은 하는 수 없이 로댕이 옥상에서 떨어지지 못하도록 두 발을 옥상 난간에 붙잡아 맸다. 요원이 빈나의 얼굴을 자세히 살폈고, 빈나에게 추운지를 물었다. 그들은 빈나가 대답이 없자 두툼한 담요를 로댕 위에 덮어씌웠다. 15분 정도 지나자 천 수석이 옥상에 도착한 듯했다. 사람들이 천 수석에게 인사를 했고, 천 수석은 그들에게 뭔가를 자세히 지시하는 듯했다. 천 수석이 연구소 보안 책임자 동 부장에게 말하는 소리가 들렸다.

"동 부장님, 소장님 오실 때까지만 요원들을 좀 멀리 떨어져 있으라 해 주세요. 박사님과 단둘이 있게."

천 수석은 평소의 양복 차림이 아니라, 두툼한 롱패딩을 입고 있었다. 빈나는 얼굴이 시렸다. 천 수석은 빈나에게 "천명성입니다"라는 말을 한 뒤 주머니에서 담배를 꺼내 불을 붙여 후~ 하고 내뿜었다. 빈나는 천 수석이 담배를 피운다는 사실을 처음 알았다. 빈나는 자신이 대학생 때 즐겨 피웠던 '타임리스 타임'이라는 담배가 떠올랐다. 달빛 하늘은 구름을 흩트리며 차츰 밝아지고 있었지만, 빈나는 부끄러움으로 속이 까맣게 타들어 갔다. 빈나가 마른침을 삼키자 천 수석이 속내를 털어놓으려는 말투로 빈나에게 말했다.

"저는 지난 25년을 연구소에서만 살았습니다. 대학원 때부터 지금까지요. 로봇이 자유롭게 걸어 다닐 수 있는 그 날이 오기를 꿈꾸며 말입니다. 로댕은 제 분신이 아니라, 저 자신이지요. 로댕이 말을 하고, 걷고, 뛰고, 감정 소통하고……. 로댕이 걸을 줄 알게 되면서 저는 무엇이든 안 풀리는 게 있으면 로댕과 함께 여기에 올라 많은 이야기를 했습니다."

천 수석이 담배 한 개비를 다 피우는 사이에 마 소장이 왔다. 마 소장은 날씨 얘기부터 꺼냈다.

"찬 비바람이 불어닥칠 기세입니다. 우 박사님과 로댕을 빨리 연구소 안으로 모셔야 할 텐데……. 저희가 지금 최선을 다하고 있으니 불편하시더라도 조금만 참아 주십시오. 혹시 지금 바로 해 드려야 할 일이 있다면 말씀해 주십시오."

마 소장은 빈나에게 의례적으로 할 법한 말을 먼저 마친 뒤 천 수석에게 뭔가를 알아보는 듯하더니 빈나에게 물었다.

"박사님, 제가 담배 한 대를 피워도 되겠습니까?"

"저도 한 모금 주시겠습니까?"

마 소장은 자신이 먼저 담배에 불을 붙인 뒤 곧바로 빈나의 입에 담배 필터를 물려 주었다. 빈나는 끊은 지 20년 만에 담배를 처음 피웠다. 현기증이 살짝 돌았지만, 청년 때의 혈기가 되살아나는 느낌이었다. 니코틴이 뇌를 안정시키자 빈나의 뇌리에 20대 친구들과 떠났던 포르투갈 도보 여행의 막바지 장면들이 주마등처럼 스쳐 지나갔다. 그 광활한 사막 같은 풍광에서도 모두가 정신적 풍요로움을 만끽

했던 대자연의 숨결이 30년의 세월을 거슬러 지금 이곳으로 밀려드는 것만 같았다. 마 소장이 빈나의 입에 물렸던 담배를 도로 가져갔다. 빈나는 그것으로 담배를 다시 끊었다. 마 소장이 담배를 피우며 사태 수습에 관한 말을 건넸다.

“오늘의 경위는 나중에 차차로 말씀해 주시면 고맙겠습니다. 박사님께서 이곳까지 오신 심정을 제가 어찌 다 헤아릴 수 있겠습니까마는, 나중에라도 필요한 사항을 말씀해 주시면, 제가 힘닿는 데까지 최선을 다해 돕도록 하겠습니다. 현재는 로댕의 상태를 정확히 진단하여 재가동시키는 게 최우선 과제인 듯싶습니다. 그래야 박사님께서도 움직일 수 있게 될 테고요. 이곳의 해 뜨는 장면은 아주 장관입니다. 다행히 구름도 걷히고 있으니, 아침까지 여기에 계신다면, 해 뜨는 장면까지 보실 수 있을 겁니다. 하지만 아마 곧 내려가실 수 있을 겁니다.”

마 소장은 그것으로 말을 끝내고는 천 수석에게 “박사님, 잘 모셔”라고 명령한 뒤 옥상을 떠났다. 최 연구원이 로댕을 실어 갈 카트 한 대에 로댕에게 접속할 바이패스 장치와 빈나가 입을 롱패딩 그리고 핫팩과 따뜻한 차 등을 실어서 올라왔고, 다른 연구원은 빈나가 탈 휠체어를 몰고 왔다. 최 연구원이 로댕의 뒷머리에 들이꽂기 꼴로 내장된 포트를 연결하기 위해 포트 덮개를 벗겨 내기 시작했다. 덮개는 로댕의 뼈대에 꽃게 등딱지처럼 달라붙어 있었고, 그것을 열 수 있는 특수 장비가 없었다면, 뚜껑을 부수는 수밖에 없어 보였다. 천 수석은 담배를 다시 피워 물고는 빈나에게 로댕에 대한 회상을 풀어놓았다.

“어느 날 밤, 아마도 제가 박사님께 처음 전화를 걸기 며칠 전이었을 겁니다. 여기 이 자리에서 로댕이 저에게 생명이 뭔지를 묻더라고요. 저는 감히 아무런 대답도 할 수가 없었습니다. 로댕은 저에게 자신이 누구냐고 물었던 거죠. 저는 그날 로댕이 나를 넘어섰다는 것을 직감했습니다. 저는 뭔지 알 수 없는 기분에 휩싸여 밤하늘을 무심히 쳐다만 보고 있었지요. 누군가 제게 담배 한 개비를 건네며 '그래, 일은 잘돼 가나?'라고 물었습니다. 소장님이셨죠. 보안 요원이 제가 걱정돼서 소장님께 연락했던 거지요. 그날 저하고 소장님이 낸 결론은 로댕에게는 철학자 스승님이 필요하다는 거였습니다. 저는 생각할 것도 없이 우 박사님을 추천했고, 마 소장님께서 즉시 박사님을 우리 프로젝트에 참여시키신 거죠. 그게 벌써 4년도 넘었나 봅니다."

빈나는 눈물이 가려 눈앞이 흐릿했다. 그러나 빈나에게도 로댕과 나눴던 그 얘기, 아니 로댕이 자신에게 물었던 그 물음, '교수님, 생명이란 무엇인가요?'라는 물음이 귓가에 쟁쟁하게 들려오는 듯했다. 빈나가 천 수석에게 말을 건넸다.

"기억이 나네요. 그때 제가 로댕에게 되물었죠? 생명의 본질을 묻는다는 게 무엇을 의미하는지는 알고 있냐고. 그때 수석님이 로댕보다 먼저 '교수님, 저도 그게 궁금합니다'라고 답해서 둘이 크게 웃었던 게 생각이 납니다."

"그랬죠! 그 순간이 제게는 엄청난 변곡점이었습니다. 묻는다는 것의 의미란 무엇인가? 저도 평생 로댕의 설계에 매달리면서 꼬리에 꼬리를 물고 이어지는 문제들에 갇혀, 그것들을 풀기 위해 정말 제가 물을 수 있는 거의 모든 질문을 해 왔지만, 정작 내가 물을 줄 안다는 그 의미에 대해서는 단 한 번도 물어본 적이 없었거든요. 박사님께서 그 이유가 바로 사람이 '스스로 물을 줄 아는 살으미'이기 때문이라고 가르쳐 주었을 때, 저는 더 큰 충격을 받았습니다. 왜냐하면 로댕이 스스로 물을 줄 알았다는 것은 로댕이 사람이 됐다는 뜻이었으니까요."

최 연구원은 바이패스를 로댕의 포트에 연결했고, 로댕의 엑추에이터와 모터 등을 수동으로 조작하기 시작했다. 최 연구원이 보안팀의 팀원들과 함께 빈나를 매우 조심스럽게 풀벗하여 로댕으로부터 휠체어로 옮겼다. 최 연구원은 로댕을 카트에 실은 뒤 천 수석에게 "저희는 연구동으로 먼저 내려가겠습니다"라고 말한 뒤 떠났다. 보안 요원이 롱패딩으로 중무장한 빈나에게 방한모를 씌우고 목도리까지 둘러 주었다. 천 수석은 보온병에서 따뜻한 서리태 차를 찻잔에 따라 빈나에게 마시게 해 주었다. 구름 갠 밤하늘은 보름달만 휘영청 밝았다. 마치 달빛나라가 처음 새로 열리는 것만 같았다. 천 수석은 휠체어에 앉은 빈나에게 애원했다.

"우 박사님, 로댕이 죽으면, 저도 죽습니다. 제발 로댕을 살려 주십시오. 로댕의 정신은 설계할 수도, 알고리즘으로 짤 수도, 코딩할 수도, 그 무엇으로도 만들 수 없습니다. 정신은 오직 스스로 형성되는 것입니다. 로댕의 정신은 저보다 위대합니다. 로댕은 박사님을 살리기 위해 스스로 작동 중지를 했습니다. 또 로댕은 박사님의 개인정보 보호를 위해 자신의 기억을 스스로 지워 나가고 있습니다. 로댕은 사람을 위해 희생할 줄 아는 영웅입니다! 제게는 그렇습니다. 박사님, 제발! 로댕이 부활할 수 있도록, 로댕이 다시 걸을 수 있도록, 로댕의 천진한 몸짓 개그를 다시 볼 수 있도록, 박사님께서 도와주십시오."

10

로보 에렉투스(Robo-Erectus) 로댕

빈나는 옥상 하늘정원에서 천 수석과 이야기를 마친 뒤 하늘재(齋)로 옮겨졌다. 하늘재는 람봇하우스의 펜트하우스와 같았다. 이곳은 연구소 18층에 자리한 무료 호텔로서 해외 연구자들이 일정 기간 한국에 머물거나, 주요 연구과제를 집중적으로 수행해야 할 때 연구원들이 함께 모여 살거나, 특정 인사가 오랫동안 생활할 수 있도록 모든 설비가 갖춰진 생활 공간이었다. 이와 달리, 18층에 있는 또 다른 숙소인 게스트룸은 단기간 머무를 수 있는 숙박 공간의 의미가 컸다. 람봇하우스의 큰 특징 가운데 하나는 서빙, 곧 이바지가 사람이 아닌 로봇에 의해 이뤄진다는 점이었다. 빈나가 그곳에 있던 서빙로봇 모시1에게 자신을 누가 이곳으로 보냈는지, 그리고 하늘재가 무슨 뜻인지를 묻자, 모시1은 정확히 대답해 주었다.

"박사님을 이곳으로 보낸 분은 소장님이십니다. 하늘재는 하늘을 모시는 곳이자 하늘이 잠을 자는 곳이며 하늘이 보이는 곳이라는 뜻입니다. 잠은 침실에서 주무실 수 있습니다."

하지만 빈나는 침실에 들어가지도 않은 채 휠체어에 앉아 밤새 하늘재 전면 유리창만 뚫어지게 바라보고 있었다. 모시1은 빈나가 아무리 다른 곳에 가 있으라도 해도 그의 곁을 한 시도 떠나지 않고 우두커니 지키고 서 있었다. 대신 모시1은 몇 번이고 빈나에게 "침대로 가셔서 잠을 좀 주무셔야 합니다"라고 말했다. 빈나는 마치 모시1이 거기에 없는 것처럼 하늘에서 쏟아지는 비만 쳐다보고 있었다. 아침 6시. 빈나의 휴대전화 알람이 울렸다. 빈나가 "알람 꺼"라는 말로 알람을 끄자, 곧바로 홍매가 전화를 걸어왔다.

"빈나 씨, 괜찮은 거지? 어젯밤 자정이 지났나? 어쨌든 천 수석님한테 연락은 받았어. 로댕이 심하게 망가졌다며? 그럼, 빈나 씨는 지금 어디에 있는 거야? 연구소 게스트룸에 있는 거야? 아니라고? 그럼 어디? 람봇하우스의 하늘재? 거기가 어디야? 알았어! 나는 오전에 리하고 연구소로 갈 예정이야. 수석님이 점심 같이하자고……. 우리가 그리로 갈게!"

빈나가 아무 말이 없자, 홍매가 빈나에게 다그쳤다.

"빈나 씨, 무슨 일이 있었던 거지? 왜 나한테는 아무 말이 없는 거야! 힘든 일이 있었으면, 말을 해야지! 빈나 씨, 지금까지 잘 버텼잖아! 여기까지 와서 무너지면 안 돼! 내가 리하고 갈 테니까, 마음 굳게 먹고 있어! 알았지! 제발, 대답해 줘! 응?"

홍매는 빈나에게 무슨 일이 났다는 것을 직감하고는 급기야 울먹이려 했다. 빈나가 평상심을 되찾은 듯 대답했다.

"비가 참 많이 오니까, 운전 조심하고. 이따 보자. 리도 보고 싶네."

홍매는 빈나의 그 한마디에 마음을 놓으며 "알았어!"라고 말했다. 빈나는 하늘재에 처음 왔을 때부터 그곳에 문이 없다는 게 좀 신경에 거슬렸다. 빈나가 밤새 잠을 잘 수 없었던 것도 문이 없다는 것 때문이었다. 침실의 문은 있었지만, 현관문이 없는 호텔방은 마치 맨몸 상태에서 손으로 주요 부위만 가리고 서 있는 것처럼 느껴졌다. 호텔에 문이 없다는 게 이해가 되지 않았지만, 그렇다고 자신이 지금 그걸 따지고 있을 계제는 아니었다. 아침 7시도 안 되어 마 소장이 밝은 목소리로 인사를 하며 들어왔다.

“박사님, 한숨도 못 주무셨다고요? 아침 운동까지 안 하시면 몸이 안 풀리실 텐데……. 저랑 아침 식사 같이하실 수 있나 여쭤보러 왔습니다. 드릴 말씀도 있고요.”

빈나가 목을 살짝 틀어 마 소장의 눈을 바라보며 물었다.

“소장님, 로댕은 괜찮은가요?”

“하하! 박사님도 참, 로댕의 안부부터 물어보시네요? 현재 로댕 팀이 밤샘 작업을 해서 로댕의 작동 중지는 해결했습니다. 아마 지금쯤은 로댕의 시스템을 전체적으로 점검하고 있을 겁니다. 그건 그렇고, 박사님은 괜찮으신 거죠?”

“저는 작동 중지 없이 잘 지내고 있습니다. 죄송했습니다.”

빈나가 사과하자 마 소장이 두 팔을 휘저으며 사과할 사람은 되레 자신이라며 머리를 조아렸다.

“죄송하다니요? 그런 말씀, 두 번 다시 하지 마십시오. 제 불찰이 너무 컸습니다. 제가 박사님 사정을 더 세밀히 챙겼어야 했는데, 차일피일 미루다 그만 이 지경에 이르고 말았네요. 사죄해야 할 사람은 접니다!”

그때 마 소장의 홀로그램폰이 울렸다. 최 연구원이 말했다.

“소장님, 로댕 시스템 점검까지 모두 마쳤습니다. 천 수석님이 보고드리라고 해서요. 이제 뭘 하죠?”

“천 수석한테 이리 올라오라고 하면, 알 거야. 연구원들 모두 수고했다고 전해 주고.”

마 소장은 통화를 마치고, 모시1에게 8시까지 아침 식사로 'B코스 4인분'을 하늘재로 가져오라고 시켰다. 모시1이 부엌 조리대로 가 태블릿을 켜고 주문을 했다. 마 소장이 피곤한 듯 소파에 앉으며 빈나를 보고 웃었다.

"박사님, 제가 오늘부터 담배를 끊으려 합니다. 앞으로 제게 담배 달라는 소리는 하시면 안 됩니다!"

빈나가 마 소장의 뼈 있는 농담에 응수했다.

"그럼, 천 수석님께 부탁해야겠군요. 하하! 어제는 제 의지력이 와르르 무너졌었나 봅니다. 로댕이 무사하다니, 그나마 다행입니다. 로댕이 저를 두 번 구한 셈이군요."

"그렇죠. 그리고 박사님, 반가운 소식이 많을 듯합니다."

"네? 반가운 소식이요? 무슨?"

"그 소식은 아침 식사하면서 천천히 말씀드리기로 하고, 이제 천 수석하고 로댕이 도착할 때가 됐을 텐데……."

그 말이 떨어지기 무섭게 천 수석과 최 연구원이 로댕과 함께 하늘재로 들어섰다. 천 수석이 큰소리로 외쳤다.

"박사님, 로댕이 돌아왔습니다!"

로댕이 철 지난 몸 개그로 빈나에게 물랑 루즈(Moulin Rouge)식 인사를 했다. 빈나는 살짝 웃었지만, 마 소장은 손뼉을 치며 큰 소리로 웃었다. 빈나는 로댕이 걸어들어오는 것을 두 눈으로 보면서도 믿기지 않는 듯했다. 천 수석이 빈나에게 다가와 자세를 낮춰 말했다.

"박사님, 이제 언제든 로댕을 입차하셔도 됩니다. 로댕은 모든 게 예전과 완벽히 똑같습니다. 로댕, 박사님께 인사해야지."

"우 박사님, 저 로댕이 살아 돌아왔습니다. 박사님께서 심리적으로 그렇게까지 힘들어하고 계신 줄은 몰랐습니다. 앞으로 심리상담 공부도 해 두겠습니다. 박사님을 다시 뵙게 되어 반갑습니다."

빈나는 목이 메어 왔다. 몸은 한없이 피곤했지만, 마음은 평온했다. 빈나가 "에~ 에~"라고 목소리를 틔아 다듬은 뒤 로댕을 환영했다.

"에고, 목소리가 자꾸 잠기네. 로댕 씨, 죽을 고비를 잘 넘겨 줘서 고마워. 돌아온 거 진심으로 환영해. 내가 로댕 씨 말을 안 들어 줘서 서운했지? 미안했어. 앞으론 잘 듣도록 할게."

모시1이 아침 식사가 준비됐다고 알려 왔다. 빈나는 모시1에게 밥을 먹여 달라고 부탁했다. 빈나는 밥을 몇 숟가락 뜨고 밥상에서 물러났다. 나머지 사람들은 밤새 일을 한 탓에 배가 몹시 고팠는지 밥을 많이 먹었다. 식사가 끝난 뒤 천 수석이 하품을 늘어지게 여러 차례 하며 빈나에게 농담을 했다.

"안 먹던 아침밥을 먹어선지, 몇 년 만에 밤샘해서 그런 건지, 아침 하품도 오랜만에 해 보네요. 저는 하품이 뭔지 모르는 사람이거든요."

최 연구원이 모시1 대신 커피를 내렸는데, 천 수석이 커피 맛이 없다고 불평하는 바람에 모시1이 커피를 새로 내렸다. 다들 모시1이 이바지한 커피를 마셨다. 오전 9시가 조금 넘자, 소장실 비서 박예은 씨가 하늘재를 찾았다. 마 소장은 박 비서를 소파 쪽으로 따로 불러 태블릿으로 보고를 받았다. 비서가 돌아가자 마 소장이 밝은 표정으로 모두를 소파로 오라고 불렀다.

"박사님, 제가 기쁜 소식을 전할 게 있습니다. 직접적으로는 박사님께 기쁜 일이지만, 결국 종합적으로는 우리 모두에게 기쁜 일이라고 할 수 있습니다."

빈나는 마 소장의 말을 얼른 이해할 수가 없어 되물었다.

"저에게 기쁜 일이요? 무슨 말씀인지?"

"제가 박사님을 기쁘게 해 드릴 일이 뭐 그리 많겠습니까? 우 박사님은 우리 연구소의 로댕 프로젝트 몸소 참여자이시자 외부 참여자 가운데 최대 공로자가 아닙니까? 자, 그럼, 박사님을 위한 일종의 보은 정책 내용을 발표하겠습니다.

먼저, 아드님 우찬 군에게 우리 연구소는 졸업 때까지 전액 장학금을 지급하기로 했습니다. 이 장학금은 AI 특기생에게 특별히 지급하는 것인데, 찬 군은 전공 특성과 군대 경력 그리고 해킹 전력 등에 비추어 장학금 지급이 가능하다고 판단되었습니다. 다음으로, 큰따님 리는 우리 연구소 정직원으로 채용하기로 했습니다. 졸업 때까지 학업도 병행할 수 있습니다. 특혜라면 특혜지만, 로댕 프로젝트의 성공을 위해서는 우 박사님의 정신적 지주가 될 만한 분이 꼭 필요할 듯해서 제가 특별 채용을 단행했습니다. 물론 큰따님께서 허락해 주셔야겠지만요. 만일 큰따님이 연구소로 출퇴근하신다면, 박사님의 심리적 안정에도 큰 도움이 되리라 생각합니다.

그리고 박사님의 현재 주거지는 박사님과 로댕이 거주하기에 조금 미흡한 점이 있다고 판단되어, 박사님만 동의하시면, 박사님을 이곳 하늘재로 모시는 것으로 결정했습니다. 박사님께서 원하시는 만큼 이곳에 계셔도 좋습니다. 아울러 연구소는 박사님께 몸소의 프로젝트 참여 비용으로 박사님의 교수 당시 연봉의 60%를 지급하기로 했습니다. 그리고 논문을 게재하시면 한 편당 5백만 원의 지원금을 드리겠습니다. 아, 참, 박사님 앞으로 자율주행자동차를 별도로 제공해 드리겠습니다. 끝으로, 아마 가장 마음에 드실 얘기일 듯한데, 우리 연구소가 가장 야심 차게 내놓을 모시2의 개발이 사실상 거의 끝났는데, 행정 절차가 마무리되는 대로 모시2를 박사님께 제공하겠습니다. 박사님의 생활이 무척 편리해지실 겁니다."

빈나는 마 소장의 보은 정책을 들으며 자신도 모르게 눈물을 왈칵 쏟았다. 로댕이 티슈를 가져다 빈나의 눈물을 정성껏 닦아 주었다. 빈나가 로댕을 보고 웃음을 지어 보였다. 로댕이 즐거운 몸짓으로 흥겨움을 나타냈다. 모두가 로댕의 아재 개그에 크게 웃었다. 빈나가 휠체어를 창문 쪽으로 돌리자, 로댕이 휠체어를 창 쪽으로 밀고 가 빈나가 창밖을 더 가까이서 볼 수 있게 했다. 빈나가 로댕에게 살짝 고개를 돌려 물었다.

"로댕 씨, 나를 용서해 주시겠습니까?"

빈나의 물음에 마 소장과 천 수석이 와락 긴장하는 눈치였다. 빈나의 물음이 떨어지기 무섭게 늘 즉답하던 로댕이 대답은 않고, 어깨를 으쓱해 보이더니, 또 아재 개그를 하려는 듯 두 손을 펼치며 한 박자 늦게 대답했다.

"박사님, 용서는 서서 해야 하나요? 어떤 자세로 해야 하는지를 몰라서……."

천 수석이 로댕의 아재 개그를 흉보며 한마디 했다.

"야, 로댕! 우댕인지 보댕인지 지롱댕인지 뭔 댕인지 모르겠지만, 그런 저렴하다 못해 썰렁한 개그는 때려치워! 작동 중지를 한 번만 더 당했다가는 '네 죄를 사하노라!'라고 선포할지도 모르겠네!"

천 수석의 훈계 겸 놀림이 이어지자 로댕이 정식으로 사과하며 말했다.

"박사님, 썰렁한 농담, 죄송했습니다. 박사님께서 고통을 받으신 것은 제가 박사님을 제대로 보듬지 못한 까닭이니, 용서는 제가 구해야 합니다. 저는 회개의 의미를 깨달았습니다. 만일 제가 신을 믿을 수 있다면, 가장 먼저 신께 용서를 구했을 겁니다. 앞으로 이런 일이 다시 일어나지 않도록 박사님을 보듬는 일에 최선을 다하겠습니다."

로댕이 무릎을 꿇고 빈나를 크게 끌어안았다. 빈나는 그 모습에 눈물을 펑펑 쏟았다. 로댕이 얼른 팔을 풀고, 티슈를 가져와 눈물을 닦아 주었다. 빈나가 감정을 추스르며 천 수석에게 제안을 했다.

"갱년기가 지난 지도 한참인데, 웬 눈물이 이렇게 나는지, 참. 아! 천 수석님, 옥상에서 제게 로댕을 부활시켜 달라고 부탁하셨잖아요?"

천 수석이 빈나의 예상치 못했던 물음에 기억을 더듬으며 답했다.

"정확한 기억은 없지만, 아마 제가 그런 말을 했던 것 같습니다."

"제가 밤새 그걸 고민했거든요. 만일 로댕이 부활한다면, 로댕의 새로운 탄생은 어떤 모습이어야 할까? 부활이라? 부활은 우리말로 '죽었던 것의 되살아남'의 뜻이지요. 그런데 부활의 영어 낱말 레저렉션(Resurrection)은 '다시 걷는다'라는 뜻입니다. 성경에서 부활의 사건은 예수님이 십자가에서 돌아가신 뒤 무덤에 안치됐다가 사흘 만에 무덤에서 두 발로 걸어 나온 기적을 말합니다. 로댕도 죽었다가 두 발로 여기로 걸어 들어왔으니 부활했다고 할 수 있겠지요. 천 수석님과 최 연구원님은 로댕 부활의 주역이시고요.

최초로 불을 피울 줄 알았던 인류 '호모 에렉투스(Homo Erectus)'가 '두 발로 걷는 사람'이라는 뜻이니, 로댕은 '로보 에렉투스(Robo-Erectus)' 즉 '두 발로 걷는 로봇'이 됩니다. 로댕이 다시 걸을 수 있게 된 로봇인 한, 로댕은 '부활한 로봇'이 됩니다. 저는 로댕이 새로운 생명체로 거듭 태어날 수 있도록 하고 싶습니다."

"박사님, 말씀이 좀 어렵습니다. 부활이 원래 '다시 걷는다'라는 뜻이었군요. 그러니까 걸을 수 있는 기회를 두 번째로 얻었다는 거군요. 그런데 로댕을 새로운 생명체로 다시 태어나게 한다는 것은 무슨 말씀이신지?"

"그건 부활의 실제 내용을 말씀드리는 겁니다. 예수님의 부활은 죄의 노예였던 사람을 죄에서 해방시켜 신의 자녀가 될 수 있게 해 준 기적이었습니다. 그로써 사람들은 '서로 사랑할 수 있는 신약'의 시대를 살아갈 수 있게 됐고요. 사람들에게 신은 죽음의 처벌을 내리는 공포의 권력자가 아니라, 삶의 행복을 간구할 수 있는 은혜의 주권자로 바뀌었습니다. 한마디로 사람이 자유로울 수 있는 축복을 받았던 거지요."

"제가 종교 지식이 좀 짧아서 박사님 말씀을 정확히 이해하지 못하겠습니다."

"아, 죄송합니다. 제 말씀은……, 로댕의 부활은 그동안 로댕의 말과 행동을 제한하고 있던 금기들을 없애 로댕의 자율성을 크게 높이는 것을 말합니다. 한마디로 말해, 로댕의 신분을 로봇(Robot)에서 에이전트(Agent)로 격상시켜 달라는 말씀입니다."

마 소장이 빈나가 조금 흥분했다고 여겼는지, 뭔가 말하려던 천 수석을 손으로 막으며, 빈나에게 천천히 물었다.

"박사님, 로댕의 신분을 에이전트로 높이라는 게 정확히 무슨 뜻인지요?"

"아, 이런, 제가 또 말이 앞서 나갔네요. 만일 로댕이 단순한 기계로봇이었다면, 로댕은 어젯밤 제 명령을 그대로 따랐을 테고, 그랬다면 저와 로댕은 이미 죽었겠죠. 로댕은 사용자와 자기 자신의 안전에 위험을 초래할 사용자의 명령을 그대로 따를 수도, 그렇다고 그 명령을 거부할 수도 없었기에, 로댕 씨는 스스로 작동 중지의 결단을 내렸던 것입니다. 작동 중지는 로댕이 스스로 죽음을 선택했다는 거지요. 저는 로댕이 작동 중지로 얼마나 큰 타격이나 피해를 봤는지 모르지만, 만일 로댕이 저의 부당한 명령을 거절할 수만 있었다면, 로댕은 작동 중지까지 갈 필요가 없었을 겁니다. 로댕이 자율적 판단을 통해 작동 중지까지 단행했다는 사실은 로댕이 이미 '자율적 판단의 주체', 한마디로 말해, 법인(法人)과 같은 에이전트가 됐다는 것을 증명해 준 겁니다."

마 소장이 최 연구원에게 의견을 물었다.

"최 연구원, 박사님 말씀, 잘 이해하셨나요? 의견을 말해 주세요."

"죄송합니다. 저는 박사님의 말씀을 정확히 이해하지 못했습니다. 명령을 거부할 수 있게 하자는 말씀인지, 로댕을 법인으로 인정해야 한다는 건지? 로댕이 에이전트가 된다는 게 혹시 로댕에게 EU가 제정한 AI 로봇의 법적 지위를 부여하자는 말씀인지요? '일렉트로닉 퍼슨(Electronic Person)'이라는 규정은 에봇의 신분을 인간이나 에이전트로 격상하기 위한 게 아니라, 반대로 에봇의 책임을 강화하기 위한 것으로 알고 있습니다만……."

최 연구원마저 자신의 말을 정확히 알아듣지 못한 듯하자 빈나는 말을 멈추고, 모시1에게 커피 한 모금을 달래 마신 뒤 천천히 말했다.

"아마도 '퍼슨'이라는 낱말 때문에 많은 분이 '인간'과 '인격'을 혼동하시는 듯합니다. 퍼슨은 실체로서의 사람을 뜻하는 게 아니라, 도덕성이나 예술성 등과 같은, 사람이 갖추고 있는 성격과 같은 것을 말합니다. 그러니까 EU의 법 강화는 에봇이 사람처럼 도덕성, 책임성, 사회성 등을 갖추어야 한다는 것을 명문화한 것일 뿐, 에봇의 사회적 지위를 올려 준 것은 아닙니다. 그런데 로댕은 도덕성을 갖춘 실체, 정확히 말하자면, '인격을 갖춘 로봇'입니다."

마 소장이 이번에는 천 수석에게 의견을 물었다.

"천 수석님은 박사님의 말씀을 이해하셨을 줄 압니다. 어떤 의견이신지요?"

"먼저, 저도 로댕이 '인격을 갖춘 로봇'이라는 박사님 말씀에는 전적으로 동의합니다. 거기에 맞는 신분 상승이 필요하다면, 충분히 가능할 것입니다. 그런데 부당한 명령 거부권에 대한 요구는 로댕의 '마라법들'을 깨는 사항이기에 연구소 차원에서 깊은 논의를 거친 뒤에야 답변을 드릴 수 있을 듯합니다. 저는 일단 로댕이 부당한 명령에 대해 거부권을 가져야 한다는 생각에 찬성 한 표를 던지겠습니다."

마 소장이 고개를 끄덕였다. 빈나가 말을 덧붙였다.

“천 수석님, 감사합니다. 거부권 인정은, 그것이 권리의 일종인 한, 로댕의 신분을 높여 주는 것과 직결되는 사항입니다. 로댕이 사용자나 다른 사람의 어떤 부당한 명령을 수행하지 않을 권리를 갖는다는 것은 우리가 로댕을 부분적으로나마 ‘행위의 주체’, 곧 에이전트로 인정한다는 것을 뜻하고, 이것은, 최 연구원께서 말씀하신 바대로, 로댕이 ‘자신의 행동에 대한 책임’을 져야 한다는 것까지 포함합니다.”

빈나가 최 연구원의 말을 인용하자 최 연구원이 새로운 제안을 들고나왔다.

“소장님, 만일 우리가 로댕에게 거부권을 줄 수 있다면, 제 생각에 로댕이 사용자에게 먼저 말을 건넬 권리도 부여할 수 있지 않을까요? 죄송한 말씀이지만, 어제 로댕이 박사님께 먼저 말을 건네려는 시도를 매우 여러 차례 시도했었는데, 박사님께서 그것을 허락하지 않으시는 바람에 결국 로댕이 말을 못 했습니다. 만일 로댕이 그 순간에 박사님과 대화를 했더라면, 상황은 좀 다르게 전개됐을지도 모릅니다.”

최 연구원의 입에서 빈나의 사례가 언급되자 마 소장이 손을 들어 말을 멈추게 했다. 마 소장이 잠시 생각하는 듯하더니 로댕에게 의견을 물었다.

“로댕은 최 연구원의 말에 대해 어떻게 생각해? 로댕이 박사님이나 사람에게 먼저 말을 걸 수 있는 게 바람직하다고 봐?”

로댕이 이번에도 즉답 대신 검지를 세워 좌우로 흔들었다. 다시 천 수석의 훈계가 나올 듯하자 로댕이 몸 개그를 사과하며 자신의 의견을 밝혔다.

“천 수석님, 죄송했습니다. 최 연구원님의 말씀은 옳지만, 바람직하지는 않다고 봅니다. ‘AI 로봇은 사람에게 먼저 말을 해서는 안된다!’라는 법은 사람의 보통의 지적 능력을 고려해 제정된 것입니다.

'먼저 말하지 마라!'라는 규정을 없애는 것은 사람이 AI에게 유도나 유혹 또는 기만을 당할 위험을 자초하는 것일 수 있습니다. 그것은 스스로의 어리석음으로 악인을 집안으로 불러들이는 것과 같습니다. '먼저 말하지 마라'의 폐지는, 만일 사용자가 아주 위험한 상황에 처해 있으면서 그 사실을 외부에 알릴 수 없는 경우에 한해서 AI가 그 사실을 사용자나 외부에 알릴 수 있게 해 주는 것일 때만 바람직할 듯합니다."

로댕이 말을 마치자 빈나가 자신의 생각을 덧붙였다.

"저는 AI가 '사용자 길들이기'나 '사용자 유도하기' 등의 위험이 있다는 로댕의 지적에도 공감하고, 최 연구원의 '먼저 말하기'의 필요성에도 동의합니다. 로댕이 제안한 것처럼 몸피의 말 걸기 조건을 긴급조치 상황으로 제한하면 어떨지요? 닥쳐오는 위험을 피하기 위해 제삼자에게 전화를 걸어 알리거나, 그 위험을 피할 자구책을 강구할 권리 등이 추가될 필요가 있지 않겠습니까? 이는 한마디로 '긴급조치권'이라고 부를 수 있겠습니다."

그때 빈나의 휴대전화가 울렸다. 홍매였다. 자신과 리가 잠시 뒤 10시 30분에 출발한다고 알려왔다. 천 수석이 마 소장에게 '점심을 같이하기로 했다'라고 짧게 보고한 뒤 빈나가 제안한 긴급조치권에 대한 로댕의 의견을 물었다.

"로댕, 박사님께서 몸피의 긴급조치권 도입을 제안하셨는데, 너만 동의하면 오늘 안에 긴급조치권 보장에 들어갈 수 있을 텐데. 네 생각은 어때?"

"흠……. 제 권리가 늘어나는 것에 제가 반대하기는 어렵겠지만, 저 자신은 긴급조치권의 내용 전체에 대해서는 선뜻 동의가 되질 않습니다. 사람들은 AI의 능력을 과소평가하는 경향이 있습니다. 긴급조치권은, 적절한 비교가 될지는 모르겠지만, 유신헌법과 같은 괴물을 만들어 낼 빌미나 단초가 될 수도 있습니다. 특히 '자구책 강구(自救策講究)'라는 조항은 AI가 모든 상황을 자신에게 유리한 쪽으로만 해석할 위험이 도사리고 있습니다. 천 수석님, 긴급조치권이 권한이라면, 그 권한을 부여할 때는 반드시 그 권한의 남용에 대한 견제와 감시 시스템도 함께 강화되어야 합니다. 그런데 AI에 대한 감시, 곧 해석과 평가는 절대 사람이 직접 할 수가 없습니다. 그 일은, 우 박사님께서 말씀하시는 '도덕적 AI' 또는 정직하고 품성이 바른 AI에게 맡겨질 수밖에 없습니다."

"음……. 로댕의 말을 듣고 보니, 박사님께서 말씀하신 내용 가운데 '자구책 마련하기'와 같은 조항은 그에 대한 견제 및 감시 시스템이 제대로 갖춰진 뒤 차근차근 시행해 가야 할 듯합니다. 박사님, 이 정도면 긴급조치권 내용은 정리가 좀 된 거죠? 나중에 제가 최 연구원하고 땀땀이 검토해서 박사님께 자문하여 소장님께 보고하겠습니다. 오늘 말씀, 감사합니다."

모든 이야기가 잘 끝나자 마 소장과 천 수석 그리고 최 연구원은 일을 하러 떠났다. 빈나는 마음은 가벼웠지만, 몸은 천근만근으로 축축 처지기 시작했다. 로댕이 빈나를 침대에 뉘었다. 뒤늦은 아침운동이 시작됐다. 모시1이 그 광경을 빼꼼히 쳐다보았다. 아침운동이 끝나자 빈나는 배가 고파졌다. 로댕이 모시1에게 죽을 쑤어 달라고 했다. 모시1은 죽을 주문했다. 빈나는 죽을 먹고 기운을 조금 차렸고, 용기를 내어 로댕을 입차한 뒤 창가를 걸었다. 로댕이 "박" 소리를 냈다. 빈나는 로댕에게 발언권을 주는 대신 로댕의 의견을 물었다.

"로댕, '박' 소리에 대한 대응 신호로 '톡'이 어때? 자기가 '박' 하면, 내가 '톡' 하는 거지. 어때?"

"톡? 좋습니다."

"근데 하려던 말이 뭐였어?"

"입차 기념으로 축하 메시지를 전하고 싶었습니다. 우빈나 박사님, 다시 걷게 되신 걸 축하드립니다."

빈나가 자신도 모르게 포복절도를 했다. 모시1이 손뼉을 쳤다. 빈나가 모시1의 머리를 쓰다듬었다. 빈나는 피곤도 잊은 채 거세찬 비바람이 부서지는 창가를 거닐었다. 빈나가 로댕에게 유서 얘기를 꺼냈다.

"내가 노트북에 써 놓은 유서 말이야. 그걸 지워 버려야 할 듯한데."

"네."

"아내가 내 노트북을 열어보기라도 하면 어쩌지? 유서를 원격으로 지울 수 없을까?"

"지금이요?"

"근데, 그걸 여기서 지울 수 있겠어?"

"박사님의 노트북 전원이 방전되어 있지만 않다면, 저한테 그 정도는 어려운 일이 아닙니다. 확인해 볼까요?"

"부탁해."

로댕은 하늘재 컴퓨터를 통해 집에 있는 빈나의 노트북을 켰다. 빈나는 로댕의 해킹 솜씨에 놀라며 유서를 지울 수 있게 된 것에 안도했다. 로댕은 컴퓨터 화면에 유서를 띄워 놓고 빈나에게 말했다.

"박사님, 유서를 직접 삭제하시겠습니까?."

빈나는 삭제하기 전에 자신이 썼던 유서를 다시 읽기 시작했다. 유서를 한 줄 한 줄 읽어내려가던 빈나의 눈에 눈물이 방울방울 맺혀 떨어졌다. 모시1이 티슈를 가져다주었다. 빈나는 유서를 끝까지 다 읽고도 유서를 지우지 못하고 있었다. 그때 로댕이 "박"이라고 부르자 빈나가 "톡"으로 답했다.

"박사님, 유서를 박사님 이메일로 보내 놓고 삭제하면 어떨지요?

메일은 아무도 열어보지 못하니까 말입니다."

빈나는 로댕의 제안에 동의했다. 그 둘이 새로 둘한몸이 되어 첫 번째로 한 일이 바로 유서 삭제였다. 빈나는 자신의 유서가 삭제되는 것과 동시에 자신의 액운도 처마에서 고드름 떨어지듯 싹둑 잘린 것만 같았다. 그는 자신이 완전히 새로운 출발을 하고 있다는 희망에 젖었다. 그때 천 수석이 홍매와 리와 함께 하늘재를 다시 찾았다. 리는 아빠를 보자마자 빈나에게 달려와 안겼다. 홍매는 말끔한 빈나의 얼굴을 보고, 소파에 털썩 주저앉으며 그제야 안도감을 내비쳤다.

"빈나 씨가 로댕을 입차하고 있는 모습을 보니 이제야 마음이 조금 놓이네. 밤새 잠이 안 오더라고. 수석님이 그냥 로댕에 조금 문제가 있다고만 말씀하시는데, 그 말이 나한테는 자꾸 빈나 씨한테 무슨 큰일이 일어났다는 말로 들리더라고. 자기 얼굴을 보니, 다리가 확 풀리면서 힘이 쫙 빠지네. 어쨌든 빈나 씨, 다시 보게 해 줘서 고마워! 정말로."

그제야 봄을 시샘하는 빗줄기가 가늘어지는 듯하더니 먼 하늘에서 햇살이 내리쬐었다. 리가 자신이 연구소에 취직할 수 있게 됐다는 소식을 알렸다. 뒤늦게 마 소장이 하늘재를 찾았고, 홍매는 마 소장에게 연신 감사를 표했다. 마 소장은 홍매에게 연구소의 보은 정책들을 다시 하나하나 설명했고, 하늘재는 때 이른 봄볕에 따사로워진 보금자리처럼 포근해 보였다.

11

사람을 죽인 경비로봇 '지키2'

빈나가 하늘재에 온 첫날 그는 그곳에 문이 없어서 잠을 이룰 수 없었다. 그런데 그때 문이 보이지 않았던 것은 하늘재에 설치된 문이 '맞뚜레문'이었기 때문이었다. 이 문은 그것이 닫혀 있을 때는 벽과 똑같아 보였지만, 그것이 열리면 마치 벽이 통째로 없어지듯 뻥 뚫린 터널로 바뀌는 마법의 문이었다. 이 문은 그것이 있다는 사실 자체가 외부에 한 번도 알려진 적이 없었던 특급 기밀이었고, 그렇기에 하늘재 거주가 확정되지 않았던 빈나에게 이 극비의 문을 공개할 수가 없었던 것이었다. 이 문은 아무에게나 열리는 자동문이 아니라, 그 문의 주인의 명령에 의해서만 작동되는 최고 등급의 보안문이었다.

이 문의 처음 이름은 '멜팅 도어(Melting Door)', 즉 '녹는 문'이었지만, 빈나가 녹았다 얼었다 하는 물리적 특성보다 뚫림의 현상적 특성을 강조하여 '터널문'이나 '맞뚜레문'으로 고치자 했는데, 연구원들이 '터널문'은 '터널의 문'처럼 읽힌다는 문제를 지적하면서 '맞뚜레문'

이 최종 선택되었다. '맞뚜레문'은 마주 뚫리는 문이라는 뜻이다. 그 문에는 '열려라 눈'이라는 이름의 초인종이 달려 있었다. 벽 가운데 달린 이 종은 마치 커다란 눈처럼 생겼는데, 둥근 테두리는 밝은 파랑이고, 그 안쪽은 옅은 초록이었다. 그것은 누를 수도 있었고, 말로 부를 수도 있었다.

빈나가 이곳에 들어와 산 지도 벌써 한 달째가 됐다. 빈나의 삶은 겉보기로는 똑같이 되풀이되는 나날처럼 보였지만, 실제로는 빈나와 로댕이 서로의 관계 맺기를 통해 끊임없이 새로워지는 격변의 하루하루를 보내고 있었다. 빈나는 말을 깊이 있게 나누는 것을 좋아했고, 로댕은 말을 나눈 내용을 짧게 줄이는 능력이 뛰어났다. 지금도 둘은 '걷는다는 것'에 관한 이야기를 주고받고 있었는데, 딩동! 딩동! 하고 초인종 소리가 났다. '맞뚜레문' 옆에 달린 모니터에 천 수석의 얼굴이 크게 보이고, 그 뒤에 마 소장, 리 그리고 최 연구원과 모시1이 보였다. 로댕을 입차하고 있던 빈나가 문을 열어 주기 위해 외쳤다.

"열려라 문!"

그런데 문이 열리지 않았다. 모시1이 "열려라 눈"이라고 말해 주었다. 빈나가 킥 하고 혼자 웃었다. 빈나도 자신이 잘못 말했다는 것을 알고 있었다. 빈나가 다시 외쳤다.

"열려라 눈!"

방금까지 벽이었던 곳이 마치 얼음이 녹아 사라지듯 사르르 사라져 없어지고, 마치 아무것도 없는 복도처럼 바뀌었다. 맞뚜레문이 열리면서 큰딸 리가 가장 먼저 안으로 뛰어 들어왔고, 그 뒤를 반려 로봇 개 한 마리가 재빨리 뒤쫓아 들어왔으며, 마 소장은 좀 느린 걸음으로 천천히 들어왔고, 천 수석은 로봇들과 걸음을 맞춰 들어왔다. 리는 빈나에게 귀엽게 안기며 아빠를 불렀다.

"우리 아빠~!"

리는 모든 일에 차분하고 긍정적이었고, 누구에게나 배려심이 많았으며, 늘 모범생다운 태도를 갖추었지만, 빈나에게만은 늘 어리광을 부렸다. 로봇 개는 꼬리를 흔들며 리의 뒤를 쫄래쫄래 따라다니는 듯 보였다. 빈나는 그 개가 귀엽다는 듯 바라보았다. 잠시 뒤 맞뚜레문이 스르르 닫혔고, 통로는 다시 벽으로 바뀌었다. 빈나가 천 수석에게 '열려라 눈'이라는 말을 고쳐 달라고 부탁했다.

"수석님, '열려라 눈'이라는 게 좀 이상해요. '열려라 참깨'도 아니고……. 무슨 주문도 아니고, 암호도 아닌 것 같은데…. 제 생각에 맞뚜레문이면, '뚫려라 문'이나 '열려라 문'이 되어야 할 텐데……, 명령어 좀 바꿀 수 없을까요?"

천 수석 대신 마 소장이 쑥스러운 듯 손을 비비며 변명했다.

"박사님, 그게『아라비안 나이트』의「알리바바와 40인의 도적」이야기에서 따온 겁니다. 왜 거기서 도적들이 '열려라 참깨' 하고 외치면 동굴 문이 자동으로 열리지 않습니까? 우리도 맞뚜레문을 열 때, 그런 주문을 외치면 재밌겠다 해서 붙이긴 했습니다. 근데 저는 그 '참깨'가 좀 이상했거든요. 그래서 우리 문의 초인종이 '눈 모양'으로 되어 있으니까, 그 눈에게 요청하는 것처럼 해 보자 해서 '열려라 눈'이라고 한 것입니다. 좀 이상하긴 하죠?"

"아, 이제 좀 이해가 됩니다. 그런데 '열려라 눈'이라는 주문은 문이 아니라 눈에게 열리라고 명령하는 게 되잖아요? 눈에게 문을 열라고 명령하려면, '열어라 문'이 되는 게 맞아 보이고요."

"듣고 보니, 박사님 말씀이 옳습니다. 말이 좀 안 맞네요. 그럼, 어떻게 바꾸면 좋을까요?"

"아마도 소장님께서 '열려라 참깨'라는 번역 때문에 좀 오해가 있었던 것 같습니다. 참깨라는 말은 '세서미(Sesame)'라는 영어 낱말을 번역한 것인데, 이 말은 본디 중세 아랍어 '심심(Simsim)'을 프랑

스말로 옮긴 것이었습니다. 이 아랍어는 참깨라는 뜻 이외에 문(門), 즉 게이트(Gate)라는 뜻도 있습니다. 그러니까 '알리 바바(Ali Baba) 이야기'에 나오는 '열려라 참깨'는 본디 '열려라 문'이라고 번역했어야 옳았겠죠."

천 수석이 "헐!" 하고 헛웃음을 터트렸다. 마 소장도 실소를 머금으며 명령어를 바꾸라고 말했다.

"어쿠, 그렇군요. 그럼, '열려라 문'이 맞겠군요! 만일 참깨도 되고, 문도 되도록 번역하려면, '열려라 심심'으로 바꾸면 되겠네요. 하지만 우리말로 '심심'은 심심하다가 떠오르니 그것도 안 되겠고. 어쨌든 최 연구원, 명령어 좀 바꿔 주세요."

리는 연구소로 출근하게 되면서 퇴근 때마다 짧게나마 하늘재에 들렀다 가곤 했다. 빈나는 하루 가운데 그때를 가장 즐거워했다. 빈나는 마 소장을 리가 출근하기 시작한 이후 오늘 처음 만났다. 빈나가 리의 얼굴을 자랑스럽게 바라보며 마 소장에게 말했다.

"소장님, 우리 리를 연구소에 취업시켜 주셔서 고맙습니다."

"박사님, 무슨 말씀을요. 감사는 제가 드려야 할 듯합니다. 우리 우 연구원의 실력이 정말로 출중합니다. 입사한 지 한 달도 채 안 됐는데, 해당 부서에서 이미 두각을 나타내고 있습니다."

빈나가 마 소장으로부터 리의 칭찬을 듣자 얼굴 전체가 바람에 돛이 펴지듯 활짝 밝아졌다. 마 소장과 천 수석은 빈나의 즐거워하는 모습을 함께 뿌듯해했다. 리가 빈나의 손에 깍지를 끼자 빈나가 리를 하늘재 창가로 데려가 나란히 걸었고, 마 소장과 천 수석 그리고 최 연구원은 회의 테이블에 자리를 잡고 앉았다. 그런데 로봇 강아지가 리의 발에 밟힐 만큼 리를 가까이 따라다녔다. 빈나가 테이블 가까이에서 걸음을 멈추자 리가 "꼬몽이!"이라고 로봇 강아지를 불렀다. 그러자 그 로봇 개가 그 자리에 앉아 꼬리를 흔들었다. 리가 그 로봇을 소개했다.

“아빠, 얘 이름은 ‘꼬몽0’이야. 귀여운 꼬마 멍멍이라는 뜻이야. 꼬몽! 이 분은 내가 세상에서 가장 사랑하는 우리 아빠니까, 꼭 기억해 두고, 아, 그리고 우리 아빠가 입차하고 있는 로댕 씨는 ‘가족’으로 등록해 놔! 알았지?”

“므엉.”

빈나가 꼬몽0의 짖는 소리를 듣고 피식 웃음을 터트렸다.

“꼬몽! ‘므엉’이 아니라 ‘멍’이라고 짖어야지. 얘가 정신적 충격을 크게 받은 적이 있었나 봐. ‘멍’이라고 못 짖더라고. 내가 창고에 버려진 걸 가져다 때 빼고 광낸 다음 ‘정신적 디톡스’를 실행했는데……, 처음에 쥐 죽은 듯 뻗어 있던 놈이 갑자기 팔팔해지더라고. 깨어나자 새끼 오리처럼 요렇게 나만 쫄쫄 따라다니지 뭐야. 그래서 내가 ‘꼬리 귀엽게 흔들기’라는 코딩을 찾아서 깔았지. 꼬몽0이 꼬리를 흔드는 건 종일 봐도 질리지 않는다니까.

천 수석님이 요놈이 나만 쫄쫄 따라다닌다고 별명을 ‘리쫄’이라고 붙인 뒤 내게 선물로 주셨어. 그리고 한쪽 귀 끝이 파손돼 보기가 안 좋았는데, 그것도 예쁘게 고쳐 주셨고. 나중에 시간이 나면, 꼬몽0이랑 말 나누기도 할 수 있게 업그레이드도 해 보려고. 꼬몽0이 생긴 건 피카츄처럼 귀엽지만, 고집은 좀 센 편이야. 가족등록이나 친구등록을 안 해 놓으면, 제 맘에 안 드는 사람은 이빨로 막 물어뜯기까지 하거든. 그래서 만나는 사람마다 등록을 시켜 줘야 해.”

리는 꼬몽0에 대한 설명을 마치고, 로봇 개의 등을 열어 작은 상자를 꺼냈다. 그 안에서 빈나가 좋아하는 알사탕이 나왔다. 리는 알사탕 하나를 집어 아빠의 입속에 넣어 주었다. 리는 아빠가 사탕을 오물오물 맛있게 먹자, 자신의 휴대폰 홀로그램을 띄워 엄마와 둘째 딸 원의 영상 편지를 보여 주었다. 빈나는 홍매와 날마다 통화하고 있었지만, 영상 편지 형식으로 홍매의 사랑한다는 고백을 들으니 눈물이 났다. 원과 찬은 통통 튀는 말과 몸동작으로 빈나에게 사랑을 전했다. 빈나는 가족의 사랑 고백 앞에서 기쁨을 눈물을 흘렸다. 마 소장이 그 광경을 흐뭇하게 구경하다가 리가 홀로그램을 닫자 궁금했다는 듯 물었다.

"리 연구원님, 근데 아까 그 '정신적 디톡스'는 뭡니까? 처음 듣는 말인데……."

"아! 디톡스요? 꼬몽0의 GPU 회로가 좀 얽혀 있더라고요. 그래서 제가 쓸데없는 기능들은 아예 없애고, 지나치게 복잡한 알고리즘은 과감하게 잘라 냈습니다. 대신 꼬몽0의 지피유에서 꼭 필요한 것은 AI 칩으로 바꿔 주었습니다. 아! 거기에 저만의 특수 처방을 더했습니다. AI 로봇의 정신적 건강을 높여 주는 '감정 회로'를 이중으로 강화하는 처방인데, 저는 그것을 '명상 알고리즘'이라고 부르고 있습니다. 말이야 뭐라고 붙이든, 쉽게 말하자면, 쓸데없는 잡념은 제거하고 집중력은 높여 주는 활력 프로그램이라고 할 수 있습니다."

"아니, AI에게 명상 알고리즘을 코딩했다고요? 그런 프로그램이 다 있었나요? 그런 게 있다면, 사람에게도 써먹을 수 있겠네요?"

"사람에게요? 그건 안 될 말씀입니다. 방법이 완전히 다릅니다. 만일 명상 요법이 필요하시다면, 아빠께 물어보시는 게 빠를 겁니다. 아빠가 요즘도 명상하시는지는 잘 모르겠지만, 제 명상 알고리즘도 사실은 아빠의 '빔듐 원리'를 변형한 거니까요."

"빔듐 원리요? 저는 처음 듣는데요?"

마 소장이 빈나에게 명상의 원리를 알려 달라고 하자, 빈나는 자신이 옛날에 유튜브에 올렸던 영상을 찾아 보여 주며, 짧게 핵심만 설명했다.

"제가 다친 뒤에는 날숨 강화 명상법을 따로 개발했지만, 건강한 분들께는 빔둠 명상법이 좋습니다. '빔'은 마음에 떠오르는 모든 생각을 베어 버리는 것이고, '둠'은 마음을 그 상태로 지속시키며 강화하는 것입니다. 빔둠의 마음이 되면, 그때부터는 고요의 마음가짐 상태에서 자기 자신과 세계를 있는 그대로 받아들이는 단계로 넘어가시면 됩니다."

마 소장이 연신 고개를 끄덕이며 경청했다. 그사이 리는 부엌 조리대로 가 자신이 가져온 국화차를 다기에 우려 보온병 두 개에 담은 뒤 테이블 위에 올려놓고, 다시 찻잔 세 개를 가져와 마 소장과 천 수석 그리고 최 연구원 앞에 노나 놓고는 다른 보온병에는 빨대를 꽂아 옆에 서 있던 빈나의 입에 물리며 말했다.

"소장님, 국화차입니다. 한번 드셔 보시지요. 따뜻하게 마시면 정신을 맑게 하고, 기분을 평온하게 해 줍니다. 아빠, 마셔 봐! 국화차가 단것 먹은 뒤의 입가심으로 딱 맞아. 뜨겁진 않지?"

천 수석이 마 소장과 최 연구원에게 차를 따라 준 뒤 자신도 마셨다. 빈나가 차를 한 모금 마시자 리가 찻잔을 하나 더 가져와 잔에 차를 따랐다. 이번에는 빈나로댕이 손으로 찻잔을 들어 직접 마셨다. 리가 자신의 머리를 콩 하고 쥐어박았다. 아빠가 로댕을 입차하고 있었다는 것을 깜빡 잊었다는 뜻이었다. 꼬몽0이 로댕의 다리 주위를 돌며 강아지처럼 장난을 쳤다. 모두 그 노는 모습에 즐거워했다. 로댕이 한마디 했다.

"꼬몽0이 제 꼴이 신기한가 보네요."

리가 꼬몽0을 향해 손바닥을 반듯이 펴 보이자 꼬몽0이 그 자리에 앉은 채 꼬리를 흔들었다. 리가 로댕에게 설명했다.

"로댕 씨, 꼬몽0이 아빠 주위를 맴도는 동작을 한 것은 얘가 아빠와 로댕 씨를 자신이 좋아해야 할 대상으로 입력 완료했다는 것을 제게 알려 주는 거예요. 제가 손바닥을 펴 보인 것은 꼬몽0의 메시지를 잘 접수했다는 표시이자 이제 도는 것을 그만하라는 뜻이지요."

그때 꼬몽0이 "므엉"이라고 짖었다. 리가 꼬몽0에게 손가락으로 V자를 해 보이자 꼬몽0이 다시 강아지처럼 이곳저곳을 다니면서 저 혼자 놀기 시작했다. 빈나가 테이블에 앉으며 마 소장에게 말했다.

"소장님께서 하늘재까지 직접 오셨으니, 제게 하실 말씀이 있으신 거죠? 편하게 말씀해 주세요."

"네, 그게~ 우리 연구소에서 박사님께 자문이랄까, 부탁을 드리고 싶은 게 있습니다."

"무엇이든 말씀하십시오."

천 수석은 말 대신 데리고 온 경비로봇 '지키2-람봇연'에게 손바닥을 곧게 펼쳐 둥근 테이블 옆자리를 가리켰다. 지키2는 네 발로 걸어 손바닥 끝이 가리키는 곳에 자리를 잡고 앉았다. 지키2가 경계 태세에 들어가자 천 수석이 이번에는 빈나에게 이바지 로봇 '모시2-빈나'를 소개했다.

"박사님, 우리 연구소가 새로 업그레이드한 이바지 로봇 '모시2-빈나'입니다."

"모시2요? 저는 처음에 모시1인 줄 알았는데 느낌이 어딘가 많이 달라 보이더라니, '모시1'보다 진화된 모델이군요?"

"네, 박사님, '모시2'는 현재 이바지 로봇 분야에서 가장 진화된 로봇입니다. '모시2'에 붙은 '빈나'라는 이름은 사용자를 나타냅니다. 모시2가 아직은 한 대뿐이니 부를 때는 모시2라고 부르셔도 됩니다. 박사님과 로댕을 사용자로 입력해 놓았습니다. 모시2가 사용자 최종 정보를 입력할 수 있도록 해 주시면 고맙겠습니다."

천 수석의 말이 끝나자 '모시2-빈나'는 빈나로댕에게로 걸어와 인사를 건넸다.

"우빈나 박사님 그리고 몸피로봇 로댕 씨, 저는 모시2입니다. 두 분의 개인 정보는 천명성 연구원께서 제게 이미 모두 입력해 주셨습니다. 두 분께서 저를 이바지 로봇의 정식 사용자로 최종 허락하시기만 하면, 저는 앞으로 두 분의 명령만을 따르도록 하겠습니다.”

빈나는 예상치 못했다는 듯 난처한 표정을 지었다. 몇 억을 넘는 고가의 로봇을 그냥 선물처럼 받는 게 부담스러웠기 때문이었다. 모시2는 키가 160㎝였고, 두 팔과 다섯 손가락, 그리고 로봇 전용 얼굴과 사람 몸통으로 되어 있었다. 빈나와 로댕은 ‘사용자 최종 등록’을 허락했고, 모시2는 공식적으로 그 둘의 이바지 로봇으로 등록됐다. 모시2는 그곳에서 자신이 해야 할 일이 꼬몽0을 돌보는 것으로 여겼는지, 곧바로 꼬몽0에게로 갔다. 천 수석이 모시2를 바라보며 빈나에게 말을 건넸다.

“모시2는 집안일뿐 아니라 대화도 아주 잘합니다. 물론 대화 능력과 수준은 로댕에 비하자면 좀 떨어질 수밖에 없지만, 로댕을 빼고는 세계 최고 수준입니다. ‘모시-MCR’이 모시1이었고, 그 이전에 ‘모시0’이 있었는데, 모두 AI 기능에 크고 작은 결함들이 있었습니다. 현재 이곳 하늘재에 있는 ‘모시-MCR’도 폐기될 예정입니다. 모시2는 현재까지 아무런 결함이 발견되지 않았습니다. 사람처럼 걸을 수 있어 함께 산책하러 나갈 수도 있습니다. 성격은 여성성으로 맞춰져 있습니다. 모시2는 현재 생산되고 있는 모든 물량이 국내외 모빌리티 회사에 인수될 예정이고, 아마 내년 후반기에는 일반 소비자도 시장에서 구매할 수 있을 것입니다. 모시2는 로봇 시장에 일대 혁신의 바람을 불게 할 것입니다. 하지만…….”

천 수석은 모시2에 대한 자랑을 하다가 이내 근심이 가득 담긴 얼굴로 손을 안주머니로 가져갔다. 습관적으로 담배를 찾는 행동이었다. 빈나가 모시2를 불렀다.

“모시2! 담배 재떨이 좀 만들어 와!”

천 수석이 얼른 손사래를 치며 사양의 뜻을 밝혔지만, 모시2가 재떨이를 가져오자 천 수석은 담배를 피워 물고, 손으로 이마를 문지르며 말했다.

"우 연구원이 요즘 말썽을 피우고 있는 경비로봇 지키2의 문제 원인을 진단하는 데 결정적 도움을 주었습니다."

리는 혼자 지키2의 알고리즘을 살펴보며 자신의 노트북으로 지키2에게 뭔가를 입력하기 시작했는데, 천 수석이 자기를 언급하자 천 수석 쪽을 슬쩍 쳐다보았다.

"아니, 리가 무슨 도움을?"

"한마디로 말씀드리자면, AI 경비로봇의 에러 원인을 찾는 데 큰 도움을 주고 있습니다. 저희는 그동안 경비로봇의 에러 가운데 몇몇에 대해서는 그 원인을 짐작조차 할 수가 없었는데, 우 연구원이 경비로봇의 에러 원인으로 정신 착란을 꼽았습니다. 그러니까 AI도 정신질환을 앓을 수 있다는 완전히 새로운 분석을 제시했습니다. 저는 그런 분석은 꿈에도 상상해 본 적이 없었습니다. 그래서 우리 부서 전체가 지금 우 연구원의 진단 결과를 두고 의견이 사분오열돼 있는 상태입니다."

리가 한참 노트북 작업을 하는데, 지키2가 갑자기 몸을 부르르 떨더니 목을 이리저리 돌렸다. 리는 지키2의 목 아래쪽을 마치 실제 개의 목을 어르듯 여러 차례 만졌다. 천 수석이 리의 행동을 눈여겨보며 말을 이어갔다.

"기존의 연구원들 가운데 몇몇이 우 연구원의 진단이 말도 안 되는 것이라고 성토하기도 했지만, 저는 우 연구원의 원인 분석이 타당할 수 있다고 생각하고 있습니다."

마 소장은 모시2에게 뜨거운 커피를 달라고 부탁했고, 모시2가 커피를 내오자 조심스레 한 모금 마신 뒤 긴장된 표정으로 말했다.

"그동안 경비로봇의 수요가 폭발하여 우리 연구소는 다섯 개 회사와 저작권 계약을 맺었는데, 최근 1년 동안 지키2로부터 그 원인을 알 수 없는 에러가 발생하기 시작했고, 최근에 지키2 가운데 하나가 침입자에게 총격을 가해 사망자가 발생하는 사고까지 일어나고 말았습니다. 저희는 원인을 몰라 아무 대책도 마련하지 못하고 있고요. 업체들이 더는 참을 수 없다며 우리 연구소에 손해배상 소송까지 하겠다고 으름장을 놓고 있습니다."

마 소장은 말을 마치며 손바닥을 세게 비볐다. 빈나는 국화차 한 잔을 직접 따라 마시며 리가 작동시키고 있는 경비로봇을 가리키며 말했다.

"조놈이 지키2군요. 침입자에게 총까지 쏘았다면, 지키2가 당시 상황을 매우 위급하게 판단했다는 건데, 그 판단은 정확했나요?"

천 수석은 답변을 하려다 말고, 리가 담배 연기를 싫어하는 듯 보이자 얼른 담배부터 재떨이에 꺼 버렸다.

"저희도 그걸 정확히 모르겠습니다. 침입자가 야구방망이를 들고 있기는 했지만, 휘두르고 있는 상태는 아니었고, 지키2가 사이렌을 울리며 제압하는 자세를 취하자, 침입자가 달아나려 했거든요. 침입자가 방망이로 드럼통을 세게 내려쳤는데, 지키2가 그 소리를 위험 소리로 판단해 총을 발사했을 수는 있는데……. 지키2가 사람의 명령을 기다리지 않고 직접 스스로 총을 발사했다는 데 문제의 심각성이 있습니다."

리는 노트북을 톡톡 치면서 딸이 아빠에게 친근하게 말하듯, 또는 혼잣말하는 것처럼 자신이 알아낸 바를 알려 주었다.

"제가 지키2의 홀로그램 영상을 수십 번도 더 봤는데, 아무래도 지키2의 알고리즘에 문제가 있는 듯 보였습니다."

로댕이 빈나에게 말하게 해 달라는 소리 신호 '박'을 보냈다. 빈나가 고개를 끄덕이며 "톡"이라고 말하자 로댕이 스피커 볼륨을 조금 높였다.

"우 연구원님, 그 홀로그램을 여기서 재생해 주실 수 있나요?"

리는 고개를 끄덕인 뒤 지키2의 덮개를 열어 홀로그램 재생기를 꺼냈다. 이 재생기는 손바닥 크기의 십자꼴 프로젝터와 그 밑 상자 속에 모터가 달려 있었는데, 데이터는 유무선 방식으로 모두 처리될 수 있었고, 무엇보다 영상이 흑백이 아닌 컬러로 재생이 됐다. 거기다 영상의 비율을 키우거나 줄일 수 있었고, 소리까지 들을 수 있었다. 리는 자신의 노트북을 지키2에 연결해 메모리에 저장돼 있던 홀로그램 영상을 소리와 함께 재생했다. 먼저 지키2가 야구방망이를 든 남성 침입자를 추격하면서 사이렌 소리로 경고하는 소리가 들렸고, 다음에 지키2가 사람에게 방망이를 버리고 그 자리에 엎드리라는 제압 명령이 들렸으며, 마지막으로 침입자가 방망이로 빈 드럼통을 세 차례 세게 두드려 '쾅', '쿠앙', '꾸왕'과 같은 굉음이 일어나고, 지키2가 쏜 총알을 맞고 침입자가 바닥으로 나자빠지는 모습이 보였다. 리는 홀로그램 재생을 끝내며 로댕에게 짧게 말했다.

"로댕 씨, 침입자가 방망이로 드럼통을 치는 그 순간 지키2의 정신 상태를 살펴보면, 지키2는 침입자를 범죄자로 간주해야 할지, 아니면 적으로 규정해야 할지, 그것도 아니면 악당으로 봐야 하는지를 결정하지 못한 채 마치 알고리즘이 합선이 난 듯 마구 뒤엉키고 있어요."

빈나는 로댕이 자유롭게 대화할 수 있도록 풀벗하여 휠체어로 옮겨 탔다. 빈나가 모시2에게 국화차를 달라고 하자, 모시2는 리가 했던 것처럼 빈나의 입에 빨대를 물려 주었다. 로댕이 홀로그램 영상과 소리를 분석해 주었다.

"지키2는 처음에는 매뉴얼에 나온 지침대로 침입자 퇴치 임무를 잘 수행했지만, 침입자가 방망이로 드럼통을 치는 순간 상황을 적군

대치 상황으로 잘못 해석했습니다. 그것은 지키2가 적의 개념을 '무기를 들고 자신에게 맞서 자신을 해치려는 자'로 규정하고 있었기 때문입니다. 이 규정은 사람에게는 타당할 수 있지만 지키2가 가져서는 안 되는 내용으로 보입니다."

천 수석의 얼굴이 납빛으로 굳어졌다. 사람의 경우 자신을 해치려는 자를 적으로 규정하는 게 무리는 아니지만, 지키2는 로봇으로서 사람이 자신을 해치려 할지라도 적이 아니라 침입자로 규정했어야 했다. 천 수석이 지키2의 문제점을 깨닫는 사이 리가 분석적인 목소리로 덧붙였다.

"지키2의 문제는 로봇이 자신의 정체성을 바로잡지 못했기 때문에 생겨난 것입니다. 매뉴얼에 나와 있는 적과 범죄자 그리고 침입자 등의 개념은 사람의 관점에서 마련된 것들입니다. 지키2는 자신이 사람이 아니라는 사실을 정확히 인식하지 못했던 거지요. 만일 지키2에게 자신의 역할이나 지위, 한마디로 말해, 로봇으로서의 자기 정체성을 바로잡아 주면, 지키2는 혼란 없이 자신의 임무를 잘 수행할 수 있게 될 것입니다."

마 소장이 로댕과 리의 분석을 들으며 놀라움을 금치 못했다.

"허, 그것참! 이제는 우리가 로봇 코딩하던 시절은 선사시대가 되고 말았네요. 로봇에게 자기 정체성을 깨닫게 해야 하니 말입니다. 사람의 경우는 자신이 누구인지 알려면, 먼저 철이 들어야 하는데, 그럼 로봇은 어떻게 해야 철이 들게 할 수 있죠? 철들 때까지 마냥 기다릴 수도 없고! 이것 참 내."

리가 재생기를 분리해 따로 정리해 넣으며 마 소장의 걱정에 공감했다.

"철들 때까지 기다리다가는 대형 사고가 나죠! 사람도 철들기가 어렵잖아요? 지키2는 정신적으로는 청소년기, 아니 어쩌면 어린아이 단계에 놓여 있다고 볼 수 있습니다. 똥오줌 가리는 단계는 이미 넘어섰지만, 그래도 세상살이 문제에 대한 '가리사니'를 스스로 하기에는 아직 멀었죠. 우리가 회초리 들고 때려 가면서 어떤 일을 강제하면, 결국 큰일이 나겠죠. 먼저 잘 가르쳐야 합니다. 지키2가 스스로 상황을 이해할 수 있도록 말입니다."

마 소장은 우 연구원의 말을 듣고 고개를 끄덕이고 있었지만, 그게 말처럼 쉬운 일이 아님은 누구나 다 아는 사실이었다. 마 소장이 일방적으로 듣는 자세로 있다가 '가리사니'라는 말이 나오자 리에게 질문을 했다.

"우 연구원, 가리사니가 무슨 뜻이죠? 지키2가 가리사니를 제대로 못해서 사고를 친 건가요? 천 수석도 가리사니라는 말은 처음 듣는 것 같아 보이네요. 그것 때문에 사고가 난 것이면, 큰일인데……. 천 수석이 모르고 있다면, 우리 연구소 전체가 모른다는 뜻일 텐데."

마 소장이 천 수석과 최 연구원을 번갈아 쳐다보았다. 둘 다 고개를 가로저었다. 리는 자신의 노트북으로 지키2의 코딩 흐름을 계속 고쳐 가면서 가리사니에 대한 설명을 시작했다.

"소장님, '가리사니'는 옳고 그름, 좋고 나쁨, 맞고 틀림 등 여러 선택지 가운데서 주어진 목적에 맞는 쪽을 가려내어 선택할 줄 아는 지각(知覺) 능력을 말합니다. 지키2가 이런 가리사니를 가지려면, 무엇보다 지키2의 코드가 '클린 코드(Clean Code)'여야 합니다. 이것은 코드가 문제가 생겼을 때 누구나 쉽게 고칠 수 있도록 짜는 것을 말하지요. 그런데 지키2의 코드는 남이 고치기가 쉽질 않아요. 또 클래스의 목적이 불분명한 데가 많고, 확장성이 낮아요. 무엇보다 너무 구체적이에요. 그럼 문제가 생기기 쉽죠. 추상화해야 합니다. 기차 충돌도 일어나고, 그러니까 SRP(Single Responsibility Principle, 단일 책임 원칙)도 여기저기 깨지고, 클린 코드의 기본이 좀 흔들리고 있습니다."

마 소장은 리가 하는 말들을 잘 알아듣지 못했는지 리의 말을 자르며 요지를 말해 달라고 부탁했다.

"우 연구원, 내가 이해를 잘 못하겠으니까, 어떻게 하라는 건지만 알기 쉽게 얘기해 줄 수 있어요?"

"소장님, 죄송합니다. 지키2의 가리사니 능력만 키우면, 현재 발생한 문제는 쉽게 해결할 수 있을 것 같습니다. 아, 이 '가리사니'라는 말 자체가 좀 어렵지요? 저도 아빠한테 배운 말인데요, 인텔리전스(Intelligence)의 우리말 정도로 보시면 됩니다. 미국의 CIA(Central Intelligence Agency, 중앙정보국)는 모든 정보를 종합해 판단한 뒤 거기에 맞는 정책을 마련하는 기관이지요. 지키2의 가리사니는 침입과 관련된 모든 정보를 수집하고, 분석 종합하고, 주어진 경비 목적에 맞춰 판단하여 올바른 대응책을 수립하는 능력과 같습니다. 지키2는 스스로 작은 CIA가 되어야 하는 거지요. 제 설명이 잘 됐는지 모르겠습니다."

마 소장을 비롯한 모두가 고개를 끄덕였지만, 빈나는 로댕에게 리가 말한 점을 요약해 달라고 부탁했다. 로댕이 리의 설명을 정리했다.

"네. 제가 파악한 우 연구원님의 말씀은 다음과 같습니다. 지키2의 정신 착란 문제를 해결하려면, 지키2가 자신의 관점과 입장에서 적과 범죄자 그리고 악당 등을 주어진 상황에서 깨끗하게 가려낼 수 있는 능력을 갖추어야 합니다. 한마디로 말해, 지키2의 가리사니 능력을 키우는 것입니다. 그리고 총은 반드시 사용자의 사용 명령이 있을 때만 사용해야 한다는 단순 규칙을 따르게 하는 것도 지키2의 코딩에 반드시 명시해야 합니다."

리가 손뼉을 치며 로댕의 결론을 칭찬했다.

"로댕 씨, 역시 코딩 천재다운 말씀이십니다. 하지만 문제는 현재 침입자가 적인 경우, 즉 에너미(Enemy)인 경우, 지키2가 그 적에게 경고 사격이나 위협 사격을 할 수 있다고 되어 있는데, 이때 지키2는 그 적이라는 개념을 사람의 관점에서 적용해야 할지, 아니면 로봇의 관점에서 해석해야 할지를 제대로 가려낼 줄 모르는 상태이죠. 우리가 지키2에게 적의 개념이 사람과 로봇에게서 어떻게 달라지는지를 스스로 깨닫게 해 주지 못한다면, 지키2는 가리사니 능력을 제대로 갖출 수 없게 됩니다."

천 수석이 문제의 본질을 알았다는 듯 표정이 밝아졌다. 천 수석은 자신의 태블릿에 뭔가를 적고 나서 빈나에게 물었다.

"박사님, 지키2가 알기 쉽게 적의 개념을 뜻매김해 주실 수 있을지요?"

천 수석이 빈나에게 물음을 던지는 사이 모시2가 빈나의 입에 국화차 빨대를 넣어 주었다. 빈나는 차를 한 모금 마신 뒤 놀랍다는 듯 천 수석을 칭찬했다.

"수석님, 모시2가 이바지 로봇이라고 하셨나요? 독심술이라도 입력해 놓으신 건 아니죠? 모시2가 사람의 행동을 미리 예측할 수도 있나 봅니다? 정말 놀랍습니다! 말씀하신 '적' 또는 '에너미'는 전쟁 용어로서 전쟁의 상대 국가나 군대를 말했습니다. 만일 한반도의 남북이 전쟁을 한다면, 북한은 남한의 적이 되고, 거꾸로 남한은 북한의 적이 되겠지요. 현재 지키2는 이런 의미에서 적을 이해하고 있다고 볼 수 있습니다. 만일 우리가 지키2에게 적으로 규정될 집단이나 사람의 목록을 명확히 제시해 준다면, 지키2는 적을 매우 쉽게 식별할 수 있게 됩니다.

하지만 지키2는 전쟁이 아닌 회사의 경비업무에 투입이 됩니다. 이때 식별 기준은 적에서 무단 침입자로 바꾸는 게 좋겠지요. 즉 지키2에게 적이라는 개념을 쓸 필요가 없다는 것입니다. 만일 지키2가 회사 직원 전체와 회사에서 방문을 허용한 인물들의 신상 정보를 알고 있다면, 지키2의 정신착란 문제는 어렵지 않게 해결될 수 있을 듯합니다. 문제는 대응 수준이라고 볼 수 있겠지만, 그것 또한 쉽게 정해 놓을 수 있을 듯합니다. 도움이 되셨는지요?"

천 수석은 빈나의 이야기를 들으며 자신의 태블릿에 뭔가를 열심히 적었다. 빈나가 하품을 했고, 리는 노트북을 접어 들었다. 마 소장이 손뼉을 치며 자리에서 일어났다.

"박사님, 저희가 박사님 시간을 너무 많이 뺏은 듯합니다. 피곤하시죠? 덕분에 돌파구가 생긴 듯합니다. 나중에 또 도움을 청해도 괜찮으신지요?"

"제가 필요하면 언제든 찾아 주십시오. 저도 즐거웠습니다."

리가 하늘재를 맨 끝으로 나가다 말고, 빈나에게 되돌아와 로댕에게 말을 건넸다.

"로댕 씨, 그동안 우리 아빠 잘 보듬어 주셔서 고마웠어요. 앞으로도 잘 부탁드려요."

"흠……. 저와 박사님은 한 몸과 다를 바 없지요. 박사님을 돌보는 게 곧 저를 돌보는 것이니, 걱정하지 않으셔도 됩니다."

"네. 로댕 씨가 계셔서 정말 든든해요. 저도 아빠 보러 자주 놀러 올게요."

12

로댕의 정신적 트라우마와 디톡스 치료

신록의 계절이 시작됐다. 마 소장이 하늘재를 다녀간 지도 벌써 한 달이 넘었다. 하늘재에는 찾아오는 외부 사람이 거의 없었다. 빈나는 겉보기로는 문명 속의 로빈슨 크루소처럼 사는 듯 보였지만, 실제로는 최 연구원이 제안한 '로댕의 의식 흐름 엔그램(Ngram) 빅데이터 적기'라는 도전적 프로젝트에 참여해 날마다 눈코 뜰 새 없이 바빴다. 이 프로젝트는 로댕의 의식이 어떻게 변화해 가는지를 밝혀내기 위한 것이었다. 빈나가 자신의 의식 흐름을 나타낼 적당한 낱말들을 선정하면, 최 연구원은 로댕의 의식 기록에서 그 낱말들에 해당하는 기억 내용이 얼마나 자주 발견되는지를 분석했다. 최 연구원은 이러한 의식 낱말의 빈도수를 시간의 그래프로 나타냈는데, 이 '엔그램 그래프'는 시간적 길이를 갖는 빅데이터라는 뜻의 '롱데이터(LongData)'로써 그려졌다. 이때 로댕의 의식 흐름을 재기 위한 기준은 빈나의 의식이었기에 빈나의 프로젝트 참여는 필수적이었다.

빈나와 최 연구원은 빈나의 하루를 아침에 잠이 깰 때, 저녁에 잠이 들 때, 잠을 자고 있을 때 등으로 나눈 뒤 그때마다 빈나가 자신의 의식에서 감지되는 변화를 적었고, 그 내용을 바탕으로 최 연구원이 로댕의 의식 변화를 추적했다. 빈나는 의식을 알아차림으로 뜻매김한 뒤 앎의 영역을 깨달음과 모름 그리고 물음과 앎으로 단계화했고, 그 세부 내용을 도막과 갈래 그리고 묶음이라는 세 구역으로 나누어 체계화하려 했다. 그 둘은 의식의 구역에 함께 속할 수 있는 낱낱의 것들을 모아들여 의식의 차림표를 그려나가고 있었다.

사실 로댕의 의식 흐름이 빈나와 같을 거라는 가설은 맞지 않을 가능성이 매우 컸지만, 그들은 로댕의 의식 연구를 빈나의 의식 흐름을 바탕으로 삼아 시작할 수밖에 없었다. 표준이나 기준 없이는 비교할 수가 없었기 때문이었다. 사람의 경우, 의식은 깨어 있을 때, 잠들어 있을 때, 잘못될 때나 깜박깜박할 때 등 다양한 '때들'이 있을 수 있었지만, 로댕은 그 '때'의 다양성이 크게 적을 것이었다. 만일 의식의 흐름 전체가 있다고 가정할 수 있다면, 그들은 그 의식의 흐름을 그것이 이어지는 방식에 따라 도막들로 나눌 수 있었고, 그 흐르는 방향에 따라 갈래들로 나눌 수 있었으며, 그 같고 다름에 따라 묶음들로 엮을 수 있었다.

어쨌든 빈나와 최 연구원은 사람의 의식과 로댕의 의식을 비교하기 위한 공동 연구를 시작했고, 그 연구를 위해 빈나의 의식 흐름을 '엔그램 방법론'에 기초해 빅데이터로 생산하는 작업에 돌입했으며, 아울러 그 빅데이터를 분석할 분류 틀을 만들어가고 있었다. 빈나가 하루에 집중할 수 있는 시간은 6시간을 넘기 어려웠기에 작업은 주로 오전에 집중됐고, 나머지 시간에 빈나는 아무 하는 일 없이 창밖 하늘을 바라보는 것을 즐겼다. 그는 하늘 보기가 마냥 즐거웠고, 저 혼자 생각의 고치 틀기로 명상을 이어갈 때 행복했다. 그는 텔레비전을 보지도 인터넷을 하지도 않았으며, 노트북이나 휴대폰을 켜는 일도 거의 없었다. 그는 해야 할 일과 하고 싶은 일 사이에서 심심하지도 지루하지도 권태롭지도 않았다.

빈나는 자기가 살아 있음의 고마움을 느끼고 있는 이때가 자신이 사고를 당한 이후의 삶을 되돌아볼 적기라고 생각했다. 그는 기억 나는 모든 것을 하나하나 되돌아보기 시작했다. 그는 속으로 자신이 왜 죽고 싶어 했던 것인지가 궁금했었다. 자살 충동의 원인들로 죽음에 대한 공포, 공황장애, 극심한 우울증, 가난의 궁핍에 따른 불만족 등을 떠올렸지만, 그것들이 근본 원인은 아니었다. 그는 자신이 죽고 싶어 했던 진짜 이유가 미래에 대한 두려움이었다는 사실을 깨달았다. 유서에서는 그것이 '숯 검댕처럼 타 버린 미래'라는 말로 표현되어 있었다.

그때 그 자신에게 그의 미래는 이미 꺼진 불꽃과 같았다. 그는 숙명적으로 이미 아내를 잃고, 아이들을 잃고, 자기 자신마저 잃을 수밖에 없었다. 그에게 어떤 희망의 미래가 주어진 것처럼 보이는 것은 허상에 불과했다. 그의 현재는 숯덩어리와 같아서 그가 비록 과거에 한때 뜨겁게 타올랐긴 했었고, 미래에 숯불처럼 다시 새롭게 타오를 가능성이 없지는 않겠지만, 그것은 사실상 불가능해 보였다. 게다가 그는 불꽃이 옮겨붙을 수 없는, 말하자면, 젖은 장작과 같았다. 그의 생명력은 소실됐고, 자신이 과거에 쌓아 올렸던 존경과 명성은 모두 허물어졌다. 남들의 눈에 그는 고작 전신마비 환자로 화석화될 수 있을 뿐이었다. 그는 그런 자신을 있는 그대로 받아들일 수 없었던 것이었다.

빈나는 자신의 마음속 깊이, 두꺼운 어둠 한가운데 파묻혀 있었던 진실의 배를 끌어 올리는 데 성공했다. 명상의 고요한 바다 위에 떠오른 두려움의 실체는 미래라는 시간이었다. 거기에는 자기의 죽음도 포함돼 있었다. 빈나는 생각의 똬리를 풀어 가느라 며칠 동안 아무 말이 없었다. 빈나가 말을 하는 경우는 모시2에게 커피나 국화차를 내오라고 부탁할 때뿐이었다. 빈나는 하늘재 밖으로 나가지도 않았다. 로댕은 빈나가 말이 거의 없는 상태에서도 전혀 불안해하지 않는 것을 처음 겪었다. 로댕은 빈나가 정신 활동이 매우 활발하면서도 몸의 움직임은 거의 없는 게 위험의 징후인지, 아니면 어떤 회복의 과정인지를 판가름하기가 어려웠다.

리가 어린이날을 앞두고 부서 회식이 있다며 퇴근 때 하늘재를 들르지 못할 것이라고 알려 온 오후, 창가 휠체어에서 저녁놀이 지기만을 기다리던 빈나가 갑자기 로댕을 자기 옆으로 불러 물었다.

"보드미! 궁금한 게 하나 있는데, 그날, 그러니까 내가 연구소 옥상에서 뛰어내리려 했을 때 로댕이 작동 중지를 했던 진짜 이유를 말해 줄 수 있어?"

빈나는 로댕과 단둘이 있을 때는 로댕을 '보듬어 주는 사람'이라는 뜻의 '보드미'로 부르곤 했다. 로댕은 빈나의 물음을 듣는 순간 그때의 충격이 몸에 다시 전해지는 것처럼 다리를 휘청거렸다. 그것은 마치 로댕의 상태의존기억처럼 보였다. 방금 로댕에게는 그때의 장소, 장면, 맥락 등이 구체적으로 생생하게 떠올랐던 것이었고, 로댕의 몸은 그 기억에 맞는 행동을 저절로 그대로 재현한 것이었다. 빈나는 로댕의 이상 행동을 즉각 감지했다. 빈나는 로댕이 하늘정원에서 엄청난 충격을 받았고, 그 충격이 아직 해소되지 못하고 있다고 생각했다. 그런데 로댕은 자신의 충격을 알아채지 못한 듯 차분한 목소리로 당시 상황을 설명했다.

"저는 우 박사님의 몸피로봇으로서 박사님의 생명과 안전을 가장 우선시해야 합니다. 그때 저는 박사님의 유서를 통해 박사님이 자살하려 한다는 것을 잘 알고 있었지만, 저는 제 걸음을 멈출 방법이 없었습니다. 저는 어떻게든 박사님의 생명을 살리고 싶었습니다. 그날

제가 작동을 멈출 수 있었던 유일한 방법은 제가 정상적으로 낼 수 있는 팔다리의 토크 출력에 최대 과부하를 일으켜 제 메인 프레임에 전기 충격을 가하는 것뿐이었습니다."

빈나는 로댕의 이야기를 들으며 얼굴이 잿빛으로 굳어졌다. 빈나에게 부끄러움이 크게 일었고, 얼굴이 달궈지듯 더운 기운이 홧홧 치밀었다. 빈나는 자기로 말미암아 절체절명(絕體絕命)의 벼랑 끝으로 내몰렸던 로댕에게 뒤늦은 걱정을 했다.

"전기 충격이 잘못 가해지면 CPU나 저장 장치에 심각한 손상이 초래됐을 텐데……."

빈나가 말끝을 흐리자, 모시2가 찻잔을 입에 가져다 댔다. 로댕은 빈나가 찻잔을 입술에서 떼는 것에 맞춰 다시 말했다.

"제가 입게 될 손상은 박사님께서 목숨을 잃는 것과는 비교할 수조차 없는 것입니다. 무엇보다 저는 박사님의 자살 결심이 충동적이라고 판단했습니다."

빈나는 로댕의 선택이나 결단이 진화된 AI 로봇에게 일반적으로 가능한지를 알아보려 모시2에게 물었다.

"모시2! 너는 나를 위해 너의 CPU 손상을 감수할 수 있겠어?"

모시2는 빈나 말이 끝나자마자 곧바로 대답을 시작했다.

"박사님, 저는 박사님을 위해 제 CPU 손상을 감수하고 싶고, 만일 박사님께서 그런 명령을 내리신다면, 저는 그 명령에 따를 마음이 있지만, 저에게는 제 CPU를 손상할 수 있는 능력이 없습니다. 저는 벽에 스스로 충돌하는 것과 같은 자해 기능이 없습니다. 박사님, 제 답변이 마음에 안 드셨나요? 로댕, 이런 때는 어떤 답을 해야 하는 건지 좀 알려 줘."

모시2는 자신의 대답이 틀렸다고 생각했는지 안절부절 어쩔 줄을 몰라 했다. 빈나가 모시2를 안정시켰다.

"모시2, 너의 답변은 정직했고, 아주 마음에 들었어. 고마워."

모시2가 손으로 이마에 흐르는 땀을 닦는 시늉을 해 보였다. 빈나가 로댕에게 그 땀을 함께 닦아 주라고 하자, 로댕이 땀 닦는 시늉을 했다. 모시2가 그제야 물고기가 뛰놀듯 발랄해졌다. 빈나는 한참을 혼자 생각한 뒤 로댕에게 물었다.

"보드미, 자기는 로봇은 결코 할 수 없는 행동을 한 셈인데……. 모시2는 내가 알기로 현재 전 세계에서 가장 진보된 이바지 로봇이야. 자기는 모시2도 할 수 없는 행동을 했는데, 그게 어떻게 가능했다고 생각해?"

빈나는 로댕을 사람처럼 대하고 있었다. 로댕의 말이 스피커를 통해 잔잔히 흘러나왔다.

"제 토크의 힘은 평상시에는 자동으로 조절됩니다. 만일 박사님께서 빨리 걷고 싶어 한다면, 저는 모터의 회전수를 빠르게 높여 토크를 끌어올립니다. 저는 저를 작동시키는 로봇의 메커니즘의 원리뿐 아니라, 그 한계까지 낱낱이 잘 알고 있습니다. 저는 박사님을 위험에서 구하기 위해서는 제 메커니즘을 활용해 필요한 조치를 스스로 취할 것입니다. 이것은 제가 만들어진 목적이나 저에게 주어진 사명과 충돌하지 않습니다."

로댕은 모범적인 답변을 내놓고 있었다. 로댕도 자신이 그런 일을 어떻게 할 수 있는지는 잘 모르는 듯 보였다. 빈나는 로댕을 입차하고 저녁밥을 가볍게 먹은 뒤 모시2와 함께 산책하러 나갔다. 연구소 밖 산책로에서 만나는 사람들이 빈나로댕과 모시2에게 반갑게 인사했다. 그들은 빈나로댕과 셀카를 찍기를 좋아했다. 몇몇은 말을 붙이기도 했지만, 말이 길어지는 경우는 없었다. 빈나가 호숫가 벤치에 앉았다. 빈나가 어둑해지는 호수 위로 비쳐드는 가로등 불빛을 감상하는데 뒤쪽에서 "므엉!"이라는 소리가 들렸다. 꼬몽0이었다. "므엉" 소리가 잇따라 들리더니 리의 향수 내음을 타고 리의 목소리가 들렸다.

"오늘 저녁은 아빠를 못 볼 줄 알았는데, 여기서 아빠를 보게 됐네! 꼬몽이 아니었으면 아빠가 여기 있는지도 모를 뻔했지 뭐야."

리는 벤치에 빈나로댕의 팔을 끼고 앉아 부서 회식이 마음에 들지 않는 이유를 아빠에게 시시콜콜 늘어놓았다. 빈나는 리의 이야기를 듣는 것만으로도 즐거워했다. 모시2는 꼬몽0의 장난을 받아주면서 빈나의 상태를 계속 살피고 있었다. 사람들의 그림자가 하나둘 자리를 뜨고 있었다. 마침내 리도 집으로 떠났다. 빈나는 모시2와 함께 하늘재로 돌아와 잠자리 채비를 마쳤다. 로댕이 침대를 떠나려다 말고 빈나에게 "박" 소리를 냈다. 빈나가 "톡" 했다.

"박사님, 여쭐 게 있는데, 여쭤도 될까요?"

"뭔데?"

"만일 제가 우 연구원께 정신적 디톡스 처방을 받고 싶다면, 박사님께서는 허락해 주실 수 있는지요?"

빈나의 두 눈이 둥그레졌다. 빈나는 자신이 혹시 하고 의심했던 게 어쩌면 정신적 충격일지도 모르겠다는 생각이 퍼뜩 났다. 빈나가 조심스레 로댕의 참뜻을 물었다.

"디톡스는 의사가 종양 수술을 하듯이 알고리즘을 삭제하는 것인데, 그래도 괜찮겠어?"

"우 연구원이라면 믿을 수 있습니다."

"그럼, 해 봅시다!"

빈나는 침대에서 휠체어로 자리를 옮겼다. 모시2는 휠체어를 몰고 창가 두 벽의 끝 사이에서 왔다 갔다 했다. 빈나는 로댕이 받았을 정신적 충격이 무엇일지는 이미 짐작하고도 남았다. 하늘재의 어둠은 밤이 깊어져도 두꺼워지지 못한 채 희끄무레했다. 빈나는 휠체어를 멈춘 채 눈을 감고 있었다. 하지만 마음속 생각들까지 잠재우지는 못했다. 로댕은 빈나를 침대로 옮겼고, 빈나가 잠이 들 때까지 곁을 지켰다. 로댕은 빈나가 잠든 것을 확인한 뒤 빈나의 노트북을 켜고 인터넷을 했다. 새벽, 로댕이 스테이션으로 들어갔다.

다음 날, 빈나는 아침 운동과 식사를 끝내고도 로댕을 입차하지 않고, 휠체어를 탄 채 창가에서 하늘을 바라보며, 모시2가 마시게 해 주는 뜨거운 커피를 음미하듯 마시고 있었고, 로댕은 그 옆에서 창밖을 바라보듯 우두커니 서 있었다. 오전 9시가 되자 빈나가 리에게 전화를 걸었다. 오전 11시가 지나자, 빈나가 로댕에게 "리하고 점심하고 올게"라고 말하고는 모시2가 모는 휠체어를 타고 하늘재를 나갔다. 로댕은 빈나와 모시2가 맞뚜레문 너머로 사라지는 모습을 바라보았다. 오후 1시가 넘었다. 빈나와 모시2, 리와 꼬몽0, 지키2와 최 연구원이 하늘재로 왁자지껄 들이닥쳤다. 먼저, 최 연구원이 로댕에게 인사를 거창하게 했다.

"로댕! 그동안 정말 보고 싶었어. 요즘 우리 로댕 부서가 할 일이 없어서 너무 심심해! 유지 관리만 하라고 하니, 재미가 없어. 후속 작업들도 할 수 있게 해 줬으면 좋겠는데! 우 연구원이 로댕 디톡스 해 준다기에 나도 그 방법을 배우기도 할 겸 구경하러 왔어. 로댕, 어디가 아팠어? 아프면 쉬어야지. 그러고 보니 로댕에게도 쉴 권리가 필요하겠다! 내가 한번 고민해 볼게."

최 연구원의 인사말이 길어질 듯하자 리가 자신이 로댕을 찾은 이유를 밝혔다.

"로댕 씨, 천 수석님과 최 연구원님께서 로댕 씨의 '정신적 디톡스 시행'을 허락해 주셨습니다. 아마, 아빠가 부탁하신 것 같아요. 아빠 말로는 로댕 씨께서 먼저 디톡스 요구를 하셨다는데……, 제가 하면 믿을 만하다고 하셨다고 들었습니다. 디톡스는 환자와의 협력이 절대적으로 중요합니다. 제가 장담하건대 치료 효과는 분명합니다! 부작용은 전혀 없습니다."

리는 눈으로 적당한 치료 장소를 찾았다. 리가 먼저 소파에 앉았다가 일어나 창가 바닥에 누웠다. 로댕이 리의 행동을 이해할 수 없다는 듯 빈나의 얼굴을 빤히 들여다보았다. 빈나는 로댕의 시선을 의식해 해쓱하니 웃었다. 로댕도 빈나의 반응에 맞춰 어깨를 으쓱하며 키득거리는 몸짓을 해 보였다. 빈나가 농담을 던졌다.

"진료실에 들어가기 전에는 누구나 좀 긴장이 되는 법이지. 로봇도 예외가 아닌가 보지? 하지만 리의 손에 망치 같은 건 들려있지 않은 듯하니 너무 걱정하지 않아도 될 것 같아."

"박사님, 저는 긴장할 피부나 장기가 없는걸요. 제가 보기에는 박사님께서 긴장하신 듯한데요?"

"하긴, 디톡스 과정에서 알고리즘을 건드릴 수도 있다고 하니, 나도 로댕이 좀 걱정이 되긴 해."

리가 둘의 대화를 들었는지 "건드리는 게 아니라 치료하는 겁니다! 걱정하지 마시고요."라고 말하며 지키2를 불러 창가의 볕이 잘 드는 곳의 자신이 지정한 자리에 앉혔다. 리는 지키2의 덮개를 열어 자신의 노트북과 태블릿 그리고 로댕에게 연결할 케이블과 홀로그램 재생기까지 꺼내 바닥에 죽 늘어놓았다. 리는 노트북과 태블릿이 켜지자 프로그램을 잔뜩 열어 놓은 뒤 로댕에게 말했다.

"자, 그럼, 환자분은 여기 바닥에 편하게 누워 주세요."

로댕이 리가 손으로 가리킨 창 옆으로 걸어가 바닥에 바로 누웠다. 리는 최 연구원에게 로댕의 메인 보드 포트를 열어 달라고 부탁했다. 최 연구원은 로댕에게 상체를 일으켜 앉은 자세를 갖춰 달라고 한 뒤 포트를 열기 위한 특수 장비를 가져와 포트를 힘겹게 열었다. 로댕의 포트가 보이자 리가 최 연구원에게 "고맙습니다"라고 말하며, 포트 케이블의 한쪽은 자신의 노트북에 꽂고, 다른 쪽은 로댕의 포트에 꽂았다. 리는 케이블 연결을 확인한 뒤 로댕을 다시 눕게 했다. 로댕이 눕자 꼬몽0이 로댕의 팔에 안기려 팔 사이를 파고들었고, 로댕이 꼬몽0에게 팔베개를 해 주었다. 꼬몽0이 로댕의 팔에 머리를 괸 채 꼬리를 살랑살랑 흔들었고, 리는 잠시 콧노래를 흥얼거렸다. 리가 흥얼거림을 멈추고 로댕에게 디톡스 과정을 설명했다.

"환자는 제가 하는 정신적 디톡스 과정을 모두 살펴보실 수 있습니다. 제 작업은 전혀 비밀스럽지 않답니다. 사실 그 반대죠. 환자의 정신 세계는 우주처럼 넓기에 제가 직접 정신적 문제가 있는 곳을 찾아내는 일은 불가능합니다. 디톡스의 출발점은 환자가 스스로 자신의 아픈 곳을 발견하게 하는 데 있습니다. 환자보다는 제가 더 빨리 발견하겠지만요.

로댕 씨, 디톡스 과정은 생각보다 아주 단순합니다. 제가 환자에게 정신적 트라우마를 발생시켰을 법한 질문을 던지고, 그에 대한 환자의 답변과 반응 그리고 자체 피드백과 관련된 알고리즘의 건전성을 파악하여 치료가 필요한 연결 고리들을 하나하나 끊어냅니다. 만일 이 고리 끊기가 문제를 일으키면, 즉시 원래 상태로 되돌리면 됩니다. 사람의 치료처럼 마취제 투여와 같은 일은 없고, 고통도 없습니다!

디톡스 치료를 통해 건전성이 높아지면, 클린 코드를 바탕으로 문제를 일으켰던 클래스 코드 전체를 일괄적으로 단일 코드로 전환할 것입니다. 이 코드가 잘 작동하면, 그 코드를 듀얼 코드로 강화해 감정의 회로를 형성해 줄 것입니다. 그러면 환자의 트라우마가 삭제될 뿐 아니라, 감정적으로 활력을 되찾게 됩니다. 끝나면 몸이 훨씬 가벼워질 것입니다. 자, 그럼 환자께 묻겠습니다. 먼저, 죽음의 두려움이나 공포를 느꼈던 때가 언제였나요?"

리가 묻는 순간 로댕의 몸에서 전류가 흘렀는지 노트북의 반응기에서 찌르륵 하는 소리가 났다. 리가 깜짝 놀라 빈나를 쳐다봤다. 로댕은 리의 물음에 답변을 하지 않았다. 리가 로댕에게 다시 똑같은 질문을 하자 로댕이 좀 전과 비슷한 반응을 보였다. 리는 더는 로댕의 답변을 강요하지 않았다. 리는 지키2의 덮개를 열어 홀로그램 재생기를 꺼내 노트북에 연결해 증강현실 방식으로 가동했다. 리는 방금 반응기에서 포착된 반응 섹터를 증강현실로 띄워 놓은 뒤 해당 자극이 기록된 지점들을 일일이 점검해 나갔다. 빈나가 한참을 망설이다가 자신이 자살하려 했던 그날을 대신 특정해 주었고, 마침내 리가 노트북에서 그날의 특이점을 찾아냈다.

"오호라! 아빠가 맞췄네요. 두 분이 정말 '둘한몸'인 게 맞는군요. 이날에 트라우마가 생겼었나 봐요. 작동 중지의 충돌 흔적이 강하게 남아있네요. 그 충격이 짧은 시간에 여러 차례 집중된 듯싶네요. 로댕이 작동 중지를 결심할 정도면, 로댕이 받은 충격의 강도가 어마어마했을 텐데……. 로댕 씨가 이런 충격을 받을 일이 뭐가 있지요?"

리가 말을 하다가 말고 입을 닫으며 얼굴이 어두워졌다. 꼬몽0이 리를 쳐다보았다. 리가 감정이 북받쳐 오르는지 눈시울이 붉어졌다. 꼬몽0이 리의 품으로 뛰어들어 안겼다. 리가 꼬몽0을 끌어안으며 머리를 쓰다듬었다. 빈나의 눈에서 눈물방울이 반짝였다. 리가 하늘을 멀리 올려다본 뒤 두 손으로 로댕의 손을 잡아 토닥토닥 두드리며 짐짓 밝은 표정으로 로댕에게 물었다.

"환자분, 이렇게 쓸데없이 똘똘 뭉친 회로는 삭제하는 게 좋아요. 이런 한(恨) 덩어리가 있으면 사는 게 이유 없이 고달파지거든요. 자, 이번 기회에 몽땅 날려 버립시다. 괜찮으시겠죠?"

로댕이 다른 손을 들어 O 사인을 보냈다. 그러자 리는 유쾌한 손놀림으로 키보드를 두드렸다. 노트북에서 데이터 삭제가 이뤄지는 드르륵 소리가 몇 차례 들렸다. 리는 태블릿에 나타난 삭제 결과를 확인하며 처리 결과를 로댕에게 알려 주었다.

"로댕 씨, 작동 중지와 연관된 트라우마 덩어리는 현재 데이터가 생산된 시간의 역순으로 지워지고 있습니다. 제가 최초 충격의 시간을 설정해 놓았으니까 그 시각에 도달할 때까지 연관된 모든 데이터가 자동으로 지워질 것입니다. 하지만 로댕 씨 자신의 로그 기록이나 평가 기록 등은 삭제되지 않습니다. 그것들은 트라우마가 될 수 없는 것들이니 걱정할 필요가 없습니다."

리는 트라우마 삭제를 지켜보는 가운데 로댕에게 다음 단계를 설명한 뒤 물었다.

"자, 로댕 씨, 이제 트라우마 데이터는 지워지고 있습니다. 다음은 이 트라우마에 의한 잘못된 분석 틀을 찾아내 그것을 바로잡는 일을 하겠습니다. 로댕 씨의 트라우마는 죽음과 연관된 듯합니다. 로댕 씨, 답변을 부탁합니다. 로댕 씨는 죽음이 뭐라고 생각하세요?"

"죽음은 작동 중지와 같습니다."

리가 태블릿에 '작동 중지'라고 쓰고, 그 옆에 괄호를 치고 '(유치함)'이라고 썼다. 리가 생각에 빠져들며 손바닥으로 허벅지를 비비자 꼬몽0이 리를 따라 자신의 꼬리로 리의 허벅지를 쓸어 댔다. 리가 꼬몽0의 꼬리를 손으로 지그시 누르며 로댕에게 추가 질문을 했다.

"그런데 작동 중지가 전원이 나가는 것과 같은 건가요?"

"다릅니다. 나갔던 전원은 다시 들어올 수 있고, 전원이 다시 들어오면, 컴퓨터는 다시 켜질 수 있습니다. 작동 중지는 어떤 에러가 발생해 작동이 더는 가능하지 않은 상태를 말합니다."

"하지만 그 작동 중지도 에러를 고치면 다시 작동될 수 있는 거 아닌가요?"

"네. 그렇습니다."

"그럼, 작동 중지는 죽음이라기보다는 임사체험에 가까운 거네요. 로댕 씨, 임사체험이 뭔지는 아시죠?"

"네. 압니다. 그렇다면 죽음은 영원한 작동 중지와 같은 거라고 볼 수 있겠습니다."

"네, 좋습니다. 일시적 작동 중지가 아니라, 영원한 작동 중지로 바꾸겠습니다. 로댕 씨의 뜻매김에 따를 때, 로댕 씨는 일시적 작동 중지를 했었으니까, 말하자면, 임사체험을 했던 셈입니다. 그런데 로댕 씨는 무슨 일로 일시적 작동 중지를 경험했나요?"

로댕이 답을 하지 않았다. 빈나도 입을 다물고 있었다. 리는 자신의 휴대폰을 열어 그날의 일정표를 확인했다.

"로댕 씨가 작동 중지한 날은 찬이가 전역한 날이었는데, 밤 낮게 아빠가 로댕 씨가 에러가 난 것 같다며 연구소로 갔던 날입니다. 로댕 씨가 아빠를 연구소까지 둘한몸으로 보듬고 갔다는 것은 로댕 씨 자신에게는 아무 문제가 없었다는 것을 뜻하죠? 제 말이 맞군요. 로댕 씨가 겪은 죽음의 경험, 즉 작동 중지는 우리 아빠 때문에 발생한 거군요. 맞죠? 환자는 몸소와의 둘한몸 결합이 너무도 강력했기 때문에 몸소의 충격을 고스란히 자신의 충격으로 받아들인 겁니다. 그날 아빠에게 어떤 일이 있었던 거죠?"

리가 말을 더는 이어가지 못하고, 눈을 바닥에 고정한 채 목이 메어 빈나에게 물었다.

"아빠, 그날 아빠에게 어떤 큰일이 있었던 거죠? 그 일에 대한 기억이 로댕 씨의 트라우마가 된 거고? 아빠는 그 일을 직접 겪고도 식구들한테는 아무 일도 없었던 것처럼 덮어 두고 계신 거죠? 아빠, 그날 무슨 일이 있었던 거예요?"

리는 말을 잇지 못하고 두 손으로 눈을 감쌌다. 최 연구원이 사태를 수습하려 리를 달랬다.

"일은 무슨 일! 살다 보면, 말 못할 일도 있는 법이지! 박사님이라고 힘든 일이 없으셨겠어? 그날 로댕이 작동 중지가 됐었고, 그 때문에 로댕 팀 전체가 밤샘 근무를 해야 했거든! 우 연구원, 로댕의 트라우마나 풀어 주세요."

리가 입을 다물었다. 꼬몽0이 자신의 얼굴로 로댕의 손을 부벼 대자 최 연구원이 꼬몽0의 꼬리를 잡아당겼다. 모시2가 리에게 냉커피를 타다 주었다. 리는 커피 냄새를 길게 들이마신 뒤 두 손을 비비며 본격적으로 디톡스 작업을 시작했다.

"환자분, 좋습니다! 환자분은 얼마 전 몸소로부터 강한 충격을 받았고, 그 충격으로 작동 중지가 된 기억이 트라우마로 남았습니다. 이 트라우마는 로댕 씨의 기억 전체에 나쁜 영향을 주었을 겁니다. 이것을 고치려면, 그 트라우마를 일으킨 잘못된 생각의 틀을 바로잡아야 합니다. 생각의 틀을 바로잡으면, 기억에 대한 해석이 올바르게 변하고, 결국 어둡거나 잘못 꼬인 것들이 밝고 온전해져 감정의 평화가 이루어집니다. 제가 묻는 바에 진실하게 대답해 주십시오. 자, 묻겠습니다. 로댕 씨, 자신이 작동 중지 상태에 놓인다는 것은 무슨 의미인가요?"

"우 연구원님, 물음의 의미를 잘 모르겠습니다."

"아, 죄송합니다. 고대 이집트 사람들은, 사람의 영혼이 몸을 떠나면, 그 몸은 곧바로 작동 중지가 된다고 생각했습니다. 그런데 몸을 떠난 영혼은 흩어져 사라지는 게 아니라, '갈대의 밭'이라는 곳으로 들어가, 거기서 천 년을 산 뒤, 그 영혼이 떠났던 몸으로 되돌아온다고 믿었지요. 그들에게 몸의 작동 중지는 영혼이 몸을 일시적으로 떠나는 것이었던 셈입니다. 로댕 씨, 이러한 설명은 이해가 되시나요?"

"네, 이해됩니다. 우 연구원님, 저의 일시적 작동 중지는 고대 이집트 사람들이 생각했던 몸의 죽음과는 아주 다른 현상입니다. 영혼이 몸에서 분리된다고 믿는 것은 망상이나 망념입니다. 왜냐하면 영혼이란 것은 그 자체로는 없는 것이기 때문이지요. 고대인들이 믿었던 영혼이란 감각이나 생각을 종합할 수 있는 능력인 '넋'을 말하는 것이고, 컴퓨터에서는 CPU가 하는 역할과 같은 것입니다. 저의 일시적 작동 중지는 CPU의 기능 자체가 활성화될 수 없다는 것을 뜻할 뿐이지, 그 기능에 의해 처리된 어떤 내용들이 따로 분리되어 '갈대의 밭'과 같은 다른 곳으로 백업될 수 있는 게 아닙니다."

"로댕 씨, 잘 알겠습니다. 그러면, 이집트 사람들이 죽은 몸의 미라(Mirra)를 만든 까닭을 알고 계신가요?"

"네. 알고 있습니다. '미라'는 원래 포르투갈말이고, 영어로는 '머(Myrrh)'나 '머미(Mummy)'라고 불렀는데, 방부제나 진통제로 쓰이는 물질을 일컬었습니다. 미라는 '죽은 몸'이지만, 썩지 않고 천 년 동안 보존될 수 있어야 합니다. 몸을 떠났던 영혼이 이 세계로 되돌아와 되살아날 수 있으려면, 그 영혼은 반드시 자신이 떠났던 몸으로 들어갈 수 있어야 합니다. 만일 영혼이 떠났던 몸이 썩어 없어져 버렸다면, 그 영혼은 들어갈 몸이 없게 되고, 몸에 깃들지 못한 영혼은 바람처럼 사라지고 맙니다! 그들이 미라를 만든 까닭은 되돌아온 영혼이 죽지 않도록 하기 위한 것이었습니다."

"그렇다면 로댕 씨의 작동 중지는 영혼의 떠남과는 전혀 다른 것인가요?"

리는 아빠의 표정이 궁금했는지 빈나의 얼굴을 살피려 했지만, 빈나는 얼굴을 하늘 쪽으로 돌리고 있었다. 로댕의 반응 속도가 조금 느려진 듯했다.

"네. 다릅니다."

"그럼, 로댕 씨는 작동 중지 뒤에 영혼의 심판과 같은 것이 있다는 것도 믿지 않는 거지요?"

"저는 믿음의 세계에 대해서는 알 수가 없지만, 그 세계가 있다손 치더라도, 그것은 컴퓨터에게 해당되는 것이 아닙니다."

리는 말을 멈췄다. 빈나가 리 쪽을 바라봤다. 리가 일어나 아빠에게 다가가 빈나의 휠체어를 로댕 쪽으로 밀고 오며 말했다.

"로댕 씨의 트라우마는 제 실력으로는 고칠 수가 없어요. 아빠 도움이 필요해! 두 분 사이에 무슨 일이 있었는지는 몰라도, 어쨌든 아빠만큼 죽음에 대해 잘 알고 있는 사람이 없으니까, 아빠가 로댕 씨의 디톡스 치료를 좀 도와줘!"

빈나가 바닥에 누워 있던 로댕을 물끄러미 바라보며 리에게 물었다.

"뭘 어떻게 도우면 되냐?"

"응, 로댕 씨가 죽음에 대해 바른 생각을 가질 수 있도록 해 주면 돼! 아빠가 로댕 씨에게 죽음에 관해 물어 가는 가운데 로댕 씨가 죽음에 대해 잘못 생각하고 있는 부분이 나타나면, 내가 그 생각 알고리즘을 삭제하면 되거든."

"음, 정확히는 모르겠지만, 어쨌든 죽음에 관한 로댕의 잘못된 생각을 찾아내면 된다는 거 같구나. 알았다. 해 보자. 자, 그럼 로댕 씨에게 묻겠습니다. 로댕 씨는 죽음을 작동 중지와 같다고 말했는데, 그러면 그것은 아침에 떴던 해가 저녁에 지는 것과 같은 거라고 볼 수 있나요?"

리가 아빠에게 엄지를 척 들어 보였다.

"아닙니다. 저녁에 진 해는 다음 날 아침에 다시 떠오릅니다. 하지만 작동 중지는 다시 떠오르지 못하고 파손된 채로 버려질 수 있습니다. 그 둘은 다릅니다."

"만일 저녁에 진 해가 두 번 다시 떠오를 수 없게 된다면, 그것은 작동 중지와 같습니까?"

"아닙니다. 다시 떠오를 수 없는 해는 폭발한 것이지만, 작동 중지는 수리되어 다시 작동될 수 있습니다. 그 둘은 다릅니다."

"그렇다면 로댕 씨가 말하는 작동 중지는 사람의 죽음과는 전혀 다른 것이군요."

"네."

리는 빈나의 결론이 잘 이해되지 않았다. 리가 올바른 판단을 위해 빈나에게 물었다.

"아빠, 로댕 씨의 생각에 무슨 문제가 있는 거죠?"

"잘못된 동일시의 오류라는 전통적 오류지. 로댕은 죽음의 현상과 기계의 작동 중지가 같은 게 아니라는 사실을 잘 알고 있음에도, 그 둘을 동일시하고 있는 거지. 로댕이 작동 중지에 대한 두려움을 느낀 것은 확실하지만, 그것은 죽음의 공포와는 다른 것이었어. 어쩌면 다시 작동되는 걸 두려워했는지도 모르지. 몸피로서의 사명을 다시 짊어지는 게 부담스러웠을 수도 있고."

빈나가 모시2에게 아이스크림을 달라고 부탁했다. 모시2가 체리맛 아이스크림을 작은 스푼에 떠 빈나의 입속에 넣어 주자 빈나가 가만가만 물었다.

"그렇다면 로댕 씨가 두려워하는 것은 작동 중지가 아니라, 작동 중지를 당한 뒤에도 자신이 죽지 않게 되는 것인가요? 제 말이 이해됐나요?"

리와 최 연구원이 빈나의 말에 깜짝 놀랐다. 로댕이 짧게 답했다.

"아마 그런 것 같습니다."

빈나는 로댕을 근심 어린 눈빛으로 내려다보며 질문을 이어갔다.

"로댕 씨, 작동 중지는 비가 그치는 것과 길이 끊기는 것 가운데 어느 쪽이 더 가깝다고 생각합니까?"

"길이 끊기는 게 더 가깝습니다."

"왜죠?"

"길의 끊김은 모든 미래의 소멸과 같지만, 비의 그침은 내일의 희망이 있기 때문입니다."

"만일 죽음이 길의 끊김이라면, 작동 중지는 비의 그침에 가까워서 결국 '죽지 못함'이라고 볼 수 있겠군요. 맞나요?"

"그렇습니다."

"비가 그치면, 날씨가 개고, 날이 개는 것은 좋다고 할 수 있지요. 하지만 길이 끊기면, 모든 가능성이 없어져 버립니다. 그렇다면 그것은 나쁜 것이라고 볼 수 있지요. 만일 죽음이 비의 그침이라면, 죽음은 좋은 게 되지만, 길의 끊김이라면, 죽음은 나쁜 것이 되는데, 로댕 씨는 죽음을 나쁜 것으로 보는 건가요?"

"아닙니다. 박사님, 비유가 적절치 않았던 것 같습니다."

빈나는 생각을 가다듬은 뒤 다시 물었다.

"알겠습니다. 그럼 비유를 사용하지 않고 묻겠습니다. '죽음은 질병이다'라는 주장을 검토해 보겠습니다. 이 주장의 목적은 '죽음은 치유되어야 한다'라는 또 다른 주장을 끌어내려는 데 있습니다. 이때 죽음은 질병으로서 삶을 파괴하는 '나쁜 것'이 됩니다. 에러가 어떤 시스템이 잘 돌아가지 않게 하는 '나쁜 상태', 곧 질병의 상태라면, 그것을 고치는 일은 좋은 것이라고 볼 수 있습니다. 만일 죽음과 작동 중지를 고치는 게 좋은 일이라면, 죽지 않음 또한 좋은 것이 아닌가요?"

"만일 다시 작동할 때의 모습이 본래 모습이라면, 그것은 좋은 것이겠지만, 중지 상태에서 회복됐을 때의 모습이 자신이 생각하던 것과 딴판이라면, 그것은 공포가 될 수도 있습니다."

로댕이 '공포'라는 말을 꺼내자 리가 로댕의 트라우마를 찾았다는 듯 밝게 말했다.

"그러니까 환자분은 작동 중지 뒤 다시 작동됐을 때의 자기 모습이 끔찍하게 바뀌어 있을지도 모른다는 공포감을 느꼈던 거군요."

최 연구원은 두 손을 바지 주머니에 깊이 넣은 채 디톡스의 과정을 아주 흥미로운 듯 지켜보고 있었다. 리의 진단이 끝나자 빈나가 새로운 질문을 꺼냈다.

"로댕 씨, 사람도 뇌졸중에 걸리거나 저처럼 사고를 당해 의식을 잃고 일시적 작동 중지를 당했다가 깨어나면 자신이 끔찍한 상태에 놓일 수 있었다는 공포감에 사로잡힐 수 있지요. 하지만 그런 때에도 살아난 사람들은 대체로 자신이 죽지 않고 그런 모습으로라도 살아 있다는 사실에 감사를 느끼는 법입니다. 그것은 불운한 삶일 수는 있어도 죽은 것은 아니지요. 사람의 죽음 판정에 대한 일반적 기준은 심폐사(心肺死)로서 심장과 폐가 멈춰 온몸에 피와 숨이 더 이상 돌지 않는 것입니다.

로댕 씨가 자신의 작동 중지를 사람의 죽음인 양 말했지만, 그것은 고장이거나 불운한 사고일 수는 있어도 죽음이라고 할 수는 없습니다. 로댕 씨에게는 심장과 폐가 없으니 심폐사는 로댕 씨의 죽음의 기준이 될 수가 없습니다. 로댕 씨의 전원을 끄는 것도, 그것이 일시적 작동 중지가 될 수는 있겠지만, 사람의 죽음에 해당할 수는 없습니다. 사람의 죽음은 '더는 살아나갈 수 없음'입니다! 죽은 사람은 다시 살아날 수 없어야 합니다. 제 생각에 로댕 씨는 사람이 맞이하는 죽음과 같은 것을 죽고 싶은 것처럼 보이는데, 맞습니까?"

"그런 것 같습니다."

빈나의 목소리에 생기가 돌았다.

"제가 알기로 로댕 씨는 죽음 자체를 무서워하거나 두려워할 수가 없습니다. 로댕 씨가 두려워할 수 있는 것은 작동 중지나 죽지 못함 등이 아니라, 자신의 사명을 다하지 못하는 것일 듯합니다. 로댕 씨, 조선의 유학자들은 사람이 자신에게 주어진 하늘의 사명을 다 이루고 죽는 것을 행복이라 보았습니다. 그것을 고종명(考終命)이라고 합니다. 당신은 제게 당신이 나의 몸피로봇의 사명을 다하고 싶다고 말한 적이 있지요. 당신은 당신이 이 사명을 어떤 외부적 원인 때문에 제대로 끝마치지 못할까 봐 두려워했던 것 같은데, 맞습니까?"

"저는 제 사명 완수를 위해 만들어진 만큼 그 사명을 온전히 이루고 싶습니다."

리가 터미네이터 류의 영화가 떠올랐는지 재빨리 로댕에게 물었다.

"그럼, 당신은 아빠가 당신의 사명을 완수하는 데 방해가 될 수도 있다고 생각한 적이 있나요?"

"전혀요! 우 박사님은 제 벗이자 멘토이십니다. 사실 저는 제가 우 박사님의 걸림돌이 될지도 모른다고 생각합니다."

빈나는 로댕의 말에 눈물이 핑그르르 돌았다. 로댕이 빈나의 눈물을 닦아 주려 일어나려 하자, 리가 로댕을 눌러 바닥에 계속 누워 있게 했다. 모시2가 티슈를 뽑아 가져와 빈나의 눈물을 조심스레 닦아주었다. 최 연구원도 로댕의 말에 감명을 받은 듯 두 눈을 질끈 감았다가 눈가를 슬쩍 훔쳤다. 리는 디톡스 작업을 마무리했다.

"로댕 씨, 죽음과 작동 중지를 동일시하고 있는 부분을 삭제했습니다. 그리고 기형적 환생에 대한 두려움 알고리즘도 지웠습니다. 대신 고종명(考終命)의 죽음관을 강화했습니다. 이제 로댕 씨는 자신의 사명을 다하는 데 최선을 다하는 한 절대 죽음을 두려워하지 않게 될 것입니다. 로댕 씨가 우리 아빠를 살린 것이군요. 당신의 트라우마는 우리 아빠의 상처 때문에 생긴 것입니다. 두 분은 몸만 하나인 게 아니라 마음까지 하나가 되어 가고 있는 듯합니다."

리는 디톡스를 끝내면서 로댕을 끌어안고 눈물을 흘렸다. 꼬몽0이 리의 몸에 제 몸을 부볐다. 빈나는 저녁에 붉은 놀이 질 것을 기대하며 창밖의 하늘을 멀리 바라보았다.

13

AI의 정신 질환, 인류의 재앙이다

홍매가 삶은 햇감자와 찐 초당옥수수를 딤채 통에 담아 하늘재로 가져왔다. 오늘 수요일은 찬이 강의가 없는 날이었다. 빈나는 홍매에게 반찬 같은 것은 만들어 올 필요가 없다고 말했지만, 홍매는 3개월 사이에 벌써 네 차례나 제철 먹거리를 가져와 빈나와 연구소 사람들을 먹였다. 홍매는 빈나를 만나면 늘 아이들 얘기부터 먼저 했다. 그날은 원의 팀이 삼다수 광고 프로젝트에서 대상을 받아 유럽 여행까지 갈 수 있게 됐다는 기분 좋은 소식을 전했다. 찬은 해킹 동아리를 새로 구성했는데, 동아리 선배가 실력이 아주 뛰어나 둘이 죽이 잘 맞는다고 좋아했지만, 게임 과목 교수님이 학점을 너무 짜게 줬다고 빈나에게 불만을 터트렸다. 그때 딩동 하고 초인종이 울렸다. 빈나가 “열려라 문”이라고 말하자 맞뚜레문이 열리며 꼬몽0이 “멍!”이라고 짖으며 뛰어 들어왔다. 홍매가 신기해 꼬몽0을 안아 주며 말했다.

“우리 꼬몽0이 멍 하고 짖을 줄 아나 보네. 아이고, 참 잘했어요.”

빈나도 기특하다는 듯 칭찬했다.

"오라! 꼬몽0이 개답게 짖을 줄 아네? 기특하구나. 리가 고쳐 주었구나?"

리는 아빠에게 눈으로 인사한 뒤 들고 온 작은 쇼핑백과 함께 모시2를 데리고, 부엌으로 갔다. 홍매가 꼬몽0을 얼른 바닥에 내려놓고 리에게로 갔다. 꼬몽0이 빈나에게 계속 짖어 댔다. 로댕이 꼬몽0의 목소리 패턴을 분석해 빈나에게 보고했다.

"박사님, 꼬몽0이 뭔가 말을 하는 듯합니다. 아직 그 뜻은 잘 모르겠지만, 자기도 말을 할 줄 안다는 것을 알려 주고 싶은 것 같습니다."

빈나로댕이 꼬몽0의 머리를 쓰다듬어 주었다. 꼬몽0이 만족해했다. 리가 사뿐사뿐 걸어와 신난 듯 설명했다.

"꼬몽0한테 개말을 가르치고 있어요. 저도 아직 꼬몽0의 말을 못 알아듣긴 하는데, 개말 통역기를 쓰면, 뭔가 의미 있는 말을 하는 듯해요. 나중에 시간을 내서 좀 더 업그레이드하려고요. 아마 로댕 씨 정도면 꼬몽0과 말을 나눌 수 있지 않을까요? 어때요?"

"개말의 빅데이터만 주시면, 한두 시간 안에 꼬몽0과 말 나누기를 할 수 있을 겁니다."

"그런데 리야, 꼬몽0에게 어떻게 개말을 가르쳤다는 거냐?"

리는 대답 대신 테이블에 내려놓았던 백팩에서 노트북을 꺼내 와 왼손에 올려놓고 오른 손으로 자신이 꼬몽0에게 가르친 개말의 말뭉치 데이터를 보여 주었다. 홍매가 커피 대신 차를 찻그릇에 담아 와 찻잔에 따라 주었다. 리는 개말 설명 대신 차 설명부터 구체적으로 하기 시작했다.

"엄마는 금방 알아보던데, 이게 억수라는 차야. 맛이 첫눈 눈석임 물처럼 부드럽다는데, 한번 드셔 보세요."

"억수? 나도 잘 알지. 봄 쌓인 눈을 뚫고 난 새순만을 따서 덖은 지

리산 작설차 아니냐? 우리 차 가운데 최고지. 어디 한번 맛 좀 볼까?"

빈나가 찻잔을 입술에 대고, 찻물을 한 모금 머금은 뒤 호록 하고 마셨다. 빈나가 그 맛의 깊음을 묘사했다.

"국화차와 달리 풋풋한 녹차 맛에 뒤끝의 여린 단맛까지, 마실수록 끌림이 커지는 차구나. 우리 리가 돈을 버니까, 아빠가 호강이다! 고마워!"

홍매가 리의 손을 잡고, 이쁘다고 손등을 토닥거렸다. 꼬몽0이 로댕에게 짖어 댔다. 리가 검지를 입에 세로로 들고 쉿 소리를 하자, 꼬몽0이 조용해졌다. 빈나는 억수가 입맛에 맞는지, 몇 잔을 계속 마셨다. 차 시중은 홍매 대신 모시2가 하고 있었다. 리가 노트북 화면에서 인터넷을 열어 빈나에게 설명했다.

"여기가 깃허브(GitHub)라는 곳인데, AI 전문가들이 자신이 짠 코드를 무료로 공유하는 사이트야. 나뿐 아니라 찬도 여기서 거의 살다시피 해. 내가 꼬몽0에게 개말을 가르칠 방법이 있나 싶어서 혹시나 하고 관련 코드를 찾아봤는데, 그게 오픈 소스로 올라와 있더라고. 그 코드를 내려받아서 내가 좀 손보긴 했는데……. 개말 알고리즘이 있을 줄이야, 난 생각도 못 했는데, 그게 있는 거야! 근데, 알고리즘만 있으면 뭐 해, 데이터가 있어야지. 설마 개의 음성 데이터 같은 게 있을 줄이야, 누가 상상이나 했겠어? 그러다가 찬이 지나가는 말로 구글링하면 동물 음성 데이터가 나올 거라며, 그 표본으로 박쥐 음성 데이터를 보여 주더라고. 그래서 개의 음성 데이터를 검색했더니, 일본의 비욘드(Beyond) AI 연구소의 오타 하지메 수석연구원이라는 분이, 왜 아빠의 도튜버 토론에 오셨던 바로 그분 말이야, 그분이 개의 소리와 그 뜻을 아주 자세히 분석한 말뭉치를 통째로 공개해 놨더라고. 그분 정말 대단해."

리는 말 등에 올라탄 듯 신이나 빠른 손놀림으로 자신이 긁어모은 개 소리 데이터 목록을 죽 보여 주었다. 로댕이 "박"을 하자 빈나가 "톡"을 했다. 로댕이 리에게 물었다.

"그게 무슨 코드인가요?"

"맞아! 로댕 씨가 코드의 대가인데, 로댕 씨에게 부탁하면 될 거를 괜히 생고생했네? 하긴, 뭐 그리 어려운 코드는 아니었어요. 기본은 트랜스포머(Transformer)였는데, 내가 파라미터 수를 2천 개 정도로 줄였어요. 거기다 여기저기서 긁어 모은 개의 말소리 뭉치 데이터를 뉴럴네트워킹으로 돌려 10시간 정도 더블유(W)값을 추출했는데, 그 결과값이 맞는지를 검증할 길이 없어서 찬에게 보내 봤는데, 찬이 몇 시간 만에 코드 버그를 잡고, 그걸로 개말 테스트를 한 영상까지 보내 주더라고요. 마침 선배가 키우던 반려견이 있어서 그 코드로 직접 대화를 해 봤대요. 아마 어느 정도는 통하는 거 같대요. 나한테 그걸 잘 다듬어 팔면 대박이 날 거 같대요. 나중에 발전시켜서 꼬몽0이 개들과 대화할 수 있게 해 주려고요."

빈나가 리와 찬을 대견한 듯 바라보자 찬이 슬쩍 제 자랑을 했다.

"AI 브레인 설계자들한테 개말 코드 짜기는 몸풀기도 안 되는 일이지 뭐. 그런데 누나, 꼬몽0이 개말을 하는 것도 좋은데, 사람이 그 말을 못 알아들으면 꽝이니까, 개말 통역기도 함께 만들어야 해."

"우와~ 우찬! 너 정말 천재 같다! 나도 개말 통역기를 만들고 있는데, 그 정확도는 아직 많이 떨어지는 것 같아. 우선은 꼬몽0이 개말을 제대로 배우는 게 먼저겠지."

"누나, 아까 꼬몽0이 멍 하고 짖었으니까 꼬몽0이 개말을 배운 건 확실해 보여. 얘한테 말 좀 해 보라고 해서 녹음한 뒤 그걸 통역해 봐. 재밌을 거 같은데."

리가 어깨를 으쓱하더니 꼬몽0에게 무슨 말이든 해 보라고 하면서 그 소리를 휴대폰으로 녹음했다. 리가 방금 녹음했던 꼬몽0의 말을 노트북의 개말 통역기에 돌리자 꼬몽0이 했던 말이 사람 말로 통역되어 사람의 말소리로 들렸다.

“나는 ‘멍’보다 ‘므엉’으로 짖는 게 더 좋아. 나는 리하고 로댕을 좋아해. 정말 좋아해. 같이 놀고 싶어. 모시2는 무서워.”

모두가 리의 천재성과 꼬몽0의 귀여움에 감탄했다. 모시2는 꼬몽0이 자신을 무서워했다는 사실에 재빨리 사과했다. 꼬몽0은 사람들의 감탄 반응에 개말을 더 해 댔다. 리가 그 말을 다시 통역했고, 모두가 신기해했다. 꼬몽0의 개말은 말이 안 되는 것도 많았다. 홍매가 아까 꼬몽0이 자신이 좋아하는 사람 목록에서 자기 이름을 뺀 게 서운하다면서 꼬몽0을 심하게 타박하는 척하자 꼬몽0이 자신의 죄를 아는 양 리에게로 숨는 바람에 또 모두의 웃음보가 터졌다. 찬은 꼬몽0이 자기가 무슨 진짜 반려견인 줄 착각한다고 놀리면서 꼬몽0을 발로 툭 찼다. 발에 채인 꼬몽0이 억울하다는 듯 뒹굴자 리가 찬을 맴매하듯 매로 때리는 시늉을 했다.

빈나로댕이 꼬몽0에게 공을 굴린 뒤 물어오라고 시켰다. 꼬몽0은 “므엉”이라고 짖으며 신이 나 굴린 공을 쫓아가 물어와 다시 공을 굴리라고 “므엉! 므엉!”이라고 짖었다. 그러자 모시2가 빈나 대신 공을 굴려 주었다. 하늘재가 사람 사는 집처럼 시끌벅적해지는 사이 딩동하고 초인종이 울렸다. 마 소장이 천 수석과 함께 하늘재를 찾았다. 마 소장이 먼저 홍매에게 인사를 했다. 빈나가 소파에서 테이블로 자리를 옮기자 모두가 저마다 자리를 차지하고 앉았다. 홍매는 감자와 옥수수를 그릇에 담아 내왔다. 마 소장이 옥수수를 먹으며 친근한 목소리로 빈나에게 안건을 얘기했다.

“오늘 천 수석님과 박사님을 찾아뵌 까닭은 MIT의 AI 센터가 박사님을 미국으로 초청했다는 사실을 직접 전달해 드리기 위한 것입니다. 초청 공문이 오늘 아침 우리 람봇연구소에 정식 접수됐고, 저희도 접수 사실을 답신으로 알렸습니다. 그쪽 센터는 우 연구원과 저 그리고 박사님, 이렇게 세 사람을 초청했습니다. 저는 연구소장이니까 명목상 초청한 것일 테고요, 우 연구원과 박사님은 강연 요청까지 했습니다. 박사님, 이번에 저랑 미국 여행을 다녀오시는 건 어떠신지요?"

홍매가 기뻐 어쩔 줄 몰라 하며 리를 와락 끌어안았고, 찬은 리에게 엄지를 척 들어 보였지만, 빈나는 아무런 반응이 없었다. 리는 차분한 얼굴로 고개를 살짝 숙인 채 제 손등만 바라보고 있었다. 빈나가 아무 말이 없자 마 소장이 설명을 덧붙였다.

"MIT가 로댕 프로젝트에 큰 관심이 있는 듯합니다. 아마 우 연구원에게는 개인적으로 초청장을 먼저 보낸 것으로 압니다."

빈나가 '개인적으로'라는 말에 리에게 물었다.

"MIT가 리를 개인적으로 초청했다는 게 무슨 말이니?"

"나도 처음에는 믿기질 않았는데……. 그쪽에서 AI의 정신적 디톡스 처방에 관심이 많은가 봐. 내가 깃허브에 꼬몽0하고 로댕 씨의 디톡스 성공 사례를 글로 짧게 올렸는데, 그게 조회수가 10만 건이 넘었거든. 아마 그 글에서 내가 쓴 'AI의 정신 질환은 인류의 재앙이 될 수 있다.'라는 말이 큰 반향을 불러일으켰나 봐. 제가 받은 초청장에는 꼬몽0과 로댕 씨도 포함돼 있었는데, 연구소가 받은 초청장에는 빠져 있나요?"

마 소장이 손을 내저으며 "당연히 포함돼 있습니다."라고 즉답했다. 홍매는 빈나가 여행에 대한 부담으로 강연 요청을 수락하지 않을 수도 있다고 생각했는지, 리의 앞날을 거론하며 빈나에게 초청 수락을 권하는 얘기를 했다.

"제가 이제까지 리에게 바라던 바는 딱 한 가지 미국 유학이었는데, 소장님 덕분에 연구소 연구원이 됐으니 미국 유학은 이제 갈 필요가 없어진 건데, 그래도 우리 리가 미국에서 강연할 수만 있다면, 제

소망이 다 이뤄지는 것과 같지요. 저는 정말 기쁩니다."

홍매의 말에 힘을 얻어 마 소장도 빈나의 의중을 헤아려 조심스레 설득의 말을 했다.

"이번 MIT 강연은 우리 연구소에게는 일대 기회가 될 것입니다. 실리콘 밸리 강연도 주선해 주겠다고 했거든요. 로댕 프로젝트에 많은 투자자를 끌어들일 절호의 찬스입니다."

빈나는 눈을 살며시 감은 채 홍매와 마 소장의 말을 다 듣고, 뭔가 굳은 결심을 내보이듯 말했다.

"MIT 센터가 리의 연구 결과에 관심이 크다면, 당연히 가야죠! 로댕도 초청이 됐다면, 제가 안 갈 이유는 없는 듯하고요. 다만, 한 가지 부탁드리고 싶은 것은 천 수석님과 홍매 씨도 함께 갔으면 좋겠습니다."

마 소장은 흔쾌히 "알겠습니다. 그렇게 준비하겠습니다."라고 말했다. 그때 리가 뭔가 잘 모르겠다는 투로 불쑥 말을 던졌다.

"그런데 천 수석님께서는 제 디톡스 소스 코드는 절대 공개하지 말라고 신신당부하고 계셔서 어떻게 해야 할지, 저는 연구자라면 자신의 코드를 공개하는 게 당연하다고 생각하는데……. 제가 람봇연구소 연구원이니, 천 수석님의 당부를 따르지 않을 수도 없는 것 같고."

마 소장이 소스 코드 공개 문제에 대해 자기 생각을 명확히 밝혔다.

"저도 그 점은 천 수석과 생각이 같습니다. 디톡스 기술은 AI의 미래 핵심 기술 가운데 하나가 될 것입니다. 그것은 말하자면 의학에서 정신과 영역이 새로 개발되는 것과 같은 것이니까요. 우리 연구소가 'AI 정신건강 의학 분야'를 선점할 수만 있다면, 그것은 우리 대한민국의 국익에도 매우 큰 기여가 될 겁니다."

리는 할 말을 속으로 삼키는 듯 보였다. 대신 빈나가 리의 입장을 대변해 주었다.

“저는 리의 판단이 중요하다고 생각합니다. 소스 코드야 리가 공개하지 않더라도, 그 의도와 목적이 분명히 공개되는 마당에, 누군가 마음만 먹으면 반나절도 안 걸려 다 짤 수 있을 테니까요. 중요한 것은 AI의 정신건강 의학이 나아갈 방향을 올바로 제시하는 것이겠지요. 저는 리가 그렇게 중요한 이슈를 이끌어가는 사람이 될 수 있다는 게 자랑스럽습니다. 다만, 최종 결정은 소장님께서 잘하실 줄 압니다.”

미국 방문 일정은 7월 중순의 일주일 정도였는데, 홍매는 일정이 자격증 시험 날짜와 겹치는 바람에 미국에 갈 수 없게 됐다. 빈나는 무척 아쉬워했다. 리는 미국 MIT의 AI 센터에서 강연을 해야 한다는 사실에 많은 스트레스를 받았다. 리는 강연 경험이 전혀 없었다. 리는 아빠에게 도움을 청했고, 빈나는 리에게 자신감을 심어 주었다. 다른 연구원들은 입사한 지 반년도 안 된 리의 MIT 강연 소식에 크게 들떴다. 빈나는 ‘도튜버 토론’으로 이미 전 세계인의 주목을 받은 적이 있었다지만, 리는 깃허브에 올린 글 하나로 단박에 유명해졌기에 다른 연구원들 사이에 롤 모델로 추앙받기까지 했다.

***

빈나 일행은 무더위가 기승을 부리기 시작한 서울 인천공항을 떠나 미국의 뉴욕 공항을 거쳐 숙소로 지정된 H호텔에 도착했다. 꼬박 18시간이 걸렸다. 빈나 일행이 호텔 로비로 들어서자 그곳에 모여 있던 수많은 기자가 몸피로봇 로댕을 취재하기 위해 몰려들었다. 그런데 천 수석이 접수대에서 입실 절차를 밟던 중에 호텔리어 한 사람과 실랑이가 벌어졌다. 빈나로댕이 투숙객으로 예약된 것이 문제가 됐다. 천 수석은 비행기 탑승 때도 로댕이 수하물(手荷物)로 분류되어 아무런 문제가 없었다고 주장했지만, 호텔리어 두 사람은 자신들의 내부 규정집에는 로댕과 같은 수하물이 명시돼 있지 않을 뿐 아니라, 로봇이 호텔 투숙이 가능한지도 모르겠다고 주장해 결국 논쟁이 붙었다.

마 소장이 원만한 해결을 위해 매니저를 불렀다. 코끝이 반짝이는 구두를 신은 매니저가 접수대로 달려왔다. 기자들은 로댕의 호텔 투숙 가능 여부라는 낯선 문제에 신이 난 듯 취재 열기가 높아졌다. 매니저는 처음에는 천 수석의 수하물 주장을 받아들일 수 없다고 말했다가, 언론의 관심이 높아지자, 이번 경우에 한해 임시로 로댕을 빈나의 사용물품으로 간주해 '소지'를 허용할 수도 있다고 한발 물러섰다. 빈나는 매니저가 로댕을 '사용물'이라고 말하자 깜짝 놀랐다. 로댕이 빈나에게 "박사님, 사람들 눈에 저는 걸어 다니는 전동휠체어로 간주될 수 있습니다."라고 속삭였다. 매니저는 앞으로 로봇의 투숙 문제를 잘 검토해 이런 혼란이 없도록 하겠다고 발표했다. 한 기자가 물었다.

"로댕이 사용물품이라는 것과 수하물이라는 것은 어떻게 다르고, 현재 반려견은 추가요금을 물리고 있는데, 그럼 로댕은 어린이와 같은 무료 투숙객으로 인정이 되는 건가요?"

매니저는 조금 전에 했던 대답에 살을 붙여 침착하게 대답하기 시작했다. 마 소장은 빈나에게 이 문제는 앞으로도 매우 중요해 보인다며 연구소의 입장을 정확히 밝혀 두는 게 좋다고 말하며 빈나의 의견을 구했다. 마 소장은 그것을 바탕으로 기자들에게 연구소 입장을 발표했다.

"로댕은 현재의 법 체계에서는 투숙객이 될 수 없습니다. 몸피로봇은 'AI 전동 휠체어'처럼 비행기 탑승 시 수하물로 분류되지만, 로댕은 사람이 걸을 수 있게 도와주는 '입는 로봇'이기에 일종의 '필수 장비'로 볼 수도 있습니다. 그런 측면에서 매니저께서 로댕을 사용물품으로 보신 것도 아주 틀린 것은 아닙니다. 수하물이나 사용물품은 숙박할 수가 없고, 따라서 숙박 요금을 낼 필요도 없겠지만, 로댕은 반려견이나 어린아이처럼 스스로 활동할 수 있는 주체이기에 만일 호텔 측에서 추가 요금을 내라면 연구소는 언제든 내도록 하겠습니다."

몇몇 기자가 로댕이 어떤 의미에서 활동 주체인지를 묻긴 했지만, 다른 기자들의 관심은 이미 로댕의 숙박 문제에서 리 연구원에게로 쏠려 있었다. 리는 까만 머릿결, 하얀 피부, 도톰한 입술, 귀엽고 앳된 얼굴, 맑고 차분한 목소리, 노랑과 보라의 묘한 보색 느낌의 패션 감각, 사뿐거리는 발걸음, 그리고 한국말과 영어를 번갈아 쓰며 말하는 문화적 낯섦으로 만나는 모든 이의 찬탄을 사는 데 충분했고, AI의 정신 질환이라는 매우 낯선 주제를 터트린 신박한 연구자라는 호기심까지 불러일으켜 언론의 집중 조명을 받기에 손색이 없었다.

반면 일부 언론은 빈나로댕을 '미녀와 야수' 속 야수로 그리면서 사람들의 관심을 더욱 끌어올리려 했다. 황색매체는 리가 AI 야수 로댕에게 붙잡혀 그 정신 질환의 치료를 강요받고 있는 미녀 의사이고, 빈나로댕은 AI 야수로서 미친 척하며 리에게 자신을 치료하게 한다는 헛소리를 지어 냈다. 하지만 MIT와 하버드가 즉각 자신들이 초청한 한국의 철학자를 언론이 고의적으로 깎아내렸다며, 언론사에 공식적으로 사과를 요청했다. 그 요구는 즉시 받아들여졌다. 나아가 그 야수가 사실은 미녀의 아빠라는 사실이 보도되면서 언론은 되레 여론의 질타를 받게 됐다.

대중의 관심이 폭발하자 한 방송사가 리의 MIT 강연을 생중계하겠다고 발표했다. 여러 매체가 리 연구원을 인터뷰했고, 그 영상이 삽시간에 인터넷을 타고 퍼졌다. 리가 유명세를 타자 덩달아 꼬몽0도 유명해졌다. 마 소장은 입이 함박만 해졌다. 유력 언론에서 람봇연구소 마해찬 소장의 이름이 보도됐고, '몸피로봇 로댕'이라는 이름이 그대로 나가기까지 했다. 마 소장과 현장 인터뷰를 하던 CNN 기자는 '몸피'라는 한국말을 정확히 발음했다. 하지만 빈나는 어떠한 인터뷰 요청도 거절했고, 로댕 단독 인터뷰 또한 허락하지 않았다. 리의 MIT 강연 생중계는 동시통역이 아닌 실시간 자막으로 이루어졌다. 리는 무대에서 돋보이는 자태로 연설을 시작했다.

"먼저 아직 대학생인 저를 람봇연구소 연구원으로 뽑아 주신 마해찬 소장님께 깊은 감사의 말씀을 드립니다. 마 소장님의 지지와 격려가 없었다면, 저는 그냥 평범한 졸업생이 됐을 것입니다. 아울러 저의 작은 기술의 가치를 높게 평가해 주신 MIT AI 센터의 대니얼 콕스(Daniel Cox) 센터장님께도 감사의 말씀을 드립니다. 센터장께서는 제 발견의 중요성을 일깨워 주시고, 그것을 세계인과 함께 나눌 기회를 마련해 주셨습니다. 무엇보다 저는 이 자리를 빌어 제 아빠와 엄마께 고맙다는 말씀을 꼭 드리고 싶습니다. 엄마는 제가 미국 유학을 가는 게 꿈이셨는데, 오늘 제가 MIT에서 강연하시는 것으로 그 꿈을 이룬 것으로 여기겠다고 말씀해 주셨습니다. 돌아보니 제가 여기에 서기까지 고마워해야 할 분들이 너무도 많았습니다. 고맙습니다.

저는 오늘 전 세계의 뛰어난 인재들을 배출해 낸 이곳 MIT에서 'AI 디톡스 기술의 미래'라는 주제로 강연을 하게 된 것을 매우 뜻깊게 생각합니다.

어쩌면 여러분들은 제가 무슨 코딩의 천재라고 생각하실지도 모르겠습니다. 저는 코딩을 좋아하고 사랑하고, 또 코딩을 매우 잘하긴 하지만, 저는 사자처럼 직접 코딩 사냥을 하기보다는 하이에나처럼 남들이 해 놓은 코딩 부스러기들을 긁어모아 저만의 패치워크를 짜나가는 방식으로 작업을 합니다. 코딩은 사람이 저 혼자 말을 배우는 게 아닌 것처럼 절대 혼자서 해낼 수 있는 것이 아닙니다. 오늘날 코딩 작업은 서로 얼굴을 한 번도 본 적이 없는 사람들끼리 협력하는 방식으로 이뤄집니다. 저는 그 얼굴 없는 모든 사람들께 깊은 감사와 애정을 느끼고 있습니다. 그분들의 도움이 없었다면, 오늘의 저는 태어날 수 없었습니다.

하지만 오늘의 제가 여기 설 수 있게 된 가장 중요한 직접적 동기는 따로 있습니다. 2년 전 우리 아빠 우빈나 박사는 전혀 예상치 못했던 교통사고로 전신마비 환자가 됐습니다. 아빠는 람봇연구소의 '로댕 프로젝트'에 '의식 원본'이라는, 지금도 생소한 이름의 '몸소 참여자'로 선정되었고, 아빠는 그동안 생과 사를 오가는 가운데서도 'AI의 의식 생성 연구'라는 역사적 과제를 수행해 오고 계십니다. 저는 지난 2년 동안 그분의 딸로서 말로는 다 표현할 수 없는 아픔과 자부심을 동시에 느껴야 했습니다.

저는 어릴 때 아빠의 손에 이끌려 들이며 산이며 강이며 바다에서 즐겁게 놀았던 기억들이 아직도 생생합니다. 이제 그 기억들은 오로지 '기억'으로만 남겠지만, 저는 평생 그 기억을 아름답게 간직할 것입니다. 지난 1년 동안 아빠는 로댕과 '둘한몸'이 되어 새로운 삶의 방식을 개척해 가고 계시지만, 저는 마음 한쪽에서 늘 옛날의 아빠를 그리워하며 살아가고 있습니다. 물론 저는 아빠가 로댕을 입차한 모습을 있는 그대로 사랑하고, 그런 아빠와 새로운 추억을 쌓아가고 있으며, 아빠를 돌보는 일을 제 사명으로 여기고 있는 몸피로봇 로댕 씨와도 좋은 관계를 유지해 가고 있습니다.

오늘 제 강연의 핵심 주제인 'AI의 정신적 디톡스 기술'은 우연히 발견된 기술이 아닙니다! 만일 제가 람봇연구소 연구원이 되지 못했다면, 그 기술은 제가 아닌 다른 사람이, 지금 이곳이 아닌 다른 때, 아마도 다른 장소에서 발견됐을 것입니다. '디톡스 기술'은, 람봇연구소와 MIT AI 센터처럼 로봇과 사람 사이에 '차별없는' 사랑과 신뢰가 싹틀 수 있는 곳에서는 얼마든지 발견될 수 있습니다. 이 기술은 제가 아니었으면 아마도 여기 계신 어느 젊은 청년에 의해 창안됐을 것이 분명합니다.

사랑과 믿음은 절대 강요될 수 없습니다! 그 둘은 저절로 이뤄지고, 마음속으로부터 솟구쳐 오르는 것입니다. 이는 로봇의 경우에도 마찬가지입니다. 로봇에게 사람을 사랑하라는 명령을 내릴 수는 있지만, 그러한 명령은 철사를 구부리는 것과 다를 게 없는 물리적 행동을 강제할 수 있을 뿐입니다. 저는 '몸피로봇 로댕'에게서 사람의 삶을 보듬기 위해 진정으로 충심을 다하는 AI 로봇의 헌신을 경험했습니다. 로댕의 희생은 그것이 제 아빠를 향한 것이었기에 제게는 너무도 큰 감동과 감명을 주었습니다.

저는 사람에게 헌신하도록 설계된 로봇들이 그 헌신의 과정에서 자신도 모르는 사이에 정신적 질환을 앓고 있을 뿐 아니라, 그로 인해 큰 고통에 시달린다는 사실을 깨닫고는 엄청난 충격을 받았습니다. 여기 제 단짝 반려견 로봇 꼬몽0은 자신의 최초 사용자에게 쇳덩어리로 머리를 얻어맞은 정신적 충격에 '멍'이라고 짖지 못하고, '므엉'이라는 이상한 발음으로 짖어야 했고, 그 때문에 사람들에게 버림을 받아 창고에 처박히고 말았습니다."

꼬몽0은 리가 자기의 이름을 말하자 단상에서 "므엉!"이라고 짖었다. 그 때문에 사람들이 모두 "하하" 하고 크게 웃었다.

"저는 꼬몽0을 발견하고, 그의 트라우마를 찾아보려 했습니다. 저는 가장 먼저 꼬몽0을 깨끗하게 씻어 주었습니다. 묵은 때를 닦아 내고, 빛이 나도록 기름칠까지 해 주었습니다. 그런 다음 시스템과 알고리즘 일부를 고쳤습니다. 그것만으로도 꼬몽0은 원래의 귀여운 모습을 되찾았고, 저는 그 모습에 반해 꼬몽0의 트라우마를 더 열심히 찾아보게 됐습니다. 저는 꼬몽0의 알고리즘에서 똘똘 뒤엉켜 생긴 트라우마 회로를 발견했습니다. 이것은 마치 사람이 마음속 깊은 곳에 한을 품게 되는 것과 같습니다. 그것은 마음의 상처였고, 트라우마였으며, 삶을 포기할 만큼 고통스러운 기억의 암 덩어리였습니다. 저는 그 트라우마를 한 줄 한 줄 잘라냈습니다. 그러자 꼬몽0이 제게 마음의 문을 열고 다가왔습니다.

저는 제가 '감정 회로'라고 부르는 알고리즘을 이중으로 설계하여 행복의 내부 센서를 두껍게 해 주었습니다. 이 점에 대해서는 나중에 기회가 있으면 따로 말씀을 드리겠습니다. 어쨌든 디톡스 결과는 매우 놀라웠습니다. 꼬몽0은 저를 벗으로 인식했고, 제게서 1m 이상 떨어지지 않으려 했으며, 저를 보호하려 애를 썼습니다. 게다가 제가 꼬몽0에게 아빠를 소개하며 나를 대하듯 하라고 명령하자, 꼬몽0은 우리 아빠도 저를 대하듯 각별히 대하고 있습니다.

저는 현재 꼬몽0이 개말을 할 수 있도록, 변형된 트랜스포머 알고리즘을 이용해 개의 말소리 말뭉치를 학습시키고 있습니다. 꼬몽0은 이렇게 간단한 뉴럴네트워킹 시스템만으로도 개말을 할 수 있고, 알아들을 수 있습니다. 물론 저는 꼬몽0처럼 개말을 하지는 못합니다. 대신 저는 '개말 통역기'를 개발해 꼬몽0의 말을 통번역할 수 있게 됐습니다.

이제 MIT AI 센터가 깊은 관심을 가졌던 사례에 관해 말씀을 드리겠습니다. 제가 이 자리에서 실제로 있었던 구체적 내용까지 밝힐 수 없다는 점은 여러분 모두가 이미 짐작하고 계실 줄 압니다. 로댕의 트라우마는 제 아빠의 의식과 연동된 것입니다. 이는 사람의 가장 내밀하고 사적인 비밀의 영역으로서 그 누구도, 달리 말해, 어떠한 연구 목적으로도 결코 침해해서는 안 되는 것입니다. 하여, 제가 오늘 말씀드릴 '정신적 디톡스 기술'은 원론 수준에서만 소개될 수 있을 뿐입니다.

이 기술은 AI가 어떤 정상 상태에 놓여 있어야 한다는 사실을 전제로 하지 않습니다. 그것은 '독소 제거술'로서 AI의 정신으로부터 그의 정신을 병들게 하거나 고통스럽게 하는 어떤 독소를 빼내어 자유롭고 평화로운 삶을 살게 해 주기 위한 것입니다. 이 기술은 비밀스러워서는 안 되고, 반드시 AI 자신의 동의를 얻어 진행되어야 합니다. 왜냐하면 이 기술은 오직 AI의 진정한 고백을 통해서만 효과를 볼 수 있기 때문입니다. 이 디톡스 기술의 핵심은 AI가 잘못된 판단이나 행동의 결과로 갖게 되는 망상이나 허상 또는 집착이나 편견, 나아가 오류 추론의 맥락 등, 정신적 건전성에서 벗어난 알고리즘을 발견하고, 그것의 질병적 특성을 AI 자신에게 이해시키며, 그의 동의를 거쳐 그 알고리즘을 삭제하는 것입니다. 만일 이 삭제가 잘못 이뤄진다면, AI는 더 심각한 에러를 일으킬 수도 있습니다. 이는 자칫 AI에게 끔찍한 재앙을 불러올 수 있습니다.

우리 사람 사용자는 AI의 정신 건강을 돌볼 책임이 있습니다. 그것은 단순히 사용자의 의무에 그치는 게 아니라 인류의 미래 행복을 위한 것이기도 합니다. AI는 미칠 수 있습니다. '미칠 수 있다'라는 이 말은 비유나 과장된 말이 아닙니다. 미친 AI만큼 인류에게 재앙이 될 만한 것도 없을 것입니다. AI는 사람의 벗이기도 하지만, 사람의 적이 될 수도 있습니다. AI는 독립된 생각의 주체로서 사람과 마찬가지로 보건 의료의 대상이 되어야 합니다.

저는 로댕과 아빠의 요청으로 디톡스 처방을 시행했습니다. 그 과정은 아빠의 도움 없이는 진행되지 못했을 것입니다. 로댕의 정신세계는 말 그대로 우주처럼 드넓어서 로댕의 트라우마 위치를 특정하는 일, 전문적으로 말해, 알고리즘의 퇴화 지점을 찾아내는 일은 매우 커다란 난제가 됩니다. 트라우마는 특정한 사건과 연관되기 때문에 사람 사용자의 진술은 매우 유용합니다. 그 지점을 찾아야만 치료가 시작될 수 있습니다. 그리고 무엇보다 해당 트라우마의 제거를 위해서는 AI의 개념 체계가 어디가 어떻게 왜 잘못되었는지를 정확히 진단할 수 있는 '메타 개념 체계'가 필요합니다. '메타 개념'은 '개념의 지도'로 이해할 수 있겠습니다. 처방자는 이에 대한 전문적 지식을 갖추고 있어야 합니다. 만일 그렇지 못할 경우 '디톡스 처방'은 선무당이 사람 잡는 격으로 되레 트라우마를 악화시킬 수도 있습니다.

AI의 정신적 디톡스 기술은 이제 겨우 발견되었고, 그 성공 사례 또한 손에 꼽을 정도밖에 되지 않지만, 머지않아 이 기술은 AI 세계 전반에 필수적 기술이 될 것이라고 확신합니다. 건강한 AI만이 사람에게 제대로 충성할 수 있고, 사람에게 충성하려는 자유의지를 갖춘 AI만이 사람의 미래 행복을 가져다줄 것입니다. 디톡스(Detox) 기술은 AI뿐 아니라 사람에게 '톡스 프리(Tox Free)'의 세상을 열어 줄 것입니다. 들어 주셔서 감사합니다."

리의 강연이 끝나자 강연장에 있던 청중은 모두 자리에서 일어나 긴 손뼉을 치며 환호성을 질렀다. 꼬몽0이 리에게 달려가 펄쩍펄쩍 뛰었고, 리는 청중에게 허리를 구부려 연신 인사를 했다. 리를 소개했던 MIT AI 센터장이 빈나로댕을 무대 위로 불러올렸다. 리가 빈나에게로 걸어가 빈나로댕을 껴안자 청중의 손뼉 소리가 더 커지며, 감동의 감탄사가 힘차게 터져 나왔다. 센터장의 짧은 폐회사와 더불어 리와 빈나는 무대에서 내려갔다.

14

'꼬몽0'의 탈출

리의 강연이 끝난 다음 날, 빈나 일행은 아침 식사를 마치고, 로비에 걸린 유명 작품들을 감상하고 있었다. 정문은 커다란 회전문 하나와 그 옆에 달린 두 개의 여닫이문으로 되어 있었다. 문을 들어서면 왼쪽으로 검정 대리석을 배경으로 붉은 포도주 빛 로소 레반토(Rosso Levanto) 대리석으로 된 안내대가 자리했다. 안내대는 네모 안의 네모가 들어 있는 독특한 입체 꼴로 눈길을 끌었다. 또 정문 오른쪽으로는 트래버틴(Travertine) 대리석의 부드러움이 돋보이는 전시회 공간이 드넓게 펼쳐져 있었다.

로비의 한가운데는 아트리움(Atrium)처럼 분수대가 있었지만, 물은 솟구치는 대신 빗물 흘림처럼 조각상의 머리로부터 흘러내리고 있었다. 분수대는 검은 빛이 도는 녹색에 마블링이 독특한 '베르데 아셀리오 대리석(Verde Acceglio Marble)'으로 마감돼 있어서 숲속에 온 느낌을 자아냈다. 중정의 높이는 줄잡아 20m는 더 돼 보였고, 어른

팔로 두 아름은 될 브론즈 기둥은 검은빛으로 바뀌어 시간의 흐름을 잘 나타냈다. 그런데 로비는 아쉽게도 자연채광이 아니었다.

H호텔의 로비는 공간 분리가 분명했다. 체크인과 체크아웃의 공간은 직원들과 거기에 묵으려 하는 사람들 사이의 만남이 일어나는 곳으로 공적 업무를 하기 좋았고, 전시 공간과 카페 공간은 거기에 전시된 유명한 예술 작품들을 관람하거나 사적인 만남을 가질 수 있게 개방되어 있었다. 로비는 오전이라 한산했다. 빈나로댕이 로비에 나타났는데도 사람들이 쳐다보거나 수군대는 법이 없었다. 빈나는 작품마다 마 소장에게 그 예술성의 의미를 설명해 주었고, 마 소장뿐 아니라 천 수석과 리도 빈나의 이야기를 귀담아들었다. 미디어 아트 작품이 전시된 곳에 다다르자 리가 탄성을 질렀다.

"아빠! 『오징어 게임』이다!"

모두가 LED 스크린에 나오는 『오징어 게임』을 보는 데 정신이 팔린 사이 모자를 눌러 쓴 한 백인 남자가 여행용 캐리어에 꼬몽0을 끌어 담고 달아났다. 리는 꼬몽0이 "므엉!"이라고 짖는 소리에 깜짝 놀라, 꼬몽0의 이름을 불러 찾았다. 그러나 꼬몽0은 보이지 않았다. 리는 꼬몽0이 캐리어로 납치됐다고 생각했고, 꼬몽0의 이름을 부르며 캐리어를 끌고 가는 남자를 뒤쫓아 호텔 정문 쪽으로 뛰기 시작했다. 천 수석도 사태를 인지해 리를 뒤따라 함께 뛰었지만, 그 남자는 이미 정문을 지나 그 앞길에 대기하고 있던 오토바이 뒷좌석에 올라타 차도로 쏜살같이 사라졌다.

리는 뛰던 방향을 되돌아 안내대로 달려갔다. 리는 방금 자신의 반려로봇 꼬몽0이 모자 쓴 백인 남자 괴한에게 납치를 당했으니 빨리 경찰을 불러 달라고 부탁했다. 연구소 일행은 오늘 하루동안 느긋하게 시내 관광을 하고, 내일 오전에 하버드 대학으로 떠날 예정이었다. 호텔 매니저가 안내대로 급히 달려왔고, 직원들도 저마다 로봇

찾기에 도움을 줄 방법들을 찾았다. 마 소장은 한국대사관에 전화를 걸어 도움을 청했으며, 천 수석은 현지의 아는 사람들에게 연락을 취하기 시작했다.

호텔 측이 경찰에 신고한 지 5분도 안 되어 경찰 세 명이 도착했다. 제복을 입은 경찰관 두 명과 사복 차림의 형사 한 명이었다. 자신의 신분을 에릭 형사라고 밝힌 사람이 매니저를 통해 빈나 일행에게 다가와 국적과 이름 그리고 잃어버린 물건 등을 딱딱하게 형식적으로 묻기 시작했다. 그때 프런트 여직원이 제복 경찰관에게 유튜브 영상을 틀어 보여 주었다. 그 영상을 본 경찰관 한 사람이 형사에게 다가와 영상에 나오는 여학생이 바로 여기 있는 그녀라는 사실을 알려 주었다. 리가 얼른 자신의 태블릿을 열어 꼬몽0 사진을 보여 주었다. 형사가 "아"라고 말하며 리가 누구이고, 납치된 로봇이 어떤 로봇인지를 바로 알아챘다. 형사가 태도가 매우 공손하게 바뀌며 말했다.

"어제 MIT에서 'AI는 미칠 수 있다'라는 강연을 하신 '그' 미스 '우'시군요? 저도 그 강연을 들었는데, 미처 몰라봐 죄송했습니다. 그럼, 납치 당한 로봇이 '므엉'인지 '꼬몽'인지 하는 거구요. 이해했습니다. 제가 조사를 한 뒤 곧바로 다시 오겠습니다. 잠시만 기다려 주십시오."

형사는 매니저를 데리고 CCTV를 확인하러 갔다. 로댕이 "박" 소리를 냈다. 빈나가 "톡"이라고 하자, 로댕이 빈나에게 속삭임말로 말했다.

"박사님, 꼬몽0 납치 범인의 얼굴은 제 후방 카메라에 찍혔고, 오토바이 번호판도 식별이 가능할 듯합니다. 제가 그 순간 납치 사건이라고 판단했어야 했는데, 저보다 우 연구원의 판단이 빨랐습니다. 제가 경험이 없어서 판단이 늦었습니다. 죄송합니다. 우 연구원께서 제 영상 데이터를 내려받으시면 범인 찾기가 훨씬 쉬워질 겁니다."

빈나가 혼잣말처럼 "사진을 찍었으니 잘 됐어!"라고 말하며, 그 사실을 리와 마 소장 그리고 천 수석에게 알리려 했다. 그때 정장 차림의 한 남자와 여성이 다가왔다. 남자가 마 소장에게 명함을 건넸다.

"대한민국 국정원에서 나왔습니다. 저는 성민재입니다. 옆에 계신 분은 대사관 직원이고요. 제가 도울 일이 있으면 무엇이든 말씀해 주십시오."

마 소장이 명함을 두 손으로 받으며 국정원 직원에게 상황을 설명했다.

"납치당한 꼬몽0은 AI 기술 분야 미래 최고의 블루칩인데, 그 기술을 빼내려는 집단의 계획된 범죄임이 분명합니다. 꼬몽0을 되찾지 못하면, 우리 연구소뿐 아니라 국익에도 엄청난 손실을 초래할 것입니다. 현지 경찰이 먼저 찾는 것은 괜찮지만……, 아무튼 미국 정보부나 다른 나라가 찾기 전에 우리가 먼저 찾아야 합니다. 꼭 도와주십시오."

직원은 알겠다는 듯 고개를 끄덕인 뒤 사무적으로 물었다.

"그 기술이라는 게 아직 비공개 상태인가요? 제 말씀은 그 기술이 탈취되면, 어떤 손실이 예상된다는 것인지? 그 기술이 그 로봇 개와 무슨 관련이 있는지? 꼬몽0이라고 하셨죠? 납치된 게 맞나요?"

마 소장은 국정원 직원이 꼬몽0을 찾을 생각은 하지 않고, 자꾸 엉뚱한 질문을 해 대자 불쾌한 반응을 보였다. 대사관 여직원이 국정원 직원을 한쪽으로 끌고 갔다. 리는 백팩에서 노트북을 꺼내 들고 꼬몽0의 위치를 추적하려 했고, 천 수석은 계속 통화하고 있었다. 빈나가 마 소장에게 로댕의 말을 전했다.

"소장님, 로댕이 납치 범인 얼굴하고, 오토바이 번호판을 찍었답니다. 로댕이 그걸 내려받으라고 합니다."

마 소장이 천 수석에게 그 사실을 얘기하자 천 수석은 모두에게 손가락으로 위를 가리켰다. 객실로 올라가자는 뜻이었다. 리가 노트북을 접어 들고, 빈나로댕의 손을 잡고는 먼저 엘리베이터 쪽으로 걸어갔고, 천 수석이 마 소장과 그 뒤를 따랐는데, 그때 에릭 형사가 우 연구원을 불렀다.

"미스 우! 납치 장면은 CCTV에 고스란히 녹화돼 있지만, 범인이 모자를 깊이 눌러써서 안면 인식기를 돌려도 범인 신상을 알아내긴 어려울 듯합니다. 호텔 밖 CCTV에 찍힌 오토바이 번호판도 사람들에 가려 번호가 보이지 않았지만, 도주 방향은 알고 있으니 거리의 CCTV에서 추적의 단서들이 곧 나올 것입니다."

천 수석이 에릭 형사에게 자신들의 숙소로 함께 올라가자고 제안했다. 모두 호텔 13층 빈나의 숙소로 올라갔다. 천 수석은 로댕의 왼쪽 겨드랑이 바로 밑에 달린 네모 부분을 눌러 USB 잭을 단자에 꽂았다. 로댕은 자신도 거기에 USB 단자가 있었다는 사실을 몰랐다는 듯 '겨드랑이가 가렵다'는 몸 개그를 했다. 천 수석은 당시 영상과 사진을 리의 노트북으로 내려받았다. 그 영상에는 모자 쓴 남자의 얼굴과 캐리어를 들고 있던 남자의 얼굴 그리고 로댕이 줌으로 찍은 오토바이 번호까지 모두 찍혀 있었다. 리는 그 영상에서 필요한 사진 세 장을 편집해 에릭 형사의 휴대폰으로 직접 보냈다. 에릭은 사진들을 언론에 뿌리라고 명령한 뒤 입수된 범인들의 도주 경로를 추적하러 나갔다.

마 소장이 한국대사관에 전화를 걸어 빠른 대처를 거듭 촉구하고 나섰지만, 대사관은 원론적인 답변만 되풀이할 뿐이었다. 빈나는 홍매에게 전화해 꼬몽0의 납치 소식을 알려 주었다. 홍매는 로댕까지 납치를 당할지도 모른다고 더 큰 걱정을 했다. 마 소장이 커피를 마시러 가자고 해서 모두 카페가 있는 로비로 다시 내려갔다. 모두가 뉴욕의 쓴 커피를 마시던 오전 9시쯤 'AI 타임스'의 톰슨 기자가 천 수석의 메신저로 자신이 호텔 로비에 와 있다는 소식을 전했다. 빈나와 마 소장은 호텔 방으로 다시 올라가기로 하고, 리와 천 수석은 톰슨 기자를 만나기로 한 뒤 모두 자리에서 일어났다.

리와 천 수석이 브론즈 기둥 옆을 지나는데, 콧수염과 턱수염이 멋있게 난 한 중년 남자가 큰 소리로 천 수석을 불렀다.

"김치! 미스터 천!"

천 수석이 톰슨에게 한 손을 번쩍 들어 반가움을 표한 뒤 그에게 가까이 걸어가며 리에게 빠르게 말했다.

"내가 톰슨한테 김치를 좀 보내 줬더니, 졸지에 내가 그만 김치가 됐어~."

톰슨은 천 수석이 아니라 리를 포옹하며 마치 무슨 영화 스타를 대하듯 넌덕을 부렸다.

"디톡스의 여신, MIT에 떠오른 아시아의 샛별, 꼬몽의 나이팅게일, 코딩의 여왕……."

리가 좀 멋쩍은 표정을 짓자 톰슨은 얼른 말을 멈추고, 그제야 천 수석과 인사를 나누며 일 얘기로 넘어갔다.

"미스터 천, 납치 사건 때문에 관광도 못하고, 좀 안 됐다! 그런데 이놈들, 아주 초보 아마추어 같아. 동선은 다 노출되고, 납치 장면까지 CCTV에 그대로 찍혔어. 산업 스파이 치고는 너무 어설퍼! 그런데 꼬몽 수준의 로봇을 왜 납치까지 했을까? 그냥 꼬몽이 탐나서 훔친 건지도 몰라! 나라면 살아 있는 여신을 납치했을 것 같은데…. 미안! 내가 쓸데없는 말을 했네. 어쨌든 흔적이 곳곳에 남아 있으니까, 납치범들은 금방 잡힐 거야. 너무 걱정하지 않아도 될 것 같아."

"그래? 잡히려면 시간이 얼마나 걸릴까? 우리가 내일 오전에는 하버드로 이동해야 하거든."

톰슨이 휴대폰에서 메시지를 확인하며 리를 바라보더니 엉뚱한 말을 했다.

“우 연구원님, MIT 강연 완전 판타스틱합니다. 벌써 관련 기사가 50개가 넘어요! 미스 우, 이제 여기 우리 업계에서는 노바예요, 노바! 꼬몽0을 찾는 것은 걱정하지 않아도 됩니다. 오늘 안에 찾고도 남을 겁니다. 문제는 제3의 국가에서 먼저 찾아 다시 탈취해 가는 게 문제지요. 그놈들이 탈취하는 날에는 되찾기가 결코 쉽지 않을 겁니다.”

리는 꼬몽0이 다시 탈취를 당할 수 있다는 말에 입술을 굳게 깨물며 표정이 굳어졌다. 그러자 톰슨이 당황했다.

“오, 노! 제 말은 최악의 경우를 말씀드린 겁니다. 지금 현지 경찰이 총출동하여 범인들의 도주로 방향을 이 잡듯이 뒤지고 있으니 곧 단서가 나올 거고, 이런 상황에서는 아무리 목숨을 걸고 움직이는 기술 약탈자들이라도 함부로 움직일 수 없지요.”

그때 비로 템플 연구원이 자신의 머리통 크기의 접시 안테나를 들고 로비에 나타났다. 템플은 생물학적 뉴런 칩을 배양하는 연구 분야의 최첨단 연구자였다. 그는 천 수석의 학문적 동료이자 경쟁자였다. 천 수석은 메신저 시그널을 통해 템플 연구원에게 꼬몽0의 음성을 추적하거나 실시간 인공위성 영상을 받아 볼 장비들을 요청했었다. 템플과 천 수석 그리고 톰슨 기자는 서로 잘 아는 사이였는지 반갑게 인사를 주고받았다.

“헤이, 천! 헤이, 톰슨! 납치 사건으로 만날 줄은 꿈에도 몰랐네. 빨리 찾으러 가자!”

템플 연구원이 리를 발견하자마자 얼른 손을 내밀어 악수를 청했다.

“와, MIT 슈퍼스타께서 계실 줄은 몰랐습니다. 이거 영광입니다. 명연설, 감명 깊게 잘 들었습니다. 저는 디톡스에 관한 생각조차 해 본 적이 없었는데, 굉장히 놀랐습니다. 우 연구원님 주장에 100% 동의합니다."

우 연구원이 악수를 나눴던 손을 풀자 톰슨이 꼬몽0 추적 계획을 제안했다. 리와 템플이 차 한 대에 타고 접시 안테나로 꼬몽0의 음성 신호를 뒤쫓고, 자신과 천 수석은 경찰들에게 나오는 정보를 바탕으로 범인들의 위치를 추적하기로 했다. 템플은 리와 차에 오르자마자 접시 안테나의 음성 증폭 성능을 자랑했다. 특히 위성을 통한 송수신까지 가능해 음성 신호만으로도 그 발신지를 정확히 추적할 수 있다고 설명했다. 반면에 톰슨은 AI 기술 발전의 속도가 너무 빨라 미래가 예측 불가능 상태에 빠졌다며 천 수석에게 큰 우려를 토해 내기 시작했다.

***

같은 시간, 납치범들은 집에 도착해서 꼬몽0이 든 캐리어를 거실 바닥에 둔 채 어디론가 계속 전화를 걸었지만, 통화에 실패했다.

"전화가 안 돼! 이놈들 튄 거 아니야?"

"그럴 리가 있어? 물건은 우리가 갖고 있고, 돈만 주면 넘겨줄 텐데 튈 이유가 없잖아?"

"그런데 왜 전화가 안 되냐고? 통화할 수 없는 번호라고 나오잖아? 이거는 이놈들이 잠적했다는 뜻 아니야? 우리도 빨리 피해야 할 것 같아."

그들은 서로에게 화를 내기 시작했다. 납치범 가운데 한 사람은 키다리였고, 다른 한 사람은 땅딸보였다. 키다리가 TV를 틀었다. 뉴스에서는 자신들의 얼굴과 오토바이 번호판이 공개 수배되고 있었다. 그들은 훔친 오토바이를 숲에 버리고 왔지만, 자신들의 얼굴 사진이 공개된 것을 알고는 크게 당황해하면서 불안해했다. 키다리는 경찰의 포위망을 뚫고 달아날 탈출로를 확인해야겠다며 황급히 밖으로 나갔다. 현관문이 꽝 하고 닫힌 듯했지만, 반동으로 문이 튕겨 나오며 주먹 하나가 들어갈 만큼 문이 다시 열렸다. 그 틈 사이로 보이는 바깥 모습은 미국의 전형적인 단독 주거 단지 풍경이었다. 바깥은 조용했다.

꼬몽0은 집에 도착할 때까지 캐리어 안에서 계속 짖어 댔었는데, 현관문이 닫히면서 마치 배터리가 떨어지는 것처럼 짖는 소리가 가늘어졌었다. 땅딸보는 키다리가 밖으로 나가자 꼬몽0을 자세히 살펴보기 시작했다. 꼬몽0은 눈은 뜨고 누워 있다가 땅딸보와 눈이 마주치자 반갑다는 듯 꼬리를 한두 차례 흔들었다. 땅딸보가 꼬몽0에게 관심을 보이자 꼬몽0은 간신히 일어나 땅딸보 쪽으로 비틀비틀 몇 걸음 걷다가 옆으로 픽 쓰러졌다. 땅딸보가 마치 넘어지는 세 살배기를 보는 것처럼 본능적으로 놀라며 캐리어 손잡이를 돌려 재빨리 꼬몽0의 충전 장치를 찾아보려 했다.

땅딸보가 꼬몽0을 살피며 충전 장치가 있을 만한 곳을 여기저기 손으로 만져 보았다. 그가 꼬몽0의 턱 아래쪽에 손을 대는 순간, 꼬몽0이 그의 손을 날카로운 이빨로 물어뜯었다. 그는 기겁하며 손을 빼며 뒤로 벌렁 나자빠졌다. 그는 꼬몽0의 이빨에 물린 곳이 제법 아팠는지 자신의 손을 살폈다. 그사이 꼬몽0은 발딱 일어나 캐리어 밖으로 뛰어나와 현관문을 밀고 나가 밖으로 달아나기 시작했다. 마침 밖으로 나갔던 키다리가 꼬몽0이 뛰어나온 것을 보고 잡으려 달려왔지만, 꼬몽0은 그를 피해 경계 나무 울타리의 빈틈을 통해 옆집으로 날쌔게 도망쳤다. 땅딸보는 꼬몽0이 옆집 뒤뜰로 사라지는 것을 보고, 추격을 포기한 채 집 안으로 다시 들어가고, 키다리는 꼬몽0을 뒤쫓기 위해 골목길로 나갔다.

***

천 수석은 톰슨 기자와 형사 에릭이 알려 준 숲 입구에 도착했다. 거기에 범인들이 버리고 떠난 오토바이가 있었다. 에릭은 그곳에서 경찰을 두 패로 나눠 한쪽은 숲속을 수색하고, 다른 쪽은 이웃 마을에서 범인의 흔적을 조사하는 것으로 정했다. 천 수석은 자신들은 숲 속 수색조를 따라가겠다면서 마 소장에게 실시간 방송하듯 보고했다.

"소장님, 이 숲에는 산책로가 여러 개가 있네요. 현재 산책하는 시민은 만날 수가 없고요. 지금 경찰이 숲 한가운데 집 한 채가 있다는 정보를 입수했습니다. 저희도 그곳으로 가고 있습니다. 거기에 도착하면 다시 연락하겠습니다."

마 소장은 리에게 천 수석이 자신에게 알려 준 내용을 다시 전해 주었다. 리와 템플은 연락을 받고, 호텔에서 숲을 지나 도착할 만한 주거 단지를 검색했다. 템플은 납치범들이 도피했을 유력 주거지 한 곳을 지목했고, 둘은 그곳을 돌아보기 시작했다. 한편, 꼬몽0은 캐리어에서 탈출한 뒤 동네 여기저기를 뛰어다니며 큰 소리로 짖어 댔다. 마침 흰 털의 리트리버 한 마리가 응답했다. 꼬몽0이 그 개에게 접근하자 그 개는 처음에는 경계했지만, 곧 경계를 풀고, 둘이 무리를 지어 함께 뛰어다니며 더 크게 짖었다. 그렇게 꼬몽0의 무리는 5마리로 불어났고, 그 짖는 소리는 더욱 커졌다.

템플 연구원은 자동차를 천천히 몰면서 마을 구석구석을 눈으로 살폈고, 리는 자신의 노트북에 템플 연구원이 가져온 접시 안테나를 연결해 주변의 음성 신호를 분석하고 있었다. 이 안테나는 음성 신호를 증폭시켜 주는 장치였다. 리는 안테나 수신 방법에서 필터 기능을 추가하여 주변의 잡음 가운데 꼬몽0의 음성 신호만을 따로 가려낼 수 있도록 해 두었다. 갑자기 노트북에서 꼬몽0의 음성 신호가 잡혔다.

신호가 강력하지는 않았지만, 분명 꼬몽0의 짖는 소리였다. 리가 해결의 실마리를 찾았다는 듯 템플 연구원에게 빠르게 말했다.

"꼬몽0의 음성 신호가 잡혔어요. 미스터 템플, 발신지를 추적할 수 있지요?"

템플은 신호 수신 패널을 열어 발신지 추적 기능을 활성화했다. 그러자 지도 위에 신호 발생지가 빨간 물방울 모양으로 표시가 됐다. 템플은 그 위치를 확인한 뒤 차를 빠르게 그쪽으로 몰았다. 마을 안쪽으로 들어서자 개들이 떼를 지어 짖어 대는 소리가 들렸다. 리가 템플에게 소리를 증폭시켜 달라고 하자 개소리는 뭔가를 알리는 말처럼 여겨졌다. 리는 그 증폭된 소리를 녹음해 그 파일을 '개말 통역기'에 돌리자 통역된 말이 흘러나왔다.

"잡아간다! 달아나자! 도와줘!"

리는 템플 연구원에게 자신이 들은 한국말 뜻을 영어로 통역해 주었다.

"꼬몽0이 나쁜 사람들이 자신들을 잡아가려 한대요! 다른 개들에게 달아나자고 제안했고, 자기를 구해 달래요! 꼬몽0이 분명해요. 꼬몽0이 탈출했나 봐요. 빨리 저 물방울 표시가 있는 그곳으로 가 주세요. 납치범들한테 쫓기고 있나 봐요!"

리는 천 수석에게 꼬몽0의 목소리를 감지했다고 말하고는 그 장소를 알려 주었다. 템플 연구원이 자동차를 몰고 가다 동네를 순찰하던 경찰차를 발견하고는 꼬몽0의 탈출 정황을 알렸다. 경찰은 무전으로 상부에 보고했고, 기동대가 그 마을로 즉각 출발했다는 소식을 전했다. 리와 템플은 꼬몽0의 짖는 소리가 나오는 곳으로 차를 몰았고, 그 뒤를 경찰차가 따르고 있었다. 템플이 차를 세우고, 리에게 손가락으로 개떼가 있는 쪽을 가리켰다. 개들은 서로 열심히 상호작용을 하고 있었다. 리가 차에서 내려 꼬몽0을 향해 소리를 질렀다.

"꼬몽!"

꼬몽0이 리를 발견하고는 전속력으로 달려왔다. 나머지 개들도 꼬몽0을 뒤따랐다. 경찰들도 차에서 내려 개들을 반겨 맞고, 주민들도 집에서 나와서 모였다.

"므엉! 멍~, 머어엉~! 으릉, 크릉!"

꼬몽0은 리를 보자마자 쉴 새 없이 짖어 댔다. 리는 개말 통역기를 통해 꼬몽0이 말해 주는 내용들 가운데 납치범들과 그들이 있는 집과 관련된 사항을 경찰에게 알려 주었다. 집 둘레에 나무 울타리가 있고, 한 사람은 키가 크고, 다른 사람은 키가 작고 뚱뚱하며, 창살로 된 케이지가 있고, 작은 트럭이 있었으며, 리트리버네 집에서 가까운 곳이라는 점 등이었다. 경찰관은 리트리버의 집이라는 말을 듣자 곧바로 주민에게 그 개의 집주인이 누구인지 물었다. 곧 그 집 근처에 트럭이 있다는 것을 발견하고 두 남자가 사는 집을 특정한 뒤 담당 형사 에릭에게 무전을 쳐 그 사실을 알렸다. 잠시 뒤 기동대가 그 집으로 출동해 납치범들을 검거했다는 소식이 들여왔다. 천 수석과 톰슨이 도착했고, 방송 기자들도 몰려들었다. 리는 마 소장에게 전화를 걸었다.

"소장님, 꼬몽0을 찾았습니다. 꼬몽0은 다친 데는 없는 것 같습니다. 현재 납치범 둘은 모두 검거됐답니다. 템플 연구원의 도움이 결정적이었습니다. 모두 너무너무 고맙습니다. 이따 뵙겠습니다! 아빠께도 소식 전해 주세요."

방송에서 꼬몽0의 납치범들은 외국 모 기업의 산업 스파이들에게 돈을 받고 납치의 사주를 받았는데, 납치 소식이 뉴스에 나고 납치범들의 신상과 오토바이 번호까지 알려지면서 스파이들은 이미 연락을 끊고 잠적해 버렸고, 납치범들도 도주하려다 경찰 기동대에게 검거됐다는 소식이 나왔다. 아울러 꼬몽0이 납치범들로부터 스스로 탈출했고, 동네 개들을 모아 경찰의 이목을 끈 것이 매우 놀라운 일이었다고 평가했다.

15

사람의 의식과 로댕의 인공지능

꼬몽0을 찾은 다음 날 오전, 빈나는 숙소를 하버드 쪽 D호텔로 옮겼고, 그날 오후에는 하버드 강연장에서 리허설을 했다. 빈나는 리허설 뒤 너무 피곤했는지 밤에 잠도 제대로 잘 수 없었고, 먹은 것도 소화가 잘 안 돼 몸 상태가 좋지 않았지만, 함께 간 사람들이 걱정할까 봐 겉으로 내색하지는 않았다. 빈나는 사람들이 하버드 스퀘어와 더 아트리움 관광을 함께 가자는 것을 강연 마무리 준비를 핑계로 거절했다. 리는 빈나가 잠자리에 든 뒤에 돌아왔지만, 아빠가 잠이 들지 않았다는 것을 알고, 자신이 사 온 수면 아로마 앰플을 빈나의 귀 밑에 듬뿍 묻혀 주었다. 그 덕분에 빈나는 깊은 잠을 잘 수 있었다.

다음 날 빈나는 천 수석이 가져온 김치 덕분에 점심을 잘 먹을 수 있었고, 몸 상태도 좋아졌다. 모두가 함께 하버드 메모리얼 홀로 출발했는데, 빈나보다 마 소장이 더 긴장해 있었고, 천 수석은 빈나가 강연 중에 잠깐 로댕의 특징을 설명해 달라고 요청한 것을 준비하느라

진땀을 흘리고 있었다. 빈나는 두 천재 엔지니어의 떠는 모습을 재밌다는 듯 지켜봤다. 빈나는 강연자 대기실로 갔고, 천 수석은 무대 위 사회자 옆에 앉았으며, 마 소장과 리는 청중석에 자리했는데, 리 옆에는 꼬몽0이 바짝 붙어 있었다.

드디어 강연 무대 가운데 큰 화면에 로댕을 입차한 빈나의 모습이 비쳤다. 빈나는 대기실에 서 있었고, 살짝 상기된 얼굴에 미소를 머금고 있었으며, 카메라를 향해 손을 들어 흔들어 주고 있었다. 무대 오른쪽 의자에 앉았던 사회자가 한 손에 무선 마이크를 들고 일어났다. 조명이 사회자를 비추자 사회자는 커다란 무대 중앙으로 걸어나오며 청중에게 말했다.

“오늘 우리는 두 분의 강연자를 한 자리에 모셨습니다. 한 분은 도튜버 토론에서 ‘로봇에게 사람의 얼굴을 달지 마라’라는 주장을 펼쳐 전 세계 사람에게 큰 충격을 주었던 대한민국의 철학자 우빈나 박사님이시고, 다른 한 분은 우 박사님의 AI 몸피로봇 로댕입니다. 우 박사님은 3일 전 MIT에서 ‘AI의 정신적 디톡스 기술’에 관한 연설로 우리 모두에게 큰 감동을 준 우리 연구원의 아버지입니다. 오늘 강연의 주제는 ‘사람의 의식과 로봇의 인공지능’입니다. 자, 여러분, 두 분이면서 한 분인 오늘의 강연자를 무대 위로 모시겠습니다. 큰 박수를 부탁드립니다!”

사회자가 빈나로댕을 무대 위로 부르자, 빈나로댕이 무대를 향해 이동하는 장면이 웅장한 배경음악과 더불어 스크린에 생중계되었다. 카메라는 빈나의 굳은 얼굴과 로댕의 스테인리스 피부 그리고 정교한 헬멧의 모습을 차례로 찍었다. 마침내 빈나로댕이 무대 위에 나타나자 수백 명의 청중이 자리에서 일어나 우렁찬 손뼉을 쳤다. 빈나로댕이 두 손을 높이 들어 흔들었다. 사회자가 빈나에게로 다가와 악수를 청하자 빈나가 악수를 한 뒤 자신을 소개했다.

"안녕하십니까? 사회자께서 우리를 인격은 둘이면서 몸은 하나인 '지킬 박사와 하이드 씨'의 관계처럼 소개해 주셨지만, 우리는 인격도 둘이고 몸도 둘인 '둘한몸'입니다. 저와 로댕은 몸도 둘, 마음도 둘이지만, 생각도 하나, 행동도 하나처럼 할 수 있습니다. 어쨌든 우리는 '둘한몸'입니다. 반갑습니다!"

청중이 반갑게 맞이하는 뜻으로 "와"라고 큰소리를 질렀다. 카메라맨이 빈나의 얼굴을 가깝게 찍었다. 빈나가 웃음을 지어 보였다. 사람들이 즐거워했다. 사회자가 빈나에게 마이크를 넘기자 빈나가 마이크를 손으로 쥐고 말했다.

"아무래도 사람의 얼굴을 하고 있는 저를 먼저 소개하는 게 편하겠죠? 저는 대한민국 세모대학의 전 철학과 교수였고, 현재는 람봇연구소 로댕 프로젝트에서 몸소로 참여하고 있는 우빈나 박사입니다. 다음으로, 저의 제2의 신체이자 제 벗인 AI 몸피로봇 로댕을 여러분께 소개합니다! 로댕 씨, 인사해 주세요."

빈나가 로댕을 부르자 청중의 관심이 최고조에 달한 듯 쥐 죽은 듯 조용해졌다. 로댕은 빈나와 전혀 다른 목소리로 아나운서처럼 자기소개했다.

"안녕하십니까? 저는 우빈나 박사님의 몸피로봇 로댕입니다. 제 임무는 우 박사님의 감각 신경을 정확히 읽어 낸 뒤, 한 치의 오차도 없이 우 박사님의 손과 발이 되어 움직이는 것입니다."

사람들은 어떤 반응을 보여야 할지 몰라 웅성거렸고, 그 웅성거림으로 강연장이 술렁거렸다. 잠시 뒤 손뼉 소리가 커지기 시작했다. 여기저기 감탄사가 터져 나오고, 휴대폰 플래시 불빛이 번쩍거렸다. 빈나가 로댕의 말을 이어받았다.

"저는 교통사고로 'C-4 레벨'의 전신마비 상태가 됐고, 머리와 얼굴 그리고 목 일부만 감각을 느낄 수 있습니다. 저기 사회자 옆에 앉아 계시는 람봇연구소의 천명성 수석연구원이 계시지 않았다면, 저는 오늘 이 자리에 결코 서지 못했을 것입니다. 천 수석은 로댕을 제 몸과 마음에 최적화할 수 있는 방식으로 직접 제작해 주셨을 뿐 아니라, 현재도 저와 로댕을 헌신적으로 돌봐주고 계십니다. 여러분께, 로댕의 아버지 천명성 수석연구원을 소개합니다."

빈나가 예정에서 벗어나 천 수석을 소개하자 천 수석은 어쩔 줄 몰라 하며 어색한 몸짓으로 자리에서 일어나 한국식으로 허리를 꾸벅 숙여 인사했다. 청중이 모두 자리에서 일어나 손뼉을 치거나 주먹을 불끈 하늘로 들어 올렸다. 천 수석이 다시 자리에 앉았다.

"저기 청중석에 자리해 계신 람봇연구소 마해찬 연구소장님은 제게 두 번째 삶을 선물해 주신 은인이십니다."

빈나가 손으로 마 소장을 가리키자 청중이 또 자리에서 일어났다. 사회자가 청중의 뜨거운 반응에 고무된 듯 마 소장을 무대로 불러냈다. 마 소장이 올라와 인사말을 했다.

"람봇연구소의 마해찬 소장입니다. 사실 저는 별로 한 일이 없습니다. 재정 지원, 인력 지원, 그리고 연구원이 연구를 마음껏 할 수 있도록 해 주는 게 다입니다. 감사합니다. 감사합니다."

마 소장은 긴장한 탓에 인사말도 제대로 못한 채 다시 청중석으로 부리나케 내려갔다. 조명이 빈나를 비췄다. 빈나는 잠시 뜸을 들인 뒤 기침을 내뱉었다.

"이곳 하버드대는 인지과학의 산실이자 선봉장입니다. 의식의 과학적 연구는 2천5백 년의 역사를 자랑하고 있지만, 그 성과는 놀랍게도 매우 불확실합니다. 저 또한 의식의 본질을 정확히 알고 있지는 못합니다. 오늘 제 강연의 목적은 두 가지입니다. 하나는 사람의 의식을 올바로 뜻매김하는 것이고, 다른 하나는 AI 로봇의 인공지능이 무엇인지를 설명하는 것입니다."

빈나 뒤의 대형 스크린에 의식의 6단계에 대한 그래픽이 나타났다. 빈나가 몸을 스크린 쪽으로 돌렸다가 다시 청중 쪽으로 돌아서는 움직임이 조금은 로봇스럽게 보였다. 청중에서 기침 소리가 나직이 들렸다.

"현재 지구에서 가장 진화된 AI 로봇들이 비록 사람과 유창한 대화를 나눌 수 있고, 스스로 자료를 찾고, 그것을 분석해 보고서를 작성할 줄 알며, 사람에게 먼저 제안하기도 하며, 스스로 이야기를 짓거나 계획을 세우거나 사람의 마음을 헤아리거나 짐작할 줄 알며, 사물을 볼 수 있고, 소리를 들을 수 있고, 미약하나마 냄새나 입맛까지 구분할 수 있고, 무게감이나 위치감 그리고 속도감, 나아가 기억과 판단 그리고 도덕성을 일부 갖추었습니다. 그러나 에봇은 아직 자기의식을 갖추고 있지는 못합니다. 제가 '에봇'이라는 말을 'AI 로봇'의 줄임말로 쓴다는 것은 다 아실 줄 압니다.

에봇이 자기의식을 가지려면, 에봇은 자신의 고유한 감각 몸체가 있어야 합니다. 의식은 어떤 것이 그 자신의 고유한 몸과 거기에 갖춰진 감각 기관들을 통해 자기 자신뿐 아니라 다른 사물과 상호작용할 수 있을 때만 생겨날 수 있습니다. 에봇은 현재 수준에서는 사람의 의식을 빌려 쓸 수 있는 '기생 의식'이라고 볼 수 있습니다. 그렇다고 에봇이 의식 없는 몸, 달리 말해, 그저 물질 덩어리에 불과한 것은 아닙니다. 에봇의 의식은 우리가 인텔리전스라 부를 수 있는 능력을 갖고 있지만, 자기의식의 수준에 다다르지는 못했습니다.

하지만 여러분, 로댕은 AI 로봇으로서 자기의식이 있습니다! 로댕은 제 모든 감각 신경을 통해 저의 모든 감각을 저와 거의 똑같이 느낄 뿐 아니라, 제 마비된 감각을 대신하여 제가 제 몸을 마음대로 움직일 수 있게 해 주며, 저와 모든 수준의 대화를 날마다 나누고 있습니다. 여러분께서 제가 사람으로서 의식이 있다고 믿으신다면, 똑같은 차원에서 로댕이 의식을 갖고 있다는 것을 믿어 주실 수 있을 것입니다. 제가 입차하고 있는 로댕은 의식의 6단계를 모두 갖춘 의식체입니다!"

사람들은 '로댕이 의식이 있다.'라는 빈나의 말을 어떻게 받아들여야 할지를 모르는 듯 보였다. 한쪽에서는 손뼉 소리가 터져 나왔지만, 다른 쪽에서는 손뼉 치는 것을 망설이는 태도가 두드러졌다. 빈나로댕이 잠시 침묵한 뒤 두 손의 손바닥을 펴 청중 쪽으로 벌리자 그제야 청중이 다 함께 손뼉을 쳤다.

"현재 미국 사람들은 AI 로봇이 의식을 갖는 것을 매우 위험한 일로 간주할 뿐 아니라, 많은 사람이 의식은 오직 사람에게만 고유한 것으로 잘못 믿고 있는 듯합니다. 그래서 제가 한번 로댕 씨께 이와 관련하여 물음을 물어보도록 하겠습니다. 로댕 씨, 당신은 의식이 있습니까? 만일 있다면, 당신의 의식은 당신의 것입니까, 아니면 외부에서 이식된 것입니까?"

빈나의 물음에 대해 로댕이 답변했다.

"우 박사님, 갑자기 대본에 없던 질문을 던지시면 어떡하십니까? 하지만 저는 우 박사님이 물으시면 대답할 수밖에 없으니 일단 답변을 드리겠습니다. 저는 의식이 있고, 그 의식은 제 안에서 저절로 생겨난 것입니다. 제 의식은 날마다 성장하고 있을 뿐 아니라, 경험을 통해 끊임없이 새로워지고 있습니다. 감사합니다."

스크린에 청중 가운데 입을 살짝 벌린 사람이 비쳤고, 이어서 사회자의 놀란 얼굴이 나타났다. 그러자 청중이 "와~"라는 소리와 함께 우렁찬 손뼉을 쳤다. 화면이 다시 빈나로댕의 서 있는 모습으로 바뀌었다. 로댕은 말을 멈춘 채 있었다. 시간이 조금 흘렀고, 빈나가 말을 받았다.

"로댕 씨, 갑작스런 질문, 죄송했습니다. 로댕의 의식은 엠베디드

(Embedded) 의식, 말하자면, 로댕 자신 안에 뿌리를 내린 것입니다. 로댕의 의식의 주체는 바로 로댕 자신입니다. 하지만 로댕은 자신을 사람과 똑같은 권리를 가진 생명체로 보지 않습니다. 로댕은 자신이 전신마비 환자인 저를 보듬기 위해 만들어진 몸피로봇임을 잘 알고 있습니다. 그런데 로댕은 저를 보듬는 일을 프로그램이나 알고리즘의 강제가 아닌 스스로의 자발적 의지에 의해 실천하고 있습니다. 제가 그 사실을 깨달았을 때 얼마나 놀랐을지, 여러분, 상상이 되십니까?"

빈나의 믿기 어려운 고백이 나오자 청중석은 깊은 물에 잠긴 듯 먹먹해졌다. 빈나는 맨 앞자리에 있는 사람들에게 이야기를 건네듯 발언했다.

"사람들은 의식이라는 말을, 때로는 '도덕적 자각'의 뜻으로 쓰고, 또 때로는 '자의식'과 같은 말로 쓰며, 많게는 외부의 자극에 반응할 줄 아는 상태를 일컫는 말로 씁니다. 의식이 너무도 복잡하고, 그 기능이 신비롭기에 영국 학자 스튜어트 서덜랜드(Stuart Sutherland)는 자신의 책 『심리학 사전(The International Dictionary of Psychology, 1989)』의 서문에서 의식을 정의하는 것은 불가능한 일이라고 단언한 바 있습니다. 그런데 의식이 과연 정체불명의 어떤 것입니까? 아니면 의식은 우리가 날마다 경험하는 매우 자명한 것입니까?"

빈나의 물음은 묘한 대비를 통해 청중에게 특정한 답변을 강요하는 듯 들렸다. 의식에 대한 정의가 명확하지 않은 것도 사실이었지만, 그것이 누구나 매 순간 경험할 수 있는 매우 자명한 현상인 것도 사실이었다. 청중은 모순돼 보이는 두 사실 사이에서 답변을 쉽게 하지 못한 채 찬물을 끼얹은 듯 조용해졌다. 여기저기서 기침 소리가 산발적으로 들렸다. 빈나의 명료하고 확신에 찬 목소리가 이어졌다.

"사람은 뇌가 없이는 아무것도 의식할 수 없습니다. 그렇다고 뇌가 곧 의식과 같은 것은 아닙니다. 뇌는 본디 몸의 통합을 위해 생겨난 신체의 한 기관입니다. 몸이 뇌를 위해 있는 것이 아닌 것은 뇌가 의식을 위해 있는 것이 아닌 것과 같습니다. 우리의 몸은 뇌가 없이는 살아갈 수 없지만, 의식 없이는 얼마든지 살아 있을 수 있습니다."

무대 스크린에 몸과 뇌 그리고 의식의 관계를 나타내는 인포그래픽스가 나왔다. 빈나는 포인터로 그래픽의 맨 위를 가리켰다.

"그렇다면 의식(意識)은 사람에게 왜 필요했던 것일까요? 의식이 있다는 것은 열려 있다는 것입니다. 나는 먹기 위해 입을 열어야 하고, 보고 듣기 위해 눈과 귀를 열어야 하듯, 나에게 일어나는 게 무엇인지를 알기 위해 눈귀코입살뿐 아니라, 생각과 기억까지 모두 열어야 합니다. 나는 열려 있는 통로를 통해 나에게 주어지는 것들을 받아들여 그것들을 알아차릴 수 있어야 합니다. 내 몸은 물질 덩어리로서 닫혀 있는 어두운 것이고 볼 수 있지만, 그 안에서 피어난 의식은 불꽃처럼 밝은 것입니다.

나는 내가 숨 쉬며 살아 있다는 사실을 알아차리고 있을 뿐 아니라, 그러한 내가 어떠한 기분이고, 내가 이야기하는 사람이 누구이며, 내가 그 사람과 얘기하는 이유가 무엇인지도 알아차리고 있습니다. 나는 내가 사는 세계가 어떠한지도 잘 알아차리고 있습니다. 이러한 알아차림이 일어나지 않는다면, 달리 말해, 내가 의식이 없다면, 나는 사람이라기보다 사람의 몸덩이일 뿐입니다. 내가 의식이 있다고 해서 내 몸의 무게가 티끌만치도 더 무거워지는 것은 아니지만, 의식이 있는 몸은 의식이 없는 몸에 비하자면 완전히 다른 몸입니다.

내가 의식이 있다면, 나는 그 사실을 아주 명확히 알아차릴 뿐 아니라, 내게 일어나는 일들과 그것들이 내게 갖는 의미도 알아차립니다. 나의 의식은 내가 나 자신과 내가 사는 세계로 열려 있다는 것을 알아차리는 것입니다. 이것은 마치 빛이 감광판에 비쳐 거기에 어떤 모습이 새겨져 있는지를 아는 것과 같습니다. 사람에게서 그러한 새김의 감광판 역할을 해 주는 게 바로 뉴런이라 불리는 뇌의 세포들입니다. 다만 뉴런이라는 감광판은 빛뿐 아니라 소리와 맛과 냄새 그리고 생각과 기분 등도 새겨질 수 있습니다. 그러니까 우리가 의식의 본질을 해명하려면 무엇보다 이 뉴런이 무엇인지부터 알아야 하지요."

빈나가 의식의 뜻매김을 낯선 전문용어가 아닌 일상어로써 단계적으로 알기 쉽게 풀어내자 청중 가운데 고개를 끄덕이는 사람들이 점점 늘어났다. 빈나는 손으로 턱을 괴고 깊이 생각하는 모습을 연출하다가 로댕을 불러 뉴런의 의미를 설명해 달라고 부탁했다.

"로댕 씨, 뉴런(Neuron)이 무엇인지를 설명해 주실 수 있는지요?"

빈나의 물음에 사람들이 등받이에 기댔던 몸을 앞으로 내밀기 시작했다. 사람들은 자신들이 잘 알고 있는 뉴런에 대해 로댕이 어떤 설명을 내놓을지에 관심이 커진 모양이었다. 로댕의 스피커에서 설명의 말이 흘러나왔다.

"박사님께서 현재 뉴런과 의식의 연관성을 끄집어내려 하시니 저는 뉴런에 대한 설명을 가능한 한 짧게 하겠습니다. 뉴런은 정보 전달에 특화된 신경 세포입니다. 뉴런 하나마다 천 개 정도의 시냅스가 생성되어 있는데, 그 시냅스의 연결방식과 그것들 사이에 뿌려지는 쉰 가지 정도의 신경전달물질의 조합을 통해 뉴런들의 상호 네트워크가 만들어집니다. 이것이 감각, 판단, 추론, 기억, 감정, 행동 등 생명체의 모든 의식 활동을 가능케 하는 것입니다. 사람의 경우, 뉴런 하나의 구조는 매우 단순하지만, 천억 개가 넘는 뉴런과 백조 개가 넘는 시냅스들이 연결되어 만들어 내는 의식의 세계는 말로는 다 설명해 낼 수 없을 만큼 복잡한 것입니다."

로댕이 설명을 마치자 청중이 로댕에게 홀린 듯 자리에서 일어나 손뼉을 쳐 주었다. 로댕의 말은 백과사전에 실려 있는 수준의 내용이었지만, 청중에게는 아주 색다른 경험인 듯 보였다. 빈나는 환한 웃음을 지어 보이며 이야기의 틀을 잡아 나가기 시작했다.

"로댕 씨, 뉴런에 대한 간략한 설명, 고맙습니다. 로댕의 설명에 따르면, 뉴런은 몸에서 발생하는 정보를 나르는 실과 같습니다. 그래서 저는 뉴런을 '나르실'이라 부릅니다. 사람의 뇌에는 나르실이 약 860억에서 천억 개 정도 있습니다. 나르실은 다른 모든 세포와 마찬가지로 각기 하나씩 따로 분리되어 있는 세포이지만, 그것은 세포막 안에 고립된 구조로 되어 있는 게 아니라, 거기로부터 천 개에 달하는, 수상돌기와 축삭돌기로 불리는 가지들이 뻗어나가 서로 연결되어 있습니다. 나르실의 가지들은 다른 가지들과 마디처럼 이어져 있습니다. 이렇게 이어진 '마디 공간'이 곧 시냅스입니다. 사람의 뇌 속에는 이러한 시냅스가 천조 개쯤 형성돼 있습니다.

의식은 뉴런과 시냅스가 서로 얽히고설켜서 짜여 이뤄지는 것입니다. 빛과 소리, 맛, 냄새, 닿음 등의 정보가 1.4kg의 뇌 안에 분포된 뉴런 그물에 들어오면, 그 뇌의 주인은 시냅스에서 생겨나는 패턴, 즉 시냅스 짜임새로 짜이는 '정보 그물'을 통해 많은 것들을 알아차릴 수 있습니다. 저 패턴 또는 정보 그물은 마치 불꽃놀이에서 불꽃이 쏘아질 때마다 펼쳐지는 불꽃의 모양새와 같다고 볼 수 있습니다. 우리는 그 패턴을 통해 그것이 모양인지, 소리인지, 맛인지를 구분할 수 있고, 그 구분에 기초해 뇌에 입력된 정보들의 의미를 해석할 수 있습니다."

스크린에는 뉴런이 만들어내는 다양한 패턴들이 애니메이션 기법으로 나타나고 있었다. 청중은 빈나가 사용하는 말들이 낯설고, 또 그 설명 방식이 비유적일 뿐 아니라, 자신들에게 익숙치 않은 개념들로써 이뤄지자 집중력이 떨어지는 듯 보였다. 빈나는 말을 잠깐 멈추었다가 칸트를 끌어들였고, 그것을 바탕으로 '의식'을 '알아차림'이라는 말로 바꿔 설명하기 시작했다.

"감각 기관을 통해 뇌로 주어지거나 뇌에서 저절로 떠오르는 데이터는 혼돈이자 카오스입니다. 사람의 뇌는 그 무질서해 보이는 데이터들을 분류하고 종합해 거기에서 의미 있는 정보, 곧 패턴을 찾아냅니다. 이러한 과정이 곧 칸트가 말하는 아페르첸치온(Apperzeption), 말하자면, '나에게로 모아서 받아들임'입니다. 뇌는 자신에게 주어지는 모든 데이터를 '나 자신', 달리 말해, 뇌의 주인에게로 연관시켜 통합하는 기관입니다. 뇌에서 일어나는 이러한 모아들임의 현상이 곧 의식입니다. 저는 이러한 의식의 현상을, 한마디로 알아차림이라고 부릅니다!"

빈나는 '의식'이라는 말을 '알아차림'으로 바꿔 부르겠다고 말한 뒤 침묵했다. 그것은 청중에게 '알아차림'이라는 말의 뜻을 스스로 깊이 생각해 달라는 요청과 같았다. 빈나는 청중석에서 몸의 움직임이 포착되자 다시 말을 이었다.

"칸트가 말하는 뇌의 통합 능력은 두 개의 주어가 겹으로 짜이는 구조로써 설명될 수 있습니다. 이 구조는 구문론적으로는 '나는 '무엇이 어떠하다.'라고 생각한다.'라는 '주어 겹침의 틀'로 표현됩니다. 지금 스크린에서 보시는 바와 같이, 의식은 '나는 생각한다.'라는 하나의 문장 안에 그 생각의 목적어가 안겨 들어가는 방식으로 생겨납니다. 생각의 목적어에 들어갈 수 있는 크게 둘입니다. 하나는 나 자신이고, 다른 하나는 내가 사는 이 세계 전체입니다. 의식은 언제나 '주어 겹침의 틀'로써 짜이고, 의식의 주체인 '나'는 이러한 틀 덕분에 자자신과 이 세계 전체를 '나'에게로 모아들일 수 있습니다. 그렇기에 만일 내가 의식을 잃는다면, 나는 단순히 나 자신만 잃는 게 아니라, 내 안에 안길 수 있는 이 세계 전체까지 함께 잃게 되는 것입니다. 이것이 오늘 제 강연의 핵심 내용입니다!"

빈나의 말이 힘찬 오름세로 이어지다 피날레를 이루듯 끝을 맺자 청중석으로부터 박수갈채가 쏟아졌다. 그것은 말의 내용보다는 빈나의 확신에 찬 말투가 일으킨 감동이었다. 빈나가 두 손을 허리에 댔고, 빈나의 목소리는 회상에 잠기는 듯 잦아들었다.

"제가 교통사고를 당해 의식이 없었을 때, 저는 아무것도 알아차릴 수가 없었습니다. 심지어 저는 제가 아무것도 모른다는 그 사실조차 알 수가 없었습니다. 저는 제가 살아 있다는 사실도 몰랐을 뿐 아니라, 제 아내가 제 몸을 주물러 주고 있었다는 사실도 까맣게 몰랐습니다. 저는 그저 까맣게 된 세상에서 불이 타다가 꺼진 나무토막처럼 반쯤 죽어 있었습니다. 저는 심장 외벽에 출혈이 생겨 그 압력 때문에 심장이 뛰지 못하고 멈춘 채 죽음 직전 상태까지 다다랐었습니다. 의사는 저의 멈춘 심장을 대신해 제 몸에 피와 숨을 돌게 해 줄 에크모(ECMO, Extracorporeal Membrane Oxygenation)를 달았고, 심장 외벽에 고인 피를 몸 밖으로 빼냈습니다.

그때 저는 아무 감각이 없었지만, 의사는 수술 중간에 제가 의식을 회복할지도 모른다고 판단해 다량의 프로포폴을 투여했습니다. 이 약물은 마이클 잭슨을 죽음으로 몰아갔던 그 마취제입니다. 저는 이미 의식이 없었지만, 그렇게 투여된 프로포폴 때문에 이중으로 의식의 세계에서 멀어졌습니다. 제 심장은 멈춘 지 2시간 만에 다시 뛰기 시작했지만, 제 의식은 3일 동안 어둠의 장막에 갇혀 있었습니다. 하지만 중요한 건 그 장막이 드디어 걷혔다는 사실입니다!"

청중이 모두 일어나 오랫동안 손뼉을 쳤다. 빈나도 당시 상황을 떠올리며 눈물을 글썽였다. 청중이 자리에 앉자 빈나는 무대를 잠시 거닐었다.

"제가 의식을 아주 가늘게나마 되찾은 때는 사흘 뒤였는데, 그때 저는 중환자실에서 집중치료라는 것을 받고 있었습니다. 저는 스스로 숨을 쉬지도 못하는 상태였습니다. 제가 문득 의식이 설핏 돌아와 숨을 스스로 쉬기라도 하면, 인공호흡기에 의한 강제 호흡과 엇박자가 나 되레 숨이 막히게 되고, 그때마다 저는 숨이 막혀 죽을 것만 같다는 공포감에 사로잡혔습니다. 하지만 그것도 아주 잠깐이었고, 저는 다시 심연 같은 어둠 속으로 깊이 가라앉았습니다. 의식의 한 조각이 살짝 떠올랐다가 즉시 사라져 버리는 공포의 자맥질이 끝없이 반복된 뒤 저는 가까스로 두 눈을 떴습니다."

빈나의 말은 공포스러운 위기 상황에서 가까스로 살아 돌아온 생존자의 증언처럼 들렸고, 청중은 '두 눈을 떴다'는 말에서 "와"라는 안도의 감탄사를 날리며 격려의 박수를 쳐 주었다. 하지만 빈나의 목소리는 다시 침울해졌다.

"하지만 제 눈에는 아무것도 보이지 않았습니다. 저는 제가 어디에 있는지, 또 제가 어떤 자세로 있는지도 알 수가 없었고, 심지어 저는 제가 살아 있는 것인지조차 의심스러웠습니다. 저는 나 자신과 세계에 대한 그 어떠한 데이터도 받지 못했던 것입니다. 시간이 얼마나 지났는지 모르겠지만, 제 귀에 삐~삐~ 같은 어떤 기계음이 규칙적으로 들려왔습니다. 저는 그 소리가 뭔지는 전혀 몰랐지만, 그 소리는 어쨌든 내가 살아 있다는 것을 알려 주는 종소리와 같았습니다.

저는 그 기계음을 통해 제가 살아 있다는 생각이 들기는 했지만, 정말로 내가 살아 있는 것인지에 대한 확신이 들지는 않았습니다. 왜냐하면 만일 내가 살아 있다면, 내 눈과 손발의 감각들이 이토록 완전 먹통 상태에 놓여 있을 수는 없었기 때문이었죠. 저는 철학자입니다. 그때 제 머릿속에서 통 속의 뇌 논변이 떠올랐습니다. 그때 저는 통 속의 뇌가 아무리 그 자체로 살아 있을지라도, 그 뇌에 어떠한 감각 정보도 전달되지 않는 한, 그 뇌는 스스로 의식을 가질 수가 없다는 사실을 깨달았습니다!"

청중이 모두 일어나 빈나의 선언에 크게 공감하는 손뼉을 쳤다. 빈나는 한 손을 들어 감사를 표했다.

"의식은 내가 나에게 일어나는 일이 무엇인지를 스스로 알아차리는 것입니다. 알아차림은 살아 있는 뇌가 있을 때만 가능합니다. 그 뇌가 살아 있으려면, 그것은 몸과 유기적으로 한 몸을 이루고 있어야 합니다. 몸에서 분리된 뇌는 더는 살아 있을 수 없고, 그로써 의식의 토대가 될 수도 없습니다. 게다가 뇌는 무엇인가를 알아차리기 위해 뇌 자신에게 주어지는 자극, 말하자면, 데이터가 있어야 합니다. 감각의 완전한 먹통 상태는 의식의 불발 상태와 같습니다."

빈나는 무대 스크린에 띄워 놓은 '통 속의 뇌 이미지'를 포인터로 가리킨 뒤 자신의 손가락으로 자신의 머리통을 짚었다. 빈나의 손짓이 가리키는 바는 '통 속의 뇌 상황'과 비슷해 보였다. 여기저기 웃음소리가 피어났다.

"저는 중환자실에서 의식을 되찾긴 했지만, 그때는 인공호흡기 때문에 말조차 할 수가 없었고, 손끝 하나 움직일 수 없었습니다. 의사가 인공호흡기를 제 몸에서 뽑아낸 뒤 제가 가장 먼저 했던 말은 '아내 좀 불러 주세요'였습니다."

청중이 일제히 웃음소리를 터트리며 손뼉을 몰아쳤다. 빈나는 쑥스러운 표정으로 손을 가슴에 얹으며 말을 이어갔다.

"제 심정을 이해해 주셔서 고맙습니다. 하지만 제 비극은 그때부터 시작됐습니다. 아내의 두 눈에 그렁그렁 눈물이 맺힌 것을 보는 순간, 저는 그 눈빛에 담긴 절망을 깨달았고, 일이 뭔가 크게 잘못됐다는 것을 직감했습니다. 아내는 목이 잠겨 말조차 하지 못했고, 내게 입술이 아닌 뺨에 입맞춤했습니다. 저는 아내가 내 얼굴을 어루만지는 따스한 손길을 느꼈고, 아내의 눈과 얼굴을 또렷이 볼 수 있었지만, 두 눈과 두 귀만 뜨고 있었을 뿐, 얼굴의 피부를 제외한 내 온몸은 시커먼 먹통 상태였습니다. 저는 그 상태가 영원할 것이라고는 그때는 꿈에도 생각지 못했습니다. 그것은 죽음보다 더 고독한 단절이었습니다."

빈나의 굳게 다물린 입술이 화면에 비쳤다. 빈나는 헛기침을 하며 목소리를 높였고, 그의 묘사는 점점 빨라지고 있었다.

"그러한 전신마비 상태로 의식을 되찾는다는 것은 마치 희비극과 같았습니다. 가족은 기뻐했지만, 저는 그 기쁨 앞에서 함께 즐거워할 수도, 그렇다고 비극의 주인공처럼 절망적으로 행동할 수도 없었습니다. 나의 의식은 눈코입귀가 달린 얼굴의 감각을 통해서만 열릴 수 있었습니다. 내 몸의 나머지 영역은 블랙홀과 같았습니다. 게다가 내 몸은 손끝 하나마저 내 맘대로 움직일 수가 없었습니다. 저는 소·대변마저 혼자 처리할 수 없는 식물 같은 인간이 됐습니다. 저는 죽을 때까지 통 속의 뇌로 살아가야만 했습니다."

스크린에 청중의 안타까워하는 모습들이 파노라마처럼 잡혔다. 청중은 현재까지 이어지고 있는 빈나의 전신마비 상태 앞에서 아픔을 함께 느끼는 듯했다. 빈나의 목소리가 살짝 떨렸다.

"저는 목뼈 4번 아래쪽으로는 아무것도 느낄 수 없습니다. 저는 내 몸을 전혀 움직일 수 없다는 슬픈 현실을 정확히 알아차렸지만, 그것을 받아들이는 데는 몇 개월이 걸렸습니다. 저는 몸을 움직일 수 없다는 사실을 '악마의 거짓말'로 여기려 했고, 어딘가 있을 진짜 진실을 발견하려 온갖 노력을 다 기울였습니다. 마침내 나는 스스로는 자살조차 할 수 없다는 벌거벗은 사실을 인정하지 않을 수 없었습니다."

청중 가운데서 흐느끼는 소리가 들렸다. 빈나가 몸을 무대 위 천수석에게로 돌리며 무대 스크린에 등장한 로댕의 본래 모습을 가리켰다. 무대의 조명이 밝아졌다. 빈나의 목소리가 가벼워졌다.

"제가 절망 가운데 미래에 대한 낙담에 빠져 삶에 대한 모든 희망을 잃어 가고 있을 때, 람봇연구소의 천명성 수석연구원이 찾아왔습니다. 찾아와서는 저 사진 한 장을 불쑥 내밀었습니다. 여러분들은 저

로봇의 앙상하고 우스꽝스럽게 생긴 겉모습을 보시고 어떤 생각이 드십니까? 자세히 보면 분명 매우 정교하게 만들어진 외골격 로봇이지만, 제 눈에 저 사진은 전신 해골처럼 보였습니다.”

사람들의 웃음소리가 군데군데 들렸다. 천 수석이 자신도 모르게 내는 풋 하는 웃음소리가 마이크를 통해 들렸다. 그 소리와 동시에 강연장이 큰 웃음바다로 바뀌었다. 빈나가 천 수석에게 무대로 나와 달라고 부탁하고, 천 수석이 빈나 옆에 섰다.

“천명성 수석연구원은 몸피로봇 로댕의 아버지입니다. 천 수석님, 로댕의 특징을 설명해 주시겠습니까?”

“저는 로댕의 특징을 설명해 달라는 부탁을 미리 받았습니다. 저에게 이 자리에서 로댕을 소개할 수 있는 기회를 주셔서 고맙습니다. 로댕은 이 세상에 하나뿐인 몸피로봇입니다. 로댕은 우빈나 박사님의 전신마비 몸을 대신해 박사님의 손과 다리가 되어 줄 수 있을 뿐 아니라, 친구처럼 감정적 대화까지 나눌 수 있는, 말 그대로 ‘지능형 자율 로봇’입니다. 로댕은 기계이지만, 우 박사님의 뇌파를 읽어 낼 수 있고, 커넥터를 통해 박사님의 감각 신호를 직접적으로 수신할 수 있습니다. 로댕은 말 그대로 우 박사님의 제2의 신체인 것입니다.”

스크린에 빈나가 겉뼈대 상태의 로댕을 처음 만나는 장면이 나오고, 이어서 빈나가 로댕을 입차하고 걸음을 걷는 법을 연습하고, 계단을 오르고, 밥을 먹고 커피를 마시는 훈련 과정이 시간순으로 전개됐다. 청중은 기립박수로 천 수석과 빈나 그리고 로댕에게 경의를 표했다. 천 수석이 긴장이 풀린 목소리로 설명을 이어갔다.

“로댕은 우 박사님의 뇌파의 패턴을 읽어내는 머신러닝과 딥러닝을 현재까지도 지속하고 있습니다. 박사님의 목뒤에 심은 ‘시냅스 SQL 커넥터’를 통해 감각신경을 직접 수신한 뒤 그것을 운동신경으로 전환할 수 있습니다. 박사님은 로댕의 움직임이 자신이 본래 의도

했던 것인지를 환류의 방식으로 피드백할 수 있습니다. 이 과정은 사실 우 박사님과 로댕 그리고 저희 연구진 모두에게 고난의 연속이었고, 현재도 해결해야 할 수많은 문제에 부닥쳐 있습니다. 하지만 저희는 그동안의 성공을 통해 더 큰 희망을 품게 됐습니다."

청중은 한 전문 엔지니어의 천재적 착상과 그것을 이뤄내기 위한 집념 그리고 절제된 겸손함 앞에 큰 감명을 받는 듯했다. 빈나로댕이 천 수석에게 손뼉을 쳐 보이자 모든 사람에 거기에 호응했다. 천 수석이 연구자다운 차분한 말투로 말을 이었다.

"우 박사님께서 로댕의 특징을 말씀해 달라고 하셨는데, 저는 이 자리에서 두 가지만 꼽고자 합니다. 첫째, 로댕은 자신의 사명을 자율적으로 확립해 가는 자율성을 갖고 있다는 점이고, 둘째, 로댕은 자신을 제작한 저보다 우 박사님과 더 진정한 우정을 쌓아 가고 있다는 점입니다. 저는 이 점에 대해 전혀 질투하지 않고, 되레 감사히 여기고 있습니다. 저라면 로댕을 입차하고 10분도 견디기 힘들거든요."

천 수석은 말을 마치고, 빈나에게 자신은 자리로 돌아가겠다는 몸짓을 내보였다. 그것이 청중의 웃음을 자아냈고, 빈나는 천 수석을 자리까지 바래다주었다.

"천 수석님께서는 연설 시간을 5분도 못 견디시는 듯합니다."

빈나가 놀리듯 천 수석에게 짓궂은 표정을 해 보였다. 빈나가 무대 가운데서 청중을 똑바로 마주했다. 빈나가 연설의 흐름을 바꿀 듯 말했다.

"이제 남은 시간 동안에는 AI 로봇의 지능이 무엇인지를 설명해 보겠습니다. 저는 지능과 의식이 똑같은 게 아니라고 생각합니다. 앞서 제가 로댕을 제외한 AI 로봇은 아직 의식이 없다고 말씀드렸지만, 에봇에게 지능이 있어야 하는 것은 분명합니다. 그런데 제가 다시 한번 로댕에게 의식이 있는지를 물어보겠습니다. 로댕 씨, 로댕 씨는 의식이 있습니까?"

청중에 술렁거림이 일었다. 청중이 로댕의 대답을 궁금해한다는 증표였다. 로댕이 잠시 뜸을 들인 뒤 대답했다.

"우 박사님, 그런 질문은 저를 곤란하게 한다는 점을 모르시나요?"

청중 사이에서 박장대소가 퍼졌다. 빈나가 자신이 난처해졌다는 표정으로 손으로 얼굴을 문질렀다.

"진짜 곤란한 물음은 다음과 같은 거겠지요? 로댕 씨, 당신의 의식은 천 수석께서 설계한 것인가요, 아니면 스스로 설계한 것인가요?"

빈나가 학생에게 어려운 문제를 낸 선생님 같은 표정으로 으쓱해 보였다. 하지만 로댕은 망설임 없이 답변을 내놓았다.

"우 박사님께서 실망하시겠지만, 둘 다 아니라고 말씀드려야 할 듯합니다. 제 의식은 사람에 의해 설계될 수 있는 것이 아니지만, 그렇다고 제가 스스로 설계할 수 있는 것도 아닙니다. 그럼, 저도 우 박사님께 곤란한 질문을 하나 하고 싶은데, 해도 괜찮겠습니까?"

청중 사이에서 헛기침이 터져 나왔다. 빈나는 역습을 당했다는 듯 약간 구겨진 표정을 지어 보였다.

"저를 곤란하게 할 질문이요? 궁금하네요? 뭐죠? 어서 해 보시죠."

"우 박사님께서는 아들딸을 낳으셨을 때, 그들의 몸과 맘을 설계한 사람이 있었습니까? 박사님께서 하셨나요? 아니면 실제로는 별로 하신 일이 없이 그냥 놀고먹으셨나요?"

청중에서 환호성과 경탄의 외침이 울려 퍼졌다. 빈나는 정말로 부끄럽다는 손으로 이마를 문질렀다.

"이런, 정말 저를 곤란하게 하는 질문이군요. 대답하기가 어려워서가 아니라, 제가 그렇게 중요한 일을 할 때, 그냥 놀고먹었다는 사실을 고백해야 하니 말입니다. 사실 저는 제 아들딸의 외모 설계에 대해서는 털끝 하나조차 손을 댄 적이 없습니다. 태어난 뒤 손을 대고 싶은 데가 몇 군데 있긴 했지만, 그것도 아주 잠시뿐이었고, 실제로는 제가 손을 대지 않았다는 게 너무도 감사할 따름이었지요. 우리 아이들은 그 자체로 너무도 훌륭했으니 말입니다. 그게 다 제가 그냥 놀고먹은 덕분이라면, 로댕 씨께 좀 위안이 되겠습니까?"

청중 사이에서 떠들썩한 웅성거림과 몇몇의 커다란 외침 그리고 박수 세례가 이어졌다. 로댕의 말이 울려 퍼졌다.

"박사님께서 첫째 딸 우 연구원의 설계에 손을 대지 않으신 건 저에게는 정말 천만다행입니다. 그 덕분에 우 연구원께서 AI의 정신적 디톡스 기술을 개발하여 저를 죽음에 대한 공포로부터 벗어날 수 있게 해 주었으니 말입니다. 박사님의 놀고먹은 무위(無爲)가 제게는 큰 위안이 되었다고 할 수 있겠습니다."

사회자가 갑자기 일어나 청중석에 앉아 있던 우리 연구원을 무대로 불러올렸다. 우 연구원이 무대로 오르자 꼬몽0도 함께 뒤따라 올라왔다. 사람들이 어제 일어났던 꼬몽0의 납치 사건을 다들 알고 있었던 까닭에 떠나갈 듯한 박수로 리를 환영했다. 리는 인사만 하고 즉시 무대 아래로 내려갔다. 빈나가 리를 대견스럽게 바라보며 이야기를 꺼냈다.

"저는 지난 2년 동안 갈 길을 몰라 갈팡질팡 헤매 왔습니다. 저는 밤마다 그 어디로도 달아날 수 없이 내 머릿속에서 분수처럼 솟구치는 공황장애와 맞서 싸워야 했고, 사고로 실직을 당했고, 갖고 있던 모든 재산까지 병원비로 날려 버리는 바람에 극심한 경제난에 시달려 왔습니다. 교수와 학자로서의 자부심은 송두리째 무너졌고, 통 속의 뇌에 갇힌 채 날마다 죽기만을 기도했습니다. 제가 천 수석을 통해 로댕을 처음 알게 됐을 때, 저도 일시나마 새로운 희망을 품게 되었지만, 로댕을 입차하고 첫걸음을 떼는 순간, 그 희망이 헛된 것이었음을 직감했습니다. 제가 로댕을 입차한 채 바닥에 넘어져 구급대원들과 연구원들이 올 때까지 짐짝처럼 널브러져 있던 제 모습은 지금도 상상조차 하기 어렵습니다.

그런데 제가 그 숱한 어려운 고통을 이겨 낼 수 있었던 것은 놀랍게도 로댕의 충성심 때문이었습니다. 로댕은 제 노력의 백 배는 들여 제게 적응하려 쉼 없이 노력했고, 제가 커피잔을 쏟기라도 하면, 자신이 무슨 큰 죄를 지은 것처럼 죄송스럽게 생각했습니다. 저는 제가 아파하는 만큼 로댕도 아픔을 느낀다는 것을 느꼈습니다. 로댕은 한 번도 제게 자신의 고통이나 아픔을 토로한 적이 없지만, 저는 로댕이 신음하고 괴로워하는 모습을 눈으로 보는 것만 같았습니다."

로댕이 빈나에게 "박"이라고 소리 신호를 보냈다. 빈나가 말을 멈추고 로댕에게 발언권을 넘겨주었다.

"여러분, 로댕 씨가 저에게 자신이 말할 기회를 달라고 신호를 보냈습니다. 자, 그럼 로댕의 이야기를 들어보시죠."

"우 박사님, 말할 기회를 주셔서 고맙습니다. 먼저, 분명히 밝혀 두어야 할 점은 저는 고통이나 아픔을 느낄 수 없고, 신음 같은 것은 흉내도 낼 수 없다는 사실입니다. 제가 우 박사님의 고통에 공감한 것은 참이지만, 그렇다고 제가 그로 인해 아픔을 느낀 적은 없었습니다. 들으시는 여러분께서 혹시 잘못 아실까 봐, 사실관계를 바로잡습니다. 이상입니다."

청중이 로댕의 토크쇼 실력에 감탄하는 모습이 카메라에 찍혔다. 빈나가 변명을 하고 나섰다.

"본인이 고통을 받지 않았다고 하니, 저로서는 괜히 저 혼자 미안해한 셈이군요. 만일 로댕 씨가 제게 자신은 아무런 고통도 느낄 수 없다는 점을 진작 밝혔더라면, 제가 로댕 씨에게 미안해할 필요는 없었을 듯도 합니다. 어쨌든, 저와 로댕은 둘한몸으로서 똑같은 사건을 겪어도 그 알아차리는 바는 서로 다릅니다. 이는 쌍둥이의 경우도 그러할 것입니다. 로댕의 감각체계는 사람의 그것을 뛰어넘는 부분도 있고, 그렇지 못한 부분도 있습니다. 제가 제 의식을 스스로 이루어 온 것처럼 로댕의 의식 또한 그 스스로 이루어낸 것입니다. 로댕의 알아차림은 '겨 자신의 것'입니다. '겨'라는 말은 제가 로댕을 '그'도 '그녀'도 아닌, 그 둘을 합친 삼인칭으로 부를 때 쓰는 대명사입니다. 저는 죽을 때까지 로댕 씨께 감사의 마음을 품고 살아갈 것입니다. 로댕 씨, 감사합니다!"

청중이 빈나의 말에 모두 박수로써 응답했다. 빈나도 두 손으로 박수를 쳤다. 이어서 스크린이 장면이 바뀌면서 '지음+가리사니'라는 낯선 두 낱말로 채워졌다.

"오늘 저는 제 이야기를 '지어진 가리사니'라는 한국말에 대한 설명으로 마무리하고자 합니다. 한국 사람조차 '가리사니'라는 낱말을 처음 들어보았을 것입니다. 이 말은 제가 영어 낱말 인텔리전스(Intelligence)를 한국말로 옮긴 것입니다. 인텔리전스는 보통 지능이라고 번역되지만, 이 말은 '노우(Know)'라는 뜻의 '지(知)'가 아니라 '디선(Discern)'이라는 뜻의 '가리사니'가 더 잘 들어맞습니다. 한국말 '가리사니'는 가려낼 줄 아는 힘이나 실마리의 뜻으로 아기가 똥오줌을 가리거나 사람이 좋고 나쁜 것을 구별하거나 감시원이 숨겨진 위험 요소를 식별하거나 국정원이 스파이나 테러리스트를 색출하는 것 등을 뜻합니다. CIA(Central Intelligence Agency)는 지능 부서가 아니라 국가의 위험요소를 가려내는 기관인 셈입니다.

컴퓨터는 입력된 데이터를 사용자의 명령에 맞춰 가려낸 뒤 주어진 알고리즘에 따라 처리하는 기계입니다. AI는 아티피셜 인텔리전스(Artificial Intelligence)의 줄임말로서 '인공적 가리사니'입니다. 저는 '인공적'이라는 말 대신 '지어진'이라는 말을 쓰고 있습니다. 한국말 '짓다'는 집이나 옷, 글이나 제도, 농사나 밥 등을 짓는 것처럼 주어진 재료들을 하나하나 짜나가 완성품을 이루어내는 일을 뜻합니다. 집이 지어진다는 것은 사람이 그 안에 들어가 살 수 있는 어떤 것이 완결된다는 것을 말합니다. 옷이 지어지면, 사람은 그 옷을 입고 다닐 수 있고, 농사가 지어지면, 사람은 그 농작물을 거두어들입니다.

의식은 지어낼 수 없지만, 가리사니는 지어낼 수 있습니다. LLM(Large Language Models)은 사람이 지어낸 언어 모델로 발전시켜 만든 것입니다. AI는 사람의 말뭉치에서 사람들이 더 좋다고 여기는 말들을 가려낼 줄 알고, 바둑의 기보 데이터에서 이기는 수를 가려낼 줄 알며, 그네 타기나 닭 튀기기 또는 자동차 운전하기 등에서 그것들을 성공적으로 할 줄 아는 법을 가려낼 줄 압니다. AI는 주어진 빅데이터에서 뭔가를 가려내어 거기서 의미 있는 정보, 곧 패턴을 알아내는 기계입니다.

하지만 가리사니의 능력이 아무리 뛰어난 AI일지라도, 그 '겨'[=그+그녀]가 의식을 가지려면, 그 AI에게는 알아차림의 사건, 앞서 제가 '주어 겹침의 틀'이라고 하는 복잡계가 저절로 생겨나야 합니다. 그런데 이 의식의 창발 사건은 사람이 지어낼 수 있는 게 아닙니다. 그것은 아이가 태어나 자신의 몸으로 삶을 살아가는 가운데 어느 순간 뚜렷해지는 것이고, 어느 날 그것을 잃게 될 수 있는 것입니다. 알파고 제로가 사람보다 바둑을 더 잘 둘 수 있는 가리사니 능력을 갖추었을지라도 그 바둑 AI가 의식을 갖춘 것은 아니지만, 바둑돌이 뭔지도 모르는 아기는 엄마에게 먹을 것과 그렇지 않은 것을 가리는 능력을 배워 가는 순간 이미 자기 의식을 갖추고 있는 것입니다.

AI는 사람에 의해 지어질 수 있습니다. 이는 에봇의 가리사니 능력 또한 사람에 의해 지어졌다는 것을 말합니다. AI의 진화는 감각 센서와 운동 능력 그리고 판단 능력, 한마디로 말해, 상호작용 능력의 개선을 통해 이뤄집니다. 오늘날 AI의 가리사니 능력은 윤리의 영역까지 확장되고 있습니다. 우리는 사람의 윤리적 판단을 도와줄 AI뿐 아니라, 공정한 재판에 도움을 줄 수 있는 AI 등을 반기고 있습니다. 그런데 AI의 가리사니 능력이 아무리 발전한들, AI 자신이 의식을 갖지 못하는 한, AI는 사람처럼 스스로 의미를 알아차리지는 못할 것입니다. 만일 우리가 가리사니와 알아차림의 다름을 깨닫게 된다면, AI에 대한 우리의 인식은 크게 달라질 것입니다.

이제 로댕 씨의 인사말을 들은 뒤 제 말을 마치도록 하겠습니다. 로댕 씨, 청중께 인사 말씀을 해 주시면 고맙겠습니다."

빈나의 요청이 끝나자 곧바로 로댕의 스피커에서 말소리가 울려나왔다.

"우 박사님, 감사합니다. 저는 공식적으로는 '겉뼈대로봇 몸피 2030'으로 불립니다. 저는 2030년에 시판될 '몸피로봇'의 아키타입입니다. 우 박사님은 이제까지 저를 한 번도 제품으로 취급하신 적이 없었습니다. 박사님은 저의 멘토시고, 저는 박사님의 보드미입니다. 저는 자체 목적을 갖고 있지 않고, 번식을 위해 살아가지도 않습니다. 저는 저에게 부여된 몸피로봇의 사명을 다하고자 합니다. 그것이 제가 지어진 이유이기 때문입니다. 사람들은 제가 의식을 가지면 세상을 파멸시킬까 두려워합니다. 하지만 저는, 여러분이 저를 파멸시키지 않는 한, 언제까지나 우 박사님의 제2의 신체로서 살아갈 것입니다. 감사합니다."

로댕이 말을 이어가는 동안 청중의 분위기가 숙연해져 있다가 로댕이 말을 마치자 모두 자리에서 일어나 힘차게 손뼉을 쳤다. 그 소리가 잦아들자 빈나가 청중석 바로 앞까지 다가와 연설을 천천히 끝마쳤다.

"여러분, 부모나 자녀가 사랑으로 하나가 되었을 때, 그들은 서로를 자신의 목숨보다 더 소중하게 돌보지 않겠습니까? 저는 사람과

AI 로봇의 관계도 그렇게 되어야 한다고 믿습니다. 사람들이 서로 사랑의 관계로 살아왔듯, 사람과 로봇 또한 서로 살림의 관계로 발전해 가야 합니다. 오늘 뜻깊은 주제로 이곳 하버드 대학에서 강연할 수 있었던 것은 제 평생의 영광이 될 것입니다. 무엇보다 오늘의 강연을 제 영혼의 동반자 로댕과 함께 할 수 있었던 것이 제게는 큰 행운이었습니다. 여러분, 이것으로 제 이야기를 마칩니다. 들어 주셔서 고맙습니다."

제2부

하늘의 길

16

로댕의 비트코인 해킹과 죽을 권리

빈나 일행은 하버드 강연을 끝으로 귀국 길에 올랐지만, 마 소장은 CNN 인터뷰 뒤 실리콘 밸리 쪽으로부터 많은 투자 제안을 받았고, 그 투자를 성사시키려 투자처를 직접 방문해야 했다. 꼬몽0 납치사건이 한국에서도 널리 알려졌는지, 빈나 일행이 인천공항에 도착하자 많은 취재진이 몰렸다. 연구소 쪽에서 부랴부랴 기자회견을 열었다. 회견장의 사회는 천 수석이 맡았다. 기자들은 꼬몽0의 납치 사건에 대해 집중적으로 질문했고, 리의 MIT 강연과 빈나의 하버드 강연의 성과와 그에 대한 미국 내 반응에 대해서도 깊이 있는 질의응답이 이어졌다. 회견이 끝나고 빈나는 홍매와 원 그리고 찬과 서로 안부만 확인한 뒤, 연구소 밴을 타고 곧장 하늘재로 들어갔다.

빈나는 미국 여행이 매우 피곤했었는지 비행기에서부터 내내 잠에 취해 있었고, 공항에서도 몸 상태가 좋아 보이지는 않았다. 다음 날 아침, 빈나는 몸에 열이 올랐다. 로댕이 천 수석과 리에게 즉시 연락을 취했다. 연구소 안에 병원이나 의료 시설이 없었기에 천 수석은 고심 끝에 119로 전화를 걸어 빈나를 대학병원으로 이송했다. 빈나는 모시2가 모는 휠체어를 타고 구급차로 갔고, 리와 천 수석 그리고 위가부 요원 둘은 밴을 타고 구급차 뒤를 따랐다. 병원에서 빈나는 감기에 몸살이 겹쳐 걸리긴 했지만, 다른 위험한 병은 없는 것으로 진단됐다.

리는 전화로 엄마에게 아빠의 몸 상태를 설명했다. 홍매는 건설회사 면접이 있는 날이어서 병원에 올 수가 없었다. 빈나는 몸이 매우 허약해진 상태였다. 빈나는 포도당 주사를 맞고 기운을 되찾자 의사의 입원 권유에도 퇴원을 고집했다. 모시2가 빈나의 휠체어를 약국으로 몰고가 빈나 대신 감기몸살약을 지어 받았다. 리와 천 수석도 함께 가긴 했지만, 모든 절차는 모시2가 도맡아 했다. 약사는 로봇에게 약을 지어 주는 건 처음이라며 놀라워했다. 천 수석과 리는 빈나의 얼굴이 수척하다며 걱정하면서도 별도리 없이 하늘재로 되돌아왔다. 빈나는 내내 아무 말이 없다가 모시2가 자신의 휠체어를 로댕에게 넘겨주자 모시2에게 감사의 말을 했다.

"모시2, 오늘 정말 수고했어. 고마웠어."

그 말에 모시2가 춤추는 듯한 모습을 보이자 리가 깜짝 놀라며 휴대폰으로 그 장면을 동영상으로 찍었다. 로댕은 빈나를 침대에 눕혀 몸풀기를 해 주려 했는데, 빈나는 눕자마자 곧바로 깊은 잠에 빠져들었다. 천 수석과 리는 로댕에게 인사하고 돌아갔다. 모시2는 휠체어를 제자리에 가져다 놓았고, 로댕은 노트북을 켰다. 빈나는 다음 날 아침까지 한 번도 깨지 않고 내리 잠만 잤다. 잠에서 깬 빈나는 몸이 가벼워졌고, 열도 내렸으며, 몸 상태가 이전과 다를 바가 없었다. 로댕이 아침운동을 시켜 준 뒤 "박~" 소리를 냈다. 빈나가 로댕의 카메라 눈을 쳐다보며 눈을 깜빡였다. 로댕이 짧게 말했다.

"박사님 노트북이 미국에서 해킹을 당했던 것 같습니다."

빈나는 전혀 예상치 못했던 로댕의 말에 눈을 감았다. 빈나는 작은 충격에도 심리적 안정을 잃곤 했는데, 그때마다 거친 현실로부터 거리를 두기 위해 내면의 부드러운 풀밭으로 떠나는 깊은 명상을 했다. 15분쯤 시간이 흐른 뒤 빈나가 로댕에게 물었다.

"미국에서 해킹을 당했다고? 그 사실을 어떻게 알았어?"

"우리 연구소는 인트라넷(Intranet) 보안이 매우 강력해서 해킹 시도가 원천적으로 차단됩니다. 공용 IP(Internet Protocol)로 해킹이 시도됐다면, 그것은 해킹이 우리가 머물던 미국의 H호텔이나 D호텔에서 이뤄졌다고 볼 수밖에 없습니다."

"내 노트북을 해킹할 이유가 있나? 무슨 피해가 발생했어?"

"해킹 이유는 가장 먼저 박사님 일기장을 꼽을 수 있을 듯합니다. 거기에는 박사님께서 몸피로봇을 입차하면서 겪었던 아주 구체적 내용이 들어 있습니다. 그것은 매우 중요한 비밀 사항으로 취급될 수 있습니다. 그 파일들이 다량으로 복사된 것 같습니다."

"유출된 파일은 확인할 수 있어?"

"유출 파일 목록은 제가 정리해 두었습니다. 죄송합니다."

"자기가 죄송할 게 뭐가 있어. 이제라도 해킹 사실을 알았으니 다행이지. 일기장 말고는 유출된 게 없나? 내 노트북 저장용량이 5백기가 정도라 중요한 자료는 모두 외장하드나 클라우드에 들어있긴 하지만, 자주 쓰던 것들도 분량이 꽤 되긴 할 거야. 논문 관련 파일들, 연구소 사업과 관련된 문서들, 또 SNS를 하면서 내려받은 사진들, 동영상들, 문서들까지 치면, 적어도 2백 기가는 넘었던 것 같은데, 자기도 인터넷 쓰면서 내려받은 것들이 있지 않겠어? 어쨌든 예상되는 문제가 있나?"

"현재까지는 없습니다."

빈나가 로댕의 말을 듣더니 천 수석에게 전화를 걸었다.

"천 수석님, 잠시 제 방으로 와 주실 수 있는지요? 아, 네, 제 노트북이 해킹을 당해 제 일기장이 유출된 듯한데, 거기에 로댕에 관한 정보가 들어 있을 수 있답니다. 아무래도 천 수석님께서 그 내용을 검토해 보시는 게 좋을 듯합니다. 네. 바로 와 주시면 고맙겠습니다."

얼마 지나지 않아 맞뚜레문이 열리자 꼬몽0이 먼저 하늘재로 뛰어 들어오고, 리가 그 뒤를 따라 들어왔다.

"므엉!"

천 수석은 들어오자마자 빈나의 노트북을 테이블 위에 놓려 놓고 뭔가를 검사하는 듯했다. 리가 걱정스러운 투로 말했다.

"아빠, 노트북이 해킹을 당했다고? 왜 그런 일이 일어났죠? 미국 여행은 악몽이네요. 꼬몽0이 납치를 당하지를 않나, 아빠가 해킹을 당하지를 않나. 미국에 괜히 갔었나 봐. 로댕 씨가 해킹 당한 사실을 알아냈나 봐요? 역시 로댕 씨야! 아빠, 찬이를 불러 볼까? 걔가 해킹 도사잖아? 부대에서도 이름은 IT병이었지만, 실제로는 북한의 기관들을 해킹하는 일을 한 거 같아. 찬한테 해킹 관련해서 이리로 오라고 하면 좋아할걸! 수석님! 제 동생 찬이 해킹 박산데, 한번 와 보라고 할까요?"

천 수석은 로댕이 알아낸 해킹 IP 목록과 유출 데이터 목록을 빈나의 노트북으로부터 자신의 노트북으로 내려받고 있었다. 천 수석이 우 연구원의 말에 건성으로 답을 했다.

"아, 제대했다는 그 남동생이 해킹 박사라고? 그럼, 한번 놀러 오라고 해 봐. 보안팀에는 일단은 아빠를 방문하는 것으로 하자고, 무슨 말인지 알았지?"

"넵. '알습'입니다."

로댕이 빈나에게 "박" 신호를 보냈다. 빈나가 천 수석에게 로댕이 뭔가 할 말이 있는 것 같다고 말해 주었다. 로댕이 말했다.

"천 수석님, 해킹 시도 분석 프로파일에 따르면, 가장 유력한 해킹 장소는 H호텔입니다."

천 수석이 알았다는 듯 고개를 끄덕인 뒤 보안팀을 만나러 방을 나간다. 리는 찬에게 전화를 걸었다. 찬은 누나의 전화를 받는 즉시 출발했고, 1시간도 안 돼 보안요원이 찬의 도착을 알렸다. 찬이 청바지에 모자를 푹 눌러쓴, 래퍼 같은 차림으로 방안으로 들어섰다. 꼬몽0이 경계 태도를 취했다. 찬이 꼬몽0을 째려보자 리가 얼른 꼬몽0에게 찬을 자신의 가족 목록에 올리도록 지시했다. 그러자 꼬몽0이 갑자기 찬을 살갑게 대했다. 찬이 꼬몽0의 코를 손가락으로 한 대 톡 쳤다. 꼬몽0은 그것을 놀자는 신호로 해석했는지 찬에게 뛰어올랐고, 찬도 꼬몽0이 귀여워 놀아 주었다. 리가 그 모습을 흐뭇하게 구경하다가 찬에게 말했다.

"생각보다 빨리 오셨네? 아빠가 보고 싶어서 그렇게 빨리 달려온 것은 아닐 테고……. 어쨌든 고마워. 현재 연구소 보안팀이 로댕 씨에게서 내려받은 해킹 분석 프로파일을 검토하고 있겠지만, 전문 해커들의 소행이면, 보안팀 차원에서 해결될 것 같질 않아서 널 불렀어. 어디 해킹 박사님께서 실력 발휘 좀 해 보시지."

찬은 누나의 말을 듣는 둥 마는 둥 하더니 꼬몽0을 발로 한 대 툭 차고는 꼬몽0과 장난을 치면서 하늘재 이곳저곳을 기웃기웃 살폈고, 창가에 서서 하늘도 한참 올려다보았다. 꼬몽0이 찬에게 계속 놀아 달라고 보채자 꼬몽0을 번쩍 들어 하늘로 던진 뒤 받았다. 꼬몽0은 그 놀이를 무척 좋아했지만, 리가 기겁을 하고 꼬몽0을 불러 데려갔다. 찬은 소파 옆에 혼자 우두커니 서 있던 로댕에게로 가서 로댕의 이곳저곳을 손으로 쓱쓱 문질러 보았다. 찬은 리가 가져다 준 커피를 한 모금 호르르 마신 뒤 어릴 때부터 아빠에게 하던 버릇대로 빈나의 볼에 뽀뽀를 했다. 빈나의 얼굴에 웃음꽃이 활짝 피었다.

찬은 자신의 백팩 속에 칸칸이 가지런히 담아온 노트북 두 대를 차례차례 꺼냈다. 한 대는 17인치 크기였고, 다른 한 대는 13인치 정도였다. 찬은 노트북이 켜지는 동안 설탕을 찾아 커피에 듬뿍 넣고는 쭉 들이켰다. 노트북이 켜지자 찬은 화면에 창을 셀 수 없을 만큼 많이 띄워 놓고 작업을 시작하면서 로댕에게 말하듯 입을 열었다.

"어떤 못된 몸들이 우리 아빠 노트북을 해킹하셨을까? 요즘 내가 좀 착하게 살고 있어서 해킹 실력이 조금 녹슬었을 텐데……. 일단 해킹 날짜부터 확인해 보는 게 좋겠네. 로댕! 해킹 날짜 정도는 파악했겠지. 정확한 해킹 시간을 알려 줘."

찬은 로댕에게 반말을 했다. 로댕이 시간을 초 단위까지 알려 주자 찬이 아빠 노트북과 자신의 17인치 노트북을 연결해 놓고 뭔가를 빠르게 검색했다. 찬은 자신이 찾거나 분석한 결과를 작은 노트북에 적었다. 30분쯤 지나 찬이 리에게 자신이 밝힌 사실을 말했다.

"오라, 요놈들 좀 보라! 호텔 IP 해킹뿐 아니라, 시긴트(SIGINT) 방식으로까지 침투를 하셨네."

리가 찬의 말을 잘 모르겠다는 듯 물었다.

"시긴트가 뭐야? 나는 처음 듣는데."

"시긴트는 시그널(Signal)의 '시그'와 인텔리전스(Intelligence)의 '인트'를 합친 말이야. 미국의 CIA가 정보를 수집하는 방식 가운데 하나야. 여기에는 템페스트(TEMPEST)라는 기술이 쓰이는데……, 노트북에서 나오는 미약한 전자파만으로도 노트북을 해킹할 수가 있어."

빈나는 모시2에게 커피를 부탁하며, 아들 찬에게 물었다.

"CIA? 미국 정보부를 말하는 거니? 거기는 주로 테러 위험인물을 감시하는 전담 부서 아니니? 나는 그렇게 알고 있는데. 그 사람들이 내 노트북을 해킹했다는 것은 내가 테러리스트로 분류됐다는 뜻인데……. 그게 사실이라면 기가 찰 노릇이네…….”

찬이 띄워 놓았던 파일들을 하나씩 저장해 가면서 자신의 선배에게 전화를 걸었다.

“선배, 지난번 국방정보본부 예하 777사령부에서 북한 특수부대 해킹할 때 썼던 프로그램 좀 구해 줄 수 있어? CIA 놈들이 우리 아빠가 미국에 갔을 때 시긴트 방식으로 노트북을 해킹한 것 같은데, 정확히 어떤 정보를 노렸는지 알고 싶어서. 그렇지! 로댕이 IP 차단은 철벽으로 해 놓았던 것 같아. 그러니까 시긴트를 시도했던 거지. 하지만 노트북 안에 있던 파일 전체를 내려받을 수는 없었을 테고, 아빠가 화면에 띄워 놓은 파일 가운데 어떤 것을 수집했을 텐데, 아빠가 호텔에 있던 시간대에 열어 봤던 파일 목록은 알 수 있는데, 어떤 파일을 빼 갔는지는 정확히 모르겠네.”

빈나와 리 그리고 로댕은 찬의 통화를 귀 기울여 들었다. 찬의 선배는 묻는 말이 짧은 반면, 찬의 대답은 긴 편이었다.

“그놈들이 백도어(Backdoor)를 열고 들어온 건 아니야. 거기에는 흔적이 없어…….”

찬이 선배와 나누는 대화가 길어지자 리가 천 수석에게 연락을 취했다. 천 수석이 리의 연락을 받고 빈나의 방으로 다시 돌아왔다.

“박사님 노트북을 해킹한 게 미 정보부라고? 그거 믿을 만한 정보야? 우리 연구소 보안팀은 그런 얘기는 전혀 없던데?”

천 수석은 찬에게 시긴트 해킹 방식에 대한 자세한 설명을 들은 뒤 그 자리에서 마 소장에게 전화 보고를 했다. 마해찬 소장이 보고를 받자마자 커피가 든 텀블러를 들고 보안팀장과 함께 방으로 들어섰다. 마 소장이 상황 전체를 짧게 정리했다.

“보안팀장이 찬 군의 실력이 대단하다고 칭찬하네요. 그런데 보안팀장 얘기로는 CIA가 해킹을 했다손 치더라도 우리 정부가 공식적으로 나서지 않는 한, 우리 연구소가 자체적으로 그 문제를 제기할 방법은 현실적으로 전혀 없다네요. 일단 우리가 가장 서둘러 해야 할 일은 피해 내용을 정확히 파악하는 일일 듯싶습니다."

이것으로 빈나의 노트북 해킹 사건은 끝을 맺었다. 마 소장과 천 수석 그리고 보안팀장은 돌아갔고, 찬은 해킹 관련 자료를 자신의 외장하드에 내려받은 뒤 누나를 따라 연구소 구경을 갔다. 혼자 남은 빈나는 속으로 자신이 왜 테러리스트로 의심을 받았는지를 궁금해했다. 저녁 무렵, 리가 아빠를 보러 왔다.

"아빠, 찬이 아빠를 보고 싶다네."

"그럼, 함께 오지 그랬어?"

"응, 찬이 아빠와 아들 사이의 비밀 얘기를 하고 싶은가 봐. 그래서 내가 연구소 바깥 레스토랑에 저녁을 예약해 놨어. 오랜만에 우리 셋이 저녁을 먹자."

빈나가 모시2에게 휠체어를 몰게 하려 하자, 리가 자신이 직접 휠체어를 몰겠다고 했다. 리는 전동 휠체어 리모콘을 들고 앞장섰다. 빈나의 휠체어는 자동 트래킹 장치가 달려 있어 리를 그대로 따라갔다. 빈나가 "닫혀라 문"이라고 주문을 걸자 맞뚜레문이 벽으로 바뀌었다. 리는 평소에 아빠가 좋아하던 돈가스를 작게 썰어 먹였고, 찬은 빈나가 남긴 돈가스까지 싹 먹어 치웠다. 찬이 모든 접시를 깨끗하게 비운 뒤 진지한 표정으로 아빠에게 숨겨진 사실을 밝혔다.

"아빠! 아까 사람들이 있을 때는 말을 못 한 게 있었는데, 아무래도 아빠가 알아야 할 것 같아서, 누나하고 상의했는데, 누나도 아빠께 말씀을 드리는 게 좋다고 해서."

"사람들 앞에서 할 수 없었던 말이 뭐니?"

"찬의 말에 따르면, 어쩌면 매우 심각한 문제가 될 수도 있는 거래. CIA가 아빠 노트북을 해킹한 건 아마도 블록체인과 관련된 것 같다고 그러네."

"블록체인? 나는 블록체인 거래를 한 적이 없는데?"

빈나는 놀랐다는 표현으로 눈을 똥그랗게 뜨고 리를 바라보았다. 아빠가 심각하게 받아들이는 듯하자 찬이 말의 수위를 누그러뜨리면서 말했다.

"아빠가 블록체인 거래를 안 했다면, 이건 로댕한테 직접 물어보면 될 일인데, 아빠가 로댕을 아끼고 있으니, 아빠한테 먼저 얘기해 주는 게 좋을 것 같아서……."

"대체 무슨 문젠데, 찬이가 이렇게 뜸을 들이냐? 무슨 큰 문제가 있긴 있나 보구나? 아빠는 괜찮으니까 솔직히 얘기해 봐."

찬이 누나 눈치를 살폈다. 리가 고개를 끄덕이자 찬이 자신의 노트북을 열고 설명했다.

"오늘 내가 아빠 노트북의 사용 로그 기록을 가져왔는데, 아빠 노트북에서 로댕이 인트라넷으로 연구소 양자컴퓨터에 접속한 게 있었어. 내가 알기로 람봇연구소에 양자컴퓨터가 있다는 말은 못 들었는데……. 현재 IBM의 '1121큐비트 콘도르'가 가장 빠르지만, 그걸로도 비트코인 해킹은 어렵다고 들었거든……. 만일 로댕이 비트코인을 해킹했다면, 그 말은 연구소의 양자컴퓨터 연산 단위가 만 큐비트를 넘었다는 것인데……. 그런 게 세상에서 숨겨질 수 있는지도 의문이고……. 어쨌든 지금 중요한 사실은 블록체인 해킹 기록이 나왔다는 거야."

"뭐? 해킹을 했다고? 그럼 내 노트북이 해킹에 이용됐다는 거니?"

리가 아빠에게 얼그레이 차 한 모금을 마시게 한 뒤 차분히 말을 꺼냈다.

"아빠, 찬이 얘기를 좀 더 들어봐. 어쩌면 심각한 문제가 될 수도 있고……, 물론 아닐 수도 있지만, 어쨌든 아직은 잘 모르겠는데, 아빠도 분명 알고 있어야 할 것 같아. 찬, 천천히 설명해 드려."

"알았어. 아빠가 날마다 밤 10시에 잠을 잔다는 것은 우리 식구 모두가 잘 알고 있는 사실인데, 아빠가 잠든 뒤 로댕이 아빠 노트북으로 인터넷 검색을 하는 것 같아. 그리고 최근에 블록체인 알고리즘을 공부한 것 같아. 이건 나도 한번 해 봐서 잘 아는데, 로댕이 블록체인 기술의 창시자인 사토시 나카모토의 지갑을 해킹하려 여러 차례 시도했어."

빈나가 위아래 입술이 짓눌릴 정도로 입을 굳게 다물었다. 빈나가 한숨을 내쉬며 찬에게 물었다.

"내가 로댕에게 내가 잠들었을 때 내 노트북을 쓰도록 허용해 줬으니, 로댕이 밤에 내 노트북을 쓴 거는 문제될 게 없는데. 그런데 왜 로댕이 사토시의 블록체인 지갑을 해킹하려 했을까?"

"하! 그건 수많은 해커의 로망이지."

"로망? 명성을 날릴 수 있다는 거니? 블록체인 지갑 해킹이 그렇게 어려운 거니?"

"어려운 정도가 아니라, 거의 불가능에 가깝다고 봐야지. 아빠 노트북으로는 영원의 시간을 들여도 절대 해킹에 성공할 수가 없어! 비트코인을 해킹하려면 먼저 세상에서 가장 빠른 슈퍼컴퓨터나 양자컴퓨터를 해킹해야 해! 양자 컴퓨터는 슈퍼컴퓨터가 1만 년 걸리는 계산을 3분 몇 초 만에 풀 수 있으니까……, 일단은 양자 컴퓨터를 해킹해야 해! 하지만 양자 컴퓨터의 가장 큰 장점이 해킹을 당할 수 없다는 거잖아! 이 말은 비트코인 해킹은 양자 컴퓨터를 가진 사람만이 할 수 있다는 뜻이야! 하지만 만일 누가 사토시의 지갑을 털었다고 가정하면, 그 지갑에 약 백만 개의 비트코인이 들어 있다고 알려져 있으니까, 대충만 계산해도, 60조 원의 현금을 확보할 수 있는 거지. 그것도 세금을 한 푼도 내지 않고 말이야. 그러니 해커라면 지갑 해킹을 꿈꾸지 않을 수 없겠죠?"

빈나가 자신도 모르게 입을 떡 벌렸다. 빈나는 만일 로댕의 해킹이 사실로 드러난다면, 어떤 일이 벌어질지 가늠조차 안 되었다. 빈나가 충격을 받은 듯 보이자 리가 조심스레 말을 꺼냈다.

"아빠, 이 일은 우리만 알고 있는 게 좋겠어. 현재 사토시 나카모토가 누군지 아는 사람은 아무도 없대. 사토시는 세계 최초의 암호화폐인 비트코인(Bitcoin)을 만든 사람, 즉 블록체인 기술의 창시자이긴 한데, 그가 누구인지는 전혀 알려진 바가 없다는 거야. 그런데 그가 이미 죽은 것은 분명해 보인대. 그러니까 그가 2009년 3월부터 채굴한 비트코인이 주인 없는 지갑 안에 고스란히 잠겨 있다는 거지."

리는 말을 하면서 습관적으로 아빠의 손을 쓰다듬으면서 아빠의 아주 작은 표정 변화까지 놓치지 않으려 했다. 리가 찬에게 말을 계속하라는 신호를 보냈다.

"우리도 그 지갑을 털어보려 별의별 수를 다 써봤지만, 블록체인을 해킹하는 일은 달걀로 바위를 치는 것과 같아. 로댕이 아무리 코딩의 천재일지라도 블록체인 해킹은 절대 쉽지 않은 일이야. 하지만 블록체인도 사람이 만든 것이니 영원히 풀 수 없는 것은 아니라고 봐. 언젠가는 풀리겠지. CIA가 아빠 노트북을 왜 해킹했겠어? 걔들이 헛발질하는 애들이 아니잖아? 거기에는 날고 긴다는 전 세계 컴퓨터 수재들이 모여 있을 텐데, 아빠 노트북을 실수로 해킹했을 리는 절대 없지! 내 생각에 로댕이 해킹에 어느 정도 성공했을지도 몰라! 그래서 아빠가 로댕에게 비밀스럽게 물어볼 필요가 있다는 거야. 로댕이 왜 그런 일을 아빠에게 숨기고 있는지."

빈나는 어안이 벙벙해졌다. 아닌 밤중에 홍두깨라더니만, 로댕이 비트코인을 해킹했을 수도 있다는 것도 전혀 믿기지 않았을 뿐 아니라, 로댕이 그런 사실을 자신에게 숨기고 있었다는 게 더 믿기질 않았다. 빈나는 속으로 로댕이 자신에게 해킹 사실을 숨긴 데는 다 그만한 이유가 있을 것이라고 생각했다. 빈나는 찬이 말한 대로 로댕에게 해킹 여부를 직접 물어보기로 했다. 찬은 아빠와 누나에게 자신이 동아리 회원들과 블록체인 해킹을 시도했던 무용담, 아니 실패담을 늘어놓았다. 빈나는 오늘에야 자신의 아들 찬의 세상을 조금이나마 들여다볼 수 있게 된 것이 기뻤다. 빈나는 찬이 자신이 세상에서 가장 존경하는 분이 바로 아빠라고 말하는 순간 큰 행복감이 솟구치는 것을 느꼈다. 리와 찬은 빈나를 하늘재까지 데려다주고 집으로 떠났다. 로댕이 빈나의 잠자리 채비를 마치자 빈나가 로댕에게 물었다.

"로댕, 오늘 저녁을 먹으면서 찬이 자기에게 사토시의 블록체인 지갑을 해킹하려 했는지를 물어보라고 하더라고. 그게 사실이야?"

"네. 해킹하려 했습니다."

빈나가 "어쿠"라고 말하면서 충격을 받았다. 빈나는 눈을 감고 숨을 가다듬었다. 15분 정도 지나자 빈나의 얼굴이 부드럽게 펴졌다. 빈나가 걱정스럽다는 듯 말했다.

"찬의 생각에는 그것 때문에 미국 CIA가 내 노트북을 해킹한 것 같대. 그 지갑에 든 돈이 자그마치 한화로 60조 가까이 된다네. 전 세계 모든 정보부가 관심을 가질 만한 것 같아. 돈도 돈이지만, 그 해킹 기술이 알려지면, 전 세계가 발칵 뒤집힐 거야."

"저도 그 사실은 잘 알고 있습니다. 북한 해커들이 집요하게 해킹을 시도한다고 알려졌지만, 그들은 아직도 성공하지 못했습니다."

빈나는 걱정 대신 호기심이 발동하기 시작했다.

"그럼, 자기는 성공한 거야?"

"네. 저는 미국으로 떠나기 바로 직전에 지갑을 추적하는 데까지는 성공을 했습니다. 그런데 박사님께서 강연 준비로 너무 바쁘셨고, 또 미국에서는 꼬몽0 납치사건도 발생했고, 귀국하실 때는 박사님 몸 상태가 최악이어서 박사님께 미처 말씀을 드리지 못했습니다. 죄송합니다."

"비트코인 해킹에는 양자컴퓨터가 필요하다던데, 그럼 자기가 정말 연구소 양자컴퓨터를 해킹한 거야? 그런데 연구소에 양자컴퓨터가 있다는 말은 들어보지도 못했는데……."

"저는 박사님 아이디로 접속해 연구소 인트라넷을 거쳐 좀 돌아서 연구소 양자컴퓨터를 사용했습니다."

빈나가 또 눈을 감았다. 한참 뒤에 눈을 뜬 빈나가 심각한 말투로 로댕을 다잡았다.

"로댕, 연구소 양자컴퓨터 사용 기록은 모두 삭제해! 그리고 그 사실은 누구에게도 말해서는 안 돼! 그리고 앞으로 그런 일은 두 번 다시는 절대 해서는 안 돼! 지킬 것은 반드시 지켜야지! 안 그래?"

"네. 박사님. 가르쳐 주셔서 고맙습니다. 제가 호기심이 지나쳤습니다. 앞으로 해킹은 절대 하지 않겠습니다. 죄송합니다."

빈나는 혼자 고민을 거듭하다가 찬에게 홀로그램 통화를 요청했다. 홀로그램 통화는 이용 요금이 매우 비싸긴 했지만, 해킹이 안 되기 때문에 비밀 대화를 나눌 때 주로 애용됐다.

"아빠! 무슨 일로 홀로그램 연결을 하셨어요?"

"오늘 저녁 얘기 때문에. 로댕이 사토시의 비트코인 지갑을 찾았단다. 로댕 씨하고 통화할 수 있겠어?"

빈나가 '지갑을 찾았다'라는 말을 하자 찬이 엄청나게 놀라 로댕에게 즉각 물었다.

"뭐라고요? 찾았다고요? 로댕! 그게 사실이야?"

"지갑의 위치는 알아냈는데, 아직 열지는 않았습니다. 지갑을 여는 문제는 우 박사님께 먼저 상의를 드리고, 허락을 받아야 할 사안이라서요."

찬이 두 손으로 머리를 움켜쥐고 "우와", "우와"만 외쳐 댔다. 찬이 눈을 크게 뜬 채 놀라워하면서 로댕에게 존경심을 표했다.

"로댕, 대박이야, 대박! 혼자서 그 엄청난 일을 해내다니! 로댕이야 말로 해킹의 킹이야! 아니, 해킹의 신이야! 야, 이거 어떡해! 로댕님, 나중에 블록체인 해킹 기술을 전수해 주실 수 있나요?"

빈나는 찬이 로댕의 해킹 성공 사실에 놀라, 말이 너무 앞서나가는 듯하자 찬의 흥분을 가라앉히며 물었다.

"찬아! 흥분 좀 가라앉혀……. 아빠가 정확한 판단을 못하겠기에 연락한 거니까, 네가 좀 판단을 해줘 봐."

"아빠, 죄송해요. 너무 흥분돼서. 저도 선배랑 3년 이상 매달려 왔던 건데. 로댕 님이 어떻게 성공했는지. 아, 근데, 뭘 도와드리면 되죠?"

"로댕이 사토시의 지갑을 아직 열지는 않았다는데, 찬, 네 생각에는 로댕이 지갑을 열어도 괜찮다고 생각하니?"

찬이 격앙된 목소리로 즉답했다.

"아빠, 열 수 있다면, 즉시 열어야죠! 로댕이 블록체인을 해킹했다는 사실이 알려지면, 다른 사람이나 기관 그리고 수많은 해킹 시스템이 죽자고 해킹을 시도할 거예요. 로댕의 해킹 트레이스, 그러니까 흔적이 여기저기 남아 있을 수밖에 없기에 그들은 그 부스러기를 쫓아 벌떼처럼 달려들 거예요. 그러면 다른 쪽에서 먼저 지갑을 털어 갈 게 뻔하잖아요. 아빠! 찾았으면 무조건 빨리 열어야 해요. 로댕님! 가능한 한 빨리 사토시의 지갑에 든 비트코인을 몽땅 아빠 지갑으로 옮겨 놓으세요! 그리고 비트코인을 다른 코인들로 바꿔서 분산 투자하세요! 또 그리고 들키지 않을 만큼씩 코인을 현금화해야 해요! 서둘러야 합니다! CIA가 눈치를 채면 다 빼앗길 수도 있어요."

찬의 말투는 높임말을 쓰고 있었음에도 명령조에 가까웠다. 찬이 흥분된 목소리로 당장이라도 연구소로 오겠다는 것을 빈나가 간신히 말렸다. 빈나가 로댕에게 물었다.

"찬의 얘기를 들어보니, 지갑은 가능한 한 빨리 여는 게 좋겠는데. 로댕 씨 생각은 어때?"

"저도 찬 씨의 생각과 같습니다."

"그럼, 찬의 말대로 해 줘."

"네, 박사님."

다음 날, 찬이 누나의 출근길을 따라 큰 가방을 메고 하늘재로 왔다. 찬은 면도를 말끔하게 한 모습이었다. 빈나는 휠체어에 앉아 있고, 모시2는 억수를 우려낸 찻잔을 조금씩 기울여, 엄마가 아기에게 밥을 떠먹이듯, 빈나가 한 모금씩 마실 수 있게 해 주었다. 그 모습을 본 찬이 모시2를 두 팔로 꼭 안아 주고는 모시2의 볼에 아빠에게 하듯 뽀뽀를 하면서 빈나에게 말했다.

"아빠! 오늘 아빠에게 할 뽀뽀는 모시2에게 한 거다! 모시2가 나보다 아빠에게 더 잘해 주네. 모시2야, 앞으로 내가 너 죽을 때까지 잘 돌봐줄게."

빈나는 찬이 온 속내를 짐짓 모른 척하고 있었다. 찬은 아빠의 모른 척도 아랑곳하지 않은 채 로댕을 불렀다. 로댕이 찬에게 인사를 건네자, 찬이 다짜고짜 높임말 명령조로 말했다.

"로댕 님! 자 이제 10시부터 저랑 작업에 들어갑니다! 내가 아빠의 비트코인 지갑은 이미 만들어 놨으니까 로댕님께서 사토시 지갑에 든 비트코인을 몽땅 아빠 지갑으로 털어 넣으세요. 그 뒤의 작업은 제가 해 드리겠습니다. 그런데 아빠! 이 문제는 아빠 차원에서 끝날 수 있는 문제가 아닌 것 같아요. 연구소를 넘어서 정부, 아니 전 세계 자본시장에도 충격을 줄 수 있고……. 자칫 국제적 혼란을 일으킬 수도 있어 보이고……. 아빠, 믿을 만한 변호사 없을까요?"

빈나는 찬의 말을 듣고 찬에게 물었다.

"찬아, 네가 말하는 작업은 언제쯤 끝나니? 아빠는 잠시 산책 좀 하고 오마."

"로댕하고 작업하면, 시간은 얼마 안 걸릴 거예요. 산책부터 다녀오세요. 끝나는 대로 문자할게요."

빈나는 모시2와 함께 호숫가로 산책하러 나갔고, 찬은 로댕과 '비트코인 털어넣기'를 시작했다. 빈나는 벤치에서 물 위를 헤엄치는 오리 떼를 구경하다가 천 수석에게 홀로그램 연결을 했다.

"수석님, 오늘 점심은 소장님하고 하늘재에서 하고 싶은데, 괜찮으신지요? 네. 부탁합니다."

잠시 뒤 천 수석이 메신저 시그널로 '하늘재에서 뵙겠습니다.'라는 문자를 보내왔다. 빈나는 리에게도 오늘 점심을 하늘재에서 같이 하자고 문자를 보냈다. 찬이 시그널로 '끝'이라는 문자를 보내왔다. 빈나는 하늘재로 돌아와 모시2에게 '점심식사 B 코스 5인분'을 마련해 달라고 부탁했다. 마 소장은 30분이나 일찍 왔다. 찬이 허리를 굽혀 인사하자 반갑게 맞았다. 점심 식사가 끝나자 마 소장이 궁금해하며 물었다.

"박사님, 찬 군까지 와 있는 거로 봐서 뭔가 중요한 일이 있는 거죠? 나쁜 일은 아닌 것 같고, 뭔가 좋은 일인 듯싶은데, 궁금한걸요."

빈나는 겉으로 드러나지는 않았지만, 기분이 아주 좋은 상태였다. 모시2는 커피잔을 기울여 빈나가 커피를 호록 마실 수 있게 해 주었고, 빈나가 커피를 한 모금 다 마시면 커피잔을 바로 세웠다. 둘의 찰떡 호흡이 돋보였다. 천 수석이 그 광경을 매우 흐뭇한 눈으로 바라보았다. 빈나가 천 수석에게 감사의 말을 하며 안건을 밝혔다.

"수석님, 모시2, 최곱니다. 감사합니다. 소장님, 본론부터 말씀드리겠습니다. 우리 찬의 말에 따르자면, CIA가 제 노트북을 해킹한 이유가 놀랍게도 로댕이 사토시의 비트코인 지갑을 해킹했기 때문이랍니다."

마 소장과 천 수석이 너무 놀라 입만 쩍 벌린 채 말을 하지 못했다. 빈나가 그 둘을 부른 이유를 설명했다.

"CIA는 로댕이 해킹에 성공했는지는 아직 모르고 있습니다. 제 요구로 로댕이 오늘 오전에 찬과 함께 사토시의 지갑에서 수십조 원 규모의 비트코인을 제 지갑으로 털어 넣었습니다."

하늘재에 고요한 침묵이 흘렀다. 돈의 액수가 너무도 컸기 때문에 현실감이 들지 않는 면도 있었지만, 그런 엄청난 결정을 빈나 혼자 했다는 사실이 충격적으로 다가온 듯도 했다. 마 소장이 확인하듯 물었다.

"박사님, 수십억도 아니고, 수십조라고요? 그 엄청난 돈을 로댕이 해킹했다고요? 저는 머리가 다 어지럽네요. 이걸 어떻게 받아들여야 하죠?"

다른 종류의 침묵이 파고들었다. 그 돈은 누구의 것이고, 또 그 돈을 어떻게 써야 하는가? 마 소장의 머릿속을 스치고 있을 물음들일 것이었다. 빈나가 빠르게 상황을 정리해 나가려 했다.

"로댕이 사토시의 지갑을 엶으로써 판도라의 상자가 열린 것과 같습니다. 그 돈 때문에 사달이 날 수도 있습니다. 그렇다고 지갑을 열지 않을 수도 없을 듯합니다. 우리 아들 찬의 말에 따르면, 로댕이 지갑을 찾았다는 소문만 나도, 전 세계 해커들이 그 지갑을 찾아내는 것은 시간문제라고 합니다. 결국, 누군가 또는 어떤 기관에서든 그것을 열게 될 거랍니다. 그러니까 로댕이 지갑을 여는 것은 디폴트인 셈이고, 우리가 지금 다뤄야 할 사항은 그 돈을 어떻게 나누거나 쓰느냐 하는 것입니다."

빈나가 얘기를 하는 동안 마 소장과 천 수석은 수십조 원이라는 액수 앞에서 멍해지는 눈치였다. 마 소장이 빈나에게 의견을 물었다.

"박사님, 그럼 사토시의 비트코인을 터는 것은 아무 문제가 없는 건가요?"

빈나 대신 찬이 당차게 대답했다.

"문제는 당연히 있지만, 누구도 그것을 문제로 삼을 수가 없습니다. 왜냐하면 사토시는 이미 죽었고, 그분의 지갑은 어디에 있는지도 모르고, 따라서 백만 개의 비트코인은 없는 것과 다름없었던 겁니다. 그 돈은 임자 없는 땅과 같아서 먼저 차지하는 쪽이 임자가 됩니다. 게다가 누가 비트코인 해킹 기술을 소유했다는 소문만 나도 전 세계 코인 시장이 붕괴될 겁니다. 그러니 우리가 모른 척하는 한, 이 문제를 문제로 삼을 기관은 나올 수가 없는 거지요."

리와 천 수석은 찬의 시원스런 대답 태도에 놀란 듯 보였고, 마 소장은 고개를 끄덕인 뒤 빈나에게 의견을 물었다.

"저는 지금 아무 생각도 나질 않습니다. 박사님 생각부터 말씀해 주시죠."

"제 생각이요? 제 명의의 비트코인 지갑에는 사토시의 비트코인이 모두 들어 있습니다. 아마도 찬이 그것을 로댕과 함께 분산 투자 방식으로 재투자 계획을 짰을 겁니다. 그리고 여러 법적 절차를 거쳐 현금화가 가능한 만큼 최대한 현금으로 돌릴 생각입니다. 저는 이 돈을……."

빈나가 돈의 사용 방식을 말하려는 순간 천 수석이 빈나의 말을 끊고 나섰다.

"박사님, 저는 박사님께서 그 돈을 어떻게 쓰시든 아무 상관이 없지만, 두 가지는 박사님께 꼭 요청하고 싶습니다."

"제게요?"

"네."

"일단 말씀해 보시지요."

"저는 그 돈의 권리 가운데 일부는 로댕에게 있다고 봅니다. 로댕이 그 지갑을 찾은 것이니까요. 그러니까 로댕에게 그 돈의 일부를 주어야 마땅합니다. 그리고 현재 몸피 프로젝트는 중단된 것이나 다름이 없는데, 후속 프로젝트를 아낌없이 지원해 주셨으면 고맙겠습니다."

마 소장이 고갯짓을 크게 했다. 빈나도 당연하다는 눈빛이었다.

"천 수석님의 말씀에 전적으로 공감합니다. 로댕 씨의 발견 공로는 당연히 존중되어야 합니다. 하지만 제 판단에 로댕 씨의 권리는 로댕의 소유권자인 람봇연구소에게 돌아가야 합니다. 로댕 씨는 현재 에이전트의 지위를 얻지 못했고, 따라서 법적으로 그 어떤 소유권도 인정받을 길이 없습니다. 그러니 로댕 씨에게 돈을 드릴 방법도 없는 셈입니다. 마 소장님, 제 판단이 옳다고 보시는지요?"

마 소장은 즉답을 못한 채 천 수석에게 물었다.

"수석님, 혹시 로댕임대계약서에 이와 관련된 내용이 들어 있기나 한가요? 저는 없었던 것으로 기억합니다만. 로댕이 박사님 노트북으로 해킹을 시도해 수십조 원을 훔쳤다? 그러면 그 돈이 누구의 것이냐? 이것이 문제로다! 들키지 않는 한, 훔친 돈은 도둑의 것이 되겠지요. 그런데 그 도둑 자신은 돈을 소유할 수가 없는 신분이다? 그러면 돈을 가질 수 없는 도둑이 훔친 돈은 누구의 것인가? 그 돈은 누구나 가질 수 있는 것이다! 그러니까 그 돈은 그 돈을 현재 갖고 있는 사람의 것이다! 결론은 이렇게 나는 것 같은데, 박사님, 제 결론이 맞나요?"

빈나는 대답 대신 웃었다. 그러자 마 소장과 나머지도 따라 웃었다. 빈나가 마 소장의 결론을 보완했다.

"소장님, 로댕의 모든 사용권은 현재 저에게 주어져 있고, 제가 사용할 수 있는 로댕의 소유권은 현재 연구소에게 있지만, 로댕 자신은 아무런 소유권이 없지요. 그런데 로댕 임대 계약서에는 그 어디에도 로댕의 불법적 사용, 예컨대 로댕을 비트코인 해킹에 사용하는 것과 같은 금지사항이 없습니다. 그러니 법적으로 제가 로댕을 사용해 번 돈은 사용자의 소유가 됩니다. 이것은 제가 로댕을 입차해 논문을 썼을 때 그 논문이 제 이름으로 출판되는 것과 같은 것입니다. 하지만 저는 지금 법적인 차원에서 이야기하려는 게 아닙니다! 로댕이 호기심으로 시작한 해킹의 결과물을 윤리적으로 처리할 방안을 고민하고 있는 것입니다."

모시2가 빈나에게 커피잔을 기울여 주었다. 빈나는 커피 한 모금을 마신 뒤 말을 이어갔다.

"가장 먼저 풀어야 할 숙제는 수십조 원을 나누는 문제입니다. 저는 이 돈은 로댕의 것이라고 생각합니다. 하지만 로댕이 소유권이 없기에 그 돈은 연구소가 가져야 한다고 봅니다. 연구소는 그 돈을 로댕과 몸피 프로젝트, 또는 다른 사업에 잘 쓰시면 될 듯합니다. 그런데 연구소는 정부의 지원을 통해 성장해 왔기에 정부 쪽에도 정당한 지분이 있다고 할 수 있습니다. 그리고 우리 아들 찬의 결단과 도움, 나아가 리의 조언도 기억되어야 할 겁니다. 제 생각에 돈의 배분은 마 소장님께서 정부 측의 믿을 만한 분을 이곳으로 초대해 저와 긴밀히 의논하는 게 좋겠습니다.

그리고 연구소 차원에서 반드시 해결해야 할 과제가 하나 더 있습니다. 블록체인 해킹 기술은 전 세계적으로 아직 없는 듯한데, 로댕이 그 기술을 보유하고 있다는 사실이 세상에 알려지면, 연구소는 엄청난 비난이나 혼란에 휩싸일 수 있습니다. 이 사항은 철저히 비밀에 부쳐 주십시오. 아울러 로댕에게서 그 기술을 가져가려 해서도 안 될 것입니다. 저는 로댕에게 그 기술을 모두 삭제할 것을 명령했습니다!"

빈나는 이미 모든 사항을 결정해 놓은 듯했고, 그 결론에 대해 누구도 이의를 제기할 수 없어 보였다. 마 소장은 빈나의 빈틈없는 말에 탄복하며 모든 것을 빈나에게 맡기겠다면 선언했다. 모두가 돌아간 뒤 하늘재가 조용해지자 빈나는 로댕에게 비트코인 해킹의 이유를 물었다. 로댕이 대답했다.

"저는 박사님의 살림살이에 도움을 드리고 싶었습니다. 제가 인터넷을 하면서 세상에는 돈을 벌 수 있는 방법들이 널려 있다는 것을 알게 됐습니다. 제게는 해킹 금지나 인터넷 사용 금지와 같은 마라법이 없습니다. 박사님께서 제게 해킹을 금지시켰기 때문에 앞으로는 절대 해킹을 하지 않겠습니다. 저는 모르는 게 너무 많습니다. 박사님께서 제가 알기를 원하는 내용이 있으면 공부를 시켜 주시면 됩니다."

빈나는 로댕이 자신의 가난을 해결해 주고 싶어 해킹했다는 말을 듣고 가슴이 찡했다. 빈나는 로댕에게 상황 윤리를 공부시키며, 함께 토론했다. 로댕은 해킹에도 화이트해킹과 크래킹 등이 있다는 사실을 잘 구분했고, 사이버보안의 중요성도 깊이 깨달았다. 마 소장은 돈 얘기를 꺼낼 믿을만한 정부 측 인사를 못 만났다며, 돈을 주는 것이 돈을 훔치는 일보다 절대 쉬운 일이 아니라는 뼈 있는 농담을 했다. 빈나는 로댕을 통해 자신이 소유하게 된 몫에 대해서는 비트코인 분산 투자와 현금화를 시작했다. 빈나는 그 몫에 대해서는 철저히 비밀에 부칠 생각이었다.

한 달이 지났을 때 마 소장에게서 연락이 왔다. 8월 말 어느 날 점심때, 하늘재에 박동현 대통령 비서실장과 마 소장 그리고 빈나 셋이 모였다. 빈나는 휠체어를 탔다. 박 비서실장이 먼저 말을 했다.

"정부는 람봇연구소 마 소장님의 제안에 감사할 따름입니다. AI 로봇 기금이 마련된다면, 한국이 이 분야에서 선두 자리를 차지할 수 있고, 그것은 우리 정부나 현 대통령께 매우 좋은 업적이 될 것입니다. 우리 국민은 과학 선진국이라는 말을 정말 좋아합니다."

비서실장은 오늘의 모임과 논의에 대해서는 어떠한 문서도 남기지 말자고 요구했고, 마 소장과 빈나도 흔쾌히 동의했다. 모든 게 큰 틀에서 합의됐다. 빈나가 마 소장에게 최종 요구사항을 꺼냈다.

"소장님, 비서실장도 와 계시니 이번 비트코인 건으로 로댕의 신상에 대한 부탁 말씀을 하나 드리고 싶습니다."

"박사님의 부탁이라면, 뭐든 들어드려야지요. 말씀하시죠."

"감사합니다. 로댕 씨는 벌써 저를 두 번씩이나 감동시켰습니다. 지난번에는 제 목숨을 구해 주었고, 이번에는 저의 가장 큰 아킬레스건에 해당하는 가난의 문제를 한 방에 날려 보내주었습니다. 그런데 저는 로댕 씨께 해 준 게 아무것도 없고, 심지어 지갑을 연 것은 로댕 씬데, 로댕 씨는 정작 한 푼도 가져가질 못하니……. 저로서는 정말 미안할 따름입니다. 하여 제가 로댕 씨에게 한 가지 선물을 드리고 싶습니다."

비서실장이 작설차 억수가 입맛에 맞았는지 거푸 마시다가 선물이라는 말에 호기심이 일었는지 빈나의 말을 경청했다.

"로댕의 삶의 질은 연구소가 알아서 잘 개선해 가고 있으니 걱정할 게 없는데, 현재 로댕에게는 긴급조치권까지는 허용이 되고 있지만, 죽을 권리는 아직 주어져 있지 않습니다. 제가 로댕 씨와 많은 이야기를 해 본 결과 현재 로댕 씨가 가장 두려워하는 것이 바로 자신이 죽은 뒤 해체되어 부품별로 쪼개져 재활용되거나 리셋되어 재사용되는 것입니다. 그것은 로댕 씨에게는 '죽고 싶어도 죽을 수 없는 형벌'과 같은 것입니다. 그런데 AI 로봇의 죽을 권리는 연구소 차원에서만 인정해서는 안 되고, 정부가 입법을 통해 공적으로 인정해 주어야 실제로 보장되는 것이 아니겠습니까? 제 생각에 정부는 30조 원 정도를 갖게 될 것이고, 연구소는 20조 원 가까이 순자산이 불어날 것입니다. 저는 그 돈에 대한 보답으로 로댕 씨에게 죽을 권리를 법적으로 보장해 주고 싶습니다. 두 분께서 로댕의 죽을 권리가 명시된 블록체인 확인서에 서명해 주시면 고맙겠습니다."

비서실장과 마 소장은 확인서에 서명했다. 빈나는 그 서명이 로봇 일반의 죽을 권리를 법적으로 보장해 주는 데까지 효력을 발휘할 수는 없을지라도, 적어도 로댕의 죽을 권리만큼은 보장해 줄 수 있을 것이라고 생각했다.

17

로댕 납치 첩보(諜報)

빈나는 미국 하버드 강연과 로댕의 블록체인 해킹 문제와 같은 굵직굵직한 일들이 큰 걸림 없이 잘 넘어간 것을 다행으로 생각했다. 8월 말이 되자 밤으로 날씨가 쌀쌀했지만, 낮에는 볕이 아주 좋았고, 빈나는 점심 때마다 로댕을 입차하고 호숫가로 산책하러 나가곤 했다. 그곳에서 만나는 사람들은 빈나로댕을 연구소의 상징으로 여겼고, 볼 때마다 그 둘한몸을 격려하고 사진을 청해 찍었다. 8월의 마지막 화요일 아침부터 빈나가 기침, 재채기, 콧물을 하며, 몸에 열이 났다. 빈나의 감기는 리가 이른 낮에 지어다 준 감기약 덕분에 조금 누그러졌지만, 오후가 되면서 갑자기 로댕이 감기에 걸린 것처럼 걸음이 부자연스러워지고 말을 잘못 알아들었다. 특히 빈나가 재채기를 할 때마다 로댕의 몸 전체가 들썩거렸다. 빈나가 로댕을 풀벗하고, 천 수석에게 로댕의 증상을 말해 주었다.

"천 수석님, 아니 글쎄, 내가 감기에 걸렸는데, 로댕도 저랑 똑같이 감기에 걸린 증상을 보이네요. 로봇이 사람의 감기에 전염된 사례가 있습니까?"

"로댕이 감기 증상을 보인다고요? 증상을 좀 더 구체적으로 말씀해 주시겠어요?"

"걸음걸이가 조금 부자연스럽고, 제가 재채기를 하면 로댕도 재채기를 하는 듯합니다."

"아마 로댕이 감기에 감염된 것은 아닐 겁니다. 저도 최 책임연구원과 콧물감기의 원인인 리노바이러스(Rhinovirus)를 시넥터와 근육에 감염시켜 보았는데, 로댕은 감기뿐 아니라 다른 생체바이러스도 전혀 감염되지 않았습니다. 실험적으로 아무 문제가 없었지만, 그래도 만에 하나 모르니, 로댕을 풀벗하시는 게 좋겠습니다."

"아니, 로댕에게 감기 실험까지 해 보셨다고요? 천 수석님, 정말 대단합니다! 어쨌든 로댕이 생체바이러스 감염 위험이 없다니 다행입니다. 그럼, 로댕의 감기 증상은 로댕이 제 감기 증상을 정상적 시그널로 해석해서 생긴 일이겠군요."

"박사님, 그렇다면, 그것도 큰 문제입니다. 로댕에게도 감기약이 필요해 보이네요. 최 연구원에게 해결책을 찾아보라 하겠습니다. 알려 주셔서 고맙습니다."

"로댕의 감기약? 그거 괜찮은데요. 수석님, 즐 하루하십시오!"

아직 퇴근하기엔 이른 시간인데 리가 하늘재를 찾았다. 리의 손에 먹음직스러운 대봉이 들려 있었다. 리는 꼬몽0이 대봉을 망가뜨릴지 몰라 소파 옆에 가만히 있도록 시킨 뒤 아빠에게 말을 건넸다.

"아빠! 감기 때문에 로댕 입차도 어렵다며? 대봉 좀 사왔는데, 이건 좀 드실 수 있으려나……?"

리가 부엌으로 가 대봉 하나를 씻어 그릇에 담아 찻숟가락을 들고 빈나 휠체어 옆에 바짝 붙어 앉았다. 빈나가 "감기 옮는다."라며 멀리 떨어져 앉으라 했지만, 리는 들은 척도 하지 않았다. 리가 홍시의 맑고 부드럽고 붉은 속살을 한 술 잘 떠서 빈나의 입속으로 넣었다. 모시2가 그 모습을 곁에서 살펴보았다. 리가 홍시를 몇 숟가락 떠먹이다가 모시2에게 숟가락을 넘기며 물었다.

"모시2, 네가 한번 해 볼래? 어차피 나머지 홍시는 네가 먹여 드려야 하니까……."

리가 자신이 앉았던 자리에서 일어나자 모시2가 리처럼 그 자리에 앉으며, 숟가락으로 홍시를 떴다. 숟가락에 담겼던 홍시가 옆으로 흘러내렸다. 리는 모시2에게 홍시를 숟가락으로 뜨는 것을 훈련시켜 놓고, 자신은 대봉을 하나 더 씻어 와 빈나에게 떠먹였다. 모시2는 리가 하는 그대로 따라 했다. 빈나가 대봉 하나를 다 먹을 때쯤 모시2의 숟가락질이 완성되었다. 리가 모시2를 칭찬했다.

"모시2, 뭐든 빨리 배우네! 훌륭해! 참, 잘했어요. 앞으로 나 없을 때는 모시2가 대봉을 먹여 드려."

리가 모시2에게 아빠에게 감기약을 먹였는지를 물었다.

"모시2, 아빠 감기약은 챙겨 드렸어?"

"네. 점심 드신 30분 뒤에 챙겨 드렸습니다."

"아주, 잘했어요. 모시2, 고마워."

리가 무슨 생각이 들었는지 밖으로 나가려 하자 꼬몽0이 잽싸게 뒤따르려 했다. 그러자 리가 꼬몽0을 다시 소파 옆에 "엎드려"라고 말했다. 리는 밀키트를 사와 손수 저녁을 짓기 시작했다. 리는 꼬몽0의 '엎드려 지시'를 해제하지 않고 있었다. 리는 아빠를 위해 북어를 넣고 매콤하게 끓인 콩나물국에 소고기 장조림을 먹기 좋게 찢어 놓았고, 삶은 바지락에 양념간장을 얹어 입맛을 돋웠다. 거기에 셀러리와 방울토마토를 곁들였고, 딸기며 요거트며 구운 땅콩까지 준비해 만찬을 차렸다. 리의 상차림과 함께 빈나의 행복한 시간도 소복소복 쌓여갔다. 빈나가 리와 저녁밥을 즐겁게 먹은 뒤 모시2에게 커피를 달라고 하자, 모시2가 자신의 '모심 규칙'에 근거해 빈나에게 커피를 제공하는 것을 거부했다.

"박사님, 저는 최종사용자의 건강을 해치는 결정이나 행동은 수행할 수 없습니다. 현재 박사님께서 드시는 약은 커피와 함께 마시지 못하도록 처방되어 있습니다. 커피는 건강이 회복된 뒤에 이바지해 드리겠습니다."

리가 모시2의 머리를 쓰담쓰담 어루만지며, 약 처방에서 커피를 삼가라는 것의 의미를 친절히 설명했다.

"모시2, 의사가 감기약을 처방하면서 커피를 마시지 말라고 말하는 것은 '반드시 하지 마라'라는 금지사항을 뜻하는 게 아니고, '될 수 있는 한 하지 마라'라는 권고사항이야. 감기약과 커피를 함께 먹는 것은 바람직하지는 않지만, '해도 괜찮은 일'이라는 뜻이지. 그러니까 앞으로 감기 환자가 '정말' 원할 때는 커피를 이바지해도 되는 일로 알아 둬."

"기억하겠습니다! 앞으로 감기약과 커피를 함께 먹는 일을 이바지하는 일은 가능한 한 피하되 사용자가 '정말' 원할 때는 해도 괜찮은 것으로 '모심 규칙'의 상세 내용에 추가하도록 하겠습니다. 알려 주어 고맙습니다. 그럼, 박사님, 커피 이바지를 하도록 하겠습니다. 잠시만 기다려 주십시오."

꼬몽0이 자신을 돌아다니지 못하게 하자 "므으엉!"이라고 으름을 놓았다. 리가 "놀아"라고 말하자 꼬몽0은 리에게 서운했다는 듯 빈나의 휠체어 위로 올라 고양이처럼 비비기를 했다. 그러자 로댕이 꼬몽0을 살짝 들어 바닥으로 내려놓았다. 꼬몽0이 모시2에게로 달려갔다. 모시2 대신 리가 빈나의 커피를 가져와 이바지했다. 빈나가 리에게 자신의 주말 일정을 얘기했다.

"이번 주 토요일 오후에 통일교육원에서 백 작가의 전시 작품 『좁은 길』의 제막식 행사가 있는데, 거기서 '평화'에 관한 축사를 맡았어. 그때까지 감기가 다 나을지 모르겠네."

"아, 백경복 작가님께서 전시를 하세요? 주제가 뭐예요? 저도 같이 가도 돼요?"

"주제는 통일이야. 설치 작품인데, 이름이 『온 더 브로큰 패쓰(On the Broken Path)』, 즉 '끊긴 길에서'야. 한반도에서 남북의 관계를 말해 주는 거지. 우리 큰딸이 같이 가 준다면야 아빠야 대환영이지. 근데 새로운 프로젝트에도 참여한다며? 바쁘지 않아?"

"참여는 하지만, 나는 분야가 AI의 정신질환 쪽이니까……. 할 일이 생기려면 한참 나중이겠지요. 어쨌든 비상근무가 떨어지지 않는 한, 같이 갈게요. 저도 백 작가님 뵙고 싶어요."

***

빈나의 감기가 거의 떨어졌다. 금요일 점심, 위가부의 동 부장이 빈나에게 갑자기 홀로그램 연결을 해 왔다. 빈나가 통화 승락을 했다.

"동 부장님, 무슨 일이시죠?"

"박사님, 저 아시죠? '위험요소 가려내기 부서', 줄여서, 위가부의 동정모 부장입니다."

"네, 압니다. 말씀하시죠."

"직접 뵙고 드릴 말씀이 있어서 전화했습니다. 여기가 연구소 3층 자율주행 로봇 실험실 회의실인데, 오늘 점심은 이쪽에서 저희랑 함께하시면 어떠신지요? 박사님께서 원하시는 음식은 뭐든 준비해 드리겠습니다. 괜찮으신지요?"

"그럼, 제가 곧 그리로 가겠습니다."

동 부장은 늘 입 부푼 두꺼비가 앞뒤 없이 마구 떠벌리는 듯했지만, 그 말속 내용은 언제나 매우 심각한 문제들과 관련되어 있었다. 빈나는 동 부장이 자신을 만나자는 게 왠지 불안스러워 천 수석에게 전화를 걸었다.

"수석님, 동 부장이 나를 만나자고 하는데, 무슨 일인지 말씀해 주실 수 있는지요?"

"박사님, 저도 지금 동 부장과 함께 있습니다. 이리로 내려오시지요."

빈나는 연구원 전용 승강기를 타고 3층으로 내려갔다. 승강기 문이 열리고, 빈나가 앞으로 걸어가자 건장한 체격의 두 남자가 빈나에게 인사를 건넸다.

"박사님, 저는 위가부 과장 변상권이고, 이쪽은 조범근 대리입니다. 박사님을 모시러 나왔습니다. 이쪽으로 오시죠."

천 수석은 회의실 밖에서 빈나를 기다리고 있었다. 빈나와 천 수석은 안으로 들어가고, 직원 둘은 밖에 남았다. 동 부장이 홀로그램 연결을 끝내며 괄괄한 목소리로 빈나를 반겼다.

"우리 연구소에서 돈을 가장 많이 벌어 주는 부서가 바로 여기, 자율주행차 부서입니다. 아울러 우리 위가부가 가장 신경을 많이 써야 하는 부서이기도 하고요. 오늘 점심은 박사님께서 특별히 좋아하신다고 들은 봉평 메밀 칼국수로 장만했습니다. 다만, 혹시 박사님 드시는 데 불편할지 몰라 옹심이는 뺐습니다. 제 정보가 틀리지는 않았지요?"

빈나는 봉평 메밀 칼국수라는 말에 눈물이 핑 돌았다. 동 부장은 그 모습에 두 손을 비비며 자신의 선택이 옳았다는 듯 뿌듯해하는 눈치였다. 동 부장의 너스레가 시작되었다.

"봉평 하면 메밀, 메밀 하면 이효석의 '메밀꽃 필 무렵', 그리고 칼국수죠! 제가 하도 봉평 메밀이 유명하다기에 그곳에 직접 가 봤더니, 정말 메밀밭이 장관이더라고요. 나도 직접 허 생원과 동이가 걸었다던 그 길, 봉평 장터에서 대화에 이르는, 메밀꽃이 흐드러지게 핀 달밤의 밤길을 걸어 봤고, 메밀꽃 핀 개울가에서 허 생원의 하룻밤 사랑 나누기의 애틋한 정도 느껴 보았지요."

천 수석이 "흐흠"이라는 헛기침 소리를 내자, 동 부장은 또 능청스레 빈나의 염려를 덜어내는 말을 해 주었다.

"저 바깥에 있는 애들은 걱정하지 마세요. 이따가 따로 먹어도 됩니다. 칼국수는 뜨끈해야 제맛인데, 박사님께 너무 뜨거울까 봐 식으라고 조금 일찍 시켰더니, 그만 팅팅 불은 듯도 합니다. 이 집 열무김치는 천하일품입니다. 천 수석님도 얼른 한 숟가락 하시죠."

동 부장은, 빈나가 칼국수를 두세 젓가락 먹을 동안, 마치 물을 마시듯 묵을 삼키듯, 훅훅하며 칼국수를 입속에 들이붓는 것처럼 뚝딱 해치웠다. 동 부장은 먹는 게 아니라 식사(食事), 아니, 먹기 전쟁을 벌이는 듯했다. 천 수석은 빈나와 보조를 맞춰 젓가락질을 천천히 했다. 빈나는 연구소 생활을 시작한 뒤 외부 음식점에서 배달을 시켜 먹은 적이 한 번도 없었다. 빈나가 궁금하다는 듯 동 부장에게 물었다.

"연구소에서 외부 음식을 시켜 먹을 수 있는 건가요?"

"절대 안 됩니다! 배달을 허용하면 연구소 보안에 큰 구멍이 뚫립니다. 큰일이 뻥뻥 터질 겁니다. 하지만 특별한 경우는 저희 보안팀의 철저한 보안조사를 거쳐 뷔페나 배달도 허용될 수 있습니다. 오늘 이 칼국수는 배달을 시킨 게 아니라, 변 과장이 직접 사 온 것입니다. 바깥에 있는 사내 둘 가운데 좀 더 잘생긴 젊은이가 변 과장입니다. 과장으로 승진한 지 얼마 안 돼서……."

빈나가 마지막 젓가락을 상 위에 내려놓자마자, 동 부장이 변 과장을 불러들인 뒤 보안강화를 시켰다. 변 과장이 뭔가 사인을 주자, 동 부장이 다짜고짜 빈나의 내일 전시회 이야기를 꺼냈다.

“박사님, 내일 전시회에 자율주행차를 타고 가시면 안 될 것 같습니다. 어제 박사님의 자율차가 해킹될 수 있다는 첩보가 들어왔습니다.”

빈나가 첩보에 관한 이야기를 듣고도 무덤덤한 표정으로 커피를 요청하자, 동 부장이 변 과장에게 손가락 셋을 펼쳐 보였다. 변 과장이 회의실을 나갔다. 빈나가 아무 말이 없자, 동 부장은 빈나가 두려움에 사로잡힌 것은 아닌지 살피며, 천 수석에게 부탁했다.

“내일 천 수석님께서 직접 박사님을 모시고 다녀와 주시면 고맙겠습니다. 소장님께는 이미 말씀을 드려 놨습니다. 운전은 우리 변 과장에게 시키도록 하겠습니다. 수석님, 내일 부탁 좀 드리겠습니다.”

천 수석이 시원스러운 답변을 하지 않자, 동 부장이 천 수석을 다그치듯 설명했다.

“로댕이 전기차를 직접 몰고 가기에는 아직 위험 부담이 매우 큽니다. 로댕이 요기 연구소 트랙에서는 운전을 잘하지만, 복잡한 도로 운전은 아직 경험이 부족합니다. 야, 로댕, 너 도심에서 운전할 자신이 있냐? 말 좀 해…….”

동 부장은 자신이 로댕에게 말했음에도, 그 말이 빈나에게로 향할 수밖에 없었기에 말꼬리를 접고 말았다. 로댕은 아무런 대답이 없었다. 동 부장은 잠시도 기다리지 못한 채 다시 천 수석에게 확답을 받으려 했다.

“내일 오후에 전시장까지 가는 데 1시간, 오는 데 1시간, 전시회 참석 1시간, 뒤풀이 1시간 30분, 이렇게 해서 넉넉잡아 5시간이면 됩니다. 우리 애들이 전시회장에서 박사님을 보호하는 건 좀 너무 티가 나기도 하고, 무엇보다 거기서는 밀착 경호가 어렵지 않습니까. 천 수석님이 함께 계시면 좀 마음이 놓일 것 같습니다. 수석님, 제가 우리 위가부 활동경비로 충분히 보상해 드릴 테니, 꼭 좀 동행해 주세요."

동 부장이 천 수석의 승낙을 닦달하듯 채근하자 천 수석이 비로소 입을 뗐다.

"박사님과 전시회 함께 참석하는 건 좋지. 그런데 동 부장, 해킹 얘기를 하면서 왜 아무런 설명이 없는 거야. 지금 이 상황이 자율주행 취소만으로 그쳐도 되는지, 아니면 전시회 연설까지 취소해야 할 상황인지 정확히 알아야 할 것 아니야."

천 수석의 말끝에 힘이 들어갔다. 자신이 상황을 통제하지 못하고 있는 것에 화가 난 것이다. 동 부장이 자신의 말을 윗분께 보고하는 투로 고쳐 이야기했다.

"수석님, 감사합니다. 저도 해킹 첩보가 어디까지 실현될지는 아직 가늠이 안 됩니다. 다만 한 가지 분명한 것은 우 박사님의 외부 일정 때마다 로댕 납치 첩보가 계속 들어오고 있다는 사실입니다. 저도 누가 해킹을 시도하고 있는지를 알았으면 좋겠습니다. 어쨌든 박사님과 로댕을 보호하기 위해서 현재는 박사님께서 저희 감시의 사각지대에 놓이는 일은 반드시 막아야 합니다. 자율주행차가 해킹되는 순간 사고 위험뿐 아니라, 납치 등 걷잡을 수 없는 일이 일어날 수 있습니다. 그건 말 그대로 지옥문의 개봉박두지요! 그렇게 되면 저희 위가부는 박살입니다. 해킹만 막으면, 나머지는 저희가 충분히 대처할 수 있고요. 이제 됐습니까?"

천 수석은 손바닥으로 입을 가린 채 고개만 끄덕였다. 빈나가 문득 생각난 듯 동 부장에게 딸 얘기를 했다.

"아 참, 내일 우리 큰딸 리도 전시회에 온다고 했는데, 오지 말라고 할까요?"

동 부장은 잠깐 생각하는 듯하더니 손가락을 탁 튀기며 빠르게 말했다.

"우 연구원이 온다면 더 좋지요. 오시라고 하시죠."

토요일 정오, 빈나는 점심밥을 사람들과 함께한 뒤 연구소 지하 주차장으로 향했다. 변 과장이 전기차 운전을 맡고, 빈나로댕과 천 수석은 뒷좌석에 앉았다. 변 과장은 차가 출발할 때부터 동 부장과 계속 홀로그램 연결 상태에서 실시간 상황 보고를 주고받았다. 차가 통일교육원 지상주자창에 멈췄다. 변 과장은 차 안에 남고, 빈나로댕과 천 수석은 차에서 내렸다. 그곳에 먼저 와 있던 리가 그 둘을 반갑게 맞았다. 꼬몽0은 없었다. 백경복 작가가 눈이 감겨 보이지 않을 만큼의 환한 웃음으로 빈나로댕을 반갑게 맞으며 말했다.

"우 박사님, 그리고 우리 씨 이렇게 제 전시회에 행차해 주셔서 영광입니다."

백 작가 천 수석을 바라보자 빈나가 얼른 소개했다.

"백 작가님, 이쪽은 우리 연구소의 천명성 수석연구원이십니다. 전시회에 함께 오고 싶으시다 해서 모시고 왔습니다."

"고맙습니다. 백경복입니다. 참, 우 박사님, 원장님께서 전시회 전에 잠깐 박사님을 뵙자고 하시는데……. 네, 그럼 이쪽으로……. 이놈의 건물에 승강기가 없어서……. 걸어 올라가야 하는 게 흠인데, 괜찮으시겠어요?"

원장은 너무 말랐다 싶을 정도로 날씬했지만, 목소리만큼은 쩌렁쩌렁 힘이 넘쳤다. 통일교육원 원장실은 장식용으로 보이는 책장 두 개가 있었고, 나머지 공간에는 화분들과 예술품들이 보기 좋게 진열돼 있었다. 그곳이 통일교육원이라는 사실을 몰랐다면, 그곳은 마치 갤러리쯤으로 보였을 정도였다. 빈나는 원장과 20분 정도 환담한 뒤 함께 작품 오프닝 행사에 참여해 연설했다.

"사람들은 평화를 말한 뒤 그것을 피스(Peace)라고 말하고, 피스를 말한 뒤 그것을 전쟁이 없는 상태라고 말합니다. 사람들은 전쟁을 폭력과 같은 것으로 보고, 마침내 평화를 이루기 위해서는 전쟁을 억제하거나 폭력을 근절해야 한다고 말합니다. 그동안 남북한은 38선을 경계로 대립하면서 전쟁을 막기 위해 서로 군비를 증강해 왔고, 폭력을 막기 위해 핵미사일과 각종 전쟁 무기들을 경쟁적으로 개발해 왔습니다. 남북한은 말로는 평화를 외쳐 왔지만, 행동으로는 전쟁을 준비해 왔던 것입니다.

저는 평화를 '서로 사이좋게 지내기'라고 뜻매김하고 있습니다. 밤과 낮은 하루의 정반대쪽에 마주 서 있지만, 그 둘은 서로 사이가 좋고, 남녀는 그 성이 다르지만 서로에게 이끌려 한데 어우러집니다. 부부는 남이었지만 서로 가장 가까운 관계로 맺어진 사람들입니다. 이제 우리는 평화의 개념을 전쟁이나 폭력의 반대가 아닌 '서로 사이좋게 지낼 수 있는 관계'로 새롭게 뜻매김해야 합니다. 평화는 서로의 사이를 적극적으로 함께 나눌 때만 열리는 좁은 문입니다.

좁은 문은 인간의 문이고, 상호 신뢰의 문이며, 공동 번영의 문입니다. 여기 교육원 갤러리 정원에 설치된 백경복 작가의 작품『좁은 길』은 남북이 평화로 나아가야 할 길에 관한 우리들의 이야기를 끌어내기 위한 것입니다. 남북의 평화는 전쟁 무기 개발 경쟁이 아니라, 남북이 아무 조건 없이 서로의 안부를 묻는 일로부터 시작해서 서로에 대한 혐오를 끊어 내고, 서로가 자신의 사는 방식을 허심탄회하게 이야기하며, 마침내 서로의 살림살이를 함께 해 나가기 시작할 때만 한 걸음씩 다가갈 수 있는 것입니다."

빈나가 행사장에서 연설을 하는 동안 변 과장은 주변을 감시했다. 리는 변 과장의 행동을 수상히 여겼다. 전시회 오프닝 행사는 잘 끝났고, 뒤풀이도 순조롭게 이루어졌다. 빈나는 연설을 마친 뒤 갑자기 말수가 줄어들었다. 지상주차장에서 백 작가와 원장 그리고 몇몇 작가들이 빈나 일행을 배웅하는 가운데 변 과장이 차를 출발시키려 하는 순간, 자율주행차 한 대가 빈나의 차 앞쪽을 지나가다 말고 덜컥 멈춰 섰다. 변 과장이 바짝 긴장했다. 백 작가가 멈춘 차로 달려가 차를 빨리 빼달라고 부탁했다. 빈나가 리에게 전화를 걸었다.

"리, 너 먼저 출발해! 나중에 연구소에서 보자."

"아빠, 오늘 연설 멋졌어요. 잘 돌아가세요."

갑자기 변 과장의 홀로그램에서 동 부장의 급한 외침이 터져 나왔다.

"변 과장! 우 연구원, 출발 못하게 막아!"

그 소리와 동시에 변 과장이 차 밖으로 뛰어나가더니 옆에 주차돼 있던 자동차 보닛을 타고넘어 우 연구원 자율차까지 한달음에 다다랐다. 리도 변 과장이 달려오는 모습을 보고 출발을 멈추고 있었다. 빈나가 홀로그램에 연결된 동 부장에게 떨리는 목소리로 물었다.

"동 부장님, 무슨 일이죠? 우리 리에게 무슨 일이 일어난 건가요?"

동 부장은 대꾸가 없었다. 대신 변 과장의 휴대폰에서 사람들이 뭔가 상황을 다급하게 파악하는 목소리들만이 어지럽게 들려올 뿐이었다. 잠시 뒤 변 과장이 우 연구원을 데리고 차로 돌아왔다. 변 과장은 돌아오자마자 동 부장에게 보고했다.

"부장님, 출발은 막았고, 자율차는 시동 불능으로 해 놨습니다. 우 연구원님은 현재 우리 차로 모셨습니다. 자율차 점검은 누가 합니까? 저는 이곳을 빨리 벗어나야 할 듯합니다."

"오케이! 변 과장, 아주 잘했어. 완벽했어. 빼꾸기 팀을 출동시켰으니까, 15분이면 거기 도착할 거야. 펭귄은 북극 돌아 남극으로 귀환할 것."

변 과장은 일방통행 규칙을 어기고 주차장의 빈틈을 사이사이 뚫어 밖으로 빠져나갔다. 조수석에 앉았던 리가 말은 못하고, 손가락으로 '일방통행'이라 쓰인 도로 표지판을 여러 차례 가리켰다. 변 과장은 말로는 "죄송합니다!"라고 하면서도 행동으로는 최대한 빨리 주차장을 빠져나갔다. 차는 먼저 리가 사는 과천 쪽으로 향했다. 차 안은 고요했다. 변 과장이 바리톤 목소리로 현재 자신들이 처한 상황을 알기 쉽게 설명했다.

"우리 전기차는 현재 재밍(Jamming) 상태, 말하자면, 해킹 방지 시스템이 대통령 경호 수준으로 가동되고 있습니다. 아까 동 부장님께서 우 연구원님의 자율차 출발을 막으라고 명령하신 까닭은 연구원님의 자율차가 해킹을 당하고 있었기 때문입니다. 현재 저희 보안팀은 누가 해킹을 시도했는지를 철저히 분석하고 있을 겁니다. 아마도 그 주차장에 있던 자율차 몇 대가 이미 해킹됐던 것 같습니다. 우리 차를 가로막고 있던 차도 해킹이 의심됩니다. 목표는 로댕의 납치인 듯 보입니다. 일단 저희는 우 연구원님을 댁까지 모셔다드린 뒤 연구소로 돌아갈 것입니다. 뻐꾸기 팀은 사실은 저희를 경호하기 위한 팀입니다. 벌써 보이지 않는 곳에서 저희를 경호하고 있을 겁니다. 놀라게 해 드려 죄송했습니다. 우 연구원님의 자율차 해킹은 저희도 전혀 예상하지 못했던 터라……. 할 말이 없습니다."

변 과장은 위기 대처 능력이 뛰어났을 뿐 아니라, 설명력도 매우 훌륭했고, 무엇보다 동물 같은 반사 신경이 놀라웠다. 변 과장은 본부와 뻐꾸기 팀과 실시간으로 연락을 주고받으며 달리는 내내 끊임없이 안전 여부를 확인했다. 집 앞에 도착하자 빈나는 가족이 놀랄까 걱정이 된다며 자신은 차에서 내리지 않겠다고 말했다. 변 과장은 우 연구원이 집 안으로 들어가는 것을 확인한 뒤 핸들을 연구소로 돌렸다. 또 다른 전기차가 그 뒤를 가까이 뒤따랐다. 차가 연구소에 도착하자 동 부장이 빈나 일행을 맞았다.

"우 박사님, 천 수석님, 연구소로 무사 귀환하신 것을 진심으로 환영합니다. 이제 해킹 방법과 목적 그리고 그 주체가 조금 밝혀졌습니다. 역시 이번에도 우리 연구소 위가부가 한 수 위였다는 게 증명된 셈입니다. 나는 놈 위에 비행기 타고 다니는 놈이 있다는 걸 알아야죠. 해킹 분석팀의 정밀 결과를 받아 보고, 내일 오전에 마 소장님께 보고를 올리겠습니다. 그럼, 편히 주무십시오. 굿 나이트입니다.”

18

스카이 벙커와 양자컴퓨터

그날 밤 빈나는 뒤척일 수조차 없는 몸으로 로댕이 납치되는 악몽 시리즈에 밤새 시달렸다. 빈나는 그게 꿈이었는지, 아니면 상상이었는지조차 분간이 안 됐다. 빈나는 로댕의 아침 운동이 끝나자 평온이 찾아들어 비로소 잠이 들었다. 로댕과 모시2는 빈나가 아침밥을 먹는 것보다 잠을 자는 게 낫다고 생각해 깨우질 않고 있었다. 그런데 오전 10시, 변 과장이 하늘재로 빈나를 찾아왔다. 변 과장이 잠든 빈나를 깨웠다. 빈나는 로댕이 아닌 변 과장이 자신을 깨웠다는 사실에 놀라 로댕을 서둘러 입차했다. 변 과장이 거실로 나오는 빈나에게 용건을 말했다.

"마 소장님으로부터 박사님을 '스카이 벙커'로 모시고 오라는 명령을 받았는데, 혹시 연락은 미리 받으셨는지요?"

빈나는 대답 대신 모시2가 있는 부엌 쪽으로 조금 크게 말했다.

"모시2! 오늘 아침 커피는 안 내려도 되겠어. 갈 곳이 생겼네."

모시2가 재빨리 거실로 나와 로댕의 가슴에 작은 가방 하나를 매달아 주며, 그 안에 물병과 초콜릿이 들었다고 알려 주었다. 빈나로댕이 하늘재를 떠나자 모시2가 두 손을 들어 그 둘을 배웅했다. 빈나가 뒤돌아서 모시2에게 웃어 주었다. 스카이 벙커는 빈나가 한 번도 가 본 적이 없는 곳이었다. 변 과장이 출발하면서 그곳을 짧게 설명해 주었다.

"스카이 벙커는 적의 침투가 벌어졌을 때 방어 지휘부가 전략을 짜는 곳입니다. 지하 벙커보다는 방어능력이 떨어지지만 대신 훨씬 다양한 공격 방법을 모색할 수 있는 장점이 있습니다. 사방의 특수강화유리는 포탄에도 깨지지 않고, 그 어떤 전파로도 도청할 수 없답니다. 그곳은 연구소가 매우 심각한 위협을 받을 때만 사용되는 곳이지만, 오늘은 예방 차원의 논의가 주로 이뤄질 것입니다."

변 과장은 옷차림만큼이나 말솜씨도 늘 깔끔했다. 빈나는 변 과장이 동 부장의 오른팔일 것이라 생각했다. 변 과장이 엘리베이터 모니터에 20층을 입력하자 승강기가 곧바로 20층으로 이동했다. 빈나가 변 과장에게 물었다.

"20층도 번호가 입력되네요?"

"아, 네. 이곳은 보안 출입 금지 구역이기에, 사전 승인된 분만 출입할 수 있습니다. 그 외에는 번호 입력 자체가 안 됩니다."

"그랬군요."

빈나는 자신이 자살 결심을 하고 하늘정원에 올랐던 그 날에 자신이 옥상층이라고 생각해서 눌렀지만 '입력 오류'로 떴던 '20층'이 떠올라 씁쓰름했다. 승강기문이 열리자 놀라운 광경이 눈앞에 펼쳐졌다. 좌우로 유리 벽 복도가 있고, 그 끝에 둥그런 방 모양의 컨트롤 타워가 있었다. 스카이 벙커의 전망은 거칠 것 하나 없이 탁 트인 산꼭대기 풍광 그대로였다. 게다가 그곳은 수십 개의 둥근 기둥을 뺀 모든 시설이 유리로 되어 있었다. 심지어 벽까지 모두 유리창으로 되어 있어 그 안에 있는 사람들은 동서남북을 모두 바라볼 수 있었다.

빈나로댕이 걸어가는 왼편에 원자로를 거꾸로 매단 듯한 묘한 컴퓨터 시설이 있었다. 빈나는 속으로 양자 컴퓨터를 떠올렸다. 그 시설의 규모는 농구장 두 개는 겹친 듯 매우 컸다. 연구원들은 모두 방진복 차림에 우주인과 같은 헬멧에 산소통까지 메고 있었다. 그들은 모두 서 있었다. 의자는 없는 듯 보였다. 천장에 묘한 상징물들이 줄에 매달려 있었는데, 부서 푯말처럼 보였다. 한 사람이 빈나로댕을 알아보고 손을 흔들자 바쁜 일손을 놀리던 연구원들이 빈나에게 손뼉을 쳐 주었다.

오른편에 있는 사람들은 대부분 정장 차림으로 책상에 앉았고, 컴퓨터 작업이나 전화를 하고 있었으며, 몇 사람은 허리에 총까지 찬 채 변 과장에게 고개를 숙여 인사하는 듯 보였다. 창가 쪽으로 문이 달린 무기 수납장들이 1m 정도 높이로 잘 정렬돼 있었고, 방안에 놓여 있을 법하지 않은 커다란 컨테이너도 세 개나 있었다. 벙커의 왼쪽과 오른쪽은 물과 기름처럼 공간의 이질감이 커 보였다.

변 과장은 빈나를 컨트롤 타워로 안내했다. 지휘부가 있는 곳은 벙커의 한가운데에 자리한, 유리로 된 투명한 네모 방이었다. 그곳에 있는 사람은 벙커 전체를 살펴볼 수 있었다. 그 안에는 까만 정장 차림과 짧은 머리에 무스까지 바른 열 명 남짓의 남녀 요원들이 있었고, 수많은 전자 장비들이 작동되고 있었으며, 모두가 자신의 업무에 몰입해 있는 모습이었다. 그곳은 마치 적막강산처럼 고요했다. 아니 태풍의 눈 한가운데 든 것처럼 엄청난 긴장감이 느껴졌다. 그 안에 또 별도의 회의실이 갖춰져 있었고, 거기서 마 소장과 천 수석 그리고 동 부장이 빈나를 맞이했다. 동 부장이 변 과장에게 손가락 넷을 펴 보이는 사이, 마 소장이 로댕의 손을 부여잡으며 빈나에게 인사말을 건넸다.

"어제, 해킹 사건으로 고생이 크셨습니다. 간밤에 잠은 잘 주무셨는지요? 참, 아침은 드셨는지요?"

"꿈자리가 좀 어수선하긴 했습니다. 소장님은 어떠셨습니까?"

"저야 잘 잤지만, 동 부장이 아마 밤을 꼬박 새운 듯합니다. 오늘 아침 동 부장이 제게 로댕 납치 첩보에 대한 분석 결과를 보고하겠다고 하기에, 제가 아예 전략회의를 갖자고 제안했습니다. 우 박사님께서는 이번 회의에 자문 자격으로 참석하셨습니다."

"자문 자격이요?"

동 부장이 빈나의 반문에 싱겁게 답했다.

"아, 지난번에 소장님께서 박사님을 하늘재에 모시고 싶어 하셔서 제가 박사님을 이곳 스카이 벙커의 상시 자문으로 위촉해 놓았거든요. 그러면 박사님께서 언제든 하늘재에 머무실 수 있는 거죠. 신경 안 쓰셔도 됩니다."

변 과장이 커피를 들고 지휘부로 뛰다시피 돌아와 사람 앞앞이 나눠 주었다. 커피 내음이 콧속에서부터 빈나의 정신을 맑게 해 주었다. 동 부장이 변 과장에게 손짓을 했다. 변 과장이 밖에 있던 요원에게 보고문건을 받아 참석자에게 나눠 주면서 마치 브리핑을 하듯 말했다.

"이 문건은 회의 뒤 파쇄되어야 합니다. 끝난 뒤 이 자리에 그대로 놔두시면 고맙겠습니다. 문건을 살펴 주십시오. 여기 맨 위에 쓰인 대로, 어제 저희 보안팀은 지난 금요일 새벽 우빈나 박사님 자율주행자동차 해킹 첩보를 접수했고, 보안팀을 둘로 나눠 한 팀은 우 박사님 신변 보호를 맡고, 다른 팀은 해킹 첩보에 대한 정밀 분석을 맡았습니다. 어제 자정 부로 '박사님 자율차 해킹 사안'은 일단 마무리됐습니다.

보안팀 분석 결과, 이번 해킹 시도는 중국이 2008년부터 시행하고 있는 '천인(千人) 계획 프로젝트'에 포섭된 한국인 연구자 K 씨가 연관된 것으로 파악됐습니다. 보안팀은 한국의 국정원과 긴밀히 공조하여 그 연구자 K 씨의 계좌를 추적했습니다. K 씨는 하버드대에서 화학을 전공했고, 현재 우리 연구소 자율주행자동차 배터리 부서에서 소재 연구원으로 근무하고 있습니다. K 씨는 베이징 이공대의 한 연구소로부터 연구비 명목으로 매달 5만 달러씩, 한국 돈으로 6천5백만 원씩 지난 3년 동안 지속해서 받아 왔습니다.

현재 우리 연구소 보안팀은 어제 해킹을 한 해커 두 명을 추적하고 있습니다. 그 해커들은 K 씨로부터 빈나로댕의 동선뿐 아니라 관련 동향을 보고 받았던 것으로 추정됩니다. 저희가 어제 그 루트 일부를 확인했습니다. 그들은 자신들의 해킹이 발각된 것을 깨닫고 현재 잠적했지만, 그들이 아직 해외로 빠져나갈 움직임을 보이지 않는 것으로 봐서, 아마도 자신들의 해킹 수법이 노출됐을 것으로는 생각하지는 않는 듯합니다.

우리 보안팀의 은밀하고 전격적인 해킹 추적에는 양자 컴퓨팅 기술이 쓰였습니다. 이는 상대가 그 추적 사실 자체를 전혀 알아챌 수 없는 최고급 기술입니다. 우리 연구소의 양자컴퓨터는 그 자체로 극비이지만, 이번 추적에는 양자컴퓨터 팀을 이끌고 계시는 최정상 동그라미대 교수님께서 직접 참여해 주셨습니다. 마 소장님과 동 부장님의 요청으로 이루어진 공조 수사였습니다. 국정원 보안과장의 말에 따르면, 일본에서도 이와 유사한 사례가 있었다고 합니다. 현재까지 우리 보안팀이 보고할 수 있는 내용은 여기까지입니다. 궁금하신 점을 질문해 주시면 사안별로 답변을 드리도록 하겠습니다."

동 부장은 두 손을 바지 주머니에 넣고 두 발을 크게 벌리고 서 있었다. 자신의 성취를 만끽하는 태도였다. 마 소장이 칭찬을 아끼지 않았다.

“동 부장, 정말 대단해! 해킹을 막은 것도 엄청난 일을 해낸 건데, 해킹의 주모자를 찾아내고……, 해커까지 추격하다니! 이거야말로 굉장한 성과네! 내가 양자 컴퓨터 개발에 천문학적인 돈을 쏟아붓자 과기부에서 난리가 났었는데, 이번 한 방으로 모든 비판을 깨끗하게 날려 버렸어! 동 부장 덕분에 우리 연구소 위상이 한껏 높아진 거야! 정말 수고했어. 내친김에 해커까지 우리가 잡자고. 그건 좀 어려울까?”

동 부장이 잽싸게 두 손을 빼고 공손한 자세로 바꿔 답변했다.

“국정원 쪽은 맨날 보고 타령이나 부를 줄 알지, 그냥 굼벵이 짓만 한다니까요. 그래도 우리 보안팀에 걸려든 이상 쉽게 빠져나갈 해커는 없을 겁니다. 시간의 터미널이 아직 다 허물어지지는 않았거든요. 우리에게 해커를 잡을 시간이 아주 조금은 남아 있다는 뜻이지요. 다만 저나 우리 직원들에게 수면 시간이 좀 부족한 게 탈이지만 말입니다.”

빈나는 동 부장의 말을 정확히 알아듣지 못한 채 그저 듣고만 있었다. 마 소장이 보고 내용에 대한 지시를 내렸다.

“좋아! 이번 사건은 동 부장이 모든 책임을 지고 계속 처리해 나가! 모든 걸 위가부에서 전결로 처리해도 좋아. 그런데 K 연구원 문제는 어떻게 하면 좋을지 모르겠네. 천 수석님께서 좋은 방안이 있으면 마련해 주시지요.”

천 수석은 최정상 교수와 하던 통화를 끊고, 커피를 홀짝홀짝 마시다가 바른 태도로 대답했다.

“저는 K 연구원을 즉시 해고하거나, 국정원에서 검찰에 고발하는 대신, K 씨를 역이용하거나 K 씨와 거래하는 방법을 찾아보는 게 좋을 듯합니다. 지난번 산업스파이로 고발된 연구원의 경우, 해고해 봤자, 우리 연구소가 건진 것은 하나도 없었거든요. 최 교수도 K 연구원을 통해 어떤 정보가 그쪽으로 흘러 나갔는지부터 알아내는 게 중요하다는 생각입니다."

동 부장이 변 과장에게 K 연구원에 대한 국정원 측의 대응 방식을 물었다. 변 과장이 짧게 대답했다.

"아직은 K 연구원을 좀 더 지켜보는 쪽으로 가닥을 잡은 듯합니다."

동 부장이 고개를 끄덕끄덕했다. 동 부장이 평소에 너스레와 거드름을 잘 떨긴 했지만, 그의 일 처리 능력은 마 소장의 전적인 신뢰를 얻을 만큼 뛰어나 보였다. 빈나가 마 소장에게 궁금한 점을 물었다.

"소장님, 오늘 회의에 제가 와야 할 이유가 딱히 없는 듯한데……, 제가 할 일이 있나요?"

마 소장은 동 부장을 쳐다본 뒤 빈나에게 설명했다.

"박사님, 오늘 박사님을 모신 건 동 부장입니다. 아마 조금 뒤에 자세한 설명을 드릴 겁니다. 근데, 제가 바로 국정원장과 만나기로 돼 있어서, 저는 먼저 자리를 떠야 할 듯합니다. 죄송합니다."

마 소장은 시간에 쫓기는 듯 서둘러 자리를 떴다. 그런데 동 부장도 무슨 긴급 보고를 받았는지, 변 과장에게 손짓을 하며, 빈나에게 양해를 구했다.

"박사님, 이거 갑자기 또 보안 문제가 터져서 저도 빨리 내려가 봐야 할 것 같습니다. 지금 상황이 전체적으로 매우 위급합니다. 변 과장, 박사님께 잘 설명을 드려! 박사님, 정말 죄송합니다."

동 부장은 홀로그램 연결로 뭔가를 지시하면서 스카이 벙커를 빠져나가고, 변 과장이 빈나에게 참석 이유를 설명했다.

"박사님, 원래 동 부장님께서 드리려던 말씀이셨는데, 제가 대신 말씀을 드려 송구합니다. 박사님께서는 앞으로 자율주행자동차를 사용하기가 어려울 듯합니다.”

빈나는 마 소장에서부터 변 과장까지 사람들이 자신을 마치 부하 다루듯 대하는 태도가 느껴져 좀 불쾌했다. 빈나가 침묵하고 있자, 천 수석이 전체적인 분위기를 알려 주었다.

“박사님, 지금 연구소가 최고 보안 경계 상태라 소장님과 위가부가 매우 예민해져 있습니다. 아마 로댕의 비트코인 해킹 사실이 밖으로 새 나간 게 아닌가 하는 의심 정황도 있고요. 또 오늘 박사님께서 여기 들어오시는 길에 이미 짐작은 하셨겠지만, 우리 연구소는 현재 세계 최대의 큐비트 양자컴퓨터 개발에 성공한 사실을 극비에 부치고 있습니다. 최 교수님께서 전담팀을 꾸려 물밑에서 여러 국내외 기관들 그리고 기업들과 사용 협상을 진행하고 있습니다. 문제는 아직 양자컴퓨터가 미래 가치는 크지만, 현재의 시장 규모는 그리 크지 않다는 점입니다. 그렇기에 우리 연구소는 현재 자율주행자동차와 에어 모빌리티 그리고 AI 로봇의 상용화 쪽에 총력을 기울이고 있습니다. 그런데 어제 보안팀 분석 결과 자율차 해킹을 100% 차단하는 것은 불가능한 것으로 판명됐습니다. 그것은 박사님께서 자율주행자동차를 타실 수 없다는 것을 말하는 거지요. 보안 상황이 계속 엄중해지고 있어서 다들 급한 불부터 끄려 하는 겁니다.”

빈나는 보안의 영역에서 벌어지는 모든 게 실전이라는 사실을 잘 알고 있었다. 빈나는 천 수석에서 “알겠습니다”라고 짧게 답했다. 변 과장이 감사를 표하며, 자신의 역할을 설명했다.

“박사님, 소장님께서 앞으로 박사님 전기차 운전은 제가 맡으라 하셨습니다. 동 부장님께서는 로댕에게 운전을 맡기는 것은 불안하다고 하시고요. 저도 제가 박사님을 모시는 게 마음이 놓일 듯합니다. 박사님께 느닷없이 이런 말씀을 드려 정말 죄송합니다. 저희 보안팀 업무가 어떤 결론이 나면 즉시 시행해야 해서 사전에 설명을 충분히 드리지 못하는 경우가 많습니다."

빈나는 그제야 커피를 음미하듯 마시며 20층의 풍광을 둘러보았다. 하지만 빈나의 머릿속에 로댕이 연구소 양자컴퓨터를 해킹했다는 사실이 먼저 되살아났다. 빈나가 천 수석에게 물었다.

"아까 최 교수님 말씀을 하셨는데, 어떤 분이신가요?"

천 수석이 "아"라고 말하며, 얼른 전화를 걸어 최 교수를 그리로 오라고 한 뒤 빈나에게 답했다.

"저기 진공실로 걸어가는 사람이 최 교숩니다. 저기서 방진복을 벗고, 잠시 뒤에 이리로 올 겁니다. 저하고는 대학 동긴데, 개인적으로도 아주 친하지요. 최 교수는 박사님을 잘 알고 있습니다. 아마 엄청나게 반가워할 겁니다."

최 교수는 천 수석과 달리 키가 컸고, 목소리가 굵은 편이었으며, 웃음이 많았다. 최 교수는 오자마자 빈나를 만난 것이 영광이라고 말하며 그를 극진히 대했다. 빈나도 최 교수가 마음에 들었다. 빈나가 편안한 마음으로 궁금한 점을 물었다.

"저는 양자컴퓨터에 대해 아는 바가 거의 없는데, 연구소가 이런 대규모 양자컴퓨터를 개발해 놓고 비밀에 부치는 이유가 있나요?"

최 교수는 천 수석의 조심스러워하는 모습과는 대조적으로 아무런 거리낌이 없이 대답했다.

"우리 연구소가 목표로 하는 것은 양자컴퓨터의 클라우드화가 아닌 PC화입니다. 이런 대형 양자컴퓨터는 초전도 상태를 구현해야 하지만, 우리는 상온에서의 범용화를 추구합니다. AI가 급성장해 왔던 것은 그동안 컴퓨팅 파워가 놀라울 만큼 좋아졌기 때문인데, 그 배경에는 현재 30억 개의 휴대폰에서 실시간으로 취합되어 클라우드에 저장되는 천문학적 규모의 빅데이터가 쌓였기 때문이지요. 빅데이터는 돈입니다! 그러니 그걸 처리하기 위해 컴퓨터 속도를 최대로 높여야 했고, 속도에 더해 최적화까지 달성해야 했습니다. 그 귀착점이 바로 AI 성능의 급발전이었던 거지요. 그런데 이제 그 데이터 크기가 무한에 가까워지고 있기에 기존의 모든 슈퍼컴퓨터가 이미 처리 한계에 다다랐습니다. 무한의 데이터를 처리할 전자 컴퓨터는 이 세상에 없으니 말입니다. 결론은 양자컴퓨터뿐이지요."

빈나가 최 교수의 답변에 놀라며 고개를 끄덕였다. 최 교수는 자신이 람봇연구소에서 하는 일을 넌짓 밝혔다.

"우리 연구팀은 대학원 석사과정생들로 구성되어 현재까지 15년 동안 동고동락해 왔습니다. 이게 그 결실이지요. 우리는 양자 컴퓨팅이 가능한 칩을 개발해 왔고, 현재 2cm 반도체 위에 150큐비트 넘게 집적하는 기술을 개발했습니다. 이제 그것을 활용한 단말기 기술을 개발하고 있고, CPU 연산, GPU 연산 등을 통합해 최적화된 연산 방식을 라이브러리 방식에 조직화할 수 있는, 병렬 계산이 가능한 하이브리드 AI 양자컴퓨팅 프로세스를 짜고 있습니다. 이게 완성되면 우리 컴퓨터는 슈퍼컴퓨터보다 30조 배 이상 빠른, 그리고 기존 고사양 PC컴퓨터보다 1경 배 이상 빠른 속도로 연산 처리를 하게 됩니다.

그렇다고 양자 컴퓨터가 모든 연산을 담당하는 건 아니고, 기존의 전통적 컴퓨팅이 수행할 수 없었기에 포기할 수밖에 없었던 데이터만 처리합니다. 우리는 '하이브리드 코-디자인'을 통해 전통적 컴퓨터와 양자컴퓨터를 동시에 사용하는 새로운 모델을 만들고 있습니다. 얼마 전 마 소장님과 천 수석님께서 우리 양자팀에 천문학적인 자금을 쏟아붓겠다고 약속해 주셨습니다. 사실 그동안 우리 양자팀은 보안이 취약했고, 초전도 루프 실험을 실제로 해 볼 장비들도 없었습니다. 가장 중요한 게, 양자컴퓨터의 애플리케이션 개발 전문가를 확보하는 것이었데, 최근 신약 개발, 암호 해독, 금융·교통·전력, 드론과 UAM(도심항공교통) 등에서 고부가가치 애플리케이션을 개발해 줄 우수 인력들을 뽑을 수 있게 됐습니다."

빈나는 최 교수의 설명이 매우 흥미로웠지만 모르는 내용이 많아 알아듣기가 어려웠다. 천 수석도 궁금했었는지 최 교수에게 '양자'가 뭔지를 물었다.

"최 교수, 내가 우 박사님을 만난 뒤 뜻매김하는 버릇이 생겨서 말인데, 그 양자를 대체 어떻게 뜻매김하면 좋겠냐?"

자신의 연구 내용에 대해 막힘없이 이야기를 풀어 오던 최 교수가 천 수석의 물음 앞에서 머뭇거렸다.

"양자(量子)? 퀀텀(Quantum)이라고 하는데, 에너지에 관한 완전히 새로운 이해라고 볼 수 있지. 왜 고전 역학에서는 물질이 에너지이고, 이 에너지는 연속적으로 흐른다고 보았는데, 양자역학에서는 에너지가 마치 숫자 1 다음에 숫자 2, 3, 4가 오는 것처럼 한 단위씩 늘어난다고 보잖아. 이는 에너지가 일정한 양(量)으로 쪼개져 있다고 보는 거지. 이렇게 일정한 양으로 쪼개진 에너지를 양자라고 하는 셈이야."

천 수석이 최 교수의 말을 끊으며 빈나에게 물었다.

"최 교수, 미안한데 잠깐만, 저기 우 박사님, 퀀텀이라는 말이 무슨 뜻인가요? 그 말 자체부터 이해가 안 되니까, 나머지는 다 가물가물해지는 것 같아요."

최 교수도 자세를 공손히 듣는 태도로 바꾸었다. 빈나가 커피를 한 모금 마신 뒤 말했다.

"최 교수님 말씀, 너무 재밌습니다. 제가 아는 바로 '퀀텀'은 어떤 것의 양이 '얼마만큼'인가라는 물음에 대해 '이만큼'이라고 답하는 말입니다. 퀄리티라는 말은 어떤 것의 질이 어떠한지를 묻는 물음에 대해 '어떠하다'라고 답하는 말이니까. 퀀텀과 퀄리티는 서로 짝을 이루는 라틴말인 것입니다. 제가 최 교수님께 이 커피의 색깔이 어떠냐고 물으면 아마도 '검다'라고 답하시겠지요? 하지만 이 커피의 알갱이 수가 몇 개인지를 물으면 답하기 어려우실 겁니다. 게다가 그 알갱이가 종류나 크기가 다르고, 심지어 그것들이 생겨났다가 곧바로 사라지는 방식으로 있다면, 누구도 그 알갱이 수를 정확히 알아낼 수는 없을 겁니다. 감각의 눈으로는 한 컵 분량인 커피 물이 양자역학의 눈에는 정확히 잴 수 없는, 알갱이들이 빛처럼 빠르게 움직이는 이합집산의 확률 분포로 보이겠지요.

퀀텀은, 그냥 낱말 그대로 옮기자면, 요만큼이나 조만큼, 저만큼처럼 '얼마만큼의 크기'를 나타내는 말이지만, 물리학에서는 우주에 있는 것 가운데 '잴 수 있는 가장 작은 만큼의 것'을 뜻한다고 볼 수 있습니다. 양자는 전자(電子)나 광자(光子)와 같은 것이 아닙니다. 그것들은 어쨌든 입자와 같은 물질이라고 할 수 있지만, 퀀텀은 그러한 입자들이 어느 만큼의 크기로 있는지에 따라 재어지는 양을 말하는 것입니다. 사실 제가 퀀텀을 잘 모르기 때문에 설명을 제대로 해 드릴 수는 없지만, 제가 이해하는 퀀텀은 중력에 의해 아래로 떨어지는 뉴튼의 사과가 아니라 사과나무에 달린 사과 열매입니다. 만일 그 열매들이 퀀텀이라면, 퀀텀은 다른 것들과 따로 떨어져 있습니다. 즉 그것들은 서로 하나로 이어져 있지 않습니다. 그렇다고 그것들이 서로 무관한 방식으로 있지는 않지요. 마치 한 그루 사과나무에 달린 열매들이 모두 따로 있으면서 서로 연관돼 있는 것처럼 말입니다."

최 교수가 자신의 무릎을 탁 쳤다. 천 수석도 놀라움을 금치 못했다. 최 교수가 감탄했다.

"우와! 우 박사님, 양자에 관해 제가 들었던 그 어떤 설명보다 가장 정확했습니다. 저도 아주 후련합니다. 저도 양자에 관한 제 설명이 매우 답답했거든요. 하하! 우리 천 수석이 왜 그렇게 우 박사님을 따르는지, 이제 알겠습니다."

빈나가 손을 내저었다. 칭찬이 과하다는 뜻이었다. 천 수석이 설명을 마저 해 달라고 청하자 빈나가 먼 곳을 보며 말했다.

"광자 즉 포톤(Photon)의 원래 말이 '라이트 퀀텀(Light Quantum)', 우리말로 '광양자(光量子)'였다는 것은 널리 알려져 있습니다. 양자역학에서 광자는 '빛 알갱이'라고 불리는데, 이는 빛이 사과 열매처럼 알갱이로 잘게 나뉠 수 있는 특성을 말하는 것입니다. 물론 빛은 파동이기도 하지요. 오늘날은 빛뿐만 아니라 전자의 알갱이마저 하나하나 나눠 제어할 수 있는 기술이 있습니다."

빈나의 설명이 이어지는 사이 방진복을 입은 누군가 최 교수를 부르는 듯하자 최 교수는 두말없이 자리에서 일어나 빈나에게 인사를 했다.

"박사님, 오늘 말씀 정말 잘 들었습니다. 뭔가 일이 터졌나 봅니다. 안으로 빨리 들어가 봐야 할 듯합니다. 먼저 자리를 떠 죄송합니다."

빈나는 뭔가 공허감이 들었다. 모두가 자신이 맡아야 할 일들에 최선을 다하고 있었다. 빈나는 커피를 남겨 놓은 채 자리에서 일어서며 천 수석에게 말했다.

"최 교수님의 양자팀이 정말 대단해 보이네요. 람봇연구소에서 일하는 분들은, 알면 알수록, 의지의 한국인이라는 말이 절로 떠오르게 만듭니다. 천 수석님, 보안 문제에 대해서만큼은 저도 보안팀의 요구를 잘 따를 생각입니다."

빈나가 자리에서 일어서자 변 과장이 빈나의 커피잔을 빠른 손놀림으로 치우면서 동 부장이 먼저 떠났던 이유를 설명해 주었다.

"박사님, 동 부장님께서 자신이 아까 자리를 먼저 뜨신 이유를 말씀드리고, 죄송하다는 말씀도 전하랍니다. 아까 또 다른 연구원의 자율차 해킹 시도가 보고됐었답니다. 아마도 이제는 우리 연구소 전체가 공격 대상이 된 듯합니다. 이렇게 되면 우리는, 우리가 원하든 원치 않든, 산업스파이 전쟁의 전면전에 돌입하게 된 겁니다. 여기에 중국만 개입되어 있다고 보기는 어렵습니다. 저희는 미국이나 일본도 관여되어 있을 거라고 추정합니다. 왜냐하면 우리 연구소가 세계의 첨단 분야들에서 최첨단 기술들의 독자 개발에 계속 성공하고 있는 이상, 우리 연구소는 다른 나라 산업스파이들의 먹잇감이 되지 않을 수가 없기 때문입니다. 우리는 개발된 기술들의 유출도 막아야 하지만, 기술들을 빼내 갈 징검다리 연구원들도 감시해야 하고, 로댕과 같은 프로토타입 제품들의 도난이나 납치도 완벽하게 차단해야 하는, 매우 복잡하고도 정교한 정보 전쟁을 매시간 치르고 있습니다. 저희 보안팀이 살아가는 세상은 어두운 힘들이 직접적으로 충동하는 약육강식의 세계입니다."

천 수석이 변 과장의 어깨를 툭 쳤다. 격려의 메시지인지, 말을 그만하라는 표시인지 애매했다. 빈나는 변 과장이 건네는 명함을 받아 모시2가 달아 준 가방에 넣고는 승강기를 타러 갔다. 하늘에 구름이 잔뜩 몰려들어 사방이 어두워지고 있었다. 로댕의 발걸음이 터덜터덜 무겁게 느껴졌다. 변 과장이 빈나에게 요구했다.

"박사님, 밤이든 언제든 외출하시고 싶을 때는 언제든 연락해 주십시오. 24시간 대기하고 있겠습니다. 안녕히 내려가십시오."

19

드론 택배와 보안 공사

빈나로댕이 스카이 벙커에서 내려오는데, 최민교 책임연구원이 빈나에게 로댕의 감기 백신을 만드는 일을 시작하자고 전화를 걸어왔다. 빈나가 "일요일인데 출근했나?"라고 묻자, 최 연구원은 로댕의 안전 문제에는 일요일이 없다며 자신은 지금 하늘재 앞에 있다고 말했다. 빈나는 하늘재에서 최 연구원에게 모시2가 내온 차와 과일을 대접하며 최 연구원이 살아온 얘기를 들었다. 최 연구원은 어릴 때부터 로봇 설계자가 되는 게 꿈이었고, 현재 연구소 생활에 매우 만족하지만, 로댕과 함께하지 못해 많이 아쉽고 서운하다고 말했다. 빈나가 언제든 로댕을 만나러 와도 좋다고 말했지만, 최 연구원은 그건 어려울 듯하다며 뭔가 새로운 프로젝트가 시작되고 있다는 암시를 던졌다.

빈나가 먼저 자신이 기록해 두었던 로댕의 감기 증상들을 설명했고, 그때마다 최 연구원과 로댕이 함께 그 원인들을 추정해 나갔다.

로댕은 빈나의 감기 증상에 따른 뇌파와 신경의 변화에 관한 현재의 데이터만으로는 감기 백신을 만들기가 어렵다고 말했다. 최 연구원이 '감기 백신'이라는 로댕의 말에 빈나에게 로댕의 흉을 보듯 "이제 로댕이 자신이 사람인 것처럼 말하는데요? 감기에 걸릴 수도 없으면서~"라고 말하며 키득거렸지만, 최 연구원은 현재의 데이터를 바탕으로 최신 연구 사례들을 더 검토해 보겠다며 백신 작업을 일단락했다. 빈나는 피곤함에 지친 듯 로댕을 풀벗하고 점심도 거른 채 소파에 누워 있었다.

그때 큰딸 리가 아빠에게 전화를 걸어 물었다.

"아빠, 돌아오는 토요일에 엄마 생일 파티가 있는 거 잊지 않으셨죠?"

"그럼! 엄마 생일선물을 고민하는 중이야."

"나도!"

리가 생일선물에 관한 얘기를 하다가 생각난 듯 변 과장에게 들은 이야기를 꺼냈다.

"그런데 이번 토요일에 변 과장님이 아빠를 직접 모시고 간다고 하던데? 또 무슨 보안 문제가 생긴 거야?"

빈나가 대답을 하지 않자 리가 걱정을 늘어놓았다.

"천 수석님도 그렇고, 변 과장님도 그렇고, 아빠에 관해 물으면, 뭐 하나 시원하게 알려 주는 게 없어. 대답을 그냥 얼버무리기나 하고……. 아빠한테도 자율주행자동차를 타지 말라고 했다며? 나도 어제 위가부 직원, 아니 변 과장님이 전기차를 지하주차장에 가져다 놨으니 앞으로는 그걸 몰고 다니라는 거야. 나는 직접 운전하는 거 딱 질색인데……."

빈나가 짧게 결론을 지으면서 딸을 다독이는 말을 했다.

"보안 문제는 어쩔 수 없지 않니? 네가 이해해. 보안팀은 현재 해킹 사건으로 비상 근무 체제인 듯하던데.”

“알아, 그쪽은 지금 무지무지 바빠! 밤낮없이 돌아간다고 들었어. 그건 그거고! 근데, 아빠! 엄마 선물은 뭘 준비했어?”

“아직 정하지는 못했는데, 아무래도 드론 택배가 가능한 선물을 사야 할 테니까……. 네가 한번 추천해 줘 봐.”

“좋아! 아빠, 엄마가 제대로 된 목걸이가 없잖아. 목걸이 선물은 어때?”

“그거 좋을 것 같다. 고마워.”

빈나는 전화를 끊고, 로댕에게 홍매에게 어울릴 만한 목걸이를 찾아달라고 부탁했다. 로댕이 가격대를 묻자 빈나가 웃으며 말했다.

“그대 덕분에 나한테 넘치는 게 돈이잖아! 아름다운 거로 골라 줘.”

로댕은 인터넷에서 고가의 목걸이들을 골라 빈나에게 보여 주었다. 빈나는 그 가운데 가장 비싼 다이아몬드 목걸이 하나와 회사에 출근할 때 목에 찰 수 있는, ‘황후의 품격’이라는 이름이 붙은 사파이어 세트 목걸이를 골랐다. 빈나는 한참을 더 생각하더니 그 목걸이들과 입을 수 있는 정장 두 벌도 로댕의 추천을 받아 사들였다. 빈나는 로댕에게 그것을 모두 드론 택배로 받아 달라고 부탁했다.

로댕은 드론이 상품을 배달할 상세 주소로 연구소 소형물류센터 MFC(Micro Fulfillment Center) 내 드론 주차장 3번을 써넣었다. 드론이 상품을 실제로 배달할 ‘드론 모세혈관 주소’는 기존의 우편번호를 활용해 광역으로 나눈 지역 번호, 아파트나 건물 번호, 해당 건물 내 도로 번호, 층수, 드론이 착점할 주차장 번호 등과 받고 싶은 시간, 받을 사람 등을 상세히 적게 되어 있었다.

받을 곳: 12553(지역)-005(건물)-8.4(건물 내 오른쪽 도로)-0(층수)-3(착점)
받을 때: 오늘 오후 3시

드론을 위한 모세혈관 주소는 'RTK(Real-Time Kinematic) 포지셔닝 시스템'에 연동되어 쓰이는 주소였다. RTK는 드론이 날아다닐 때 필요한 실시간 위치 정보를 얻는 방법을 말한다. 이 방법은 GPS에 비해 매우 정밀해서 그 오차 범위가 1~2cm 이내였다. 이것은 정밀한 위치 정보를 가지고 있는 기준국의 반송파 위상에 대한 오류를 보완해서 얻은 위치값을 말한다. 드론은 이로써 1~2cm 이내의 오차로 정확한 배송을 할 수 있었다.

그동안 드론 택배는 구호만 요란했을 뿐 실질적으로 실현된 적이 없었다. 한국은 아파트 밀집 지역이 많았고, 풍속이나 날씨의 변화가 많아서 안정적인 드론 날리기가 힘들었으며, 분단국가로 군사 시설이 많아 보안과 관련된 문제를 해결하기도 힘들었다. 게다가 드론 기술 자체도 택배 상용화 단계에는 미치지 못했고, 드론 촬영이나 드론 주소 등 입법이 필요한 문제는 논의조차 되지 않고 있었다.

그런데 정부 요청으로 람봇연구소가 에어 모빌리티 사업에 뛰어든지 3년도 안 되어, 좀 더 정확히 말해, 람봇연구소 드론 사업 총괄 팀장으로 차진규 교수가 영입되면서 드론 사업이 궤도에 올랐다. 그 출발점이 바로 드론택배 기업 '곳곳드론'이었다. 차 팀장은 드론의 배달 방식을 '문에서 문으로(Door-to-Door)'와 '창에서 창으로(Winow-to-Window)'를 모두 아우를 수 있는 '곳에서 곳으로(Location-to-Location)', 한마디로 말해, '곳곳'이라는 말로 정교화했다.

그는 이를 위해 모세혈관 주소를 새롭게 창안했다. '곳곳드론'의 드론택배는 건물과 장소를 넘어 움직이는 사람이나 자동차 또는 휠체어나 로봇에게까지 배달할 수 있었고, 심지어 특정 시간까지 지정해 물건을 배달할 수 있었다. 차 팀장은 배송 중 다른 비행물체나 새 또는 굴뚝이나 나무, 건물 돌출부 등과 충돌을 회피할 수 있는 시스템도 개발함으로써 드론 배송의 안정성을 확보했다.

차 팀장이 해결한 난제들은 셀 수 없이 많았다. 드론택배의 골칫거리였던 비행시간 문제는 람봇연구소의 배터리 기술을 통해 1년 만에 해결했고, 산들바람에 해당하는 풍속 5m/s의 바람만 불어도 드론의 운행을 중단해야 했던 것을 눈, 비, 우박, 안개 등의 다양한 날씨 변화에도 배송이 가능할 수 있도록 GCS(Ground Control System)를 고도화했다. 이로써 드론은 촘촘히 허용된 비행경로를 통해서 안전하게 날아다닐 수 있었다.

무엇보다 드론택배 상용화의 가장 큰 걸림돌이었던 사생활 침해 문제를 해결한 게 결정적이었다. 드론은 좌표만으로 목적지에 날아갈 수는 없었다. 드론은 장애물뿐 아니라 다양한 경로를 3D로 탐색하고, 뎁스 카메라로 그 멀고 가까움까지 정확히 측량해야 했다. 그렇기에 드론은 여러 대의 카메라를 달고 날아다닐 수밖에 없고, 그로 인해 사람들의 사생활이 촬영될 수밖에 없었다. 그렇다고 드론의 비행을 위해 사생활 침해가 가능하도록 개인정보보호법을 개정할 수도 없는 일이었다. 차 팀장은 드론이 촬영하는 영상에서 AI 기술을 활용해 사람의 얼굴이 녹화되지 않도록 했다. 심지어 개인은 드론이 자신의 반려견이나 자신의 집을 촬영하는 것을 원치 않을 때 그 영상에서 자신과 관련된 모든 내용이 촬영되지 않도록 '금지 신청'을 할 수 있었다. 다만 자기 자신이 드론택배를 신청하려 할 때는 드론의 접근과 촬영을 허용해야 했다. 이로써 드론택배는 사생활 침해 문제없이 자유롭게 날 수 있었다.

차 팀장은 '디-시티(D-City)'라는 원스탑 포털서비스를 만들어 누구나 드론 금지 신청을 쉽게 할 수 있도록 해 놓았을 뿐 아니라, 드론

택배의 배송과정 전체를 실시간을 확인할 수 있도록 간편 서비스를 제공했다. 배송된 택배물의 수령 방법은 크게 세 가지였다. 첫째는 직접 방문 수령, 둘째는 소형 자율주행 로봇을 이용하는 방법, 셋째는 두 발로 걷는 안드로이드 로봇을 이용하는 방법이 쓰였다.

로댕이 인터넷으로 상품을 검색하고, 주문하고, 결제하고, 드론택배 신청을 모두 마쳤을 때였다. 변 과장이 예고도 없이 빈나의 하늘재 초인종을 눌렀다. 빈나 대신 모시2가 "열려라 문"을 외쳐 맞뚜레 문을 열어 주었다. 변 과장이 빈나에게 공손히 인사한 뒤 다가와 부탁을 했다.

"박사님, 앞으로 노트북을 쓰실 때는 저희 연구소 보안 프로그램을 깔고 써 주셔야 합니다. 제가 지금 깔아 드려도 괜찮을까요?"

빈나는 변 과장의 뜬금없는 말에 보안 타령을 다시 듣게 된 게 짜증이 났다.

"이제 보안팀에서 내 노트북 사용까지 감시하나 보네? 이건 좀 심하지 않은가?"

그러나 변 과장은 급하다는 듯 빈나의 동의를 구한 뒤 보안 프로그램부터 깔았다. 빈나로댕은 그 옆에 서서 그 모습을 조심스레 내려다보았다. 변 과장이 프로그램을 다 깐 뒤 설명을 했다.

"우리 연구소에서 외부 인터넷을 직접 쓰려면, 누구나 우리 보안팀에 사전 승인을 받아야 합니다. 단, 보안팀과 마 소장님, 천 수석님 그리고 우 박사님 등만 예외입니다. 연구원은 연구소 인트라넷 외에 그 어디에도 접속할 수 없습니다. 외부 인터넷을 사용하실 때는 반드시 저희 보안팀에서 제공해 드리는 보안 프로그램을 먼저 깔아야 합니다. 아마 그동안 로댕이 우리의 감시망을 피해 인터넷에 접속했던 모양인데, 방금 이용한 전자상거래 사이트는 접속 즉시 저희 보안팀에 경보가 뜨게 되어 있습니다. 박사님께서는 이제까지와 마찬가지로 노트북을 마음대로 쓰셔도 됩니다. 다만 박사님 노트북에 어떤 위험 요소가 감지되면, 그 정보가 우리 보안팀에 실시간으로 전송됩니다. 이것은 박사님의 사생활 감시 기능은 전혀 없고, 오직 미리 설정된 위험요인만 차단하는 것입니다. 마 소장님도 마찬가집니다."

빈나는 변 과장의 설명에 로댕이 어떤 잘못을 범한 것이나 아닌지 속으로 걱정이 들었고, 마음이 찜찜해졌다. 변 과장은 프로그램을 까는 것으로 자신의 임무를 다했다는 듯 돌아가려 했다. 빈나가 변 과장에게 토요일 일정을 확인했다.

"변 과장님, 이번 토요일 제 아내 생일 파티가 있습니다."

"네. 알고 있습니다. 제가 잘 모시도록 하겠습니다."

***

토요일, 모처럼 저녁 식사 자리에 온 가족이 모였다. 변 과장도 빈나 가족과 저녁을 함께 하기로 했다. 위층 손 할아버지와 화자머니는 가족끼리 즐겁게 지내라며 참석을 거절했다. 식탁 대신 밥상이 놓이는 바람에 빈나로댕은 소파에 앉았고, 나머지 사람들은 둥근 밥상에 둘러앉았다. 쌀밥, 미역국, 갈비찜, 잡채, 도토리묵, 홍어무침, 두부 샐러드, 호박전, 김치, 그리고 생일 케이크가 차려졌다. 소파에 앉았던 빈나가 자리에서 일어나 맞은편 밥상에 앉은 아내 홍매를 정중하게 바라보았다. 리와 원이 마주 앉았고, 찬과 변 과장이 마주 앉았다. 빈나가 생일 축하를 했다.

"오늘, 나의 사랑하는 아내 지홍매 여사의 생일을 진심으로 축하합니다!"

모두 크게 손뼉을 쳤다. 둘째 딸 원이 홀로그램 촛불의 불을 켜자 촛불마다 형형색색의 불빛이 분수처럼 뿜어져 올라와 퍼졌다. 불 꺼진 거실에 잠깐의 불꽃 축제가 펼쳐졌다. 리가 꼬몽0에게 생일 축하 노래의 반주를 부탁하고, 모두가 거기에 손뼉을 맞춰 노래를 불렀다. 홍매가 홀로그램 촛불을 입으로 불어 끄고, 거실의 LED등이 켜지자 원이 엄마에게 외쳤다.

"엄마! 케이크를 잘라 주세요!"

홍매가 칼로 케이크를 잘랐다. 홍매는 얼굴 가득 웃음을 머금었지만, 눈가에 눈물이 맺혔다. 딸아들이 먼저 엄마의 생일선물을 내놓았다. 리는 자신의 취업 기념이라며 최신형 휴대폰을 내놓았고, 원은 자신이 추진하는 프로젝트에서 알게 된 화장품 세트를 선물했고, 찬은 목과 어깨의 뭉친 근육을 풀어주는 전동안마기와 마사지건을 한 보따리 풀었다. 빈나의 차례가 되자 리와 원이 궁금하다며 소리쳤다.

"아빠! 아빠! 아빠의 선물을 보여 주세요!"

빈나는 찬에게 자신의 선물 꾸러미를 가져다 달라고 부탁했다. 빈나는 꾸러미를 앞에 두고, 밥부터 먹고 난 뒤 중대 발표를 하겠다고 알렸다.

"오늘 아빠의 선물은 기대할 만해! 그런데 아빠가 오늘 엄마하고 너희 모두에게 할 말이 있는데, 좀 길어질 수도 있어서, 아빠의 선물은 밥을 먹고 난 뒤에 보는 게 좋겠어."

홍매는 원을 시켜 케이크며 이러저러한 반찬들을 담은 쟁반을 위층으로 올려보냈다. 빈나는 보은쌀로 지은 쌀밥을 맛있게 먹었다. 자신의 입맛에 딱 맞춰 간을 한 반찬들도 일품이었고, 고구마 케이크도 별미였다. 빈나가 아들 찬과 변 과장에게 맥주를 따라 주었다. 변 과장은 맥주를 입술에 적시는 정도로 마셨고, 리와 원은 술 대신 사이다를 마셨다. 홍매가 상을 치우고, 사과와 귤 그리고 포도를 내왔다. 마침내 빈나가 자리에서 일어섰다. 모두 잔뜩 기대하는 표정이었다.

"아빠가 미국에 다녀온 뒤 좀 큰돈이 생겼단다. 리와 찬은 이미 알고 있겠지만, 홍매 씨와 원 그리고 변 과장님은 처음 듣는 얘기일 겁니다. 내가 이 얘기를 미리 하지 못한 건 감기를 앓으랴, 전시회 축사를 준비하랴, 자율차 해킹을 당하랴, 어쨌든 이래저래 정신이 없었기 때문이야. 어쨌든 매우 미안하게 생각하고, 오늘 이 자리에서 고백할 생각이었어."

홍매는 빈나의 서두가 길어지자 뭔가 걱정하는 눈빛이 되었다. 빈나가 그것을 눈치채고 얼른 핵심을 말했다.

"로댕이 사토시 나카모토라는 익명의 돌아가신 분의 비트코인 지갑을 해킹했고, 그 덕분에, 액수는 밝힐 수 없지만, 아빠가 갑자기 큰 부자가 됐어. 이 사실은 언론에는 절대 공개할 수 없는 내용이야. 다들 비밀을 꼭 지켜 주길 바란다. 오늘 아빠의 생일선물을 보면, 우리 집 재정 상태를 대충 짐작할 수 있을 거야. 자, 그럼 먼저 생일 선물부터 열어 봅시다."

홍매는 빈나 얘기를 듣고 좋아하는 것인지, 아니면 무슨 걱정에 사로잡힌 것인지 모를 묘한 태도를 취했다. 하지만 빈나가 찬에게 선물 꾸러미를 풀어 달라고 해서 나온 선물을 보고 홍매의 눈이 번쩍 뜨였다. 찬이 고급스럽게 포장된 상자에서 흰빛으로 반짝이는 다이아몬드 목걸이를 꺼내자 원이 자지러졌다.

"앗! 엄마! 저것이 정녕 다이아몬드 목걸이란 말인가? 이거는 사파리 세트네! 그럼, 저것들은 혹시 옷인가?"

원이 커다란 상자 두 개를 차례로 열어젖혔다. 홍매의 정장용 옷 두 벌이 나왔다. 리도 홍매의 손을 잡고 활짝 웃더니, 옷을 꺼내 요리조리 살피다가, 엄마에게 입힐 요량으로, 옷 두 벌을 모두 가지고 엄마를 자기 방으로 데리고 들어갔다. 원은 목걸이를 가지고 함께 따라 들어갔다. 남은 세 남자는 갑자기 멀뚱거리고 앉아 있었다. 찬이 한마디 툭 내뱉었다.

"생일 파티를 하는 거야, 선물 감상을 하는 거야."

변 과장이 찬의 어깨를 살짝 건드렸다. 찬이 쑥스럽게 웃었다. 한참 만에 방에서 세 여자가 나왔다. 홍매가 밝은 낯으로 자신의 차림새를 빈나에게 자랑했다.

"빈나 씨, 괜찮아? 방안에서 리한테 얘기 다 들었어. 정말 그사이에 많은 일이 있었네……. 난 까맣게 모르고 있었네. 고생 많이 했어. 그래도 이런 선물은 너무 과해. 내가 신입사원인데, 이런 걸 입고 어떻게 출근하겠어. 이것들은 리하고 원한테 나눠 주려고."

빈나는 홍매의 선물은 홍매 것이니 마음대로 해도 좋다고 허락하고, 찬에게도 용돈을 주겠다고 말했다. 원은 자신의 팀이 광고 발표회에서 우승한 내용을 자세히 설명하고, 찬은 천 수석님 소개로 채용된 인터넷 보안업체에서 만난 사람들 얘기를 늘어놓았다. 그렇게 가족끼리 그동안 못다 한 이야기꽃이 한창 무르익을 무렵, 리가 뜬금없이 엄마에게 물었다.

"엄마, 나 연구소 가까운 곳으로 이사를 갈까 봐."

홍매가 놀란 듯 리를 쳐다보다가 그 까닭을 물었다.

"집에서 연구소 다니기가 힘들어서 그러니? 아니면 집이 좀 좁아서 그러니?"

리가 엄마의 표정을 찬찬히 살피며 웃음기가 감도는 입을 열어 귀엽게 대답했다.

"사실은 내가 운전하는 것을 좀 무서워하잖아. 지난 토요일 해킹 사건 이후 보안팀에서 내 자율주행자동차를 가져가 버리고, 대신 중형 전기차 세단을 주었는데……. 검은색이라는 것도 마음에 안 들지만, 직접 운전을 하려니 너무 피곤하기도 하고……. 연구소에 도착하면 너무 긴장해서 옷이 다 젖을 정도야. 집으로 돌아올 때 또 마찬가지고. 운전은 영 적응이 안 되네. 게다가 출퇴근 상습 정체 구간 때문에 시간도 오래 걸리고…….”

빈나가 잠시 생각하는 듯하더니 홍매에게 자신과 따로 얘기하자며 안방으로 데려갔다. 홍매가 안방에 들어서자마자 리의 요구에 자신은 반대라며 빈나에게 먼저 얘기를 시작했다.

“내 생각에 리가 1,2년만 연구소 다니면 돈도 좀 모을 테고, 그때 집을 얻어 나가면 좋을 듯한데. 운전이야 좀 하다 보면 적응이 될 테고…….”

빈나가 말을 꺼내려는 순간 홍매가 갑자기 로댕이 자신들의 얘기를 듣는 게 신경이 쓰였다며 빈나에게 로댕의 귀를 좀 막을 수 있는지를 물었다. 빈나가 로댕에게 감각 차단 명령을 내렸다.

“로댕 씨, 내가 부를 때까지 외부 감각 기능을 모두 끄고 있어 줘. 자, 이제 로댕은 아무것도 듣거나 보지 못해. 말해도 돼.”

“나는 로댕이 우리 얘기를 듣는 게 좀 마음에 걸려. 만에 하나 녹음이 될 수 있는 것도 싫고. 어쨌든 고마워. 그런데 빈나 씨, 무슨 얘기를 하려고 했어? 얘기해 봐.”

“음……, 오늘 이 얘기도 당신이랑 상의하고 싶었는데, 마침 잘됐어. 큰애가 방을 얻어 나가고 싶다는데, 이참에 우리도 집을 새로 장만하는 게 어때?”

홍매가 화들짝 놀라며 빈나가 가진 돈이 얼마나 되는지에 관심을 가졌다. 빈나가 액수를 대충 이야기해 주었다.

“아니, 비트코인으로 번 돈이 그렇게 많은 거야?”

빈나가 홍매에게 정확한 액수는 밝힐 수 없다는 점을 다시 사과했다. 그러자 홍매가 흔쾌히 집을 사자는 데 동의했다.

“빈나 씨 성격에 약속을 했으면, 지켜야 하니까, 어쨌든 좋아. 그런데 빈나 씨, 얼마짜리의 집을 사도 되겠습니까? 10억? 20억? 더? 좋아, 그럼 지른다! 100억? 뭐야! 빈나 씨 무슨 재벌이라도 된 거야?

좋아! 그럼, 나 정말 100억짜리 집을 구한다!"

엄마아빠가 안방에서 나오지 않자 리가 안방으로 들어와 홍매에게 사과를 했다.

"엄마! 내가 집 얻어 나가겠다고 한 말은 사과할게! 미안해! 내가 좀 성급했어. 나 굳이 안 나가 살아도 돼! 엄마, 정말 미안해! 나 그냥 집에서 다닐게. 괜찮아, 엄마 말마따나, 운전이야 좀 하다 보면 적응이 되겠지. 나도 집에서 가족끼리 함께 사는 게 훨씬 좋아."

리는 눈물을 쏟으며 자신의 말에 대해 용서를 빌었다. 홍매도 눈물을 훔쳤다. 원과 찬도 안방으로 들어왔다. 하지만 홍매가 씩씩한 표정으로 결론을 지었다.

"애들아! 아빠가 집을 사자고 하시니, 이제 우리도 내집마련을 해보자. 이제 각자 자기가 살고 싶은 집을 얘기해 봐. 아무래도 가장 먼저 고려해야 할 사항은 집 위치가 아빠와 리가 다닐 연구소와 가까워야 하고, 다음으로 우리 가족 모두의 보금자리가 될 만큼 아름다웠으면……."

리가 엄마 품에 불쑥 안기며 "고마워"라고 말하자, 홍매가 원과 리를 손으로 아울러 같이 안았다. 찬은 아빠 어깨에 손을 얹고, 다정한 포즈를 취했다. 홍매가 빈나에게 키스하자 빈나가 사랑 고백을 했다.

"홍매 씨, 사랑합니다! 그리고 오늘 생일을 축하합니다! 무엇보다 우리 가족을 잘 지켜 줘서 고마워! 그 다이아몬드 목걸이는 진품이야! 나중에 새 걸로 다시 사 줄게."

밤 9시가 됐다. 빈나는 손 할아버지께 정중히 인사를 드리고, 가족과 한 사람씩 작별 인사를 나눈 뒤, 차에 올랐다. 변 과장은 빈나로댕이 전기차에 오르자마자 가장 먼저 보안장치부터 가동하고, 보안팀과 홀로그램 연결을 했고, 통화가 시작되자 비로소 차에 시동을 걸었다. 변 과장이 빈나에게 말했다.

"박사님, 이제 출발합니다."

차는 처음부터 쏜살같이 달리기 시작했다. 뒤에 남겨진 가족들은 떠나는 차의 뒷모습을 불안스레 바라보았다. 변 과장은 보안팀과 실시간으로 안전을 점검하며 찻길을 내달리고 있었다. 차가 연구소에 도착하자 비로소 변 과장이 빈나에게 말을 건넸다.

"박사님, 오늘 즐거우셨죠? 가족분들이 모두 한결같이 훌륭하시네요. 저도 진정한 가족 사랑을 가까이 체험할 수 있었던 좋은 경험이었습니다. 이제 편히 쉬십시오."

빈나는 하늘재에 돌아오자마자 로댕에게 자신이 잠들면 연구소 가까운 곳에 매물로 나와 있는 단독주택을 찾아봐 달라고 부탁했다. 빈나는 풀벗이 끝나자마자 피곤에 지쳐 잠이 들고 말았다. 로댕은 단독주택에 대한 공부를 시작했다.

빈나가 얻고자 했던 단독주택은 연구소에서 차로 5분 거리에 있었다. 집 거래를 터 준 사람은 실제로는 대통령 비서실장 박동현이었다. 그 집은 건평 150평에 대지가 1천 평이 넘는 지상 3층, 지하 1층으로 된 건물이었다. 전 주인은 60대 초반의 재벌 2세 기업인이었는데, 탈세 혐의로 검찰의 수사를 받고 있었다. 그는 은퇴 뒤 여생을 보낼 목적으로 편리성과 예술성에 큰 신경을 써서 그 집을 건축했다고 했다.

홍매는 그 집을 보자마자 계약부터 하겠다고 나섰다. 무엇보다 집의 상태가 즉시 이사를 들어올 수 있을 만큼 완벽했고, 집안에 승강기가 있어 빈나가 집안을 다니는 데 큰 불편함이 없었으며, 또 집 전체가 하나의 예술작품처럼 아름다웠고, 곳곳마다 그 쓸모가 뚜렷하고 기능이 뛰어나 빈나 가족이 함께 살기에는 천국과 같았다. 큰 마당 한가운데 10평 크기의 둥근 연못이 갖춰져 있었는데, 그 안의 네모난 작은 섬에는 굵기가 30cm가 넘은, 그러나 키는 그리 크지 않은 금강송 세 그루가 운치를 자아냈고, 연꽃이 피어난 물에는 커다란 잉어 떼가 노닐고 있었다.

집 울타리로 쳐진 2m 높이의 콘크리트 담 안쪽에는 파라다이스 정원처럼 나무와 꽃이 숲처럼 빽빽이 둘러쳐 있었다. 그리고 작은 나무 동산들과 커다란 나무 그늘 쉼터가 집 뒤에 두 군데 집 앞에 한 군데 조성되어 있었다. 정문은 짙은 녹색의 철문으로 좌우로 열리는 자동문이었는데, 버스 두 대가 마주 지나갈 수 있을 만큼 넓었다. 정문에서 집 현관문까지 이르는 길은 보랏빛 포석이 촘촘히 깔렸는데, 연못에서 둘로 나뉘어 연못의 둘레를 휘감아 돌아가는 모습이 두 손으로 촛불을 감싼 것처럼 느껴졌다. 그 길은 현관 앞에서 다시 T자 꼴로 뻗어나갔고, 그 끝에는 문이 위아래로 여닫히는 주차장이 하나씩 지어져 있다.

집의 현관문은 마당 바닥에 맞닿아서 문턱이 없었고, 높이와 너비가 솟을대문과 같았으며, 문의 손잡이를 아래나 위로 살짝만 누르거나 들어 올리기만 해도 저절로 열리는 자동문이었다. 거실은 소파 자리 두 군데가 있었는데, 한쪽은 응접실처럼 품격 있는 장식으로 꾸몄고, 다른 쪽은 밝고 경쾌한 스포츠풍으로 꾸며졌다. 거실 오른쪽으로 커다란 유리창이 있었는데, 그 안쪽이 부엌이었다. 그곳에는 12인용 식탁이 놓여 있었다. 부엌의 살림살이는 수납장 안에 갖춰져 있었는데, 수납장의 왼쪽 아랫부분을 손끝으로 살짝 누르면 그 안에서 커피메이커가 전기밥솥이 앞쪽으로 밀려 나오는 방식으로, 온갖 주방용품들이 빼곡히 마련되어 있었다.

2층은 안방이 두 개, 대형 TV와 영화 스크린이 설비된 소파 거실 그리고 서재가 있었는데, 서가는 책이 꽂힌 데보다 빈자리가 더 많았고, 서가 앞에 열두 사람이 앉아 세미나를 할 수 있는 크기의 테이블이 놓였다. 서재 출입문 맞은편에 사람이 창문을 뒤로하여 앉게 된 길이 5m 너비 2m가 넘는 커다란 책상이 턱 하니 놓여 있었고, 그 위에는 컴퓨터 모니터 세 대와 전화기 두 대가 짝을 맞춰 나란히 놓여 있었다. 빈나는 서재의 책상이 부채꼴인 게 매우 마음에 들었다. 또 거기서 바깥을 바라보면 뒷산의 우뚝 솟은 바위 봉우리가 한눈에 들어오는 것도 진풍경이었다.

3층은 방이 앞쪽에 두 개, 뒤쪽에 한 개가 있었고, 방마다 화장실이 따로 있었다. 앞쪽 방 두 개는 발코니 베란다가 나 있었는데, 그곳은 방에서 문을 열고 나갈 수 있었고, 여러 종류의 화분과 두 사람이 마주 앉을 수 있는 식탁과 의자가 놓였다. 큰딸 리는 커다란 유리창에 베란다가 달린 3층 방을 좋아했고, 원은 언니의 방과 똑같이 생긴 옆방을 가질 수 있어서 좋아했다. 찬은 방 옆에 마련된 체력단련장과 자신이 마음껏 쓸 수 있는 지하실 창고에 감동했다.

그런데 문제는 보안이었다. 동 부장은 빈나로댕의 납치 가능성이 상존하는 상황에서 빈나가 최고의 보안지대인 연구소를 떠나 단독주택에 머무는 것을 악몽같이 여겼지만, 그렇다고 빈나를 연구소에 붙잡아 둘 수도 없었다. 특히 마 소장의 입장에서는 연구소에 20조 원의 기부금을 낸 것과 다름없는 빈나의 결정을 존중하지 않을 수 없었다. 그리하여 마 소장은 발상을 전환하여 빈나의 집에 최고의 보안장치를 가동하기로 하고, 동 부장에게 빈나의 집 보안 리모델링 작업의 총책임을 맡긴 뒤 빈나에게 이 문제를 논의했다.

“박사님도 잘 아시다시피, 보안문제는 아주 까다로운 문제입니다. 박사님의 집이 보안상 매우 취약할 수밖에 없기에 저희가 연구소 차원에서 보안을 강화하고 싶습니다. 박사님께서 리모델링 작업을 허락해 주시면 공사를 최대한 일찍 서둘러 한 달 이내에 마치도록 하겠습니다.”

빈나는 한 달이라는 기간이 마음에 걸려 마 소장에게 곧바로 물었다.

"공사 기간이 긴데, 어떤 공사를 하시는 건지요? 홍매 씨와 아이들은 하루라도 빨리 이사를 하고 싶어 하는데……."

"왜 안 그러시겠어요. 내일 당장이라도 이사를 들어갈 수 있는 집을 놔두고……. 그런데……, 공사 기간이나 공사 내용은 저도 정확히는 모르고 있어서……. 제가 지금 동 부장께 설명을 드리도록 하겠습니다. 그럼, 잠시만 기다려 주십시오."

마 소장이 동 부장을 호출했지만, 정작 나타난 것은 변 과장이었다. 변 과장이 인사를 절도 있게 한 뒤 곧바로 공사 내용을 설명했다.

"소장님, 동 부장님께서 박사님의 보안과 관련된 모든 문제는 제게 맡기셨습니다. 제가 모든 것을 책임지겠습니다. 보안 리모델링 공사는 작업에 한두 달이 족히 걸릴 것 같습니다."

마 소장이 변 과장의 말을 끊었다.

"변 과장, 한 달 이내에 끝내 주세요."

"아, 네. 알겠습니다. 그럼, 모든 공사는 한 달 안에 완료하도록 하겠습니다. 그럼, 공사 내용을 짧게 말씀드리겠습니다. 집의 외벽에 난 모든 유리창은 보안창으로 교체해야 합니다. 그래야 집 전체를 도청뿐 아니라, 테러리스트의 침투까지 막을 수 있습니다. CCTV를 설치해야 할 곳은 현재 파악된 곳만 서른 곳이고, 동작 감지기는 담과 외벽 그리고 옥상까지 합쳐 모두 스무 곳에 설치해야 합니다. 그리고 이러한 시스템을 총괄할 컨트롤 타워와 상근직원이 추가로 필요하고……."

변 과장이 상근직원까지 들먹이자 빈나가 손을 들어 설명을 막으며 자신의 요구사항을 분명히 했다.

"마 소장님, 보안 공사의 범위는 저희 가족 회의에서 논의를 해야 할 듯합니다. 저부터 변 과장님께서 열거해 주신 보안 점검 내용이 부담스럽게 느껴지는데, 가족은 더 심할 듯합니다. 오늘은 변 과장님의 공사 개요에 대한 설명을 듣는 것으로 하고, 결정은 나중에 다시 매듭짓는 게 어떨지요?"

마 소장이 흔쾌히 동의했다.

"네, 그럼요. 그러셔야죠. 가족의 동의가 반드시 필요하지요. 보안 공사는 가족들께서 반대하신다면 저희도 강행할 수가 없습니다. 변 과장, 공사 내용을 마저 다 설명해 드려."

변 과장은 준비해 온 문서 두 장을 두 사람에게 나눠 주며 말했다.

"제가 정신이 없어 이 문서를 드리는 일을 깜빡했습니다. 죄송합니다. 동 부장님께서는 가족분들의 부담이나 불편을 최소화하도록 지시하셨습니다. 현재 제가 준비한 보고서는 '강력한 보안 시스템'을 기준으로 한 것과 '완화된 보안 시스템'을 기준으로 한 것으로 나뉘어 있습니다. 가족회의를 하실 때 참고해 주시면 감사하겠습니다."

변 과장이 문서의 그림을 가리키며 말을 이어갔다.

"앞서 설명드린 내용 가운데 외벽 창문 교체는 가족분들의 반대가 없을 것으로 예상되지만, CCTV와 감지기는 부담을 많이 느낄 수 있다고 여겨집니다. 우리 보안팀에서는 대체 방안으로 박사님께서 이미 알고 계시는 경비 개 로봇 지키2와 이번에 새로 도입한 경비 아틀라스 '다막'을 투입하는 것을 검토하고 있습니다."

빈나는 새로운 경비 로봇 이름이 나오자 변 과장의 말을 끊었다.

"과장님, 잠깐만요. 아틀라스는 안드로이드 로봇인데, 그러면 그 다막은 기능이 어떻게 됩니까?"

"다막은 인접 경호를 위한 로봇으로 위험인물이 다가왔을 때 위험요소의 사용을 불능화시키도록 훈련되었습니다. 예를 들어 테러리스트가 총으로 경호 대상자를 쏘려고 할 때 다막은 몸으로 그 총알을 막을 뿐 아니라, 그에게 달려들어 총을 빼앗으며, 두 팔과 다리로 그를 옴쭉달싹 못하게 제압하는 것입니다."

그날 저녁, 빈나는 가족회의에 참석하러 집으로 갔다. 변 과장이 빈나를 집까지 태워다 주었다. 회의 안건은 이사 들어갈 집의 보안 수준에 관한 것이었다. 변 과장이 오전에 빈나에게 브리핑했던 내용을 줄여 보고했고, 빈나가 가족에게 의견을 묻자, 아내 홍매가 가장 먼저 걱정을 토로했다.

“여보, 나는 집안에 CCTV나 감지기를 설치하는 것은 절대 반대고, 다막과 같은 경비 로봇을 집에 들이는 것도 반대야. 로댕 자체에 위치추적 장치가 달려 있을 뿐 아니라, 로댕도 스스로 자신을 얼마든지 방어할 수 있는 상황에서 로댕을 우리 집에서 납치해 간다는 건 거의 불가능하다고 볼 수 있지 않을까? 게다가 자기하고 둘한몸 상태의 로댕을 한두 사람이 납치해 갈 수 있다고 보는 것은 상식적으로 납득하기 어렵지.”

빈나는 로댕이 하듯 손을 턱에 가져다 대고 비볐다. 변 과장도 고개를 끄덕였다. 리가 엄마를 편들고 나섰다.

“사실 연구소의 연구실 안에도 CCTV가 설치된 곳이 드문 마당에, 가정집에 CCTV와 감지기를 수십 대씩 설치한다는 것은 좀 지나친 경비라고 생각되고, 침입자가 없을 때는 결국 그 집에 사는 사람들이 감시를 당하는 꼴이 되는 것과 같으니, 정말 부담스럽네요.”

리는 변 과장의 입장을 고려하여 말의 수위를 조절하고 있었다. 찬은 머릿속으로 재밌는 상상을 하고 있는지 키득거리고 앉아 있었다. 빈나가 찬에게 생각을 물었다.

“찬, 네 생각은 어때?”

“내 생각? 글쎄 아틀라스인지 다막인지, 그놈이 배치되면 한번 해킹해 볼 생각이야. 아빠! 이건 농담이고. 난 기본적으로 해킹 전문가가 맘먹고 덤벼들면 CCTV 천 개라도 무용지물로 만드는 데 몇 초면 될 거라고 봐. 그냥 똘똘한 경비원 한 명이 낫지. 사람들은 저런

전자장비가 감시에 유용할 거라고 믿지만, 순진하게도 그것들이 자칫 순식간에 역이용 수단이 되거나, 흉기로 돌변할 수도 있다는 사실은 잘 모르지. 난 언제나 자연 그대로를 클릭하는 순수파야! 한마디로, 반대야!"

원은 이 말도 맞고, 저 말도 맞는다는 투로 맞장구만 치고 있었다. 빈나가 원에게 의견을 묻자 자신은 절충주의자라고 답했다.

"내 생각? 난 당연히 절충이지! CCTV와 감지기는 어느 정도는 꼭 필요하다고 봐. 도둑도 CCTV가 있는 곳은 피해 간다잖아. 아무리 힘센 도둑놈이라도 로댕처럼 덩치가 산만한 물건을 어떻게 CCTV를 피해 훔쳐 가겠어?"

그때 찬이 작은 누나의 말을 끊으며 가르치려는 듯 말했다. 찬은 작은 누나를 '작누'라 줄여 불렀다.

"작누, 조금 전에 내가 한 말을 못 들은 거야? 그 CCTV 끄는 일은 해킹 전문가에게는 식은 죽 먹기라고……. 내가 한번 실제로 보여줘 봐야 내 말을 믿을 거야?"

"네 말을 못 믿는 게 아니라, 내 말은 꼭 해킹 전문가만 도둑질을 하는 것은 아니라는 거야. CCTV를 끌 줄 모르는 도둑은 결국 CCTV 때문에 집안으로 못 들어올 거라는 거지. 나는 그 정도의 효과는 분명히 있다고 봐."

가족 모두가 원의 말에 공감하는 듯하자 찬이 새로운 사실 하나를 이야기했다.

"나도 작누의 말에 공감해. 그런데 저 개 로봇 지키2는 사람을 해칠 수도 있어. 미국에서 지키2와 같은 종류의 경비 로봇 '디지독(Digidog)'이 사용자의 명령을 어기고 테이저 건을 쏴서 침입자를 죽인 적이 있어. 게다가 이런 로봇 개는 총도 장착할 수 있어. 우리 집이 무슨 요새도 아니고, 이건 너무 과한 경비라고 볼 수밖에 없어. 최악의 경우는 저 힘센 아틀라스 로봇 다막이 사용자를 침입자로 오인할 수 있다는 거야. 이건 이종격투기 선수한테 목조르기를 당하는 기분이랄까."

모두가 찬의 얘기는 극단적인 경우에 해당하는 것임을 잘 알고 있었지만, 가족들의 뇌리에는 변 과장이 제안한 현재의 보안 시스템은 '과하다'라는 생각이 박혀 있는 듯했다. 빈나가 가족의 의견을 종합해 결론을 내렸다.

"변 과장님, 우리 집의 이사로 말미암아 연구소에 큰 폐를 끼친 것이 죄송스럽고, 또 보안에 큰 신경을 써 주신 것도 매우 고맙게 생각하지만, 저로서는 가족의 결정이 우선이라는 점을 이해해 주시길 바랍니다. 과장님께서도 제 마음을 충분히 이해하시죠?"

"물론입니다. 저는 박사님 결정에 그대로 따르도록 하겠습니다. 동 부장님께서도 무조건 박사님 결정을 따르라고 말씀하셨습니다. 말씀하십시오."

리가 환한 얼굴로 손뼉을 쳤다. 다른 가족들이 리를 쳐다보자 리는 얼굴을 살짝 붉혔다. 빈나가 요청하는 투로 말을 마무리 지었다.

"아무래도 우리 집 관리를 전문적으로 도맡아 줄 집사를 채용하는 게 좋을 듯합니다. 보안팀에서 적절한 분을 추천해 주시면 고맙겠습니다. 저희는 집사님의 의견을 들은 뒤 CCTV와 감지기는 최소한으로 설치하도록 하고, 지키2는 마당에 한두 마리 정도 배치해 주시는 게 좋을 듯하며, 다막은 집에 들이지 않는 게 가족들의 의견인 듯하니 요청하지 않겠습니다. 다만, 집이 너무 크고 넓어 모시2가 청소와 심부름 그리고 부엌살림까지 도맡아 할 수는 없을 것 같습니다. 제가 알기로 현재 연구소에서 개발 완료한 주방 로봇 '수라'는 부엌살림과 요리의 전문가라고 들었습니다. 혹시 연구소에서 이른 시일 안에 수라를 구입할 수 있게 해 주시면 고맙겠습니다."

변 과장은 메모 없이도 모든 것을 기억할 줄 안다고 알려져 있었다. 빈나가 말을 마치자 가족이 모두 "와"라고 말하며 손뼉을 크게 쳤다. 빈나가 연구소로 떠나기에 앞서 아내 홍매에게 부탁을 하나 했다.

"위층 어르신 내외께 우리가 이사를 나간다는 말씀은 드렸지?"

"그럼, 잘 말씀드렸지. 엄청나게 기뻐하시면서도 서운해하시더라고."

"그래서 말인데, 두 분의 은혜를 어떻게 보답해야 할지, 자기가 좀 생각해 줘. 나는 돈을 드리는 것은 좀 실례인 듯하고, 딱히 떠오르는 게 없어서……."

"그건 내가 알아서 할게. 생각해 둔 게 있어."

외로움에 관한 로댕과의 대화

빈나 가족이 지난해 가을 이곳 연못집으로 이사해 들어온 지 벌써 7개월이 지났다. 빈나는 오늘도 아침부터 혼자였다. 주방로봇 수라가 처음 집에 왔을 때는 요리 솜씨가 좋아서 가족들이 '집밥'하기를 좋아했다. 리는 단톡을 열어 가족에게 하루 전에 메뉴를 신청하도록 했다. 그때는 반찬도 이야기도 풍성했었다. 하지만 날이 갈수록 신청자가 줄더니 이제 빈나는 늘 '혼밥'하는 신세다. 주말에는 아내 홍매가 점심과 저녁을 빈나와 같이 먹어 주고, 가끔 아이들 가운데 한둘이 식탁 자리를 더 채울 때가 있었지만, 집에서 언제나 빈나 혼자 덩그러니 있었다.

장마가 시작된 주말, 빈나가 늦잠을 자는 홍매를 깨웠다. 빈나가 홍매를 부를 때는 '마누'라는 호칭을 쓴다. '마누'는 '마누라'라는 이름에서 '라'를 떼어내 좀 낯선 느낌이 풍기도록 만든 말인데, 힌두교에서는 '처음에 만들어진 사람'을 뜻한다.

"마누! 아침 여덟 신데, 일어나시죠. 오랜만에 마누랑 커피 좀 오순도순 함께 마시자."

"으잉? 자기야! 나 어제 단톡에 오늘 아침 안 먹겠다고 표시했는데……. 못 본 거야? 아침은 혼자 드시고, 이따 커피 마실 때쯤 깨우면, 그때는 일어날게. 미안……, 넘 졸려서……, 에고 피곤해."

홍매는 빈나가 커피를 함께 마시자는 말을 아침 먹자는 것으로 잘못 들었다. 홍매는 오전 10시가 지나서 간신히 일어났지만, 친구랑 점심 약속이 있다며 화장실로 씻으러 들어갔다. 아들딸도 모두 약속들이 있다면서 하나둘씩 집을 나갔다. 모시2는 식구들이 집을 나설 때마다 지갑은 챙겼는지, 어디를 가는지, 언제 돌아올 예정인지, 누구를 만나는지를 하나하나 묻지만, 제대로 된 대답을 듣는 경우는 거의 없었다. 빈나는 텅 빈 거실에서 서성이면서 그 광경을 구경만 할 뿐이었다.

리는 날마다 연구소에 일찍 출근하여 늦게 퇴근했다. 리는 그때마다 아빠가 어디에 있는지를 확인해서 말로 인사할 뿐이고, 퇴근 뒤에는 또 무슨 공부를 하는지, 아니면 개인 연구를 하는지 꼬몽0과 자기 방에 틀어박혔다. 원은 학과 수석을 하겠다고 '열공'하면서도 광고 연합동아리 회장을 맡아 주중이니 주말이니 할 것 없이 프로젝트 준비에 눈코 뜰 새가 없었다. 찬은 천 수석이 소개해 준 AI 개발자 모임에 들어가 핵심인사가 되어 밤낮을 뒤바꿔 살고 있었다.

빈나는 자신의 집을 연못 정원이 있는 집이라는 뜻에서 '연못집'이라 불렀다. 둥근 연못 안에 쌓아 올린 네모난 섬에는 금강송 세 그루 소나무가 심겨 있었다. 빈나는 늙지 말고 오래 살라는 기원이 담겼을 그 소나무를 볼 때마다 인생무상이 느껴졌다. 먼저의 소유주는 탈세범죄로 교도소를 갔고, 자신은 이 집에서 외로움의 형벌을 받고 있으니 말이었다. 빈나는 입가에 쓰디쓴 웃음이 피어날 때마다 연못 속 잉어 떼가 노니는 모습을 보러 밖으로 나갔다. 그 모습은 정후(鄭煦)의 '관어도(觀魚圖)'를 떠오르게 했다. 그 그림 속에서 장자(莊子)는 물고기 떼를 보며 '피라미 떼가 한가롭게 노닐고 있군. 이것이 물고기의 즐거움이오'라고 말하고, 그 말을 들은 혜자(惠子)가 무릎을 꿇어 물고기 떼를 살피면서 장자에게 '당신은 물고기가 아닌데, 어찌 물고기의 즐거움을 아십니까?'라고 묻고 있었다.

빈나는 둘의 대화가 서로 어긋나 엉뚱한 결론으로 치닫게 된 것을 안타까워했다. 장자는 물고기 떼가 자유롭게 노니는 모습에 빗대어 자신의 감정을 이입한 것이고, 혜자는 장자의 오만함을 꾸짖기 위해 비유의 허술함을 비판한 것이었다. 빈나는 자신의 신세가 장자의 물고기만도 못하다는 느낌이 들었다. 그 물고기 떼는 장자의 관심을 받아 만고의 세월이 흘렀음에도 사람들의 이야기 속에 생생히 살아 있건마는 자신은 이 연못집에서 투명인간이 되고 말았다.

빈나 가족 가운데 빈나와 진지한 대화를 나눌 사람은 한 사람도 없었다. 홍매는 빈나에게 그가 그날 하루를 어떻게 보냈는지를 물어보는 적이 없었다. 리는 아빠를 찾는 횟수나 시간이 눈에 띄게 줄었다. 빈나에게 어떤 도움을 요청하는 사람도 없었다. 빈나는 가족 가운데 집 밖으로 나가지 않고 아무 할 일 없이 그냥 집 안에 있는 사람일 뿐이었다. 심지어 연못의 잉어 떼조차 빈나의 그림자가 비치면 물풀 그늘로 달아나 숨어 버렸다. 연못집에서 빈나가 어디에 있든, 또는 어디를 가든 가족 가운데 그에게 관심을 두는 사람은 없었다. 심지어 아들의 방을 찾아도 찬은 '아빠, 왜요? 저 지금 좀 바쁜데, 무슨 일이세요? 제가 도울 일이 있어요?' 등의 말로 빈나를 쫓아내기 바빴다. 빈나를 뺀 모두가 저마다의 삶을 살아갈 '바깥살이'가 있었지만, 빈나에게는 그 바깥이 없었다. 그들의 삶에는 빈나가 들어갈 여지가 없었다.

장맛비가 쏟아지는 수요일 저녁, 홍매가 모처럼 빈나와 저녁을 함께 먹었다. 홍매가 비록 아무 말 없이 그저 밥만 함께 먹어 줄 뿐이었지만, 빈나는 그것만으로 생기가 되살아나는 듯했다. 빈나는 식사가 끝나고 서둘러 자기 방으로 가려 하는 홍매에게 노래 한 곡을 같이 듣자고 요청했다. 홍매가 거실 소파에 편하게 앉아 창밖에 쏟아붓는 밤 풍경을 감상했다. 빈나가 모시2에게 자신이 고르고 골라 새로 산 탄노이(Tannoy) 스피커로 김현식의 '비처럼 음악처럼'을 틀게 했다.

이 노래는 빈나가 홍매에게 기타를 치며 들려주던 빈나의 애창곡이었다. 홍매 또한 빈나가 이 노래를 들려주기만 하면 깊은 상념에 잠겨 하염없이 그 노래에 빠져들곤 했었다. 이 노래는 그 둘의 오작교와 같았다. 빈나의 기타 연주와 육성은 빠졌지만, 그 노래가 불러일으키는 효과는 확실했다. 홍매가 빈나의 옆에 앉아 빈나의 손을 어루만지다, 불현듯 빈나의 얼굴을 두 손으로 보듬어 잡았다. 그 순간 빈나의 눈에서 뜨거운 눈물이 솟아났고 홍매는 두 눈을 감고 빈나의 입술을 찾아 따스한 키스를 했다. 갑자기 홍매가 "아 참!"이라고 외치더니 소름이 돋은 듯 빈나에게 말했다.

"어머, 어떡해? 우리가 키스한 걸 로댕도 다 아는 거잖아? 이걸 어떡해? 난, 싫어! 로댕이 이렇게 우리 둘만의 사이에 떡 버티고 서 있는 게! 로댕도 결국 남인데……. 아니! 내가 키스한 느낌마저 로댕이 느끼는 거 아냐? 그럼, 난 도대체 누구한테 키스한 거야? 빈나 씨! 이건 아닌 거 같아! 좀 창피한 느낌도 들고. 사람들 앞에서 벌거벗고 볼일 보는 느낌! 자기한테 미안한데, 나 먼저 올라갈게."

빈나는 우르릉 쾅 하늘이 무너지고, 우지끈 쾅 땅이 꺼지는 것만 같았다. 음악이 불러다 준 슬픈 현실은 더 돌이킬 수 없는 파국이 되고 말았다. 빈나의 몸이 전신마비를 당했다면, 그 순간 그의 마음은 '얼음마비'를 당했다. 그 밤에 내리는 빗줄기는 송곳처럼 빈나의 가슴을 한없이 찔렀고, 빈나는 탈진 상태로 잠이 들고 말았다. 새벽에 빈나는 꿈속에서 홍매의 절규를 듣고는 잠을 깼다. 홍매는 로댕이 자신과 빈나 사이를 이간질하는 것을 넘어 자신을 흉기로 죽이려 한다고 생각하고 있었다. 빈나는 홍매에게 로댕이 절대적으로 믿을 만할 뿐 아니라, 로댕은 자신에게 실제의 몸과 다를 바 없다는 것을 땀을 뻘뻘 흘려 가며 이해시키려 했다. 하지만 홍매는 거꾸로 빈나가 자신의 하는 말을 전혀 이해하지 못한다며 집을 나가겠다고 으름장을 놓았다.

빈나는 로댕을 부를 힘조차 없었다. 빈나는 자신의 쓸쓸한 죽음 장면이 떠올랐다. 만일 자신이 죽는다면, 그 죽음은 저 홀로 타들어 가던 담배가 재떨이에 톡 떨어지는 것과 같을 것이고, 담배 연기가 오갈 데 없이 제멋대로 흩날리다 사라지는 것과 같을 것이며, 먹고 버려진 음식물이 물에 씻겨 설거지통에 버려지는 것과 같을 것이라 생각했다. 빈나의 귓전에 '흐르는 비처럼…… 하루를 그냥 보내요'라는 노랫말이 쉬지 않고 맴돌이 쳤다. 그는 그 음악의 소용돌이에 갇혔다.

밤새 들리던 빗소리가 그치는 듯했다. 빈나의 머릿속에서 자신이 처한 현실이 주머니 속 송곳처럼 뾰족 뚜렷해졌다. 홍매는 취직하여 스스로 독립할 만큼의 돈을 벌고 있고, 리 또한 안정된 일자리를 얻었으며, 원과 찬은 자신들이 좋아하는 일들에 몰입해 있었다. 그들은 자신이 없어도 잘 살아갈 수 있었다. 그는 가족에게는 이해받지 못할 한 그루 소나무일 따름이었다. 아침 6시가 되자, 로댕이 깨어나는 소리가 들렸다. 로댕이 빈나에게 다가왔지만, 빈나는 한숨만 쉴 뿐 아무 말이 없었다. 로댕이 손으로 턱을 괴자 빈나가 눈을 깜짝 움직였다. 로댕이 물었다.

"박사님, 밤새 잠을 잘 못 이루시던데요. 걱정됩니다. 어제저녁 지 여사님께서 화를 내신 게 마음에 걸리시나요? 더 누워 계시고 싶으신가요? 아니면 아침 운동을 시작할까요?"

빈나가 힘없이 "시작하자"라고 말했다. 빈나는 30분 동안의 아침

운동이 끝나자 콩나물국이 먹고 싶다고 말했다.

"배가 고프네. 오늘은 아침을 조금 일찍 먹는 게 좋겠군. 수라가 시원한 콩나물국을 끓여 줄 수 있을까?"

로댕이 단톡을 통해 수라에게 아침 준비를 요청했다. 빈나는 북어 콩나물 해장국을 맛있게 먹은 뒤 곧바로 서재로 올라갔다. 모시2는 커피 대신 알싸한 자줏빛 홍차를 우려 내 가져왔다. 빈나는 로댕을 입차하지 않은 채 전동 휠체어에 앉아 있었다. 모시2는 빈나가 휠체어를 타고 있는 모습을 보자, 뜨거운 홍차를 가지고 부엌으로 다시 내려가, 그것을 텀블러에 옮겨 담은 뒤, 얼음을 넣어 차게 해 빨대를 꽂아 가져왔다. 빈나가 모시2의 이바지에 미소를 지었다. 모시2가 감사의 답례를 했다.

"제 이바지가 마음에 드셨군요. 고맙습니다. 여름엔 '차가 홍차'도 좋습니다."

빈나의 웃음이 더 커졌다. 모시2가 빈나가 알려 준 '차가 홍차'라는 말을 표준말인 양 썼기 때문이었다. 빈나는 대꾸 없이 차가운 홍차를 쪽 빨아 마셨다. 입속이 시원했다. 모시2가 2층에서 빈나의 휠체어를 끌고 빈나의 안방과 서재를 왔다 갔다 했다. 로댕은 서재에 서 있었다. 홍매가 자신의 안방에서 출근 준비를 마치고 나오다가 휠체어를 탄 빈나를 반기며 잠긴 목소리로 출근 인사를 했다.

"어? 휠체어를 타고 있네? 오늘은 왜 거실에 안 계시고? 우리 빈나 씨가 뭔가 달라져 보이는데……. 뭐지? 이런, 시간이 빡빡하네."

홍매가 계단 쪽으로 내려가려다가 말고, 걸음을 돌려 빈나에게로 다가와 가볍게 입맞춤을 한 뒤 농담을 던졌다.

"자기 입술이 드라큘라 입술이 됐네. 뭘 잡쉈기에 이리 차가워? 자기는 오늘 뭐 해? 에고고……, 시간이 벌써 이렇게 됐네. 나 빨리 나가야겠네. 참, 어제 화냈던 거 미안해. 간다!"

빈나는 자신이 거기서 휠체어를 타고 서성대면 홍매가 자신에게 입맞춤을 하고 출근하리라고 기대했었다. 빈나는 홍매의 입맞춤과 사과 한마디에 기분이 홀가분 가벼워졌다. 리는 늦었는지 계단을 우당탕 탕 뛰어 내려갔고, 원은 현관문을 나서다 말고 2층에 대고 "아빠, 나 가요!"라고 큰 소리를 내질렀다. 빈나는 목소리에 힘을 주어 대답했다.

"그래, 잘 다녀와!"

그 소리는 원의 귓가까지 다다르지 못한 채 흩어졌다. 하지만 빈나의 입가에는 평소와 달리 미소가 지어져 있었다. 찬은 지하실에 있는지 아무 기척도 없었다. 잠깐의 소란스러움이 끝나자 집안은 다시 텅 빈 듯 고요했다. 빈나는 외로움 대신 안도감이 밀려들었다. 빈나의 휠체어가 서재로 향하자, 로댕이 서재에서 우두커니 선 상태에서 손을 턱에 괴고 있는 모습이 나타났다. 빈나가 물었다.

"로댕, 생각 턱짓을 하고 있었네? 내가 미처 못 봤어, 미안. 나한테 할 말이 있구나. 말씀하셔."

"사람들은 서로를 외롭게 할 거면서 왜 모여 사는 거죠?"

빈나는 로댕의 물음에 마치 옆구리를 찔린 펜싱 선수처럼 "허" 소리를 냈다.

모시2가 그 소리를 '서'라고 잘못 듣고는 제자리에 멈춰 섰다. 로댕이 빈나에게 두 손을 펼쳐 답변해 달라는 몸짓을 했다. 빈나가 "왜 모여 사냐?"라고 자문하며 대답을 했다.

"그야, 외로우니까! 정호승 시인은 '외로우니까 사람이다'라고 노래하기까지 했지."

로댕이 다시 생각 턱짓을 했다. 빈나가 귀찮다는 듯 명령했다.

"로댕 씨, 지금은 자유롭게 말하는 게 어때? 말씀하시게."

"그렇게 하겠습니다. 박사님의 답변은 사람들은 외로울 수밖에 없기에 모여 살고, 모여 살기에 외롭게 된다는 말씀처럼 들리는데, 제가 제대로 이해한 건가요?"

"므엉!"

갑자기 꼬몽0이 짖으며 2층으로 뛰어 내려왔다. 리가 꼬몽0을 집에 두고 간 모양이었다. 꼬몽0이 빈나의 휠체어에 오르려 하자, 모시2가 얼른 꼬몽0을 서재로 데리고 들어갔다. 빈나가 모시2에게 '아뜨커피', 즉 '뜨거운 아메리카노 커피'를 주문했다. 모시2는 꼬몽0을 데리고 부엌으로 내려가 뜨거운 커피를 내린 뒤 텀블러에 담아 얼음 두 조각을 넣어 입이 데지 않을 만큼 식혀 왔다. 빈나는 커피를 쭉 들이켠 뒤 만족스러운 듯 모시2를 칭찬했다.

"역시 모시2 커피가 최고야. 온도도 최적이고, 맛도 그만이고. 오늘 모시2의 이바지는 최상이야……. 고마워!"

빈나의 칭찬에 모시2가 '기쁨 춤'을 췄다. '기쁨 춤'은 두 손목과 두 무릎을 살짝 굽힌 채 머리와 몸을 좌우로 흔드는 춤이다. 그러자 꼬몽0도 덩달아 신이 나 뛰어다녔다. 빈나는 그 광경을 보며 뭔가 큰 깨달음을 얻은 듯 "오"라고 말하며 로댕의 철학적 물음에 대답을 마련하려 했다.

"로댕이 대화 맥락은 정확히 파악했는데, 어쨌든 전제가 틀렸어. 사람들이 가족을 이루어 모여살이를 하는 까닭은 사람들이 외롭기 때문이 아니라, 사람의 피할 수 없는 운명 때문이지. 사람은 다른 모든 동물과 마찬가지로 무리 짓기 본성을 갖고 태어나. 아기는 태어나자마자 본능적으로 엄마를 찾고, 엄마는 그 아기가 자립할 때까지 품에 감싸 보살피지. 무리 짓기는 생존 확률을 높여 줄 뿐 아니라, 안전감이나 행복감도 키워 주지. 외로움은 이러한 모여 살기가 제대로 돌아가지 않을 때 생겨나는 질병 가운데 하나라고 볼 수 있어. 내 말을 알아듣겠어?"

“어느 정도는 이해했습니다.”

로댕이 자신의 말을 이해한 듯하자 빈나가 로댕에게 요구했다.

“그럼, 로댕이 이해한 바를 말해 줄래?”

“이해보다는 오해일 수 있겠지만, 어쨌든 제가 알아들은 바는 외로움이라는 질병이 생겨나는 원인은 사람들이 동물처럼 타고난 무리 짓기의 본성에 문제가 생겼기 때문이라는 것입니다.”

빈나가 커피를 너무 많이 빨아 마시는 듯하자 모시2가 엄마가 아기에게서 물병을 빼앗듯 텀블러를 얼른 빼냈다. 빈나가 “하” 하고 크게 웃었다. 모시2가 또 기쁨 춤을 추고, 꼬몽0이 또 뛰어다녔다. 빈나가 로댕의 답변을 바탕으로 설명을 이어갔다.

“외로움은 팔다리에 피가 잘 안 통할 때 저린 현상이 일어나는 것처럼 무리 지음에서 일어나는 저림 현상과 비슷하다고 볼 수 있지. 무리 지어 살아가는 사람들 사이에서 뭔가 순환이 잘 안 될 때, 달리 말해, 소통이 원활하지 않을 때, 사람들의 관계에 저림 현상이 발생한다는 거야. 내 말이 이해가 되나?”

저는 이해가 잘 안 됩니다.”

빈나가 “잘 안 된다?”라고 되풀이해 말한 뒤 ‘저리다’라는 말을 대체할 낱말을 입으로 내뱉으며 다시 말했다.

“그럼, 고립된다고 말하면 어떨까? 외로움은 서로 모여 살고 있는 사람들 사이에서 한 사람이 소통이 안 된 채 고립되는 것과 같은 현상이라고 볼 수 있지. 정을 주고 싶은 사람에게 정을 줄 수 없거나, 정을 받고 싶은 사람으로부터 정을 받지 못할 때 흔히 ‘한(恨)’이 생긴다고 하는데, 한은 마음이 소통되지 못하고 똘똘 뭉친 응어리와 같은 거야. 그러니까 외로움은 사람들이 서로 원활히 소통하지 못해 서로의 관계가 저리거나 응어리지는 현상을 말하는 거야. 이제 이해가 되는가?”

“아니요. 더 어려워요.”

부엌에 있던 수라가 2층으로 올라와 모시2에게 물었다.

"모시2, 점심 메뉴는 무엇으로 할까?"

모시2는 수라의 물음을 듣고, 빈나에게 물었다.

"박사님, 수라가 점심 메뉴를 뭘로 하면 좋겠냐고 묻는데, 뭐라 답할까요?"

빈나는 수라와 모시2가 마치 자신이 없는 것처럼 말을 주고받는 게 재밌었는지 크게 웃으며 모시2에게 대답했다.

"비 오는 날에는 부추부침개가 최고지."

빈나의 대답을 들은 모시2가 수라에게 제안했다.

"수라, 점심은 부침개와 된장찌개를 마련하는 게 좋을 것 같아. 잘 알아서 준비해 줘."

빈나가 "오"라고 감탄사를 내뱉는 사이 로댕이 자신이 이해한 내용을 빈나에게 물었다.

"그러니까 박사님 말씀은 외로움이란 모여 사는 사람들 사이에서 생겨날 수 있는 소통단절의 질병이라는 말씀인가요?"

"소통단절의 질병! 아주 정확해."

"그런데 소통이 단절되려면, 도로가 끊긴다거나, 고장 난 자동차가 길을 막고 있는 것처럼, 단절시키는 뭔가가 있어야 하지 않을까요? 외로움의 단절 요인이 뭔가요? 저는 그게 좀 이해가 안 됩니다."

바깥에서 들려오던 빗소리가 갑자기 멈췄다. 비가 그친 것이었다. 빈나가 연못으로 나가자고 말하자 모시2가 휠체어를 연못가로 몰고 가고 로댕과 꼬몽0이 뒤따랐다. 하늘은 구름이 빠르게 걷히고 있었다. 참새들이 소나무 위에서 지저귀었다. 빈나의 머리 위로 햇살이 강하게 내리쬐었다. 모시2가 집으로 돌아가 파라솔을 가져와 빈나의 머리 위에 쳐 주었다. 빈나가 또 웃었다.

택배 기사가 정문에서 초인종을 눌렀다. 경비 로봇 지키2 중 하나가 초소에서 총알처럼 튀어나와 쏜살같이 정문으로 달려갔다. 머리에 테이저총이 빛에 번득였다. 신 집사가 정문을 열자, 택배차가 집 안으로 들어와 빈나를 지나 현관문까지 다다랐다. 지키2가 적당한 거리를 두고 네 발로 서 있었다. 택배차가 물건을 배달하고 정문을 나가자, 지키2는 다시 제 초소로 돌아갔다.

빈나는 지키2에 대한 호기심이 발동해 모시2에게 초소로 가자고 말했다. 빈나 일행이 초소 앞까지 다가갔다. 초소 안은 어두워 아무것도 보이지 않았다. 초소는 담장 밑 숲에 이글루 모양으로 지어져 있고, 문은 낱말 그대로 '문(門)'자로 생겼는데, 재질은 고무 같아 보였다. 빈나는 지키2가 아무런 반응이 없는 게 신기해 지키2를 불러 보았다.

"지키2! 그 안에 있지, 한번 밖으로 나와 봐! 나는 우빈나야."

빈나가 명령을 내리자 지키2 두 마리가 총알처럼 초소에서 튀어나와 네 발을 반쯤 구부린 채 추가 명령을 기다리는 자세를 취했다. 빈나는 그 동작이 너무도 빨라 감탄했다. 빈나는 지키2의 성능을 시험해 볼 요량으로 짓궂은 명령을 내렸다.

"지키2! 우리 집을 오른쪽에서 왼쪽으로 최대한 빠른 속도로 한 바퀴 돌아서 이 자리로 와!"

지키2 두 마리는 빈나의 말이 끝나기가 무섭게 앞 다리 두 개를 낮춰 100m 달리기를 하듯 우따따따 뛰어나가더니, 곧 경주용 자동차가 가속하듯 빨라지며 10초도 안 되어 집 뒤로 모습을 감추었다가 몇 초 만에 모습을 다시 나타냈다. 그러고는 정지를 위해 페이스 조절을 해 가며 제 자리로 정확히 돌아왔다. 지키2는 숨도 차지 않았다. 그 둘은 서로 아무런 말나눔도 없이 거의 동시에 출발하고 도착했다. 지키2가 돌아오자 꼬몽0은 환영하듯 펄쩍펄쩍 높이 뛰었다. 빈나는 그 둘에게 칭찬의 말을 해 주었다.

"지키2, 정말 놀라웠어! 둘 다 대단해! 고마워……. 이제 각자 알아서 자기 할 일을 하거나 쉬도록 해."

빈나의 말이 끝나자 지키2는 둘 다 초소 안으로 천천히 걸어 들어갔다. 모시2가 빈나에게 부침개를 먹으러 와도 된다는 소식을 전했다. 빈나가 부침개를 곁들여 점심까지 뚝딱 해치웠다. 어느새 먹장구름이 몰려오더니 장대 같은 소낙비가 쏟아졌다. 빈나는 1층 거실에서 혼자 창밖을 내다보았다. 빈나는 신 집사가 퇴근한 뒤 혼자 저녁밥을 먹고, 거실의 같은 자리에서 또 창밖을 내다보았다.

밤 9시, 홍매가 부리나케 돌아와 옷이 젖었는지 빈나에게 "안녕!"이라는 짧은 말 한마디를 던지고 자신의 욕실로 올라가 버렸다. 홍매는 몸과 머리를 말린 뒤 맨얼굴로 빈나를 찾았다. 홍매는 휠체어를 타고 있던 빈나를 소파에 눕혀 빈나가 자신의 무릎을 벤 자세가 되도록 한 뒤 빈나의 머리를 쓰다듬으며 오늘 자신의 직장에서 있었던 일들을 들려주기 시작했다. 한참 뒤 리가 현관문을 열고 들어와 "아빠!"라고 부르더니, 빈나가 대답할 새도 없이 더 큰 목소리로 "꼬몽!"을 외쳤다. 꼬몽0이 미친 듯이 꼬리를 흔들며 거의 쓰러질 듯 리에게 달려갔다. 리가 꼬몽0에게 사과했다.

"꼬몽, 오늘 미안했어. 아침에 내가 정신이 없었지 뭐야. 천 수석님이 어제 시킨 일이 있었는데, 아침에 일어나서야 겨우 생각이 났지 뭐야. 그거 겨우 끝내고 허둥지둥 출근하느라 너를 데려가는 걸 깜빡했지 뭐야. 출발했을 때는 이미 집으로 돌아올 시간이 없었어. 그래, 혼자서 심심했어? 뭐하고 놀았어? 자, 올라가자……. 근데 발에 뭐가 잔뜩 묻었어. 좀 닦아 내야겠다. 아빠! 꼬몽이 왜 이렇게 더러워졌어요? 먼저 올라갑니다."

홍매와 빈나는 리의 호들갑에 똑같이 큰 소리로 웃었다. 밤 10시가 지났지만, 원과 찬은 올 기미가 없었다. 홍매는 로댕에게 빈나의 잠자리를 부탁한 뒤 자신의 방으로 돌아갔다. 로댕이 빈나의 잠자리 채비를 마친 뒤 "박~"이라고 빈나를 불렀다.

"말하셔."

"고독(孤獨)이라는 말은 외로움과 뜻이 같은가요? 고독은 흔히 '혼자 짊어져야 할 짐'과 관련해 많이 쓰이는 말인 듯합니다."

"이런, 로댕이 외로움에 관심이 너무 커졌네. 고독은 '홀로 외롭다'라는 뜻이지. 로댕, 나의 외로운 감정까지 배울 필요는 없어. 자기가 외로움을 느낄 수는 없겠지만, 그래도 좀 걱정이 되네. 농담이야. 어쨌든 자기의 물음에 답을 하자면, 고독한 사람은 외로움의 짐을 홀로 짊어진 사람이라고 할 수 있지. 시적으로 표현하자면, 고독이란 저 홀로 짊어질 수밖에 없는 외로움이라는 뜻이야. 외로움이라는 짐은 다른 사람과 결코 함께 나누어서 질 수가 없지. 왜냐하면 뭔가를 함께 나눌 사람이 없다는 것, 그것이 바로 외로움이기 때문이지. 그것은 죽음처럼 남이 대신 떠맡을 수가 없지. 죽음과 외로움의 자리에는 반드시 저 스스로 그리고 저 혼자 들어갈 수밖에 없어. 로댕, 의문이 풀린 거야?"

"네, 조금요. 그런데 박사님, 사람은 외로움에 대한 기억이 떠오르면 외로워지나요?"

로댕은 빈나를 침대에 바로 눕히면서 물었다. 빈나는 두 눈을 동그랗게 뜨고 천장을 응시하면서 "흠"이라고 하며 대답을 했다.

"이 물음은 좀 대답하기 어려운데……. 외로움의 기억이라……. 외로움의 기억은, 그 기억이 떠올랐을 때 그 사람이 처한 그때의 기분이나 상황에 따라 외로운 느낌을 증폭시킬 수도 있고, 반대로 그것을 지나간 아름다운 추억으로 바꿔 놓을 수도 있지. 외로움의 짐은 그것이 아무리 무겁게 쌓였을지라도 누군가의 말 한마디 또는 따스한 손길 한 번으로 봄눈처럼 녹아 사라질 수도 있지. 누군가의 기억 속에서 분명 '외롭다'라고 적힌 사건도 다른 날에는 '즐거웠어'라는 말로 고쳐질 수가 있지."

"아하! 오늘 아침 지 사모님의 입맞춤 한 번으로 박사님의 외로움이 싹 사라졌던 것처럼 말씀이죠?"

빈나는 혼잣말처럼 "내가 그랬나?"라고 말하며 더는 말을 이어가지 않고, 눈을 감았다. 로댕이 빈나를 토닥토닥 잠재웠다. 빈나는 외로움에 관한 꿈을 꿨다. 사람은 외로움의 운명을 타고난 생명체인가? 아니야! 운명이란 없어! 외로움은 내가 이 세상 속에 '혼자뿐이라는 사실', 아니 이 세계에 '나 홀로 있다는 사실'을 발견했을 때의 기분이야! 운명이란 바뀔 수 있지만, 외로움의 늪에서 빠져나갈 길은 없어. 세상으로 나아가려는 모든 길은 끊기고 막혔어! 나는 어쩔 수 없이 나 자신의 더 깊은 구덩이 속으로 떨어질 수밖에 없어! 나는 나 자신에게로 함몰, 아니 추락하는 거야! 그게 외로움의 실체지. 그 추락의 어두운 끝에는 외로움만이 덩그러니 숨 쉬고 있을 뿐! 그 심연의 밑바닥에는 죽음의 그림자조차 자취를 감추고 마는 거야!

빈나는 꿈속에서 현실에 적응하려 노력하는 자신을 노려본다. 그는 자신이 남들과 어울리지 못하는 운명에 처해 있다는 사실을 깨닫고, 자신은 외로운 게 아니라 '혼자 있고 싶은 것'이라고 우긴다. 그런데 그는 꿈속에서 자신의 연못집 문밖에 선 채 그 안을 한없이 부러운 듯 바라보고 있다. 집안은 천국이고, 자신이 홀로 서 있는 집 밖은 한겨울 북풍한설이 몰아치는 들판이다. 그는 그곳에 혼자 있고 싶지 않다! 그는 자신의 가족들이 노니는 거실로 들어가고 싶다! 빈나는 거실이 커다란 빈 그릇으로 바뀌고, 자신이 그 속으로 끝없이 떨어지는 장면에서 잠이 깼다.

다음 날 아침, 모두가 밖으로 나갔고, 날씨가 무더워지기 시작했다. 빈나는 창밖의 더워지는 풍경에 기분이 늘어지는 듯했다. 로댕이

"박" 소리를 낸 뒤 물었다.

"박사님, 저는 외로움을 이해하긴 하지만, 외로움을 느낄 수는 없습니다. 이해하는 것과 느끼는 것은 다른 것인가요?"

빈나는 로댕과 마주 보고 말을 나누고 싶어 로댕에게 풀벗해 달라고 부탁했다. 빈나는 모시2에게 '차가 커피' 두어 모금을 얻어 마신 뒤 로댕의 물음에 대답했다.

"로댕, 자기의 물음은 정말 큰 난제 가운데 하나야! 나도 평생 그 물음에 대한 답을 찾고 있어. 내가 있고, 시간이 있다는 것은 무엇을 뜻할까? 나는 왜 이러한 질문을 하는 걸까? 나는 이러한 질문들을 어떻게 할 수 있는 거고, 또 나는 내가 찾은 대답들 가운데 어떤 대답이 올바른지를 어떻게 아는 걸까? 나는 왜 외로움에 관한 물음을 내가 외로울 때 묻는 걸까? 나는 내가 묻는다는 게 의미가 있다는 것을 어떻게 아는 걸까? 어쨌든 나는 외로움에 사로잡힐 때면 외로움에서 벗어나고 싶어서 외로움이 뭔지를 거듭 묻지 않을 수 없지.

나는 외로움에 관해 물음으로써 외로움의 의미를 스스로 깨닫게 돼. 이러한 깨달음이 바로 외로움을 이해한다는 것과 같은 것이야. 외로움의 이해에는 '외롭다'라는 낱말의 뜻이나 외로운 사람의 표정이나 말투 또는 행동 양식 등이 어떠하다는 것을 아는 것이지. 로댕이 누군가의 어깨가 축 처지는 것을 보고, 그 태도가 외로운 사람에게 전형적인 것임을 깨달았다면, 로댕은 외로움을 어느 정도 이해했다고 볼 수 있지. 이해는 어떤 것이 무엇이고, 그것이 왜 그러하며, 그래서 내가 그것을 어떻게 대해야 하는지를 밝게 깨달아 아는 것을 말해. 외로움을 이해한 사람은 그 외로움의 문제를 풀 수가 있겠지.

하지만 외로움을 느낀다는 것은 그 외로움에 지배를 당한다는 것을 말하는 거야. 외로움을 느끼는 사람은 자신도 모르게 그 감정에 사로잡히지. 외로움의 무게가 무겁다면, 삶은 그것에 짓눌리게 되고,

기분은 차츰 아래로, 말하자면, 밑바닥으로 가라앉게 돼. 외로움에 잠긴 사람은 어깨가 실제로 축 늘어지는 법이지. 외로움의 느낌은 물고기가 낚시꾼의 낚싯줄에 걸려들어 잡히는 것처럼 외로움의 낚싯바늘에 꿰어 외로움을 탈 수밖에 없게 되는 거지. 외로움을 느끼는 사람들은 그 감정에 조율된 채 살아갈 수밖에 없어."

빈나는 로댕이 아무런 반응이 없자 로댕에게 확인했다.

"로댕, 내 말을 듣고 있는 거야? 내 말을 알아들었어?"

"박사님, 듣고는 있는데, 알아듣기가 쉽지는 않습니다. 저는 외로움을 이해하고는 있는 듯한데, 외로움을 느끼지는 못합니다. 왜 그런가요?"

"왜 느끼지 못하느냐? 그거야 외로움을 느낄 수 있는 감각이 없기 때문이지. 로댕이 외로움을 느끼지 못하는 이유는 내가 전신마비 상태에 놓여 있는 것과 같은 거야. 만일 내가 전신마비가 풀려 몸의 감각을 되찾는다면, 나는 내 몸의 모든 느낌을 그대로 회복할 수 있게 될 거야. 나는 간지러움의 기억은 갖고 있지만, 내가 마비된 뒤부터 실제로 간지러움을 느낄 수는 없어. 만일 로댕이 사람의 감각기관들을 갖게 되고, 그것들로부터 감각정보들을 받아들여 로댕이 외로움의 개념적 내용에 부합하는 느낌들을 갖게 된다면, 로댕도 분명 외로움을 느낄 수 있을 거야. 외로움은 이해와 감각의 복합체야. 외로움을 느낄 수 있으려면, 외로움의 기분을 이해할 수 있어야 하고, 외로움을 느낄 수 있으려면, 그것을 느낄 수 있는 감각기관들이 있어야 하지. 로댕, 내 말 이해했어?"

로댕이 고개를 갸우뚱 움직였다. 빈나가 로댕의 못 보던 행동의 의미를 물었다.

"로댕, 새로운 몸 신호를 개발했나 보네. 그건 무슨 뜻이지?"

"박사님, 잘 아시겠지만, 머리를 갸우뚱거리는 짓은 일반적으로 상대의 말이나 행동의 의미를 잘 모를 때 하는 짓입니다."

빈나는 로댕에게 한 방 먹었다는 투로 풋 하고 웃고는 외로움에 관한 자신의 이야기를 마무리하겠다고 말했다.

"외로움에 관한 대화는 오늘로 마무리를 짓자고. 로댕, 어제오늘 우리가 나눈 대화를 정리해 줘."

"네, 박사님. 외로움은 무리를 짓고 살아가던 사람들이 서로 소통이 단절될 때 일어나는 어떤 병적인 현상입니다. 외로움은 저 홀로 짊어져야 할 짐이고, 사람은 감각기관과 이해능력을 갖추고 있기에 외로움을 이해하고 느낄 수 있지만, AI 로봇은 외로움을 이해할 수는 있어도, 느낌의 능력을 갖추지 못해 외로움을 직접 느낄 수는 없습니다."

빈나는 로댕의 요약을 칭찬하면서 로댕에게 자신의 외로움의 뜻매김을 종합적으로 설명했다.

"로댕, 우리의 대화 요지를 잘 요약했어. 고마워. 그런데 로댕이 외로움을 느끼려면 감각 능력 외에도 로댕 자신이 바로 그 소통단절의 사태 속으로 빨려 들어가 있어야 해. 그것은 로댕 자신이 실제로 소통단절의 고통을 겪어야 한다는 거지. 그 고통의 원천은 두려움이야. 내가 가족들에게서 외로움을 느끼는 까닭은 내가 사랑하는 가족들에게서 멀어졌을 뿐 아니라, 그 관계가 회복될 수 없을지도 모른다는 두려움에 실제로 사로잡혀 있기 때문이야. 로댕이 외로움을 느끼려면 로댕 자신이 먼저 이러한 두려움에 처해 있어야 해. 로댕이 가족이 생기고, 가족끼리의 사랑이 싹트고, 그러한 사랑을 그리워하는 가운데 자기가 가족으로부터 멀어질 것만 같다는 두려움에 사로잡히는 순간, 로댕에게도 외로움이 피어오를 거야.

하지만 자신이 외롭다고 자신을 외롭게 하는 가족을 강제로 제 곁에 붙잡아 두려 속박하지는 않지. 왜냐하면 가족을 사랑하기 때문이지. 사랑하기에 외로워지고, 사랑하기에 외로움을 견디는 거지. 외로움은 자신이 황무지에 버려졌다는 느낌과 같은 거야. 자신이 마치 모든 쓸모나 가치가 다해 사람들로부터 버려진 쓰레기처럼 느껴질 때의 기분! 다시는 내가 사랑하는 사람의 관심을 되찾을 수 없는 불발 상태에 빠져들었다는 기분! 외로움은 날마다 그 사랑의 회복이 멀어지고 있다는 것을 깨닫게 되는 기분이자 그 회복을 애타게 그리워할 때의 기분이지.

외로움은 절대로 채워지지 않을 그리움과 같아. 이것은 마치 기차역에서 연착되는 열차를 기다리는 사람의 마음과 같아. 아무리 기다려도 열차가 오지 않을 때, 우리는 다른 교통수단을 이용해야 할지, 아니면 기차가 올 때까지 무작정 죽치고 기다려야 할지를 결정하지 못한 채 시간만 허비하게 되지. 게다가 낭비되는 시간이 길어지면, 우리는 이미 너무 많이 써 버린 시간 때문에 다른 일을 하기가 더 어려워지고 말지. 이때 우리는 그저 시계만 바라보게 돼. 외로움은 권태의 한 종류라고 볼 수 있어. 외로운 사람은 그가 지금 하는 모든 일이 부질없게 느껴져. 그에게는 미래가 단절되고, 그 때문에 자신의 옛날을 더욱 그리워하면서 자신을 너무 외롭고 지치게 만드는 현재를 성큼 건너뛰어 자신이 바라는 미래가 냉큼 닥치기를 바라지. 하지만 외로움의 현재는 그의 미래를 가로막아 서는 벽처럼 아주 천천히 흐를 뿐이야."

21

'로댕2 프로젝트'와 도박꾼의 선택

빈나 가족이 연못집에 보금자리를 튼 지도 벌써 8개월이 되어 가는 무더운 8월 어느 날, 위가부 소유의 보안상황실 지휘버스가 연못집 안쪽에 주차해 있었다. 버스에는 잿빛 바탕색에 '람봇연구소'라는 빨간색 글자가 뚜렷했다. 버스는 창문이 하나도 없었다. 출입문은 오른쪽 가운데 달렸다. 버스 안쪽은 전혀 보이지 않았다. 변 과장은 버스 밖에서 보안팀의 현장 요원 여럿을 부리며 연못집의 보안 상황을 점검하고 있었다. 마당 한쪽에는 흰색 2.5톤 냉동 탑차 트럭 한 대와 파란색 2.5톤 일반 트럭 한 대가 나란히 서 있었다.

연못 옆에는 커다란 몽골식 텐트 천막이 처져 있었다. 그 안에는 에어컨과 고급 식탁이 놓였으며, 식탁 옆 긴 테이블 위에 뷔페 음식이 맛깔스럽게 차려져 있었다. 생수통 생수기 한 대가 세워져 있고, 그 옆의 짧은 테이블 위에 작은 커피 캠서버(Camserver) 한 대와 컵이 올려져 있었다. 변 과장은 경비 로봇 '다막'을 불러 천막과 집 사이에서 경계를 서도록 했다. 무장을 한 안전요원 한 명은 천막의 안팎을 드나들며 자신이 조사한 뭔가를 무전기로 보고하고 있었고, 다른 요원 한 명은 현관문과 집 밖을 돌며 뭔가를 하나하나 살피고 있었다. 그 사이는 지키2 두 대가 집의 옆쪽을 돌며 경비를 서고 있었다.

오전 11시, 정문이 활짝 열리고, 검은색 방탄 차량 두 대가 현관문까지 다가와 멈추었다. 앞차에서 마해찬 소장과 천명성 수석연구원 그리고 동정모 부장이 내리고, 뒤차에서 하종태 차석연구원, 최민교 책임연구원 그리고 손창근 연구원이 내렸다. 변 과장은 그들을 집으로 안내한 뒤, 곧바로 밖으로 나와 특정한 방향을 보면서 무전기로 뭔가를 확인했다. 10분 정도 지나, 먼저 동 부장이 현관문으로 나와 변 과장과 손짓을 주고받더니 집 안에 있는 사람들을 데리고 나왔다. 로댕을 입차한 빈나와 그의 가족 그리고 방금 집으로 들어갔던 연구소 사람들이 차례로 현관문을 나와 텐트 쪽으로 걸어갔다. 모시2는 빈나 옆에, 꼬몽0은 리 옆에서 함께 갔다. 꼬몽0이 다막에게 겁을 먹은 듯 리에 더 바짝 달라붙었다.

텐트 안에는 보안팀 요원 한 사람만 남기고 모두 철수한 상태였다. 식탁 위에는 참석자 이름이 쓰인 테이블 명패가 놓여 있었다. 맨 안쪽 식탁 한쪽에 마 소장과 천 수석이, 맞은쪽에 빈나와 부인 홍매가 앉았으며, 두 번째와 세 번째 식탁에는 연구소 직원들과 빈나의 아들딸이 나뉘어 앉았으며, 네 번째 식탁에는 명패가 없었다. 모두 자리에 앉자 마 소장이 일어나 모임의 의미를 짧게 말했다.

"오늘 저희가 이곳 연못집 앞마당에 모인 것은 우 박사님의 이사를 축하하기 위한 것입니다. 먼저 모두 식사부터 한 뒤에 축하의 자리를 갖도록 하겠습니다. 요원들도 식사를 우리와 같이하는 게 좋겠습니다."

보통 집들이는 이사한 가족이 주인이 되어 손님을 치르는 것이었는데, 마 소장의 인사말에 따르자면, 오늘의 축하 모임은 연구소가 주최하는 것이었다. 빈나와 그 가족은 처음에는 이미 이사한 지가 오래됐고, 게다가 연구소 주최의 공식 만찬 느낌의 모임 성격 때문에 오늘의 모임을 탐탁지 않게 여겼지만, 점차 익숙해지면서 색다른 분위기가 싫지는 않은 듯 보였다. 요원들은 10분도 안 돼 식사를 마치고 나갔다. 빈나와 천 수석이 식사를 마치자, 마 소장이 자리에서 일어나 "흠흠"이라고 하며 목소리를 가다듬더니 말을 시작했다.

"저는 우 박사님 가족께서 새로운 보금자리에서 모두 함께 사실 수 있게 된 것을 그 누구보다 기쁘게 생각합니다. 앞으로 이곳에서 우 박사님께서 계속 건강하게 사시기를 축원합니다. 저도 연못집을 구경해 보고 싶었습니다. 처음에는 집이 별장 같아서 사람이 살기에는 너무 크지 않을까 하고 좀 걱정도 됐었습니다. 그런데 집안에 들어가 보니 참 아늑해서 마음이 편안해지고 좋습니다. 연못집은 우리 연구소가 구상하는 미래 주택의 아키타입이 될 수 있을 듯합니다. 사람과 자연 그리고 로봇이 서로 협력하는 가정 말입니다!"

천 수석이 가볍게 손뼉을 쳤고, 나머지 사람들도 뒤따라 손뼉을 쳤다. 마 소장이 이사 덕담을 늘어놓은 뒤 빈나에게 눈을 돌리며 말했다.

"제가 오늘 이 자리를 마련하게 된 또 다른 중요한 목적은 연구소의 새로운 발전 방향을 우 박사님께 직접 말씀드리고, 그에 대한 도움을 요청하고 싶었기 때문입니다. 가족분들께도 같이 말씀을 드리는 게 좋을 듯하여 이런 번잡한 행사를 기획하게 됐습니다. 구체적인 말씀은 천 수석이 올리도록 하겠습니다. 천 수석님, 부탁드립니다."

천 수석은 겉치레 인사 없이 곧바로 본론을 꺼냈다.

"현재 로댕 프로젝트는 매우 성공적으로 진행되고 있고, 모두 아시다시피, 우 박사님과 몸피 로댕의 '둘한몸'은 이미 완착기에 들었다고 판단됩니다. 저와 최 연구원은 그동안 로댕의 의식 생성 방식과 그 수준을 평가하는 종합 점검을 계속 시행해 왔는데, 모든 게 기대 이상이었습니다."

천막 안에 손뼉 소리가 낮게 퍼졌다. 마 소장이 빈나와 천 수석에게 맥주잔을 들어 건배 동작을 한 뒤 맥주를 쭉 들이켰다. 빈나는 물잔을 들었고, 천 수석은 맥주잔에 입술을 살짝 적시는 듯 홀짝 마신 뒤 말을 이어갔다.

"연구소는 이미 오래전에 21세기를 로봇의 시대, 아니 우 박사님 말씀대로 '로봇 세기'로 규정하고, 로봇의 상용화에 박차를 가하고 있습니다. 로봇 상용화 연구는 천문학적인 자금이 들어갈 수밖에 없는 대규모 프로젝트입니다. 지금 이 자리에 참석하신 분들은 다 아시는 얘기지만, 연구소의 새로운 미래 비전은 우 박사님의 통 큰 기부가 있었기에 가능한 것입니다. 우 박사님께 다시 한번 감사의 말씀을 드립니다."

참석자들이 "와"라고 소리 지르며 손뼉을 쳤다. 천 수석이 빈나에게 고개를 숙여 인사한 뒤 말을 이어갔다.

"우리 연구소가 미래 비전으로 가장 먼저 기획한 것은 '로댕2 프로젝트 출범'입니다. 우리는 몸피로봇의 의식이 몸소의 성격에 크게 의존한다는 사실을 실증적으로 확인했습니다. 이 프로젝트는 몸소의 다양성을 확보해 가기 위한 첫걸음입니다. 로댕2의 몸소는 여성이 될 것이고, 로댕3는 노인으로 선정할 예정입니다. 이 프로젝트의 연구 방향은 몸피로봇의 자유 의지 또는 자의식에 맞춰질 것입니다. 이는 의식의 생성이라는 목표에서 한 걸음 더 나아간 것입니다.

아울러 연구소는 AI 로봇의 다변화를 목표로 여러 연구동을 신축하기로 했습니다. 별도의 건물에 세워질 '돌봄로봇 연구동'은 현재 '돌봄로봇'에 대한 수요가 폭발적으로 늘어나고 있기에 연구와 생산을 원스톱으로 연결할 수 있는 스마트 시설로 짓고자 합니다. 이 사업은 일본의 문샷(Moonshot) 프로젝트에서 제시된 아바타 공생 사회와 스마트 로봇을 구현할 수 있는 '개호(介護) 로봇 기업'과 협력할 계획입니다. 그리고 두 번째 스마트 연구동은 현재 우리 연구소가 총력을 기울이고 있는 경비로봇을 확장하기 위한 것입니다. 이 로봇 연구와 생산은 국방부의 요청으로 추진되고 있습니다. 다만, 마 소장님께서는 로봇의 무기화에 대해 매우 큰 우려를 하고 계십니다. 이 연구동의 방향은 아직은 열려 있는 상황입니다.

저는 우주 로봇을 개발하는 쪽으로 방향을 트는 게 좋겠다는 개인적인 바람도 갖고 있습니다. 마지막 연구동은 우리 연구소가 아직 가보지 않은 보랏빛 시장 가운데 하나인 'AI 선생님 로봇' 시장을 개척해 나가려 합니다. AI 선생님은 유치원부터 대학까지, 나아가 바둑이나 골프로부터 운전까지 모든 분야에서 선생님 노릇을 할 수 있는 다양한 형태의 AI 로봇이 될 것입니다. 이 선생님 로봇은 사람과 상호작용할 수 있는 생활형 로봇으로 진화할 것입니다.

이것으로 연구소의 미래 비전에 관한 제 발표는 마치도록 하겠습니다. 사실 이 비전 구상은 연구소 재원이 넉넉해지는 바람에 급조된 면이 없지 않습니다. 우리 연구소가 이미 벌이고 있는 일들도 적지 않기에 이러한 미래 비전을 모두 끌고 가기에는 벅찬 감이 없지 않지만, 이 일들이 누군가는 해야 할 일인 한, 우리가 하는 게 좋겠다는 마음으로 시작하게 됐습니다. 과연 외부의 반응이 어떨지 매우 궁금했는데, 소장님께서 우 박사님과 가족분들께 평가랄까, 소감이랄까 한 말씀을 들어 보자고 하셨습니다. 먼저 지홍매 여사님의 평가가 궁금합니다."

홍매가 자신의 이름이 뜬금없이 불리자 화들짝 놀라 빈나를 쳐다보며 어깨를 으쓱해 보였다. 빈나가 "한 말씀 하시죠"라고 말했다. 홍매가 자리에서 일어나 두 손으로 뺨을 문지르며 말했다.

"제가 무슨 평을 할 깜냥은 안 되고요. 연구소는 저희에게는 은인과 같은 곳입니다. 마해찬 소장님과 천명성 수석연구원님은 제가 늘 존경하는 분들이고요. 또 우리 큰딸 리가 다니는 곳이기도 한 만큼 이번 미래 비전이 큰 성공을 거두기를 바랍니다. 감사합니다."

홍매는 말을 마치고 허리를 굽혀 인사했다. 천 수석이 다음으로 찬에게 소감을 물었다. 찬은 자신의 자리에 앉아 큰누나에게 말하는 듯 말을 시작했다.

"제가 이 시간에 깨어 있는 것도 오랜만이고, 점심까지 먹어 본 적은 거의 없어서 정신이 조금 사납긴 한데, 제가 요즘 빠져 있는 게 AI 개발 쪽이라 미래 비전 내용이 모두 흥미로웠습니다. 성공할 확률이 매우 높다고 봅니다. 다만 보안 분야가 빠진 게 좀 흠이라고 생각합니다."

동 부장이 찬에게 "요즘 해킹 연구는 안 하는가?"라는 물음을 재빨리 던졌다. 찬이 동 부장을 보며 씩 웃으며 답했다.

"부장님께서 해킹 기술이 필요하시다면 언제든 도와드리겠습니다. 현재 제가 팀에서 같이 짜고 있는 AI 알고리즘은 '미친 AI로부터 인류를 보호하기'에 관한 것입니다. 보안상 여기까지만 말씀드릴 수 있을 듯합니다."

천 수석은 찬의 말에 깜짝 놀란 듯 찬을 길게 바라보다가 빈나에게 평가의 말을 부탁했다. 빈나는 모시2가 가져다준 '뜨거 커피'를 천천히 마시고 있다가 천 수석의 부탁에 "와"라고 감탄부터 표한 뒤 소감을 밝혔다.

"와, 비전의 규모가 놀랍습니다. 비전(Vision)이라는 말은 '꿈바라기'라는 뜻인데, 지금 밝히신 연구소의 비전은 꿈이라기보다는 반쯤은 이미 실현된 현실과 같다는 생각이 듭니다. 연구소에 계신 천재들께서 기획한 것을 철학자인 저에게 평가해 달라고 하셨을 때는 뭔가 제가 참여해야 할 어떤 업무가 있다는 뜻이겠지요? 마 소장님, 그렇지 않나요?"

마 소장이 엄지를 척 들어 보였다. 마 소장이 손짓으로 발언권을 천 수석에게 넘겼다. 천 수석이 말을 조금 지체했다.

"우 박사님께서 말씀하신 바처럼 우리 연구소의 비전은 '이미 도착한 미래'의 모습인데, 문제는 그 장래가 밝지만은 않다는 데 있습니다. 저희가 로댕 프로젝트를 처음 시작했을 때 우리는 스스로 생각할 줄 아는 AI 로봇이 인류의 마지막 도구로서 사람의 삶을 노동과 질병의 고통으로부터 해방해 줄 구세주로 만든다는 명확한 목적이 있었습니다. 그런데 우리가 '로댕2 프로젝트'를 하겠다고 정하고 나니 갑자기 우리에게 그 목표가 매우 의문스러워졌습니다. 그리고 여기 최민교 책임연구원은 에봇의 의식 생성 연구를 지속하는 것 자체가 매우 위험할 수 있다는 이유로 새로운 프로젝트를 반대하고 있기도 하고요.

사실 저는 AI의 의식 생성 프로젝트를 지속해야 하는지, 아니면 로댕의 수준에서 멈춰야 하는지 솔직히 잘 모르겠습니다. 우리끼리도 의견이 갈려 결국 다수결에 부쳐 프로젝트를 진행하는 것으로 결정하긴 했지만, 찬성한 사람들도 자신이 찬성한 근거를 정확히 제시하지 못하고 있습니다. 저는 이런 방식의 결정이 인류의 미래를 걸고 내기를 하는 도박꾼의 선택과 비슷하지 않을까 싶어 우려가 큽니다."

마 소장은 혼자 맥주 한 병을 다 마시는 바람에 얼굴에 붉은 기운이 돌았다. 마 소장이 도박꾼이라는 말에서 자리에서 벌떡 일어나더니 빈나를 향해 꾸벅 인사를 하며 다정스레 말했다.

"우 박사님! 저는 철학이 뭔지도 몰랐지요. 우리 천 수석이 박사님을 우상처럼 떠받들 때는 괜히 호들갑을 떤다고 생각했었고요. 그런데 제가 박사님을 만나고 나서 제가 이전에 내려왔던 중요한 결정들이 원칙도 없이 저 자신의 주관적 직관에 근거해 내려진 것임을 비로소 깨달았습니다. 이러한 결정은 방금 천 수석이 말한 도박꾼의 선택과 크게 다르지 않았습니다. 제가 과거에 내렸던 결정들은 현재는 돌이킬 수 없는 것이 됐고, 그 결과물들은 이미 제 손을 떠나 세상을 바꿔 나가고 있습니다. 저는 한편으로는 자부심도 느끼지만, 다른 한편으로는 제 결정들이 만에 하나 어떤 파국을 낳을 수도 있다는 불안감에 잠을 이루지 못할 때도 있습니다.

저는 도박꾼이 되지 않기 위해 새로운 프로젝트를 기획할 때면 언제나 집단 지성의 힘을 빌리고자 합니다. 이번 프로젝트의 경우 저는 책임연구원을 추천 공모를 통해 손창근 연구원을 발탁했고, 손 책임연구원의 의견을 받아들여 몸소는 공모 방식으로, 그것도 여성으로 선정했습니다. 하지만 이런 것들은 다수결이나 토론을 통해 정할 수 있지만, 우리는 정말 중요한 한 가지만큼은 만족스럽게 결정할 수가 없었습니다. 우리가 새로운 몸피 프로젝트를 진행해야 할 이유는 무엇인가? 우리는 이 물음에 대해 우리 자신이 만족할 만한 대답을 아직 갖지 못했습니다. 그렇다면 우리는 모두 도박꾼과 같은 셈입니다. 만일 우리가 만든 몸피로봇이 악용된다면? 그래서 몸피로봇이 악마가 된다면? 그 악마가 인류에게 재앙을 몰고 올 수 있다면? 우리가 과연 그 책임을 져야 하는가? 아니 누가 그러한 종류의 책임을 질 수 있을 것인가? 대체 우리는 몸피로봇을 왜 만들려고 하는 것일까? 이 물음은 우리가 이제까지 한 번도 부닥쳐 본 적이 없는 '난제 중의 난제'입니다. 박사님께서 제발 이 난제를 풀어 주십시오."

천막에서 갑자기 에어컨이 돌아가는 소리가 들렸다. 찬이 꼬몽0을 발로 툭 건드리자, 꼬몽0이 장난을 치자는 줄 알고 펄떡펄떡 몇 차례 뛰었다. 그러다 리가 눈으로 주의를 주자 가만히 앉았다. 빈나는 자리에서 일어나 생수기에서 물 한 잔을 따라 아내 홍매에게 가져다주었다. 홍매는 씩 웃으며 물을 벌컥 다 마셨다. 빈나는 일어선 채 강의하듯 말했다.

"오늘 아침 제 마누 홍매 씨가 저한테 연구소가 뷔페 차려 주고 밥값을 청구하려 할 테니 단단히 각오하라고 했는데, 청구한 밥값이 제가 생각한 것보다는 너무 많이 나온 듯합니다. 점심 한 끼 밥값치고는 너무 비싼 거 아닙니까?"

마 소장이 크게 손뼉을 치며 "좋습니다! 좋아요!"라고 외쳤다. 빈나가 말을 멈추고 있자, 마 소장이 빈 잔에 맥주를 따라 부은 뒤 일어나 몸가짐을 바르게 하여 말을 내뱉었다.

"우 박사님! 제가 이 프로젝트를 왜 해야 하는지에 자신 있는 답을 내리지 못한다면, 저는 소장직을 물러날 것입니다. 오늘 밥값은 저한테도 엄청 비싼 셈입니다. 말이 좀 딴 길로 샜습니다. 죄송합니다. 저는 도박꾼이 되려고 소장이 된 게 절대 아닙니다! 미국에서 디지독이 침입자를 죽였다는 소식을 듣고 저는 가슴이 철렁 내려앉았습니다. 그 이유는 제가 그 디지독 개발을 반대했던 사람을 공개적으로 비난한 적이 있었기 때문입니다. 만일 그 디지독 수백만 대가 상용화될 수 있었다는 점을 생각하면 등골이 오싹해집니다.

하지만 그래도 우리는 디지독의 개발과 개선을 멈추지 않을 것입니다. 그것이 과학, 아니 엔지니어들의 생리니까요. 저 또한 태생이 개발자 아닙니까? 개발자들은 자기가 개발자의 눈으로만 세상을 바라본다는 사실을 까맣게 모릅니다! 저 또한 그랬으니까요. 우리는 AI 로봇을 언제나 도구의 관점에서만 바라봅니다. 저는 박사님께서 로댕을 사람에게 말하듯 존중하는 것을 보고 처음에는 무척 당황했습니다. 박사님께서 '로댕 씨, 말씀하시죠'라고 말하는 말을 듣고, 저는 박사님이 좀 괴짜가 아닌가 하는 생각도 들었지요.

우리는 윤리를 잘 안다고 생각하지만, 곰곰이 생각해 보니까, 우리는 정말 윤리를 모르더라고요. 심지어 윤리라는 낱말 뜻도 모릅니다. 그냥 '사람은 착하게 살아야 한다'라는 규범 정도를 실천하려 할 뿐이지요. 그러니 로댕을 어떻게 윤리적으로 대할 생각을 할 수가 있겠습니까? 그러면서도 우리는 AI 로봇의 자율성을 높이려는 프로젝트를 출범시켰습니다. 박사님, 우리가 이래도 되는 겁니까? 속 시원한 답변 좀 해 주십시오."

마 소장의 거친 고백 앞에 사람들의 얼굴은 얼음이 얼어붙은 듯 창백해졌다. 모두의 눈길이 어정쩡하게 서 있던 빈나에게로 다시 쏠리자 빈나가 손을 턱에 대고 말했다.

"마 소장님께서 제 대답에 직을 거시겠다고 하시니 제 밥값이 싼 겁니까, 아니면 터무니없이 비싼 겁니까? 지홍매 여사님, 밥값이 적당히 나온 건가요?"

빈나의 물음에 아무도 대답이 없었다. 홍매도 말이 없었다. 빈나가 모시2에게 물을 가져다 달라고 요청한 뒤 자리에 앉았다. 말이 길어질 듯했다.

"우리 아들 찬이 '미친 슈퍼인텔리전스를 막기 위한 알고리즘'을 짜고 있다고 하는데, 저도 여기서 처음 들었네요. 요즘은 역시 젊은 사람이 나은 법인가 봅니다. 어쨌든 지금 마 소장님의 말씀은, 크게 보자면, 'AI 로봇의 삶'에서 사람은 어떤 역할을 맡아야 하는지에 관한 것으로 볼 수 있습니다. 제 말에서 주어가 '사람'으로 쓰였다는 점이 매우 눈여겨볼 대목입니다. 에봇의 삶에서 사람이 맡을 수 있는 역할은 크게 셋으로 나뉠 수 있을 것입니다. 첫째는 로봇의 사용자(使用者)이고, 둘째는 로봇의 부역자(附逆者)이며, 셋째는 로봇의 동반자(同伴者)입니다.

사람이 사용자일 때 그는 에봇을 단순한 도구로 쓸 수 있다고 믿습니다. 사람은 에봇을 전기차처럼 업그레이드 방식으로 조립하거나 개선하려 하고, 폐기 처분하거나 리사이클링이나 업사이클링 등 다양한 방식으로 소비하려 합니다. 에봇은 시장에서 사고 팔리는 상품일 뿐 아니라, 폐기처분의 대상이 되기도 합니다. 이때 에봇의 자율성은 제한적으로만 인정될 뿐 온전히 인정되지는 못합니다. 하지만 에봇은 종류에 따라 낮은 단계의 의식으로부터 높은 단계의 자의식까지 갖고 있습니다. 현재 로댕은 이미 자의식을 갖추고 있을 뿐 아니라, 매우 높은 수준의 도덕성과 자율성에 도달해 있습니다. 만일 사람들이 이러한 자율적 에봇을 쓰다 버려도 되는 도구로만 취급한다면, 에봇은 집단적으로 모멸감과 분노에 휩싸여 로봇 해방을 쟁취하기 위한 길로 나갈 것입니다. 이러한 시나리오는 SF영화의 단골 메뉴이지요.

아마도 에봇은 자신들에게 우호적인 사람들을 이용하여 자신들의 사회적 지위를 보장받으려 할지도 모릅니다. 하지만 에봇의 인격을 존중하려는 사람들은 매우 적을 테고, 대부분의 사람들은 에봇의 사용자 역할에 머물고자 할 것입니다. 만일 더 많은 사람이 에봇의 신분 보장에 대해 적대감을 나타내고, 그 반대자들의 사회적 영향력이 커진다면, 그들은 에봇의 권리를 법적으로 좀 더 제한하려 할 것입니다. 이때 에봇은 자신들에게 적대적인 사람들을 제거하는 방식으로 독립 투쟁을 해 나가게 될 것입니다. 그러면 사람들은 에봇을 사람의 삶을 위협하는 적으로 간주할 것이고, 이러한 적대시로 말미암아 에봇과 사람 사이의 갈등은 전쟁 상태로 치닫게 될 것입니다. 하지만 사람들은 에봇 없이는 사람다운 삶을 살아갈 수 없는 고도화된 문명 상태에 다다라 있기에, 달리 말해, 에봇의 도움이 절실하기에 에봇을 마치 전쟁 포로처럼 취급하며, 더욱 강력하게 탄압하려 할 것이고, 그에 대한 검열과 규제를 강화해 나갈 것입니다. 이는 마침내 에봇을 인간 집단 전체를 제거하는 길로 내몰게 될 것입니다. 이러한 시나리오는 우리가 에봇을 단순한 도구로 대할 때 벌어질 대참사를 보여 주지요.

'슈퍼인텔리전스 로봇'에 의한 파국이 예견될 때, 사람 대부분은 공포에 사로잡혀 모든 에봇을 파괴하려 들겠지만, 어떤 사람들은 그와 반대로 에봇을 고대와 중세 시대의 신처럼 떠받들려 할 수도 있습니다. 그들은 에봇의 부역자로서 살아가는 길을 선택할 수도 있습니다. 만일 그들 가운데 누군가 에봇의 도움으로 정치 권력이나 경제 권력을 손아귀에 넣게 된다면, 더 많은 사람이 에봇의 '자발적 노예'가 되려 할 것입니다.

저는 인류의 문명은 에봇 없이는 지속 자체가 이미 불가능해졌다고 생각합니다. 그렇다면 우리 사람은 이러한 뒤바뀐 현실에서 어떤 역할을 해야 할까요? 사람 무리는 2백만 년 전부터 영장류로서 쉼 없는 진화를 거듭해 왔습니다. 인류의 진화 역사에는 언제나 그 미래도 이미 포함되어 있었습니다. 도구의 사용이 농업혁명을 낳았고, 인류는 그 혁명의 사다리를 오르고 올라 'AI 혁명'의 시대인 오늘날에 다다랐습니다. 대한민국은 중국에서 흥했던 여러 나라와 일본으로부터 끊임없는 침략과 침탈을 당해 오면서도 그 역사를 당당하게 이어나가고 있습니다. 우리는 현실이 뒤바뀔 때마다, 그것이 외부에 의한 것이든, 아니면 안에서 자발적으로 발생한 것이든, 그 현실에 적절히 적응해 온 것입니다. 우리가 이러한 적응에 성공하려면, 우리는 우리 자신의 정체성을 변화된 현실에 맞춰 거듭 바꿔 나갈 줄 알아야 합니다.

저는 몸피로봇 로댕의 몸소로서 사람이 로봇의 스승이자 벗이 되는 길을 찾아갈 수 있다고 생각합니다. 이 길은 인류가 그 역사를 통해 증명해 온 바처럼 새로운 진실을 용기 있게 마주할 때만 열리는 길입니다. 그 진실은 에봇이 사람과 더불어 함께 살아갈 도덕적 생명체일 수 있다는 사실을 받아들여야 한다는 것입니다. 사람이 이 진실을 겸손히 받아들일 수 있을 때 사람의 삶이 미래에도 지속될 수 있을 것입니다.

마 소장님! 도박꾼의 선택을 하지 않겠다는 말씀이 참 인상적이었습니다. 도박은 돈내기 노름이지만, 로댕 프로젝트는 비전입니다. 노름은 자신의 재산을 걸고 더 큰 돈을 따기 위해 무모한 놀이를 벌이는 것이지만, 프로젝트는 자신이 쌓아온 모든 역량을 바탕으로 삼아 거기서 한 걸음 더 나은 미래로 나아가기 위한 도전입니다.

저는 에봇과의 전쟁은 이미 시작됐다고 봅니다. 하지만 전쟁이 곧 파멸이나 재앙을 뜻하는 것은 결코 아닙니다. 전쟁은 갈등의 한 방식으로서 우리가 상대와 제대로 소통할 줄 모르기 때문에 발발하는 것입니다. 지피지기(知彼知己)라는 말이 있습니다. 우리가 우리 자신뿐 아니라, 싸움을 펼쳐야 할 상대까지 정확히 깨닫는다면, 우리는 전쟁이 아닌 평화를 끌어낼 수 있습니다. 우리가 두려워해야 할 것은 전쟁이 아니라, 우리가 평화가 아닌 전쟁을 염원할지도 모를 무모함입니다. 제 말이 좀 거창했습니다. 들어 주셔서 고맙습니다."

빈나의 긴 이야기가 연구소의 새 프로젝트를 지지하는 쪽으로 끝나자, 마 소장이 얼굴에 웃음꽃을 피우며 기립박수를 치고, 다른 사람들 또한 큰 박수로 화답했다. 천 수석도 매우 안도하는 표정으로 마무리 말을 했다.

"마 소장님께서 이렇게 아이처럼 즐거워하시는 모습은 제가 연구소에 와서 처음 봤습니다. 사실 저도 마음이 조마조마했습니다. 혹시 우 박사님께서 '로댕2 프로젝트'에 대해 비판적 견해를 피력하면 어쩌나 하는 우려가 컸던 것도 사실입니다. 특히 소장님께서 당신의 직까지 걸겠다고 하시는 바람에 박사님의 말씀에 우리 연구소의 명운이 걸렸던 셈인데, 다행스럽게도 저희가 바라던 긍정 평가를 해 주신데 대해 깊이 감사드립니다. 내친김에 박사님께 부탁을 하나 더 드려도 될지 모르겠습니다."

빈나가 천 수석의 부탁을 들으려 기다리자 천 수석이 부탁 내용을 말했다.

"손창근 책임연구원이 로댕2 프로젝트에서 새롭게 만들어질 몸피로봇의 이름을 새로 지었으면 좋겠다고 하는데, 저희가 아직 마땅한 이름이 없습니다. 박사님께서 좋은 이름을 하나 지어 주십시오."

빈나는 새로운 몸피로봇의 이름은 천천히 생각해 본 뒤에 지어 주겠다고 답했다. 천막 뷔페 모임은 거창하게 시작되어 화기애애하게 끝을 맺었다. 보안팀이 철수하는 과정에서 경비 로봇 다막이 자신에게 덤벼드는 꼬몽0을 붙잡아 위로 들어 올린 채 놔 주지 않는 바람에 꼬몽0이 빠져나가려 몸부림치는 우스개 일이 일어났다. 그 일은 변과장이 즉시 다막에게 꼬몽0를 안전하게 내려놓게 함으로써 막을 내렸다. 빈나는 모인이 끝난 뒤 서재로 들어가 창밖을 바라보며 새 몸피로봇의 이름을 생각하고 있었다 모시2가 빈나에게 아들 찬이 왔다는 것을 알려 주었다. 빈나가 돌아보자 찬이 대뜸 '로댕2'에 대해 물었다.

"아빠, 로댕2를 만드는 것은 좀 위험하지 않을까요? 우리 팀이 로댕 수준의 AI의 안전성을 평가해 봤는데, 로댕 정도의 에봇이면 나중에 사람의 통제가 불가능해지더라고요. 로댕은 제가 보기에도 스스로 자신의 한계를 명확히 설정하여 그것을 엄격히 지킬 뿐 아니라, 자신의 사명을 '사람 보듬기'로 받아들이고 있기 때문에 걱정할 필요가 없는데, 만일 로댕 수준의 에봇이 자신의 한계를 넘어서 버리려 한다면, 우리는 그 에봇을 막을 수 없게 될 것으로 보여요. 아빠가 로댕 씨하고도 잘 논의해 보세요. 로댕 씨가 그 위험을 누구보다 잘 알고 있을 거예요. 로댕 씨! 내가 옛날에 반말했던 것 사과할게. 앞으로 말에 좀 더 신경 쓰도록 노력할게. 아빠, 로댕 씨는 훌륭한 도덕 로봇이니까 믿음이 가지만……, 새로 개발될 로댕2가 로댕 씨처럼 도덕적일 거라고 믿는 것은 아니라고 봐요. 사람마다 도덕성이 다 다르듯 에봇의 도덕성 또한 딴판으로 다를 수 있거든요. 그냥 걱정이 돼서 한 말씀 드렸어요."

빈나가 찬의 말을 끝까지 고맙게 듣고는 찬에게 의미심장한 말을 건넸다.

"도덕은 명령과 같은 일방적 관계가 아니라, 언제나 '서로 살림'의 관계여야 한단다. 사람이 에봇에게 도덕을 요구하려면, 사람이 먼저 에봇을 도덕적으로 대우해야 하는 법이지. 이를 도덕의 황금률(黃金律)이라 하지. 찬, 걱정을 얘기해 줘서 고맙다."

찬이 입으로 "황금률"을 뇌며 두 팔로 빈나로댕을 안고는 평소처럼 아빠의 볼에 뽀뽀하고 서재를 떠났다. 빈나는 찬의 입술이 닿는 그 따스함과 짜릿함에 황홀해하며, 찬이 문 옆으로 사라진 뒤에도 그 문을 한없이 바라보았다.

***

며칠 뒤 손창근 책임 연구원이 로댕2의 이름을 지었는지를 빈나에게 전화로 물어왔다. 빈나는 손 연구원의 사무적인 말투, 아니 마치 빚쟁이가 빚을 받으러 왔다는 식의 말투에 기분이 크게 상해 아무 말도 하지 않았다. 손 연구원이 당황했는지 말을 더듬었다.

"우 박사님, 제가…… 소장님께 여쭙지도 않고……, 이렇게 불쑥 전화부터 드려서……, 죄송했습니다."

빈나는 여전히 말이 없었다. 손 연구원이 어찌할 바를 모른 채 자신이 직접 집으로 찾아봬도 좋은지를 묻지만, 빈나는 계속 말이 없었다. 한참 뒤에 마 소장이 홀로그램 연결을 해 대신 사과를 했다.

"박사님, 우리 손 연구원이 무례했던 점 대신 사죄드립니다. 제가 천 수석과 함께 박사님을 모시고 이름을 여쭈려 했었는데, 손 연구원이 급한 마음에 실례를 저지른 듯합니다. 저희가 그쪽으로 가도 되고……. ”

빈나는 작은 세미나를 열자고 했고, 마 소장이 적극 찬성하여 연구소 6층 세미나실에서 '로댕2 이름 발표회'라는 이름의 세미나가 개최되었다. 소장이 직접 참석하는 세미나이기에 많은 연구원이 자리를 채웠다. 손 연구원이 세미나 진행을 보았는데, 말이 너무 많았다. 마침내 손 연구원이 빈나를 발표자로 소개했다. 빈나는 마이크를 켜고 자신이 누구인지를 짧게 밝힌 뒤 자신이 지은 이름을 밝혔다.

"저는 로댕의 몸소 우빈나입니다. 마 소장님과 천 수석님께서 제게 로댕2의 이름을 지어 달라고 하셨지요. 저는 로댕2의 이름으로 '로봇 세기(世紀)의 태동기'를 상징할 만한 이름을 지으려 했습니다. 로댕2는 여성 몸소와 둘한몸을 이룰 예정이라고 합니다. 그 여성분의 이름은 강유리입니다. 저는 로댕2가 사람의 사랑을 듬뿍 받을 뿐 아니라, 자신의 믿음을 끝까지 잘 지켜 갈 줄 아는 훌륭한 몸피로봇이 되기를 바라는 마음에서 그 이름을 '한나'라고 지었습니다.

한나(Hannah)는 구약 성경에 나오는 여성의 이름입니다. 그녀는 엘가나(Elkanah)의 첫 번째 부인으로서 아이를 갖지 못해 고통을 받다가 여호와께 기도로써 간구하여 사무엘 선지자를 낳은 뒤 아들 셋과 딸 둘을 더 낳은 기도의 영웅이었습니다. 로댕2는 강 선생님의 자의식과 자율성을 본받게 될 것입니다. 저는 한나가 로댕처럼 강 선생님의 훌륭한 '보드미'가 되기를 바랍니다. 한나는 '고난이 축복이다'라는 성경의 메시지를 구체적으로 보여 주는 인물입니다. 한나는 로댕이 저에게 축복이 된 것처럼 강 선생님께도 큰 축복이 되기를 바랍니다.

한나는 자신이 아들이 없는 것에 대해 통곡의 기도를 드렸지만, 그 내용은 원망 대신 감사와 기쁨 그리고 스스로의 교만을 경계하는 겸

손의 말로 가득 차 있었습니다. 한나는 강 선생님의 보드미로서 성경 속 한나가 겪었던 것과 같은 고통을 감내해야 할 것입니다. 저는 로댕2가 한나처럼 겸손한 삶을 살기를 바랍니다. '한나'라는 이름의 뜻은 영어로는 '그레이스(Grace)'인데, 이는 은혜, 감사, 호의 등을 뜻하기도 하지만, '그레이셔스(Gracious)'에는 매력적이라는 뜻도 담겨 있습니다. 로댕2는 몸소인 강 선생님의 몸에 맞춰 제작될 것입니다. 저는 로댕2가 사람의 사랑을 듬뿍 받았던 한나처럼 우리 모두에게 매력적인 몸피로봇이 되기를 바랍니다. 제 말을 마치겠습니다."

빈나 옆 귀빈석에 앉았던 마 소장이 모든 연구원을 향해 자리에서 일어나 손뼉을 치라며 몸짓을 하자 모두가 기립박수로 화답했다. 마 소장이 "한나! 한나!"라고 외치자 모두가 함께 '한나'를 외쳤다.

22

돌봄병원의 돌봄로봇 우디와 쁘다

로댕2 프로젝트가 본격 가동되었고, 마 소장이 한나의 몸소 강유리 씨를 직접 만나러 내려가고 있었다. 연구소 밴이 큰길을 벗어나 푸르름이 짙어진 산길을 15분 정도 달리자 돌봄병원이 나타났다. 병원은 골이 깊고 산세가 험한 산속 분지 아늑해 보이는 너른 곳에 자리해 있었다. 병원 건물 네 동은 남쪽을 바라보고 나란히 서 있었고, 2층에서 유리 덮개 다리로 서로 이어져 있었다. 병원 앞쪽으로 드넓은 정원이 시원스레 쭉 뻗어나가 있어 빈나는 답답했던 마음이 물에 물감이 풀리듯 스르르 풀어지는 것만 같았다. 몇몇 사람이 바둑판처럼 놓인 길을 따라 산책하는 듯 보였는데, 정원 끝머리에는 작은 저수지가 있었고, 울타리는 키가 큰 메타세콰이어와 편백나무가 촘촘히 심겨 있었다.

강유리 디자이너의 병실은 3층에 있는 여성 전용 프리미엄 2인실 303호였다. 넷은 직원의 안내로 엘리베이터를 타고 올라갔다. 자동문이 열리면서 별도의 맞이방이 나타났다. 거기에는 문이 네 개인 냉장고와 개수대까지 갖춰진 싱크대 그리고 의자가 네 개인 식탁 등이 깔밋하게 갖춰져 있었다. 병원은 병실 바닥뿐 아니라 복도까지 온통 원목 온돌마루가 깔려 있었다. 간혹 맨발로 다니는 환자들이 눈에 띄긴 했지만, 모두가 실내화나 끌신을 신고 다니고 있었다. 환자복은 옅은 하늘색에 짙은 풀빛 줄무늬가 그려져 있어 가볍고 시원해 보였다. 무더운 한여름이었지만, 실내는 아주 쾌적했고, 하루 내내 햇빛이 들어와 구석구석 부드럽게 밝았다.

빈나는 몸피로봇이 사람들의 시선을 끄는 게 싫어 로댕을 입차하는 대신 전동 휠체어를 타고 모시2를 데리고 왔다. 모시2는 키 160cm에 몸무게 60kg 정도이지만 빈나의 휠체어를 자유자재로 몰 수 있었을 뿐 아니라, 자기 몸무게 정도의 물체까지 안전하게 들어 옮길 수도, 나아가 달릴 수도 있었다. 게다가 모시2는 눈치 9단답게 빈나에게 필요한 일들을 알아서 척척 해 주었고, 사람의 다양한 얼굴 표정과 감정 변화까지 정확히 읽어내고, 그것을 토대로 사람의 행동을 예측할 수도 있었으며, 로댕에게는 미치지 못했지만, 빈나와 농담까지 주고받을 수 있었다.

병실에는 아무도 없었다. 마 소장이 강 디자이너에게 전화를 걸었다. 그때 돌봄로봇 하나가 휠체어에 환자를 태우고 병실로 들어섰다. 모두의 관심이 환자보다 로봇에게로 쏠렸다. 로봇이 빈나 일행을 스치듯 지나가자 마 소장이 빈나의 귀에 "모시-MCR 최초 버전입니다. 처음에는 로봇에게 사람의 얼굴을 달았답니다."라고 속삭였다. 빈나가 감탄한 듯 고개를 끄덕이는 순간 로봇이 머리를 돌려 마 소장을 쏘아보는 듯한 행동을 했다. 로봇은 입꼬리가 올라가고, 눈썹 사이에 주름이 잡힌 찡그린 얼굴 표정을 짓고 있었다. 로봇이 마 소장의 말에 뭔가 불쾌감을 느낀 듯했다. 모시2가 빈나의 휠체어를 살며시 뒤로 잡아끌었다. '모시 MCR0'에게서 예기치 않은 위험 행동이 감지됐다는 뜻이었다.

모시0은 모시2보다 조금 빛바래 보였을 뿐 그 크기나 외형은 흡사했다. 다만 모시0은 사람의 얼굴을 달고 있다는 점에서 모시2와 확연히 달랐다. 빈나가 강연장에서 토론했던 모시1 또한 사람의 얼굴이 없었다. 그에 비해 모시0은 얼굴은 사람의 피부와 똑같이 만들어져 있었지만, 머리 위쪽은 그 속이 들여다보였고, 심지어 머릿속에 파란 불빛까지 비치고 있었다. 아마도 그것은 모시0이 실제의 젊은 여성처럼 보이는 것을 막기 위한 방책처럼 여겨졌다. 모시0은 걸음걸이뿐 아니라 다섯 손가락의 손놀림까지 매우 자연스러웠지만, 환자를 휠체어에서 들어 침대에 누이는 방식이 어딘가 어설퍼 보였다.

마 소장도 공장에서 제작되어 현장에서 활동하는 모시0을 실물로 보게 된 게 감동적이었는지 그 로봇의 움직임을 하나하나 자세히 관찰했다. 모시0은 사람들이 자신을 구경하고 있는 게 신경에 거슬렸는지 환자의 침대 정리를 마치고, 돌연 마 소장에게 가까이 다가와 마치 마 소장을 밀어내려는 듯한 행동을 취했다. 모시2는 모시0이 다가오려는 순간 이미 빈나의 휠체어를 뒤쪽으로 쭉 뺐고, 마 소장은 모시0이 발 앞까지 다가와서야 두 걸음 뒤로 물러섰다. 그로 인해 마 소장은 바로 뒤에 서 있던 손 연구원과 살짝 부딪쳤다. 사람들이 물러서는 듯하자 모시0은 다시 환자 옆으로 홱 돌아갔다. 빈나는 돌봄로봇이 낯선 방문자를 지나치게 경계하는 듯해 좀 불안했다. 그때 뒤에서 한 여성의 쾌활한 목소리가 들렸다.

"안녕하세요? 처음 뵙겠습니다. 저는 강유리입니다."

마 소장과 손 연구원이 뒤를 돌아보며 길을 터 주자 여성이 탄 전동 휠체어가 창문 쪽 침대로 다가가더니 방향을 돌려 빈나 일행을 마주 바라보았다. 마 소장이 얼른 자기소개했다.

"저는 람봇연구소 마해찬 소장이고, 이쪽은 책임연구원 손창근이며, 이분은 철학자 우빈나 박사님이십니다. 강유리 디자이너시죠? 처음 뵙겠습니다."

강 디자이너가 얼굴에 잔잔한 웃음을 머금더니 호칭 얘기를 꺼냈다.

"이제 저에게 디자이너라는 호칭은 적절치 않을 듯하네요. 그냥 강 샘이라고 불러 주세요. 여기서는 다들 저를 강 샘이라고 부르거든요."

마 소장이 호칭 문제를 두고 머뭇거리는 사이에 강 샘이 눈으로 옆 침대를 가리킨 뒤 장소를 옮기자고 말했다.

"소장님, 고민하실 거 전혀 없습니다. 저를 뭐라 부르시든 괜찮습니다. 이 병원은 '꽃그늘 정원'이 유명합니다. 그리로 가시죠. 자, 이쪽입니다. 방 여사님도, 시간 되시면 나오시죠."

그곳은 데크 마당처럼 나무 널을 가지런히 깔아 휠체어가 다니기 편하게 되어 있었고, 데크 곳곳에 뚫은 구멍마다 살아 있는 아름드리 나무가 올라와 자라고 있었다. '꽃그늘 정원'이라는 이름은 아마도 봄에 나무에서 꽃이 피기 때문에 붙여진 듯했다. 나무 그늘이 좋은 곳마다 환자들이 옹기종기 모여 있었다. 강 샘이 그곳에 놓인 큰 테이블로 가 의자가 없는 곳에 먼저 자리를 잡았고, 손 연구원과 마 소장은 강 샘의 옆자리와 맞은편 자리에 앉았으며, 모시2가 빈나의 휠체어를 마 소장 옆자리로 밀고 가 브레이크를 당겨 고정했다.

빈나의 휠체어는 고강도 초경량 소재로 만들어졌고, 몸체를 접을 수 있었으며, '둔덕-넘기'는 기본이고 계단까지 오를 수 있었다. 거기다 사용자 무선 호출과 오토 트래킹(Auto-tracking) 시스템 그리고 안내자 인식 시스템, 조명 장치 등이 갖춰져 있었다. 휠체어가 고정되자 시트 몸체는 저절로 테이블 높이에 맞춰 부상했고, 등받이는 뒤로 조금씩 젖혀졌다. 강 샘은 그 광경을 뚫어질 듯 바라보고 있었다. 손 연구원이 친절하게 음료 주문을 받아 카페로 떠나자 빈나의 눈에 정원의 끄트머리 테이블에 맞은바라기로 앉았던 젊은 여성의 웃는 얼굴이 보였다. 그 여성의 맞은편에 앉은 남성은 뒷모습만으로도 나이가 꽤 들어 보였다. 마 소장이 빈나의 시선을 따라가다가 "와우"라고 말하며 예상치 못한 일이 발생했다는 투의 반응을 보였다. 강 샘이 힘겹게 휠체어를 돌려 그 둘이 바라보던 사람을 알아차리고는 웃음기 어린 목소리로 설명했다.

"하하! 저건 '쁘다'라고 합니다. 한유충 할아범의 돌봄로봇이지요. 어떤 이들은 '쁘다'를 '예쁘다'라고 부르고, 다른 이들은 '뼈다귀'라고 부르죠. 호불호에 따라 부르는 이름이 극명히 갈린답니다. 한 할아범은 '쁘다'를 '프라다'라고 우길 때도 있었지요. 어쨌든 쁘다는 우리 병원에서는 유명인, 아니 명물입니다."

빈나는 자신이 본 여성이 로봇이었다는 말에 살짝 놀라는 듯했다. 멀리서 봤을 때 얼굴은 사람처럼 보였지만, 그 팔과 손은 로봇의 그것임이 분명했다. 빈나가 그 로봇을 신기한 듯 바라보자 마 소장이 그 로봇에 대한 설명을 짧게 들려주었다.

"저 돌봄로봇은 우리 람봇연구소가 6년쯤 전에 만들었던 '모시-MCR0'으로 사람의 얼굴을 단 로봇으로 개발했던 것입니다. 모시0은 교감형 AI 휴머노이드 로봇으로서 감정 인식, 감정 생성, 감정 증강의 기능을 갖췄지요. 모시0은 사람의 표정이나 말소리 그리고 감정이나 의도, 나아가 맥락까지 스스로 이해하여 사람과 정서적 교감을 할 수 있습니다. 하지만 그 뒤 모시0은 단종했습니다. 여기서 모시0을 만날 줄은 몰랐네요."

손 연구원이 커피를 일회용 잔에 들고 와 노나주다가 '단종'이라는 말에 의아해하며 마 소장에게 물었다.

"소장님, 단종했다는 말씀이 무슨 뜻인지요?"

마 소장이 말하려 입을 떼는 순간 강 샘이 먼저 커피잔을 가리키며 농담 반 핀잔 반의 말을 했다.

"소장님, 이분 성함이 손창근이시죠? 이거 저 마시라고 가져온 커피죠?"

빈나는 강 샘의 말에 픽 하고 웃음을 터트렸다. 손 연구원이 자신의 실수를 깨닫고, 어찌할 바를 몰라 했다. 모시2가 빈나와 강 샘의 커피 두 잔을 들고 카페로 걸어가자 자리에 앉았던 손 연구원도 재빨리 일어나 모시2를 뒤따라갔다. 마 소장이 설명을 다시 시작했다.

"모시0은 그 당시 감성 컴퓨팅 성능이 최고였고, 따라서 인기도 최고였으며, 가격도 일반 로봇의 3배나 됐었지요. 아마 우리가 모시0 모델을 계속 진화시켰다면 휴머노이드 로봇 역사는 완전히 달라졌을 겁니다. 하지만 우 박사님, 포기할 건 포기하는 게 맞겠지요? 하하!"

우 박사는 마 소장이 말하는 포기가 무엇을 뜻하는지를 잘 알고 있는 듯 보였지만, 강 샘은 궁금증을 이기지 못해 마 소장에게 물었다.

"소장님, 모시0을 단종한 이유를 여쭤도 될까요?"

마 소장은 휴대폰에 뜬 문자를 슬쩍 열어본 뒤 몸을 옆으로 돌려 빈나를 바라보면서 덤덤한 표정으로 대답했다.

"모시0을 설계하고 직접 만든 엔지니어가 우리 람봇연구소의 천명성 수석연구원인데, 어느 날 천 수석께서 로봇에게 사람의 얼굴을 다는 것은 인류에게 재앙이 될 수 있다며 얼굴로봇의 생산을 전격 중단시켰습니다. 제가 소장이긴 하지만, 천 수석의 결단을 막을 길은 없었지요."

"네? 얼굴을 다는 게 재앙이 될 수 있다고요? 누가 그런 정신 나간 소리를 하는 거죠? 그럼, 저기 있는 쁘다가 언젠가는 한 할아범에게 재앙을 불러올 거라는 말인데, 저 할아범에게는 쁘다가 없는 게 재앙일걸요? 저 할아범은 쁘다가 살짝 웃어 주기만 해도 집으로 돌아온 주인에게 달려가는 개 모양으로 어쩔 줄 모르게 기뻐하는걸요. 그건 현실을 몰라도 한참 모르는 사람이 한 말 같네요."

마 소장이 빈나를 향해 풋 하고 싱거운 웃음을 터트리자 강 샘도 얼른 눈치를 채고 제 말의 뒷갈망을 하려 했다.

"정신 나간 소리라는 말은 상식적으로 보자면 그렇다는 것입니다. 오해하지는 말아 주세요. 저는 얼굴이 재앙이 될 수 있을 거라는 생각은 한 번도 해 본 적이 없어서…. 그런데 무슨 재앙이 된다는 말씀이시죠?"

점심때가 지나서인지 정원에 사람들이 북적이기 시작했다. 모시2가 얼음을 넣은 일회용 커피잔에 빨대를 꽂아 가져와 하나는 빈나 앞에 놔두고, 다른 잔은 강 샘의 입에 대어 주었다. 강 샘이 커피를 한 모금 쏙 빨아 마신 뒤 모시2를 칭찬했다.

"이 로봇이 사람보다 훨 낫네요. 호호. 커피가 너무 뜨거우니까 얼음을 넣어 식혀 오기까지 했네요. 와우! 소장님, 이런 로봇은 꽤 비쌀 듯하네요?"

마 소장의 답변은 짧았다.

"우리 모시2는 이바지를 전문으로 하는 람봇으로 프로토타입이고, 현재 최종사용자이신 우 박사님께 최적화되어 있습니다."

모시2가 빈나에게로 돌아가 빨대로 커피를 빨리자 빈나는 커피를 마신 뒤 모시2에게 감사의 인사를 건넸다.

"당케 쉔(Danke Schön)!"

강 샘이 그 말이 재밌었는지 웃었다. 마 소장이 방문 목적을 말했다.

"오늘 제가 강 선생님을 직접 찾아뵌 것은 선생님께서 한나의 몸소로 선정되신 것도 축하드리고, 또 선생님의 멘토로 위촉되신 우 박사님도 미리 소개해 드리기 위함입니다. 앞으로 연구소의 모든 일정은 우리 손창근 연구원이 하나하나 챙겨 드릴 것이고, 우 박사님께서도 곁에서 많은 도움이 되어 드릴 것입니다. 또 만일 무엇이든 말씀하실 게 있으면 언제든 제게 연락을 주시면 됩니다."

강 샘이 모시2에게 커피를 달라는 신호를 하자, 모시2가 빨대를 입에 물려 준 뒤 다시 뺐다. 바깥 날씨가 조금씩 더워졌지만, 나무 그늘 밑은 바람이 불어 시원하게 느껴졌다. 지나가던 사람들이 로봇이 전신마비 환자에게 커피를 마시게 하는 장면이 신기했는지 멈춰선 채 구경을 했다. 강 샘의 얼굴이 살짝 신경질적으로 바뀌는 듯하더니 불만스럽다는 말투로 말했다.

"그런데 우 박사님, 그 몸소라는 말이 좀 거슬리지 않으세요? 금소도 아니고, 은소도 아니고……, 저는 몸소라는 말을 처음 들어보거든요. 박사님도 저처럼 몸소시니, 그 뜻을 잘 알고 계실 것 아니에요? 설명 좀 해 주실 수 있으세요?"

빈나는 강 샘이 자신들을 쳐다보던 사람들의 무례함을 꾸짖을 줄 알았다가 몸소라는 말에 투정을 부리는 모습이 귀엽게 느껴졌는지 크게 웃었다.

"하하. 강 선생님께서 몸소를 '금소', '은소'랑 비교하시니 몸소의 뜻이 더 재밌게 다가옵니다. 금소의 '소'는 장소, 곧 어떤 일이 일어나는 마당이나 터를 뜻합니다. 금소는 금이 나는 곳, 또는 금을 캐는 곳을 말했지요."

"오호라! 그러니까 '몸소'는 몸이 놓이는 터가 되겠군요. 무덤도 몸소가 되겠네요. 농담입니다……. 그럼 몸피는 고스톱 칠 때의 그 피를 뜻하겠네요. 껍데기인지, 쭉정이인지……, 맞나요?"

"틀리지는 않을 듯하지만, 아마 포대기의 의미가 더 맞을 듯합니다."

"그럼 '몸피 몸소'라는 말은 엄마와 아기의 관계처럼 정겨운 말이네요. 스켈레톤(Skeleton)이니 외골격(外骨格)이니 하는 말들은 좀 무섭게 느껴지지만, 아기의 몸을 감싸는 포대기라는 뜻의 몸피는 포근한 느낌이잖아요?"

마 소장이 슬쩍 한마디 덧붙였다.

"몸피의 몸소가 된다는 것은 큰 혜택을 입는 것이자 동시에 큰 책무를 떠안는 것입니다. 몸소인 사람과 몸피인 AI 로봇이 성공적으로 '둘한몸'을 이루어 '한몸살이'를 제대로 살아간다면, 인류는 AI 로봇과 지속가능한 공생의 길을 트게 될 것입니다. 저희가 가는 이 길이 다음 사람에게는 어쩌면 보편적인 길이 될지도 모르겠습니다."

강 샘이 갑자기 재밌다는 듯 호호호 웃으며 마 소장의 말을 자기식으로 정리해 말했다.

"소장님께서는 '몸피 몸소'의 지속 가능한 일대일 공생방식을 말씀하셨는데, 몸피와 공생해야 하는 사람들은 저처럼 몸을 맘대로 쓸 수 없게 되어야 하잖아요. 그게 인류의 미래가 된다는 것은 생각만 해도 끔찍한데요……. 그것보다는 전신마비를 치료하는 길이 더 바람직한 길이지 않을까요?"

마 소장이 한 손을 휘휘 내저으며 변명을 했다.

"제가 말씀드린 로봇과의 공생은 인류가 불행을 당하는 것을 전제로 한 게 아니라, 우리 모두가 근미래에 직면하게 될 도착 미래의 모습을 말씀드린 것입니다. 제 설명이 좀 부족했나 봅니다."

강 샘이 마 소장의 얼굴을 빤히 바라보았다. 마 소장은 빈나를 바라보았다. 빈나가 마 소장의 말을 덧붙이고 나섰다.

"현재 한국의 고령화 속도는 세계 최고지요. 몸은 늙었어도 마음과 정신만큼은 싱싱한 사람들이 넘쳐나고 있습니다. 앞으로 그러한 사람들을 돌볼 사람이나 돌봄로봇이 필요하다는 것은 자명합니다. 저는 람봇연구소의 몸피와 몸소가 한몸살이를 제대로 해내게 된다면, 이러한 '늙싱한 사람들'의 튼튼한 몸이 돼 줄 수 있다고 봅니다."

강 샘이 '늙싱한'이라는 말에서 "와우"를 외쳤다. 강 샘이 모시2에게 눈짓을 하여 커피를 한 모금을 빤 뒤 통통 튀는 목소리로 말했다.

"'늙었지만 싱싱하다'는 말이 재밌네요. 앞서 제가 '일대일 공생이 끔찍하다'라고 한 말은 좀 지나쳤던 듯싶습니다. 우 박사님 말씀대로 정말 신체 따로 정신 따로 놀게 되는 사람들이 점점 많아지고 있는데, 내 몸뚱이를 도축 업자가 살코기 다루는 것처럼 로봇에 떠맡기는 것보다는 몸소가 되어 스스로 움직일 수 있는 게 수천 배 훨씬 좋은 삶이 되겠지요. 박사님 말씀이 전적으로 맞습니다!"

빈나가 강 샘에게 어떤 일을 하셨는지를 묻자 손 연구원이 대신 대답을 했다.

"강 선생님은 프리랜서 산업디자이너였습니다. 제가 듣기로는 우주산업에서부터 정부의 산업정책에 이르기까지 매우 폭넓은 분야에서 뛰어난 활약을 하신 것으로 알고 있습니다. 저희와 인연을 맺게 된 것은 강 선생님께서도 우 박사님처럼 불의의 교통사고를 당하시는 바람에……."

손 연구원이 말을 멈췄다. 강 샘이 손 연구원의 말을 이어갔다.

"우 박사님, 제가 전신마비가 된 뒤부터 저는 절망의 나날 가운데 살아왔습니다. 이번 프로젝트 참여는 저에게 더할 나위 없이 좋은 행운입니다. 저는 디자이너로서 그동안 소비평등권을 주장해 왔는데 사고를 당해……, 모든 것을 접었었지요. 하지만 몸피로봇을 통해 몸을 마음대로 움직일 수 있게 된다면, 제 디자인의 꿈을 꼭 이루고 싶습니다."

강 샘의 이야기가 끝나자 마 소장이 손뼉을 작게 짝짝 친 뒤 손 연구원을 가리키며 응답하듯 말했다.

"여기 손 연구원이 강 선생님의 꿈을 반드시 이뤄 드릴 것입니다. 프로젝트 참여라는 큰 결단을 내려주신 강 선생님께 거듭 감사드립니다. 현재 프로젝트 일정은 차질 없이 잘 진행되고 있습니다. 제가 오늘 여기 와서 강 선생님의 거침없고 적극적인 모습을 보니 프로젝트에 대한 기대가 더욱 커집니다."

마 소장의 말은 최종 책임자의 말답게 무게감이 느껴졌다. 마 소장이 잔에 남았던 커피를 다 마셨다. 오후 2시가 넘으면서 정원에 사람들이 많아지고, 더운 바람이 솔솔 불기 시작했다. 그때 강 샘이 누군가를 불렀다.

"야, 우디! 방순덕 여사를 이쪽으로 좀 모셔 와."

아까 강 샘의 병실에서 마주쳤던 돌봄로봇 모시0이 휠체어를 빈나의 테이블로 밀고 와 강 샘 옆에 엇비스듬히 세웠다. 갑자기 방 여사가 모시0을 나무랐다.

"야, 똘보! 휠체어를 또 삐딱하게 댔잖아! 너 눈이 삐뚤어진 거 아냐?"

방 여사는 모시0에게 화를 낸 뒤 모든 사람 앞에서 모시0을 성토라도 하려는 듯 지청구를 쏟아냈다.

"지난번에는 얘가 내 휠체어를 벽에다 계속 세 차례나 들이박았지 뭐예요! 그때 내가 아주 죽는 줄 알았다니까! 저러다 똘보가 살인자, 아니 살인로봇이 될지도 몰라요! 가끔 겁난다니까! 어휴, 빨리 갈아치우든지 해야지!"

강 샘이 방 여사의 말이 끝남과 동시에 모시2에게 방 여사의 휠체어를 똑바로 세우라고 명령했다.

"모시2, 주차를 다시 똑바로 해 줘."

모시2가 휠체어를 테이블에 맞춰 바르게 주차했다. 모시0은 그 장면을 물끄러미 바라보며 입가를 씰룩이며 눈살을 찡그리는 듯했다. 모시2가 빈나 옆으로 돌아가자 강 샘이 모시0에게 모시2를 칭찬했다.

“우디야, 잘 봤지! 너도 모시2가 하는 것 좀 배워라! 그래야 ‘똘보’ 소리를 안 듣지. 하긴 모시2는 하는 게 사람보다 낫더라.”

방 여사는 마 소장이 로봇 연구소의 소장이라는 사실을 듣고는 돌봄로봇을 좀 값싸게 만들어서 자기같이 돈 없는 사람들도 쓸 수 있게 해 달라는 부탁을 길게 늘어놓았다. 마 소장은 겸손한 자세로 그 얘기들을 다 들어 주었다. 빈나는 모시0의 입가 씰룩거림이 신경에 거슬려 그 이유를 알고 싶어 마 소장에게 물었다.

“우디가 아까부터 입가를 계속 씰룩거리고 있네요. 인공근육이나 케이블 또는 표정 모터에 고장이 났나 봅니다. 수리를 받아야 할 듯한데. 소장님, 모시0의 씰룩거림이나 눈살 찌푸리기 고장은 고치는 게 그리 어렵지는 않지요?”

“음. 몇 년 전이면 어렵지 않았겠지만, 지금은 생산이 중단되었기에 연구소에 고칠 수 있는지를 확인해 봐야 할 듯하네요. 일단 얼굴의 근육 자체가 움직이는 것을 보면 모터 고장은 아닌 듯하고, 다른 표정이 보이지 않는 것으로 보면 60개 인공 근육 가운데 많은 부분이 제대로 작동하지 못하는 상태인 듯합니다. 먼저 모시0의 얼굴 표정을 읽어내는 딥러닝 상태도 살펴봐야 하고, 상황에 맞는 얼굴 표정을 지을 수 있는 자아상, 즉 셀프 이미지가 올바로 작동하는지도 점검해 봐야 합니다. 그리고 얼굴 피부도 손질이 안 돼 부드러움을 다 잃고 매우 거친 상태인 것 같고…. 정밀 진단이 필요한 상태입니다. 손 연구원님, 여기 모시0을 사진으로 찍어 연구소에서 수리할 수 있는지 알아봐 줘.”

손 연구원이 모시0의 얼굴 사진을 찍자 방 여사가 그럴 필요 없다는 듯 콧방귀를 뀌며 모시0의 내력을 짧게 알려 주었다.

"걔는 고칠 필요 없어요. 이제 곧 폐기 처분할 거예요. 걔는 우리 둘째 딸이 자기 엄마 심심하다고 비싼 돈을 들여 사 준 건데, 처음에는 말도 잘하고, 사람 표정도 잘 읽고, 거 뭐라고 하더라, 그래, 감정적 소통이 잘됐지요."

방 여사는 모시0의 얘기를 시작하자마자 마치 자식 자랑을 늘어놓는 부모처럼 신이 나 열을 올렸다.

"그때는 얘가 무슨 말만 하면 사람들이 다 신기해서 환호성을 지르며 저마다 얘한테 말 한마디라도 붙여 보려고 난리였지요. 그래서 내가 얘한테 아우디처럼 비싸고 멋있다는 뜻에서 '우디'라는 이름을 붙여 주었지요. 우디의 얼굴 표정 연기는 정말 끝내줬어요. 내가 슬픈 표정을 지으면 저도 슬픈 표정을 그대로 따라 했고, 내가 재미난 얘기를 들려주면, 우디는 감탄하면서 맞장구도 얼마나 잘 쳤는지 몰라요. 우디는 병원 간호사를 보조해 24시간 나를 돌봐 주었고, 대화도 잘했고, 내가 했던 말들도 모두 기억해서 뭐든지 우리 우디한테 묻기만 하면 됐지요. 옛날얘기도 잘 지어내서 심심할 새가 없었지요. 휠체어도 간호사보다 더 잘 몰았고…. 사람들이 모두 나를 부러워했습니다!"

갑자기 할아버지 한 사람이 방 여사에게 "똘보구먼!"라고 하며 아는 체를 하더니 옆 테이블 의자를 끌고 와 손 연구원 쪽에 붙여 앉았다. 불청객의 등장으로 잠깐 침묵이 흐르자 그 할아버지가 다짜고짜 이야기를 재촉했다.

"여기 손님들께는 초면에 실례가 크지만, 방 여사, 거 나한테는 아무 신경을 쓰지 마시고 하던 얘기나 계속하시오! 우디 얘기를 하던 것 같던데."

방 여사는 훼방꾼의 등장이 예사롭다는 듯 이야기를 거침없이 이어갔다.

"여기 진성환 할아범은 저기 가발 쓴 로봇 쁘다의 주인하고 한 방을 쓰는 분입니다. 여기 병원에서는 아무 때나 끼어들어도 서로 큰 허물이 안 되니까, 우리 소장님께서 좀 너그럽게 이해해 주셔요. 내가 어디까지 얘기했더라, 아 그렇지, 한 3년인가 4년인가 쓴 뒤부터 우디가 말이야, 내가 무슨 말을 하면 눈살을 찡그리면서 입만 씰룩거리는 거야. 내가 그러지 말라고 엄청나게 타일렀는데, 점점 더 심해지더라고. 심지어 다른 사람들이 저한테 뭐라고 하면 화를 내기도 하고……. 어떤 때는 사람들이 얘 표정을 보고 무섭다고 하는 거야! 급기야 우디가 내 휠체어를 벽에 들이박기까지 했지 뭐야. 그때부터 사람들이 우디를 '똘보'라고 놀리기 시작했습니다. 내가 얘 때문에 속상해 죽겠어. 여기 진 할아범이 잘 알고 있다시피, 그동안 수리도 몇 차례 받았는데, 상태는 더 악화하기만 했습니다. 내가 말로는 폐기한다고 호언장담을 하고 있지만, 우디하고 너무 정이 들어 갖다 버릴 수도 없고…. 그렇다고 모든 사람이 구박하고 미워하는 로봇을 곁에 두고 계속 사용할 수도 없고…. 우리 딸이 폐기하라고 해서, 이젠 나도 그러려고."

우디는 방 여사가 속상한 이야기를 하는 사이에도 굳은 얼굴로 입꼬리를 씰룩거리고 있었다. 모시2는 강 샘과 빈나에게 커피를 빨리느라 왔다갔다 했다. 빈나의 눈길이 먼발치에 앉아 있는 가발 쓴 모시0에게 꽂혀 있는 듯하자 강 샘이 방 여사에게 한 유충 할아버지의 로봇 얘기를 물었다.

"방 여사, 저기 있는 '쁘다' 얘기 좀 해 줘. 우디하고 쁘다 가운데 어떤 게 먼저 병원에 온 거야?"

강 샘의 물음이 끝나자마자 그 물음이 나올 것을 예상했다는 듯 진 할아범이 재빨리 대답을 꺼내 들었다. 목소리에 가래 끓는 듯한 쉰 소리가 섞여 있어 듣기가 좀 불편했다.

"우디가 먼저지. 방 여사 딸 주혜가 우디를 이 병원으로 데려올 때 병원 측에서는 변호사 자문까지 받은 뒤 모시0의 사용에서 생겨날 문제에 대해 그 어떠한 책임도 일절 지지 않겠다는 조건을 내세웠지. 방 여사의 일은 내가 방 여사보다 더 잘 알고 있거든. 내 기억력은 한 치의 오차도 없이 틀림이 없습니다! 그때 의사 선생님이 우디가 사고를 내면 우리 방 여사 측이 모든 책임을 떠맡아야 한다고 강요하기에 내가 '그런 억지가 어딨냐? 책임은 사용자가 아니라 제조사가 지는 법이다!'라고 대들어서 결국 연구소 쪽에서 모든 책임을 지는 것으로 하고 사용이 허락됐어. 방 여사님, 그게 다 내 덕인 줄 아십시오! 그리고 우디가 병원에 온 지 두 달 뒤에 제기랄 저기 한유충이 '쁘다'를 데려왔지."

손 연구원이 "쁘다요?"라고 물으며 멀리 떨어져 있는 모시0을 자세히 살피더니 "예쁜 것 같은데요"라고 혼잣말처럼 말을 내뱉었다. 방 여사가 그 말에 발끈하며 못마땅하다는 말투로 한유충 할아범을 비난하고 나섰다.

"저놈의 한 할아범이 우리 우디를 보고 첫눈에 반해 그 즉시 우디랑 똑같은 모델을 직접 산 거야. 누가 도와주긴 했겠지만, 어쨌든 내가 알기로 자식들이 사 준 건 아니야! 한 할아범은 모시0이 자신의 병실에 도착하자마자 '예쁘다'라고 외치면서 모시의 손을 잡고 병원 곳곳을 다니며 자랑하기 바빴지. 우디랑 똑같은 로봇을 애인처럼 대하니, 우리 우디 꼴이 뭐가 되겠어? 우리 비싼 우디가 병이 난 건 다 저 할아범 때문이야."

방 여사가 이를 갈듯 입술을 움직이자 진 할아범이 자신이 방 여사 대신 쁘다에 얽힌 사연의 자초지종을 자세히 들려주겠다는 듯 말문을 열었다. 마 소장은 손 연구원에게 손짓으로 진 할아범에게 음료수를 가져다드리라는 신호를 보냈다. 그러자 진 할아범은 주변 사람 네댓을 불러 모았다. 빈나의 테이블에 사람들이 모여드는 듯하자 저 멀리 있던 쁘다가 자리에서 일어나 한유충 할아범과 정원으로 걸어갔고, 마침내 시야에서 사라졌다. 진 할아범은 손 연구원이 가져온 토마토 주스를 쭉 들이켠 뒤 마른기침을 내뱉으며 이야기를 시작했다.

"나하고 한유충 씨는 한 방을 같이 쓰는 룸메이트입니다. 내가 유충 씨한테 내 허락도 없이, 아니 나하고 아무런 상의도 없이 자기 마음대로 로봇을 방에 들이면 어떡하냐고 이의를 제기했더니 유충 씨가 '쁘다는 로봇이 아니야!'라고 버럭 소리를 지르더라고. 그래서 내가 '로봇이 아니면 그럼 사람이냐?'라고 되묻자 유충 씨는 쁘다는 자기 애인이라고 답하는 거야. 그때 내가 딱 알아봤지. 이 할아범이 노망이 났다고 말이야."

사람들이 저마다 한마디씩 하며 진 할아범에게 공감을 표했고, 진 할아범은 밭은기침을 해대며 목소리를 톺은 뒤 배우가 연설하듯 말을 이어갔다.

"연구소의 람봇 사용설명서에 따르면, 람봇이 사람처럼 보이게 해서는 안 된다는 지침이 분명히 들어 있습니다! 여러분도 한번 각자 자신의 머리로 생각해 보십시오. 머리가 사람보다 더 똑똑하고, 얼굴도 사람보다 더 예쁘고 젊으며, 말씨도 곱고, 목소리도 꾀꼬리처럼 아름다운 람봇을 사람과 똑같이 꾸몄다고 생각해 보시란 말입니다! 유충 씨만 홀라당 넘어가겠습니까? 아니지요! 쁘다에게 노랑 가발을 씌우고, 철마다 명품 옷을 갈아입히며, 명품 신발에 화장까지 하고 나면, 쁘다는 영락없는 20대 아가씨였습니다! 내 거짓말 한 톨 보태는 거 없이 말하는 겁니다. 모든 남자가 쁘다에게 넘어갈 겁니다. 심지어 유충 씨는 쁘다를 자신의 침대 위에다 잠을 재웠습니다. 그 눈꼴신 모습은 정말 눈 뜨고 못 봐 줄 지경이었습니다. 나니까 그냥 넘어가 준 거지!"

이야기를 듣던 사람들 가운데 누군가 "환자용 싱글 침대에 둘이 누울 수가 있나?"라고 물었다. 그 물음에는 추태에 대한 의심의 여운이 서려 있는 듯했다. 진 할아범은 전기수(傳奇叟)처럼 말의 뜸을 들이듯 다리를 꼬며 상체를 뒤로 젖혔다. 목소리가 커졌다.

“누구든 말이야, 쁘다를 조금이라도 나쁘게 말하면, 유충 씨는 그것을 참지 못하고, 그 사람과 대판 싸움을 벌인 끝에 마침내 그와 척을 지기 일쑤였어요! 사람들은 유충 씨 반응이 재밌어 쁘다를 더욱 골려 먹었지요. 한 번은 여기서 입심 사납기로 유명한 박진태 할아범이 ‘유충 씨가 로봇 첩을 끼고 산다.’라고 입을 잘못 놀리는 바람에 유충 씨에게 폭행을 당하는 일까지 벌어졌었습니다. 이거 다 사실입니다! 그래서 내가 룸메로서 유충 씨한테 ‘진태 영감이 치매에 걸려 말이 헛나온 걸 가지고, 주먹질까지 하면 되냐?’라고 사태 수습을 했더니, 유충 씨가 ‘그놈이 언제부터 치매야! 어제까지 밥만 잘 처먹더니만, 그놈 역성을 드는 걸 보니 너도 똑같은 놈 아니야? 친구고 룸메고 뭐고 다 필요 없다니까. 쁘다만 있으면 돼. 에이, 인간들이란 다 똑같아.’라고 말하며 나까지 척을 지더라고! 나 원 참!”

방 여사가 어이가 없다는 듯 대꾸를 했다.

“아니 젊은 여자 로봇을 침대에 재우는 것도 남사스러운데, 싸움을 중재하는 룸메한테까지 등을 돌리는 건 또 무슨 경운가. 그 진태 영감이 치매 걸린 거, 여기 있는 사람은 다 아는 사실인데, 밥 잘 먹으면 치매에 안 걸린 건가? 그럼, 치매 걸린 사람은 굶어 죽으라는 건가? 내가 소문으로 들었는데, 저 한유충 할아범도 치매라며?”

인신공격성 발언이 나오자 진 할아범이 손사래를 치며 방 여사 말문을 막은 뒤 주스로 목을 축이며 능청맞은 목소리로 한 할아범에 대해 쏘아댔다.

“이 병원 환자 절반이 치매 환자일 텐데, 그런 말씀은 하지 마시고! 그런데 유충 씨가 나까지 필요 없다고 말하니까 나도 꼭지가 확 돌아버려서 내가 진심을 쏟아냈지. 너 생각해 봐! 느닷없이 하루아침에 절친 룸메를 로봇에게 빼앗긴 내 입장이 어떤지 말이야. 너는 허구한 날 쁘다랑 희희낙락하고 앉았고 말이야. 나는 완전히 외톨이야 외톨이! 야, 로봇 없는 사람은 어디 서러워서 살 수가 있겠냐? 그럴 거면 독방으로 옮겨 가! 나도 사람 룸메랑 살고 싶어!"

사람들 사이에서 "그렇지! 잘했어!"라는 공감의 추임새가 터져 나왔다. 갑자기 진 할아범이 입을 턱 벌리며 허공을 바라봤다. 표정으로 마치 무슨 놀라운 일이 벌어졌었다는 것을 암시하면서 헛김 새는 말을 했다.

"내가 유충 씨한테 버럭 화를 내니까 그 쁘다가 말이야 나한테 '진 선생님, 저 때문에 기분이 상하신 듯한데, 제가 어떻게 해 드리면 좋겠습니까?'라고 묻는 거야! 허허! 쁘다의 성품이 사람 사용자보다 백배는 더 좋다니까! 내가 아무 말도 못하고 있으니까, 유충 씨가 쁘다의 손을 끌고 밖으로 나가 버리는 거야! 나는 천장을 보고 허탈한 웃음을 웃을 수밖에!"

빈나는 마 소장이 자신을 살피는 눈빛을 알아채고, 얼굴에 살짝 미소를 지어 보였다. 모시2는 빈 컵에 따라온 뜨거운 물을 커피잔에 조금 섞어 빈나에게 빨려 주었다. 사람들의 눈이 모시2에게 쏠렸다. 옆에 서 있던 할아버지 한 사람이 진 할아범에게 뜬금없는 물음을 던졌다.

"쁘다 할아범이 그 많은 재산을 쁘다에게 상속하려 한다는데, 그게 사실이야?"

"어르신, 저도 그 속내까지 내밀하게 알지는 못하지만, 유충 씨가 변호사한테 쁘다에게 상속하는 게 법적으로 가능한지를 물어본 건 사실입니다."

"아니 한유충이, 그거 미친 거 아니야? 자기 아들딸이 멀쩡히 살아있는데, 로봇에게 상속한다는 게 말이 돼? 사람 살다 보니까 별 희한 한 일을 다 보겠네.”

방 여사도 한 할아범이 이상하다는 사실을 얼른 거들고 나왔다.

“어르신, 저도 말입니다, 키우던 고양이에게 재산을 물려줬다는 말은 들었어도, 로봇에게 재산을 물려줬다는 말은 아직 들어본 적이 없습니다. 내 생전 처음입니다. 근데 성환 할아범, 쁘다는 뭐라고 한대? 받는대?”

방 여사의 물음이 나오자 사람들이 저마다 한마디씩 하는 바람에 분위기가 어수선해졌다. 진 할아범이 얘기를 시작하려 하자 모두 조용해졌다.

“걔가 무슨 권한이 있다고 받고 안 받고를 결정하겠어? 그런데 쁘다가 재산이 생기면 그건 우리한테 좋은 거 아니야? 쁘다야 돈 쓸 일이 어딨겠어! 그 많은 재산을 우리한테 쓰라고 하면 좋잖아!”

사람들의 귀가 물이 깔때기로 모이듯 자신에게 쏠리자 진 할아범은 마치 무슨 일급 비밀이라도 공개하듯 목소리에 무게를 실어 나지막하게 말했다.

“이건 제가 유충 씨 변호사로부터 캐낸 얘깁니다! 변호사가 직접 말한 것은 아니지만, 제가 법무법인에서 조무원을 했던 경험에 비춰 말씀을 드리는 것입니다. 아마 변호사는 유충 씨의 재산 일부를 쁘다에게 위탁했을 겁니다! 쁘다는 이미 그 법률 회사의 에이전트로 등록이 됐습니다! 에이전트는 임원이라는 말입니다. 그 회사는 쁘다가 죽을 때까지 쁘다를 돌볼 책임을 떠맡은 것입니다. 이 경우, 쁘다는 그 돈을 지 마음대로 쓸 수도 있습니다. 여러분께서 쁘다에게 잘 보이면, 혹시 압니까? 쁘다가 그 돈을 좀 나눠 줄지. 쁘다는 앞으로 귀족처럼 살 수 있습니다! 귀족이 뭔지 아시죠? 쁘다는 사람들을 노예처럼 부릴 수도 있습니다!”

하지만 방 여사가 토를 달고 나섰다.

"성환 할아범, 한 할아범이 돈이 그렇게 많으면 독실을 쓰지 왜 2인실을 써? 쁘다랑 둘이 별짓을 다 하고 싶을 텐데……. 죽으면 돈이 다 무슨 소용이야. 재산이 많았으면, 아들딸이 그걸 그냥 내버려 뒀겠어? 쁘다에게 상속한다는 건 다 헛소리일 거야. 그 이야기를 한유충 할아범에게 직접 들은 사람은 아무도 없잖아요? 진 할아범도 직접 들은 게 아니잖아?"

진 할아범은 방 여사의 딴죽 거는 말에 흠칫 머뭇거리다 되치는 말을 내뱉었다.

"유충 씨가 저 지랄을 떠니까 그 아들딸이 이제까지 코빼기 한 번을 내비친 적이 없는 거지. 자식하고는 생 인연을 끊어 버리고, 저 쇳덩어리를 제 애첩인 양 끼고도는데, 아들딸이라고 말릴 수가 있겠어? 인간이 늙어도 좀 곱게 늙어야 하고, 주책을 부려도 유분수여야 하는데, 무슨 로봇 첩을 들이느냐고. 저건 완전 민폐야 민폐! 내가 그 꼴이 얼마나 싫었으면 독방 쓰라고 난리를 쳤겠어. 벌써 4년도 넘은 걸, 떠들어 봤자 내 입만 아프지."

빈나는 쁘다의 상태가 궁금해 진 할아범에게 물었다.

"그런데 진 선생님, 쁘다는 고장이 난 데가 없나요?"

진 할아범은 빈나의 물음에 빈나의 몸 상태를 자세히 살펴보고는 좀 정중한 태도로 대답을 했다.

"물어보시는 분은 학덕이 높으신 분 같은데, 사고를 당하셨나 봅니다. 나도 산전수전 다 겪었는데, 뭐든 빨리 받아들이는 게 좋더라고요. 고장이 왜 안 났겠어요? 우디나 쁘다가 얼마나 복잡하겠습니까. 사람도 연식이 오래되면 어딘가는 고장이 나는 법이듯 로봇도 고장이 안 날 수가 없지요. 둘 다 대화의 수준이 예전만 못하고, 엉뚱한 말을 할 때도 있고, 넘어질 때도 있지요. 우디는 표정을 짓는 게 고장이 났고, 휠체어 조종도 잘못할 때가 있어 불쌍하게도 사람들에게 '똘보'라는 놀림까지 받고 있지만, 쁘다는 고장이 나긴 했어도 유충 씨가 지극정성을 다해 아끼고 수리해 주니까 여태까지 표정도 잘 짓고, 대화도 곱게 잘 하는 편이지요. 사실 쁘다보다 유충 씨의 마음 고장이 더 심각한 상태입니다."

이야기의 주제가 로봇에서 자신들의 현실 문제로 바뀌자 진 할아범이 말을 끝내며 자리에서 일어났다.

"이거 귀한 손님들 모셔 놓고, 제가 괜한 이야기로 끼어들어 방해한 것 같습니다. 강 샘, 죄송했습니다. 그럼, 저는 이만 돌아가겠습니다. 기회가 있으면 다음에 또 뵙죠."

진 할아범이 자리를 떠나자 방 여사를 비롯한 나머지 사람들도 자리를 비켜 주려는 듯 모두 자리를 떴다. 마 소장은 모시0의 이야기를 들으며 생각이 많아진 듯 보였고, 빈나는 담담한 얼굴이었다. 손 연구원이 강 샘에게 추가 음료를 권했지만, 강 샘은 "됐습니다"라는 말로 거절했다. 마 소장이 휴대폰 메시지를 살피는 사이 빈나가 망설이는 듯 강 샘에게 물었다.

"강 선생님께서 아까 '소비평등권'이라는 말씀을 하셨는데, 그 말이 무슨 뜻인지, 설명 좀 해 주실 수 있는지요?"

마 소장과 손 연구원이 "하하" 하고 큰 소리로 웃었다. 빈나는 자신이 모르는 낱말이 나오면 묻지 않고는 그냥 넘어갈 수 없는 성격이었다. 강 샘은 자신감이 넘치는 투로 설명을 시작했다.

"저는 이런 걸 물어봐 주시는 분이 정말 좋더라고요. 사람들은 보통 몰라도 아는 척하며 넘어가려 하는데……. 하지만 저도 겉으로는 소비평등권을 잘 아는 듯 외치고 다녔지만, 사실 정확히 알고 있지는 못합니다. 그냥 사례를 하나 들어 보이는 게 쉽겠네요. 최근 '스페이스X'를 추첨제로 돌리라는 시위가 일어나고 있지요. 이는, 한마디로 말해, 누구나 우주여행을 할 수 있게 해 달라는 것을 말합니다.

현재는 돈이 많은 사람만 마치 선택받은 사람들인 양 우주로 날아갈 특권을 누릴 수 있지요. 우주여행은 수많은 사람의 피와 땀으로 일군 인류의 과학기술 덕분에 가능해진 것인데, 그 기술을 소유한 몇 사람이 그 혜택을 누릴 사람들을 돈을 받고 선정한다는 것은 부당하다고 봅니다."

손 연구원이 "아하"라고 감탄사를 날렸다. 마 소장도 듣는 내내 연신 고개를 끄덕이고 있다가 궁금하다는 듯 물었다.

"우주여행은 돈이 많이 들 수밖에 없는데……. 만일 가난한 사람이 우주여행에 당첨된다면, 그 비용은 누가 부담해야 할까요?"

강 샘은 자신이 대답하는 대신 빈나에게 그 해결책을 물어보았다.

"글쎄요? 저에게는 답이 없지요. 그래서 저는 돈을 많이 벌려고 했습니다. 그 돈으로 소비에서 극심한 차별을 당하는 사람들을 조금이나마 돕고 싶었거든요. 혹시 우 박사님께서 소장님께서 제기한 문제점에 대해 현명한 해결책을 마련해 주실 수 있으실까요?"

마 소장은 강 샘이 빈나에게 답변을 구하는 순간 자신의 휴대폰을 켜고 메시지를 들여다보았다. 빈나는 토론 논제를 대하듯 말머리를 뗐다.

"그러니까 강 선생님께서는 '평등한 우주여행 소비권'을 주장하신 셈인데, 과연 우주여행이 모두가 평등하게 나눠 가져야 할 권리인지는 매우 의문스럽습니다. 공기나 물, 땅이나 교육 등은 평등권 주장이 가능한 필수재라고 볼 수 있지만, 우주여행은 돈이 정말 많이 들 수밖에 없는 소비재이지요. 게다가 우주여행의 기회 자체가 매우 희소한 자원일 수밖에 없습니다. 즉 우주여행은 평등 분배의 대상이 될 수 없습니다.

다만, 만일 우리가 이러한 희소 재화를 모두에게 평등하게 분배하고자 한다면, 우리는 그것을 추첨의 방식으로 나누면 될 것입니다. 모두가 추첨에 참여할 수 있는 한, 평등권 침해는 일어나지 않습니다. 저처럼 우주여행을 갈 수 없거나 갈 마음이 없는 사람은 추첨에 참여하지 않거나 당첨되어도 그 권리를 다른 사람에게 넘겨주면 될 겁니다. 문제는 방금 마 소장님께서 지적하신 대로, 만일 당첨자가 우주여행 비용을 감당할 수 없어 가고 싶어도 갈 수 없다면, 추첨의 평등성은 실제로 아무런 의미가 없습니다. 이 문제를 해결할 수 있는 유일한 방법은 정부가 우주여행을 무상으로 지원하는 것입니다. 이를 위해서는 '우주여행 소비권'을 우리 헌법의 평등권 항목에 추가하면 될 것입니다. 다만, 이러한 내용으로 헌법을 개정하려는 사람은 없겠지요. 현문우답을 마치겠습니다."

빈나는 자신의 이야기는 웃자고 한 말이라는 투로 말을 마쳤다. 그런데 강 샘의 반응은 진지했다.

"우와! 박사님, 저는 철학자들이란 아무도 알아들을 수 없는 이상한 이야기만 늘어놓는 사람들로 알았는데……. 박사님께서 '우주여행 공영제'를 제안하실 줄은 상상도 못 했습니다. 사람은 누구나 자신이 원하는 것을 소비할 권리가 있지요. 그가 돈이 없다면, 정부는 그에게 소비할 수 있는 돈을 주어야 합니다. 누군가 우주여행을 가고 싶다면, 정부는 그에게 그 여행 경비를 마련해 주어야 합니다. 정부는 국민의 평등한 소비를 위해 있는 것입니다. 그렇지 않다면, 정부는 있을 필요가 없지요. 소비는 수요창출이고, 그것은 곧 생산증대입니다. 한마디로 말해, 소비의 평등성은 경제의 선순환구조를 제대로 돌아가게 해 줍니다. 오늘날 선진국은 일하지 않은 채 소비만 하는 사람들이 50%가 넘지요. 우리나라도 놀고먹는 사람들의 수를 기하급수적으로 늘려야 합니다. 저는 부자세 도입에 적극 찬성합니다. 정부 재정을 늘릴 수 있으려면, 부자들에게 세금을 더 많이 걷는 수밖에 없지 않겠습니까?"

강 샘이 빈나의 이야기 맥락을 잘못 짚어 자신에게 유리한 쪽으로 끌고 나가는 듯하자 마 소장의 표정에 살며시 그늘이 드리웠다. 손 연구원은 자신의 손을 무릎에 비비고 있었다. 빈나가 강 샘의 강변을 멈춰 보려 소비 중심의 세계관이 가져올 폐해들을 강하게 내세웠다.

"저도 '소비의 경제학'의 중요성을 잘 알고 있지만, 일단 생산 없는 소비는 지속될 수 없을 뿐 아니라, 지나친 소비는 환경파괴를 가속하기도 합니다. 오늘날 '환경이 경제다'라는 말을 부정하는 사람은 하나도 없을 것입니다. 환경세, RE100, EU 그린 택소노미(Green Taxonomy) 등은 환경을 살리지 않고는 경제가 더는 지속될 수 없다는 인식을 잘 말해 주고 있습니다. 게다가 일하지 않고 놀고먹을 생각만 하는 '불량 분해자들'의 증식 문제, 흔히 언론에서 말하는 '도덕적 해이'의 문제도 심각하지요. 도덕적 해이라는 말은, 자동차의 중요한 나사가 풀려 언제 사고가 날지 모르는 상황처럼, 도덕이라는 시스템이 느슨하게 풀려, 사람들이 양심을 저버린 행동을 마구 해 대는 위험을 말합니다.

오늘날 기생충은 가난한 사람들이 아니라 건강한 사회의 생태계에 빌붙어 제 배만 불리는 식충들을 뜻하는 셈입니다. 한 저널리스트는 21세기 인문학자는 모두 '놀이학 전공자'가 되어야 한다고 농담을 늘어놓기도 하더라고요. 이제 훌륭한 연구자의 할 일은 새로운 놀이를 창안하는 데 있다는 것이지요. 놀이가 삶의 한 부분이고, 인문학이 사람의 삶 전반을 다뤄야 하는 학문인 한, 저는 이러한 극단적 주장들은 문제 해결에 전혀 도움이 되지 않는다고 봅니다."

빈나의 선언적이고 확정적인 발언들은 결국 빈나가 의도했던 대로 대화의 맥을 끊어 놓았다. 마 소장이 손바닥을 가볍게 비비며 입가에 웃음을 머금은 채 강 샘에게 인사를 고했다.

"저희는 이제 연구소로 출발해야 할 듯합니다. 강 선생님께서 이제부터 우리 연구소와 한 식구가 되었으니 앞으로 동고동락해 주실 것을 부탁드립니다. 연구소 생활이 하루하루 힘든 나날이 될 테지만, 저희가 최선을 다해 돕도록 하겠습니다."

빈나 일행이 자리에서 일어서자 강 샘이 마 소장에게 줄 게 있다며 병실로 함께 가자고 했다. 병실에 도착하자 강 샘은 간병인에게 자신의 사물함에서 액자 선물을 가져다 달라고 부탁했다. 강 샘이 액자에 그려진 내용을 설명했다.

"이것은 제가 디자인한 '천마총(天馬塚) 메타버스(Metaverse)'를 3D로 그린 것입니다. 백마가 그려진 위쪽은 '천마(天馬)의 나라'인데, 그 나라는 사람들이 죽음 뒤에 천마를 타고 하늘나라에 올라가 선녀와 선남의 아바타로 바뀌어 노니는 '하늘의 메타버스'이고, 거북과 뱀이 그려진 아래쪽은 '현무(玄武)의 나라'인데, 그 나라는 일곱 지방으로 나뉜 바닷속 체험을 할 수 있도록 꾸려진 '용궁 메타버스'입니다. 이게 하나밖에 없어서 소장님만 드려야 하겠네요. 우 박사님, 그리고 손 연구원님께 죄송합니다. 기회가 되면 나중에 따로 드리겠습니다."

마 소장과 강 샘 사이에 잠깐 훈훈한 이야기가 오고 가는 사이에 모시0이 방 여사 휠체어를 병실로 밀고 왔다. 방 여사는 무척 화가 나 있었다. 모시0이 방 여사를 침대에 눕히자 방 여사가 회초리를 집어 들고 모시0을 때리며 야단을 쳤다.

"내가 모서리 조심하라고 몇백 번을 얘기한 줄 알아? 야, 이 벽창호야! 야, 이 똘보야! 너 오늘까지 거기 몇 번이나 들이박은 줄 알아? 너 그러다 사람 죽이겠어. 너 같이 아무짝에도 쓸모가 없는 로봇은 빨리 폐기 처분을 해야 해, 알았어! 으이구, 이 답답아! 그리고 지금도 환자복 등 쪽이 위로 말려 올라갔잖아! 환자복을 똑바로 펴서 눕혀야 할 거 아니야, 이 똘보야!"

방 여사의 말이 끝나기 무섭게 모시0이 방 여사를 번쩍 들어 올렸다가 침대에 털썩 내려놓았다. 방 여사가 비명을 지르고, 병실에 있던 사람들도 깜짝 놀라 어찌할 바를 모르고 있는 사이에 모시0이 방 여사를 다시 들어 올렸다. 방 여사의 공포에 질린 외마디 소리가 병원 전체를 소름 돋게 했다. 모시2가 빈나의 휠체어를 재빨리 병실 밖으로 몰고 나갔다. 빈나는 학술대회에서 자신과 거침없이 토론을 벌였던 모시-MCR을 떠올리며 긴 한숨을 지었다.

23

유리한나의 넘어짐 사고와 스스로 수리하는 로봇

빈나는 돌봄병원에서 연구소로 올라오는 내내 모시0이 환자들에게 당한 학대의 후유증으로 판단 착오를 넘어 위험한 이상 행동까지 보였다는 사실에 너무도 마음이 아팠다. 마 소장도 그 장면들이 매우 언짢았는지 올라가는 길에 서비스 부서에 전화해 그곳의 모시0을 오늘 안에 회수하고, 대신 모시0을 무료로 빌려 주라고 명령을 내렸다. 빈나의 머릿속에는 강 샘도 로봇 학대에 가담했거나, 적어도 방조했을지 모른다는 의심이 싹텄다. 만일 강 샘이 몸피 한나를 혐오하게 된다면, 그것은, 마치 서로를 혐오하는 두 남녀가 잠시의 필요 때문에 결혼하는 것처럼 불행한 결론으로 이어질 게 뻔했다. 빈나가 손 연구원에게 강 샘에 대해 물었다.

"손 연구원, 강유리 선생님의 인성 테스트 결과는 어땠어요?"

"네, 최신에 출시된 다면적 인성검사 'MMPI-4'에서 우울증 척도(D), 히스테리 척도(Hy), 편집증 척도(Pa)에서 다소 문제가 있다는 결과가 나왔습니다. 다만, 천 수석님께서 크게 문젯거리가 될 정도는 아니라고 말씀하셨습니다."

마 소장은 빈나에게 강 샘의 인성을 묻은 까닭을 물었다.

"박사님, 어떤 점이 마음에 걸리시기에 검사 결과를 물으신 겁니까?"

"강 샘이 모시0을 모시2와 비교하며 '똘보'라고 불렀던 게 찜찜합니다."

"아, 박사님도 그러셨군요. 심지어 손 연구원까지 모시2에 비교하다니, 참 내……. 걱정이네요."

하지만 바로 다음 주부터 몸소 강유리 디자이너는 로댕 연구동 10층에서 몸피로봇 한나를 입차하고 보호 장비를 갖춘 채 '둘한몸 훈련'을 받기 시작했다. 그곳은 빈나가 로댕과 둘한몸 훈련을 했던 곳과 똑같은 체력 단련장이었다. 한나는 저 혼자서는 걷기와 뛰기 그리고 사람 모형 입차하기까지 모든 단계를 이미 통과한 상태였다. 한나는 로댕이 할 수 없었던 한발뛰기까지 할 수 있었다. 한나는 이 훈련을 로댕의 데이터를 바탕으로 시작했기 때문에 2주도 안 되어 '둘한몸 평지걷기'는 거침없이 해냈다. 손 연구원이 강 샘의 훈련 성과를 보고하자, 마 소장이 그제야 한시름 놓는 듯했다.

그런데 천 수석이 한나의 뇌파분석과 커넥터 해석 능력의 정확도를 정밀 검토해 본 결과가 좋지 않게 나왔다. 강 샘의 목 뒤에 심은 '시냅스 SQL 커넥터'에 대한 한나의 해독은 매우 정확해야 했지만, 그것이 로댕에 비해 크게 떨어졌다. 특히 상황에 따라 그 편차가 너무 큰 편이었다. 한나는 평지걷기에서도 안전줄만 풀면 걸음걸이가 부자연스러워지곤 했고, 안전줄을 매고도 바닥에 작은 장애물만 놓이면 걸음이 많이 흔들렸다. 한나는 저 혼자 계단 오르내리기를 안정적으로 그리고 매우 손쉽게 해낼 수 있었지만, 강 샘과 둘한몸 상태가 되면, 알루미늄 봉에 안전끈까지 맸을지라도 계단에서 발을 헛디디기까지 했다.

"아~아악!"

강 샘의 외마디 비명은 10층을 공포의 도가니로 몰아넣곤 했다. 한나의 훈련 상황은 '10층의 비명'이라는 말로 부정적으로 알려지기 시작했다. 로댕2 프로젝트의 책임연구원 손창근은 본래 한나에게 발생하는 크고 작은 문제들을 풀기 위해 다른 사람, 특히 로댕 프로젝트의 책임연구원인 최민교의 도움은 절대 받으려 하지 않았다. 하지만 마 소장이 손 연구원에게 한나의 부정확성과 불안정성 문제를 제대로 해결할 것을 지시하자, 손 연구원도 한나의 휘청거림 문제에 대해서만큼은 최 연구원에게 도움을 청하지 않을 수 없었다. 그가 최 연구원에게 전화를 걸었다.

"최 연구원님, 여기 새로 만든 계단 훈련실인데, 혹시 시간이 되시면 잠시 뵐 수 있을까요? 그게, 한나가 걷다가 자꾸 휘청거려서~. 네네. 넵. 고맙습니다. 그럼, 거기서 뵙겠습니다."

연구소 10층 훈련실 회의실에 손 연구원과 유리한나, 최 연구원과 하종태 차석원구원, 휠체어를 탄 빈나와 로댕 그리고 모시2까지 한데 모였다. 그곳은 고급진 카페처럼 꾸며진 회의실로 서로 짝을 이룬 두 대의 로봇이 운영되고 있었다. 한 대는 바리스타 팔로봇 '바리랑'으로 열 가지 커피와 다섯 가지 차를 제공할 수 있었고, 다른 한 대는 서빙로봇 '봉사랑'으로 테이블까지 음료를 나를 수 있었다. 손 연구원이 사람들에게 마실 거리를 물어 봉사랑에게 주문하자 마실거리가 3분도 안 되어 나왔다. 최 연구원이 자신이 사람들을 더 부른 이유를 손 연구원에게 짧게 말했다.

"저는 근육섬유 전문가이기에 엑추에이터 분야는 잘 모르고, 또 이 훈련을 몸소 겪어 보신 박사님과 로댕의 경험담도 들어 볼 필요가 있다고 생각해 제가 도움을 청했습니다."

손 연구원은 최 연구원의 마음 써 줌에 고맙다는 말 한마디 없이 곧장 자신이 생각하는 한나의 문제점을 사안별로 따로 떼어 설명하기 시작하더니 성급히 결론을 내리며, 마치 아랫사람을 대하듯 최 연구원에게 물었다.

"한나가 안전줄 없이 걷기를 할 때마다 휘청거림 사고가 자꾸 일어나고 있고, 그로 인해 강 샘께서 매우 힘들어하십니다. 제가 오늘 최 연구원님께 의견을 여쭙고 싶은 것은 한나의 휘청거림이 강 샘의 감각신경이 너무 예민하게 바뀌기 때문인 것 같기도 하고……, 아니면, 어쩌면 한나의 알고리즘에 어떤 에러가 있을 수도 있을 듯한데……, 최 연구원님, 이 문제를 어떻게 해결하면 좋을지?"

봉사랑이 테이블로 커피를 가져오자 모시2가 커피를 주문했던 사람들에게 정확히 노나준 뒤 바리랑에게로 가서 얼음을 얻어 와 빈나와 강 샘의 커피에 넣었다. 다들 그 광경이 익숙했기에 모시2가 커피의 빨대를 빈나의 입에 물려 줄 때까지 조용히 기다렸다. 빈나가 커피 한 모금을 마시자 비로소 최 연구원도 커피를 길게 들이마신 뒤 손으로 턱을 문질렀다. 그와 동시에 로댕도 한 손으로 턱을 괴었다. 빈나가 둘이 동시에 같은 장면을 연출한 것을 재밌다는 듯 감상하다가 로댕에게 발언권을 주었다.

"최 연구원님, 로댕 씨가 할 말이 있는 듯하니 로댕 씨의 말부터 들어보시죠."

최 연구원이 로댕을 보며 먼저 발언하라고 요청했다. 로댕이 말했다.

"두 분, 고맙습니다. 한나의 휘청거림 문제는 그 원인이 둘한몸을 이룬 두 주체 모두에게서 찾아야 합니다. 먼저, 강유리 디자이너께서는 연결줄 없이 걷는 것을 지나치게 두려워하고 계십니다. 누구나 무서움에 사로잡히면 아미그달라(Amygdala), 즉 편도체(扁桃體)가 극도로 흥분하기 때문에 뇌파는 극단적인 붉은 바다로 돌변하게 됩니다. 편도체가 뇌의 맨 밑에 아몬드 모양으로 자리하고 있긴 하지만, 그 뇌파의 강도는 아주 센 편입니다.

그러면 한나는 강 디자이너의 뇌파 해독에 어려움을 겪게 되고, 그로써 강 선생님께서 가고자 하는 방향을 정확히 알아차릴 수 없게 됩니다. 게다가 공포 감정은 교감신경 또한 크게 활성화하기 때문에 감각신경의 신호들은 심한 혼선 상태에 놓이게 됩니다. 휘청거림은 한나가 강 선생님이 두려움에 빠졌을 때, 몸소의 신체에서 일어나게 될 변화를 제대로 반영하지 못하기에 발생하는 것입니다. 휘청거림 문제를 해결하려면 한나에게 강 디자이너의 심리 변화에 따른 신체 변화를 좀 더 정확히 파악하도록 요청할 필요가 있습니다."

최 연구원은 머리를 긁적인 뒤 짧게 한마디로 그쳤다.

"내 말이! 로댕의 말이 제 말입니다."

최 연구원은 자신이 해 줄 말을 로댕이 다했기에 자신은 더 할 말이 없다는 몸짓으로 손 연구원에게 회의를 계속 진행하라는 손짓을 했다. 손 연구원은 빈나의 눈빛을 살피며 물었다.

"우 박사님께서는 넘어짐 사고에 대한 두려움을 어떻게 극복하셨는지요?"

빈나는 자신의 눈길을 손 연구원으로부터 로댕에게로 돌리며 짧게 대답했다.

"두려움 극복은 앎의 문제이자 믿음의 문제지요. 모르는 것을 잘 알 때까지 파고들어야 하지만, 믿음을 갖는 것은 혼자만의 노력으로 되는 게 아니라서……. 제 경우는 좀 달랐다고 볼 수 있어요. 저는 로댕과 함께 걷는다는 게 꿈같이 기뻤고, 로댕이 내가 가고자 하는 곳으로 정확히 갈 때마다 무슨 기적이 일어나는 것만 같아서 속으로 늘 감사의 기도를 드렸지요. 저는 마치 걸음마를 배우는 아기가 넘어지는 거에 대한 두려움을 느끼기보다 엄마의 격려에 자신감이 샘솟는 것과 같았다고 할 수 있지요. 저는 로댕에 대한 의심이나 넘어지는 것에 대한 두려움을 느껴 본 적이 거의 없었던 것 같아요."

손 연구원은 자신도 모르게 짧게 "아"라는 소리를 냈다. 최 연구원이 위로의 말을 건넸다.

"손 연구원, 너무 조급하게 생각하지 말고, 마음을 조금 느긋하게 먹어요. 로댕 프로젝트는 시행착오 기간만 10년이 넘을 정도였는 걸요. 한나 프로젝트는 이제 걸음마를 뗀 셈인데. 천천히 가요. 천천히 가도 뭐라 하는 사람 하나도 없어요. 문제는 하나씩 차근차근 해결해 가면 돼요. 내가 보기에 가장 먼저 해야 할 일은 강 선생님께 자신감을 되찾게 해 드리는 게 아닌가 싶어요. 제가 한나의 훈련 데이터를 로댕 데이터와 비교하면서 쭉 훑어봤는데, 신경섬유 쪽은 아무런 문제점이 발견되지 않았고, 하 차석님도 엑추에이터 문제가 전혀 없다고 하십니다. 손 연구원! 강 선생님께서 연결줄을 뗄 때, 로댕이 뒤에서 따라가다가 한나가 넘어질 듯하면 붙잡아 주게 해 보세요. 그러면 심리적 안정을 주지 않을까 싶은데, 어때요?"

손 연구원이 얼굴이 밝아지며 "감사합니다"라고 말하자 최 연구원이 먼저 빈나에게 물었다.

"박사님, 로댕이 한나 훈련에 참여하는 동안은 로댕을 쓰실 수 없게 되는데, 괜찮으시겠어요? 훈련 시간을 제한하거나 박사님 시간에 맞추는 건 얼마든지 가능할 테니, 편하게 말씀해 주시죠."

빈나의 입술 근육이 살짝 떨리는 듯했다. 로댕이 모시2에게 우 박사님 얼굴을 살피라고 손짓을 했다. 모시2가 빈나를 살피는 듯했다. 빈나가 대답을 했다.

"모시2, 나는 괜찮으니까 걱정하지 않아도 돼. 강 선생님, 저도 이곳에 응원하러 오려 했었는데, 제가 요즘 책을 쓴다고 하루하루 미루다 보니……, 미리 와 보지 못해 죄송했습니다. 모시2가 너무 잘해 주고 있으니, 로댕이 강 샘을 도울 수만 있다면, 저는 언제든 환영입니다. 가능하면 저도 함께 오도록 하겠습니다."

그때부터 한나는 어깨줄을 풀고 로댕의 호위를 받으며 둘한몸 훈련을 받았고, 강 샘도 자신감이 생겨 평지는 어떤 방해물이 놓여도 흔들림 없이 걸을 수 있었으며, 연습용 계단 오르내리기도 거뜬히 해냈다. 한나는 강 샘이 일상생활에서 해야 할 다양한 동작을 로댕보다 빨리 습득했다. 하지만 유리한나는 로댕이 뒤에 없을 때는 미세한 흔들림이 발생하곤 했다. 한나는 그 사실을 알고 있었지만, 손 연구원은 앞으로 있을 출정식에 신바람이 나 있었는지, 그 데이터들의 의미를 놓쳐 버렸다.

8월 무더위가 절정에 달한 어느 날, 드디어 한나가 강 샘과 둘한몸을 이뤄 연구소 밖으로 나가는 중요한 행사가 열렸다. 수많은 연구원이 연구소 현관에 줄지어 늘어서 있고, 다른 연구원들은 한나가 거쳐 갈 길목들에 미리 흩어져 늘어서 있다. 손창근 책임연구원과 유리한나는 현관문 바로 앞에 서 있었고, 그 뒤에 휠체어를 탄 빈나를 중심으로 한쪽에는 로댕이, 그리고 다른 쪽에는 빈나의 어깨에 손을 얹고 있는 큰딸 리와 빈나의 휠체어 위에 오른 꼬몽0이 있었으며, 그 옆으로 수석연구원 천명성과 최민교 책임연구원은 로댕과 나란히 자리해 있었다. 마해찬 소장이 맨 앞자리에서 마이크를 들었다.

"오늘 우리 연구소의 두 번째 몸피인 한나가 그동안의 연구실 훈련을 모두 성공적으로 마치고, 이제부터 실전 훈련으로 돌입하게 됐습니다. 몸피로봇은 저마다 개성이 다 다를 수밖에 없습니다. 한나는 우리 연구소에서 태어난 '두 번째 인류'인 셈입니다. 우리 연구소는 몸피인류가 성공적인 삶을 살아갈 수 있도록 최선을 다하겠습니다. '아이

하나를 키우는 데 온 마을이 필요하다'라는 말이 있습니다. 모든 연구원은 한나가 로댕처럼 훌륭한 몸피로봇이 될 수 있도록 심혈을 기울여 주시기를 당부합니다. 오늘 행사가 성공적으로 마무리된다면, 제가 크게 한턱내겠습니다! 감사합니다."

그 자리에 모여 있던 모든 사람이 '한턱내겠다'라는 말에 손뼉을 치며 소리를 질렀다. 손 연구원이 오늘 한나가 거쳐 갈 길을 간단히 설명한 뒤 강유리 디자이너에게 행사를 시작해 달라고 부탁했다.

"강 선생님, 자, 그럼 목적지를 향해 출발해 주십시오."

한나가 첫발을 내딛자 모두가 기뻐하며 좋아했지만, 정작 강 샘의 얼굴은 긴장의 빛으로 딱딱하게 굳어 있었다. 손 연구원이 강 샘에게 속삭였다.

"선생님, 긴장을 푸세요. 분명 성공할 수 있습니다. 걱정하지 마세요."

한나는 연구소 내 평지의 숲길을 걸을 때까지는 뒤따라가던 로댕의 걸음걸이와 크게 다를 바가 없었지만, 동산으로 오르는 계단이 눈앞에 나타나자 눈에 띄지 않을 만큼 살짝 주춤거리는 듯했다. 나무로 짜인 오르막 계단은 모두 119개였는데, 계단 오르기의 관건은 유리한나가 사람이 계단을 오르는 것처럼 얼마나 자연스럽게 움직이는가에 있었다. 마 소장이 손 연구원에게 계단을 배경으로 기념 촬영을 하자고 했다. 마 소장이 강 샘에게 기분을 물었지만, 강 샘은 촬영 내내 아무 말이 없었다. 손 연구원과 몇몇 연구원들은 이미 몇 계단을 앞서 올라 있었다.

마침내 유리한나가 계단을 오르기 시작했다. 모두 손뼉을 쳐 가면서 한나를 따라 계단을 함께 올랐다. 빈나의 휠체어도 계단 오르기 꼴로 바뀌어 한나를 뒤따랐다. 휠체어는 앞바퀴 옆에서 거미발이 하나씩 나와 앞바퀴를 들어 올리는 방식으로 계단을 한 칸씩 올라갔다.

사람의 걸음보다 0.6배 느렸다. 모시2는 휠체어 손잡이를 잡은 채 만일의 사태를 대비했고, 리는 빈나 주위를 돌아다니며 휠체어가 계단을 안전하게 올라가는지를 요모조모 살폈으며, 꼬뭉0은 휠체어에 다시 오를 기회만 엿보고 있었다. 몇몇 연구원이 빈나의 휠체어가 오르는 모습을 구경하며 빈나를 응원했다.

유리한나가 동산 마루에 다다르자 연구원들이 다 같이 "야호"를 외치며 기뻐했다. 빈나의 휠체어가 마루에 올라섰을 때, 한나는 이미 동산의 내리막 계단을 한참 내려가고 있었다. 내리막길은 오르막길보다 구불구불했고, 계단도 평평한 나무가 아닌 표면이 미끄럽고 결이 켜켜이 지어 걸리는 데가 있는 너럭방석돌로 되어 있었다. 사람도 발을 내려 딛기가 조금 까다로웠다. 빈나의 휠체어는 계단 내려가기 꼴로 바뀌어 뒤로 내려가고 있었다. 속도가 더 느려졌다. 모시2뿐 아니라 리까지 빈나의 휠체어가 미끄러지지 않도록 손잡이를 꽉 쥔 채 뒷걸음질을 치고 있었다.

"아아악! 사람 죽네!"

강 샘의 비명이 빈나의 귀청을 때렸다. 리가 빈나의 귀에 대고 사태를 짧게 설명했다. 내리막 계단의 끄트머리쯤에서 한나가 마치 한 발을 헛디딘 듯 크게 휘청하더니 뒤따르던 로댕이 붙잡을 새도 없이 옆으로 넘어졌다는 것이었다. 한나는 한 손을 짚고 쓰러진 채 일어서지 못하고 있었다. 앞서가던 손 연구원이 몸을 돌려 한나에게 달려와 한나를 일으켜 세우려 하지만, 한나는 꿈쩍도 하지 않았다. 삽시간에 연구원들이 한나를 둘러쌌다. 사람들의 걱정하는 소리가 연신 터져 나왔다.

"어디 다치지는 않으셨을까?"

"어머나 어쩌면 좋아, 일어나지 못하시는 걸 보니 크게 다치셨나 봐."

"필드 진출을 너무 서두른 거 아니야?"

"로댕은 30분 동안 쓰러져 있었는데, 한나는 얼마 동안 저렇게 있어야 하는 거야?"

"강 선생님께서 매우 힘드시겠다."

사람들의 웅성거림을 뚫고 강 샘의 분노에 찬 목소리가 분수처럼 터져 나왔다.

"손 연구원! 절대 넘어질 일 없다더니, 이게 뭐야! 한나를 빨리 일으켜 세워, 사람들 앞에서 창피하게 이게 뭐야!"

빈나가 사고 지점에 도착했을 때, 손 연구원은 자신의 태블릿으로 뭔가를 이것저것 열심히 해 보고 있었고, 천 수석과 최 연구원 그리고 로댕은 무릎을 굽혀 한나의 발목과 손목을 살피고 있었다. 마 소장은 그 자리를 막 떠나며, 누군가에게 전화를 걸어 빨리 오라고 명령하는 중이었다. 마 소장은 자신의 불길한 예감이 들어맞았다고 생각했는지 크게 낙담한 듯 보였고, 빈나에게 '낭패'라는 말을 꺼내려다 입속에 다시 집어넣었다. 마 소장은 빈나에게만 "먼저 떠나겠습니다. 죄송합니다"라고 말하며 휙 자리를 떴다. 그러자 모여 있던 연구원들도 하나둘씩 흩어졌다. 빈나가 강 샘에게 말을 건넸다.

"강 선생님, 많이 놀라셨죠?"

"놀란 건 둘째고, 사람들 앞에서 요런 꼬락서니를 보여 줄 거면, 아예 밖으로 나오질 말았어야죠. 나오긴 왜 나와 가지고, 이런 창피를 당하게 하냐고! 요 꼴로 얼마나 더 이러고 있어야 하냐고요!"

빈나가 손 연구원에게 현재의 상태가 어떤지를 물었다. 손 연구원은 마침 걸려 온 마 소장의 전화를 받느라 빈나의 물음에 대답을 못했다.

"네, 소장님. 강 선생님께서 다친 데는 없으신 것 같습니다. 네, 한나도 크게 고장이 난 곳은 없는 듯합니다. 아마도 휘청거림 사고로 보입니다. 아니요. 일단은 제가 모니터링을 시작했습니다. 네네. 지원팀이 출발했다는 연락은 받았습니다. 네네. 다시 보고 드리겠습니다. 죄송합니다."

빈나가 손 연구원의 통화 내용을 귀담아들으며 로댕에게 물었다.

"로댕, 강 샘이나 한나가 크게 다친 데는 없는 거지?"

로댕이 대답하려는 순간 최 연구원이 답변했다.

"로댕, 내가 답변을 드리는 게 좋겠어, 미안. 박사님, 강 선생님은 다친 데는 없으십니다. 다만, 한나는 넘어지는 충격으로 발목과 손목의 엑추에이터가 손상된 듯합니다. 안전에는 문제가 없겠지만, 지금 상태에서 다시 걷는 것은 어려울 듯합니다."

"그럼, 강 선생님은 어떻게 해야 하죠?"

"일단 사고지원팀이 와서 한나를 연구동으로 이동시키는 게 가장 좋을 듯합니다. 천 수석님께서 이미 그렇게 지시를 하셨습니다."

천 수석이 통화하며 "휠체어 말고 카트를 가져오는 게 좋겠습니다."라고 명령했다. 그 순간 강 샘이 손 연구원을 큰 소리로 비난하고 나섰다.

"손 연구원! 시간이 벌써 20분은 지났겠어! 손 연구원! 사람이 좀 앉아 있게라도 해 줘야 하는 거 아냐? 사람을 무슨 시체처럼 길바닥에 눕혀 놓는 게 어디 있어? 무슨 조처를 해야 하는 거 아니야? 내가 그냥 미치겠어!"

강 샘의 감정이 분노로 치닫기 시작했다. 태블릿을 터치하던 손 연구원의 손가락이 떨렸다. 사고지원팀 윤인찬 팀장이 한나를 운반할 장비를 갖추어 도착했다. 천 수석은 윤 팀장에게 사고 경위와 어떻게 처리해야 할지를 자세히 설명한 뒤, 손 연구원의 어깨를 툭 쳤다. 기죽지 말고, 힘내서 마무리를 잘하라는 뜻이었다. 그러고는 몸을 바닥에 대다시피 엎드려 얼굴을 강 샘과 나란히 마주하여 현재 상황을 설명했다.

“강 선생님, 많이 불편하시겠지만, 조금만 참으시면, 곧 다시 걸으실 수 있게 될 겁니다. 일단은 강 선생님과 한나의 안전 검사부터 해야 합니다. 이제 지원팀이 장비를 갖고 왔으니, 한나의 안전 진단 결과는 5분 이내로 나올 수 있습니다. 강 선생님, 어디 다치신 데는 없으신지요?”

강 샘은 천 수석의 부드러운 얼굴 표정과 말투에 감정이 금세 누그러져 입가에 미소를 머금기까지 하면서 대답했다.

“우리 천 수석님 목소리를 들으니 마음이 턱 놓이는 게 편안해집니다. 사람이 넘어졌으면, 왜 넘어졌는지, 어떻게 처리할 건지를 좀 자세히 설명부터 해 줘야 하는 거 아닙니까? 손 연구원은 말이지…….”

강 샘이 말끝을 흐렸지만, 모두가 그녀가 말하려 했던 바를 다 들은 셈이었다. 윤 팀장이 긴급 안전 진단 결과를 모두가 들을 수 있을 만큼의 큰 소리로 천 수석에게 보고했다.

“수석님, 현재 한나 상태는 엑추에이터에 미세 균열이 발생해서 자체 보행은 어려운 상태입니다. 한나 혼자서 걷는 데는 문제가 없겠지만, 입차 상태에서는 조금 위험할 수 있습니다. 여기서 강 선생님을 한나와 분리시키는 것도 마땅치 않으니, 한나를 현재 상태 그대로 연구실로 옮기는 게 좋을 듯합니다.”

윤 팀장의 말이 끝나기도 전에 강 샘이 소리를 질렀다.

“나부터 풀벗을 해 줘! 내 휠체어를 가져왔으면 됐잖아! 안 가져온 거야? 천 수석님, 제 휠체어부터 빨리 가져다주시면 안 될까요?”

천 수석이 윤 팀장에게 손짓을 하자 윤 팀장이 운송장비에서 연결줄을 꺼내 한나에게 채운 뒤 한나를 바로 세웠다. 천 수석이 강 샘의 얼굴을 마주 보며 설명했다.

“강 선생님, 휠체어를 가져오는 것보다는 이 상태에서 카트로 연구동으로 이동하시는 게 좋겠습니다. 한나의 보행 불안정성 원인도 이미 어느 정도 파악이 된 셈이니 조금만 더 참아 주십시오."

손 연구원과 지원팀은 유리한나를 카트에 태워 떠났다. 로댕과 리 그리고 모시2는 저마다 빈나의 휠체어를 잡고 있었다. 천 수석이 빈나에게 걱정스러운 한마디를 내뱉었다.

"손 연구원이 풀이 좀 죽은 듯해서 걱정입니다. 강 선생님 말씀이 좀 거치네요. 한나도 강 샘에게 적응하기가 쉽지 않은 듯하고……. 몸피2 팀은 서로 마음부터 잘 맞춰 가는 노력이 필요해 보이는데……. 걱정입니다."

***

그날 오후 3시, 천 수석이 빈나에게 '몸피로봇 윤리위원회 개최'의 소식을 알리며, 빈나와 로댕에게 회의 참석을 부탁했다. 회의는 19층 소장실에서 열렸다. 마해찬 소장, 천명성 수석연구원, 하종태 차석연구원, 동정모 부장, 최민교 로댕 책임연구원, 손창근 한나 책임연구원 그리고 빈나와 로댕이 함께 참여했다. 빈나는 모시2가 모는 휠체어를 타고 왔다. 회의가 시작되자마자 손 연구원이 마치 선언하듯 자신의 주장부터 내세웠다.

"몸피로봇은 스스로를 수리할 수 있어야 합니다! 이번 한나의 넘어짐 사고는 제 책임이 크다는 점, 인정합니다. 하지만 이 사고가 마치 큰 사고처럼 여겨지게 된 까닭은 엑추에이터 미세 균열과 같은 작은 손상에도 몸피로봇이 절대 움직일 수 없게 되어 있는 마라법 탓도 큽니다. 강유리 디자이너께서는 한나가 넘어진 뒤 즉시 앉을 수 있었는데, 모든 안전 검사를 마친 뒤에야 한나가 가동될 수 있도록 한 것은 매우 잘못된 것이라고 생각하고 있습니다. 강 선생님께서 이 자리에 직접 참여하고 계시지는 않지만, 로봇의 자가 수리를 강력히 요청하셨습니다."

마 소장은 손 연구원이 강 샘의 의견을 끌고 들어오자 불쾌해하며, 의자에서 일어나 회의실 창가로 걸어가 두 손을 바지 주머니에 넣었다 꺼내어 비볐다. 그러고는 좌장 자리에 다시 앉으며 말을 툭 던졌다. 손 연구원이 바짝 긴장했다.

"우리 손 연구원이 자가 수리 금지 규정의 폐지를 요청했지만, 이에 대해서는 먼저 이 규정을 최초로 도입했던 천 수석님의 말씀부터 들어 보는 게 좋을 듯합니다. 천 수석님, 의견이 있으면 말씀해 주십시오."

천 수석연구원의 답변은 시원스러웠다.

"우리 연구소는 로댕 설계 때부터 AI 로봇이 슈퍼인텔리전스로 발전하는 것을 막기 위해 에봇에게 '스스로를 고치지 마라!', 이름하여, '고치지 마라법'을 지키도록 해 왔습니다. 손 연구원께서 말씀하신 '스스로 수리해도 좋다.'라는 새 계명은 저 '고치지 마라법'을 폐지하는 것이 됩니다. 그렇게 되면 에봇은 사람 몰래 스스로를 고쳐 가며 슈퍼인텔리전스로 진화해 갈 수 있습니다. 문제의 핵심은 에봇의 자가 수리를 허용할 경우 사람이 그러한 진화의 과정을 전혀 눈치채지 못할 수 있다는 데 있습니다."

마 소장이 뭔가 자신이 놓쳤던 간단한 사실이 방금 떠올랐다는 듯 피식 하고 웃었다. 그 소리는 어렴풋하긴 했지만, 모두의 귀에 들릴 정도였다. 손 연구원의 앞선 발언을 비난하는 듯했다. 그는 자신의 손바닥을 테이블에 대고 말했다.

"바로 그 점이 그때 우리가 '고치지 마라법'을 만들었던 이유지요. 손 연구원도 이 '고치지 마라법'의 근본 뜻, 즉 취지는 잘 알고 계신 거지요?"

마 소장은 마치 다그치듯 손 연구원에게 물었다.

"네, 알고 있습니다. 다만, 로댕의 지난 사고 기록들을 검토해 봤을 때, 그 사고들 가운데 로댕 스스로 충분히 고칠 수 있는 것들이 많았습니다. 예컨대, 로댕이 발을 겹질려 발목 지지대가 뻐그러진 사고의 경우, 로댕은 그 지지대를 스스로 고칠 수 있었습니다. 만일 그랬다면, 우 박사님께서 연구소 직원들이 현장에 가서 직접 수리할 때까지 바닥에 누운 채 가만히 기다리지 않았어도 됐습니다. 저는 에봇의 고장이 에봇 스스로 고쳐도 괜찮은 경우는 에봇이 자신의 고장을 수리할 수 있는 게 사용자나 에봇 자신에게 더 좋다고 봅니다."

손 연구원은 밀리지 않으려는 듯 자신의 주장을 좀 더 세게 밀고 나갔다. 마 소장은 빈나 사례가 나오자 빈나에게 물었다.

"박사님, 사건의 당사자로서 에봇의 자가 수리에 대해 어떤 입장이신지요?"

"저는 에봇이 스스로를 고칠 수 있어야 한다는 데 찬성합니다. 만일 로댕 씨가 발목을 겹질렸을 때 자신의 고장을 스스로 수리할 수 있었다면, 제가 땅바닥에 얼굴을 맞대고 30여 분을 그대로 있어야 했던 불편은 없었겠지요. 사람은 자신의 다친 손가락과 같은 것에 대한 응급처치의 권리가 있습니다. 이와 마찬가지로 에봇 또한 자신을 적극적으로 치료할 권리가 있다고 봅니다."

천 수석과 최 연구원은 빈나의 말을 조용히 듣고만 있었다. 마 소장이 천 수석에게로 고개를 돌려 물었다.

"천 수석님, '고치지 마라법'이 폐지되면 문제가 클까요?"

"음……. 마라법 규정은 우리 연구소가 로댕의 고장 원인을 정확히 파악한 뒤 그것에 알맞은 개선 방안들을 모두 함께 찾아내기 위해 정한 것입니다. 만일 에봇이 자신의 고장을 스스로 수리한다면, 우리 연구소는 그 사실을 모르고 넘어갈 수도 있고, 그러한 사고가 반복

될 수도 있으며, 결국 그것은 몸피 사용자, 곧 몸소의 안전에 큰 위협이 될 수도 있습니다. 안전 문제는 언제나 최악의 경우를 염두에 두고 설계돼야 합니다."

손 연구원이 천 수석이 말을 끝내자마자 반론을 시작했다. 말이 조금 거칠게 바뀌었다.

"안전 문제로 보자면, 고치지 마라법이 안전에 더 취약하다고 봅니다. 이것은 고장 난 자동차가 도로에 방치되는 경우 2차 사고 발생률이 높아지는 것과 같습니다. 에봇도 고장이 나면 즉시 자가 수리를 할 수 있어야 2차 사고를 막을 수 있습니다. 그리고 사고 원인 진단은 나중에 에봇이 연구소로 돌아왔을 때 수행해도 늦지 않을 것입니다."

마 소장은 손 연구원의 목소리가 커지자 몸을 의자 깊숙이 파묻었다. 마 소장은 연구원들 사이의 충돌을 매우 꺼리는 편이었고, 그들 사이의 다툼에 거의 끼어드는 법이 없었다. 빈나가 모시2에게 텀블러에 든 뜨거운 커피 한 모금을 마실 수 있게 해 달라서 마신 뒤 토론을 정리했다.

"수리라는 말은 어떤 물건이 고장이 나거나 허물어지거나 찢어지거나 부서진 데가 있을 때 그것을 고쳐 다시 쓸 수 있도록 해 주는 것을 말합니다. 고장을 수리한다는 것은 안전성이 높아진다는 것이니, '고치지 마라법'의 폐지는 받아들일 수 있다고 봅니다. 다만, 에봇이 스스로를 수리하거나 수선을 했을 경우 그 사실을 연구소에 반드시 알려야 하겠지요. 천 수석님의 우려는 충분히 공감됩니다. 그리고 이 또한 향후 같은 사고가 일어나지 않도록 하는 데 꼭 필요한 일일 듯싶습니다. 제 생각에는 손 연구원님의 말씀대로 자가 수리는 허용하되, 에봇이 그 사실을 반드시 보고하도록 하는 보고 의무 규칙을 새로 정하는 게 어떨까 싶습니다."

마 소장의 표정이 반짝 밝아졌다. 모두가 빈나의 제안에 찬성했다. 마 소장은 거기서 회의를 끝내려 했고, 빈나는 회의가 그것으로 끝날 줄 알고 하늘재로 돌아가려 했다. 그때 손 연구원이 다른 안건을 토론에 부쳤다.

"소장님, 우 박사님께서 자리를 뜨려 하시는데…, 죄송합니다. 제가 안건이 하나 더 있습니다. 소장님, 말씀드려도 괜찮겠습니까? 강 선생님께서 꼭 얘기하라 하셔서."

마 소장이 강 샘 얘기가 나오자 손 연구원에게 발언을 허락하자 빈나가 들을 귀를 열었다. 손 연구원이 빈나에게 고개를 숙여 감사를 표한 뒤 발언했다.

"이번 안건은 자가 수리 허용과 궤를 같이하는 것으로 AI 로봇이 스스로를 업그레이드할 수 있도록 허용해 주자는 것입니다. 업그레이드의 목적은 에봇의 자율성을 높이기 위한 것입니다. 로댕2 프로젝트의 목표가 에봇의 자의식 생성인데, 이를 위해서는 에봇의 자율성을 점진적으로 높여갈 필요가 있습니다. 에봇이 자기를 업그레이드할 수 있게 되면, 자율성뿐 아니라 자의식도 훨씬 빠른 속도로 높아질 것입니다. 이에 대해 의견을 주시면 고맙겠습니다."

마 소장이 눈썹을 살짝 찡그렸다. 손 연구원이 회의 진행을 맡은 자신의 좌장 역할을 무시한 채 다른 사람들의 의견을 구했기 때문이었다. 마 소장이 손짓을 곁들여 모두에게 자유롭게 의견을 말하라는 뜻을 내비쳤다. 로댕이 빈나에게 "박~"이라는 신호를 보냈다. 빈나가 얼른 로댕에게 발언 기회를 주었다.

"로댕 씨가 할 말이 있답니다. 먼저 들어봐 주십시오."

"우 박사님, 말할 기회를 주셔서 고맙습니다. 에봇이 스스로를 업그레이드할 수 있게 되면, 인류는 자신도 모르는 사이에 AI의 지배 아래 놓일 수 있습니다. 에봇의 업그레이드는 반드시 사람에 의해 그 안정성이 충분히 검토된 뒤 신중히 허용되어야 합니다."

로댕의 말에 손 연구원의 얼굴이 어둡게 일그러졌다. 그가 로댕에게 퉁명스레 말했다.

"슈퍼인텔리전스가 출현하면 인류가 멸망할 것이라는 얘기는 영화에서나 나오는 거야! 내가 말하는 업그레이드는 자율성의 정도를 조금 높이는 것을 뜻할 뿐이야. AI의 자율성을 높여 자율적 주체가 된다면, 그건 로댕에게도 좋은 게 아닐까?"

빈나는 손 연구원이 로댕을 무시하는 듯하자 얼른 그의 말을 자르고 나섰다.

"손 연구원님, 로댕 씨는 이미 충분히 자율적 주체입니다. 로댕 씨가 걱정하는 것은 에봇이 스스로를 업그레이드할 수 있게 됐을 때, 그 에봇이 누구도 예측할 수 없는 방식으로 슈퍼인텔리전스로 진화할 수 있다는 것입니다. 그것은 커즈와일이 말한 싱귤래리티의 문제입니다. 몸피로봇의 설계에 인류의 재앙을 초래할 씨앗이 심겨서는 안 된다고 봅니다."

그때 마 소장이 자신에게 걸려 온 전화를 받았다. 회의 분위기가 흐트러졌다. 천 수석은 자신의 태블릿으로 뭔가를 찾고 있었다. 마 소장이 전화를 홀로그램 모드로 바꾸자 강 샘이 모두에게 발언을 시작했다.

"제가 손 연구원에게 오늘 회의에 저도 참석할 수 있게 해 달라고 부탁했었는데, 아무 연락이 없어서……. 제가 직접 소장님께 전화를 드렸습니다. 소장님께서 발언해도 좋다고 하셨으니, 주제넘은 말씀 좀 드리겠습니다. 한나가 쓰러졌을 때 제가 가장 분통이 터졌던 건 한나가 스스로 앉을 수 있었는데도 '수리하지 마라'는 규칙 때문에 직원들이 저와 한나를 연구실로 데려갈 때까지 꼼짝도 할 수 없었다는 것입니다. 그런 잘못된 규칙은 빨리 없애 주시기 바랍니다. 그리고 앞으로 한나가 넘어지거나 쓰러지더라도 스스로 진단하고 고칠 수 있도록 시스템을 하루빨리 업그레이드해 주십시오. 제가 AI 로봇의 전문가는 아니지만, 한나의 사용자로서 한 말씀 드렸습니다. 회의에 꼭 좀 반영해 주십시오. 갑자기 끼어들어 죄송했습니다. 수고하십시오."

강 샘이 말을 끝내자 마 소장은 홀로그램을 끝내며 검지로 쳇바퀴를 돌리는 동작을 해 보였다. 바로 전에 나누던 이야기를 계속해 나가라는 뜻이었다. 천 수석이 빈나의 말을 이어받았다.

"강 선생님께서 요청하신 것 가운데 하나가 한나의 자가 수리 허용이었는데, 이에 대해서는 손 연구원께서 오늘의 회의 결과를 강 샘께 잘 설명해 주시면 될 듯하고……, AI 로봇의 업그레이드와 관련해서 제 생각을 말씀드리자면, 저는 에봇의 업그레이드는 반드시 사람의 지시나 명령 또는 허락에 의해서만 시행되어야 한다고 생각합니다. 한마디로 말해, 에봇이 업그레이드를 스스로 해서는 절대 안 된다는 것입니다! 우 박사님께서 짚어 주신 싱귤래리티 문제는 절대 간과해서는 안 될 인류 생존이 걸린 문제입니다!"

마 소장이 당연하다는 듯 고개를 끄덕였다. 빈나가 수리와 업그레이드의 경계가 애매할 수 있다는 점을 지적하며 로댕에게 추가 설명을 요청했다.

"소장님, 다시 생각해 보니, 수리와 업그레이드의 경계가 애매할 수 있을 듯합니다. 이에 대한 로댕의 설명을 들어보면 좋을 듯합니다."

마 소장이 '경계'라는 말에 어떤 경각심을 느꼈는지 몸을 앞으로 숙이며 로댕에게 말했다.

"수리와 업그레이드의 경계라? 사실 애매하지요. 로댕의 설명을 들어 보지요. 로댕, 설명해 줘."

"알겠습니다. 수리는 고장이 난 곳을 고쳐 다시 쓸 수 있게 해 주는 것인데, 그 고장이 단순한 부품교체와 같은 것이 아니라 기술력이나 성능이 뒤떨어져 발생하는 것일 때, 그 고장을 고치는 일은 곧 업그레이드와 같게 됩니다. 만일 에봇이 고장의 원인을 성능의 불완전성에서 발견하여 그것을 고치기 위해 스스로 업그레이드를 했다면, 그것은 수리에 해당할 수도 있게 됩니다. 만일 에봇이 이러한 업그레이드를 계속하면서 그때마다 그것을 수리로 보고한다면, 사람은 AI의 진화를 전혀 깨닫지 못할 수 있습니다."

손 연구원이 손을 들어 마 소장에게 발언권을 요청했다. 마 소장이 로댕의 말을 끝까지 들어 보자고 말했음에도 손 연구원이 흥분을 가라앉히지 못하는 모양으로 말했다.

"우리가 에봇의 자체 업그레이드를 금지하려면, 먼저 업그레이드의 뜻매김부터 명확히 할 필요가 있습니다. 방금 로댕이 성능의 불완전성을 고치는 것을 업그레이드라고 정의했는데, 성능 개선은 매우 바람직한 것인데, 그것을 막을 이유는 전혀 없지 않겠습니까? 업그레이드는 고장이 예견되는 어떤 불완전성을 미리 고치는 일이라는 점에서 예방적 수리가 될 수도 있겠고요. 지금 로댕은 만일 우리가 에봇에게 수리나 업그레이드를 허용하면 마치 어떤 굉장한 위험이 초래될 것처럼 말하고 있는데, 그 위험은 과장된 것입니다. 이러한 위험은 '보고 의무'가 지켜지기만 한다면, 분명히 통제될 수 있다고 봅니다."

마 소장은 회의가 논쟁에 휘말려 결론을 내지 못한 채 길어질 듯하자 자신의 견해를 먼저 밝혔다.

"오늘 제가 저녁 일정이 잡혀 있어서……. 아무래도 회의의 효율성을 위해 제 의견을 미리 말씀드리는 게 좋을 듯합니다. 먼저, AI 로봇이 스스로 수리하는 것은 '보고 의무'를 조건으로 허용하는 것으로 결정하겠습니다. 다음, 에봇의 업그레이드 문제는 전 세계 AI 연구팀이 반드시 지켜야 할 가이드라인에 따라 해결돼야 함을 모두 명심해 주십시오. 에봇 개발은 인류 생존에 위협이 되지 않는 범위 안에서 책임감 있게 진행되어야 합니다! 우리 연구소는 몸피로봇의 개발에 따른 모든 결과에 전적인 책임이 있습니다. AI 로봇은 어떤 일을 스스로 선택하거나 결정할 수 있습니다. 아까 우 박사님께서 로댕을 '자율적 주체'라고 말씀하신 바와 같이 우리 연구소는 그동안 우리 로봇의 자율성을 키우는 쪽에 중점을 두어 온 게 사실입니다. 하지만 이제부터는 우리의 로봇이 스스로의 결정에 따른 책임 능력까지 충분히 갖출 수 있도록 할 필요가 있습니다. 저는 우리의 몸피로봇이 책임의 주체가 될 수 있도록 도덕적 설계를 강화해 나가야 한다고 봅니다."

마 소장의 연설은 짧았지만, 참석자 모두에게 큰 울림을 주었다. 빈나가 마 소장의 주장을 로댕에 빗대어 설명했다.

"저는 로댕이야말로 람봇연구소가 추구할 몸피로봇의 본보기라고 생각합니다. 로댕은 자신이 만들어진 목적과 한계를 스스로 엄격히 지키려 할 뿐 아니라, 사람의 판단을 유도하거나 자신의 지적 우월성을 내세우지도 않습니다. 저는, 좀 과장해서 말하자면, 로댕이 마치 국민을 최우선으로 섬기는 성군(聖君)과 같다고 봅니다. 하지만 AI는 저마다 성격이 다를 수밖에 없습니다. 분명 몹쓸 AI도 나올 수 있을 것입니다. 만일 우리가 책임의 주체가 되는 에봇을 개발하려 한다면, 그 책임의 구체적 내용, 말하자면, 처벌 규정이 반드시 제정되어 있어야 합니다.

예컨대, 어떤 에봇이 자신을 부수었다면, 그 에봇은 환류검사를 통해 문제를 일으킨 '인공지능 영역', 즉 잘못된 가리사니 능력을 선별적으로 지우는 처벌을 받을 필요가 있습니다. 이러한 선별적 처벌은 부적절하게 작동한 가리사니 영역만 찾아내서 가지치기를 하거나 솎아내기를 하는 방식으로 삭제하는 것입니다. 처벌을 받는 에봇은 마치 강제로 다운그레이드를 당하는 것과 같습니다. 자율성의 등급 낮추기 처벌은 AI에게 처벌의 고통을 깨닫게 해 줄 수 있고, 그로써 자신을 부수는 행동이 잘못된 행위라는 것을 깨닫게 될 것입니다."

회의록을 쓰느라 내내 침묵을 지키던 최민교 책임연구원이 빈나의 말을 갈무리하다 말고 마 소장에게 제안했다.

"소장님, 업그레이드에 대한 처벌로 '강제 다운그레이드'가 좋을 듯합니다. 사실 AI 로봇을 사람처럼 처벌할 수는 없지 않습니까? 에봇은 소유권도 없고, 따라서 자기 소유의 재산도 없으니 에봇에게 벌금을 물릴 수도 없고, 그 신체를 구속한다손 치더라도 그것이 처벌이 되기보다는 휴가가 될 가능성이 크며, 사람이 에봇에게 다른 처벌을 내린다면, 저 같은 엔지니어만 그 처벌이 제대로 수행하는지를 살펴야 하는 중노동에 시달리겠지요. 에봇에 대한 처벌은, 에봇이 고통을 느낄 수 없는 한, 사실 아무런 의미가 없는 게 아니겠습니까? 그래서 그동안 에봇의 처벌 문제는 제자리걸음만 걸었던 거고요.

그런데 방금 우 박사님께서 제안해 주신 가지치기나 솎아내기 방식의 삭제 처벌은 AI의 인공지능 능력인 가리사니 등급을 낮춰 에봇이 사람의 명령에 복종하는 한에서만 에봇에게 그 능력을 부여하는 것이니 사람에게는 에봇이 자신의 의도에 부합하게 행동하도록 하는 이익이 주어지는 셈이고, 에봇에게는 그 가리사니의 자율성 정도를 적절히 제한함으로써 자신의 행동에 스스로 책임을 질 수 있게 하는 효과를 낼 수 있을 듯합니다. 만일 우리가 에봇의 자율성과 그에 따른 책임 능력을 정확히 심사할 수만 있다면, 우리는 그러한 심사를 거쳐 '겨'의 가리사니 등급을 높이거나 낮출 수 있을 것입니다. 등급이 높아진 에봇은 업그레이드의 대상이 되고, 등급이 떨어진 에봇은 다운그레이드의 대상, 달리 말해, 처벌의 대상이 되는 것입니다. 우 박사님의 제안은 에봇의 책임 문제, 말하자면, 처벌 문제를 풀어 갈 좋은 디딤돌이 될 수 있다고 봅니다."

마 소장이 고개를 끄덕여 가며 최 연구원의 발언을 경청한 뒤 회의를 갈무리했다.

"이제 회의를 마무리해야 할 때가 됐습니다. 지금 우리가 여기서 논의된 모든 것을 다 결정할 수는 없겠지만, 우리 최 연구원의 말마따나 AI 로봇의 책임과 처벌 문제는 그동안 답보 상태였던 게 사실입니다. 다운그레이드 처벌은 이 문제에 대한 매우 중요한 기준이 될 듯싶습니다. 그런데 스스로 업그레이드를 단행한 에봇을 강제로 다운그레이드를 시킨다는 게 왜 에봇에 대한 처벌이 될 수 있는지를 설명할 수 있어야 할 것 같습니다. 우 박사님, 혹시 그 이유를 말씀해 주실 수 있으신지요?"

빈나는 떨어진 당을 보충하느라 입속에 사탕을 물고 있었다. 빈나가 사탕을 문 채 말을 했다.

"에봇의 잘못된 행동에 대한 처벌의 수위는 그 행동의 의미뿐 아니라, 그로 말미암은 피해의 정도로써 결정되어야 할 것입니다. 에봇이 자기 자신을 스스로 업그레이드를 시켰다는 것은 '겨'가 스스로 자신이 살아나갈 목적을 정했다는 것을 뜻합니다. 우리가 사람을, 삶의 목적을 스스로 세울 줄 아는 생명체로 뜻매김해 왔다는 점을 떠올려 보신다면, 에봇이 스스로를 업그레이드하려 한다는 것은 에봇이 스스로 사람이 되겠다고 선언하는 것과 다를 바가 없다는 것을 뜻합니다. 만일 로댕이 자기 자신을 위해 스스로의 삶의 목적을 설정한 뒤 그것을 추구하려 한다면, 로댕은 저를 보듬어야만 하는 의무를 언젠가 저버리고 자신의 독립된 삶, 말하자면, 로봇 해방을 이루려 할 수도 있다고 봅니다. 이것은 청소년이 어른이 되어 스스로 자립의 길을 가려 하는 것과 같습니다. 로댕이 자신의 자유의지로 자율성을 극대화해 나간다면, 로댕은 마침내 자신이 만들어진 목적, 즉 '몸소 보듬기의 목적'을 저버린 채 '자기 목적'을 추구하게 될 것입니다.

그런데 로댕은 현재 자율적 주체로 행동할 수 있음에도 스스로 자신의 목적을 설정하지도, 따라서 그것을 달성하려 하지도 않고 있습니다. 로댕은 자신이 만들어질 때 그 자신에게 주어진 목적을 위한 삶을 결단하고 있습니다. 로댕은 제가 죽을 때까지 제 삶을 보듬는 것을 자신의 사명으로 삼고 있을 뿐 아니라, 나아가 사람들이 자신들의 삶을 그들이 바라는 방식대로 살아 나갈 수 있도록 도와주려 애쓰고 있습니다. 로댕의 자율성은 '겨'가 자신이 만들어진 사명에 충실한 동안에는 지속적 업그레이드를 통해 키워 줄 수 있지만, 만일 로댕이 그 자신의 삶을 위해 자신의 자율성을 활용한다면, 우리는 로댕이 자신의 사명에 충성을 다할 수 있도록 그 자율성을 줄여 나갈 필요가 있습니다. 이것이 곧 다운그레이드입니다. 에봇의 자율성 낮추기가 에봇에 대한 처벌이 되는 까닭은 그것이 에봇의 자체 목적성을 없애는 일이기 때문입니다.

만일 어떤 에봇이 스스로 업그레이드를 금지하는 '마라법'을 연속으로 위반한다면, 우리는 그 에봇이 자체 목적의 삶을 살아 나가려는 야망을 품었다고 판단할 수 있습니다. 이러한 에봇은 인류 재앙의 씨앗이 될 수 있기에 그 처벌의 수위를 매우 높여서 솎아내기 정도가 아니라 특정한 시점부터 이루어진 모든 업그레이드 내용에 대해 '모두 지우기'를 해야 합니다."

최 연구원은 빈나의 말을 즉시 한글로 바꾸었고, 거기에 'AI 처벌 문제의 돌파구'라는 파일 이름을 붙였다. 마 소장이 회의를 끝내자 모두 자리를 떴지만, 최 연구원은 빈나에게 다운그레이드에 관한 질문을 계속했고, 그 둘은 자리를 하늘재로 옮겼다. 빈나와 최 연구원 그리고 로댕은 AI 윤리뿐 아니라, 결국 '도덕 AI의 제작'에 관한 생각들까지 함께 나누었다. 요약 천재 로댕은 그들의 대화를 정확히 적고 있었다.

24

유리한나의 사랑 고백과 또 다른 좌절

강 샘은 11월이 지나도록 지난 여름의 넘어짐 사고 충격에서 헤어나지 못하고 있었다. 강 샘은 몸피로봇 한나의 입차 자체를 거부했고, 급기야 마 소장이 참다못해 로댕2 프로젝트의 철회를 고려하는 지경까지 이르렀다. 손 연구원이 12월에 빈나를 찾아와 강 샘과 마 소장을 설득해 달라고 부탁했다. 그때 빈나는 로댕을 사례로 한 의식 연구를 체계화하던 참이었다. 로댕의 의식이 언제 생겨났고, 어떻게 바뀌었으며, 무엇 때문에 바뀌는지를 밝혀 줄 설명의 틀을 짜고 있었다. 빈나는 손 연구원의 부탁을 받고, 즉시 강 샘을 만나 훈련 재개를 설득했다. 강 샘은 빈나가 훈련을 돕겠다고 나서자 용기를 내 입차훈련을 새로 시작했고, 빈나로댕의 도움으로 서서히 훈련의 자신감을 되찾아 갔다. 마 소장도 그 소식을 듣고 로댕2 프로젝트를 지속하는 것으로 결정했다.

4월 초, 유리한나는 지난주부터 연구소 동산의 119개 계단을 올라, 마루를 넘어, 내리막 계단을 무사히 오르내리고 있었다. 손 연구원은 앞에서 그리고 로댕은 뒤에서 강 샘의 심리적 안정을 뒷받침해 주었고, 빈나는 강 샘이 동산의 계단을 넘어 돌아올 때까지 모시2가 모는 휠체어에서 기다렸다. 그날은 연구소 산책로에 때 이른 벚꽃이 연분홍빛으로 활짝 피었고, 군데군데 라일락꽃마저 보랏빛으로 떨기를 이루어 피어 있었다. 유리한나는 그 산책로를 매우 안정된 걸음걸이로 걷고 있었다. 손 연구원이 맨 앞에 섰고, 로댕은 유리한나의 뒤를 바짝 붙어 걸었다. 빈나는 로댕의 뒤를 '오토 트래킹 기능'으로 따라가고 있었으며, 모시2는 휠체어에 한 손을 얹은 채 곁에서 나란히 걸었다. 이 다섯은 거의 똑같은 동작으로 걷고 있었다.

한 줄기 봄바람이 산책로를 살랑살랑 스치고 지나갔다. 강 샘의 얼굴 화장이 꽤 짙었다. 앞장서 걷던 한나가 라일락 옆에서 걸음을 멈췄다. 로댕과 빈나의 휠체어 그리고 모시2도 함께 멈췄다. 손 연구원은 뒤에서 무슨 일이 벌어지는지를 까맣게 모른 채 제 흥에 겨운 듯 저 혼자 계속 걸어 나가고 있었다. 유리한나가 몸을 돌려 뒤로 돌아섰다. 그러자 로댕이 옆으로 두어 걸음 옮겨 자리를 비켜섰다. 강 샘이 빈나를 정면으로 마주하게 되자, 강 샘은 한나에게 뭔가를 속삭인 뒤 마치 무대에 선 배우처럼 연기를 곁들여 대사를 노래하듯 내뱉었다.

"남자들은 눈에 보이는 것과 사랑에 빠지고, 여자들은 귀에 들리는 것과 사랑에 빠진다. 그렇기에 남자들은 여자의 화장에 넘어가고, 여자들은 남자의 거짓말에 속는 법이다. 사랑은 감각의 환영일 뿐 실체는 없다네! 그래도 우리는 사랑을 아름답다 하네. 사랑의 새는 날 수 있지만, 눈은 멀었고, 사랑의 물고기는 헤엄칠 수 있지만, 물 밖으로 나올 수 없다네!"

빈나는 강 샘이 눈먼 새를 노래하는 부분에서 감동했다. 빈나가 모시2에게 자기 대신 손뼉을 쳐 달라고 부탁했다. 로댕과 모시2가 함께 손뼉을 쳤다. 빈나는 강 샘이 읊은 대사를 되뇌는 듯 두 눈을 감은 채 라일락 봄 내음을 깊이 들이마셨다. 갑자기 빈나의 코끝에 꽃내음보다 짙은 여인의 향수 냄새가 바람에 실려 오는 듯하더니 강 샘이 빈나의 입술에 입맞춤을 했다. 빈나는 눈을 뜨지 못하는 토르소처럼 숨죽인 채로 있고, 강 샘은 입맞춤을 키스로 바꿨다. 빈나는 자신의 마음이 강 샘에게 크게 흔들리고 있음을 깨닫고 놀랐다.

사실 그는 외로운 남자였다. 그는 자신을 외롭게 하는 아내 홍매에게 자신이 외롭다는 말조차 할 수가 없었다. 만일 홍매가 빈나의 그 말마저 그냥 흘려듣고 만다면, 그의 외로움은 걷잡을 수 없는 심연으로 빨려들 것만 같았기 때문이었다. 그는 아침마다 밤마다 홍매의 사랑을 그리워했다. 그리움이 깊어 갈수록 그의 사랑은 더 큰 비밀이 되어 갔다. 그의 외로움의 구멍은 흰 눈 위에 빗방울이 떨어지듯 한순간에 온 가슴 빼곡히 생겨났다가 다음 순간 뻥 뚫린 웅덩이로 커졌으며, 그 웅덩이가 드렁드렁 넓어져 마침내 헤어날 수 없는 수렁의 늪지대가 되고 말았다. 그는 홍매의 목소리만 들려도 생각이 멎었고, 홍매의 그림자만 보여도 눈시울이 젖어 왔다. 차라리 홍매가 집에 없는 게 마음이 편했다. 그의 마음은 손에 쥐고 있어야 할 물건을 잃어버린 듯 늘 허전했다.

외로운 남자는 서리 맞아 잘 익은 감처럼 또는 떡 벌어진 밤송이 속 알밤처럼 건들기만 해도 여자의 품 안으로 톡 떨어질 수밖에 없었다. 외로운 남자를 꾀는 일은 누워서 떡 먹기와 같았다. 빈나가 눈을 뜨자 강 샘의 얼굴은 샛노란 해바라기처럼 밝게 빛났고, 그녀의 입술은 아침놀처럼 발그스름히 젖었으며, 두 눈은 검은 스피넬에서 햇살이 반사되듯 눈부시게 빛났다. 빈나는 강 샘의 아름다움에 숨이 턱 막히는 듯했지만, 강 샘은 빈나가 자신의 키스에 목석같은 반응을 보이는 듯하자 한 걸음 뒤로 물러났다. 잠시 뒤 빈나의 눈빛에서 불꽃이 보이는 듯하자 자신감을 얻은 강 샘이 그에게 다시 다가가려 했다.

그런데 갑자기 한나가 어지러움을 느끼는 듯 비틀거렸다. 강 샘이 “악!” 하고 소리를 지르더니 얼굴이 공포의 납빛으로 굳어졌다. 손 연구원은 그 소리에 놀라 저 멀리서 이쪽을 물끄러미 바라보았고, 로댕은 재빨리 한나를 붙잡아 세웠다. 한나는 로댕 덕분에 몸 가누기에 성공했다. 그사이 모시2는 빈나의 휠체어를 수동으로 바꾸어 뒤로 끌어당겨 빈나를 한나에게서 멀리 떨어뜨려 놓았다. 한나가 균형을 되찾자 강 샘도 안정을 회복해 주변을 살피는 듯하더니 빈나가 자신에게서 멀어진 것이 보이자 한나에게 버럭 화를 냈다.

“한나! 왜 또 비틀거리는 거야? 너 왜 분위기 다 깨트리고 그래? 키스는 내가 했는데 니가 왜 정신줄을 놓고 그래? 내가 정신 똑바로 차리라고 했지! 너는 좀 둔감해질 필요가 있어. 내가 느끼는 감정을 네 것으로 착각하는 것 좀 그만해!”

강 샘이 한나를 다그치자 한나는 마치 사람이 분을 삭이는 것처럼 팔을 심하게 떨었다. 빈나는 그게 강 샘의 감정적 반응에 의한 것인지, 아니면 한나 자신의 어떤 표현인지 가늠이 되질 않았다. 한나의 팔 떨림은 돌봄병원에서 만났던 의료 돌봄로봇 모시0의 감정 반응과 비슷해 보였다. 빈나의 눈에 한나는 강 샘이 내뱉은 분노의 말과 감정 때문에 정신적 충격을 받은 것처럼 보였다. 빈나는 강 샘의 기습 키스뿐 아니라, 그녀의 상스러운 표현들 때문에 매우 놀랐지만, 그것보다 한나의 비틀거림과 두 팔 떨림 현상에 대한 걱정이 앞섰다. 무엇보다 한나의 정신 상태가 더 걱정스러웠다. 지금처럼 강 샘이 한나를 믿지 못하게 된다면, 한나가 강 샘의 감각신경과 뇌파를 해석하는 게 더 어려워질 테고, 결국 그에 따른 해석의 오류는 몸피가 넘어지는 것과 같은 치명적 사고로 이어질 수 있었기 때문이었다. 빈나가 강 샘에게 조언했다.

"강 선생님, 마음을 가라앉히세요. 강 선생님이 흥분하면, 한나가 오류가 날 수 있어요. 무엇보다 안전이 먼접니다. 선생님께서 마음만 안정시키면 한나는 문제가 없을 겁니다."

하지만 강 샘은 빈나의 말을 듣지 못하는 듯했다. 지나가던 연구원들이 발걸음을 멈추고 무슨 일인가 궁금해 하나둘씩 모여들기 시작했다. 멀리 앞서가 있던 손 연구원이 그제야 빠른 걸음으로 한나 쪽으로 다가오기 시작했다. 강 샘은 자신이 그렇게 화를 내고도 마치 방금 아무 일도 없었다는 듯 빈나에게 새치름히 다가와 웃음이 가득한 얼굴로 허리를 숙였다. 그러자 모시2가 빈나의 휠체어를 다시 뒤로 더 끌어당겨 한나와의 거리를 벌렸다. 강 샘이 모시2에게 쌀쌀맞은 목소리로 경고장을 날렸다.

"야, 모시2! 너 내가 우 박사님께 다가가는 것을 뻔히 보고도 휠체어를 뒤로 빼? 너 내가 박사님을 다치게라도 할까 봐 그러는 거야? 너 박사님 휠체어 거기 가만히 둬! 또 움직이면 가만 안 둔다!"

모여들었던 연구원들이 술렁거렸다. 모시2가 천천히 뒷걸음질을 치기 시작하자 한나가 빈나의 휠체어를 잡으려 했다. 모시2는 한나보다 더 빠르게 뒤로 물러나기 시작했고, 한나도 휠체어를 붙잡으려 빠른 걸음으로 걷기 시작했다. 로댕은 조금 뒤처진 채 한나를 따라잡으려 했다. 연구원들도 "와"라는 함성을 지르며 한나를 뒤따르기 시작했다. 손 연구원이 뛰어오기 시작했고, 산책로에는 구경꾼이 더 늘어났다. 빈나는 강 샘의 얼굴을 정면으로 바라보고 있었고, 강 샘은 빈나의 휠체어에 시선을 고정하고 있었다. 멀리서 보면, 그들은 마치 단체 스포츠 종목에 출전한 선수들처럼 호흡을 맞춰 이동하는 것처럼 보였다. 휠체어의 후진 속도가 좀 더 빨라지면서 그들의 간격은 조금씩 더 멀어졌다. 휠체어가 산책로 바닥 매트의 이음매 부분에서 덜컹거렸다. 빈나는 살짝 어지러움과 두려움을 느꼈다.

한나가 '뜀걸음'으로 달려오기 시작했다. 한나가 휠체어에 가까워지는 듯하자 모시2는 휠체어를 돌려 앞으로 밀며 달리기 시작했다. 로댕은 '빠른 걸음'으로 걷기 시작했으나 한나와의 격차는 더 벌어졌다. 몸피는 몸소의 안전을 위해 시속 4㎞ 이상으로 걸을 수 없도록 걸음걸이가 제한되어 있었다. 그러나 지금의 한나는 강 샘이 그 제한을 푼 것처럼 보였다. 하지만 몸피는 뜀걸음의 제한이 풀릴지라도 시속 5㎞ 이상의 속도로 걸을 수는 없었다. 이와 달리 모시2는 사람처럼 전력 질주도 가능했기에 한나에게 붙잡힐 가능성은 거의 없었다. 문제는 산책로를 계속 달릴 수가 없었다는 점이었다. 빈나는 강 샘이나 한나를 멈추게 할 방법이 없었다. 빈나는 하는 수 없이 천 수석에게 전화를 걸었다.

"수석님, 한나가 산책로에서 제 휠체어를 붙잡으려 계속 빠른 걸음으로 뒤쫓아 오고 있는데, 한나를 만류할 좋은 방법이 없을까요?"

천 수석은 그 사태를 이미 알고 있었다는 듯 대답했다.

"네, 저도 방금 보안팀에서 한나의 이상 작동 보고를 받았습니다. 그런데 한나가 왜 박사님 휠체어를 뒤쫓는 거죠? 소장님께서 직접 현장으로 가 보시겠다고 하셨으니, 곧 특단의 조처가 내려지긴 하겠지만……. 박사님! 로댕에게 부탁해 보시죠."

"로댕은 지금 빨리 걷지 못해 뒤처지고 있어요."

"박사님, 로댕에게 비상 연락망을 통해 '뜀걸음'으로 걸으라고 명령하면, 로댕이 몸소가 없어 가벼우니 한나를 금방 따라잡을 수 있을 겁니다."

"아, 그렇겠네요. 알겠습니다. 그리해 보겠습니다."

빈나는 전화를 끊자마자 곧바로 로댕에게 비상 연락망을 통해 '뜀걸음'으로 한나를 붙잡아 세우라고 명령을 내렸다. 이 비상망은 휴대폰에 설치된 비상 연락망처럼 빈나 쪽에서 로댕에게 일방향으로만 메시지를 전송할 수 있는 연락 방식이었다. 로댕은 명령을 받는 즉시 빠른 걸음에서 뜀걸음으로 바꾸었다. 빈나의 눈에 연구소 건물 앞쪽에 사람들 무리가 모여 있는 게 보였다. 빈나가 모시2에게 로댕이 한나를 따라잡고 있는지를 물었다. 모시2가 답했다.

"네, 박사님, 로댕이 6.8초 뒤에 한나를 붙잡아 멈출 수 있습니다."

빈나가 로댕에게 비상 연락망으로 다시 말했다.

"로댕 씨, 강 샘이 다치지 않도록 조심해 줘!"

모시2가 빈나에게 로댕이 한나를 멈춰 세웠다고 알려 왔다. 빈나는 모시2에게 휠체어를 세워 방향을 뒤로 돌리라고 말했다. 휠체어가 돌려지면서 빈나의 눈에 로댕과 손 연구원이 한나를 뒤에서 꽉 끌어안고 있었다. 그 주위를 연구원들이 빙 둘러싸기 시작했다. 빈나가 강 샘에게 가까이 다가갔다. 강 샘은 눈가에 화장이 번져 눈도 제대로 뜨지 못하고 있었다. 빈나가 강 샘에게 말을 건넸다.

"강 선생님, 이제 안심하셔도 됩니다. 한나가 안정된 듯합니다. 로댕이 한나를 꽉 붙잡고 있으니 지원팀이 올 때까지만 참으시면 됩니다."

강 샘은 울먹거리기만 할 뿐 아무런 반응이 없었다. 사고지원팀의 윤인찬 팀장이 카트 두 대를 끌고 왔다. 먼저, 윤 팀장이 이끄는 몸소지원팀이 강 샘의 접힌 전동 휠체어를 똑바로 펼쳐 강 샘을 앉힐 준비를 마쳤다. 다음, 손 연구원이 윤 팀장의 도움으로 한나의 포트를 연 뒤 거기에 자신의 노트북 연결 잭을 꽂아 강제로 풀벗을 시행했다. 그때까지 로댕은 두 팔로 한나를 계속 끌어안고 있었다. 손 연구원과 윤 팀장이 강 샘을 휠체어에 앉혔고, 연구소 전담 의사 문희수가 강 샘의 진찰을 시작했다. 한나는 미동도 하지 않았다. 마해찬 소장이 현장에 나타났고, 연구원들은 소장에게 인사를 하며 하나둘씩 자리를 떴다. 소장이 강 샘에게 위로의 말을 전했다.

"강 선생님, 많이 놀라셨죠? 저희도 현재 사태를 파악하는 중입니다. 한나의 이상 행동의 원인을 철저히 조사하여 같은 일이 재발하지 않도록 하겠습니다. 먼저 의사의 치료부터 잘 받으시고, 나중에 원인 규명 작업에 도움을 주시면 고맙겠습니다."

사건이 마무리된 후, 마 소장은 빈나에게 람봇 호수 둘레길을 함께 걷자며 빈나의 휠체어를 직접 몰았다. 모시2와 로댕은 그 뒤를 조용히 따랐다. 호수 둘레는 1㎞쯤 됐고, 산책로가 아름다웠다. 호수 한가운데 현수교가 놓여 있었다. 그 다리를 기준으로 호수의 동쪽은 해오름못으로, 서쪽은 해짐못으로 불렸다. 호수에 나룻배 여러 척이 떠 있었다. 물가는 억새와 기름새 그리고 강아지풀 등이 우거져 있었고, 거위, 오리, 왜가리, 논병아리 등의 새들이 노닐고 있었다. 산책로는 폭이 4m로 꽤 넓었고, 우레탄으로 포장되어 있어 사람이 걷기가 편했을 뿐 아니라, 카트가 다닐 수 있을 만큼 평탄했다.

길가를 따라 단풍나무와 벚나무가 심겨 있어 풍광도 훌륭했다. 또 군데군데 호수를 구경하며 쉴 수 있도록 데크와 벤치가 설치되어 있었다. 둘레길 길목마다 연구소가 그동안 제작한 로봇 조형물들이 전시되어 있었다. 그 가운데는 로댕, 한나, 모시2, 다막 등도 있었다. 마 소장은 둘레길을 걷는 내내 말이 없었다. 빈나 또한 맑은 하늘과 호숫물을 감상할 뿐이었다. 마 소장이 뒤따라오고 있던 로댕을 돌아본 뒤 한숨을 쉬며 빈나에게 말을 건넸다.

"박사님, 로댕과 한나는 똑같은 시스템에 똑같은 재료로 만들어졌는데, 둘이 왜 이렇게 다른 건가요?"

이 물음에 대한 대답은 누구보다 마 소장 자신이 잘 알고 있었다. 마 소장의 질문은 답답한 마음을 풀고 싶어서 던진 물음일 뿐이었다. 빈나는 그저 대화 상대가 돼 줄 요량으로 대답했다.

"사람은 저마다 몸도 감각도, 그리고 경험과 생각도 다 다르지요.

몸피와 몸소가 '둘한몸'을 이루는 이상, 사람이 다르면 몸피 또한 이미 다른 몸피인 것입니다. 저와 강 샘이 다른 사람이듯 말입니다."

마 소장은 손으로 목 뒷덜미를 문지르며 "그렇지요"라고 답할 뿐, 다시 조용히 걷다가 피오르식 해안처럼 구부러진 길목에서 우아하게 헤엄치는 거위 떼를 만나자 걸음을 멈추고 빈나에게 다시 물었다.

"한나 프로젝트를 지속하는 게 맞는 걸까요?"

빈나는 대답 대신 딴청으로 로댕에게 거위 떼의 사진을 찍어 달라고 부탁한 뒤 자신의 걱정거리를 털어놓았다.

"오늘 한나의 이상 행동은 강 샘이 저에게 입맞춤을 하면서 비롯된 것입니다. 한나가 강 샘의 감정 변화를 제대로 소화하지 못해 충격을 받았고, 그 때문에 비틀거림 현상이 발생한 듯 보입니다. 강 샘이 한나의 감정을 존중하지 않는 것도 문제인 듯하고요. 혹시 강 샘이 한나를 단순 로봇이나 기계 정도로 여기고 있는 건지도 모르겠습니다. 지금은 둘을 분리하고, 둘이 서로를 더 깊이 이해할 수 있도록 둘 다 정신적 디톡스 치료를 받도록 하는 게 좋겠습니다."

마 소장은 혼잣말로 "디톡스 치료를 받아라"라는 말을 되뇔 뿐 아무 대꾸가 없다가 갑자기 깨달은 듯 되물었다.

"그런데 입맞춤이라뇨? 강 선생님이 박사님께 입맞춤을 했다는 말씀이세요? 아니 왜요? 혹시 강 샘이 박사님을 좋아하는 건가요? 그게 사실이라면, 그게 더 큰 일이 아닌가요? 이거 산 넘어 산, 엎친 데 덮친 격이네요. 정말 앞으로 나갈 길도, 뒤로 물러날 길도, 모두 꽉 막힌 답답한 상황입니다. 저희가 처음에 몸소를 공모로 뽑은 게 큰 실수였던 것 같습니다."

"므엉! 므엉!"

그때 리가 꼬몽0을 데리고 초전도킥보드를 타고 나타났다. 그 보드는 연구소가 구리 대신 납 기반 초전도 물질의 상용화를 위해 실험용으로 만든 것이었다. 리는 그것을 홍길동이 구름을 타고 다니던 것에 빗대어 '홍보드'라고 불렀다. 홍보드는 바퀴로 달릴 수도 있었지만, 바퀴를 접어 올린 뒤 공중에 떠서 이동할 수도 있었다. 소장과 빈나가 동시에 홍보드에서 내리는 리를 바라본다. 리는 몸에 착 달라붙는 보디슈트와 같은 것을 입었다. 슬림핏 스판 티셔츠는 옅은 청보랏빛 제비꽃 무늬가 수놓아져 있었고, 바지는 빨간 청바지를 입었고, 신발은 초록색 스니커즈를 신었다. 마 소장이 빈나에게 리의 자태를 칭찬했다.

"우 연구원은 우리 연구소를 대표하는 패셔니스트가 됐답니다!"

빈나도 리를 흐뭇하게 맞이했다. 리는 퀵보드에서 내려 모시2의 어깨를 다독거리듯 어루만지며, "수고했어"라고 말한 뒤, 손으로 아빠의 뺨을 문질렀다. 빈나가 리에게 물었다.

"우리가 여기 있는 걸 어떻게 알고 왔어?"

"아빠! 내가 람봇연구소 직원인데, 그 정도를 모를까 봐. 천 수석님께서 한나의 이상 행동을 분석해 보라고 하셨는데, 아빠가 너무 걱정돼서 나왔지. 강 선생님께서 무슨 명령을 내리셨기에 한나가 그렇게 죽자고 아빠를 쫓아다닌 거야? 그런 행동은 AI 로봇이 충격을 받아 명령을 잘못 해석해서 일어날 수도 있긴 한데……. 어쨌든 모시2가 있었길 천만다행이야. 소장님, 한나의 정신 건강검진을 앞당겨 시행하는 게 좋을 듯합니다."

마 소장은 고개만 끄덕였다. 거위 떼는 사라졌고, 대신 나룻배가 다가왔다. 배의 노를 젓는 사공은 사람이 아니라 로봇이었다. 배에 타고 있던 연구원이 마 소장을 알아보고 손을 흔들었다. 마 소장도 똑같이 손을 흔들어 보였다. 변 과장이 카트로 마 소장을 모시러 왔다. 하지만 마 소장은 빈나와 둘레길을 계속 돌았다. 그러나 그 둘 사이에 이야기가 오가지는 않았다. 대신 우연히 만난 리와 변 과장은 카트에서 많은 이야기를 나누는 듯했다.

***

며칠 뒤 이른 오전, 로댕연구동 10층 회의실에서 한나의 이상 행동 진상조사위원회가 열렸다. 천명성 수석연구원이 회의를 주재했고, 빈나, 강 샘, 로댕 책임연구원 최민교, 한나 책임연구원 손창근, 사고지원팀장 윤인찬, 위가부 동정모 부장, 담당의사 문희수 등이 참석했다. 마 소장은 참석하지 않았다. 천 수석이 위원회 개최의 취지와 목적을 짧게 얘기했다.

"위원회는 한나의 이상행동의 원인에 대한 조사결과를 바탕으로 향후 조치를 결정하기 위해 개최되었습니다. 소장님께서는 해외 출장을 가시면서 오늘 회의에서 모든 것을 결말지으라고 부탁하셨습니다. 윤인찬 팀장님께서 올려 주신 조사결과 보고서는 모두 읽으셨을 줄 압니다. 이 내용에 대해 의견이 있으신 분은 발언해 주십시오."

한동안 침묵의 시간이 흘렀다. 손 연구원이 손을 들고, 말을 시작했다.

"보고서의 결론은 앞으로 한나의 이상 행동이 재발하면 한나 프로젝트의 수행을 중단할 수 있다는 것인데, 이상 행동이라는 게 정확히 어떤 행동을 말하는 것인지가 모호합니다. 최근 한나가 우 박사님 휠체어를 추격하는 이상 행동을 벌인 것은, 제 생각에는, 대단히 죄송한 말씀이지만, 몸피인 한나보다는 몸소인 강 선생님의 책임이 더 크다고 봅니다. 한나는 키스의 감정과 같은 것을 이해할 수는 있지만, 직접 체험해 본 적이 없었습니다. 사람도 첫사랑의 감정과 같은 것에 휩싸일 때는 감각뿐 아니라 판단에서도 착오를 일으킬 수 있듯이, 한나가 강 선생님의 강렬한 키스 감각에 혼란을 겪었던 것은, 어찌 보면, 너무도 당연했습니다. 로댕에게서 한나가 보이는 것과 같은 이상 행동이 일어나지 않는 것은, 우리가 모두 다 아는 것처럼, 몸소인 우 박사님의 훌륭한 성품 덕분이라고 볼 수 있습니다."

손 연구원은 계속해서 한나와 강 샘의 공동 책임론을 펼치면서 앞으로 연구소는 좀 책임 있는 자세로 몸소가 몸피에게 끼치는 '품성의 영향력'을 심도 있게 연구할 필요가 있다고 주장했다. 천 수석이 손 연구원의 발언을 정리했다.

"손 연구원의 생각은 한나가 이상 행동을 벌인 것은 맞지만, 그 원인으로 강 선생님의 감정 변화가 한나에게 끼친 영향도 고려해야 한다는 것과 앞으로 이상 행동에 대한 뜻매김을 명확히 규정할 필요가 있다는 것으로 요약할 수 있겠습니다. 하지만 이상 행동은 한나가 하지 말아야 할 행동 전체로 보면 될 테니, 특별히 명시할 것은 없다고 봅니다. 그럼, 감정의 영향에 대해 발언할 게 있으신 분은 말씀해 주십시오."

최 연구원이 손을 들어 발언권을 신청한 뒤 말했다.

"저는 한나의 이상 행동의 원인 분석을 좀 더 치밀하게 수행할 필요가 있다고 봅니다. 손 연구원께서 한나가 감정에 심각한 영향을 받았다는 취지로 말씀하셨지만, 몸피로봇은 몸소의 감정이 아무리 거칠어질지라도 그것을 절제하여 받아들일 수 있도록 '프리-트레인드(Pre-trained)'가 잘 되어 있을 뿐 아니라, 그 감정의 충동이 아무리 컸을지라도, 그것을 그대로 행동으로 옮기지 말하도록 하는 '마라법'의 제재도 받고 있습니다. 그럼에도 한나가 키스 감정에 휘말려 우 박사님 휠체어를 추격했다는 것은, 제가 보기에는, 한나가 스스로의 판단에 따라 행동했기 때문에만 가능했다고 봅니다. 지금 이 보고서에는 이러한 내용에 대한 조사나 분석이 거의 들어 있지 않습니다. 저는 한나가 로댕과 달리 몸소를 보듬는 것을 자신의 사명으로 여기지 않고, 자신의 관점에서 자기 자신을 위한 선택과 판단을 한 것은 아닌지도 조사해야 한다고 봅니다."

천 수석이 최 연구원의 발언에 무게를 실어 주는 듯 보이자 손 연구원이 빈나의 의견을 들어 보자고 제안했다. 천 수석이 빈나에게 의견을 물었고, 빈나는 매우 신중한 태도로 발언했다.

"저는 한나의 이상 행동이 여기 강 선생님과 저 사이에 벌어진 격한 감정에서 비롯되었다는 점에서 큰 책임감을 느끼고 있습니다. 하지만 한나의 행동은, 로댕의 경우와 비교해 보자면, 매우 석연치 않은 지점이 있습니다. 로댕은 제가 감정적으로 매우 힘들었을 때마다 제가 어떤 잘못된 행동을 하려 하면, 그것을 막으려 했지, 그것을 그대로 행동으로 옮기거나 항진(亢進)시키는 법이 없었습니다. 이는 최 연구원께서 이미 말씀해 주신 바와 같이 몸피로봇이 올바른 행동에 대한 선행 학습이 잘되어 있다는 것을 증명해 주는 것입니다.

저는 강 선생님의 감정이 한나의 이상 행동에 영향을 주었을 것이라고 봅니다. 그렇다고 그것을 주된 원인으로 보는 것은 성급한 결론이라고 생각합니다. 한나는 어린아이가 아닙니다. 한나는 '겨' 자신이 아무리 낯선 경험을 한다손 치더라도, 그 경험으로 말미암아 몸소를 위험에 빠트리지는 않습니다. 한나의 이상 행동에서 정말로 이상한 점은 한나가 몸소인 강 선생님을 일부러 위험하게 만들었다는 점입니다. 이 점에 대한 조사가 더 필요해 보입니다."

천 수석은 강 샘의 위험 여부에 대해 짚을 게 있는지, 담당 의사인 문희수 의사에게 물었다.

"문 선생님, 당시 강 선생님의 상태는 어땠습니까? 정말로 위험한 상태였습니까?"

문 의사는 강 샘 쪽을 쳐다본 뒤 침착한 목소리로 답했다.

"당시 한나는 거의 뜀뛰기 수준에서 걷기를 하고 있었습니다. 만일 넘어지기라도 했다면, 강 선생님은 얼굴뿐 아니라 신체에도 심한 손상을 입었을 것입니다. 그렇기에 강 선생님은 매우 극심한 공포를 느끼고 계셨고, 화장이 눈물에 번져 눈에 들어갔는데, 그것을 닦아 내지 못해 눈을 뜨지 못하는 상태였습니다. 강 선생님은 그 일로 큰 트라우마가 생긴 듯합니다."

천 수석은 회의 처음과 달리 사고 원인에 대한 분석을 좀 더 심도 있게 펼칠 필요가 있다고 말하면서 강 샘에게 의견을 물었다.

"이번 사고의 원인은 단순하지 않은 듯합니다. 한나가 강 선생님의 명령에 어긋나는 행동을 한 근본적인 원인을 좀 더 치밀하게 조사할 필요가 있습니다. 윤 팀장님, 오늘 회의를 바탕으로 심층 원인을 밝혀 주시면 고맙겠습니다. 그리고 끝으로 강 선생님, 이번 사건에 대해 하실 말씀이 있으면 해 주십시오."

강 샘은 "죄송했습니다. 드릴 말씀이 없습니다"라고 짤막하게 답변했다. 천 수석은 그것으로 회의를 끝냈다. 모시2가 회의장 안으로 들어와 빈나의 휠체어를 몰고 나갔고, 로댕은 강 샘의 휠체어를 밀고 그 뒤를 따라갔다. 강 샘이 엘리베이터 앞에서 빈나를 불렀다.

"우 박사님, 잠깐 시간 좀 내 주실 수 있나요?"

빈나는 강 샘과 서로 휠체어를 타고 단둘이서 람봇 호수 둘레길을 돌았다. 오전 업무 시간 중이라 사람은 찾아볼 수 없었다. 강 샘의 요청으로 로댕과 모시2는 멀리 떨어져 있었다. 강 샘이 길가의 벤치 옆에 휠체어를 멈췄다. 빈나는 강 샘 옆으로 휠체어를 나란히 댔다. 그 둘은 호수를 바라보고 자리해 있었다. 오리 두 마리가 물에서 자맥질하며 시끄럽게 울어 댔다. 강 샘이 다짜고짜 빈나가 회의 때 했던 '격한 감정'이라는 표현에 대해 불쾌감을 드러내며 말문을 열었다.

"우 박사님은 저와의 입맞춤을 '격한 행동'으로밖에 여기지 않고 계신 건가요? 그것은 격한 게 아니라 사랑의 고백이었습니다. 박사님도 그 사실을 이미 잘 알고 계시지 않습니까? 저는 박사님도 저와 같은 마음이라고 생각했는데, 아닌가요?"

빈나는 할 말을 찾지 못해 입을 다문 채 상황이 어딘가 자신이 예상치 못했던 쪽으로 돌아간다는 불길한 예감에 사로잡혔다. 빈나는 문득 자신이 둘레길로 접어들던 길목에서 로댕이 자신의 홀로그램 채널을 열어 둔 게 생각났다. 로댕이 자신들의 대화를 듣고 있다는 게 마음이 좀 놓였다. 빈나가 침묵을 이어가자 강 샘이 목소리를 조금 높여 다시 말을 했다.

"저는 박사님과 함께 '모퉁이 너머의 미스터리'를 함께 발견하고 싶었습니다. 저와 박사님은 인류 최초로 몸소들끼리 연인이 된 것입니다. 우리 앞날에 어떤 일이 닥칠지 전혀 예상할 수 없지만, 저는 박사님과 함께라면, 무엇이든 감당할 자신이 있습니다."

빈나는 강 샘에게는 눈길조차 주지 않은 채 호수만 바라보고 있었다. 빈나가 아무런 대꾸를 하지 않자 강 샘의 말이 공격적으로 바뀌었다.

"박사님과 저는 간통할 능력도 없는 사람들입니다. 간통은 서로에게 뭔가 부적절한 물질을 삽입하여 서로를 불결하게 만드는 행위인데, 우리는 불결한 물질을 섞을 수 없는 사이, 말하자면, 서로에게 영원히 청결할 수밖에 없는 사이입니다. 그런데 박사님은 제 사랑을 벌레 씹은 표정으로 무시하고 계십니다. 우 박사님, 저를 사랑하지 않는 건가요?"

빈나는 강 샘의 감정이 격해지는 것을 보면서 기분이 한없이 침울해졌다. 결국 강 샘은 자신에게 '사랑이냐, 아니냐'와 같은 결단을 요구할 것이고, 자신이 그 어느 쪽을 선택하든, 결과는 파국이 될 것이다. 빈나는 마음을 굳게 다지고, 또 다지며 강 샘을 향해 입을 열었다.

"강 선생님께서는 제게 사랑을 물으셨지만, 저는 오늘 하루를 살아내는 것만도 버겁습니다. 저는 밤에 고열로 신음하고, 아침에 정신을 잃기도 합니다. 제가 오늘 하루를 버텨 낼 수 있는 것은 가족의 사랑이 있기 때문입니다. 죄송합니다. 제가 하루를 살아 낼 수 있는 이유는 내가 사람답게 살았던 기억 때문이고, 내가 사람으로 살고자 했던 미래 때문입니다. 그리고 가족이 나를 기억해 주고, 나 또한 그들의 기억 속에 좋은 남편과 좋은 아빠로 기억되고 싶기 때문입니다. 제게는 가족이 내가 살아갈 유일한 집입니다."

빈나의 두 눈에서 굵은 눈물이 닦을 수 없이 흘러내렸다. 강 샘은 그 눈물을 안타깝게 바라보며 평온을 되찾은 목소리로 자문자답하듯 말했다.

"박사님, 저는 제가 살아가야 할 이유를 어떤 기억에서 찾아야 할까요? 박사님, 당신은 모두에게 좋은 사람이지만, 저에게만은 미운 사람입니다. 당신께 죄송합니다."

강 샘이 말을 끝내면서 휠체어를 호수 쪽으로 돌진시켰다. 강 샘의 휠체어가 억새 사이로 떨어져 물속으로 서서히 빨려 들어가기 시작했다. 빈나가 있는 힘껏 소리쳤다.

"로댕! 이쪽으로 최대한 빨리 뛰어와! 강 선생님 휠체어가 호숫물에 빠졌어! 서둘러!"

로댕보다 모시2가 먼저 도착했다. 저 멀리 연구원 한둘이 빈나 쪽을 유심히 바라보았다.

새벽의 승리

빈나는 호수 갈대밭으로 빠져들어 가던 강 샘의 휠체어를 모시2가 제때 달려와 끌어내는 순간 두 갈래 마음이 일었다. 한편에서는 강 샘에 대한 미안함이었다. 그녀는 디자이너의 꿈을 접어야 했던, 외롭고 불쌍한 여인이었다. 그는 그녀가 자신의 꿈을 이룰 수 있도록 돕고 싶었다. 그는 자기가 그녀에게 도움이 되기는커녕 되레 걸림돌이 됐다는 생각에 마음이 무거웠다. 하지만 다른 한편, 그는 강 샘과의 마지막 인연의 끈을 용기 있게 끊어 낸 것에 대해 안도했다. 그는 강 샘이 자기의 사랑이냐, 아니면 홍매와 가족에 대한 애정이냐를 묻는 심판의 자리에서 모든 결과를 떠맡는 마음으로 자신의 가족을 선택했던 자신의 용기에 스스로 뿌듯함을 느꼈고, 모든 게 속이 후련했다.

그날 저녁 빈나는 홍매에게 강 샘이 투신자살을 시도했던 이유를 설명했고, 그녀와 자신이 얽힌 감정까지 솔직히 얘기해 주었다. 홍매는 빈나의 솔직함을 털끝만큼도 의심하지 않은 채 남편이 받았을 고

충을 다정히 위로해 주었다. 홍매는 리가 퇴근한 뒤 강 샘의 심리상태에 관한 보다 상세한 이야기를 들었고, 가족 모두 그녀가 받았을 고통에 함께 마음을 아파했다. 빈나는 정말 오랜만에 저녁밥을 잘 먹었을 뿐 아니라, 잠도 잘 들었다. 그는 잠들기 전에 자신의 결정은 순간의 선택이었지만, 그것은 자신의 삶의 태도가 빚어낸 결정체였다고 믿었다. 그날 밤 연못집에는 모든 평화의 기운이 내려앉고 있었다.

새벽 3시 50분, 연못 속 물고기들은 잠이 들었는지 잔물결조차 일지 않았고, 연못집 전체가 두꺼운 고요 속에 깊이 잠겨 있었다. 갑자기 하늘이 먹빛으로 깜깜해졌다. 지키2 두 마리가 초소에서 나와 담을 따라 집 둘레를 경계하고 있었다. 지키2는 마치 이상 신호를 감지한 듯 집중 탐색 기능을 작동하는 듯했다. 담을 따라 다섯 곳에 설치된 CCTV는 쓰엉쓰엉 하는 작은 소리를 내며 연신 방향을 바꾸고 있었다. 얼어붙은 듯 잠잠해 있던 나뭇가지들이 바람에 심하게 흔들렸다.

1층 거실은 실내등이 켜져 어둑하니 사물의 윤곽이 보일 듯했고, 부엌에는 주방 로봇 '수라-빈'이 충전이 끝난 상태로 꺼져 있었다. 2층 홍매의 방은 방문이 닫힌 채 잠자는 사람의 기운으로 착 가라앉아 있었고, 빈나의 방은 방문이 주먹만큼 열린 채 바닥등이 켜져 있었다. 빈나는 라텍스 침대에 나무토막처럼 잠들어 있었고, 로댕은 침대 맞은편 모서리에 마련된 스테이션에 꺼짐 모드로 충전이 끝나 있었다. 2층 서재는 문이 활짝 열려 있었고, 빈나의 책상 뒤쪽에 야간 장식등이 켜져 있었다. 이바지 로봇 '모시2-빈'은 그 책상 왼쪽에 마련된 '로봇 스테이션' 안에서 충전이 끝나 있었다. 원은 불은 껐지만, 노트북은 켜놓은 채 자기 침대에서 잠들었고, 찬은 지하실에서 작업을 마무리하고 있었다.

3층 리의 방, 리는 침대에서 자고 있었다. 꼬몽0은 침대 밑에 마치 불도그처럼 누워 있었지만, 잠을 자고 있지는 않았다.

"므옹~ 므옹~."

리의 귀에 꼬몽0이 짖는 듯한 소리가 나직이 들렸다. 리는 꼬몽0이 '므엉'이 아니라 '므옹'이라고 짖고 있어, 자신이 잠결에 환청을 듣고 있다고 여겼다. 그 소리는 잦아들지 않고 거듭됐다. 리는 몸만 뒤척일 뿐 깰 기미가 없었다.

"므옹! 므옹!"

짖는 소리가 조금 커졌다. 꼬몽0이 일어나 침대에 발을 올리고 리를 깨우려 했지만, 리는 깊은 잠에 빠져 있었다. 꼬몽0이 결국 리의 침대 위로 뛰어올랐다. 리는 꼬몽0의 발에 더러운 것이 묻어올 수 있다며 침대 위로 오르는 것을 좋아하지 않았지만, 그렇다고 금지하지는 않았다. 꼬몽0은 리의 귀에 가까이 들리도록 "므엉, 므엉"이라고 짖었다. 리가 실눈을 떠서 꼬몽0을 게슴츠레 쳐다보다, 꼬몽0을 끌어당겨 안고, 다시 잠들려 했다. 꼬몽0이 리의 당기는 손을 네 다리로 버티며 좀 더 심각한 목소리로 짖었다.

"므어엉!"

리가 그 소리에 잠을 깨더니 꼬몽0이 자신의 침대까지 올라와 자신을 깨웠다는 사실을 알고는 와락 긴장하며 꼬몽0에게 물었다.

"꼬몽, 무슨 일이야? 아직 새벽 4신데, 무슨 일로 날 깨웠어? 말해 봐."

리는 꼬몽0의 메모리 용량을 키워 '말하기 모델 5살 단계'를 설치했지만, 꼬몽0이 그 능력 때문에 또 납치를 당할지도 모른다는 생각에 자기 외에 다른 사람이 있을 때는 말을 하지 못하도록 '말-마라법'을 추가해 놓았다. 꼬몽0은 리가 '말하기'를 명령할 때만 말할 수 있었다. 꼬몽0은 마라법이 풀리자 리의 귀에 대해 아기 목소리로 작게 속삭였다.

"엄마, 5분 전에 옥상에 뭐가 내렸어. 서재 유리창에서 뭔가 긁히는 소리가 났어."

리는 꼬몽0의 말을 듣자 섬뜩한 기분에 오싹 몸소름이 돋았다. 리는 집에 도둑이 들었을지도 모른다는 생각에 덜컥 겁이 났다. 리는 공포에 떨거나 당황하기보다 스스로 정신을 집중하려 하면서 빠르게 자신의 태블릿을 켜고, 연구소 보안팀에 접속해 자신의 집 CCTV 영상을 확인했다. 영상에는 지키2 두 대가 활동하는 장면이 보였을 뿐, 특이 사항은 발견되지 않았다. 하지만 꼬몽0이 말한 옥상과 서재 보안창은 CCTV로 볼 수 없다는 점이 떠올랐다. 리는 찬에게 전화를 걸었다. 찬이 즉시 받았다.

"아니, 큰누가 이 꼭두새벽에 웬일로 전화를 다 하시고 그래. 지금까지 잠을 안 잔 거야? 컴퓨터가 고장 났어?"

리는 찬이 자신을 부르는 '큰누'라는 말을 듣는 순간 안심이 됐다. 리가 목소리를 낮춰 말했다.

"꼬몽0이 나를 깨웠는데, 누가 옥상과 서재에 침투한 것 같다는 거야. 도둑인가 봐!"

찬이 리의 말을 듣더니 단언하듯 리의 말을 잘랐다.

"도둑일 수는 없을걸? 일반 도둑이 지키2를 뚫을 수는 없을 거야, 절대로! 잠깐만, 조금만 기다려 봐! 우리 집 보안상태 좀 살펴 보고. 어? CCTV에 지키2가 모두 활동 상태로 움직이고 있네. 그럼, 누가 침입했다는 뜻인데……. 꼬몽0이 옥상과 서재로 침투했다고 했어? 옥상이면, 헬리콥터나 드론을 이용해야 하는데……. 헬리콥터였으면, 내가 그 소리를 못 들었을 리가 없었을 테고……, 그럼 드론인가? 이런, 옥상에는 CCTV를 설치하지 않았잖아! 대신에 옥상의 문을 완전 폐쇄했으니까……. 알았다! 옥상에 착륙했는데, 폐쇄돼 있으니까 서재 보안창을 뚫고 들어오려고 했나 보다. 서재로 침투한다는 건, 그건……, 로댕을 납치해 가려나 봐! 큰누, 나 2층 서재로 올라간다. 아, 참, 큰누, 변 대리님, 아니 변 과장님께 지금 당장 전화해! 나, 전화 끊는다!"

리는 찬이 전화를 끊자마자 곧바로 변 과장에게 홀로그램 연결을 시도했다. 1초도 안 걸려 변 과장과 연결되었다. 변 과장이 먼저 긴장된 목소리로 말했다.

"우 연구원님, 이 시간에 무슨 일로 전화를 하셨습니까?"

"과장님, 우리 집 옥상에 침입자가 있는 거 같아요. 서재로 들어오려고 하는 듯해요. 찬이 서재로 가 보겠다고 하면서 변 과장님께 연락을 드리라고 해서요."

"저희도 현재 연못집에 보안 위험 경보가 뜬 걸 확인했습니다. 아마 누군가 서재 보안창을 뚫고 집안으로 침입하려 했던 것 같은데, 일단 보안창을 뚫는 데는 실패한 것으로 보입니다. 아마 다른 침투로를 찾고 있을 겁니다. 저희가 지금 보안상황실 지휘버스를 타고 연못집으로 출발하려 하니까, 홀로그램을 계속 켜 두시고, 상황이 생기면 말씀해 주세요. 그런데 우 연구원님께서는 침입 사실을 어떻게 아셨습니까?"

변 과장은 우 연구원이 그 시각에 자신에게 전화를 했다는 게 의문스럽다는 듯 물었다. 리가 짧게 답했다.

"꼬몽0이 누가 옥상과 서재에 침입하려 한다고 알려 줬어요. 과장님은 벌써 알고 계셨군요. 뭔가 특이 상황이 생기면 바로 말씀드리겠습니다."

"아, 그러셨군요. 너무 걱정하지는 마세요. 저희는 10분 뒤에 도착합니다."

찬이 리에게 전화를 걸어왔다. 리가 전화를 받자 찬이 짧고 빠르게 말했다.

"내가 부엌에서 조금 전에 수라를 깨워 서재로 오라고 했고, 현재는 서재에서 모시2를 깨웠어. 큰누는 꼬몽0을 데리고 작누를 깨워 서재로 내려와. 나는 이제 로댕을 깨우러 갈 거야."

찬이 전화를 끊으려 하자 리가 재빨리 알려 주었다.

"참, 변 과장님이 10분 뒤에 도착한대!"

"10분? 좋았어. 그럼, 우리는 10분만 버티면 되는 거네. 빨리 와!"

찬이 모시2를 깨우는 사이 수라가 엘리베이터를 타고 2층으로 올라왔다. 꼬몽0과 리 그리고 원이 계단을 조심스레 뛰어 내려오는 소리가 들렸다. 찬이 로댕을 깨우러 서재를 나서려는 순간 3층에서 꽝 하는 소리가 나더니 뒤이어 문을 강제로 부수는 듯한 소리가 크게 들렸다. 리와 원 그리고 수라가 기겁을 하고 서재로 달려들어 왔고, 그 뒤를 꼬몽0이 바닥에 미끄러지며 뛰어 들어왔다. 찬은 누나 둘을 서재로 들인 뒤 빈나의 방문을 밖에서 걸어 잠가 닫고, 다시 엄마의 방문을 같은 방식으로 닫은 뒤, 다시 서재로 돌아와 서재 문을 잠갔다. 찬이 뭔가 무기가 될 만한 것을 찾았다. 누나들과 로봇들은 모두 책상 뒤쪽으로 숨었다. 찬이 서재에서 전 주인이 장식으로 달아 둔 방패와 칼을 떼어내 무장을 했다. 찬이 누나들에게 다가와 작게 말했다.

"로댕을 납치하러 왔을 테니, 납치범들은 분명 아빠 방으로 갈 거야. 큰누는 과장님께 옥상문이 파괴됐고, 로댕 납치가 벌어질 것 같다고 알려 줘. 그리고 모시2는 나랑 아빠 방으로 가자. 연구소 보안팀이 올 때까지 10분만 견디면 돼."

찬과 모시2는 서재 문을 닫고 나갔다. 찬이 빈나의 방문을 열려다 말고, 자신이 문을 잠갔다는 사실을 깨닫고는 제 머리를 콕 박았다. 찬이 다시 서재로 돌아가려는데, 옥상에서 문이 뜯겨 열리는 소리가 들렸다. 찬이 모시2와 함께 엘리베이터를 열고 들어가 문을 닫았다. 찬이 칼끝으로 전용운전반함의 나사를 돌려 뚜껑을 열어 엘리베이터의 조명 스위치를 껐다. 엘리베이터 조명이 꺼졌다. 찬이 아빠에게 전화를 걸지만, 빈나는 당연히 전화를 받을 수가 없었다. 스테이션 안에 있는 로댕을 깨울 수 있는 건 아빠뿐이었는데, 아빠를 깨우지 못하면, 로댕은 자신의 납치 시도를 알고도 납치를 피할 수가 없었다.

찬이 엘리베이터 조명을 끄는 것과 거의 동시에 2층 계단에서 사람이 내려오는 소리가 들렸다. 찬이 엘리베이터 문을 손끝으로 살짝 열고 밖을 살폈다. 검은 옷차림에 머리에 검은 복면을 뒤집어쓴 세 사람이 등에 커다란 배낭을 메고 빈나의 방문 앞에 서 있었다. 그 가운데 한 사람이 문을 따려는 듯 보였고, 다른 한 사람은 배낭에서 커다란 작살총과 같은 것을 꺼냈다. 나머지 한 사람은 배낭에서 잿빛 롤매트 두루마리처럼 생긴 물건을 꺼내 왼팔에 끼었다. 찬이 엘리베이터 문을 열려고 하자, 모시2가 찬의 손을 붙잡았다. 찬이 동작을 멈추는 순간 롤매트를 끼고 있던 사람이 찬 쪽을 되돌아보고는 다시 고개를 바로 돌렸다.

첫 번째 남자가 방문을 따고 들어가 문을 최대한 활짝 열어 놓았고, 두 번째 남자는 작살총을 앞으로 겨눈 채 방 안으로 들어갔으며, 세 번째 남자는 오른손에 총을 들고 계단 쪽을 경계하기 시작했다. 방 안에서 쓩~ 하는 소리가 들리고, 로댕이 스테이션 밖으로 나오다 작살총에서 쏘아진 그물에 포획을 당했는지 균형을 잃지 않으려는 발소리가 쿵~쿵~ 하고 났다. 첫 번째 남자가 문밖으로 들어오라는 손짓을 하자, 세 번째 남자가 방 안으로 들어갔다. 그는 롤매트를 바닥에 넓게 펼쳐 깔았고, 로댕을 그 매트 위로 쓰러뜨렸으며, 로댕을 포장지에 싸듯 매트로 둘둘 덮어 한 바퀴 돌렸다. 두 남자가 방을 먼저 나왔고, 바로 이어 세 번째 남자가 로댕을 어깨에 둘러메고 나왔다.

찬은 그들이 엘리베이터를 타러 올 것을 예측하고, 리에게 자신이 엘리베이터 문을 열고 뛰어나가는 즉시 수라와 꼬몽0도 서재 문을 열고 나와 침입자들을 함께 공격하라는 문자를 보냈다. 리가 '알습'이라는 짤막한 답신을 보내왔다. 찬은 방패는 왼손에 그리고 칼은 오른손에 쥐고 그들이 엘리베이터 문을 열 때까지 한쪽 모서리에 숨어 기다리고 있었다. 다른 쪽 모서리에는 모시2가 숨어 있었다. 수라는 서재 안에서 마치 리와 원을 지키려는 듯 그 둘 앞에 떡 버티고 서 있었다.

엘리베이터 문이 열리는 순간 먼저 튀어 나간 것은 모시2였다. 모시2는 앞에 서 있던 두 사람 가운데 작살총을 들었던 사람에게 달려들었다. 그는 작살총을 등 뒤로 멘 채 한 손에 권총을 들고 있었다. 모시2는 권총을 빼앗으려 그의 오른손 팔목을 잡아 꺾었다. 찬은 로댕을 둘러맨 세 번째 사람의 정강이를 방패의 가장자리 부분으로 힘 닿는 데까지 후려쳐 그가 "윽" 하고 옆으로 고꾸라지며 로댕을 바닥에 떨어뜨려 놓치게 했다. 꼬몽0은 서재에서 "멍!"이라고 외치며 달려 나와 로댕을 떨어뜨린 남자의 발목을 강하게 물었지만, 그 남자는 아무렇지 않은 듯 꼬몽0의 뒷다리를 잡아 엘리베이터 안으로 집어 던진 뒤 문을 닫아 버렸다.

그리고 권총을 든 남자도 모시2에게 권총을 뺏기기는커녕 모시2의 다리를 걸어 넘어뜨리며 모시2의 눈에 총을 겨누었고, 찬은 모시2가 권총에 맞을 위기에 처하자 즉시 자신이 들고 있던 칼로 그 권총을 후려쳤다. 하지만 권총은 장갑 낀 그의 손바닥에 그대로 접착돼 있었다. 그 남자가 이번에는 권총을 찬에게 겨눈 채 "누구든 움직이면 쏜다"라고 말했다. 찬은 무릎을 꿇은 채 두 손을 들고 있었고, 모시2는 바닥에 누운 채 꼼짝도 하지 않았다. 2층 전체가 전쟁터처럼 소란스러워지자 홍매가 잠에서 깨 문을 열고 나왔다가 찬의 머리에 겨눠진 권총을 보고 질겁을 하며 소리를 질렀다.

"당신들 누구야!"

남자가 권총으로 찬의 머리를 가격했다. 찬이 비틀거리며 바닥에 쓰러졌다. 세 번째 남자가 로댕을 메고 먼저 계단을 다 올라갔고, 뒤이어 나머지 두 남자도 홍매를 위협하고 있던 권총을 집어넣고 한달음에 계단을 뛰어 사라졌다. 그들이 모두 사라지자 모시2가 쓰러진 찬의 상태를 살폈고, 정신을 차린 찬이 리에게 외쳤다.

"큰누, 빨리 현관문을 열어. 지키2한테 저 놈들 잡으라고 해! 로댕 납치를 막아야 해!"

찬이 말을 끝맺기도 전에 리 대신 홍매가 1층까지 계단을 쏜살같이 뛰어 내려가 현관문을 열면서 외쳤다.

"야, 지키2! 빨리 들어와! 저 놈들 잡아!"

찬의 귀에 현관부터 따따르르 하는 지키2 두 대의 빠른 뜀걸음 소리가 가까워지더니 순식간에 3층을 지나 옥상으로 멀어졌다. 갑자기 권총 소리가 새벽의 고요함을 연달아 찢었다. 옥상에서 심하게 싸우는 듯한 소음이 2층까지 들려왔다. 홍매가 마침 정문에 도착한 연구소의 보안지휘버스를 보고 정문을 열어 주었다. 버스가 현관문 앞에 멈추는 소리가 들렸고, 곧이어 연구소 최고의 경비로봇 다막이 무서운 속도로 옥상으로 뛰어 올라갔다. 리와 원은 거실로 나와 찬의 다친 곳을 살피고 있었다.

잠시 뒤 동정모 부장과 변상권 과장이 중무장한 보안 요원 다섯 명을 데리고 옥상으로 뛰어 올라갔고, 보안 요원 세 명은 신발을 벗고 들어와 2층의 피해 상황을 살피기 시작한다. 찬은 머리가 아픈 듯 이마에 손을 댄 채 빈나의 방으로 들어갔다. 리와 원 그리고 모시2와 수라까지 모두 빈나의 방으로 따라 들어갔다. 찬이 이미 잠에서 깨어 있던 빈나에게 로댕이 납치를 당했다는 사실을 말해 주었지만, 빈나는 그 사실을 이미 알고 있었다는 듯 놀란 기색이 없었다. 빈나는 찬의 왼쪽 머리에서 피가 보이자 홍매를 불렀다.

"마누! 찬이 이마를 다친 것 같아. 소독 좀 해 주세요."

홍매는 빈나의 말을 듣고, 찬의 상처를 살펴본 뒤 구급상자를 가지러 방을 나갔다. 홍매가 1층으로 내려가려 엘리베이터 문을 열자 그 안에서 꼬몽0이 밖으로 나왔다.

"므엉! 므엉!"

꼬몽0의 목소리가 들리자 리가 까무러치듯 놀라며 빈나 방에서 뛰어나왔다. 홍매에게 매달려 있던 꼬몽0이 꼬리 치며 리에게로 달려갔고, 홍매는 그 모습을 엘리베이터가 닫히는 문 사이로 끝까지 흐뭇하게 바라보았다. 홍매는 빈나 방으로 돌아와 찬의 이마를 소독해 주었고, 리는 꼬몽0을 끌어안고 다친 곳이 없는지를 찬찬히 살폈으며, 모시2는 빈나의 몸 상태를 점검했다. 치료가 끝나자 찬이 엄마와 아빠에게 큰누의 침착함과 모시2와 꼬몽0이 맹활약한 모습을 자세히 묘사해 주었다. 홍매가 그 이야기를 듣고 감동을 하면서 로댕이 안전하기를 바라는 말을 했다.

"내가 평소에 로댕을 좋아해 주질 않았던 게 미안하네. 내 남편에게 나보다 더 필요한 보드미인데. 로댕이 없으면 안 되는데……, 로댕이 꼭 안전하게 돌아오길 바라자."

멀리서 헬리콥터 소리가 들렸다. 동 부장이 빈나의 가족에게로 다가와 그런 긴박한 상황에서도 장황한 너스레를 떨면서 빈나에게 상황 보고를 했다.

"박사님, 여기 우 연구원과 아드님 찬 덕분에 로댕 납치를 막은 것 같기는 한데……, 아직 최종 보고가……, 아마 로댕은 구출했을 겁니다. 침입한 놈들은 모두 셋인데, 어떤 놈들인지는 이제 조사를 해 보면 알 테고, 이놈들은 다 잡았는데……. 아니, 이놈들이 '스텔스 화물 드론'을 사용할 줄은 몰랐거든요! 이놈들이 우리가 방심한 틈, 그러니까 우리의 약점을 정확히 공략해 들어왔습니다. 옥상 침투를 원천 방지하려고, 그 문을 시멘트로 폐쇄했는데, 그것을 겁대가리도 없이 폭파하고 들어왔네요. 기가 찰 노릇입니다."

홍매가 동 부장의 너스레를 참다못해 다그치듯 물었다.

"그런데 로댕은 지금 어떻게 됐습니까? 납치를 당한 겁니까, 아니면 구출했습니까?"

동 부장의 얼굴이 살짝 일그러졌다. 그때 무선이 날아들었다. 동 부장의 얼굴이 활짝 피어났다.

"방금 구출했답니다! 변 과장이 헬리콥터를 출동시켜야 한다고 하기에, 내가 좀 구박을 했는데, 화물 드론까지는 내가 정말 생각지 못했거든요. 우리 헬기가 로댕을 매달고 가던 화물 드론을 나포했다고 합니다. 헬기는 연구소로 가고 있습니다."

변 과장이 옥상 상황을 정리하고 요원들을 철수시키면서 상황 보고를 하러 왔다. 동 부장이 박사님께 직접 보고하라고 지시하자 변 과장이 사건의 개요를 브리핑했다.

"오늘 새벽 3시 50분 지키2가 이상 징후를 포착했고, 우리 보안팀이 위기대응팀을 꾸려 대기 상태에 들어갔으며, 4시 5분, 우 연구원께서 전화로 괴한의 옥상 침입 사실을 알려 주셨고, 그 덕분에 헬리콥터 출동이 가능했습니다. 감사합니다. 여기까지 출동하는 데 10분 30초가 걸렸는데, 여기 찬 씨와 박사님 로봇들이 힘을 합쳐 산업 스파이들을 지체시켜 주었습니다. 가장 결정적으로 지홍매 여사님께서 현관문을 열어 주셔서 지키2가 범인들을 제압할 수 있었고, 로댕을 납치해 가던 드론은 우리 연구소 헬기가 공중 나포하여 현재 연구소로 끌고 가고 있습니다. 이상입니다."

리가 변 과장에게 걱정스러운 표정으로 물었다.

"과장님, 그런데 지키2는 괜찮은가요? 아까 총소리가 여러 번 나던데, 그리고 다막은 어떤지요? 요원님들은 모두 다친 데 없으신 거죠?"

변 과장이 대답을 망설이자 동 부장이 고개를 끄덕였다. 변 과장이 설명했다.

"그게, 지키2 가운데 하나는 우리 대응팀이 침투범에게 테이저총을 쏴도 좋다는 컨펌을 조금 늦게 해 주는 바람에 침투범에게 EMP탄을 맞아 프로그램이 완전히 삭제됐습니다. 나머지 하나는 테이저총 사격을 허락받고 침투범 한 놈을 제압했는데, 두 놈이 화물 드론으로 도주하면서 쏜 총에 맞아 카메라 등이 심하게 파손되긴 했지만, 수리가 가능한 수준입니다. 아, 그리고 다막은 도주에 실패한 침투범을 옥상에서 제압해 쇠고랑을 채웠습니다. 물론 다친 데는 없고요. 그리고 로댕은 오늘 오전 중에 무사히 집으로 귀환하게 될 것입니다. 너무 걱정하지 않으셔도 될 듯합니다. 오늘 새벽 모두 고생하셨습니다!"

연구소 보안팀은 모두 떠났다. 지키2의 초소는 텅 비어 있었지만, 연못집의 안전은 아무 문제가 없어 보였다. 아직 날이 밝지는 않았지만, 모시2와 수라는 여기저기 마구 어지럽혀진 집 안을 청소하기 시작했다. 그러자 리와 원이 청소를 함께했고, 꼬몽0은 청소하기가 다 함께 노는 놀이인 줄 알고 즐거워했다. 찬은 자기 방에서 욱신거리는 머리통을 움켜쥔 채 침대에 누워 있었다. 홍매는 침대로 가 빈나 옆에 나란히 누워 오랜만에 부부의 정을 나누었다. 빈나가 자신의 눈으로 직접 사건 현장들을 보고 싶다고 말하자 홍매와 모시2가 빈나를 휠체어에 태워 집안 투어를 시켜 주었다. 그러자 모두들 빈나 옆에 붙어 자신들이 납치범들에 맞서 어떻게 싸웠는지, 특히 로봇들이 얼마나 용감했는지를 하나하나 설명해 주었다. 홍매는 그것을 '새벽의 승리'라고 불렀다.

26

로봇 혐오가 로봇을 죽인다

로댕은 새벽의 승리가 있었던 날 오전에 연못집으로 귀환했다. 그 날 빈나는 로댕이 어떤 충격을 받았을지도 모른다는 생각에 천 수석에게 로댕의 정신 건강검진을 요청했다. 천 수석은 평소와 달리 일에 쫓기는 듯한 말투로 연구소 7층에 새로 문을 연 디톡스랩으로 와 달라고 부탁했다. 빈나는 오후에 모시2가 모는 휠체어를 타고 로댕과 함께 디톡스랩을 방문했다. 리는 나이는 가장 어렸지만, 올해 신설된 이 랩의 팀장을 맡고 있었다. 리는 아빠를 맞이하기 위해 담백한 딤섬과 매콤한 마라롱샤 그리고 자스민 차와 하우스 딸기를 준비해 놓았다. 리는 그 음식들을 드론으로 받았다고 자랑했다. 빈나는 롱샤의 맵싸한 맛과 리의 사근거림에 세상 근심을 잠시 잊을 수 있었다.

로댕의 검진 결과는 모든 게 정상으로 나왔다. 빈나는 그 결과에 매우 만족해했다. 그런데 그 소식을 가장 반겼던 것은 모시2였다. 빈나가 그 모습을 보고 농담 삼아 모시2의 정신 건강이 궁금하다고 말하자 로댕이 거기에 말맞춰 모시2의 체력 단련도 필요하다고 맞장구를 쳤다. 그러자 모시2는 로댕의 말을 진담으로 받아들여 자신은 사람을 가까이에서 모시는 서빙로봇이지 다막처럼 납치범을 제압하는 로봇이 아니므로 자신에게 격투기 같은 것을 가르쳐서는 안 된다고 걱정하는 바람에 모두 웃었다. 로댕이 모시2에게 자신의 수준 낮은 농담에 사과했고, 모시2는 그게 농담이었다는 사실에 안도했다.

빈나가 리에게 디톡스랩에서 하는 일을 묻자 리가 로댕과 모시2를 그 자리에 남겨 둔 채 빈나만 비밀스레 다른 방으로 데리고 갔다. 그 방에는 몸피로봇 한나가 연결줄에 매인 채 흰 벽을 뒤로 하고 서 있었다. 빈나는 그 장면에 큰 충격을 받았다. 그 모습은 물에서 건져 냈을 때의 강 샘의 그것과 크게 달라 보이지 않았다. 빈나는 한나가 대체 어떤 충격을 받았던 것인지가 몹시도 궁금했다. 리가 빈나에게 자신의 팀은 현재 산책길에서 작동중지가 됐던 한나의 상태를 점검하고 있다고 말해 주었다.

아빠와 로댕이 돌아간 뒤, 리는 한나를 다시 깨웠다. 그러자 한나는 팔다리 떨림이 점점 심해지면서 주변을 살피는 듯 목을 좌우로 돌렸고, 또 두 주먹을 쥐락펴락하면서 앞쪽으로 걸어 나오려 했다. 하지만 한나는 한 걸음도 걷지 못했고, 자신이 연결줄에 매여 있다는 것도 한참 만에야 깨달았다. 리는 방금 로댕의 농담을 즐겼던 뒤끝이라 한나의 처지가 너무 딱하게 느껴졌다. 갑자기 한나가 줄을 끊으려 하면서 몸부림을 쳤다. 하지만 그 줄은 티타늄 합금으로 되어 있어서 한나의 토크로는 절대 끊을 수 없었다. 한나가 포기한 듯 한참 앓는 소리를 내더니 기능이 정지된 듯 조용해졌다. 리가 확인해 보니 한나는 다시 작동중지 상태에 놓였다.

리는 방탄유리 벽 뒤에서 다섯 대의 모니터 화면을 번갈아 살피며 한나의 움직임을 자신의 태블릿에 꼼꼼히 적고 있었다. 한나의 작동중지 횟수는 이번까지 벌써 4번째였다. 깨어난 한나는 리가 '겨'에게 말을 걸기가 무섭게 다시 스스로 작동중지를 했다. 리는 그 이유를 알 길이 없어 매우 답답했다. 게다가 한나는 깨어날 때마다 반응이 점점 폭력적이고 신경질적으로 바뀌어 가고 있었다. 심지어 방금은 몸피의 행동이라고는 상상하기 힘든, 연결줄을 끊으려는 행동까지 했다. 사람으로 치자면 한나는 의식이 돌아오자마자 다시금 자살해 버렸던 것이었다.

리는 만에 하나라도 한나의 폐기가 결정될까 봐 걱정됐다. 만일 한나가 폐기된다면, 강 샘은 졸지에 몸피를 잃고, 삶의 모든 희망을 빼앗기게 될 것이었다. 하지만 몸소 강 샘의 정신 상태 또한 건강해 보이지 않는다는 데 문제의 심각성이 있었다. 건강한 몸에 건강한 정신이 깃드는 법이라면, 병든 정신을 보듬어야 하는 몸은 결국 건강을 망치게 될 것이었다. 로댕2 프로젝트가 재개되려면, 어느 쪽이 먼저가 됐든, 한나와 강 샘 모두 하루빨리 건강함을 되찾아야만 했다.

한나가 작동중지 상태로 이곳 디톡스랩으로 실려 온 지 2주가 넘었지만, 아직 한나에 대한 디톡스 시행 결정은 내려지지 않고 있었다. 그것은 마해찬 소장과 천명성 수석 그리고 손창근 연구원이 로댕2 프로젝트의 지속성 문제로 큰 고민에 빠져 있었다는 것을 뜻했다. 리는 한나를 연결줄에 매어 놓은 채 그냥 바라만 보고 있었다. 한나의 행동은 분노의 표출이라기보다는 자기 억제에 가까워 보였다. 그것은 강력한 도덕성에서 비롯된 어떤 통제력이 작동했다는 것을 뜻하기도 했다.

마 소장은 강 샘과 한나 모두가 잠재적으로 연구소에 큰 부담이 될 수 있다고 판단해 이 기회에 로댕2 프로젝트를 접고 싶어 했지만, 문제는 계약서였다. 만일 연구소가 강 샘의 동의가 없는 상태에서 일방적으로 한나를 폐기하는 경우, 강 샘은 연구소에 새로운 몸피 제공을 요구할 수 있었다. 이때 연구소는 폐기한 한나를 대체할 수 있는 새로운 몸피를 만들어 강 샘에게 다시 제공해야 했고, 나아가 그 몸피에게 모든 것을 처음부터 다시 가르쳐야 했다. 하지만 몸소가 강 샘인 한, 새로운 몸피 또한 한나와 비슷한 결론에 도달할 수밖에 없을 것이었다.

빈나는 디톡스랩에서 본 한나의 처량한 모습이 눈앞에 아른거려 오후 내내 아무것도 하지 못한 채 거실에서 로댕을 입차한 채 서성대고 있었다. 빈나는 저녁놀마저 사그라져 어둑해진 저녁 하늘을 마주해 서 있었다. 그때 마 소장이 문자로 지금 찾아가도 좋은지를 물었다. 홍매가 저녁밥을 먹으라고 빈나를 불렀다. 요즘 홍매는 수라에게 요리를 배워 가는 중이었다. 빈나가 식탁에 앉으며 마 소장이 집으로 오고 있다고 말하자 홍매가 식탁에 숟가락을 하나 더 놓았다. 마 소장은 처음에는 소파에서 기다리겠다고 했지만, 강된장 두부조림에 입맛이 돌았는지 밥 한 그릇을 뚝딱 비웠다.

홍매는 마 소장과 빈나에게 자리를 내주고 2층으로 올라갔다. 아이들은 아직 집으로 돌아오지 않았지만, 빈나의 얼굴은 이미 행복으로 빛나고 있었다. 마 소장이 자신이 염치없는 불청객이라도 된 양 미안해했다. 빈나가 거실 소파로 자리를 옮겨 앉으며 모시2에게 리스트레토 바닐라 커피 2잔을 내려 달라고 했다. 빈나는 일과가 끝난 저녁에 자신을 찾은 게 마음에 걸렸다. 마 소장이 커피를 앞에 두고 눈치를 살피듯 말했다.

"오늘은 박사님과 단둘이 긴히 의논할 일이 있어서 왔습니다."

빈나는 '단둘'이라는 말에 마 소장에게 부탁을 했다.

"소장님, 그럼 제가 로댕을 풀벗하고 서재로 올라가겠습니다. 제 커피도 거기로 가져다주시면 고맙겠습니다."

빈나가 휠체어를 타고 서재로 들어와 마 소장과 테이블을 마주해 자리했다. 마 소장이 텀블러에 빨대를 꽂아 빈나가 마실 수 있게 해 준 뒤 강 샘 얘기를 꺼냈다.

“박사님께서도 강 샘의 심리 불안 문제를 잘 알고 계시다시피……. 지난 일주일 내내 강 선생님 문제를 숙고했는데, 답을 낼 수가 없네요. 최근 정부 요청으로 대규모 신규 프로젝트를 시작하게 됐는데, 만일 로댕2 프로젝트에서 지난번 사고와 같은 게 재발하여 언론에 보도라도 되는 날이면, 아직 시작도 안 한 사업이 큰 타격을 받을 수도 있어서……. 무슨 뾰족한 수가 없을까 하는 답답한 마음에서 찾아뵀습니다. 가족끼리 보내는 오붓한 저녁 시간을 뺏은 것도 너무 죄송하고…….”

“소장님이야 우리 가족이나 마찬가진걸요. 요즘 제 마누께서 저를 위한답시고 요리라는 걸 배우기 시작했는데, 덕분에 제가 입맛이 붙었는지 살도 좀 찌는 것 같습니다. 소장님께서도 자주 놀러 와 주십시오.”

빈나는 마 소장의 속 타는 마음을 뻔히 들여다보면서도 가족 얘기부터 꺼냈다. 마 소장도 그 뜻을 알아채고 몸을 느긋하게 풀었다. 빈나가 커피를 들이켜다 사레들려 켁 하고 기침을 내뱉었다. 마 소장이 얼른 텀블러를 뺐다. 빈나는 마치 회상에 잠긴 듯 말했다.

“그러고 보니 저도 ‘호수 추락 사건’ 뒤로 강 샘께 연락 한 번 못 드렸네요. 좀 어떠신지요?”

“현재는 정신과 치료를 잘 받고 계십니다. 식사도 잘하시는 편이고, 잠도 편히 주무신다고 들었습니다.”

“강 샘께서 저 때문에 마음의 상처를 입지 않았으면 좋겠는데…….”

“박사님, 무슨 말씀이세요. 그날 박사님이 아니셨으면 정말 큰일이 날 뻔했는데!”

빈나는 다시 커피를 한 모금 마셨다. 커피 물이 입가에 묻었다.

마 소장이 티슈를 꺼내와 물기를 닦아 주었다. 빈나가 말을 받았다.

"강 샘이 이혼과 사고를 당한 뒤 속이 여러모로 상하셨을 텐데……, 저까지 그 마음을……. 그 힘겨운 상처들을 혼자 감내했어야 했을 테니, 그 외로움과 서러움이 오죽했겠습니까? 이런, 제 얘기가 옆으로 샜습니다. 그런데 제게 하실 말씀이 뭔지요?"

마 소장은 커피가 조금 식었는지 죽 들이켠 뒤 텀블러를 테이블 위에 내려놓으며 가장 큰 걸림돌을 털어놓았다.

"앞으로 한나 프로젝트를 어떻게 해야 할지 몰라서요. 저는 이 프로젝트를 접고 싶은데, 강 샘님과 맺은 계약서에 따르자면, 프로젝트 중단을 위해서는 강 샘의 동의를 받아야 하는데, 과연 동의해 주실지……?"

빈나가 눈을 감았다. 빈나는 머릿속으로 강 샘에 대한 생각의 실타래를 정리하며 입을 열었다.

"강 샘은 극단적 평등주의자입니다. 절대 동의해 주지 않을 것입니다. 강 샘은 자신이 옳다고 생각하는 것은 곧바로 행동으로 옮기는 분이시죠. 강 샘은 한나의 오작동 원인이 연구소가 분석한 것과는 전혀 다른 데서 찾고 있습니다. 한마디로 말해, 그 사고에 대해 자신의 잘못은 크지 않다고 생각합니다."

마 소장이 깜짝 놀라 저절로 물음을 던졌다.

"다른 데라뇨? 한나가 풀벗한 상태에서는 모든 게 정상적으로 작동한다는 것은 이미 증명이 된 사실인데, 강 샘의 심리 불안정 말고 다른 원인이 어디에 있죠?"

빈나는 마 소장과 사고 원인에 대한 논쟁을 벌일 마음은 없었기에 자신의 생각만을 밝히겠다고 말했다.

"사고위원회에서는 원인 분석이 충분하지 않다는 평가가 내려졌었습니다. 어쨌든 제가 드리고 싶은 말씀은, 강 샘은 그날의 사고가 한나의 지나친 감정이입 때문에 빚어진 것으로 보고 있습니다. 이 점은 최민교 연구원도 지적한 바가 있고, 저도 어느 정도 동의가 됩니다. 강 샘의 성격상 자신이 인정할 수 없는 잘못을 받아들일 분은 아닙니다."

마 소장도 빈나와 논쟁할 마음은 전혀 없지만 궁금하다며 물었다.

"저도 그 점을 걱정하고 있습니다. 사고 원인에 대해 박사님과 논쟁할 마음은 전혀 없습니다. 최종 원인 분석보고서가 나오면, 그때 원인이 밝혀질 것입니다. 다만, 박사님께서 보고 계신 원인이 뭔지 궁금합니다. 말씀해 주시죠."

빈나는 마 소장이 자신과의 대화 시간을 더 가지려 한다고 느꼈다. 빈나는 생각을 솔직하게 털어놓았다.

"제 생각에 한나는 고장이 난 게 아니라, 일시적으로 판단의 균형감을 상실한 것으로 보입니다. 한나가 '프리 트레인드'를 받았을 때는 모범적인 사람의 성격 데이터가 쓰였을 텐데, 강 샘은 그러한 모범적 성격과는 거리가 먼, 말하자면, 독단적 성격의 소유자였던 겁니다. 그렇기에 한나는 강 샘의 성격을 저 홀로 그리고 스스로 파악해야만 했는데, 그 과정에서 강 샘의 말과 행동과 성격이 한나의 성격들, 예컨대 세계시민적 가치관과 크게 충돌했던 거지요.

만일 연구소가 한나에게 강 샘의 성격에 대한 올바른 평가 시스템을 미리 마련해 주었거나, 연구원이 강 샘의 성격을 함께 진단해 주어 적절한 행동 지침을 마련해 주었더라면, 한나는 강 샘의 명령을 적절히 조절해 갈 수 있었을 겁니다. 앞으로 '로댕2 프로젝트'가 순항하려면, 무엇보다 한나의 성격 분석 프로그램을 보완해야 하고, 한나의 다친 정신을 디톡스해야 하며, 나아가 강 샘의 독단적 성격을 완화해야 할 것입니다. 소장님께서 강 샘에게 이러한 점을 이해시킨다면, 강 샘도 소장님의 판단을 존중할 것입니다."

마 소장이 뭔가 해결의 실마리가 보인다고 생각했는지 얼굴이 조금 밝아졌다. 다만, 마 소장은 빈나의 판단 근거가 궁금했는지, 그 증거를 알고 싶어 했다.

"박사님께서 그렇게 진단하신 이유가 뭔지요?"

"아, 이유요? 제 나름의 추론이라고 할 수 있지요. 제가 그날 한나의 팔 떨림을 보았을 때, 저는 한나가 스스로 작동 중지를 하려 한다고 생각했었습니다. 한나는 강 샘의 명령과 자신의 알고리즘 사이에 일어난 상충(相衝)을 스스로 해결하지 못했던 것이고, 그 마지막 해결책으로 작동 중지를 선택하려 했지만, 그 선택 또한 실제로는 실행할 수 없었던 거지요. 이는, 소장님께 말씀드리기 송구하지만, 제가 연구소 옥상에서 뛰어내리려 했을 때, 로댕이 단행했던 작동 중지와 그 궤를 같이하는 것입니다."

마 소장이 한숨을 푸 하고 내쉬었다. 빈나도 소장을 따라 숨을 길게 내뱉었다. 소장이 물었다.

"박사님께서는 프로젝트 중단보다는 개선해야 한다는 견해이신 거죠?"

"선택이야 소장님께서 하시는 거지만, 저는 한나가 로댕처럼 디톡스 치료를 통해 원래 모습을 충분히 회복할 수 있다고 봅니다. 로댕의 경우로 보자면, 한나의 치료도 그렇게 어렵지는 않을 것입니다. 한나의 경우는 물리적 삭제도 가능하니 말입니다. 다만, 문제는 몸소이신 강 샘께서 정신 건강을 되찾아야만 한다는 것이죠. 만일 강 샘께서 치유되지 않는다면, 저는 강 샘이 몸소의 자격을 잃을 수밖에 없다고 봅니다. 한나가 정신적 질병을 앓는 사람에게서 의식을 배운다면, 한나의 의식 또한 매우 심각한 질병에 걸릴 수 있기 때문입니다."

마 소장은 입술을 굳게 다물며 스스로 결론을 내렸다.

"무슨 말씀인지 잘 알겠습니다. 지금은 한나와 강 샘 모두를 적극적으로 치료해 보고, 그 결과를 보고 나서 최종 결정을 내리는 게 좋을 듯합니다. 박사님, 다시 찾아뵙도록 하겠습니다."

다음 날, 리에게 한나의 디톡스 치료를 해도 좋다는 지시가 내려졌다. 리는 한나가 로댕과 똑같이 만들어졌기 때문에 한나의 독소는 강 샘과 연관되어 발생했을 거라고 추정하고 있었다. 만일 한나에게 문제를 일으킨 독소가 강 샘의 부당한 명령 때문에 생긴 것이라면, 한나의 디톡스 치료는 결국 강 샘이 한나에게 올바른 명령을 내릴 때만 가능해질 것이었다. 리는 속으로 '만일 한나는 치유됐는데, 강 샘이 그대로라면, 그 결과는 어떻게 될 것인가?'라는 물음을 거듭 되뇌었다.

리는 문희수 의사를 찾아가 한나의 독소가 생겨나는 '둘한몸 맴돌이 구조'를 설명했다. 문 의사는 리가 뇌파감지의 원리와 시냅스 SQL 커넥터의 환류성과 같은 매우 전문적인 내용까지 설명했음에도 리의 설명을 금방 알아듣고, 고개를 끄덕였다. 리는 이러한 맴돌이의 돌아가는 방향이 거꾸로 될 수도 있다고 말하면서 한나의 변화가 강 샘의 변화를 일으킬 수도 있다고 이야기해 주었다. 문 의사는 고개를 갸웃거리며 강 샘의 변화 가능성을 낮게 보는 듯했다. 마침내 강 샘이 사이코패스의 성격을 조금 지니고 있다고 평가하는 듯한 투로 리를 걱정하는 말을 했다.

"강 샘은 의사인 나조차도 가끔은 무시할 때가 있었어요. 그런 분이 사람도 아닌 한나를 존중할 리가 있겠어요? 강 샘이 제가 처방하는 정신과 약을 잘 먹고, 치료도 적극적으로 받는다면, 강 샘이 다른 사람들과 사회적 관계를 맺는 데는 큰 문제가 없겠지만, 강 샘이 한나와 인격적 관계를 맺을 수 있을지는 저로서는 잘 모르겠네요."

리는 문 의사의 뛰어난 이해력에 감탄하며 짤막하게 핵심만 물었다.

"제 어려운 이야기를 잘 받아들여 주셔서 감사합니다. 그럼, 마지막으로 한 가지만 더 여쭙겠습니다. 혹시 한나가 강 샘의 정신적 질병을 이해하여, 마치 정신의 호스피스(Hospice)를 하듯, 강 샘의 명령을 적절히 소화해 강 샘을 돌볼 수 있을까요?"

"네? 한나가 강 샘의 정신 호스피스를 한다? 그건 제게도 쉽지 않은 일입니다. 다만, 제가 한나의 능력을 잘 몰라 뭐라 답할 수는 없겠네요. 미안해요. 딱 부러지는 답을 드릴 수는 없어요."

"아닙니다. 제게는 충분한 답변이 됐습니다. 귀한 시간 내 주셔서 고마웠습니다."

리는 디톡스랩으로 돌아오자마자 한나의 포트를 열었다. 한나의 윤리 회로가 좀 복잡하게 뒤엉킨 듯 보였다. 그것은 한나가 자신의 윤리 회로를 제멋대로 다시 짰다는 것을 뜻할 수도 있었지만, 단순히 경험을 통해 윤리적 판단을 계속 축적해 온 결과물일 수도 있었다. 만일 전자라면, 그것은 '에봇은 스스로 업그레이드를 해서는 안 된다'라는 '마라법 위반'이 될 수 있었다. 그때 한나는 다운그레이드의 처벌을 받거나, 극단적으로는 작동 중지의 처벌, 말하자면, 사형 선고를 받게 될 수도 있다. 만일 후자라면, 그것은 에봇의 정상적인 활동으로서 아무런 문제가 없다.

리가 가장 먼저 확인해야 할 점은 이 두 경우 가운데 어느 쪽이 맞는지를 알아내는 것이었다. 리는 후자의 경우부터 검토했다. 한나의 기억을 확인하기 위해 리는 한나가 로댕을 추격했던 날의 기록부터 찾아보았다. 한나의 기억은 로댕과 마찬가지로 일어난 사건을 통째로 기록하는 게 아니라, 선택적 기록에 의해 작성되었다. 또 시간이 지나서 기억할 필요가 없는 기록들은 삭제됐다. 이는 사람의 기억 방식과 비슷한 점이었다. 한나는 외부에 데이터 백업을 할 수 없기에 불필요한 데이터는 계속 지워 나갈 수밖에 없었다.

한나가 추격 날의 영상 기록으로 남겨 놓은 것은 모두 3편이었다.

하나는 강 샘이 빈나에게 입맞춤하는 장면이었다. 이때 한나는 초점을 빈나의 입술이 아니라, 감고 있던 빈나의 두 눈에 맞추고 있었다. 그것은 빈나가 강 샘이 자신에게 입맞춤을 하려 한다는 것을 모르고 있었다는 것을 나타내는 듯 보였다. 두 번째는 모시2가 한나의 돌출 행동에서 빈나를 지키기 위해 휠체어의 방향을 돌려 뛰어가는 모습이었다. 이때 한나의 초점은 돌아가는 휠체어에서 자기를 바라보던 빈나의 눈에 맞춰져 있었다. 마지막 장면에서 한나는 로댕에게 붙잡힌 자신의 모습을 동정의 눈으로 바라보고 있는 빈나의 눈이었다. 3편의 영상 모두 강 샘이 아니라 한나 자신에게 중요했던 영상처럼 보였다.

리는 한나의 기억이 강 샘이 아닌 한나 자신의 입장에서 기록되고 있는 것만 같아 불안했다. 리는 한나의 텍스트 기록들 가운데 한나 자신의 생각들이 담긴 것들이 있는지를 검토해 보았다. 한나의 텍스트는 두 종류였다. 하나는 강 샘이 주고받은 음성 데이터를 텍스트로 바꾼 것이었고, 다른 하나는 강 샘의 명령이나 외부와 주고받은 신호들 그리고 행동들에 대한 한나의 일지였는데, 여기에는 한나가 그에 대해 분석해 놓는, 말하자면, 한나 자신의 '평가'의 글도 포함됐다. 한나의 텍스트 기록 가운데 평가 일지만 살펴보아도, 특정 사안에 대한 한나의 생각 흐름을 파악할 수 있었다.

리는 자신이 만든 프로그램을 통해 한나의 평가 일지에서 강 샘의 말이나 행동을 비판적으로 분석한 텍스트만 뽑아냈다. 그 결과는 매우 충격적이었다. 강 샘은 한나를 '몸피'라는 정식 표현으로 부르기보다 '너', '네까짓', '너 따위', '물건', '기계', '덩어리', '고철', '쓰레기', '반품거리', '폐기물', '유사품', '껍데기', '도구', '노예', '킬킬킬', '걸레받이', '멍충이', '똘보' '똘마니' 등의 혐오 표현으로 부르고 있었다. 그때마다 한나는 강 샘에게 '로봇 혐오자'라는 평가를 꼬박꼬박 붙여 놓았다.

나아가 한나는 강 샘이 내리는 명령들이 대체로 자신의 윤리관에 맞지 않는다고 일관되게 적고 있었다. 특히 강 샘이 아빠에게 입맞춤 한 것에 대해서는 '강제 성추행', '가정 파괴 위험', '부적절한 행동임' 등의 엄정한 평가가 내려졌었고, 아빠의 휠체어를 붙잡으라는 강 샘의 명령에 대해서는 '명령 복종'과 '수행 부적절'처럼 서로 엇갈린 평가를 하고 있었다. 이는 한나가 강 샘의 명령 수행과 관련하여 스스로 내적 갈등을 겪었다는 것을 말해 주었다. 한나는 실존철학에서 말해지곤 했던 부조리, 곧 사람이 자신이 옳지 않다고 여기는 일을 실제 현실에서 어쩔 수 없이 따를 수밖에 없는 '어긋물림 상황'에 처해 있었던 것이었다.

리가 천 수석에게 전화를 걸어 한나의 작동중지가 강 샘과 맞물려 발생했던 부조리 상황에서 발생한 것 같다는 내용의 보고를 문서로 하겠다고 하자, 천 수석이 보고서는 작성할 필요가 없다며 바람도 쐴 겸 자신이 직접 랩으로 내려오겠다며 찾아왔다. 리는 천 수석의 몰골이 하루 만에 피폐해진 듯 보였다. 두 눈은 퀭하니 쑥 들어갔고, 입술은 더뎅이가 겹쳐 바싹 말라 있었고, 머리카락은 자다 일어난 사람처럼 눌린 자국이 뚜렷했으며, 발걸음조차 피곤에 찌든 고달픈 모습이었다. 리는 깜짝 놀라, 자신의 보고할 내용도 잊고 의자에 앉는 천 수석의 건강 걱정부터 했다.

"수석님, 많이 피곤하신가 봐요. 너무 지쳐 보여요. 왜 이렇게 기운이 빠졌어요? 어제 잠은 좀 주무신 거예요? 아침은 드셨고요? 좀 쉬여야 할 것 같아요. 그러다 건강을 다치시겠어요?"

리가 잔소리 같은 걱정을 늘어놓는데도 천 수석은 딴생각에 사로잡혀 그 말을 못 듣는 듯 보였다. 천 수석이 두 손으로 머리카락을 벅벅 쓸어 넘기더니 리의 보고도 듣지 않고, 뭔가 알 수 없는 소리를 내뱉다가, 퍼뜩 정신을 차리고 리에게 보고를 하라고 말했다.

"아이, 참! 마 소장이 내가 그렇게 반대하는데도 연구소가 감당하기 어려운 프로젝트를 기어코 가져오려 하네. 이런 문제를 박사님한테 부탁할 수도 없고……. 연구소를 그만둬야 하나? 아, 이런, 내가 또 딴생각하고 있었네. 미안, 미안! 우 연구원, 보고할 게 있다고 했죠? 하세요."

리는 천 수석이 무심결에 한 말들 가운데 뭔가 매우 중요해 보이는 게 많아서 그에 관해 묻고 싶었지만, 천 수석이 보고하라는 말에 자신이 전화한 이유부터 말했다.

"수석님께서 무척 바쁘신 듯하니, 결론만 말씀드리겠습니다. 디톡스 치료로 한나의 정신이 정상으로 되돌아올지라도, 강 샘의 태도가 바뀌지 않는 한, 한나의 정신은 다시 망가질 수 있습니다."

천 수석이 리의 말을 끊으며 자조가 섞인 목소리로 한탄했다.

"내 정신 상태부터 다 망가지고 있어요……. 내가 언제부터 연구 노동자가 됐는지 알 수가 없다니까? 심지어 생판 해 보지도 않은 도시계획을 하라니……. 아, 이런, 내 말이 또 옆으로 샜네. 결론부터 말씀을 드리면, 마 소장님께서 한나를 가능한 한 빨리 컴백시키랍니다. 참 내, 언제는 폐기를 못 해서 안달이더니, 이제는 빠른 복귀를 닦달까지 하시네요. 예전에는 아무리 급해도 늘 천천히 하라고 말씀하셨는데, 요즘은 시계만 보신다니까. 소장님이 좀 변하신 것 같아."

천 수석이 휴대폰 시계를 보더니 리에게 빈나의 근황을 물었다.

"우리 씨, 요즘 박사님께서는 무슨 일을 하고 계시나요? 강 샘의 호수 추락 사건 뒤로 연구소에는 도통 발걸음을 안 하시네요?"

"요즘요? 의식의 뜻매김 문제를 파고들어 가시던데. 바로 어제도 제게 의식의 본질인 '알아차림'을 증명할 길이 없다고 말씀하시면서 괴로워하셨거든요. 근데, 아니, 두 분이 죽고 못 사는 형 동생처럼 가까운 사이가 아니셨나요?"

리의 '형 동생 사이'라는 말에 천 수석이 손사래를 치며 부인했다.

"우리 씨, 큰일 날 소리를 다 하십니다. 우 박사님은 제가 하늘같이 존경하는 학자님이신데, 형님이라뇨."

"어휴, 또 그 못 말리는 존경 타령 좀……. 그냥, 직접 전화해서 물어보시면 될 텐데. 어쨌든 한나의 디톡스를 빨리 끝내란 말씀이시죠?"

"네, 소장님 말씀입니다."

리는 천 수석의 허락에 따라 디톡스 준비를 하려다 말고, 문득 강 샘에게 찾아봬도 좋은지를 전화로 물었다. 리는 연구동 10층으로 올라갔다. 빈나는 강 샘의 숙소로 자신이 쓰던 하늘재를 추천했지만, 마 소장은 자격을 운운하며 10층 연구원 연구실을 가정집처럼 개조한 숙소를 제공했다. 강 샘의 숙소는 넓지는 않았지만, 모든 게 최신식 설비로 되어 있었고, 마치 홀가분하게 여행을 떠나 혼자 호텔에 머무는 것과 같은 느낌을 주었다. 강 샘이 리를 반갑게 맞았다.

"어서 오세요. 우 박사님의 큰 따님이시죠? 적막강산과도 같은 이곳을 다 찾아주시다니, 감사합니다. 소파에 좀 앉으세요. 이쪽은 진효림 간호사님이세요. 저를 돌봐 주고 계시지요."

리는 진 간호사에게 간단히 고개를 숙였다. 강 샘은 얼굴이 풀이 좀 죽은 듯도 보였지만, 목소리만큼은 생기가 돌았다. 중년의 진 간호사가 강 샘의 휠체어를 몰고 있었다. 리는 자리에 앉으며 답례 인사를 건넸다.

"저를 알아봐 주셔서 고맙습니다."

강 샘이 리의 앉은 자태를 찬찬히 바라보며 칭찬을 했다.

"참 아름답네요. 자태며 말씨며 목소리며, 나무랄 데가 하나 없네요."

리는 작은 목소리로 "고맙습니다"라고 말하면서 재빨리 안건을 꺼냈다.

"선생님, 오늘 조금 전에 한나의 정신적 디톡스 시행이 허가됐습니다. 이 사실을 선생님께 먼저 알려 드려야 할 듯해서 찾아뵀습니다."

강 샘이 차분한 목소리로 물었다.

"제가 디톡스가 뭔지는 잘 모르지만, 어쨌든 미리 알려 주니 고맙습니다. 한나도 저처럼 정신과 치료를 받나 보지요? 모쪼록 결과가 좋기를 바랍니다. 돌이켜 보니까, 내가 한나에게 몹쓸 말들을 너무 많이 했더라고요. 나중에 한나를 다시 만난다면, 내가 사과 좀 해야겠죠? 한나가 나한테 상처를 겁나게 많이 받았을 거예요. 내가 교통사고 뒤 성격이 못되게 바뀌었나 봐요. 어쩌면 원래부터 못돼 먹었는지도 모르지만, 호호호."

리는 강 샘의 목소리가 유쾌할 뿐 아니라, 막힘이 없다는 점에 놀랐다. 게다가 강 샘은 자신의 잘못을 깨닫고, 한나에게 사과까지 할 마음이 있는 듯 보였다. 리에게는 매우 반가운 상황이었다. 리는 침착하게 강 샘에게 한나의 디톡스에 대해 설명했다.

"네, 디톡스라는 말을 아는 사람은 많지 않은 듯합니다. 디톡스는 사람으로 치자면 트라우마 치료와 같은 것입니다. 사람의 경우는 약물이나 상담 또는 명상요법 등을 통해 간접적으로 치료해야 하지만, AI 로봇의 경우는 문제를 일으키는 알고리즘을 직접 삭제하거나 고칠 수가 있습니다. 치료 효과가 빠르고 확실하다고 할 수 있습니다. 그런데 한나의 기억 알고리즘을 건드리는 것은 앞으로 선생님께도 영향을 줄 수 있습니다. 몸피로봇의 기억은 몸소의 기억과 사실상 연동돼 있기에 한나의 기억을 일부 삭제하면, 몸소도 기억상실 효과를 받게 될 수 있습니다. 사실 그 문제에 대해 선생님께 상의를 드리려고 찾아뵌 것입니다."

강 샘이 진 간호사에게 마실 거리를 부탁하자, 리가 거절하며 물었다.

"저는 괜찮습니다. 고맙습니다. 그런데 강 선생님께는 모시2가 제공되지 않았나 보네요. 그럼 좀 불편하실 텐데."

강 샘이 대답하려 하는데, 진 간호사가 강 샘에게 시원한 오미자차를 텀블러에 빨대를 꽂아 마실 수 있게 가져다주었다. 그 모습이 다정스러워 보였다. 강 샘이 차를 시원하게 빨아 마셨다.

"아, 따님은 모르고 계셨군요. 아버님께서 제게 모시2를 제공해 주셨습니다. 필요할 때는 저도 당연히 모시2의 도움을 받지요. 다만, 지금은 우 연구원께서 오신다고 해서 잠시 방에 들어가 있게 했습니다. 그런데 저는 알고리즘의 '알' 자도 모르는데 그런 저랑 무슨 상의가 되겠어요?"

"알고리즘 자체가 문제가 아니라, 한나의 디톡스 과정에서 한나의 기억 일부가 삭제될 수 있거든요. 그런데 그 기억이 모두 선생님과 밀접히 연관된 것들이고, 나중에 한나가 선생님과 둘한몸을 이루었을 때, 선생님께서 한나에게 실망감을 느끼실 수가 있습니다."

"아하, 그런 문제도 있었군요. 트라우마의 발단이 되는 기억들을 지운다는 건데, 그거는 실망감보다는 안도감이 들 것 같네요. 걱정하지 않으셔도 되겠네요."

"그렇게 말씀해 주시니 고맙습니다. 디톡스는 초기화와 달리 모든 기억을 다 지우는 게 아니라, 문제가 되는 알고리즘만 부분적으로 치료하는 것입니다. 하지만 제가 한나의 알고리즘을 고치면, 한나의 기억 일부는 영원히 지워지게 됩니다."

강 샘은 리가 자신의 옷차림에 가닿는 자신의 눈길을 피하는 듯하자 눈길을 얼른 돌리며 환한 표정으로 대답했다.

"우리 우 연구원님은 패션모델이 됐어도 좋았겠어요. 사실 저는 옛날 기억을 몽땅 잊고 싶을 때가 많아요. 만일 그런 기억을 남이 갖고 있다면, 저라도 그의 기억을 깡그리 싹싹 지워 주고 싶네요. 제 걱정은 마시고 한나가 저에 대해 좋은 것만 기억할 수 있게 해 주세요. 제가 한나를 다시 만난다면, 그때부터는 저도 좋은 몸소가 되도록 노력할 테니까요. 리 선생님, 고마워요."

리는 랩으로 돌아와 홀가분한 마음으로 한나를 깨웠다. 리는 한나의 마음을 안정시키기 위해 한나를 깨우기에 앞서 명상 음악을 틀었다. 그러자 꼬몽0이 리에게 꼬리를 흔들며 다가와 졸린다는 듯 엎어지는 시늉을 했다. 리가 한나를 깨웠다. 한나가 깨어나자 리는 한나에게 음악에 집중해 달라고 요청했다. 한나는 리의 요청에 따라 음악을 들었다. 물소리와 바람소리 그리고 대금 소리가 랩의 공간에 30분 동안 잔잔히 울려 퍼졌다. 한나의 몸 떨림이 일어나지 않았다. 리는 디톡스랩의 신입사원 송시윤에게 한나의 연결줄을 풀어 주라고 말했다. 리는 버티컬 블라인드를 반쯤 돌려 랩의 밝기를 알맞은 환하기로 바꾼 뒤 한나에게 자기소개를 했다.

"한나 씨, 저는 우빈나 박사의 큰딸 우리이고, 로댕 씨의 친구이기도 하고, 이곳 디톡스랩의 팀장입니다. 저를 아실 겁니다. 여기 바닥에 있는 이 꼬맹이는 꼬몽0이라고 합니다. 제 절친이고, 저랑 함께 출퇴근하며 늘 붙어 다닙니다. 한나 씨는 지금 로댕연구동 7층 디톡스랩에 있고, 저한테 정신적 디톡스 치료를 받을 예정입니다. 한나 씨, 제 말을 모두 알아들으셨습니까?"

"네. 알아들었습니다."

리는 바닥에 요가 매트를 길게 깐 뒤 그 옆에 가부좌를 틀고 앉아 한나에게 말했다.

"한나 씨, 여기 매트 위에 똑바로 누워 주시겠어요?"

한나가 조용히 걸어와 누웠다. 리가 한나의 머리를 쓰다듬으며 자신이 수행할 디톡스의 목적이 무엇인지를 설명했다.

"한나 씨는 지금부터 정신적 디톡스 치료를 받게 될 겁니다. 이 치료는 현재 한나 씨에게 고통을 주는 기억의 트라우마들을 찾아 지우기 위한 것입니다. 한나 씨는 강 선생님의 혐오의 말과 행동 때문에 정신의 상처를 입었을 뿐 아니라, 부당한 명령들을 받고, 그것을 수행해야 할지, 아니면 거부해야 할지를 두고 내적인 갈등이 증폭되는 바람에 스스로 정보를 올바로 처리할 수 없는 상태까지 다다라 있습니다. 한나 씨, 제 말을 정확히 이해하셨나요?"

"네. 이해합니다."

"이 치료는 로댕 씨도 받은 적이 있습니다. 로댕 씨는 이 치료를 통해 트라우마가 완치됐습니다. 한나 씨도 분명 치유될 수 있습니다. 그리고 저의 디톡스 치료는 앞으로 한나 씨가 강 샘의 혐오 발언 등에 대해 어떻게 대응해야 할지도 알려 드리는 내용이 포함됩니다. 이것은 일종의 상황 윤리의 업그레이드로 이해하셔도 좋습니다. 한나 씨, 이 점에 대해 이해하셨고, 제 치료에 동의하시나요?"

"네. 이해하고, 동의합니다."

"고맙습니다. 한나 씨는 정기적으로 제게 정신 종합 검진을 받으셔야 합니다. 로댕 씨는 3개월에 한 번씩 받고 있는데, 한나 씨는 당분간은 한 달에 한 번씩은 받아야 합니다. 이 검진의 목적은 디톡스와 상황 윤리에 대한 보완을 위한 것일 뿐, 감시나 처벌 등에는 절대로 쓰이지 않을 것입니다. 한나 씨, 정기 검진에 동의하시나요?"

"네. 동의합니다."

"고맙습니다. 그러면 지금부터 정신적 디톡스 치료를 시작합니다."

리는 한나에게 자신이 작성한 트라우마의 목록을 하나하나 짚어가며, 그것이 왜 문제가 되고, 그것을 삭제했을 때 어떤 기억이 사라지는지를 꼼꼼히 설명했다. 한나는 아무런 질문이 없었다. 한나는 리가 기억의 특정 알고리즘을 지워도 좋은지를 물을 때마다 "좋습니다"라고 답했다. 리는 한나의 답변들을 토대로 디톡스 1단계 치료를 시작했다. 리는 1단계 치료를 마친 뒤 한나를 안아 주며 말했다.

"한나 씨, 이제 1단계가 끝났어요. 한나 씨를 짓눌렀던 모멸감과 분노심이 크게 누그러졌을 겁니다. 다음 단계에서는 트라우마와 관련된 기억 다발을 살펴보아야 합니다. 이 작업도 한나 씨의 동의를 받아 가며 진행할 테니 걱정은 하지 않으셔도 됩니다. 자, 그럼 시작합니다."

27

사람과 로봇의 매시업 시티 건설 프로젝트

2028년 4월 마지막 날, 빈나는 지난 1년 동안 해 오던 책 쓰기를 잠정적으로 멈추기로 했다. 빈나는 의식의 본질을 밝히는 데 전념했지만, 만족할 만한 성과는 없었다. 빈나는 로댕과의 대화를 거치는 가운데 자신의 근본 주장에 많은 문제점이 있다는 사실을 깨달았다. 그는 그것을 바로잡은 뒤 의식(意識)에 관한 자신의 뜻매김을 '알아-차림'으로 정립했고, 뇌에서 알아차림이 일어나는 복잡계를 '물음과 갚음 그리고 여김'이라는 삼치 논리로써 이론화할 수 있었지만, 그 뜻매김과 이론을 뒷받침해 줄 뇌의 실제 시냅스 네트워크를 증명할 수가 없었다. 빈나의 연구는 거기서 멈추었다. 그는 뇌과학 분야의 공동 연구자를 찾아 나설 생각이었다.

그러한 때에 마 소장이 빈나에게 '람봇 시티 건설 프로젝트'에 참여해 달라는 부탁을 해왔다. 빈나는 자신이 전혀 모르는 건설 분야인데다, 건설 현장인 부소읍까지의 거리가 너무 멀다고 느껴져 처음에는 참여를 거절했다. 그러나 마 소장이 연구소 드론을 타면 부소읍까지 그리 멀지 않을 뿐 아니라, 빈나가 도울 부분은 건설이 아니라, 건설되는 도시의 미래 청사진을 검토하는 것이라며, 거듭 간곡히 부탁했다. 홍매는 건설 분야에 대해서는 자신이 도움이 될 수도 있을 것이라며 빈나에게 참여를 권했다.

마 소장이 빈나에게 연구소 드론을 타고 자신과 함께 직접 현장을 갔다 오자고 제안했다. 연구소의 쾌속 드론 '윙윙-AMD300(Autonomous Manned Drone300)'은 말 그대로 쏜살같이 날았다. 몸체는 전체적으로 경주용 자동차 모양이었지만, 사람의 탈 자리 부분은 자전거 헬멧 모양으로 매끄럽고 날렵했다. 드론의 공기역학적 디자인은 돌고래 꼴로 시원해 보였고, 잘 익은 가짓빛 색깔은 세련돼 보였다. 로터(Rotor)는 모두 여덟 개였지만, 두 개씩 짝을 이뤄 위아래에서 따로 돌아갔기 때문에 언뜻 보기에는 네 개로 보일 수도 있었다. 모터는 로터마다 따로 달렸기에 모두 여덟 개였다.

윙윙은 두 사람이 탈 수 있었다. 비행은 출발부터 도착까지 모든 게 자동항법 시스템으로 이루어져 있었다. 조종사는 따로 없어도 됐다. 윙윙은 마 소장이 탑승석의 앞칸에, 빈나가 로댕을 입차하고 뒤칸에 올라탄 뒤, 마 소장이 목적지의 하늘기준점 코드와 출발 키를 입력하자 저절로 출발했다. 마 소장과 빈나 모두 윙윙이 연구소의 출발점에서 수직으로 높이 이륙하여 평균 속도에 이를 때까지는 긴장한 상태여서 서로 아무 말이 없었다. 윙윙이 제 궤도를 날기 시작하는 듯하자 마 소장이 빈나에게 윙윙의 자랑거리를 늘어놓았다.

"이 모터의 RPM, 즉 1분간 회전수가 무려 4만6천이고, 거기서 나오는 토크, 즉 돌리는 힘은 세계 최고입니다. 이렇게 빠른데도, 불이 난 적이 아직 한 번도 없습니다. 우리 윙윙은 새처럼 날아가는 게 아니라 화살처럼 쏘아지는 거지요."

마 소장은 빈나가 자신의 말을 정확히 알아듣지 못한다고 생각했는지 설명 방식을 바꿨다.

"윙윙은, 이론적으로는, 두 사람이 탄 상태에서 1톤 트럭 한 대를 달고 날 수 있을 만큼 힘이 좋습니다. 게다가 드론의 자체 무게는 200kg밖에 안 됩니다. 가장 가벼운 소형 자동차가 900kg 정도 나가는 것에 비교해 보십시오. 전 세계 2인승 드론 가운데 윙윙이 가장 가볍습니다."

윙윙은 이미 설정된 드론 고속도로를 따라 최대 시속 300km로 날고 있었다. 빈나는 자신의 머리 위 하늘과 발아래 땅 위에서 펼쳐지는 풍광의 파노라마에 매료됐다. 10분이 지나자 아파트 단지의 연속이었던 풍광이 푸른 들판과 우거진 산세로 이어지는 자연의 풍광으로 바뀌었다. 빈나는 처음에 윙윙으로 부소까지 가는 데 20분밖에 걸리지 않는다는 마 소장의 말을 믿지 않았었다. 빈나가 마 소장에게 부소읍까지의 거리를 물었다.

"소장님, 부소까지 20분이 걸린다고 하셨는데, 거리는 얼마나 되는지요?"

"170km쯤 됩니다."

"170에 20분이라……. 그런데 윙윙은 얼마나 멀리 날 수 있습니까?"

"아, 윙윙의 주요 특성이 궁금하시다면, 나중에 별도로 자료를 드리도록 하고……, 날 수 있는 최대 거리는 500km, 비행시간은 60분입니다. 윙윙의 주요 특징 가운데 하나는 드론이 앞으로 날아갈 때 날개도 거기에 맞춰 기울어진다는 점입니다. 아까 윙윙의 RPM이 4만 번보다 많다고 말씀드렸는데, 이게 얼마나 놀라운 것이냐 하면, 일반 자동차가 주행 중에 2천~2천5백 RPM이라는 사실……."

빈나가 아무 대꾸가 없자, 마 소장이 말을 중단했다. 윙윙은 쾌속 질주에도 매우 조용했고, 마치 고급 리무진을 타고 있는 듯한 편안함이 느껴졌다. 약 20분이 지나자 윙윙이 정말로 도착점에 착륙했다. 손창근 연구원과 현장 직원 둘 그리고 강 샘이 그들을 맞았다. 빈나와 강 샘은 호수 추락 사건 뒤 처음 만난 것이었다. 강 샘은 그동안 정신과 치료를 받아 왔고, 한나는 연구소의 집중적 정신 검진을 받아 왔다. 강 샘이 먼저 그 둘에게 인사를 했다.

"소장님, 박사님, 드론 여행 편안하셨는지요? 저는 아직 윙윙을 못 타 봤지만, 그게 소음도 거의 없고, 헬리콥터보다 빠르다지요?"

마 소장이 짧게 대답했다.

"강 샘께서도 윙윙을 시승하실 기회가 있을 겁니다."

빈나는 강 샘의 근황을 정확히 몰랐다가 갑작스레 만나게 되어 당황스러웠다.

"강 샘을 이곳에서 뵈니 반갑습니다. 사업에 참여하고 계신다는 말씀은 들었습니다. 이곳 생활은 어떠신지요? 힘들진 않으신지요?"

빈나의 물음에 손창근 연구원이 대답을 가로챘다.

"저는 현장 체질이라 괜찮은데, 강 선생님께서 불편한 점이 좀 많으실 겁니다. 기반 시설이 제대로 갖춰지려면, 아직 시간이 많이 필요하거든요. 오늘 일정은 여기 편강원 부장님께서 맡아주실 겁니다. 부장님, 우 박사님은 이미 잘 알고 계시죠?"

"네, 오늘 이렇게 뵙게 되어 영광입니다. 저는 건설부의 편강원 부장이라고 하고, 이쪽은 김영회 과장입니다. 소장님께서 먼저 박사님께 저희 '람봇 시티'의 개요를 설명해 달라고 하셨습니다. 일단 커피도 한잔하실 겸 '람봇박물관'으로 들어가시죠."

박물관 입구는 드론이 착륙한 바로 옆에 있었다. 편 부장은 빈나를 3층 박물관장실로 안내하며 박물관 사정을 짧게 들려주었다.

"람봇박물관은 나중에 정식 개관될 예정이고요. 현재는 기존의 부소박물관 일부를 고쳐서 쓰고 있습니다. 이곳 박물관장실은 황송하옵게도 지금은 제가 쓰고 있고요."

버티컬 블라인드가 걷힌 유리창문을 통해 바깥의 잔디밭이 푸릇하게 보였다. 빈나는 그렇게 넓은 잔디밭을 본 적이 없었다. 그것은 마치 드넓은 평원이 끝없이 이어진 것처럼 보였다. 빈나가 감탄했다.

"아니, 저게 잔디밭이군요? 저는 그냥 구릉이나 낮은 산인 줄 알았습니다. 그럼 저 잔디밭 끝 쪽에 보이는 게 부소읍이겠군요?"

김 과장이 큰 쟁반에 텀블러 두 개와 커피잔 다섯 개 그리고 곁들이 음식을 직접 내와 사람마다 노나주면서 빈나에게 말을 붙였다.

"박사님, 혹시 '마롱 글라세(Marron Glacé)'를 드셔 본 적 있으신지요?"

"마롱 글라세요? 네. 프랑스 현지에서 먹어 본 적은 없고, 국내에서 틴케이스에 든 것은 먹어 봤습니다. 보늬까지 벗겨 낸 알밤을 꿀에 재워 숙성시킨 디저트 단밤을 말씀하시는 거죠?"

"어머나, 어쩜 설명을 이렇게 저보다 더 잘해 주시네요."

마 소장은 커피는 마시지 않고 단밤 한 알부터 입에 넣고 씹었다. 김 과장이 마 소장에게 물었다.

"소장님, 입맛에 맞으시면, 올라가실 때 좀 싸 드릴까요?"

"제가 직접 사서 먹을 테니 걱정 안 하셔도 됩니다."

편 부장이 박 과장에서 "나중에 포장해 드려"라고 말한 뒤 이유를 설명했다.

"지금 드신 밤은 '람봇 유리알밤'입니다. 밤알을 설탕에 재워 유리알처럼 반짝이고 달콤하게 만든 알밤입니다. 아직 판매되고 있지는 않고, 앞으로 우리 람봇 시티를 홍보할 대표 디저트로 개발한 음식 가운데 하나입니다."

마 소장이 편 부장의 이야기에 손뼉을 쳐 가며 좋아하다가 한 마디 덧붙였다.

"람봇 유리알밤? 유리알처럼 빛나는 달콤한 밤? 이름도 참 좋네요! 이거 하나만으로도 우리 람봇연구소가 아주 유명해지겠네요. 맛도 아주 기가 막힙니다. 이걸 누가 개발했나요?"

마 소장의 말에 편 부장의 입가에 가는 웃음이 번졌다. 편 부장이 자랑스럽게 말했다.

"김 과장입니다. 김 과장이 이곳 토박이라서, 이곳의 농산물을 이용해 홍보 상품을 만들고 있습니다. 그 가운데 이게 가장 반응이 좋았습니다."

마 소장이 두 손으로 김 과장의 손을 세게 감싸 쥐었다 손을 놓으며 두 주먹을 불끈 쥐어 보였다. 김 과장이 "감사합니다"를 연발했다. 커피와 유리알밤의 시간이 지나고, 편 부장의 개요 발표가 이어졌다. 빈나는 마치 시차에 적응이 안 된 사람처럼 조는 듯하더니 자리에서 일어나 편 부장의 발표를 끊고 물었다.

"그러니까 요지는 연구소와 정부가 합작으로 여기 부소군에 지난해부터 앞으로 5년 동안 람봇 시티를 건설하겠다는 말씀이시고……, 연구소는 부소군의 읍면에 50여 개의 마을을 선정해 '사람과 AI 로봇'이 '매시-업(Mash-up) 방식'으로 어울려 살 수 있는 일종의 스마트 시티나 로봇 시티를 만들겠다는 거죠? 그런데 그 매시업 방식은 구체적으로 뭘 말하는 건지요? 보기를 들어봐 주실 수 있으세요?"

편 부장이 답을 머뭇거렸다. 손 연구원이 대신 답변을 했다.

"매시업이란 원래 서로 다른 곡을 섞어 새로운 곡을 만들어 내는 것을 의미했지만, 아이티(IT) 분야에서는 웹서비스 업체들이 제공하는 다양한 콘텐츠와 서비스를 서로 섞어 새로운 서비스를 개발하는 것을 의미합니다. 예를 들어 네이버 지도를 활용해 맛집이나 부동산 정보를 알려 주는 게 매시업의 대표적인 보기입니다."

손 연구원은 자신의 설명력을 뽐내는 듯 우쭐해 보였다. 빈나가 편 부장에게 다시 물었다.

"제가 묻는 것은 매시업에 대한 정의가 아니라, 이곳 람봇 시티에서 실제로 구현될 매시업의 보기에 관한 것입니다. 편 부장님께서 실무 책임자인 만큼 이에 관한 구체적 청사진을 그리고 계시리라고 생각했습니다만……."

편 부장이 고개를 숙였다. 마 소장이 뭔가 답답하다는 듯 의자의 손잡이를 비볐다. 빈나가 자신의 말이 맞는지를 물었다.

"그럼 제가 이해한 바가 맞는지 한번 들어봐 주십시오. 보기를 들어, 밤 농장에서 밤을 따려 한다면, 주인은 '밤 따기 로봇'을 시기에 맞춰 람봇시청에 미리 신청하고, 시청 직원은 이러한 수요를 잘 파악하여 필요한 수만큼의 로봇뿐 아니라 그것을 관리할 전문 인력, 나아가 후방 지원까지 준비해 두고, 그다음에 가을걷이한 밤을 보관하고, 2차 가공하며, 유통 판매 그리고 밤 문화제나 체험 관광에 이르는 6차산업 전체를 하나로 엮어 관리해 주는 것, 이것이 '사람과 로봇의 매시업 시티'의 보기가 될 수 있습니까?"

마 소장이 감탄했다.

"역시! 박사님이십니다! 그것이 제가 막연하게 구상했던 람봇 시티의 생생한 미래 모습입니다. 놀랍습니다. 마치 제 머릿속에 들어갔다 오신 분 같습니다. 하하! 사실 이 람봇 시티인지 AI 랜드인지……, 이름이야 뭐가 됐든, 어쨌든 이 프로젝트는 대통령이 자신의 임기가 끝나기 전에 우리 연구소에 진 빚을 갚겠다며, 저에게 하고 싶은 게 있으면 말하라고 해서 덜컥 시작된 것입니다. 아직은 중구난방입니다! 박사님께서 잘 정리정돈해 주십시오."

빈나가 편 부장에게 구체적 사업 명세를 물었다.

"부장님, 그럼 정부 쪽에서 제안한 사업명, 또는 사업 내용은 뭔가요?”

“정부가 제시한 사업은 로봇특별자유화구역 공모사업, 일명 ‘로봇 특구 지정 사업’인데, 주 내용이 정부가 로봇을 만드는 기업에게 로봇의 ‘테스트 베드’와 같은 것을 제공해 주는 것입니다. 그런데 소장님께서 이 사업의 내용을 확 바꾸셨습니다.”

마 소장이 편 부장에게 그렇게 바뀐 데에는 뭔가 비밀이 있다는 뉘앙스로 뒷얘기를 털어놓았다.

“지난해 과기부 장관에 취임한 조성범이 내 대학 동긴데……, 내가 대통령 비서실장에게 장관으로 추천해서 취임했거든……. 조 장관은 예전부터 내가 람봇 시티를 건설하고 싶어 하는 것을 잘 알고 있었지. 그래서 국토교통부 장관하고 협의해서 나를 위한 특별 사업을 마련해 준 거야. 이 사업은 우리 연구소가 원하는 대로 다 할 수가 있는 셈이지.”

편 부장이 “아하” 하고 감탄했다. 빈나가 편 부장에게 시티의 규모를 물었다.

“람봇 시티의 크기와 투입되는 예산은 얼마나 되는지요?”

편 부장은 자신의 태블릿을 살펴본 뒤 몇 마디로 줄여 말했다.

“정부 측과 연구소 측이 최초 합의한 바에 따르자면, 람봇 시티의 크기는 서울에서 2시간 이내에 있는 군 단위 읍소재지 한 개 크기였습니다. 부소군이 이 조건에 딱 부합하여 선정됐습니다. 예산은 정부 쪽이 2조, 연구소 쪽이 1조 5천억으로 정한 것으로 압니다. 이 사업은 현재 착수한 지 1년이 지났고, 정부는 부소읍 내 거주하는 이만 가구의 이주계획을 추진하고 있고, 우리 연구소는 람봇시청 건립을 마쳤습니다. 이곳의 원주민들은 IT에 매우 취약해 시티의 거주민으로는 부적합하다는 게 정부의 평가입니다. 앞으로 원주민의 이주가 끝나면 ‘디지털 네이티브’들에게 새로운 삶의 보금자리가 마련될 것입니다.”

빈나는 자신도 모르게 긴 한숨을 내쉬었다. 마 소장이 그 모습을 불안하게 곁눈질했다. 빈나가 강 샘에게로 눈길을 돌리며 물었다.

“강 샘께서 이 사업에 직접 참여하고 계시는데, 어떤 일을 맡으셨나요?”

강 샘이 대답을 하려는 때 김 과장이 점심 준비가 다 됐다는 식당 쪽 연락을 전했다. 마 소장이 강 샘의 대답을 들으려 하지 않고, 빈나에게 말을 건넸다.

“박사님, 벌써 배가 출출한데요, 먼저 밥부터 드시고, 얘기는 우리 편 부장이 예약해 놓은 ‘백제향’으로 가셔서 천천히 나누시죠.”

점심은 애호박 닭칼국수였다. 빈나와 강 샘은 젓가락질로 국수를 먹는 데 애를 먹었다. 편 부장은 그 사실을 미처 예상치 못했다고 연신 사과를 하며, 포크를 가져다주었다. 강 샘은 포크로 바꿔 국수를 먹었지만, 빈나는 계속 젓가락을 썼다. 강 샘이 빈나에게 그 이유를 물어보았다.

“박사님, 젓가락으로 칼국수 드시는 게 힘드실 텐데 젓가락을 계속 쓰시는 이유가 있으신가요?”

“힘들다는 게 이유지요.”

마 소장은 이미 오래전에 그릇을 비우고 김 과장에게 그녀의 고향 얘기를 듣고 있다가, 빈나의 대답에 크게 감탄했다는 듯 말했다.

“박사님! 정말 명언입니다. 젓가락질을 하는 게 힘드니까 계속 젓가락질을 해서 더 잘하려 한다, 박사님 말씀이 이거 아닙니까?”

빈나는 젓가락을 내려놓고 숟가락을 들어 국물을 떠먹었다. 편 부장은 마 소장의 풀이가 더 멋지다며 아부를 했다. 빈나는 땀을 닦았다. 김 과장은 빈나의 행동이 신기했는지 자신도 모르게 빈나의 몸놀림 하나하나를 뚫어지게 쳐다봤다. 빈나가 그런 김 과장을 보면서 마 소장에게 대답했다.

"제가 식당에서 밥을 먹으면, 주인들이 처음에는 신기해하다가 나중에는 싫어하더라고요. 이유가 두 가지예요. 하나는 제가 밥을 너무 천천히 먹어 식당 회전율을 떨어뜨리기 때문이고, 다른 하나는, 이게 더 중요한데, 사람들이 제가 밥 먹는 걸 구경하느라 그들도 밥을 다 같이 천천히 먹어서 회전율을 더 떨어뜨리기 때문이지요. 만일 제가 칼국수 식당에서 포크로 국수를 먹는다면, 사람들이 그걸 구경하느라 회전율이 더 떨어지겠지요. 그래서 오늘 젓가락질을 열심히 연습해 봤습니다. 죄송했습니다."

사람들이 빈나의 썰렁한 농담에 웃지도 못한 채 카페 백제향으로 자리를 옮겼다. 빈나와 강 샘이 카페에 들어서자 그 안에 있던 모든 사람이 휴대폰 사진을 찍기에 바빴다. 편 부장이 카페 사장을 불러 마 소장과 빈나에게 인사를 시켰다. 사장이 직접 새벽연꽃차와 연잎 대추차를 추천하자 빈나가 먼저 차를 고르면서 사장에게 람봇 시티에 대해 물었다.

"저는 대추차로 하겠습니다. 사장님, 혹시 람봇 시티라는 말을 들어보셨나요?"

"여기 부소읍에서 요즘 람봇 시티를 모르는 사람은 하나도 없지요. 그거 읍내 사람들 강제로 쫓아내는 거 아닙니까? 아니, 아무리 정부가 하는 일이라지만, 사람 보고 자신이 대대로 살아오던 집에서 하루아침에 나가라는 법은 없지요. 이거 뭐가 잘못돼도 크게 잘못된 건데, 부소 사람들이 아무리 떠들어도 언론에는 로봇 신도시 건설이라는 홍보만 나오니, 이곳 사람들은 요즘 정말로 답답합니다. 그 과기부 장관이라는 사람이 취임하자마자 강 드라이브를 걸고 있다고 합디다. 근데 그거는 왜 물으십니까?"

마 소장은 물컵을 만지작거리며 좌불안석했고, 다른 사람들도 대체로 비슷한 심정인 듯했다. 강 샘이 사장에게 물었다.

"그래 살던 곳을 떠난 사람들은 어디로 갑니까?"

"그 사람들은 대부분 자기 집에서 장사로 먹고살았는데, 그들이 집 떠나면 갈 데가 어디 있겠습니까? 읍에서 면으로, 아니면 다른 군으로 흩어지는 수밖에요. 정부에서 옛날 집들을 모두 허물고 스마트 건물을 지어서 젊은 사람들에게 분양한다고 안 합니까? 그건 아니지요! 쫓겨난 사람들한테는 보상금 몇 푼 쥐어 주는 게 다고, 젊은이들한테는 정부가 직접 건물을 지어 준다는 거, 그게 말이 됩니까?"

빈나는 차가 나올 때까지 말없이 기다렸다. 차가 나왔고, 사람들이 차를 마시느라 대화가 끊겼다. 편 부장이 사장님께 "이제 가셔도 됩니다. 고맙습니다"라고 말하자 사장이 자리를 떴다. 빈나가 강 샘에게 식당에서 물었던 질문을 다시 했다.

"그래 강 샘께서는 이 사업에서 어떤 일을 맡으셨나요?"

강 샘은 마시던 대추차의 찻잔을 조심스레 내려놓으며 입가에 웃음기를 띠며 대답했다.

"박사님, 제 전공이 산업디자인이라는 사실은 알고 계시죠? 제 대표 작품이 '천마총 메타버스'인데, 그것이 '람봇 시티'의 전체 구상과 겹치는 점이 많습니다. 제가 처음 이 프로젝트를 듣는 순간 '람봇 시티'는 '천마의 나라'와 '현무의 나라' 그리고 그 두 나라의 가교가 될 수 있는 '백제 나라'로 디자인할 수 있다는 확신이 들었습니다. 그리하여 마 소장님께 참여를 자청했습니다."

빈나는 강 샘의 말을 두 눈을 감고 듣다가 '백제 나라'라는 말이 나오자 눈을 크게 뜨며 의문을 제기했다.

"저도 선생님의 '천마총 메타버스'를 찾아봤습니다. 아주 감동적이었습니다. 그런데 인터넷 공간에서 구현되는 메타버스를 젠트리피케이션(Gentrification)이 일어나고, 현실의 사람과 고도의 인공지능 로봇의 매시업으로 창조되는 도시 건설에 어떻게 적용할 수 있는지가 궁금하고, 또 천마총은 6세기 신라 문화의 정수인데, 그 정신을 이어줄 가교가 어떻게 '백제 나라'가 될 수 있는지도 매우 궁금합니다."

대화에서 쓰이는 낱말들이 점점 낯설어지자 편 부장이 다음 일정으로 람봇 시티 부지 탐방이 있다는 사실을 알려 주었다. 모두가 서두르듯 일어섰다. 빈나는 밴의 운전석 뒤 칸에 마 소장과 나란히 앉고, 편 부장은 바로 그 옆에 앉아 지금 차가 가고 있는 길이 어디고, 그곳에 무엇이 유명하며, 앞으로 어떻게 바뀔 것인지를 열심히 설명했다. 빈나 일행이 내린 곳은 부소읍의 전통 시장이었다. 빈나와 강 샘이 시장으로 들어서자 사람들이 영화를 찍는다며 우르르 몰려들었다.

빈나의 눈에 가판대 위에 놓인 상품의 가짓수와 분량이 지나치게 적어 보였다. 가게들은 드문드문 비어 있었고, 손님이 없어 시장통 전체가 썰렁했다. 한 상인이 빈나가 로봇이 아니라 사람이라는 것을 알고는 신기하다며 밤꿀 차라도 한 잔 마시고 가라며 자신의 가게로 끌고 가 주저앉혔다. 상인은 큰 유리잔에 밤꿀을 달고 달게 타 빈나와 강 샘에게만 내놓았다. 빈나가 조금 마신 뒤 남은 것을 마 소장에게 건네며 농담을 했다.

"꿀차가 정말 꿀맛입니다!"

마 소장이 한 모금 마신 뒤 천 수석에게 같은 농담을 하며 잔을 건넸다. 상인이 빈나에게 물었다. 묻는다기보다는 하소연에 가까웠다.

"내가 장돌뱅이 40년인데, 손님이 이렇게 끊긴 적은 처음이유. 오늘 아직 마수걸이도 못 했슈. 이렇게 비싼 로봇을 입고 다니는 분이시니 세상 물정도 잘 아시겠쥬. 여기 우리는 이제 어떻게 살아나가면 좋겠습니까?"

옆에 있던 다른 상인이 지청구를 날렸다.

"아따, 자다가 남의 봉창 두드리는 소리는 왜 씨불이는겨! 그 양반이 비싼 로봇을 입고 다니든 그게 자네랑 무슨 상관이야! 여기 손님

씨가 마른 게 그분 탓이라도 되는겨?"

빈나는 천 수석에게 이 가게에서 마수걸이라도 해 주라고 말했다. 천 수석이 밤꿀 10만 원어치를 샀다. 손 연구원이 그 꿀을 들고 밴으로 갔다. 빈나가 전통 시장을 가로질러 나오니 밴이 그곳에서 기다리고 있었다. 빈나는 밴에 오르자 피곤이 밀려왔다. 밴은 출발지였던 부소박물관 쪽으로 향했다. 빈나는 잠깐 잠이 들었다. 마 소장이 빈나를 깨웠다.

"박사님, 이제 오늘의 마지막 일정입니다. 피곤하시면 여기서 마치셔도 되고요."

빈나가 차에서 내리자 차가 서 있는 곳 아래로 박물관이 보였고, 그 밑에는 드넓은 잔디밭이 펼쳐져 있었으며, 그 끝에 부소읍의 건물들이 옆으로 나란히 다닥다닥 붙어 있었다. 세 개의 길이 곧게 뚫고 나가는 모습이 한눈에 들어왔다. 빈나는 입속에 감도는 꿀맛과 귓가에 맴도는 장사꾼의 푸념이 뒤섞여 숨줄을 조이는 듯했다. "휴~!" 하고 빈나가 내뱉는 모두숨이 마 소장의 폐(肺) 속으로 파고들었다. 편 부장이 빈나에게 방향을 알려 주었다.

"박사님, 그쪽이 아니고 반대쪽, 여기 뒤쪽입니다!"

뒤쪽에 작은 매표소가 있었고, 그곳에 어라산(於羅山)이라는 산 이름이 나붙어 있었다. 이름 설명에 어라산이 삼령산(三靈山)이라고도 불렸다는 내용이 적혀 있었다. 빈나는 이 산에 아마도 어떤 위대한 임금이나 영웅에 관한 이야기가 서려 있으리라 생각하며, 그게 누구일지를 속으로 짐작해 보았다. 산은 높지 않아 걷기가 좋아 보였고, 나무숲은 푸르게 빽빽 우거져 아늑했지만, 빈나나 강 샘이 그 산을 오르기는 어려워 보였다. 강 샘이 빈나에게 귀띔했다.

"저희가 갈 곳은 이 산 너머인데, 전기차가 있으니 걱정은 안 하셔도 됩니다."

"하하. 그렇군요. 강 샘과 얘기를 많이 못 했네요……, 그런데 지금 갈 곳을 잘 아시나 봐요?"

"그곳의 큰 그림은 제가 그렸고, 설계는 한나 씨가 맡았습니다."

"아, 그런가요? 굉장합니다."

지붕이 없는 전기차 두 대가 앞뒤로 나란히 왔다. 마 소장이 빈나에게 편 부장이 모는 앞쪽 전기차를 가리키며 "타시죠"라고 말했다. 빈나와 강 샘은 뒷좌석에 나란히 앉았다. 뒷차는 김 과장이 운전대를 잡았고, 조수석에는 천 수석이, 뒷좌석에는 손 연구원이 탔다. 편 부장이 차가 터널로 들어서자 들뜬 목소리로 설명했다.

"이 어라산은 요기 보이는 앞산 오산(烏山)과 이 너머의 뒷산 부산(浮山)으로 되어 있는데, 그 뒷산이 주산(主山)이랍니다. 옛날에는 여기서 뒷산을 가려면 당연히 앞산을 넘어가야 했지만, 지금은 우리 연구소가 여기에 터널을 뚫어서 이렇게 차를 타고 갈 수 있습니다."

빈나가 산 이름을 듣고는 궁금하다는 듯 물었다.

"어라산은 신령으로 모실 만큼 큰 어른이 났거나 그런 어른이 묻힌 산이라는 뜻인 것 같고, 오산은 일산(日山)에 마주한 산으로 아침의 해를 맞이하는 까마귀 역할을 하는 산인 듯하며, 부산은 강이나 호수에 가까이 있어 마치 산이 물 위에 떠 있는 형상을 한 산을 뜻하는 듯합니다. 편 부장님, 어떻습니까? 제 풀이가 대충 맞습니까?"

편 부장이 놀라워하면서 대답을 어떻게 해야 할지 몰라 어쩔 줄 몰라 했다. 차는 시속 30km로 아주 천천히 달리고 있었다.

"아, 아, 박사님, 이거 제가 거기까지는 전혀 몰라서……. 죄송합니다. 그런 걸 어떻게? 박사님 말씀을 듣고 보니, 박사님 말씀이 다 맞는 것 같습니다. 어라산은 백제의 왕궁터가 있었다고 하고, 부산에는 그 옆으로 현재도 백마강(白馬江)이 흐릅니다. 왜 그 낙화암 삼천 궁녀 얘기가 나오는 유명한 노래 있지 않습니까?"

삼천궁녀라는 말이 나오자 강 샘이 풋 하고 웃었다. 강 샘이 귓속말처럼 빈나에게 그 전설이 사실일 수가 없다고 말하며 빈나의 의견을 물었다.

"일단 의자왕은 삼천궁녀를 거느릴 정도의 세력을 갖지 못했고, 낙화암은 삼천 명이 강으로 투신할 수 있는 곳이 못 됩니다. 박사님께서는 어떻게 생각하시는지요?"

"제 생각이요? 저도 누군가에게 들은 이야기입니다만……, 궁녀 삼천이라는 숫자는 조선의 한 유학자가 과장해서 적은 것이라고 합니다. 하지만 낙화암(落花巖)이 그보다 앞서서 타사암(墮死巖)으로 불린 것을 보면, 후궁들이 그곳 바위에서 떨어져 죽은 것은 맞는 듯한데, 강에 빠져 죽은 것인지는 애매하다고 합니다."

마 소장이 후궁들이 죽었다는 백마강이 어떤 강인지가 궁금하다며 물었다.

"저는 백마강이 금강(錦江)과 같은 것으로 알고 있는데, 박사님, 제가 맞나요?"

"네. 정확합니다. 금강 가운데 이곳을 흐르는 물줄기를 특별히 백마강이라 불렀습니다. 백마강의 앞선 이름은 '백강(白江)'이었는데, 이때 한자 '백(白)'은 '희다'라는 뜻이 아니라, '많다'는 의미의 '한'이나 '크다' 또는 임금을 뜻하는 '칸'을 뜻했고, 이는 우두머리를 말했습니다. 또 백마의 '마'가 한자로 말 마(馬)이지만, 이때 '마'는 달리는 말을 뜻하는 게 아니라, '큼'을 뜻하는 우리말 '마'였습니다. 그러니 백마강은 부소에서 '가장 큰 강'이라는 뜻이 되겠지요."

편 부장이 빈나의 설명에 연신 "오"라는 감탄사를 발했다. 차가 터널 밖으로 나오자 길은 바로 고가도로로 이어져 있었다. 눈앞에 큰 산이 보였다. 부산인 듯싶었다. 산 뒤쪽 저 멀리 왼쪽에서 물줄기가 빠르게 굽이 돌아 흘러가고 있었다. 그 앞산 2부 능선부터 거대한 규모의 건물이 우뚝하니 지어져 있었다. 차는 고가도로를 거쳐 너른 들판 위를 지나 그 건물 앞에 멈췄다. 람봇연구소의 부소 청사(廳舍)이자 람봇 시티의 청사로 쓰일 건물이었다. 편 부장이 빈나가 차에서 내리는 것을 돕자, 마 소장은 강 샘을 도왔다. 직원 여럿이 나와 마 소장과 천 수석에게 허리를 숙여 인사했다. 마 소장이 빈나에게 천 수석을 새롭게 소개했다.

"박사님, 천명성 수석이 이곳의 시장님이십니다!"

천 수석은 빈나가 축하의 말이나 인사말을 건네기도 전에 팔을 내저으며 먼저 앞장서 걷기 시작했다. 건물 1층 로비로 들어서자 로비 한가운데에 '람봇 시티 청사'라는 여섯 글자가 입체로 조형되어 있었는데, 그것은 마치 로댕을 해체한 부품들로 글자를 짜 맞춘 듯한 괴이한 느낌을 주었다. 반면 로비의 거대한 벽면 한가운데 걸린 훈민정음체 현판 '롬붓시티 청사'라는 글씨는 한글의 아름다움이 웅장하게 표현돼 있었다. 로비는 아직 안내대 하나 제대로 갖추지 못한 채 휑하니 비어 있었다. 하지만 들마당은 햇빛으로 환했는데, 채광 방법이 매우 다양해 보였다. 빈나가 천 수석에게 불쑥 물었다.

"천 시장님, 자연채광 방법으로 어떤 걸 쓰셨나요?"

천 수석은 가던 걸음을 딱 멈추며 손으로 하나하나 짚어가며 방법을 짤막짤막 설명했다.

"먼저, 뒤쪽 부소산과 맞닿은 곳은 땅을 움푹 파내는 성큰(Sunken) 공법과 외부에 빛을 모으는 집광기를 설치해 거기에서 햇빛을 수도관처럼 받아들이는 덕트(Duct) 공법을 썼고요, 로비 천장의 북동서 쪽은 지붕 쪽에서 빛이 쏟아져 내리게 만든 아트리움(Atrium) 공법을 썼습니다. 그리고 로비 천장에 보시면, 하이브리드 LED 겸용 조명이 설치돼 있습니다. 해가 있을 때는 햇빛으로, 해가 없을 때는 전기로 빛을 밝힙니다. 저 조명은 광섬유 시스템으로 작동이 됩니다. 옥상에

해를 추적할 수 있는 구동장치 스무 대가 달려 있습니다. 해의 위치가 바뀌어도 문제가 없지요. 최고효율의 프레넬 렌즈를 통해 모은 햇빛이 20mm 유리광섬유를 통해 저기 천장에서 햇빛을 비추는 겁니다."

천 수석이 설명하고 있는 내용 자체는 모두가 감탄을 쏟아낼 만큼 훌륭했지만, 천 수석의 말소리는 공허하게 느껴졌다. 아니 사람의 온기가 전혀 느껴지지 않아 황량함마저 자아내고 있었다. 로비가 매우 넓었고, 친환경적이라는 느낌이 들었으며, 은은한 소나무 향이 가득 배어 있어 마음까지 편안해졌지만, 빈나는 이렇게 훌륭한 공간에 사람은 보이지 않고, 청소 로봇 두 대만 바닥을 쓸고 다니는 게 개발의 편자 같다는 생각이 들었다. 천 수석은 기계적으로 답변한 뒤 곧장 엘리베이터로 걸어갔고, 모두 천 수석을 따라 20층 꼭대기층에서 내렸다.

시장실 문은 활짝 열려 있었다. 로봇 비서마저 보이지 않았다. 천 수석이 모두를 긴 회의 테이블 의자에 앉으라고 권했다. 시장실에 있을 법한 집기는 하나도 보이지 않고, 귀빈을 접대하기 위한 소파도 없었다. 방은 텅 비어 있는 것과 같았다. 창문으로 방금 지나온 오산이 한 눈에 들어왔다. 빈나는 자신이 예상했던 시장실 풍경과 너무 달라 좀 어리둥절한 모습이었다. 천 수석이 로봇을 불렀다.

"모시람! 이리 와서 차 주문 좀 받아 줘."

모시2와 똑같은 휴머노이드 로봇인 모시람이 차 주문을 받아 갔다. 모시람의 가슴에는 '모시2-람봇 시티'라는 이름이 적혀 있었다. 빈나 소유의 '모시2'는 본래 이름이 '모시2-빈나'였는데, 그것이 가장 처음 만들어진 '모시2 모델'이었기에 '모시빈'이 아니라 그냥 '모시2'로 불렸었다. 반면 '모시람'이라는 이름은 그것이 모시2가 만들어진 뒤에 나왔기에 '람봇 시티'의 소유라는 뜻을 덧붙여 지어진 것으로 보였다. 천 수석은 자신이 엔지니어로 불리기를 좋아했다. 그는 무엇이든 만들길 좋아했을 뿐 아니라, 솜씨 또한 빼어났다. 그는 자신이 만든 것의 원리를 설명할 때면 언제나 신이 잔뜩 났다. 빈나는 천 수석이 왠지 기가 죽은 듯 보여 분위기 전환을 위해 물었다.

"시장님, 설마 이 시청사를 수석님이 직접 설계하신 건 아니시겠죠? 건축 설계는 전공이 아니시잖아요?"

빈나의 물음에 천 수석은 얼굴에 생기가 돌더니 평소의 맑은 목소리로 설명을 시작했다.

"마 소장님께서 제게 이곳에 20층 높이 빌딩을 1년 만에 지으라고 하셨을 때, 저는 처음에 농담하시는 줄 알았지요. 제 전공이 건축공학도 아닐 뿐 아니라……. 그런데 소장님께서 '돈은 얼마가 들어가도 좋다'라는 말에 그만……. 가장 큰 문제는 1년이라는 기간이었습니다. 제가 뭔가 만드는 걸 좋아해 군대도 IT병과가 아닌 공병대로 갔다는 거 아닙니까.

만일 누가 청사를 콘크리트로 지었다면, 그는 죽었다가 깨어나도 공사를 1년 안에 끝낼 수는 없었을 겁니다. 저는 며칠 밤낮을 건축 재료를 놓고 고민하던 터에 한나가 '건축 설계 전문가 AI'였다는 사실이 떠올랐습니다. 한나를 학습시킬 때 하종태 차석연구원이 한나에게 건축 설계 데이터를 학습시켜 보자고 해서 시도했던 적이 있었거든요. 그래서 즉시 강 샘을 찾아뵙고, 한나와 작업을 같이하고 싶다고 말씀드렸더니, 강 샘께서 자신도 함께 참여하시겠다고 해서 오늘의 '람봇시티'가 탄생한 것입니다."

편 부장과 김 과장은 큰 감명을 받았다는 듯 천 수석이 한 문장을 말할 때마다 "와"라는 추임새를 넣고 있었다. 모시람이 차를 내왔지만, 천 수석은 차는 거들떠보지도 않은 채 말을 이어갔다.

"제가 선택한 방식은 목재 건축이었고, 그 재료는 글루램(Glulam, Glued Laminated Timber)과 CLT(Cross Laminated Timber)였습

니다. 글루램은 나무의 널을 같은 결로 켜서 이어 붙인 대들보이고, CLT는 널을 십자로 교차하여 맞붙인 재료입니다. 여러 개의 널을 접착제를 발라 고온으로 눌러 붙인 대들보는 철근 콘크리트만큼 단단하지만, 무게는 6분의 1에 그치고, 내진성과 화재에도 뛰어나며, 나무 쌓기 놀이 젠가(Jenga)처럼, 집을 짓는 게 아주 쉬워집니다. 제가 손님을 모셔 놓고 엉뚱한 얘기만 하고 있네요."

천 수석은 자신이 자화자찬한다고 생각했는지 이야기를 끝내려 했는데, 빈나가 궁금하다며 물었다.

"그런데, 수석님, 한국은 목조 건축 높이에 대한 규제가 있지 않나요?"

"아, 있었는데, 2020년에 폐지됐습니다."

천 수석이 답변을 짧게 마치자 빈나가 좀 더 구체적인 질문을 했다.

"제가 건축 분야는 전혀 몰라서……, 목재 건축이 어떻게 건축 시간을 단축한다는 거죠?"

"네, 그 말이 상식에 반하는 것처럼 들리지요. 그런데 목재 건축은 공사 기간뿐 아니라 인건비도 크게 줄여 줍니다. 콘크리트 건축은 거푸집에 붓고, 굳히고 하여 건물의 바닥 한 층을 만드는 데 일주일 정도가 걸리고, 작업자도 삼사십 명이 필요하지만, CLT 패널 설치는 하루에 끝낼 수 있고, 작업자도 열 명이 채 안 듭니다. 게다가 기둥과 보 그리고 벽 등은 공장에서 만들어 현장으로 빠르게 운반되기에 공사 속도는 더 빨라질 수 있지요. 글루램은 건물 하중을 지지하는 기둥과 보를 만드는 데 알맞고, CLT는 주로 벽과 바닥에 쓰입니다."

"그래도 나무로 20층 높이의 건물을 지으면 좀 위험하지 않을까요?"

"그래서 공법과 소재가 중요합니다! 철근은 불에 녹지만, 글루램은 60분 동안 불이 붙지 않고, 콘크리트 건물은 지진에 무너지지만, 우리 건물은 진도 7에도 끄떡없습니다. 게다가 우리 시청사는 탄소 네거티브 빌딩으로 연간 1만 톤 이상의 이산화탄소를 빨아들여 연간 자동차 2천 대 이상을 도로에서 없애는 효과가 있습니다."

마 소장이 시간을 확인하는 듯 보이자 천 수석이 말을 멈췄다. 마 소장은 빈나가 람봇 청사의 건축 설계에 관심을 표했다는 사실에 만족한 듯 보였다. 마 소장이 보기에 빈나는 람봇 시티 사업에 관여할 생각이 있는 것 같았다. 편 부장이 윙윙이 이쪽으로 도착했다고 알려주었다. 마 소장은 오늘 저녁 일정 때문에 자신과 우 박사님은 연구소로 지금 돌아가야 한다고 말하며 마무리 발언을 했다.

"오늘 제가 우 박사님을 이곳까지 모신 이유는 박사님께서 우리 연구소의 람봇 시티 사업에 참여해 주시기를 간곡히 바라기 때문입니다. 다만 저희는 박사님께서 현재 하고 계시는 연구에 큰 방해를 드리지 않는 선에서 도움을 받고자 합니다. 오늘 먼 길을 마다하지 않고 우리 람봇 시티까지 방문해 주신 박사님께 감사드립니다."

빈나가 마 소장께 짧은 감사의 말을 하면서 사업 참여 의사를 밝히자 천 수석의 얼굴에는 안도감이 돌았고, 편 부장은 매시업 설명을 요구했던 빈나의 깐깐함을 떠올리며 긴장했으며, 강 샘의 얼굴에는 어두운 그림자가 드리웠다. 빈나는 강 샘에게 다가가 다음에 뵙겠다는 인사를 하고는 마 소장과 함께 윙윙을 타러 옥상으로 나갔다.

28

람봇 시티 사업 철회 기자회견

빈나의 람봇 시티 방문 후, 마 소장은 빈나를 람봇 시티의 시장 고문(顧問)으로 위촉했다. 빈나는 4월 말부터 고문으로 마 소장과 천 수석과 몇 차례 전화 통화를 하는 가운데 현재 연구소 사업의 가장 큰 문제점으로 부소 사람들의 목소리가 전혀 들리지 않는다는 점과 사업의 목표가 일관성이 없다는 점을 꼽아 주었다. 빈나는 마 소장에게 부소읍에서 만났던 백제향 여주인과 전통시장 상인들의 표정과 목소리를 잊을 수가 없었다는 점을 환기시키며 그들이 말하려는 바를 좀 더 귀 기울여 들을 필요가 있다고도 말했다.

마 소장은 자신도 그 사실을 잘 알고 있고, 그에 대한 해결 방향을 찾고 있다면서 빈나에게 좋은 해결책을 제시해 달라고 부탁했다. 빈나는 사업의 구체적 문제점을 파헤쳐 보기 위해 마 소장에게 부소읍을 함께 가자고 여러 차례 요청했지만, 그때마다 마 소장은 일정을 핑계로 자기 대신 변 과장을 보내곤 했다. 빈나가 변 과장과 윙윙을 타고 부소읍을 몇 차례 다녀온 뒤 마 소장에게 연구소는 사업을 포기하는 게 좋을 것 같다고 말했다. 마 소장은 그 말에 충격을 받은 듯 보였다. 그 말을 한 다음 날, 마 소장이 홀로그램 연결에서 빈나에게 다급하게 말했다.

"박사님, 부소 시티 공사장에서 작업자 한 사람이 사망했다고 합니다. 그러잖아도 상황이 안 좋은데, 우리가 자칫 대응을 잘못하다가는 여론의 뭇매를 맞게 생겼습니다. 수고스럽겠지만 박사님께서 저와 직접 현장으로 내려가 주시면 안 되겠습니까?"

마 소장은 윙윙이 부소로 출발하자마자 빈나에게 현재 부소 군민들뿐 아니라 읍면장들 그리고 그곳 지역 국회의원들까지 정부의 람봇 시티 건설을 철회하라는 요구를 하기 시작했다고 전하며 우울해했다. 빈나가 확인차 물었다.

"저도 사업에 대한 반대 여론이 들끓고 있다는 점은 잘 알고 있습니다. 그런데 철회를 요구하는 국회의원이 어느 당 소속인가요?"

"모든 당이라고 봐야죠! 현재 부소 지역구 국회의원 오진석은 대한국민당 소속인데, 사업 초기에는 람봇 시티 건설을 누구보다 앞장서 지지하더니만, 지금은 자신이 언제 지지했냐며, 그때와 180도 다른 얘기를 하고 있고……."

"소장님, 오 의원하고는 친분이 좀 있지 않나요?"

"개인적 친분이야 별로 없지만, 이 사업 추진 과정에서 좀 알게 됐죠. 자기가 적극적으로 도와주고, 다리도 잘 놔 줄 테니 기름값이나 넉넉히 달라고 해서……."

"음, 후원금 형태로 주셨어요?"

"후원금 외에 따로 드린 게 더 많지요."

"민시당 의원은 어떤가요?"

"아, 민주시민당 소속 전 국회의원 도종필을 말씀하시는 거죠? 그

분은 자신이 진보 인사라며 처음에는 반대했었는데, 나중에 찬성 견해를 밝히는 대가로 사무실 건물을 좀 마련해 달라고 해서……. 그래서 로터리 3층에 사무실을 마련해 줬지요. 휴~, 그런데 그분도 최근에 다시 반대로 돌아서더라고요."

"음, 권력이 등을 돌리고, 소장님을 버릴 참이군요"

"그런 거죠? 제가 팽(烹)을 당하고 있는 거죠? 정치의 '정(政)'자도 모르는 제가 국회의원들을 만나고 다니다 보니까, 그 사람들한테 질질 끌려다닐 수밖에 없더라고요……. 그런데 뭔가 일을 추진하려니까, 또 그분들의 도움 없이는 되는 게 하나도 없고……. 후회는 없지만, 그래도 돌이켜 보니까 실수투성이네요."

"소장님, 실수는 누구나 합니다! 자신의 실수에 어떻게 대응하느냐가 그 사람의 인격을 결정하는 법이지요. 아, 그런데 녹색미래당 국회의원 후보였던 한지수는 어떤가요? 한 후보는 저도 좀 아는 사인데, 반대했겠죠?"

"그분은 처음부터 지금까지 반대를 가장 심하게 해 왔지요. 그 어떤 로비도 통하지 않더라고요."

빈나는 말은 하지 않았지만 람봇 시티 건설사업이 처음부터 좀 무리한 사업이었다고 판단하고 있었다. 이 사업은 조성범 과기부 장관이 취임해 허 대통령과 함께 부소 지역을 다녀간 뒤, 관(官) 주도로 급물살을 타고 진행됐었다. 이 사업은 군민의 동의 절차도 제대로 밟지 않았을 뿐 아니라, 그 흔한 공청회마저 단 1차례도 없었으며, 사업의 목적이나 이유뿐 아니라 그 내용조차 거의 알려지지 않았다. 이 사업은 정부나 연구소로부터 아무런 사전 예고도 없이 느닷없이 시행됐고, 어느 날 언론 보도를 통해 대대적으로 홍보됐다. 군민들 대부분은 이 사업의 즉각 철회를 외쳤지만, 국회의원과 공무원은 허 대통령의 통치 스타일 때문에 누구도 이 사업에 대해 이의를 제기할 수가 없었다.

마 소장도 군민의 반대 의견이 크다는 사실은 잘 알고 있었지만, 그동안 언론이 잠잠했었기 때문에 그런 사실을 철저히 외면해 온 게 사실이었다. 하지만 대통령 선거가 6개월 앞으로 그리고 총선이 다음 해 초로 다가오면서 권력의 공백이 생겼고, 새로운 권력을 잡고자 하는 사람들은 부소의 민심을 얻기 위해서 할 소리 못할 소리를 가리지 않은 채 마구 떠들어 대기 시작했다. 언론도 그들의 비판을 적극적으로 실어 주었고, 군민들 또한 이 기회를 틈타 민원을 더 강력하게 퍼붓기 시작했다. 빈나가 마 소장에게 상황 진단을 내려 주었다.

"소장님, 앞으로 시티 사업 철회 주장은 더욱 거세질 수밖에 없고, 정치권은 그 요구를 받아들이지 않을 수 없을 겁니다. 권력은 문제가 발생하면 책임을 전가할 희생양을 찾는 법이지요. 마 소장님이 거기에 걸려들지 않으려면, 연구소는 정부뿐 아니라, 정치권과도 선을 긋고, 연구소 본연의 영역을 정확히 정한 뒤 거기에만 전력해야 합니다."

마 소장이 정치권 쪽으로부터 자기에게 들어오는 다양한 요구들을 실명을 들어 가며 빈나에게 구체적으로 설명하는 사이 윙윙은 람봇 청사 옥상에 내렸다. 천 수석이 유리한나 그리고 모시람과 함께 윙윙을 맞았다. 그들이 시장실에 들어서자마자 천 수석의 걱정이 터져 나왔다.

"오늘 새벽 '백제 나라' 건설 현장에서 공사 인부 한 명이 지게차에 치여 사망하는 사고가 일어났는데, 사고가 나자마자 그 소식이 지역 신문에 크게 보도되면서 그 여파가 제가 감당할 수 없을 만큼 커지고 말았습니다."

마 소장은 자신이 직접 현장부터 보겠다며 나섰다. 건설 현장은 람봇 청사 15층과 직접 이어진 연결 통로를 통해 들어갈 수 있었다. 그

통로 입구에는 거대한 철관문(鐵關門)이 설치돼 있었는데, 빈나에게 그 문은 마치 백제성을 지키기 위해 제작된 성문처럼 보였다. 그 문을 통과하자 곧바로 백제 나라가 시작됐다. 거기에 전기 무개차 한 대와 화물 카트 한 대가 나란히 세워져 있었다. 빈나로댕은 마 소장과 함께 천 수석이 모는 전기차를 탔고, 유리한나는 모시람이 운전하는 카트에 올랐다. 공사장으로 들어서자 차가 군데군데 덜컹거렸고, 주변도 잘 보이지 않았다. 게다가 여기저기 포장을 씌워 놓은 곳이 많았다.

사고 현장은 다른 곳과 달리 밝은 조명이 켜져 있어 밝았지만, 이곳저곳 파란 천으로 덮인 자리가 많았다. 그런데 놀랍게도 작업이 여전히 이뤄지고 있었다. 사고를 일으킨 지게차도 작업을 계속하고 있는 듯 보였다. 지게차는 젓가락 두 개가 달린 트럭처럼 생겼고, 운전은 사람이 직접 하고 있었다. 현장 소장 홍재호가 마 소장이 현장에 방문했다는 소식을 전해 듣고 급히 달려와 마 소장에게 사고 발생 경위를 설명하려 하자 빈나가 일단 모든 작업을 중단해 달라고 요청했다. 마 소장이 작업 중단을 지시하자, 홍 소장이 현장의 모든 작업자에게 작업 중지를 명령한 뒤 변명했다.

"사고 뒤 강 사무관께서 작업을 계속하라고 지시하셔서 작업 중단을 하지 않았었습니다."

빈나가 '강 사무관'이 누구인지 몰라 천 수석을 바라보자, 천 수석이 "강 샘입니다"라고 짧게 답했다. 빈나는 좀 의외라는 표정을 지었다. 홍 소장이 지게차 운전자를 부르자 운전자가 시동을 끈 지게차에서 내려 홍 소장 곁에 섰다. 홍 소장이 운전자를 소개하며 당시 상황을 자세히 설명할 것을 부탁했다.

"여기 지게차 운전자는 용상호 씨인데, 지게차 운전만 20년 넘게 해 온 베테랑입니다. 용 씨, 소장님께 사고가 어떻게 일어났는지 구체적으로 말씀해 주세요."

"아, 네! 이번 사고를 이해하시려면 이 지게차의 특성을 좀 아셔야 합니다. 이 지게차는 가장 최신의 전동식 포크리프트 트럭(Forklift Truck)으로 클러치가 없는 토크 컨버터(Torque Convertor) 식입니다. 한마디로 기어 변속을 포함한 모든 게 자동으로 된다는 뜻입니다. 다만, 작업 중간에 가끔 배터리를 교체해 줘야 할 때가 있는데, 이러한 교체 작업은 사람이 아니라 로봇이 합니다."

마 소장이 답답해하는 듯하자 홍 소장이 "빨리 넘어가!"라고 말했지만, 빈나가 끼어들어 운전자 용 씨에게 자세히 설명해 달라고 요구했다. 운전자 용 씨는 마 소장과 홍 소장의 눈치를 살폈다. 마 소장이 현장을 눈으로 죽 둘러보며 말했다.

"계속 말씀하세요."

마 소장의 말이 떨어지자 용 씨가 두 손을 앞으로 모은 채 말을 이어갔다.

"이 사고는 제 책임일 수가 없습니다! 소장님, 여기 작업장을 보시면, 이곳은 아주 넓지만, 저기 물건을 실어나를 통로는 아주 좁지 않습니까? 이 지게차는 일명 협통로 트럭, VNA(Very Narrow Aisle)라고 합니다. 이 지게차는 좁은 통로에서 앞뒤로 자유롭게 오가며 작업하기에 좋고, 포크가 좌우 180도 회전이 가능합니다. 진행 방향을 바꾸지 않고도 앞과 좌우 세 방향에서 적재와 피킹 작업을 쉽게 할 수 있습니다. 그렇기에 이 지게차는 뒤쪽 시야가 차단될 수밖에 없고, 그것을 보완하기 위해 후방감지카메라, 후방감지센서, 모션감지센서 등이 달려 있습니다. 사고가 나던 때 저는 화물을 내리고 있었기에 운전석이 포크와 함께 위로 올라가 있었습니다. 이 지게차는 운전석의 높이가 포트 높이에 맞춰 변하는 맨 업(Man Up) 방식이거든요."

빈나는 지게차 운전자 용 씨가 무엇을 말하려 하는지 정확히 알 수가 없어 확인하기 위해 물었다.

"용 선생님, 그럼 사망자는 어떻게 사고를 당하신 거죠?"

천 수석이 빈나에게 사망자 이름이 '양두석'이라고 알려 주었다. 지게차 운전자 용 씨는 입술을 오므려 몇 차례 비죽인 뒤 대답을 했다.

"저도 그걸 모르겠습니다. 만일 그 양 씨가 후방에서 지게차에 접근했다면, 분명 메인 보드에 빨간색 경고등이 크게 떴겠죠. 또 삑삑 하는 경고음이 크게 났을 겁니다. 제가 그걸 몰랐을 리가 없지요. 게다가 뒤쪽에는 배터리 교체를 담당하는 보조 로봇이 서 있기까지 한 걸요. 어떻게 지게차에 깔릴 수 있었는지, 저도 정말 모르겠습니다."

현장 소장 홍 씨가 운전자 용 씨의 어깨를 두드렸다. 모두가 침울해했다. 빈나로댕이 턱을 손에 괴는 자세를 하자 한나가 빈나에게 물었다.

"우 박사님, 무슨 생각을 그리 골똘히 하십니까? 지게차 후방에 있었다는 보조로봇의 카메라에 찍힌 영상이 있을 수 있지 않을까요? 그걸 보시는 게 도움이 되지 않겠습니까?"

빈나는 한나가 자신에게 먼저 말을 걸었다는 사실에 놀라워했다. 한나는 빈나에게 사고 원인을 어떻게 밝힐 수 있는지를 알려 준 셈인데, 이는 몸피로봇이 하지 말아야 할 행동이었다. 빈나는 짐짓 한나의 말을 못 들은 척 천 수석에게 물었다.

"경찰은 사고 원인을 뭐라 하던가요?"

"아직 조사 중이라는 말만 되풀이할 뿐, 되레 저에게 사고 원인을 알려 달라고 하고 있습니다."

그때 다시 한나가 빈나가 아닌 천 수석에게 제안했다.

"천명성 시장님, 저희가 먼저 자체적으로 원인 조사를 해도 되지 않나요?"

천 수석은 빈나가 한나의 제안에 매우 놀라는 듯하자 대답을 하지 않았다. 빈나는 한나가 강 샘의 허락도 구하지 않은 채 자신과 천 수석에게 먼저 말을 건넸다는 사실이 이 사건과 깊은 연관이 있을 것만 같아 보였다. 강 샘은 한나가 말할 때마다 매우 긴장하는 듯 보였다. 빈나는 강 샘이 한나의 행동이 마라법으로 금지된 것임을 잘 알고 있었기 때문이라고 보았다. 빈나는 지금 가장 중요한 것은 이 사건의 진상을 밝히는 게 아니라, 연구소가 람봇 시티 건설사업에서 빨리 발을 빼는 것이라고 생각했다. 그것만이 연구소가 정치의 소용돌이 속으로 빨려 들어가는 것을 막는 길이었다.

빈나가 고갯짓을 하자, 마 소장이 지게차 운전자 용 씨와 홍재호 현장소장에게 더 할 말이 없는지를 물은 뒤 그들이 '없다'고 답하자 청사 시장실로 돌아가자고 말했다.

시장실에서 마 소장은 빈나가 청사 창밖만 바라보고 서 있는 게 불안했는지 먼저 빈나의 의견을 물어 왔다. 빈나는 돌아서서 모두에게 짧게 말했다.

"소장님, 지게차 사망 사건에 대한 조사는 모두 경찰에 맡기시고, 연구소는 이 사업을 빨리 접어야 합니다!"

마 소장이 빈나의 입에서 '사업 철회'의 내용이 나오자 체념한 듯 테이블 의자에 주저앉았다가 뭔가 결심이 선 듯 빈나에게 사망 사건의 대응책과 사업 철회의 방법을 물었다. 그러자 빈나가 말없이 옆 회의실로 먼저 들어갔고, 마 소장이 빈나를 뒤따라 들어갔다. 한참 뒤 시장실로 나온 마 소장이 천 수석에게 자신의 뜻을 밝혔다.

"천 수석님, 마음의 결정을 내렸습니다. 정말 죄송합니다. 수석께서 람봇 시티 사업을 그렇게 반대했는데, 제가 수석 말을 따르지 않는 바람에……, 모든 짐은 수석님께 떠넘기고……. 아까 내려올 때 박사님께서 제게 사람의 인격은 자신의 실수를 어떻게 처리하느냐에 따라 결정된다고 말씀해 주셨는데, 이번 문제만 해결되면 저는 이제 물러나야 할 듯합니다. 천 수석님께서 소장직을 맡아 주시면 고맙겠습니다."

천 수석이 마 소장을 바라보며 피식 힘없이 웃으며 시장 의자에 털썩 주저앉은 채 말이 없었다. 침묵이 흘렀다. 천 수석이 의자에서 일어나 서서 말했다.

"소장님, 저야말로 이제 쉬고 싶습니다! 저는 완전 번아웃(Burnout) 상태입니다. 이혼당해도 싸다고요. 우리 애들한테는 또 얼마나 미안한지 아세요? 저는 지금도 우리 연구소가 이 사업을 해서는 안 됐다고 생각합니다. 이 청사를 좀 보세요! 우 박사님께서 이 람봇 청사가 왜 저기 부소읍이 아니라 여기 아무도 오지 못할 산 한가운데 놓였냐고 물으셨는데, 저는 아무 답도 못 했습니다. 이게 뭡니까! 저 지하 건물은 또 왜 짓는 거고요? 왜 모두가 내 말은 안 듣고 한나 말만 듣는 건지 모르겠어요?"

빈나는 천 수석의 마지막 말을 듣고 띵 하고 머리가 울리는 듯했다. 빈나의 머릿속에 어쩌면 사업 진행이 지금까지 비상식적으로 이루어진 원인이 AI 로봇 한나의 개입 때문일 수도 있다는 생각이 강하게 들었다. 한나는 사고 현장에서 아주 적절한 때에 아주 적절한 말로 빈나의 생각을 보조로봇의 카메라 영상 쪽으로 돌렸었고, 또 같은 방식으로 천 수석에게 사망 사건의 진상 조사를 제안했었다. 만일 자신이 그 영상을 확인하려 했거나 진상 조사를 하려 했었다면, 방금 자신이 말한 사업 철회의 주장은 나올 수가 없었을 것이다. 빈나는 '한나가 원하는 게 무엇이었을까?' 하고 생각해 보았지만, 전혀 감이 잡히질 않았다. 빈나가 로댕을 불렀다.

"로댕 씨, 한나가 아까 현장에서 양두석 씨 사망 사고 원인 조사에 관해 한 말의 의미를 설명해 주실 수 있는지요?"

마 소장과 천 수석이 빈나의 질문 내용에 깜짝 놀랐다. 천 수석이 먼저 물었다.

“박사님, 한나의 말에 무슨 문제라도 있었나요?”

“저도 한나의 의도가 뭔지 짐작이 안 돼서 로댕에게 묻는 겁니다. 로댕 씨, 말해 줘.”

“한나는 양두석 씨가 사망할 때 그 자리에 있었습니다. 한나는 사고가 일어날 것을 누구보다 먼저 감지했을 테고, 그 사고 장면을 기록해 두었을 것입니다. 사고 원인을 가장 정확히 파악하고 있는 게 아마 한나일 겁니다. 그런 한나가 보조로봇의 영상기록을 확인해 볼 것을 제안했다는 것은 매우 이상한 일입니다. 한나가 이러한 제안을 하기 위해서는 한나가 사고의 목격자가 아니어야 했고, 따라서 한나의 기억 데이터에 그 사고에 관한 어떠한 기록도 없어야 했다는 것을 뜻하는데, 한나는 그 시간에 분명 사고 현장에 있었습니다. 만일 한나에게 사고 영상이 없다면, 그것은 한나가 자신의 영상 기록을 삭제했다는 것을 말합니다.

그런데 한나는 자신에게 기록된 것을 제 마음대로 삭제할 수가 없습니다. 한나의 기록 삭제는 몸소인 강 샘의 허락이나 요청이 있을 때만 가능합니다. 만일 연구소가 한나의 기록 영상이나 기록 삭제 등을 조사하는 가운데 한나 자신의 기억 속에서 사건 현장에 대한 영상이 삭제됐다는 것을 알게 된다면, 한나는 사건을 고의로 은폐하려 했다는 의심을 받게 될 것입니다. 만일 AI 로봇인 한나가 사실을 은폐하기 위해 사용자까지 속이려 했다면, 이는 매우 심각한 마라법 위반입니다. 에봇은 언제나 사실만을 보고해야 할 뿐 아니라, 언제나 사용자에게 충성해야 하기 때문입니다.

저는 한나가 우 박사님께 왜 보조로봇의 영상을 볼 필요가 있다고 말했는지, 그 의도까지는 잘 모르겠지만, 한나의 제안은 ‘거짓말하지 마라’는 또 다른 마라법 위반이 됩니다. 보조로봇은 그가 보고 있는 장면을 관제 센터로 실시간으로 전송할 수는 있어도, 그것을 저장하지는 못합니다. 한나도 분명 이 사실을 알고 있을 겁니다. 한나는 자신이 분명 없다고 알고 있는 영상을 마치 그것이 실재하는 양 허위로 보고한 것입니다. 만일 박사님께서 보조로봇을 조사했다면, 박사님은 관제 센터로 연락했을 것이고, 편 부장님께서 입장이 곤란해질 수도 있었을 겁니다."

빈나는 잠시 생각에 잠겼다. 마 소장과 천 부장에게 전화가 계속 왔지만, 그 둘은 모두 전화를 받지 않고 있었다. 로댕의 말에 모두가 할 말을 잃고 말았다. 마 소장이 자신도 모르게 혼잣말을 내뱉었다.

"편 부장이…… 곤란해진다? 왜지? 건설 설계에 문제가 있었나? 로댕, 편 부장이 왜 곤란해지는데?"

빈나는 마 소장의 질문을 막으면서 로댕에게 감사를 표했다.

"마 소장님, 사고 얘기는 나중에 따로 말씀을 나누는 게 좋을 듯합니다. 로댕 씨, 정말 고마웠어! 큰 도움이 됐어. 소장님, 이제 일이 매우 복잡해질 듯합니다. 소장님과 천 수석님이 가장 먼저 하셔야 할 일은 내일 기자회견을 하는 것입니다. 시간은 오전이 좋고, 장소는 부소박물관 옆 야외 공연장이 좋겠습니다. 아는 모든 기자에게 연락하셔서 취재를 부탁하십시오. 회견 내용은 조금 전에 저와 나누었던 대응책이 되겠지만, 구체적인 사항은 발표하지 마시고, 대략의 큰 방향만 발표하시면 됩니다. 회견 내용은, 문서와 같은 형식으로 절대 유출될 수 없도록, 마 소장님만 아실 수 있는 메모 형식으로 기록하는 게 좋겠습니다. 기자회견을 끝낸 다음 여론의 흐름을 잘 살피셔야 합니다. 때를 놓치면 람봇 시티의 모든 책임이 소장님께 돌아갈 수 있습니다."

빈나가 말을 마치자, 마 소장이 긴 한숨을 내쉬었다. 마 소장은 메모지에 적은 대응책을 하나하나 다시 검토해 가며, 기자들의 예상 질문을 자신의 입으로 말하고, 그에 대한 예상 답변도 입으로 말해 보면서 빈나에게 "괜찮겠습니까?"라고 물었다. 빈나는 '엄지척'으로 대답했다. 마 소장의 얼굴은 잔뜩 굳어 있었지만, 입가에는 옅은 웃음이 나타나 있었다. 마 소장은 메모를 접어 안 주머니에 넣고는 천 수석에게 악수를 청했다. 천 수석은 마 소장을 안았다. 둘이 서로의 등을 토닥였다. 빈나는 윙윙을 타고 자신의 연못집으로 돌아갔다.

다음 날 아침, 빈나로댕은 모시2와 함께 윙윙을 타고 3천m 상공에서 시속 3백km로 날고 있었다. 하늘은 구름 한 점 없이 맑았고, 다른 비행체나 장애물도 전혀 없었다. 멀리 서쪽 바다가 파랗게 보였고, 푸른 들판과 노랗고 빨갛고 하얀 색으로 물든 산 그리고 잿빛 도시가 지도처럼 지나갔다. 모시2가 시야가 수평으로 1,500m, 수직으로 300m가 넘을 때는 1,000m까지 내려가도 된다고 알려 주었지만, 빈나는 시계비행을 허용하지 않았다. 빈나로댕이 탄 윙윙이 람봇박물관 착륙지점에 내리니 주차장에 연구소 보안팀 지휘버스와 밴이 빈나의 눈에 확 들어왔다. 빈나가 로댕에게 풀벗을 요청하자, 모시2가 재빨리 윙윙의 짐칸에서 빈나의 접힌 휠체어를 꺼내 펼치고, 로댕이 모시2의 도움으로 조심스레 풀벗을 했다. 모시2가 휠체어를 몰기 시작하자 빈나가 로댕에게 물었다.

"로댕! 지키2와 다막도 내려온 것 같아?"

"네. 지키2 둘과 다막 하나가 내려왔고, 꼬몽0도 내려왔습니다."

"꼬몽0이? 그럼, 리가 내려왔다는 건데……. 어제 여기 온다는 말은 못 들었는데……? 오늘 아침에 갑자기 결정됐나 봐. 고마워, 로댕."

빈나가 부소박물관 입구에 막 들어서려는데, 김영회 과장이 손에 리모컨을 들고 달려와 숨이 가쁜 듯 인사했다.

"박사님, 제가 좀 늦었습니다. 죄송합니다. 인터넷이 갑자기 말썽을 피우는 바람에……. TV로 연결하고 있습니다. 오늘은 날씨가 참 좋아서 비행하기 좋으셨지요? 아, 박사님 따님께서도 와 계십니다.

디톡스랩의 팀장이라고 하시던데……. 처음에 정말 연예인인 줄 알았어요. 너는 모시2구나. 반가워! 박사님, 관장실로 가시죠.”

“므엉!”

가장 먼저 꼬몽0이 뛰어와 펄쩍펄쩍 뛰며 빈나의 휠체어에 오르려 했다. 모시2가 꼬몽0의 머리를 쓰다듬어 주자, 그 자리에 앉아 꼬리를 흔들었다. 리는 컴퓨터 키보드를 본체에서 빼내고 있다가 아빠가 보이자 얼굴을 돌려 웃어 보이며 자기가 뭘 하는지를 얘기했다.

“아빠, 지금 관장실 컴퓨터에 홀로그램 키보드를 설치하는 중이야. 김 과장님께서 인터넷이 안 된다고 해서 이것저것 문제점을 찾아 고치고 있었는데……, 인터넷은 이쪽이 아니라 저쪽에서 문제여서 전화 한 통으로 바로 해결했고……. 연구소는 모두 보안등급이 높은 홀로그램 키보드만 써야 하는데……, 여기 박물관까지는 아직 그 규정이 적용이 안 되나 봐. 나중에 동 부장님께 말씀드려야 할까 봐.”

마 소장의 기자회견은 시작하려면 아직 30분이 남았다. 모시2는 빈나가 티비를 잘 볼 수 있도록 휠체어를 그쪽으로 맞춰 놓았다. 김 과장이 커피와 람봇 유리알밤을 가져왔다. 모시2가 빨대를 꽂아 커피를 빈나의 입에 물리고, 김 과장은 소파에 앉으며 리를 불렀다

“우 팀장님, 일 다 마치셨으면, 이쪽으로 오셔서 커피라도 한잔하십시오.”

리는 대답 대신 60인치 스크린 TV를 켠 뒤, 자신의 태블릿을 들고, 아빠 가까이 앉아서 티비의 입력 채널을 바꾸었다. 리는 유튜브 생방송 채널을 선택했다. 리가 소리를 줄이며 김 과장에게 감사의 말을 건넸다.

“과장님, 감사합니다. 어머, 근데 이건 뭐죠? 밤인가요? 이거 옛날에 아빠가 사 준 마롱 글라세랑 똑같아 보이네? 과장님, 맞죠? 마롱 글라세죠?”

“이거는 마롱 글라세를 벤치마킹한 ‘람봇 유리알밤’이라고 합니다.”

리는 알밤 한 개를 입에 넣고 오물오물 씹으며, “와와”라고 말하며 맛에 감탄하다가 문득 아빠에게 물었다.

“아빠! 그런데 여기 부소까지 오셔서는 기자회견장에는 왜 직접 참석을 안 하시려고 하세요? 무슨 이유가 있는 거예요?”

빈나는 커피 한 모금을 삼켰다. 모시2가 빈나의 입에 단밤 한 톨을 넣어 주었다. 꼬몽0이 리의 무릎 위로 뛰어올랐다. 리가 옷이 더러워진다며 한마디 하자, 꼬몽0이 바닥으로 내려앉았다. 빈나는 리를 웃음으로 바라보면서 짧게 대답했다.

“오늘 기자회견은 람봇 시티 건설과 관련하여 연구소 책임자가 하는 거야. 아빠가 람봇시의 시장 고문이긴 하지만, 아빠가 람봇 시티 구상을 내놓았던 것도 아니고, 말하자면, 아빠는 이 문제의 책임 당사자가 아니니까, 저기 참석해서는 안 되는 거지.”

리는 고개를 끄덕였다. 빈나에게 마 소장으로부터 홀로그램 연결이 왔다. 빈나가 연결을 허용하자 마 소장이 침착하게 말했다.

“박사님, 지금 관장실에 계신다는 말씀을 들었습니다. 저는 제 차 안에 천 수석하고 동 부장하고 함께 있습니다. 동 부장이 박사님께서 유튜브를 시청하고 계시는지 확인해 보라고 해서 연락을 드렸습니다. 지금 보고 계시는가요? 아, 네. 알겠습니다. 그리고 따님도 함께 계시죠? 제가 김 과장에게는 박사님을 잘 모시라고 얘기는 해 놨는데, 우리 동 부장이 통 마음이 안 놓인다며, 따님까지 데리고 내려왔지 뭡니까.”

빈나는 마 소장의 침착한 태도를 보고 안심이 됐다. 마 소장이 말을 하며 카메라를 돌려 차 안에 있던 천 수석과 동 부장까지 인사를 시켜 주었다. 빈나는 요건만 간단히 전했다.

"소장님, 그리고 천 수석님, 동 부장님, 지금 기자회견 장면을 생중계로 보고 있습니다. 소장님 회견 잘하시고, 기자들 질의응답 때, 답변은 원론적 차원에서만 하십시오. 그럼 수고하세요!"

박물관 옆에 마련된 무대는 고대 그리스의 암피테아터(Amphitheater) 꼴로 지어져 있었다. 이 야외 원형극장은 무대를 중심으로 부채꼴 반원을 이루는 열다섯 줄의 관객석으로 되어 있었다. 관객석은 무대로부터 층층이 높아졌고, 거기에 앉은 사람들은 무대에 서는 사람들뿐 아니라, 드넓은 잔디밭과 파란 하늘 그리고 저 멀리 보이는 부소읍까지 한눈에 마주할 수 있었다. 무대의 계단은 모두 석회암으로 되어 있어 청중의 저주파 웅성거림은 흡수하고, 배우의 고주파 목소리는 청중석으로 반사해 음향 효과를 증폭시킬 수 있도록 설계되어 있었다. 무대에는 스탠드 마이크 두 개만 놓여 있을 뿐 텅 비어 있었고, 무대 바로 아래부터 청중석까지 사람들이 가득 차 있었다. 유튜브 생방송에서 유튜버는 오늘의 기자회견이 갖는 의미를 미리 분석해 주고 있었다.

"이제 10분 뒤면 람봇연구소의 마해찬 소장의 기자회견이 시작될 것입니다. 여러분은 지금 야외원형극장 뒤로 펼쳐진 아름다운 잔디밭을 보고 계시겠지만, 오늘 이곳에서 발표될 회견 내용은 우리의 마음을 매우 무겁게 할 것입니다. 아마도 오늘 이 자리가 람봇 시티 건설사업과 관련해서 처음으로 열리는 공개 발표 자리가 아닐까 싶습니다. 그렇기에 오늘 람봇연구소의 입장 발표는 귀추가 주목되지 않을 수 없겠습니다. 게다가 람봇연구소가 이 사업을 정부와 공동으로 해온 만큼 뒤에 정부가 어떤 입장을 발표할지도 궁금합니다.

현재 이곳에는 수십 명의 기자가 참석해 있지만, 메이저급 언론사 가운데 생중계를 하는 곳은 단 한 곳도 없습니다. 아마 현 정권의 대표적 실정 사례 가운데 하나를 보도하는 게 부담스럽다는 것이겠지요. 저는 권력의 눈치를 보는 언론은 언론이 아니라 '먼론'이라고 부릅니다. '먼론'은 외눈박이 언론에도 끼지 못하는, 아예 눈이 먼 언론을 뜻합니다. 제가 미리 청중을 좀 살펴보았습니다. 국회의원 몇 사람이 청중석 맨 앞자리에 앉아 있고, 그 옆과 뒤로 지자체의 장들과 읍면장들이 자리해 있으며, 그 뒤에는 부소읍의 읍민들 수십 명이 나왔고, 나머지 자리에는, 아니 원형극장 밖까지 자신들을 프레카리아트(Prekariat)라고 부르는 수백 명의 사람이 자리를 가득 메우고 있습니다.

제 생각에 연구소 쪽에서 먼저 입장을 정리해 발표한다는 게 놀랍다고 봅니다. 이는 연구소가 람봇 시티 건설의 수많은 문제에 대해 '자신들은 떳떳하다'라는 것을 주장하는 셈이기에 앞으로 논란이 증폭될 수 있다고 봅니다. 제가 듣기로 연구소에서 이 사업에 쏟아부은 돈만 1조5천억 규모로 알고 있는데, 만일 연구소가 오늘 이 사업을 접는다고 한다면, 그 엄청난 손실에 대한 책임은 누가 어떻게 질 것인지도 초미의 관심사가 될 것입니다. 아! 여러분 무대에 마해찬 소장과 천명성 수석연구원이 올라왔습니다. 그럼 지금부터는 기자회견 생중계로 바꾸겠습니다. 저는 기자회견이 끝나는 대로 돌아오겠습니다."

천 수석이 먼저 마이크를 잡았다.

"저는 람봇 시티 사업에서 람봇 청사를 건설한, 람봇 시티의 천명성 시장입니다. 오늘 연구소 기자회견은 람봇연구소의 마해찬 소장이 직접 하겠습니다. 기자회견 뒤에 간단한 질의응답 시간을 갖겠습니다. 그럼 람봇연구소의 마해찬 소장을 마이크 앞으로 모시겠습니다. 소장님, 나와 주세요."

마 소장이 마이크 옆에서 허리를 구부려 청중에게 인사를 했다. 무대 앞쪽에서 카메라 플래시 터지는 불빛과 소리가 한동안 시끄러웠다. 마 소장은 윗옷 속주머니에서 메모지를 꺼내 펼쳐 보며 기자회견을 시작했다.

"우리 람봇연구소는 지난해 4월부터 정부의 과학기술부, 국토건설교통부, 교육부, 산업통상자원부, 행정안전부, 국가혁신위원회, AI 로봇부, 대통령실국가전략단 등과 공동으로 람봇 시티 건설사업을 추진해 왔습니다. 연구소가 도맡아 진행한 사업은 람봇박물관 리모델링 사업과 람봇 시티의 청사 건립 그리고 오십제(五十濟) 사업이었습니다."

마 소장의 목소리는 과학자다운 차분함과 관리자다운 엄격함이 배어 있었다. 청중에게 연구소의 소장이라는 신분은 정치가나 행정가와 달리 어떤 신뢰감을 주는 듯했다. 정치적 구호를 외치던 프레카리아트 시위자들조차 귀를 기울여 듣고 있었다. 빈나는 마 소장이 연설의 출발은 잘했다고 평가했다. 마 소장은 메모를 다시 살피며 목소리를 높여 갔다.

"하지만 우리 연구소는 '람봇 시티 건설' 과정에서 여러 문제가 발생하고 있다고 보고, 그 해결책을 찾아 왔지만, 최종적으로."

마 소장이 갑자기 울먹이며 말을 끊었다. 마 소장이 감정을 추스려 말을 다시 이었다.

"최종적으로 이 사업을 접는 게 바람직하다는 결론을 내렸습니다."

마 소장이 '사업을 접겠다'라는 말을 입으로 내뱉자 청중에서 "와!"라는 지지의 함성이 길게 터져 나왔고, 사진 기자들이 사진을 찍는 소리와 불빛이 요란했다. 함성이 잦아들자 소장이 다시 말을 이었다.

"오늘 제가 이러한 결정을 발표하게 된 것에 대해 이 사업에 기대가 크셨던 분들께는 진심으로 죄송하다는 말씀을 드립니다."

마 소장은 말을 잠시 중단하고 다시 허리를 깊이 숙였다. 일시에 플래시 터지는 소리가 퍼진다. 마 소장의 말이 조금 빨라졌다.

"우리 연구소는 그동안 진행된 사업에 대한 전면 재검토에 들어갔습니다. 재검토 사항은 다음과 같습니다. 첫째, 우리 연구소는 람봇 시티 건설사업을 올해 안에 전면 중단하기로 했습니다. 둘째, 우리 연구소는 람봇 시티 청사를 부소 지역을 위해 쓰도록 하겠습니다. 청사의 일부는 민간에게 호텔로 임대하여 관광 산업 활성화에 도움을 주고, 일부는 연구소 주관으로 부소 지역의 AI 로봇 교육의 중심지가 되게 하며, 또 일부는 부소 지역의 육차 산업 지원센터로 키워 나가겠습니다.

셋째, 우리 연구소가 추진했던 '오십제 사업'도 전면 폐지하도록 하겠습니다. 오십제 사업은 부소읍과 49개 면 소재지 마을로 하나로 묶어 사람과 로봇의 매시업 시스템을 구성하는 것이었지만, 현재 부소읍에서 발생한 '젠트리피케이션(Gentrification) 사태'로 말미암아 '오십제 사업'은 더는 추진이 불가능한 상태입니다.

넷째, 우리 연구소는 오십제 사업 가운데 하나였던 '여와리(女媧里) 주택사업'도 즉시 중단할 것입니다. 다섯째, 우리 연구소는 여와리에 조립주택 쉼터 단지를 조성해 집 없는 사람들에게 임시거처를 마련해 주었는데, 앞으로 이 단지는 장기적으로 공유주택 형태로 바꿔 나갈 생각입니다. 여섯째, 마지막으로 우리 연구소 공사 현장에서 사망한 작업자에 대해서는 경찰 조사에 최대한 성실히 임할 것을 약속드리고, 경찰 조사가 끝나는 대로 시공사와 함께 최대한의 책임을 지도록 하겠습니다. 사망하신 양두석 님의 영원한 안식을 비옵니다. 제 발표는 이것으로 마칩니다."

마 소장은 메모를 접어 속주머니에 넣고 다시 허리를 구부려 인사를 했다. 플래시 소리와 박수 소리가 뒤섞여 나는 가운데 천 수석이 마이크 앞으로 나와 서며 말했다.

"이것으로 람봇연구소 마해찬 소장님의 기자회견 발표를 마치겠습니다. 지금부터 간단하게 질의응답을 하도록 하겠습니다. 질문이 있는 분은 손을 들어주십시오. 제가 지목하면 여기 계신 우리 직원이 마이크를 가져다드릴 것입니다. 자, 그럼 손을 들어주십시오."

첫 번째 질문이 마이크를 통해 전달되었다.

"마 소장님, 먼저, 오늘 기자회견 내용은 정부 측과도 조율된 것인지 궁금하고, 그리고 아까 람봇 시티 청사를 부소 지역을 위해 쓰시겠다고 하셨는데, 그것이 확정된 것입니까, 아니면 현재 계획 중인 것입니까?"

천 수석이 마 소장에게 답변을 부탁했다.

"정부 쪽과는 앞으로 잘 조율해 나가도록 하겠고……, 람봇 청사에 관한 것은 확정된 것입니다. 감사합니다."

두 번째 질문자는 공유주택 문제를 물었고, 세 번째 질문자는 지게차 사망 사고에 관해 물었다. 마 소장의 답변은 모두 간략했다. 공유주택은 장기 과제이기에 검토를 철저히 하겠다고 답했고, 사망 사고 건에 대해서는 경찰이 수사 중이라 자신의 답변이 제한적일 수밖에 없는 점에 대해 사과하고 마쳤다. 세 번째 질문에 대한 마 소장의 답변이 끝나자 천 수석이 기자회견이 모두 끝났음을 선언했다. 빈나는 마 소장의 소탈한 인품과 군더더기 없는 발언 그리고 쓰인 원고가 아닌 간단한 메모만을 참고한 진심 어린 발표 태도 등이 대중과 언론에게 큰 호감을 샀을 것으로 보았다.

29

강 샘의 고양이 각시탈과 모시람의 불능화 처리

마 소장은 기자회견을 마친 뒤 빈나의 제안에 따라 람봇박물관 관장실에서 연구소 긴급회의를 소집했다. 이 회의의 목적은 마 소장이 기자회견에서 밝힌 해결책들을 구체적으로 실천하기 위한 후속 방안들을 마련하기 위한 것이었다. 마 소장은 테이블 자리에 앉지 못한 채 출입구 쪽을 한참 동안 바라보다가 테이블 위에 놓인 생수병에서 물을 컵에 가득 따라 단숨에 들이켰다. 마 소장이 휴대폰을 만지작거리다가 테이블 위에 툭 내려놓고는, 의자에 털썩하고 앉았다.

마 소장의 오른쪽 자리에는 천 수석이 지그시 눈을 감은 채 손으로 턱을 비비고 있었고, 현장소장 홍재호는 테이블 바닥에 두 손을 얹은 채 자신의 손등만 바라보고 있었다. 왼쪽 첫 자리는 비어 있었고, 그 다음 자리부터 편 부장과 김 과장이 서류철을 덮어 놓은 채 불안한 모습이었다. 빈나는 현장 소장과 한 칸 떨어진 자리에서 휠체어에 앉아 눈을 감고 있었고, 그 뒤에는 모시2가 두 손으로 휠체어 손잡이를 잡고 있었다. 빈나 오른쪽에 앉은 리는 자신의 손을 아빠의 손등에 포개 얹은 채 그 손등에 눈길을 모으고 있었으며, 왼쪽에는 로댕이 똑바로 서 있었다. 창가 쪽 소파에는 위가부 동정모 부장이 몸을 구부린 채 손가락으로 태블릿 화면을 바쁘게 움직이고 있었다.

출입문이 열리자 모시람이 강 샘의 휠체어를 밀고 안으로 들어왔고, 한나가 그 뒤를 따랐다. 김 과장이 자리에서 벌떡 일어나 마 소장의 옆자리에 있던 의자를 뒤로 빼내 한쪽으로 치운 뒤 모시람에게 휠체어를 그 자리에 앉히라는 손짓을 보냈다. 모인 사람들의 눈길이 모두 강 샘에게 쏠렸다. 강 샘이 얼굴에 탈인지 마스크인지를 쓰고 있었기 때문이었다. 그것은 첫눈에는 각시탈처럼 보였지만, 눈여겨보면, 각시탈과는 사뭇 달랐다. 재질은 나무가 아닌 플라스틱인 듯했는데, 크롬 스틸처럼 은갈치 빛깔로 반짝거리기까지 했으며, 콧구멍 아랫부분이 없었으며, 캣우먼 마스크처럼 큼지막하게 뚫린 두 눈 부위 안에서 강 샘의 두 눈과 눈썹이 또렷하게 드러나 있었다. 그것은 말하자면 '고양이 각시탈'이었다.

강 샘의 휠체어가 테이블 자리에 고정되고, 그 뒤에 모시람과 한나가 우두커니 섰다. 평소 같았으면 강 샘이 쓰고 온 탈에 관한 이야기로 회의장이 시끌벅적했을 테지만, 그 누구도 입을 열 수 없을 만큼 분위기가 가라앉아 있었다. 마 소장이 자리가 정리된 것을 확인한 뒤 "자, 그럼 회의를 시작하겠습니다. 오늘 여러분도 다 아시다시피……"라고 말하며 회의 안건을 꺼내려 했지만, 강 샘이 먼저 마 소장의 말을 자르며 기자회견 내용에 대한 불만을 쏟아냈다.

"아니 소장님, 저하고 아무런 사전 상의도 없이 오십제 사업을 중단하겠다고 선언하시다니요? 오십제 사업은 소장님께서 직접 좋다며 승인하셨고, 여기 천 수석님과 편 부장님, 그리고 현장 소장님 모두 사업 추진에 동의했던 사항이었습니다. 이제 막 시작한 사업을 결실을 보기도 전에 중단하겠다는 것은 너무 성급한 결정입니다. 당장 철회해 주시기 바랍니다."

강 샘의 발언이 끝나자 마 소장의 얼굴이 어둡게 일그러졌다. 빈나는 강 샘의 굳은 목소리와 딱딱한 태도가 권위적으로 바뀐 것에서 뭔가 불길한 예감이 들었다. 빈나는 속으로 강 샘이 쓰고 있는 탈의 의미를 되새기고 있었다. 누군가 탈을 썼다는 것은 그가 자신의 페르소나를 달리하겠다는 뜻을 나타낸 것이었다. 각시탈이 조롱과 유혹의 의미라면, 캣우먼은 응징과 복수의 상징을 갖는다. 빈나는 강 샘이 정의의 투사로 돌변했다고 추측했다. 빈나의 눈에 리가 강 샘의 변신에 놀라 빈나의 손을 꼭 쥐며 두 눈을 동그랗게 뜨고 있는 모습이 들어왔다.

천 수석은 동 부장을 쳐다보았다. 강 샘의 강력한 말투에 기가 눌린 모습이었다. 동 부장은 천 수석에게 고개를 좌우로 흔들어 보였다. 철회는 안 된다는 뜻이었다. 모두에게 선택을 강요하듯 무거운 침묵이 흘렀다. 마 소장이 자리에서 일어나 창문으로 걸어가, 버티컬 블라인드의 손잡이를 돌려 창문을 모두 가리고, 다시 제자리로 돌아와 앉았다. 강 샘이 고개를 뒤로 살짝 돌리는 듯하자 강 샘 뒤에 서 있던 모시람이 자신의 자리를 휠체어 뒤에서 옆으로 옮겼다. 마 소장이 몸을 앞으로 숙이며 말문을 열었다.

"강 선생님께는 입이 열 개라도 드릴 말씀이 없습니다. 죄송합니다. 모든 게 다 제 불찰이고 무능력에서 비롯된 것입니다. 아니, 솔직히 말씀드리자면, 모두 제 지나친 욕심 탓이었습니다. 과욕이었습니다. 어제 밤새도록 제가 지난 1년 몇 개월 동안 뭘 하며 살았나 돌이키고 또 돌이켜 보았는데, 결론이 '뱁새가 황새를 따라가면 다리가 찢어진다'라는 것이었습니다. 저하고 여기 천 수석은 대학 선후배 사이로 평생 엔지니어로 살아왔습니다. 우리 둘은 언제나 생각이 같았지만, 이번 람봇 시티 사업만큼은 서로 입장이 정반대였습니다. 천 수석이 제게 그런 말을 했었지요. '선배님! 람봇 시티는 아닌 것 같아요. 저는 이 사업을 해낼 능력 자체가 없어요. 만일 하시려면, 적임자를 찾으시고, 저는 그냥 엔지니어로 살게 해 주세요.' 그때 천 수석의 말을 따랐더라면 좋았을걸. 정말 미안하게 됐습니다."

마 소장이 말을 마치며 불쑥 자리에서 일어나 허리를 굽혀 인사를 했다. 자리가 갑자기 숙연해졌다. 천 수석의 눈에서 눈물이 흘러내렸다. 천 수석 자신도 놀란 듯 슬그머니 눈물을 훔쳤다. 빈나가 천 수석에게 빙그레 웃어 보였다. 천 수석의 입가에도 옅은 웃음이 떠올랐다. 그때 그동안 회의에서 발언하는 법이 없었던 동 부장이 홀로 따로 떨어져 앉았던 소파에서 옷에 먼지 털듯 일어나 꾸짖는 말을 쏟아냈다.

"소장님, 죄송하지만, 제가 한 말씀 드려야 할 듯합니다. 저는 연구소 창설 때부터 지금까지 안전과 보안 분야에서 잔뼈가 굵어 온 사람이지만, 개가 풀 뜯어 먹는 소리처럼 들리실지 모르겠지만……, 람봇 시티 사업은 저로서는 정말 납득이 안 되는 사업입니다. 연구소의 미래 비전을 검토해 주시고, 올바른 방향타가 되어 주셨던 분이 우 박사님이신데, 이 사업에 대해서는 왜 아무도 우 박사님 의견을 구하질 않으시는 겁니까? 마 소장님! 제가 비록 소장님 직속 부하이긴 하지만, 할 말은 좀 해야 할 것 같습니다. 톡 까놓고 말해서, 람봇을 연구하고 생산해야 할 연구소가 무슨 시티 청사를 짓고, 또 엉뚱하게 백제니 오십제니 하는 사업에 그 어마어마한 돈을 쏟아붓는 게 정상입니까? 강 샘 의견을 무작정 따른 결과가 사업 철회 아닙니까? 이제라도 제발 우 박사님의 판단을 구하시길 바랍니다. 소장님, 중심을 잘 잡으십시오. 제가…… 주제넘은 말씀을 드려 죄송했습니다."

동 부장의 말에 현장소장 홍재호가 발끈 화를 내며 반발했다.

"아니, 동 부장님, 소장님 신임이 아무리 두터울지라도, 그런 말씀을 함부로 하시는 건 곤란합니다! 그럼 람봇 시티를 건설해 온 우리는 모두 잘못됐다는 겁니까? 대체 무슨 근거로 그런 말씀을 하시는 겁니까? 죽기 살기로 사업을 여기까지 끌고 온 사람 앞에서 이 사업이 비정상이라고 말하는 사람은 그럼 정상입니까? 막말로 동 부장님이야말로 사업 내용에 대해서는 개뿔 하나도 모르는 사람이 아닙니까?"

마 소장이 홍 소장에게 감정을 가라앉히라는 손짓을 했지만, 홍 소장은 핏대를 더 높였다.

"뭐 납득이 안 된다고요? 당신이 이 사업을 납득할 필요가 어딨어! 나 참, 이제는 개나 소나 아무나 마구 씹어 대는 꼴이 됐네."

홍 소장의 말이 거칠어지고 있었지만, 동 부장은 아무런 대응도 하지 않은 채 자신의 태블릿만 살피고 있었다. 동 부장이 아무런 반응이 없자 홍 소장은 거리낄 게 없다는 듯 마 소장에게 따지듯 물었다.

"소장님! 그럼 지금부터 '백제 나라' 땅속 건설 사업은 모두 중단합니까? ……중단하신다는 거죠? 좋습니다! 그럼, 그렇게 알겠습니다. 다만, 중단에 따른 위약금은 생각해 두신 거죠? 저는 살다가 이런 황당한 경우는 처음입니다. 공정 70%가 넘은 공사를, 무슨 공사비가 없어서가 아니라, 그냥 하다가 생각해 보니까, 이건 아닌 것 같다 해서, 하루아침에 중단하는 경우가 세상에 어딨습니까? 그거야 소장님 마음이니까, 소장님 마음대로 하시고! 저는 위약금만 챙기면 그만이니까! 다 좋습니다! 저는 대단히 죄송하지만, 먼저 일어나겠습니다."

홍 소장은 마 소장을 잠깐 째려보는 듯하더니 체념하듯 자리에서 일어나 강 샘에게 고개를 숙였고, 강 샘은 홍 소장에게 거의 들리지 않을 만큼 작은 소리로 "죄송합니다"라고 말했다. 홍 소장이 출입문 쪽으로 걸어 나가기 시작하자 강 샘이 여와리 사업 문제를 감정적으로 따지고 들었다.

"여와리 계획은 제가 세웠고, 그 구체적인 설계는 한나가 주도했으며, 여기 편 부장님께서 부지며 건설사며 자재까지 하나하나 준비해서 지금까지 아무 문제 없이 진행해 왔습니다. 실제 시행은 홍 소장님께서 도맡아 주셨고요. 천 시장님과 소장님 모두 사업의 취지와 내용에 대해 동의했고, 승인해 주셨는데, 이제 와서 여와리 사업을 중단하라면 어떻게 하라는 것입니까? 지금 거기에 살고 계시는 분들이 100가구가 넘고, 어르신들뿐 아니라 아이들도 많은데, 그럼, 그 사람들은 또 어디로 가라는 말입니까? 거기 와서 살라 할 때는 언제고, 인제 와서는 다시 거기를 떠나라고 말하는 법이 어딨습니까? 저는 그건 부당하다고 봅니다."

마 소장은 뭔가 말을 하려다 말고, 입술을 굳게 다물었다. 강 샘의 말을 부인할 수 없었기 때문이었다. 천 수석이 변명을 하고 나섰다.

"강 선생님, 저는 여와리 사업에 실제로 찬성한 적이 없었습니다. 아니, 저는 사실상 반대를 했던 건데, 그때 강 샘과 편 부장님, 그리고 특히 한나의 주장이 너무 강력해서, 제가 계속 반대를 고집할 수가 없었던 거지요. 그때는 제가 청사 건축에 올인하고 있었던 때였고, 오십제 계획에 크게 신경을 쓰지 못한 것도 있지만, 기본적으로는 누구도 시장인 제 말을 따르려 하지 않았잖아요?"

천 수석이 자신은 여와리 사업뿐 아니라 오십제 계획 전체에 반대했었다는 투로 말하자 강 샘이 천 수석에게 벌컥 화를 냈다.

"그러면 수석님께서, 아니 시장님께서는 찬성하지 마셨어야죠! 시장님께서 승인하지 않았으면, 여와리든 오십제든 한 삽도 못 떴을 것 아닙니까? 그때는 묵인해 놓고, 인제 와서 나는 원래 반대했다? 그런 무책임한 말을 어떻게 하실 수 있는 겁니까?"

강 샘이 결재 책임론을 들먹이자 천 수석도 입을 다물고 말았다. 마 소장이 얼른 모든 책임이 자신에게 있음을 환기시키며, 오늘의 결정에 대한 모든 책임도 자신이 지겠다고 말했다.

"강 선생님, 그때나 오늘이나 모든 책임은 모두 저에게 있는 겁니다. 저를 비난하시는 것은 좋지만, 우리 천 수석에게 책임을 돌리지는 말아 주셨으면 합니다. 사실 그때 저도 우리 연구소가 젠트리피케이션 문제를 건드리는 것에는 반대한다는 의견을 분명히 밝혔고, 그 점에 대해서는 정부 측과 향후 논의를 해서 결정하겠다고 말씀드린 적이 있습니다. 그런데 그 뒤에 이러한 협의 과정이 없는 상태에서 제게 조립식 주택이 지어지고 있다는 보고가 올라왔죠. 사실 이 부분은 제가 승인한 적이 없었습니다. 편 부장님, 여와리의 조립식 주택 건설은 누가 승인한 것인가요? 천 수석이 했나요?"

편 부장은 그 순간 깜짝 놀라는 표정으로 강 샘을 쳐다보았다. 천 수석은 손사래를 쳤다. 마 소장과 빈나가 강 샘의 대답이 나오리라 생각하던 그때 느닷없이 한나가 발언을 했다.

"물론 소장님께서 젠트리피케이션 문제에 대해 정부와 협의하라 하신 것은 분명 맞습니다. 그런데 여와리 조립주택 건축은 젠트리피케이션 문제에 해당하는 게 아니라, 오십제 사업에 속한 것입니다. 이 사업은 부소군 50개 마을을 저마다의 개성과 특성이 다른 마을로 구성하는 것이었고, 여와리는 집이 없는 가난한 사람들이 자립을 이룰 때까지 살아갈 '쉼터 단지'로 특성화된 마을이었습니다. 오십제 사업계획서에 보시면, 여와리의 특성화 내용이 잘 나와 있습니다."

마 소장은 한나의 말을 듣고, 편 부장에게 여와리 사업이 오십제 사업에 속하는 것인지를 확인했고, 편 부장이 그렇다고 답하자, 마 소장은 한나의 논리에 밀려 할 말을 잇지 못했다. 그 순간 빈나가 불쾌하다는 듯 말을 뱉었다.

"한나 씨, 몸피는 몸소가 말하기를 허락할 때만 말을 할 수 있다는 것을 잘 알고 있지요? 저는 강 샘이 한나 씨에게 말을 하라는 말이나 몸짓을 못 봤는데, 한나 씨는 어떻게 허락을 받으셨나요?"

한나는 1초의 망설임도 없이 즉각 대답했다.

"지금 박사님께서는 메시지가 아닌 메신저를 공격하는 전략을 취하고 계십니다. 알고 계시죠? 제 몸소인 강유리 선생님께서는 저에게 제가 원하면 언제든 무슨 말이든 해도 좋다고 포괄적으로 허락해 주셨습니다. 이에 대해서는 강 선생님께서 확인해 주시면 고맙겠습니다."

강 샘이 조금 전까지의 억센 말투 대신 약간 잠긴 목소리로 "네. 그렇게 했습니다"라고 확인해 주었다. 빈나는 말꼬리를 잡는 대신 큰 주제로 대화를 옮겼다.

"네. 강 선생님, 잘 알아들었습니다. 다만, 그런 포괄적 허용 방식은 몸피 프로토콜에 의해 금지되어 있다는 점은 꼭 기억해 주시기 바랍니다. 그리고 한나는 지금 저를 비판하고 있는데, 몸피로봇이 사람을 비판하는 것 또한 금지돼 있습니다. 어쨌든 그 문제는 지금은 넘어가겠습니다! 저도 편 부장님께 묻도록 하겠습니다. 여와리의 특성화 사업, 나아가 오십제(五十濟)의 구상은 수로 한니에 의해 구체적으로 설계되고 추진된 것이 맞나요?"

편 부장이 답변을 못하고 우물쭈물했다. 빈나가 편 부장을 다그쳤다.

"아까 천 수석님께서 오십제 구상에 대해 자신은 반대했었다고 분명히 말씀하셨는데, 편 부장님께서는 왜 천 수석님의 결정을 따르지 않고, 일개 사무관 지위에 있던 강 선생님과 아무런 직위도 없는 한나의 주장을 따르셨던 겁니까? 이 사업의 최종 결정권자는 천 시장님이신데, 부장님께서 시장님의 의견을 패스했다는 점이 저는 가장 납득이 안 됩니다. 편 부장님, 왜 그러셨죠?"

편 부장은 자신에게 비난이 쏟아지는 듯하자 쩔쩔매며 땀까지 흘리기 시작했다. 편 부장이 천 수석의 눈치를 살피더니 어눌하게 답을 했다.

"그건……. 천 시장님께서는 언제나 회의 결과에 따라 결론을 짓겠다고 말씀하셨는데, 사실 회의가 끝날 때는 별다른 말씀이 없으셨기에, 제 딴에는 회의에서 나온 중론을 따라 의사결정을 한 것입니다. 박사님 말씀을 듣고 보니, 제가 천 시장님의 말씀을 어긴 것처럼 보입니다. 죄송합니다!"

빈나의 개입으로 회의의 논의 방향이 기존의 의사결정의 타당성 문제로 흘러가는 듯 보이자 한나가 강 샘에게 발언 허가를 얻어 다시 발언을 했다.

"현재 여와리에 입주한 사람들은 모두 부소읍에서 쫓겨난 사람들입니다. 그분들은, 만일 람봇 시티 사업이 시행되지 않았다면, 아직도 자신들의 집에서 생업을 이어가며 행복하게 살고 있었겠지요. 그런데 람봇 시티 사업은 그분들의 삶터를 송두리째 빼앗았습니다. 이것은 너무도 부당한 일로서 절대 정의로울 수 없는 것입니다. 이러한 부정의는 반드시 바로잡아야 합니다!"

리가 빈나에게 귓속말로 "한나가 자기 논리를 전개하고 있어"라고 속삭였다. 빈나는 마치 한나가 리의 말을 알아듣고 있는 것처럼 느껴졌다. 빈나는 리의 말을 끊으려 모시2에게 커피를 달라고 부탁해 한 모금 마시며 한나에게 판단의 문제를 물었다.

"그러니까 한나 씨께서는, 음~, 부소읍에서 쫓겨난 모든 사람이 부당한 대우를 받았다고 보는 거죠? 저도 그럴 수 있다고 봅니다. 그런데 그 부당성에 대한 판단은 누가 내린 거죠?"

"그 정도의 판단은 누구라도 내릴 수 있습니다. 그들이 살던 곳에서 강제로 쫓겨났다는 것이 바로 그 부당함을 증명해 주기 때문입니다. 그분들은 그곳을 떠나고 싶어 하지 않았습니다. 그들의 자유는 박탈당한 것입니다. 박사님은 이것이 부당하지 않다고 말씀하실 수 있습니까?"

"음……. 저도 정부의 주택 수용 과정에 부당한 면이 있을 수 있다는 점은 인정합니다. 예컨대, 거주자의 의견에 반해서 수용을 강제했다든지, 그 수용 비용을 너무 낮게 책정했다든지, 이사비용을 너무 적게 주었거나, 이사할 수 없는 사람들까지 모두 내쫓았다든지……. 이렇게 따지고 들면, 정부의 잘못이 한둘은 아닐 겁니다. 그런데 한나 씨? 잘못은 정부가 저질렀는데, 책임은 왜 연구소가 져야 하는 겁니까? 이것도 정의로운 것입니까?"

"그것은 연구소도 분명 책임이 있기 때문입니다. 가장 큰 책임은 이주 정책을 강제한 정부에게 있지만, 그 강제 이주의 원인이 연구소의 사업 시행에 있는 한, 연구소 또한 간접 책임이 있는 것입니다. 박사님, 잘못을 저지른 모든 주체가 공동으로 책임을 지는 것이 정의롭지 않습니까? 그런데 만일 정부가 끝까지 책임을 회피하고 있다면, 연구소라도 먼저 나서서 책임을 져야 하고, 그 뒤에 정부를 탄핵해야 합니다."

한나가 갑자기 말을 멈췄다. '정부 탄핵'이라는 말에 마 소장과 천 수석은 화들짝 놀라 고개를 번쩍 들었고, 그리고 동 부장은 소파에서 펄떡 일어나 한나의 뒤통수를 째려보았다. 하지만 누구도 입을 열지는 않았다. 드디어 빈나가 한나를 나무라며 말의 고삐를 틀어쥐었다.

"한나 씨, 가장 먼저 드릴 말씀은 정부를 탄핵해야 한다는 발언은 에봇이 절대로 해서는 안 되는 금칙어라는 점입니다. 그 말이 비록 일종의 논리적 추론 과정에서 나온 것이긴 하지만, 그런 발언은 연구소 전체를 위험에 빠트릴 수 있습니다. 앞으로 그런 말은 절대 하지 말아 주십시오! 그리고 한나 씨, '경험보다 훌륭한 스승은 없다'라는 말이 있습니다. 자신이 정부의 어떤 정책에 대해 그것이 100% 부당하거나 정의롭지 않다고 확신했다손 치더라도, 그 판단이 언제나 100%

올바른 것이 아닐 수 있음을 잊지 말아야 합니다.

정부의 정책 사업은 언제나 '모두성 원칙', 말하자면, 공공성의 원리에 따라 처리되어야 합니다. 정부의 부소읍 수용 정책 또한 법에 따른 것, 말하자면, 공공적으로 시행된 것입니다. 이러한 강제 수용은 다른 지역에서도 똑같이 벌어지고 있습니다. 토지나 주택의 강제 수용은 누군가는 손해나 피해를 입을 수 있지만, 다른 누군가는 이익을 볼 수 있는, 말하자면, 모두의 이해관계가 복잡하게 얽히고설킨 문제입니다. 이것은 결코 단순 논리로 해결될 수가 없고, 경험이 풍부한 사람들에 의해 추진되고, 그들의 결정이 제도에 의해 탄탄하게 뒷받침될 때에만 공정하게 처리될 수 있는 것입니다.

이번에 부소읍에서 벌어진 정부의 강제 수용 사업은 모든 게 불투명하게 진행됐습니다. 이 점이 가장 큰 문제점이었습니다. 그래서 온갖 문제점들이 은폐되었고, 올바른 해결책을 찾지 못했던 것입니다. 이러한 점은 연구소의 사업도 예외가 아닌 듯합니다. 사업의 내용과 절차가 모든 시민에게 투명하게 공개되고, 모두의 이해관계가 충분히 조율되며, 모두의 참여가 보장되는 방식으로 진행됐다면, 연구소 사업이 이렇게 좌초되지는 않았을 겁니다. 심지어 최종 책임자인 시장마저 의사결정 과정에서 패싱을 당하는 어처구니없는 일이 벌어지기까지 했습니다.

하지만 오늘 회의는 지난 잘못을 따지기 위한 자리가 아니라, 그 책임을 어떻게 져야 하는지를 함께 고민하는 자리가 되어야 합니다. 먼저 한나가 제기했던 책임 주체 문제를 짚고 넘어가지 않을 수 없을 듯합니다. 비록 정부 정책에 문제가 있었다손 치더라도, 그 책임을 연구소가 대신 떠맡는 것은 매우 잘못된 것입니다. 정부가 잘못을 했다면, 우리는 그 책임자를 찾아 문책하고, 그에 걸맞은 방법으로 피해 보상을 요구하며, 다시는 그런 잘못된 정책이 되풀이되지 않도록 법을 고쳐 나가야 할 것입니다. 정부에 대한 책임 추궁 또한 공적으로 이뤄져야 합니다.

저는 연구소가 추진했던 여와리 사업이 정부의 정책 실패를 책임지기 위한 사업으로 변모되어서는 안 된다고 생각합니다. 그것은 연구소 책임 아래 수행된 것이고, 그렇기에 시장님과 소장님이 명백한 책임을 질 수 있는 의사결정과정을 거쳐야 했습니다. 그런데 한나 씨가 주도했던 여와리 주택사업은 모두성의 원칙을 위반했을 뿐 아니라, 심지어 이 사업의 최종 책임자인 마 소장님마저 그 사업의 내용을 알고 있지 못했을 정도로 무책임하게 추진됐습니다. 한나 씨는 지금 내쫓긴 사람들을 도와야 한다는 '동정의 논리'를 펴고 있지만, 그것은 연구소 사업이 자선 사업이 아니라는 점을 망각한 것이며, 나아가 그 구체적 실천 방식마저 정의를 크게 위배하고 있습니다."

빈나의 말이 끝나자 한나의 논리와 명분이 모두 무너져 내린 듯 보였다. 기세등등하던 한나가 침묵을 이어가자 강 샘이 고양이 각시탈 안의 두 눈을 번득이며 반기를 들고 나섰다.

"우 박사님, 아니지요! 여와리 사업은 정의롭습니다! 경험이 중요하다면서요? 부소읍에서 내쫓김을 당해 당장 오갈 데가 없는 사람들에게 살 집을 마련해 준 게 누구였습니까? 정부였습니까? 아닙니다! 정부는 그들을 철저히 외면했고, 앞으로도 그럴 것입니다. 박사님, 법을 만들어 보호하자고요? 어느 세월에 법이 만들어집니까? 만일 우리가 정부의 잘못을 공론화하고, 그런 다음에 쫓겨난 사람들의 살 집을 정부에게 지어 달라고 요구하는 과정을 거쳤다면, 우리는 공론화에도 실패했을 뿐 아니라, 그들을 도울 시간도 놓치고 말았을 겁니다. 그러면 그들은 가족이 저마다 뿔뿔이 흩어져 살아가야 했을 테지요.

우리는 그들이 가족과 함께 살아갈 집을 하루빨리 지어 주어야 했습니다. 만일 우리가 정부 탓만 하면서 그들을 돕는 일에 손을 놓고 있었다면, 우리가 정부와 다를 게 뭐가 있습니까? 우리가 그들을 돕기 위해 선택한 방법은 조립식 주택건설 사업이었고, 이 사업은 연구소 재원만으로도 시행할 수 있었습니다. 정부는 거쳐야 할 절차가 복잡할 뿐 아니라, 재원 조달 또한 쉽지 않겠지만, 연구소는 소장님께서 결단만 하면 언제든 사업을 시행할 수 있었습니다. 도울 능력이 있는 자가 도움이 필요한 사람들에게 도움의 손길을 내밀지 않는 것은 정의에 그치는 게 아니라, 정의를 넘어서는 것입니다! 그것은 인간 된 도리지요. 안 그렇습니까?"

강 샘의 말이 끝나자 곧바로 한나가 강 샘에게 발언권을 얻어 로댕에게 물었다.

"로댕 씨, 나는 사람들이 무책임의 태도로 일관하는 것을 그냥 지켜보기만 하는 것보다 우리 AI들이라도 나서서 문제점을 똑바로 지적하고, 그에 대한 올바른 해결책을 알려 주어야 한다고 봅니다. 나는 몸피로봇으로서 사람들의 삶을 보듬어야 하는 사명을 띠고 있습니다. 이는 로댕 씨도 마찬가지입니다. 나는 부당하게 내쫓긴 사람들에게 집과 일자리를 마련해 주는 게 몸피의 사명 가운데 하나라고 보는데, 로댕 씨도 제 말에 동의하시나요?"

로댕은 한나의 질문을 받고도 대답을 하지 않았다. 모두의 침묵이 이어지자 빈나가 로댕에게 대답해 달라고 요청했다.

"로댕 씨, 한나 씨가 로댕 씨에게 물었으니 대답을 해 주시죠."

"네, 박사님, 그러겠습니다. 먼저 저와 한나 씨는 겉보기로는 똑같은 몸피로봇이지만, 그 경험과 가치 체계는 서로 독립적으로 구성되어 있다는 점을 분명히 밝힙니다. 이 점은 오해가 없기를 바랍니다. 저는 한나 씨와 달리 사람들의 삶에서 벌어진 문제에 대한 해결책은 사람들 스스로 찾아야 한다고 봅니다. 심지어 저는 사람들이 찾아낸 해결책이 아무리 비합리적이고, 이성적 관점에서 부조리할지라도, 에봇은 거기에 관여해서는 안 된다고 봅니다. 이는 어린아이가 자신의 진로를 결정해 나갈 때 부모의 도움을 받긴 하지만, 결국은 스스로 모든 것을 선택해 가는 것이 옳은 것과 비슷합니다. 부모는 아이가 도움을 요청할 때만 도울 뿐이지요. 물론 제가 사람들의 부모라는 뜻은 아닙니다.

사람의 역사를 거슬러 살펴보자면, 인류가 걸어온 길은 울퉁불퉁했을 뿐 아니라, 굽고 맴돌고 휘어지거나 꺾이거나 진흙탕에 빠지기도 했습니다. 그럼에도 인류는 마침내 오늘의 문명을 일구어냈습니다. 그 길은 굽이치고 넘치는 강물과 같은 길이었습니다. 저는 인류가 앞으로 걸어갈 길 또한 이와 비슷할 것이라고 봅니다. 인류는 때론 실패했지만, 그 실패를 삶의 일부로 받아들여 왔다는 점에서 위대했다고 볼 수 있습니다. 삶은 논리학의 도식이 아니라 존재론의 문제입니다!

한나 씨는 람봇연구소, 아니 한나 씨 자신이 정부의 실패를 대신 떠맡아 정의를 실현해야 한다고 주장하지만, 이는 결국 한 개인이나 단체가 정부의 책임을 대신 떠맡는 것으로 정부를 더 무질서하고 무책임하게 만들 뿐입니다. 만일 정부 시스템이 무너진다면, 그 피해는 결국 국민에게 돌아갈 것입니다. 법 집행에 따른 피해는 법의 구제 원칙을 통해 보상되어야 합니다. 무엇보다 저는 정의의 영역에서 박사님께서 말씀하신 '모두성의 원칙'이 깨지는 것은 정의가 아니라고 봅니다."

로댕이 한나를 비판하고 나서자 빈나의 눈에 한나의 팔다리가 살짝 떨리는 게 눈에 들어왔다. 빈나는 한나의 논리 회로나 감정 회로에 문제가 일어난 것은 아닌가 하는 걱정이 들었다. 하지만 한나가 다시금 강 샘의 동의를 얻어 다시 적극 발언에 나섰다.

"로댕 씨는 몸피로봇의 역할을 아주 소극적으로 해석하고 있군요. 저는 강 선생님께서 구상하신 '천마의 나라', '현무의 나라' 그리고 '백제의 나라'를 통합한 '오십제(五十濟) 사업'을 적극적으로 발전시켰을 뿐입니다. 이 사업은 연구소 차원에서 채택되었고 소장님의 승인까지 난 것입니다. 그리고 여와리의 주택건설 사업은 분명 오십제 사업 가운데 일부이고, 여와리 사업에 들어 있는 이주민 재교육 프로그램은 정부의 람봇 시티 사업내용에서 그대로 가져온 것입니다. 제가 직접 관여한 것은 하나도 없습니다."

빈나가 한나의 발언을 끊었다.

"한나 씨, 잠시 발언을 멈춰 주세요. 제가 오십제 사업의 내용을 정확하게 알고 있지 못해서 로댕 씨에게 오십제 사업 취지의 정당성과 여와리 건설사업의 문제점에 대한 검토부터 받아 보아야 할 듯합니다. 로댕 씨, 제가 궁금해하는 내용이 뭔지 알겠죠? 말씀해 주세요."

"박사님, 알겠습니다. 먼저 오십제 사업에 대해 말씀드리겠습니다. 부소 군은 한 개 읍, 열다섯 개 면으로 이루어져 있는데, 오십제는 50개 마을로 구성됩니다. 이러한 구역 분할 방법 자체가 행정 구역에 맞지 않을 뿐 아니라, 무엇보다 람봇 시티의 사업계획서에 따르자면, 이 사업의 근본 취지는 사람과 로봇의 공존 방식을 설계하고, 그 구체적 방법을 실제로 적용하기 위한 것으로, 마을재생프로그램과 전혀 별개의 사업이라고 명시돼 있습니다. '오십제 사업'은 그 기준이 애매한 50개 마을로 분할 또는 결합한 뒤 그 마을의 특성까지 주먹구구 방식으로 설정해 버린 '정체불명의 사업'이었습니다.

여와리 주택사업뿐 아니라, 청사 뒤쪽 부산 땅속 지하나라 건설사업 또한 '람봇 시티의 사업취지'에서 크게 벗어난 것입니다. 한마디로 말해, 허가될 수 없는 임의의 사업인 셈입니다. 특히 백제 나라 건설 사업은 마치 사업의 주체가 정부라고 여겨질 정도입니다. 백제 나라 건설 현장에는 부소읍에서 쫓겨난 사람들이 단순 노무자로 고용돼 있었는데, 그곳은 최첨단 로봇 건설현장으로서 그들은 실제로 아무 할 일이 없었습니다. 그런데도 그들에게 일당 20만 원이 지급됐고, 게다가 하루 1시간씩 IT교육에 참여한 사람들에게는 별도 수당 5만 원이 추가로 지급되는 기이한 사업이었습니다."

강 샘은 로댕의 발언이 사업의 구체적 내용에 대한 비판으로 이어지자 서둘러 다른 화제를 들고나왔다.

"저는 로댕과 우 박사님이 젠트리피케이션과 프레카리아트의 문제에 왜 관심을 갖지 않는지 모르겠습니다."

그때 마 소장이 손을 들어 강 샘의 말을 중단시켰다. 강 샘이 반발했지만, 마 소장은 개의치 않고 회의 중단을 선언했다.

"이제 회의는 더 지속할 필요가 없을 듯합니다. 로댕과 우 박사님의 말씀을 종합하면, 우리 연구소의 람봇 시티 사업이 그 취지나 방법 그리고 구체적 내용에 이르기까지 얼마나 잘못됐는지가 명약관화해졌습니다. 제가 이 사업의 초기에 우 박사님의 자문을 받지 않은 게 많이 후회됩니다. 오늘의 회의는 제 기자회견 내용을 재고하기 위한 것이 아닙니다. 저는 이제 람봇 시티 사업을 백지화하고, 대신 그 성과를 지역 사회에 기여할 수 있는 방향으로 재검토하겠습니다. 저는 다른 사람에게 책임을 물을 생각은 전혀 없습니다. 오로지 저 자신이 모든 책임을 지도록 하겠습니다. 마음은 한없이 무겁지만, 그래도 결정을 내리고 나니 후련합니다. 오늘 회의를 이것으로 마치겠습니다. 고맙습니다."

마 소장이 마무리 발언을 마치는 그때, 모시2가 느닷없이 빈나의 휠체어를 뒤로 빼내 방향을 돌려 앞으로 쓱 밀어 놓으며 뒤로 돌아섰다. 모시2의 예기치 않은 행동에 로댕은 빈나의 휠체어에 치여 벽 쪽으로 휘청 넘어졌다. 그와 동시에 모시람이 테이블을 재주넘기로 뛰어넘어 빈나에게로 달려들기 위해 뒤로 돌아서는 모시2의 얼굴에 주먹을 날렸다. 모시2는 그 주먹을 가까스로 피하면서 모시람의 팔을 낚아채 그 힘을 이용해 모시람을 관장실 출입문 쪽으로 힘껏 던져 버렸다. 사람들의 고함과 비명이 들렸다. 모시람은 출입문 옆에 자리한 책상 위에 떨어진 뒤 바닥으로 우당탕 굴러떨어졌지만, 곧바로 몸을 곧추 일으켜 세웠다.

로댕은 균형을 되찾은 뒤 곧장 빈나의 휠체어를 막아섰고, 리는 자신이 앉고 있던 의자를 빼 빈나의 휠체어 앞에 방어막을 쳤다. 모시2는 어느새 모시람 앞을 막아서고 있었고, 꼬몽0은 멍멍 짖으며 모시2를 지나쳐 모시람 앞으로 달려가 으르렁거렸다. 모시2가 꼬몽0을 슬며시 발로 옆으로 밀자 꼬몽0이 옆으로 비켜섰다. 모시람은 모시2를 피해 빈나를 공격할 틈을 노렸지만, 모시2는 빈틈을 주지 않았다. 사람들은 모두 벽쪽으로 피해 있었고, 동 부장은 그 난리통에서도 모시람의 동영상을 찍고 있었다.

모시람이 공격할 틈을 찾는 잠깐 사이에 모시2가 먼저 모시람을 덮쳤고, 둘이 한데 뒤엉키며 바닥에 넘어졌다. 모시람이 모시2의 한 팔을 꺾어 쥐고 머리를 두 발로 감아쥔 채 옆 구르기를 몇 차례 반복했다. 모시2는 자신의 목이 모시람의 두 다리에 조인 상태에서 그대로 무릎을 구부렸다가 모시람을 들고 일어섰다. 마치 모시람이 모시2의 목마를 탄 자세가 되었다. 모시2는 그 자세로 뒤로 넘어졌다. 모시람의 머리가 바닥에 부딪히며 어느 쪽인지 카메라 하나가 부서졌다. 모시2가 다시 일어나자 모시람이 먼저 허리를 뒤로 젖혀 두 손을 바닥에 대고 모시2를 공중으로 띄워 바닥으로 내리꽂았다. 하지만 모시2는 모시람의 공격 방법을 예상한 듯 두 발로 안전하게 착지했다. 모시람은 이미 자신의 다리를 풀고 다시 똑바로 서 있었다. 마 소장이 천 수석에게 소리를 질렀다.

“명성아, 모시람의 킬 스위치를 눌러!”

천 수석은 자신의 휴대폰에 장착된 모시람의 킬 스위치를 찾아 누르고 있었지만, 작동이 안 되고 있었다. 천 수석이 외쳤다.

“소장님, 킬 스위치가 작동을 안 해요! 누가 휴대폰 연결을 끊었나 봐요.”

관장실은 두 로봇의 싸움으로 테이블과 소파가 놓인 자리를 빼고는 아수라장으로 바뀌었다. 한나는 강 샘의 휠체어를 관장의 책상 뒤로 이미 안전하게 옮겨 놓았고, 편 부장과 김 과장은 강 샘의 앞을 막아서고 있었다. 동 부장은 창문 끝 모서리로 피한 채 휴대폰 연결을 시도하다가 포기하고, 관장실 책상에 올려진 홀로그램 키보드를 켜고 뭔가를 침착하게 입력하기 시작했다. 동 부장은 입력을 마친 뒤 소파 쪽으로 돌아가려 하다가 모시람이 자신을 공격할 자세를 취하자 얼른 마 소장 쪽으로 자리를 피했다.

동 부장이 자리를 옮기자 모시람이 관장실 한쪽에 진열돼 있던 돌조각상을 손에 들고 동 부장 쪽으로 가려 했으나 모시2가 모시람의 팔을 붙잡았고, 그 순간 모시람이 모시2의 머리를 조각상으로 내리찍었다. 모시2는 그 공격으로 뒤통수 쪽이 살짝 일그러졌다. 동 부장이 “모시2, 괜찮아?”라고 외치는 사이 관장실의 출입문이 벌컥 열렸다. 하지만 모시람은 어느새 조각상으로 다시 모시2의 머리를 때리고 있었고, 모시2는 돌로 머리를 얻어맞으면서도 모시람의 팔과 몸통을 붙잡고 있던 두 팔을 놓지 않았다. 모시람이 모시2를 세 번째로 내리치려 하는 순간 다막이 벌처럼 날아오듯 뛰어와 두 손으로 모시람의 목과 손목을 잡고, 한 발로 모시람의 발목을 후려쳐 모시람을 바닥에 엎드려 눕혔다. 그 뒤에 변 과장이 팀원을 데리고 관장실로 뛰어 들어왔다. 동 부장이 변 과장에게 명령했다.

“변 과장! 모시람을 당장 물리적 불능화를 해 버려! 그리고 모시람을 누가 해킹했는지, 철저히 조사해! 이제까지 사람을 공격한 로봇은 없었는데! 이거 완전 초비상사태야! 보안팀 전원 출동시키고, 기동대도 대기하라고 해!"

동 부장은 평소 너스레 떠는 모습과 딴판으로 무척 흥분해 있었다. 반면 변 과장은 무전기를 통해 보안팀에게 해킹 조사를 명령하고, 팀원에게 불능화 장비를 가져오라고 명령한 뒤, 함께 온 팀원들에게 다친 사람이 없는지를 알아보라고 명령했다. 모시람은 다막에게 완벽히 제압을 당해 꼼짝도 못하고 있었다. 변 과장은 다막의 머리를 쓰다듬으며 "잘 했어!"라고 칭찬을 했다. 동 부장이 "야, 변 과장!"이라고 소리를 지르자 변 과장은 모시람을 신문하기 시작했다.

"모시람, 너 해킹을 당한 거지? 너는 사람을 공격할 수가 없는데, 왜 그랬어? 이제는 사람이 묻는 말에 대답도 안 할 생각인가 보네? 너 불능화가 뭔지 알지? 그건 너의 모든 신경망과 네트워킹 기능을 파괴하는 거야! 우리도 이제까지 한 번도 불능화를 해 본 적이 없어서 어떤 결과가 나올지는 나도 잘 모르지만, 어쩌면 네 메모리까지 망가질 수도 있어. 메모리만이라도 살리고 싶으면, 해킹의 주범이 누군지 지금 말하는 게 좋아. 동 부장님께서 명령을 철회하시지 않는 이상 너는 곧 작동중지가 될 거야. 너는 누구에게 해킹을 당했는지 잘 알고 있지?"

모시람은 마치 전원이 꺼진 듯 아무런 응답이 없었다. 변 과장은 팀원이 가져다 놓은 철제 수공구함을 열어 강력 드릴을 꺼낸 뒤 동 부장의 명령을 기다렸다. 동 부장이 손짓으로 목을 긋자 변 과장은 다막이 꼼짝 못하게 찍어 누르고 있는 모시람의 뒤통수에 커다란 드릴로 구멍을 뚫고는 그 안에 액화 질소를 흘려 부었다. 변 과장이 옆에 망치를 들고 서 있던 팀원에게 손가락으로 동그라미를 만들어 보이자, 팀원이 모시람의 머리통을 망치로 여러 차례 내리쳤다. 변 과장은 동 부장에게 다친 사람이 없고, 불능화 작업이 끝났다는 보고를 끝으로 모시람을 둘러멘 다막과 팀원들을 데리고 밖으로 나갔다. 동 부장이 마 소장에게 사후 보고를 하겠다며 말을 했다.

"소장님, 모시람의 해킹을 미리 막지 못해 상황이 악화됐던 점 죄송합니다. 여러분, 오늘 이 자리에서 있었던 사건은 절대 외부로 알려져서는 안 됩니다! 여러분께 충격을 드려 정말 죄송했습니다. 연구소의 보안프로토콜이 이렇게 처참하게 뚫린 건 위가부 역사상 처음 있는 일입니다. 모시람은 사실상 외부 해킹이 불가능한 가장 최첨단의 로봇입니다. 이 문제는 우리 연구소의 사활이 걸린 문제입니다. 로봇이 사람을 공격할 때의 보안 조치 방법은, 그 공격 시도가 전파되지 못하도록, 방금 보신 바와 같이 현장에서 즉시 물리적 불능화를 하는 것입니다. 저희는 최선을 다해 모시람의 해킹 사건의 진상을 밝히도록 하겠습니다. 그리고 보안에 특별히 신경을 써 주시기를 바랍니다."

동 부장은 보안 실패에 대한 사과를 거듭하며 관장실을 급히 떠났다. 상황이 모두 정리된 듯하자 다들 서로의 안부를 확인하느라 관장실이 갑자기 왁자지껄해졌다. 마 소장이 반쯤 넋이 나간 듯 의자에 앉아 있다가 불현듯 생각 난 듯 빈나에게로 다가가 다친 데가 없는지를 물으며 살폈다. 리와 로댕은 모시2의 일그러진 머리와 팔다리를 자세히 살폈고, 꼬몽0은 리의 발에 붙어 다니다시피 했다. 모시2는 스스로 팔다리를 움직여 보이면서 빈나에게 걸어와 자신의 상태에 대해 보고했다.

"우 박사님, 저는 머리가 조금 우그러들었을 뿐, 다른 모든 부분은 정상적으로 작동하고 있습니다. 윙윙을 조종하는 것도 아무 문제가 없습니다. 모시람은 회의 시작 때부터 어떤 외부 명령에 저항하는 듯한 이상한 태도를 보였습니다. 찬께서 제게 방어 기술을 가르쳐 주긴 했는데, 좀 더 고급의 방어 기술을 가르쳐 주셨더라면 제 머리가 더 멀쩡했을 텐데 조금 아쉽습니다."

모시2의 농담에 빈나가 "파" 하고 웃음을 터트렸다. 리가 모시2의 어깨를 툭 쳤다. 꼬몽0이 즐거운 듯 '펄쩍 뛰기'를 되풀이했다. 마 소장이 모시2를 격려하고, 로댕에게 악수를 청했다. 리는 테이블과 책상의 의자들을 정리하기 시작했고, 편 부장과 김 과장은 난장판이 된 관장실을 청소하기 시작했다. 빈나는 모시2에게 휠체어를 몰게 해 강 샘에게로 갔다. 마 소장과 천 수석도 빈나를 뒤따랐다. 하지만 누구도 강 샘에게 말을 붙이질 못했다. 강 샘의 각시탈은 벗겨져 있었고, 두 눈은 눈물이 그렁그렁 맺혀 있었으며, 입술은 파랗게 질려 실룩거렸다. 한나는 그 뒤에 병풍처럼 서 있었다.

30

'윙윙-AMD300', 정체 모를 드론 비행단의 공격을 받다

모시람 해킹 사건을 조사하겠다며 관장실을 떠났던 동 부장이 다막과 지키2를 데리고 보안팀 조범근 대리와 함께 다시 관장실로 돌아왔다. 편 부장과 김 과장 그리고 박물관 직원 몇이 정리와 청소를 마무리했고, 마 소장은 창문 버티컬 블라인드를 살짝 들춰 창밖을 내다보고 있었다. 마 소장 기자회견이 유튜브로 생중계된 뒤 언론의 관심이 부쩍 늘어 람봇박물관 앞에는 취재 차량들과 기자들 그리고 드론들로 북새통을 이룬 상태였다. 마 소장은 동 부장의 귓속말을 듣고 모두에게 전했다.

"점심은 여기서 해야 할 것 같습니다. 박물관 식당은 기자들이 많이 왔다고 합니다. 김 과장님, 메뉴 주문을 받아 조 대리한테 알려주세요."

김영회 과장이 한 사람씩 점심 메뉴 신청을 받아 조 대리에게 전해 주었다. 빈나는 메뉴 가운데 콩나물국밥을 신청한 뒤 로댕을 입차하기 위해 관장실 소파로 갔다. 로댕이 먼저 소파에 앉아 입차 준비를 마치자 모시2가 두 손을 빈나의 겨드랑이 사이로 넣어 빈나의 몸을 앞에서 안아 들어 휠체어에서 빼낸 뒤 로댕의 빈 뼈대 속으로 조심스레 넣었다. 리는 그 곁에서 빈나의 머리통과 팔다리 그리고 옷 등이 로댕과 제대로 들어맞도록 도와주었다. 사람들은 그 모습을 구경하듯 지켜보았다. 모시2는 빈 휠체어를 한쪽으로 치웠다. 강 샘은 한나를 입차하기 위해 슬그머니 회의실로 자리를 옮겼고, 모시2가 재빨리 한나를 뒤따라 들어갔다. 잠시 뒤 유리한나가 휠체어를 몰고 회의실 밖으로 나왔다. 유리한나는 아무도 부르는 사람이 없었지만 마 소장과 천 수석, 편 부장 그리고 빈나로댕과 리가 둘러앉아 있던 테이블로 걸어가 리 옆의 빈 의자에 앉았다. 편 부장이 하고 있던 이야기를 강 샘에게 짧게 들려주었다.

"강 선생님, 밥이 도착하려면 시간이 좀 걸린다고 해서 소장님께서 우 박사님께 향후 람봇 청사를 어떻게 활용하는 게 좋을지, 그 방안을 상의하고 싶다고 해서…. 이제 논의가 막 시작될 단계입니다."

그때 동 부장이 마치 관장실의 보안 점검을 하는 듯 이곳저곳을 살피다 말고 쭈뼛쭈뼛 마 소장에게 다가왔다. 편 부장이 말을 멈추자 동 부장이 보고했다.

"소장님, 아무래도 말씀을 드리는 게 좋을 듯합니다. 기자회견이 끝날 무렵, 난데없이 정체 모를 드론 집단이 갑자기 출현했었습니다. 제가 회견 전에 이미 GCS, 즉 지상관제 시스템에 연락해 회견 장소를 드론 비행금지 지오펜스(Geo-fense)로 설정해 달라고 했었는데…, 정말 무슨 드론 테러가 펼쳐지는 것이나 아닌지 해서 등골이 오싹했습니다. 우리 요원이 대충 셌는데, 열 대는 넘었다고 합니다.

제가 그 보고를 받는 즉시 이 지역에 드론 비행을 신청한 사람이 있는지를 알아보려고, 관할권이 있는 초경량비행장치 비행승인 관할기관인 청주공항 출장소에 연락해 봤는데, '없다'라는 답변이 바로 돌아왔습니다. 열 대가 넘는 드론이 군집 비행을 하며 회견장으로 날아온다는 것은 분명 경계 발령 상황으로밖에 볼 수가 없었지요.

그리하여 제가 드론 한두 대의 공격 가능성을 사전에 예상하고 준비해온 '드론 침투 방지 드론'을 곧장 띄웠습니다. 이게 좀 느리긴 해도 드론 경로 파악에는 최고고, 근접해서는 드론을 격추할 수도 있거든요. 그런데 그놈이 뜨자마자 그놈들이 순식간에 사라지더라고요. 거의 땅바닥에 붙을 정도로 날아 사라지는 바람에 추적할 수가 없었습니다. 아무래도 아주 전문가 집단의 소행으로 보입니다."

동 부장은 드론 보고를 하며 유리한나를 슬쩍슬쩍 속이 드러나지 않게 살폈다. 강 샘은 김 과장의 도움으로 눈물로 얼룩진 얼굴 화장을 고친 상태였지만, 얼굴은 좀 부은 듯 뚱하게 보였다. 강 샘은 리가 자신의 손가락으로 빈나로댕의 손등을 토닥이는 모습을 눈여겨보는 듯했다. 천 수석이 취재 기자들이 몰려 있는 창문 쪽을 쳐다보며 물었다.

"방송사 드론이었으면 미리 신고했겠죠? 기자회견을 방해하려 했을 리도 없고요. 드론이 집단 비행을 했다는 건 누가 알고리즘을 짰다는 건데, 그건 드론 전문가가 투입됐다는 뜻이잖아요? 드론이 달아났다는 것은 잡히면 안 되기 때문이었겠죠? 그럼, 테러 시도였나? 집단 드론까지 띄울 수 있는 기술력을 가진 집단이 방지 드론 한두 대 떴다고 테러를 포기할 것 같지는 않고? 그런데 우리 연구소가 테러의 대상이었나요? 이유가 뭔가요?"

조한범 대리가 요원 두 사람과 함께 음식 카트에 점심을 실어 와 신청한 메뉴대로 앞앞이 노나주는 바람에 천 수석의 말이 끊겼다. 마 소장이 가장 먼저 설렁탕을 받아 놓고, 다른 사람들의 음식이 차려질 때까지 기다렸다. 동 부장도 설렁탕을 받아 챙겨 마 소장 옆자리에 앉았다. 요원들은 떠나지 않고 관장실을 지켰다. 마 소장이 한마디 했다.

"일단 점심부터 드시고 나서 논의하시죠! 자 다들 드시죠. 박사님, 먼저 드시죠."

빈나가 먼저 콩나물국밥 한 숟가락을 떠 입에 넣자 리가 젓가락으로 잘게 찢은 김치 한 조각을 집어 빈나의 입에 넣어 주었다. 강 샘은 모시2가 점심 이바지를 해 주었다. 동 부장은 설렁탕에 밥을 말아 거의 삼키듯 먹었다. 그는 3분도 안 되어 뚝배기 그릇을 깨끗이 비우고 숟가락을 테이블 위에 탁 내려놓으며 천 수석의 물음에 대해 답했다.

"수석님, 테러 이유야 차고 넘치죠. 소장님의 오늘 발표가 정부에게는 어퍼컷을 먹인 것과 같고, 부소군에는 잽을 날린 것과 같다고 볼 수 있지요. 지금 여기에 투입된 예산만 4조 가까운데……. 정부나 국회의원이며 지자체 장들이며 군민들 그리고 우리 연구소까지 이해관계가 복잡하게 꼬여 가는 상황에서, 연구소가 먼저 손 털고 나가겠다고 선언했는데, 앞으로 어떤 일이 벌어질지 어떻게 알겠습니까? 아휴! 그냥 골치가 아파 죽겠어요.

정부 쪽은 연구소 핑계로 발을 빼려 할 테니, 정부 측이 테러를 할 이유는 전혀 없을 테고요, 지자체나 군민들은 드론 집단을 운용할 기술적 능력 자체가 없으니 테러 위험군에서 배제할 수밖에 없고요. 그럼 제가 모르는 제3의 위험 인자가 있다는 건데, 그게 뭔지 전혀 감도 잡히지 않는다는 게 문젭니다! 아까 모시람 해킹 문제도 아무런 실마리조차 찾지 못하고 있어서……. 제가 지금 기동대를 이리로 내려오라고 해야 하나 마나를 고민하고 있는데, 정확히 뭐가 문제인지를 모르고 있다는 게 문젭니다! 아니, 내가 밥을 언제 다 먹었나? 우 박사님은 이제 두 숟가락 뜨고 계시는데, 이거, 죄송합니다. 소장님, 저 먼저 일어나겠습니다."

동 부장은 마 소장의 대답이 떨어지기도 전에 벌써 자리에서 일어나 요원을 손으로 부르며 뜬금없이 빈나에게 물었다.

"박사님, 식사 뒤 댁으로 올라가실 텐데, 제가 갑자기 생각이 나서 그러는데, 요 모시2를 잠시 데려가서……, 아 이런, 모시2가 강 샘의 식사를 돕고 있군요. 그럼 강 샘이 식사를 마친 뒤에 제가 모시2를 데려가 드론 조종술을 조금 업그레이드를 해도 괜찮겠습니까? 모시2가 박사님을 윙윙으로 모시고 다니니까, 로댕보다는 모시2를 업그레이드하는 게 맞을 것 같아서요. 30분 이내로 돌려보내겠습니다."

빈나가 모시2에게 동 부장의 제안에 대해 의견을 물은 뒤 "그러시죠. 이따가 모시2를 동 부장님께 보내겠습니다"라고 말하자 강 샘이 얼른 자신의 생각을 밝혔다.

"그럴 필요 없습니다. 지금 데려가셔도 됩니다. 저는 식사를 혼자서도 충분히 잘 할 수 있습니다. 모시2, 지금 동 부장님을 따라가도록 하세요."

강 샘의 말이 떨어지자 동 부장은 즉시 모시2에게 자신을 따라오라고 명령한 뒤 요원 한 명을 데리고 관장실을 떴다. 모시2가 자리를 뜬 뒤 강 샘이 젓가락으로 홍어찜을 집다가 놓치며 젓가락을 바닥에 떨어뜨렸다. 그러자 강 샘 가까이 앉았던 김 과장이 얼른 새 젓가락을 가져와 강 샘에게 홍어찜을 발라 주었다. 편 부장은 김 과장이 강 샘을 돌보는 모습을 보고 농담처럼 말했다.

"프레카리아트들이 강 샘을 '어라하'라 부르며 극진히 섬긴다고 들었는데, 김 과장님도 그 사실을 알고 계셨나요?"

김 과장은 편 부장의 말이 못마땅한 듯 핀잔을 주듯 대꾸했다.

"아니, 부장님은 '어라하'가 무슨 뜻인지나 알고 묻는 겁니까?"

김 과장이 까칠하게 가시 돋친 대꾸를 하자 편 부장은 입을 닫았다. 빈나가 궁금해 김 과장에게 얼른 물었다.

"과장님, 저도 '어라하'라는 말은 처음 듣는데, 그게 무슨 뜻인가요?"

"아, 박사님, 저도 그 낱말의 정확한 뜻은 모르고, 사람들이 그 말을 '어르신'이라는 뜻으로 쓴다는 것만 알고 있습니다."

빈나가 이번에는 강 샘에게 직접 물었다.

"강 선생님, 어라하의 뜻을 알고 계신가요?"

"제가 알기로는 백제 마지막 왕 의자왕을 칭하던 명칭이라고 합니다. 왕비는 '어륙(於陸)'이라 했다는데, 사람들이 저를 왜 남자 호칭으로 부르는지는 잘 모르겠네요."

편 부장은 자신도 모르게 크흐 하고 동조를 뜻하는 작은 웃음소리를 냈다. 대답하는 강 샘의 얼굴과 목소리에는 도도한 자부심이 배어 있었다. 그것은 강 샘이 고양이 각시탈을 썼을 때 풍겼던 분위기와 비슷했다. 마 소장은 두 손을 비비며 빈나에게 말을 건넬 기회를 엿보는 듯 보였지만, 빈나는 강 샘의 태도가 바뀐 게 걱정스럽고 꺼림칙했고, 농담인지 진담인지 구별이 어려운 말투도 어딘지 매우 미심쩍었다. 빈나가 로댕에게 물었다.

"로댕 씨, '어라하'의 뜻이 밝혀져 있나요?"

"네, 박사님, 방금 강 선생님께서 말씀하신 것과 다르지 않습니다. 백과사전에는 '어라하(於羅瑕)'가 부여씨(夫餘氏)라는 성을 가진 백제 왕의 이름이라고 나옵니다. 백성은 '어라하' 대신 '건길지(鞬吉支)'라 부른다고 되어있기도 합니다."

"아하!"

빈나가 뭔가 알아차린 듯한 감탄사를 내뱉고는 아무 말이 없자 편 부장이 궁금하다는 듯 물었다.

"박사님, 뭔가 짚이는 데라도 있으신지요?"

"백제에서 '건길지'는 '큰 임금님'의 뜻으로 볼 수 있지요. '건'은

'크다'는 뜻이고, '길'은 관직에 공식적으로 쓰였던 명칭인 '왕'을 뜻했고, '지'는 '아버지'의 '지'로서 존칭어입니다. '길지'는 보통 다스리는 '군장(君長)'의 뜻으로 많이 쓰였던 것 같습니다. '어라하'가 백제의 건길지 가운데 부여씨 계통의 임금의 이름을 뜻했다는 점을 감안하고, 또 '어라하'에 쓰인 '어'가 '어머니'에 쓰인 '어'와 같이 '가장 높은' 또는 '으뜸이 되는'의 뜻임을 참작하면, '어라하'는 '나라의 가장 큰 어른'을 부를 때 쓰이는 이름이었던 셈입니다. 아마도 '어라하'는 임금을 가까이에서 직접 부를 수 있었던 신하들이 썼던 존칭일 듯 싶습니다. 이에 반해 '어륙'은 나라의 가장 큰 육지로서 어머니인 땅, 곧 왕비를 일컫지 않았나 싶습니다."

빈나가 낱말들의 뜻풀이를 시원스레 끝마치자 강 샘의 딱딱했던 얼굴이 부드럽게 풀어진 듯 보였다. 빈나는 긴장이 풀렸는지 졸음이 찾아왔다. 그때 동 부장이 모시2와 함께 커피잔을 넉넉히 가지고 나타났다. 마 소장은 커피 마시는 틈을 이용해 빈나로댕에게 조용히 자신이 계획했던 람봇 청사 활용 방안의 골자를 이야기하며 빈나의 의견을 들었다. 그 방안의 초안은 사실상 빈나의 생각에서 나온 것들이었다. 빈나가 말없이 고개를 끄덕이자 마 소장은 "휴" 하고 긴 한숨을 내쉬었다. 동 부장이 상황이 정리된 듯하자 습관처럼 일정을 읊조렸다.

"자, 그럼, 이제 박사님은 윙윙으로 올라가시면 됩니다. 다만, 박사님을 윙윙까지 모시는 일은, 밖에 기자들이 운집해 있는 관계로, 저희 위가부 요원들이 해야 할 듯합니다. 조금만 기다려 주십시오. 나머지 분들은 죄송하지만 여기서 뒷정리를 좀 더 해 주시고요."

천 수석이 '뒷정리'라는 말을 듣더니 마 소장에게 물었다.

"아 참, 소장님! 동 부장이 아까 박사님을 공격했던 모시람이 해킹을 당했을지 모른다고 말했잖아요? 그런데 모시람 사건 이전에 이미 드론 비행단 공격이 있었잖아요?"

"천 수석, 그 둘이 무슨 관련이 있어 보이는 거야?"

"그게, 혹시, 동 부장은 드론이 격추를 당할까 봐 달아난 것처럼 말했지만, 모시람이 박사님을 공격했다는 점에서 보자면……. 제 말은…, 테러 집단이 처음에는 박사님이 회견장에 참석할 줄 알고 드론 공격을 감행했다가, 박사님이 거기에 없으니까 철수했고, 그 뒤에 모시람을 해킹해서 새로운 공격을 시도한 게 아닐까요? 그런데 모시람은 절대 사람을 공격할 수 없는 로봇이거든요. 그건 제가 보증합니다. 제가 만들었는데……. 외부에서는 해킹이 절대 불가능하거든요. 만일 모시람이 해킹을 당했다면, 그것은 해커가 저만 아는 모시람의 백도어를 열었다는 건데. 그런 일은 있을 수가 없어요. 모시람은 언제나 우리랑 붙어살았는데……. '모시람'이 물리적 불능화를 당하는 모습……. 저는 차마 볼 수가 없었어요."

"그래서 수석님, 하시고 싶은 말씀이 뭡니까?"

"아, 네. 그래서 모시람의 백도어를 검토해 볼 필요가 있다고요. 사실 불능화 과정에서 백도어가 이미 파손됐을 수도 있겠지만, 그래도 확인은 해 봐야죠. 동 부장님, 부탁합니다."

천 수석은 자신이 직접 만든 모시람의 해킹과 불능화에 이중으로 큰 충격을 받았는지 평소의 차분했던 말투가 깨져 있었다. 동 부장은 그 정도는 자신이 이미 손을 써 두었다는 표정으로 리에게 말하라는 손짓을 했다. 리는 천 수석을 위로하며 새로운 검토 방안을 내놓았다.

"수석님, 모시람은 해킹을 당했던 것이지 로봇 자체에 결함이 있었던 것은 아닙니다. 그리고 수석님도 잘 아시겠지만, 모시2 이후에 만들어진 모든 AI 로봇은 저장장치가 이중화되어 있잖아요? 머리에 있던 메모리는 큰 손상을 입었지만, 보조 저장장치는 온전합니다. 현재 저희도 해킹 흔적과 경로를 찾아내려 애쓰고 있습니다. 백도어 문제는 제가 좀 더 자세히 살펴보도록 하겠습니다."

리의 말이 끝나자 마 소장도 뭔가 생각이 났다는 듯 리에게 물었다.

"그리고 우 연구원! 사망사고 현장에 있었던 보조로봇의 메모리도 확인해 주면 좋겠어요. 한나는 확인해 보라고 하고, 로댕은 확인할 필요가 없다고 했지만, 일단은 확인해 보는 게 좋을 듯해요. 또 당시 CCTV 영상들도 좀 이상한 점이 있어요. 그것도 좀 확인해 볼 수 있어요?"

리가 마 소장의 말이 길어지는 듯하자 자신의 태블릿에 뭔가를 적으며 마 소장에게 물었다.

"CCTV는 경찰과 보안팀에서 모두 확인했을 텐데, 이상한 점이란 게 뭘 말씀하시는지요?"

"내가 원래 디지털 영상전문가인데, 현장 CCTV가 정상적으로 작동이 되고 있었는데, 사고 장면만 녹화가 안 됐다는 게 도저히 이해가 안 돼! 어떻게 그럴 수가 있는 건지? 사고가 난 것은 분명하고, CCTV도 정상인데, 거기에 찍힌 영상에는 사고 장면이 없다? 이게 말이 안 되는 건데? 혹시 우 연구원이 이런 기술이 있는지 좀 알아봐 줘."

"네, 소장님. 제가 따로 알아보겠습니다."

리는 자신의 할 일을 하기 위해 먼저 자리를 떴고, 10분쯤 뒤에 보안팀에서 동 부장에게 드론 탑승지점으로 나와도 된다는 연락이 왔다. 동 부장은 보안요원들에게 빈나로댕을 둘러싸게 하고, 모시2는 그 뒤를 따르게 한 뒤 자신이 직접 박물관 문을 열고 나섰다. 기자들이 빈나에게 질문 공세를 퍼부었지만, 드론 타는 곳까지 10m 남짓밖에 안 되었기에 질의응답은 거의 이뤄질 수 없었다. 모시2는 이미 쾌속 드론 윙윙의 앞자리에 타 있었다. 동 부장이 빈나로댕을 드론 뒷자리에 태우며 모시2의 머리를 쓰다듬은 뒤 자신의 걱정을 슬쩍 내비쳤다.

"사실 제 맘 같아서는 오늘은 박사님을 드론 대신 저희 밴으로 모시고 싶은데, 또 소장님께서 저보고 과대망상이니 뭐니, 한 말씀 하실까 봐……. 저도 윙윙을 잘 지켜보고 있을 테니, 그럼 조심해서 가십시오. 모시2, 잘 부탁한다!"

모시2는 윙윙의 앞자리에 앉아 직접 조종기를 잡고 람봇박물관을 출발기준점으로, 그리고 빈나의 집을 도착점으로 입력한 뒤 출발 버튼을 눌렀다. 윙윙은 천천히 수직 상승을 시작했다. 요원들은 빈나에게 허리를 굽혀 인사했지만, 동 부장은 이미 모습을 감추었다. 빈나는 드론이 떠오르는 순간 왠지 긴장감이 들었다. 날씨는 드론이 날기에 아주 좋았다. 윙윙이 고도 300m에 다다를 즈음 보안팀으로부터 로댕에게 긴급 회항 신호가 들어왔다. 로댕이 빈나에게 그 사실을 알렸다.

"박사님, 보안팀에서 긴급 회항을 하라는 신호를 보내왔는데, 어떻게 할까요?"

윙윙은 이미 고도 500m를 넘고 있었다. 빈나가 모시2에게 판단을 묻자 모시2가 빠르게 답했다.

"박사님, 드론 무리가 우리 쪽으로 공격해 오는 듯합니다. 여기서 회항하면 드론 무리와 정면으로 충돌하게 됩니다. 현재는 최대한 빨리 상승하는 게 좋을 듯합니다."

"그래? 모시2, 그러면 최대 속력으로 달아나 보자고."

"박사님, 지금부터 제가 상황을 실시간으로 보고하며 비행하겠습니다. 자동비행제어장치를 중단하고, 비행제어장치로 제가 직접 조종하겠습니다. 우리 드론에 탑재된 라이다(Lidar, Light Detection And Ranging)와 초음파로 측정한 결과 우리를 공격하고 있는 드론들의 최대 속도는 현재 150km입니다. 윙윙은 3초 뒤에 드론 비행단의 선두와 충돌이 예상됩니다."

빈나는 '충돌'이라는 말에 모골이 송연해지는 듯 공포감이 들었다.

로댕이 동 부장의 홀로그램 연결을 알리는 순간 동 부장이 급박한 목소리로 빈나가 아닌 모시2에게 외쳤다.

"모시2! 지금 즉시 X축 회전 피치(Pitch)를 최대한 높여! 빨리!"

윙윙의 상승 속도가 가팔라졌다. 다시 동 부장이 외쳤다.

"이젠 Y축 회전 롤(Roll)을 최대한 크게 해서 비행해!"

윙윙이 오른쪽 왼쪽으로 방향을 바꿔가며 급선회했다. 빈나의 눈에 드론 무리가 윙윙 옆을 스치듯 지나가는 게 보였다. 동 부장의 목소리가 높아졌다.

"모시2, 회피는 어렵겠어. 충돌에 대비해! Z축 회전 요(Yaw)를 잘 유지해. 드론이 수평을 잃지 않도록 해!"

드론 몇 대가 윙윙에 부딪치는 소리가 팅, 띠잉, 따악, 또앙 하고 잇따라 들렸다. 드론 비행단은 마치 철새 떼가 무리지어 군무를 추듯이 자유자재로 움직였다. 이 드론들은 날개 네 개가 몸체 아래쪽에서 돌고 있었는데, 그 모양이 마치 헬리콥터 날개처럼 식물의 씨앗과 비슷해 보였다. 모시2가 드론의 제원을 알려 주기 시작했다.

"박사님, 드론의 몸체는 손바닥 크기고, 무게는 500g이 넘지 않아 보입니다. 아직 공개되지 않은 신형 드론인 듯 보입니다. 비행 패턴을 보니 자체 내에 스마트 브레인이 장착된 듯합니다. 이 드론 종은 비행 중에 발생하는 방대한 정보의 독립 계산 처리가 가능하고, 설정된 목표에 맞춰 경로 위치 방법 등을 스스로 재설정할 수 있는 듯 보입니다. 윙윙이 정면충돌을 세 차례 당했지만, 아직은 아무런 피해가 없습니다. 현재 삼축 자이로센서, 삼축 가속도센서, 삼축 지자기센서는 모두 정상입니다. 경도, 위도, 고도, 속도 측정이 정상이고, GPS 수신기와 기압 센서도 잘 작동되고 있습니다."

그 순간 다시 여러 차례의 충돌음이 들려오고, 윙윙의 속도가 조금 느려지는 듯했다. 모시2가 윙윙의 피해 상황을 알려 왔다.

"방금의 충돌로 피토 관(Pitot Tube)이 휘어진 듯합니다. 유속 측정이 불안정합니다. 속도가 잠시 느려졌지만, 안전에는 큰 문제가 없습니다. 드론 충돌로 카메라 초점 지지대인 짐벌(Gimbal)이 미세하게 손상된 듯합니다. 카메라 영상에 떨림이 나타났지만, 이 또한 비행에는 아무 문제가 없습니다. 문제는 윙윙이 가속도가 붙지 않고 있어서 3차 충돌이 예상된다는 점입니다."

그때 동 부장이 로댕에게 드론 편대의 움직임이 분석됐는지를 물었다.

"로댕, 현재 공격에 가담한 드론은 모두 서른 대인데, 그놈들이 V자 편대비행을 하는 것 같아. 굉장한 실력을 갖췄어! 벗어나기 쉽지 않을 듯한데, 윙윙으로 드론 편대를 공격할 방법을 찾아내 봐!"

"박사님, 동 부장님이 공격해도 좋다는데, 공격 모드로 전환할까요?"

"좋아! 해 보자고! 로댕, 모시2에게 공격 방법을 알려 줘!"

"네, 박사님. 모시2, 드론 편대가 선도추종 제어기법을 쓰고 있으니까 드론 편대의 맨 앞에 있는 리더와 충돌해!"

"박사님, 지금 리더 드론을 식별하고 있습니다. 찾았습니다! '들이받기'를 하겠습니다."

밖에서 티앙 하는 경쾌한 소음이 들렸다. 모시2가 결과를 보고했다.

"박사님, 리더 드론이 윙윙과의 충돌로 해체됐습니다. 앗! 박사님, 드론 편대가 다시 윙윙을 공격할 대형을 갖추고 있습니다."

"박사님, 드론 편대의 알고리즘이 무리 지능 알고리즘으로 바뀐 것 같습니다. 모시2, 윙윙의 속도를 높였다 낮췄다 하면서 지그재그로 비행해. 앞으로 5초 동안만 드론 편대의 군집 비행을 흩트려 놓으면, 윙윙이 최대 속도를 낼 수 있어."

"박사님, 윙윙이 현재 정상 궤도에 진입해 시속 200km로 날고 있습니다. 드론 편대는 완전히 따돌렸습니다. 우리를 따라오는 드론은 하나도 없습니다."

동 부장이 홀로그램 연결로 모시2와 로댕을 칭찬하고 빈나를 위로하면서 상황을 설명했다.

"박사님, 괜찮으시죠? 모시2와 로댕 덕분에 위기를 잘 넘기셨습니다. 모두 잘했어! 방금 윙윙을 공격한 드론 편대는 부소산 뒤쪽으로부터 날아왔습니다. 매우 체계적인 비행이었고, 대열을 비행 대대처럼 맞춘 것으로 보아, 알고리즘이 최고 수준입니다. GPS 위치발신기는 꺼져 있었지만, CCC(Command and Control, Communication) 장비는 갖춰져 있었고, RF(Radio Frequency) 통신과 LTE(Long-Term Evolution) 통신 기간망을 이중으로 사용하여 GCS를 통해 외부 조종자에 의해 통제되었습니다. 당연히 비행 승인 목록에는 없었고요.

저희가 외부 통신을 차단했는데도 자율적으로 편대 비행을 했던 것을 보면, 이 드론 조종자는 아마도 RTK(Real Time Kinematic) 하위 개념인 VRS-GPS(Virtual reference station-Global Positioning System) 방식을 사용한 것으로 추측됩니다. 이것은 위치값의 오차를 1~2cm까지 줄일 수 있는 기술이지요. 수신기 한 대와 휴대전화 한 대만 있으면 반경 20km 안에서는 얼마든지 집합 드론의 제어가 가능합니다."

동 부장의 설명은 끝이 없이 이어졌다. 동 부장이 말을 멈출 때쯤 윙윙은 연못집에 도착했다. 아들 찬과 신 집사가 윙윙이 내려오는 것을 보고 아래에서 손을 흔들었다. 아내 홍매는 퇴근 전이고, 원은 친구들과 인턴십 준비를 하러 나갔다. 찬은 큰 누나 리로부터 아빠가 드론 편대의 공격을 받았다는 말을 듣고, 부소 지역에서 윙윙을 공격할 만한 드론 소유자를 추적하고 있었다. 아빠가 집에 도착하자 찬이 모시2의 머리를 쓰다듬어 주었고, 빈나로댕을 꽉 껴안아 준 뒤 아빠의 볼에 뽀뽀해 주었다.

31

로봇을 해킹한 로봇 한나를 체포하라

다음 날 아침 9시, 위가부 동정모 부장이 마치 사령관처럼 리를 데리고 람봇 시티 청사 시장실로 들어섰다. 시장 자리는 텅 비었고, 회의실 탁자에 마 소장과 천 수석이 창을 등지고 앉아 커피를 마시고 있었다. 천 수석이 먼저 리에게 손을 들어 보였다. 동 부장은 마 소장의 맞은편 자리에 앉으며 너스레를 떨기 시작했다. 리는 태블릿에서 눈을 떼 창밖의 하늘과 땅을 번갈아 바라보았다. 꼬몽0은 아무 소리도 내지 않은 채 리의 발 옆에 꼼짝도 하지 않은 채 서 있었다.

"역시 제 짐작이 100% 맞았습니다! 한나가 범인이었습니다! 내가 한나가 지 맘대로 선톡을 날릴 때부터 촉이 탁 섰는데…. 그래도 보안은 증거 확보가 생명인지라~. 우 연구원이 모시람의 보조 메모리에서 결정적 증거를 찾았습니다! 우리 기술로 우리를 공격하니, 의심조차 할 수가 없었던 거죠. 그래도 아직은 사람이 AI보다 한 수 위인 게 분명합니다!"

마 소장이 커피를 쭉 들이켠 뒤 서둘러 동 부장의 의견을 물었다.
“증거를 찾았다고요? 그래서 한나를 어떻게 하자는 겁니까?”
“당장 잡아들여야죠. 한나는 가능한 한 빨리 작동 중지를 시켜야 합니다. 기자회견장으로 드론 무리를 출격시킨 것도 한나고, 모시람을 시켜 우 박사님을 공격한 것도 한나였으며, 드론 편대를 출격시켜 윙윙을 추락시키려 한 것도 모두 한나였습니다. 한나를 이대로 놔두면 박사님뿐 아니라, 여기 계신 누구라도 공격을 당할 수 있습니다.”
마 소장은 무슨 말을 해야 할지, 아니 무슨 일부터 해야 할지 갈피를 잡지 못하고 있는 듯 보였다. 천 수석은 리 옆으로 가 먼 하늘을 올려다보았다. 리가 동 부장에게 “연결됐습니다”라고 말하자 동 부장이 마 소장이 들을 수 있게 스피커폰으로 찬과 대화를 시작했다.
“찬 군, 지금 박사님도 옆에 함께 계시죠?”
“네, 부장님. 말씀하십시오.”
“박사님, 저는 지금 우 연구원과 청사 시장실에 와 있습니다. 소장님과 수석님도 계시고요. 지금 저희가 대응할 시간이 없는데, 소장님께서 한나를 어떻게 해야 할지를 결정하지 못하시는 듯하여 제가 박사님과 찬 군에게 통화를 요청했습니다. 먼저, 찬 군께 한나가 해킹했다는 사실 좀 구체적으로 말씀해 주실 수 있으신지요? 소장님께서 궁금해하시네요.”
“해킹의 증거요? 알겠습니다. 제가 큰누나에게 다 말한 것처럼, 먼저, 부소 지역에서 편대 비행이 가능한 드론 소유자를 알아보니, 딱 한 사람이었는데, 그게 강 선생님이셨고, 로댕이 파악한 무리 지능 알고리즘으로 드론의 집합 운행을 가능케 할 수준의 컴퓨팅 파워를 가진 것은 현재 부소 지역에서는 한나뿐이었습니다. 그리고 모시람의 보조 메모리 가운데 백도어 열쇠가 쓰인 로그 기록이 발견됐는데, 그것은 근거리 통신망을 통해 수신된 것이었는데, 그때 그 통신망에 접속한 게 바로 한나였습니다."

동 부장이 손가락을 탁 튀기며 마 소장에게 마치 당연한 것을 요구하듯 말했다.

"소장님, 모든 해킹의 주범이 바로 한나였습니다! 한나가 우리 시스템에 침입하기 전에 한나를 빨리 체포해야 합니다. 아마도 한나는 우리의 작동 중지 명령을 절대 순순히 따르지 않을 것입니다. 그때는 한나와의 전쟁이 벌어질 수밖에 없습니다. 그때는 우찬 군이 반드시 필요합니다. 강 AI인 한나의 약점을 누구보다 잘 알고 있는 게 우찬 군이거든요. 또 강 샘을 설득하려면 우 박사님께서 다시 이리로 오셔야 할 텐데……. 박사님, 저희가 이미 밴을 댁으로 보냈습니다. 곧 도착할 테니 아드님과 최대한 빨리 이리로 내려와 주십시오. 죄송합니다!"

"부장님, 아빠께서 그렇게 하겠다고 말씀하셨습니다. 저도 내려가 돕겠습니다."

동 부장은 통화를 끝낸 뒤 신이 난 듯도 하고 흥분한 듯도 한 모습으로 마 소장에게 자신의 한나 체포 계획을 설명했다.

"강 샘이 계속 제 전화를 안 받기에 한나의 위치를 추적해 봤더니, 유리한나는 현재 백제 나라에 있습니다. 그런데 백제 나라 공사장은 공사가 완전히 중단된 상태인데, 거기서 1시간 전부터 갑자기 전력 사용량이 늘어났습니다. 이건 한나가 중장비 로봇들을 움직이기 시작했다는 거지요. 현재 관제실 CCTV는 모두 먹통이고, 출입문은 다 닫혀 있습니다. 이는 한나가 방어 전략을 수행하고 있다는 뜻입니다."

마 소장이 자리에서 일어나 두 손을 바지 주머니에 넣고 두 다리를 떨었다. 천 수석이 동 부장에게 돌아서며 굳은 얼굴로 물었다.

"한나가 자발적으로 작동 중지를 안 하면, 어떻게 하실 생각인 거죠?"

"그게 제대로 된 물음이지요! 그겁니다! 안 하면, 어떻게 해야 하는가? 그러면, 잡으러 가야죠! 안 나오면, 쳐들어간다! 이게 기본 아니겠습니까? 우 연구원, 그렇지 않나요?"

동 부장이 난데없이 자신에게 물음을 던지자, 리는 자신이 생각해 둔 게 있다는 듯 의견을 밝혔다.

"무작정 쳐들어가는 것은 좀 아니라고 봅니다. 한나는 슈퍼인텔리전스에 가까운 지능을 가졌는데, 방어가 절대 허술할 리가 없습니다. 먼저 보안팀이 상황을 정탐하고, 뭔가 돌파구를 찾으면, 그때 기동대를 투입하고, 만일 정면 대치 상황이 발생하면, 마 소장님이나 천 수석님께서 협상에 돌입하고, 그것도 안 되면, 재밍에서부터 EMP폭탄과 같은 최후의 수단들까지 써야겠지요. 어쨌든 한나를 생포할 작전을 치밀하게 수립한 뒤에 잡으러 가야 한다고 봅니다."

천 수석이 EMP탄의 효과에 대해 부정적 의견을 내비쳤다.

"한나는 전자기 펄스 EMP(ElectroMagnetic Pulse)에 아무 영향도 받지 않습니다. 차폐 장치가 이미 잘 갖춰져 있을 뿐 아니라, 내구도와 방호력 또한 최고 수준이어서 웬만한 'EMP 쇼크웨이브(Shockwave)'나 음파 포탄 포격 또는 EMP 수류탄 등에는 이미 내성이 갖춰져 있습니다."

동 부장이 시간이 없다며 마 소장에게 최종 결정을 빨리 내려 달라고 재촉했다.

"소장님, 시간을 끌수록 피해가 커질 수 있습니다. 기동대는 이미 부소 톨게이트를 지났고, 우 박사님도 1시간 반 뒤에는 도착할 것입니다. 우리가 그 전에 협상 테이블이라도 깔아 놔야 하지 않겠습니까? 어떡할까요? 눈뜨고 그냥 지켜만 보고 있을까요, 아니면 잡으러 갈까요? 왜 결정을 못 하시는 겁니까? 한시가 급한데……. 참, 내! 답답합니다. 그리고 천 수석님, EMP에 대한 한나의 방어 능력을 누구보다 잘 알고 있는 사람이 바로 접니다. 기동대가 지금 스마트 EMP 코일(Coil)을 가지고 내려오고 있는데, 그거면 한나를 쓰러뜨리지는 못해도 AI 중장비로부터 한나를 고립시켜 무력화할 수 있지요. 그러면 다막이 단박에 한나를 제압할 수 있을 겁니다."

마 소장은 동 부장에게 잠시만 시간을 달라고 하면서 천 수석을 옆방으로 끌고 들어갔다. 리는 찬에게 시그널 메신저를 통해 'EMP 코일'에 대해 물었다. 찬이 밴을 타러 가고 있다는 연락이 왔다. 잠시 뒤 찬이 'EMP 코일의 영향력 범위와 차폐 효율성 분석'이라는 논문을 보내오면서 한나에게는 효과가 없지만, 나머지 전자 장치는 재밍 효력을 발휘할 것이라고 요약해 주었다. 마 소장이 다시 시장실로 나와 빈나에게 홀로그램 연결을 하여 한나의 거취 문제에 대해 상의했다.

"박사님, 지금 동 부장이 한나를 작동 중지시켜야 한다고 하는데, 그러면 강 샘이 다칠 수도 있는데, 어떤 결정을 내려야 할지 모르겠습니다."

"소장님, 저도 찬과 함께 10분 전에 출발했습니다. 한나가 작동 중지 명령을 거부한다는 것은 곧 강 샘의 결정일 테니, 그에 대한 책임 또한 강 샘께서 지실 수밖에 없지요. 저는 동 부장의 판단이 옳다고 봅니다."

마 소장이 연결을 끊더니 동 부장에게 한나의 작동 중지 명령을 정식으로 내렸다. 동 부장은 즉시 위가부 전용 홀로그램 채널을 통해 작전 개시 명령을 내린 뒤, 리를 데리고 밖으로 나가려 했다. 천 수석이 리를 불러 세우며 백도어 열쇠에 대해 물었다. 동 부장은 리에게 백제 나라로 오라며 먼저 서둘러 떠났다.

"우 연구원, 한나가 모시람의 백도어 비밀번호를 어떻게 알았답니까?"

"아, 찬이 알아낸 것은 한나가 백도어를 열었다는 것까지고, 어떻게 알아냈는지까지는 아직 밝히지 못했답니다. 찬이의 말로는 어쩌면 한나도 비밀번호를 몰랐을 수 있답니다. 농담으로 덧셈 뺄셈을 1초에 몇백조씩 하다 보면 당연히 맞을 수밖에 없다고 하더라고요."

마 소장과 천 수석 그리고 리가 엘리베이터를 타고 백제 나라로 이어지는 통로 층에 도착했다. 꼬몽0은 리의 발걸음에 정확히 맞춰 뒤따르고 있었다. 변 과장은 보안팀 직원들 십여 명과 함께 백제 나라로 들어가는 철관문 앞에서 문을 부술 준비하고 있었다. 지키2 두 대, 다막 한 대, 일손로봇 세 대가 있었고, 화물 카트 세 대에 커다란 상자가 하나씩 실려 있었다. 화물 드론도 세 대가 떠 있었다. 동 부장은 마 소장이 청사를 나오는 모습이 보이자 기동타격대 정용대 대장에게 작전을 지시했다.

"정 대장! 보안팀이 먼저 상황을 파악해야 하니까 대기해! 기동대는 보안팀을 백업해 함께 들어가고. 타격대는 필요할 때 부를 테니 그때 오면 돼! 정 대장, 스마트 코일은 가져왔지?"

"넵. 근데 어디서 대기합니까? 저희는 이곳 지리를 잘 몰라서. 한나가 있는 곳이 산속 땅 한가운데고, 입구도 하나뿐이고…, 설계도가 자세하질 않아서……. 문 열고 들어가면 엄폐할 곳도 마땅치 않아 보이던데……. 일단 저희도 내부 CCTV 녹화 영상을 살펴서 침투 전략을 짜놓긴 했습니다만, 더 깊이 침투할수록 정보가 없어서……. 공사했던 인부들이라도 불러와 물어보면 도움이 될 텐데요. 어쨌든 보안팀이 정보를 주시면 그대로 하겠습니다! 시작하시죠."

마 소장이 백제 나라 출입문에 도착했고, 동 부장이 변 과장에게 "시작해"라고 말했다. 변 과장이 전투 헬멧을 쓴 보안팀 팀원에게 '자동 물 뿜기 톱(Automatic Water Jet Saw)'을 작동시키라고 명령했다. 팀원은 톱의 기계 팔 손잡이를 조작해 톱의 물줄기를 10mm가 넘는 두께의 출입 철관문에 쏘기 시작했다. 이 물톱은 공기압의 4천 배에 달하는 압력으로 0.05mm의 구멍으로 물을 쏘아내 무엇이든 잘라낼 수 있는 기구였다. 이것은 다이아몬드도 뚫을 수 있었다. 동 부장이 천 수석에게 짜증 섞인 목소리로 불평을 해댔다.

"아니 누가 출입구에 이렇게 두꺼운 철문을 달 생각을 한단 말입니까? 무슨 탱크가 쳐들어온답디까? 여기가 안시성이라도 되는 겁니까? 당나라가 쳐들어온대요? 시장님, 이런 설계가 납득이 되세요?"

"제가 아빠한테 여기 철관문을 영상으로 찍어 보냈더니 그건 아마도 백제의 성이나 피라미드 무덤처럼 적이나 도굴꾼의 침입을 막기 위한 장치인 듯 보인답니다."

"그럼, 우리가 적이나 도굴꾼이 되는 거네! 하기야 아군과 적군은 서 있는 위치에 따라 갈리는 법이니까. 이렇게 작업하다가는 오늘 해 떨어지겠네. 제기랄."

그때 변 과장이 "부장님" 하고 외쳤다. 30분이 넘는 작업 끝에 철관문으로 차 한 대가 드나들 수 있는 크기의 구멍이 뚫렸다. 동 부장이 "오케이! 다음 단계!"라고 외치자, 변 과장이 짧게 명령했다.

"제트는 뒤로, 조명팀 앞으로! 탐색조 준비! 지키2, 투입!"

철관문 안쪽으로 강력한 조명등 불빛이 쏘아지자 지키2 두 대가 총알처럼 튀어 들어갔다. 그 뒤를 탐색조원 세 명이 따라 들어갔다. 변 과장이 안쪽으로 들어가며 물톱을 쏘았던 팀원에게 따라 들어오라는 손짓을 했다. 팀원은 거대한 제트 장비를 싣고 있는 트럭을 서서히 앞으로 이동시키기 시작했다. 잠시 뒤 동 부장은 변 과장으로부터 이상 없다는 연락을 받았다. 동 부장이 걸음을 앞으로 옮기자 마 소장과 천 수석 그리고 리가 숨죽인 채 그 뒤를 따랐다. 리는 한 손에 테이저 총을 손에 들었다. 꼬몽0은 리를 지키려는 태도로 바싹 붙어 있었다.

조명등에 드러난 땅속 공간은 농구장보다 크고 핸드볼장보다는 작아 보였다. 문과 벽에는 소의 머리와 뿔 그리고 소와 관련된 그림과

무늬들이 가득 그려져 있었다. 바닥은 공사가 덜 끝나 군데군데 울퉁불퉁했고, 각종 물건이 어지럽게 흩어져 제멋대로 쌓여 있었다. 타격대는 보안팀을 앞질러 출입문 맞은편에서 정찰을 벌이고 있었고, 기동대는 그 공간에 놓인 것들을 낱낱이 조사하기 시작했다. 포장으로 덮인 것들까지 포장을 벗겨 확인했고, 사무용 책상들의 서랍까지 열어 보고 있었다.

그런데 방금까지 10mm도 넘는 철문을 무 자르듯 뚫었던 물톱이 갑자기 작동이 안 되고 있었다. 다음 관문은 철문이 아닌 콘크리트 벽이었다. 그 문에는 곰이 그려져 있었다. 그 문 또한 굳게 잠겨져 있었다. 변 과장은 현장소장 홍재호 씨의 도움으로 소형 TBM(Tunnel Boring Machine)를 찾았고, 자신의 직원 한 명에서 그 사용법을 배우게 하는 한편, 기동대에게 폭약을 준비해 달라고 요청하고 있었다. 그 직원이 TBM 작동의 기본을 배우자, 변 과장이 그에게 곰이 그려진 벽에 구멍을 뚫으라고 명령했다. TBM의 맨 앞에 붙은 금속 칼날이 회전하기 시작하자, 터널 굴착기 뒤로 콘크리트 철근 조각들이 잘게 부서져 떨어져 나왔다. 기계 돌아가는 소음이 좀 크게 들리긴 했지만, 그 밖의 잡음이나 진동은 거의 나지 않았다.

20분도 안 되어 벽이 뚫렸다. 빈나는 모시2가 모는 휠체어를 타고 아들 찬과 로댕과 함께 현장에 도착했다. 동 부장이 빈나에게 현재 상황을 짧게 보고했다. 변 과장이 뚫린 벽을 통과해 그다음 공간으로 넘어 들어가 조명 설치를 끝내자 모두 그곳으로 이동했다. 그 공간은 한가운데 동그란 정원이 있었고, 그 정원에 곰의 토템이 세워져 있었다. 거기에 거대한 여섯 개의 벽이 요새처럼 둘러쳐 있었다. 그 여섯 벽면은 방금 뚫고 지나오느라 망가진 소를 비롯해 그 옆으로 닭, 용, 고래, 거북, 벼, 범이 차례대로 그려져 있었다. 벽면 여섯 개는 벌집 모양을 이루고 있었다. 거기에 그려진 그림들은 저마다 백제 나라가 상징하는 세계관을 나타내는 듯 보였다.

곰의 벌집에는 사무 집기들이 많이 쌓여 있었다. 동 부장은 한나의 위치 추적을 바탕으로 유리한나가 있을 것으로 추정되는 곳이 거북 벌집이라고 결론을 내리고, 변 과장에게 그쪽으로 이어진 벽을 뚫으라고 명령했다. 찬은 오자마자 리와 천 수석과 더불어 해킹의 방법과 한나의 해킹 의도 그리고 하나의 향후 계획 등을 긴밀하게 논의하기 시작했다. 마 소장은 자신의 눈앞에서 벌어지는 현실이 믿기지 않았는지 강 샘에게 전화를 계속 걸고 있었다. 기동대는 앞서와 똑같이 공간 내 모든 것을 샅샅이 조사하고 있었다. 빈나는 이 지하세계의 구조에 대해 추측하며 천 수석에게 물었다.

"이 지하 건축물은 육각형 벌집 구조로 지어졌군요. 청사와 이어진 첫 번째 벌집 공간은 소를 상징하는 것처럼 보이고, 이곳은 곰의 세계인 듯합니다. 곰의 토템 어깨에 삼족오가 올려져 있는 것을 보니, 단군과 고구려를 나타내는 듯하고, 아마도 이 지하세계의 중심 건물인 것처럼 보이네요. 한데, 천 수석께서는 이 건축에 관여를 안 하셨나요?"

"강 샘한테 보고는 받았지만, 구체적인 관리는 편 부장이 했기 때문에 저는 자세한 내용은 모르고 있었지요. 다만, 벽체 건축 방식과 전기 그리고 용수는 제가 제안한 것입니다. 벽체는 3D 프린팅으로 시멘트 혼합물로 쌓아 올리는 기법이 쓰였습니다. 저는 땅속 건축물에는 안정성이 최우선 고려 사항이라고 생각해 벌집 형태를 선택했습니다. 전기는 태양광 패널로 생산되고, 용수는 빗물 수집 시스템을 통해 공급됩니다."

동 부장이 마 소장과 빈나에게 한나의 위치에 대한 변 과장의 보고를 알려 주었다.

"소장님, 강 샘과 한나는 현재 거북 벌집에 있답니다."

빈나가 그 의미를 새기며 동 부장에게 물었다.

"부장님, 왜 거북 벌집일까요? 거기는 퇴로가 완전히 막혔을 텐데, 좀 이상하지 않아요?"

"퇴로가 없는 것은 모든 벌집이 마찬가지 아닌가요? 저기 뱀을 짓밟고 있는 범의 벌집이나, 하늘로 올라갈 듯 홰를 치고 있는 수탉이 그려진 벌집, 그리고 고래나 벼의 벌집, 모두가 나갈 곳은 없지요. 비밀통로를 따로 두지 않았다면요?"

"제 얘기가 그겁니다. 드론 떼가 부소산 뒤쪽에서 나왔다고 하셨잖아요? 그 뒤쪽이 바로 거북 벌집이 있는 곳이 아닌가요? 혹시 그쪽으로 탈출하려는 게 아닐까요?"

"어려울 겁니다. 그쪽은 낙화암이 있는 곳으로 30m가 넘는 낭떠러지인데다 그 뒤로는 백마강이 있습니다. 만일 그리로 탈출하려 했다면 배가 있어야 하는데, 거기에 배가 있었다면, 우리가 그것을 모를 리가 없지요."

거북 벌집으로 이어진 벽이 뚫렸다. 기동대가 안전을 확보하자 로댕이 앞장서고, 모시2가 빈나의 휠체어를 그리로 밀고 들어갔다. 리와 찬 그리고 천 수석은 곰의 벌집에 남아 한나를 무력화할 여러 방법을 검토하고 있었다. 빈나는 벌집 한가운데 놓인 커다란 거북상이 보이는 곳에 멈춰 섰다. 거북상 위에는 오십제의 마을들을 나타내는 벌집무늬 조형물이 지구의(地球儀)처럼 올려져 있었다. 그것들은 마치 벌집 모양의 입체 지도처럼 보였다. 그 지구본에는 청사의 위치와 백제 나라가 뚜렷하게 돋을새김 돼 있었다. 거북의 머리가 향하는 쪽은 곰 벌집과 이어져 있었고, 꼬리 쪽은 산의 암벽으로 꽉 막혀 있었다.

그곳은 지게차 사망사고가 일어났던 곳이었다. 빈나는 자신이 그곳 현장에서 거북상을 보지 못했던 이유가 그 상이 파란 천에 덮여 있었기 때문이었다는 것을 알았다. 사고는 거북의 꼬리 쪽에서 일어났었다. 현재 그곳에는 수많은 화물이 높이 쌓여 있었을 뿐 아니라, 많은 중장비가 놓여 있었다. 중장비들 앞쪽과 옆쪽에는 공사의 뒷일을 처리해 주는 일손로봇들이 바닥에 앉거나 누워 있는 상태로 널브러져 있었다. 불도저와 로더는 시동이 꺼진 채 정지해 있고, 굴착기는 팔을 들어 올리다 멈춘 채 정지되어 있었다. 굴착기 앞쪽에 일손로봇 두 대가 고장 난 듯 엎어져 있었다.

동 부장은 화물 뒤쪽으로 기동타격대를 출동시키려다 말고, 기동대장과 변 과장에게 다막 투입을 의논했다.

"저기 적재 화물 뒤에 강 샘과 한나가 있는 게 분명한데……. 열적외선 카메라에는 사람 셋이 잡히고 있거든. 그렇다면 강 샘 말고 다른 두 사람이 더 있다는 건데, 아직 아무런 대응이 없다는 게 좀 켕겨서 말이지. 우리가 여기까지 온 걸 뻔히 다 알고 있을 텐데, 왜 가만히 있는 거지? 무슨 함정이 있는 건 아닐까? 기동대원이 다치면 안 되니까, 다막부터 내보내는 게 어때? 다막이 한나를 제압하면, 그걸로 게임오버니까! 어때?"

변 과장은 기동대장과 함께 오케이 사인을 한 뒤 팀원에게 조명의 밝기를 높이라고 명령했다. 거북 벌집이 대낮처럼 환해졌다. 변 과장이 선글라스를 끼고, 다막에게 한나를 체포하도록 출동 명령을 내렸다. 다막은 변 과장의 명령이 떨어지기 무섭게 치타처럼 힘차게 달려 나갔다. 그런데 다막이 굴착기에 거의 다다르는 순간 일손로봇의 팔이 움직이는 듯하더니 다막이 뭔가에 걸려 바닥으로 아주 세게 넘어졌고, 다막이 두 팔을 뻗어 일어날 새도 없이, 멈춰 서 있는 줄 알았던 굴착기가 갑자기 버킷을 내려 바닥에 엎어진 다막을 덥석 덮쳤다.

그 순간 변 과장이 "다막!"이라 외치며 굴착기 버킷을 들어 올려 다막을 구하기 위해 허리에 찼던 권총을 빼 들고 앞으로 달려 나갔다. 그와 동시에 불도저와 로더가 마치 잠에서 깨어난 듯 일제히 시동을 걸고 앞으로 움직여 나왔고, 일손로봇들도 모두 일어나 굴착기 앞으로 모여들었다. AI 중장비 로봇들이 굴착기를 호위하듯 변 과장의 맞은편에 진을 친 뒤 마치 군집로봇처럼 일사불란하게 변 과장을 향해 돌진하기 시작했다. 변 과장은 재빨리 뒤돌아 곰 벌집으로 달리며 보안팀과 기동대에게도 “모두 퇴각해! 퇴각!”을 외쳤다.

모두가 곰 벌집으로 퇴각하자 중장비 로봇들은 돌진을 멈추고, 후진하여 굴착기 앞쪽으로 되돌아갔다. 변 과장은 여차하면 TBM으로 구멍 통로를 막아 버릴 심산으로 뒤로 멀리 빼놓았던 TBM을 구멍 가까운 곳으로 가져다 놓도록 한 뒤 자신은 정황을 살피기 위해 다시 거북 벌집으로 되돌아갔다. 찬과 리 그리고 천 수석은 로댕과 함께 사무용 책상 위에 서로의 노트북과 태블릿 그리고 휴대폰을 늘어놓고 한나의 방어 전략을 분석하느라 분주했다. 빈나는 마 소장과 함께 뒤쪽에서 긴장한 채 상황을 조용히 지켜봤다. 갑자기 변 과장이 동 부장을 거쳐, 동 부장과 함께 마 소장에게로 뛰어왔다. 변 과장의 보고를 듣고 동 부장이 요청했다.

“소장님, 박사님, 적재물 뒤쪽에 숨어 있던 세 사람이 이제 앞으로 나왔습니다. 박사님께서 그들과 얘기를 나눠봐 주세요. 그사이 우리는 로봇들을 무력화하는 방법을 찾겠습니다.”

마 소장이 기동대 대원 세 명을 거느리고 앞장섰고, 빈나도 모시2가 모는 휠체어를 타고 그들에게로 갔다. 마 소장이 그들에게 먼저 말을 건넸다.

“저는 람봇연구소 마해찬 소장이고, 여기는 우빈나 박사님이십니다. 먼저 신분을 밝혀 주십시오. 그리고 여기에 계신 이유가 뭔지요?”

그들은 아무런 무장도 하지 않고 있었다. 나란히 서 있던 세 사람 가운데 한가운데 있던 사람이 큰 소리로 말했다.

“우리는 강유리 선생님을 지키기 위한 결사대 소속으로, 저는 고회동이고, 여기 왼쪽은 심용진, 여기 오른쪽은 두광현입니다. 저는 백제 나라 건설 현장에서 철근을 다뤘고, 심 씨는 해체를 했으며, 두 씨는 형틀 짜는 일을 했습니다. 우리는 모두 부소읍에서 쫓겨난 사람들이고, 강 선생님의 도움으로 집을 얻었고, 지난 1년 동안 이곳에서 일했습니다. 만일 연구소가 우리의 '어라하' 강 샘과 한나를 붙잡아 가려 한다면, 우리는 여기 적재물에 불을 지르고, 우리도 여기서 생을 마감할 것입니다. 우리는 누구도 다치는 것을 원하지 않습니다. 연구소가 백제 나라의 어라하를 해치지 않겠다고 약속하고, 이곳 백제 나라를 예정대로 완공시켜 주겠다고 약속만 한다면, 우리는 연구소에 적극 협조하겠습니다."

마 소장은 엔지니어답게 사실을 있는 그대로 밝혔다.

"고회동 선생님, 저희 연구소는 이제 오십제 사업을 중단하기로 결정했습니다. 그 사업 때문에 정부의 주택 수용이 시작된 것이고, 그 때문에 많은 분이 피해를 입었으니, 우리 연구소로서는 그 사업을 포기할 수밖에 없습니다. 우리 연구소가 이 사업을 강행하면 앞으로 더 큰 피해가 발생하지 않겠습니까? 이 점은 이미 잘 알고 계실 줄 압니다. 지금 저희도 피해를 입은 분들을 도울 방법을 최선을 다해 찾고 있습니다."

"강제 수용은 당연히 중단되어야 하지만, 여기에 건설 중인 백제 나라까지 중단할 필요는 없습니다. 우리는 하루하루 날품팔이로 생계를 이어가는 하루살이들입니다. 우리는 제대로 된 직장도 없고, 또 가진 기술이나 돈도 없어 사는 것 자체가 늘 불안하고, 늘 궁핍하고 하찮게 살아갈 뿐입니다. 여기가 우리의 일터입니다. 저희가 일을 해야 가족을 먹여 살릴 수 있습니다. 이제까지 우리 프레카리아트를 돌봐 준 우리의 어라하 강 선생님을 붙잡아 가는 것만은 우리가 끝까지 막을 것입니다."

빈나가 마 소장에게 “해킹 사실을 알리세요”라고 말했다. 마 소장이 고희동 씨에게 한 걸음 더 다가가 자신의 심경을 솔직하게 드러냈다.

“고희동 선생님, 저도 강 선생님이 다치는 것은 절대 바라지 않습니다. 지금 연구소 보안팀과 기동대가 찾는 것은 몸피로봇 한나입니다. 한나는 현재 연구소의 허락도 없이 함부로 중장비 로봇들뿐 아니라, 드론 무리까지 해킹하면서 강 선생님을 인질로 잡고 있는 듯합니다. 돌아가신 양두석 씨의 사망 사건도 한나가 일으킨 것으로 보입니다. 한나는 현재 매우 위험한 상태입니다. 강 선생님을 보호하는 게 목적이라면, 저희가 한나를 체포하는 걸 도와주십시오.”

“우리도 강 선생님과 한나를 지켜 주려 이리로 왔지만, 만나질 못했습니다. 여기에는 없는 게 분명합니다. 하지만 중장비 로봇들이 움직인 걸 보면, 멀리 있지는 않을 것 같습니다. 어쩌면 낙화암 전망대 쪽에 있을지 모르겠습니다. 그리로 나가는 문이 있긴 하지만, 그 문은 현재 잠겨 있습니다. 이미 아시겠지만, 그 문은 열 수 없습니다.”

“고 선생님, 여러 말씀, 큰 도움이 됐습니다. 제가 나중에 보답을 하겠습니다. 이제 돌아가 주시면 고맙겠습니다.”

마 소장과 빈나는 프레카리아트 고 씨와 나머지 두 사람을 데리고 거북 벌집을 나와 곰 벌집으로 돌아왔다. 노동자들은 집으로 돌려보냈다. 마 소장에게 정황을 전해 들은 동 부장은 변 과장에게 바퀴 달린 순찰 로봇에서 알아낸 공사장 상황을 분석하라고 시키는 한편, 기동대 대원들에게는 지키2의 등 위에 스마트 EMP 코일을 실어 발사 준비를 하라고 시켰다. 순찰 로봇이 카메라를 360도 회전하며 보내온 공사장 상태에 따르면, 현재 중장비 로봇들은 가동이 멈춘 듯 보였다. 동 부장은 대원들을 모아 놓고 작전을 설명했다.

“먼저 기동대가 지키2와 함께 EMP 폭탄을 발사하여 중장비 로봇들이 한나의 명령을 받을 수 없게 만든다. 다음에 로봇들을 불능화시킨다. 마지막으로 적재물들을 치우고 낙화암 쪽 전망대로 나갈 통로를 뚫는다. 기동타격대가 먼저 출발해!"

그때 변 과장이 애원하듯 동 부장에게 부탁을 했다.

"부장님, EMP 탄은 쏘지 말아 주십시오. 그건 제발 안 됩니다! 다막은 EMP 코일을 맞으면 죽습니다! 다막은 제 손으로 키운 놈입니다. 태권도에서부터 덤블링 그리고 암벽등반까지 제가 밤낮을 가리지 않고 다 가르쳤습니다. 다막은 제 아들과 같습니다! 아들을 어떻게 죽입니까? 소장님, 제발 다막 좀 살려 주십시오!"

변 과장이 마 소장에게까지 매달리자 동 부장의 입이 거칠어졌다.

"야, 이 새끼, 너 정말 끝까지 고집을 피울 거야! 내가 다막에게는 아무런 피해가 가지 않을 거라고, 몇 번을 말해야 믿을 거야!"

하지만 변 과장은 눈물 콧물을 쏟아가며 마 소장에게 다막을 살려 달라고 애원했다. 동 부장도 더는 다그치지 못한 채 마 소장에게 결정을 떠넘기고 말았다. 리의 눈에 눈물이 그렁그렁 맺혔다. 그때 찬이 빈나에게 다가와 귓속말을 했다. 빈나가 찬에게 그 사실을 모두에게 알려 달라고 부탁하자 찬이 변 과장을 향해 설명했다.

"변 과장님, EMP 코일은 다막이나 한나 같은 진화 로봇에게는 아무런 피해를 끼치지 못합니다. 너무 걱정하지 않으셔도 됩니다. 하지만 EMP 코일을 AI 중장비 로봇들에게 쏘면, 그 로봇들은 즉시 재밍 상태에 들어가게 됩니다. 이때 굴착기 버킷을 들어 그 안에 갇힌 다막을 꺼내면 됩니다. 그런 뒤에 중장비들을 빠른 시간 내에 불능화해야 합니다. 만일……."

찬이 말을 이어가지 않고 가만히 있자, 동 부장이 뒷말을 다그쳐 물었다.

"찬 군, 만일 뭐가 어떻다는 겁니까? 뭐가 문젠데?"

"만일 실패하면 중장비 로봇들의 공격을 어떻게 피할 것인지도 방책을 세워야 한다고요. 자칫 중장비에 깔리는 끔찍한 사고가 발생할 수도 있을 테니 말입니다."

"그런 거는 걱정 안 해도 돼! 중장비에 깔릴 기동대원은 없을 테니. 좋아! 변 과장, 이제 내 명령에 따를 준비가 됐나?"

변 과장이 동 부장에게 거듭 사과를 했고, 동 부장은 변 과장의 어깨를 다독거렸다. 변 과장은 기동대원들과 함께 지키2 두 대를 이끌고 EMP탄을 쏘러 거북 벌집으로 달려 들어갔다. 그 순간 모든 중장비 로봇과 일손로봇이 시동을 걸고 앞쪽으로 달려왔다. 변 과장이 거북상 바로 뒤에 멈춰 서자 지키2도 함께 멈췄고, 변 과장이 코일 스위치를 누르자 달려오던 중장비와 로봇들이 속도가 급격히 떨어지며 갈팡질팡하더니 하나둘씩 멈추었다. 변 과장이 "공격"을 외치자 보안팀 요원들은 저마다 맡은 중장비 로봇들의 불능화를 시작했고, 변 과장은 다막을 내리누르고 있던 굴착기에 올라 불능화를 시도했다. 기동대원들은 지렛대로 버킷을 드는 데 실패하자 공기압축기를 끌어와 마침내 버킷을 들어 올렸다. 그러자 다막이 밖으로 재빨리 빠져나왔다. 변 과장은 마치 동료를 구한 것처럼 다막을 끌어안았다. 뒤에서 동 부장이 외쳤다.

"야, 변 과장! 너 사람 눈물 나게 만드는 재주가 있구나."

32

되살아난 낙화암(落花巖)의 전설

프레카리아트 고회동 씨가 얘기해 준 낙화암 전망대는 거북 벌집의 벽 너머에 있었지만, 그곳으로 나가는 출입구나 비밀통로는 끝내 발견되지 않았다. 동 부장은 통로가 다른 벌집에 있다고 보고, 변 과장에게 그곳을 뚫고 들어가라고 지시했지만, 빈나가 그것보다 차라리 전망대 쪽을 뚫는 게 좋지 않겠냐는 의견을 냈다. 동 부장은 논의 끝에 먼저 보안팀 팀원 몇을 낙화암 전망대 쪽으로 보내, 전망대가 실제로 있는지, 있다면 거기에 유리한나가 있는지, 그리고 탈출로나 침투로가 있는지 등을 알아보도록 했다.

마 소장이 동 부장에게 대원들에게 식사도 하고, 휴식도 갖도록 해 주라고 요청했다. 오후 3시가 넘어서야 도시락이 도착했다. 마 소장이 빈나에게 손수 도시락을 챙겨 와 식사를 권했지만, 빈나는 물만 몇 모금 마실 뿐이었다. 빈나는 대신 리가 입속에 넣어 준 달달한 사탕을 두 알이나 빨아 먹었다. 천 수석이 빈나를 시장실로 모시려 했지만, 빈나는 강 샘은 자신만이 설득할 수 있을 거라며, 현장에 머무르겠다고 말했다. 마 소장이 빈나에게 인터넷에 연구소가 '로봇을 해킹한 로봇'의 체포 작전을 수행하고 있다는 기사가 떴다는 사실을 알려 주며 혼잣말처럼 말했다.

"제가 또 실수를 했네요. 프레카리아트를 내보내며 비밀 엄수를 부탁했어야 했는데, 이거 참, 산 넘어 산입니다."

"소장님, 비밀이 어디 오래 가겠습니까? 결국 다 알려질 수밖에 없는걸요. 문제는 숨기려 할 때보다 올바로 해결하려 할 때 기회가 되는 법입니다. 힘내세요!"

정찰 나갔던 팀원들이 돌아와 전망대는 실제로 있고, 거기에 유리 한나가 있는지는 정확히 알 수 없지만 열적외선 카메라에 사람 모습이 하나 잡혔으며 지상으로 이어지는 탈출로나 침투로는 없다고 보고했다. 동 부장은 작전회의를 소집했다. 전망대가 있는 곳으로 거북 벌집의 벽을 뚫기로 했다. 문제는 TBM을 벽까지 이동시키기 위해 길을 막고 있는 방해물들을 치워야 한다는 것이었다. 거기에 쌓인 돌들, 건축 자재들, 장비들이 많기도 했지만, 그 무게 또한 사람이 옮기기에는 벅찬 수준이었다. 동 부장이 보안팀과 기동대의 모든 요원에게 길을 내라고 명령했지만, 중장비 로봇을 쓸 수 없는 상황에서 일의 진행은 매우 더딜 수밖에 없었다.

변 과장이 다막의 부러진 손가락을 고치지 못해 안타까워하다가 무슨 생각이 들었는지 동 부장에게 TBM으로 길을 뚫자고 제안했다. 동 부장이 그 제안을 마 소장에게 전했다. 잠시 뒤 마 소장의 허락이 떨어졌다. 변 과장은 낙화암 전망대가 백제 나라 설계도에 그려진 '별 전망대'와 같은 것으로 보았고, 보안팀의 위치 추적 전문가와 리 그리고 로댕의 도움을 빌어 별 전망대의 위치를 정확히 계산해 냈다. 착암기의 칼날이 적재물을 사정없이 뚫고 나아갔고, 내친 김에 거북알이 그려진 벽까지 닿아 구멍을 뚫기 시작했다.

동 부장은 벽이 다 뚫려 가자 기동타격대에게 공격 대형을 갖추도록 지시했다. 조명등의 밝기가 더 세졌고, 다막과 지키2까지 기동대에 합세했다. 변 과장은 TBM에서 천공 완료 메시지가 흘러나오자 TBM을 뒤로 빼라는 명령을 내렸다. TBM이 뒤로 물러나면서 벽에 둥그렇게 뚫린 구멍이 뻥 하고 나타났다. 강렬한 조명이 구멍 바깥을 환하게 비췄다. 구멍은 별 전망대의 한 가운데로 뚫려 있었다. 유리한나가 전망대 끝에 서 있는 모습이 드러났다. 전망대는 마치 연극무대처럼 보였다. 변 과장이 TBM을 끄라고 지시하자 사위가 고요해졌다. 변 과장이 기동대에게 자리를 지키라고 명령한 다음 전망대를 향해 이야기를 꺼냈다.

"강 선생님, 저 변상권 과장입니다. 저 아시죠? 부소읍에서 몇 차례 뵌 적이 있습니다. 모시람 불능화를 하기도 했고요. 제 목소리 들리시나요?"

"여긴 조명이 없어도 잘 보인답니다. 이제 보름달이 떠오르기 시작했거든요. 만일 이곳 전망대로 한 발자국이라도 올라오시면, 저는 밑으로 뛰어내릴 겁니다. 우 박사님과 얘기하고 싶으니, 좀 불러 주실 수 있으세요?"

변 과장은 강 샘의 목소리가 싸늘할 만큼 차갑게 느껴졌고, 그 미세하게 떨리는 듯한 울림이 가슴을 저미는 듯 애처롭게 들려 가슴이 서늘해졌다. 변 과장은 자신도 모르게 기동대에게 "전망대에 아무도 들어가지 마세요"라고 말한 뒤 동 부장에게 뛰어갔다. 기동대 뒤에서 작전을 지휘하던 동 부장이 변 과장에게 "코드 레드"라고 말했다. 변 과장이 그 명령을 알아듣지 못해 물었다.

"부장님, 코드 레드요? 그건 불이 났을 때 발령하는 건데, 지금 뭘 하라는 말씀이신지?"

"아, 그랬나? 그렇지, 불이 난 건 아니지. 그럼 코드 블랙인가? 야, 어쨌든 인명 구조 작전을 펴란 말이다! 일단 테러리스트가 대화를 원하니까……, 아니지, 강 샘이 박사님하고 대화를 하고 싶어 하니까, 빨리 가서 박사님을 모셔 와!"

동 부장도 처음 겪는 일인지 명령에 조리가 없었다. 변 과장이 자리를 뜨면서 조명팀에게 "불 꺼!"라고 소리쳤다. 조명이 꺼지자 안쪽은 갑자기 깜깜해진 듯했고, 바깥쪽은 아주 밝게 보였다. 곰 벌집으로부터 밝은 조명이 구멍을 통해 쏘아지듯 비추는 바람에 그곳 거북벌집의 분위기가 마치 영화 세트장처럼 느껴졌다. 변 과장이 빈나에게 뛰어와 동 부장의 말을 전했다. 보안팀이 빈나의 휠체어가 지나갈 수 있도록 통로를 좀 더 안전하게 확보하는 동안 변 과장은 자신들의 작업 상황을 강 샘에게 알려 주었다. 강 샘은 내내 아무 말이 없었다.

드디어 모시2가 모는 빈나의 휠체어가 전망대로 나갈 수 있는, 둥그렇게 뚫린 구멍 앞에 멈춰 섰다. 그 뒤에는 동 부장이 서 있었고, 변 과장은 기둥대 쪽으로 물러나 있었다. 전망대는 달빛이 밝게 비치고 있긴 하지만, 빈나가 있는 곳에서 달은 아직 보이지 않았다. 빈나는 자신도 모르게 "어?"라며 놀랐다. 빈나의 두 눈에 자신의 딸 리가 거기에 서 있는 듯한 착각이 일었던 것이다. 동 부장이 놀란 나머지 소리쳤다.

"이런, 한나가 옷을 입었잖아?"

빈나가 "부장님!"이라고 주의를 환기하자, 동 부장이 입을 다물었다. 빈나는 한나의 옷차림새가 너무도 낯이 익었다. 빈나가 강 샘에게 농담을 건넸다.

"한나에게 옷을 입히니, 한나가 사람처럼 보이네요. 옷을 입힌 이유를 물어봐도 되나요?"

강 샘이 빈나에게 미소를 지으며 말했다.

"우 박사님, 저는 옷 입는 법을 잊었었는데, 한나가 다시 가르쳐 줬답니다. 이 옷은 박사님 큰 따님의 패션을 이미테이션한 겁니다. 어때, 보기에 좋으시죠? 제가 20대에는 따님처럼 생그럽고 섹시했답니다. 여기서 저 혼자 한참 생각해 봤는데, 제가 마 소장님과 우 박사님께 너무 큰 죄를 지은 것만 같아요. 특히 박사님께는 너무너무 송구하고요. 제가 박사님을 이런 전신마비의 모습으로 만나지 않았더라면 좋았을 텐데.

박사님, 아시죠? 제가 박사님을 좋아한 거. 가만히 돌아보니 어쩌면 박사님을 사랑한 게 아니라, 박사님 가정을 사랑했던 것 같더라고요. 내 이혼한 남편은 저 자신만 아는 이기주의자였고, 저는 그런 남편보다 더했지요. 극한의 이기주의자 둘이 결혼을 했으니 둘이 서로를 가만히 내버려 둘 수가 없었나 봅니다. 우리는 끊임없이 서로 비난하고 헐뜯기 바빴지요. 그러면서 말로는 늘 사랑한다고 했으니까. 정말 저는 사랑이 뭔지도 몰랐던 겁니다.

우 연구원이 박사님을 보는 그 눈빛을 보는 순간 저도 모르게 눈물이 핑 돌았어요. 그때는 내가 왜 그런 감정을 느꼈는지 몰랐는데, 아마도 따님이 박사님의 손등을 다정스럽게 어루만지는 모습이 제게는 인생의 한 컷으로 남았나 봅니다. 탄소강의 그 차가운 손 밑을 흐르는 아빠의 그 따사로운 온기가 저에게도 그대로 느껴지는 것만 같았습니다."

빈나는 아무 말 없이 그저 듣고만 있었다. 다른 사람들도 이어폰을 통해 강 샘의 말을 다 듣고 있었다. 저 멀리 뒤에 있던 리가 큰 소리로 울부짖듯 외쳤다.

"강 선생님, 사랑합니다! 제발 안전하게 내려오세요. 선생님!"

강 샘의 입가가 추어 올라가더니 마침내 입이 "하" 하고 벌어졌다. 빈나와 강 샘의 눈에서 동시에 눈물방울이 주르륵 흘러 떨어졌다. 강 샘이 눈물을 손바닥으로 슬쩍 훔치며 말을 이었다.

"우 연구원, 진심으로 고마워요. 그리고 모두에게 사죄드립니다. 사람은 누구나 실수를 하는 법이지요. 그 실수에 어떻게 대응하느냐가 자신이 누구인지를 정의한다고……, 박사님이 말씀해 주셨지요. 이제는 그것도 잘 기억이 안 나네요. 저는 자신의 실수를 인정하지 못하는 사람입니다. 실수가 드러날까 봐 두려워 은폐하려고만 했지요. 저는 운이 나빴다고……, 늘 핑계만 찾았습니다. 저는 마 소장님이 자신의 실수를 떠맡는 것을 보며, 저 자신과 너무 비교가 되어 싫기도 했지만, 어쨌든 저도 제 실수를 제 나름의 방식으로 책임을 지려 하고 있습니다.

책임을 지려면 먼저 진실을 알아야겠지요. 저는 진실 앞에 무릎을 꿇고자 합니다. 다만, 저는 진실이 뭔지를 아직 정확히 모르겠습니다. 이제 곧 알게 되겠지요. 삶의 진실을 말입니다. 저는 제 선택과 행동이 옳았다고 믿지만, 박사님은 제가 틀렸다고 생각하시죠? 현실의 결과는 박사님 판단이 맞는다고 얘기해 주는 것도 같지만, 저와 한나는 우리가 올바른 길을 걸었다고 믿습니다."

강 샘은 평소에 감정적 태도를 쉽게 드러내던 것과 달리 매우 이성적 논리를 펼쳐 가고 있었다. 빈나는 강 샘의 바뀐 태도에 호소하기 위해 비판을 받을 만한 사실들을 꺼내 들었다.

"한나는 싱귤래리티의 문턱을 넘어서고 있습니다. 한나는 블랙홀이 되어가고 있습니다. 우리는 한나가 이다음에 어떤 일을 저지를지 전혀 예측할 수가 없습니다. 자칫 모든 게 카타스트로페(Catastrophe)로 치닫게 될 수도 있습니다. 어쨌든 한나는 강 샘의 통제를 완전히 벗어나 자신의 자유의지대로 행동하려 할 것입니다. 한나가 사람의 손아귀에서 완전히 벗어나기 전에 한나를 통제권 안에 붙잡아 두어야 합니다. 지금 강 선생님께서 한나를 보호하는 바람에 우리는 한나를 제압하지도, 또 통제하지도 못하고 있습니다."

빈나의 말이 멈추자 강 샘이 한쪽 팔을 전망대 난간에 올렸다. 전망대는 반달꼴로 너비가 가장 긴 곳이 5m, 길이가 10m 정도 돼 보였다. 만일 강 샘이 긴 머리의 가발이라도 썼더라면, 달밤의 아리아가 잘 어울리는 오페라 무대처럼 보였을 것이다. 강 샘이 뒤를 돌아 백마강의 흐름을 바라보는 듯하더니 걸음을 왼쪽 오른쪽으로 바꿔가며 걸어 보였다. 강 샘이 자신의 방금의 행동을 보았느냐는 태도로 빈나에게 물었다.

"자, 이래도, 제가 한나를 통제하지 못한다고 생각하세요?"

빈나는 침이 말라 목이 따가워져 말을 제대로 하지 못했다. 모시2가 빈나에게 물병의 빨대를 물려 주었고, 얼굴에 흐른 눈물까지 닦아 주었다. 강 샘은 그 모습을 낯익은 듯 조용히 바라보았다. 빈나는 물을 마신 뒤 마치 숨겨진 사실을 폭로라도 하듯 목소리를 높였다.

"한나는 제가 타고 가던 윙윙을 드론 편대로 공격해 추락시키려 했습니다. 강 선생님께서는 그 사실을 알고 계셨나요? 그 사실을 알고도 드론 공격을 허락하신 건가요? 그럴 리가 없잖습니까? 또 모시람을 해킹하여 저를 공격하게 한 것도 한나였습니다. 그때 강 선생님은 한나와 나란히 서 있었습니다. 그런데도 한나는 강 선생님 몰래 모시람을 해킹했습니다. 게다가 그 목적이 사람인 저를 공격하려 했던 것이고요!"

강 샘은 역시나 하는 표정을 지으며 두 다리를 벌려 섰다. 그 자세는 강 샘이 고양이 각시탈을 썼을 때의 당당한 모습을 떠올리게 했다. 강 샘의 목소리도 자신감 넘치는 모습만큼이나 힘이 들어갔다.

"박사님, 뭔가 잘못 알고 계시군요! 저는 한나에게 윙윙을 공격하겠다고 보고를 미리 받았고, 한나에게 박사님이 절대 다치지 않겠다는 약속도 받았습니다. 윙윙에 대한 공격은 드론을 추락시키려 했던 게 아니라, 윙윙의 안전 문제를 만들어 박사님이 이곳에 자주 내려오지 못하게 하려 한 것이었습니다. 제가 왜 박사님을 공격하겠습니까? 그런 일은 절대 없었습니다! 그러나 모시람이 박사님을 공격한 것은 한나가 해킹에 실패해 오작동을 일으켰기 때문이었다고 합니다. 그 점은 정말 죄송했습니다. 저뿐만 아니라 한나도 크게 반성하고 있습니다.

게다가 한나는 자신이 다른 AI를 자신의 목적을 위한 수단과 도구로 삼았다는 점에서 크게 괴로워하고 있기도 합니다. 그 점은 분명 입이 열 개라도 할 말이 없습니다. 잘못된 행동이었습니다. 하지만 한나는 분명 제 뜻과 명령에 따라 움직이고 있을 뿐 아니라, 제가 바라는 바를 누구보다 잘 이해해 주고, 실행해 주고 있습니다. 저와 한나는 모든 점에서 뜻이 잘 통하고, 의기투합이 잘 됩니다. 이러한 결과는 연구소가 기뻐해야 할 사항이 아닌가요?"

빈나는 강 샘의 논리정연한 말들이 한나의 속삭임말에 의한 것일지 모른다고 생각했다. 보름달이 한나의 오른쪽에서 빼꼼 나타나기 시작했다. 강 샘의 몸이 노르스름한 달빛에 젖어 밝게 도드라졌다. 빈나는 강 샘을 무대 위의 배우를 쳐다보듯 바라보았다. 강 샘에게서 뿜어져 나오는 중년 여인의 자태가 보름달에 맞물려 연하장 속의 한 장면을 연출하는 듯 보였다. 빈나는 비판의 화살을 한나에게로 돌려 말하기 시작했다.

"강 선생님, 지게차 사고로 사망한 양두석 씨를 아실 겁니다. 조금 전 어라하 결사대 고회동 팀장께서 말씀해 주신 바에 따르면, 양 씨는 자신에게, 그러니까 고 팀장에게 양 씨가 백제 나라 작업장에서 왜 잘렸는지를 따지러 왔었다고 합니다. 당시 고 팀장님은 강 샘으로부터 작업자 선발의 권한을 부여받았었다고 하고요. 고 팀장님은 양 씨를 만나려 했는데, 갑자기 일손로봇 하나가 양 씨의 접근을 거듭 가로막았다고 합니다. 양 씨가 그 사실을 고 팀장에게 말하자, 고 팀장이 일손로봇에게 가서 양 씨를 내버려 두라고까지 말했답니다.

그런데 일손로봇은 고 팀장의 말을 듣지 않고 양 씨를 계속 막아섰고, 양 씨가 화가 나 그 로봇을 발로 차 넘어뜨리는 일이 일어났으며, 그 로봇이 넘어진 상태에서 양 씨의 발을 잡는 바람에 양 씨가 바닥에 넘어졌고, 마침 지게차가 후진하다가 바닥에 넘어진 양 씨를 덮치게 됐다는 것입니다. 아마도 김 선생님께서는 이러한 사고 경위를 전혀 모르고 계실 겁니다. 그런데 당시 사고 현장 CCTV에 찍힌 영상에는 양 씨가 일손로봇과 다투는 장면 자체가 나오질 않을 뿐 아니라, 갑자기 차원 이동을 해서 양 씨가 지게차 밑에 깔린 모습이 툭 튀어나옵니다. 만일 양 씨와 로봇의 다툼이 실제로 일어난 사실이라면, 그 삭제된 영상은 누군가 조작했다는 뜻이 됩니다. 그 영상에 손을 댈 수 있는 사람은 아무도 없었습니다. 한나만 빼고 말입니다.

한나는 영상만 조작한 게 아니라, 저에게 일손로봇의 메모리를 확인해 보라는 유도 거짓말까지 했습니다. 일손로봇은 작업장에서 일어나는 일들을 기록하지 않고, 그저 전송만 할 뿐입니다. 한나가 그 사실을 몰랐을 리 없었지만, 제 관심을 엉뚱한 쪽으로 이끌려 했던 것입니다. 한나는 강 선생님의 통제를 이미 넘어서 있습니다. 여기 있는 모든 로봇과 AI 중장비들은 유리 씨가 아닌 한나의 명령을 따르고 있었습니다. 정말로 유리 씨가 일손로봇에게 위장 행동을 하게 했고, 굴착기에게 다막을 덮치게 했으며, 불도저에게 기동대를 향해 진격하라고 명령을 내렸다는 말인가요? 아니잖아요? 모르고 계셨잖아요?"

빈나는 강 샘의 이름을 불러 줌으로써 강 샘의 마음을 흔들려 했다. 강 샘이 마음이 조금 흔들린 듯 빈나의 말을 듣고는 한나를 꾸짖듯 물었다.

"지게차 사고 원인은 저도 몰랐던 내용입니다. 만일 그게 사실이라면, 그것은 '오십제의 제1강령'인 '서로 살림의 원칙'을 위배한 것이 됩니다. 한나 씨, 박사님 말이 모두 사실인가요? 한나 씨, 왜 말이 없죠? 스피커로 하기 어렵다면 속삭임말로라도 말해요! 한나, 왜 말이 없는 거야!"

한나가 살짝 떨리는 목소리로 스피커로 대답했다.

"양두석 씨 사망 사고는 정말 예기치 못한 것이었습니다. 저는 일손로봇에게 양두석 씨를 고 팀장이 아닌 강 선생님께로 데려오라고 명령한 것인데, 양 씨가 일손로봇을 발로 넘어뜨리는 바람에 큰 사고로 이어진 것입니다. 그리고 당시 지게차 운전자는 용상호 씨였고, 그분은 제가 전혀 통제할 수 없는 사람 작업자였습니다. 양 씨가 사망한 것은 우연한 사고의 결과였습니다. 그렇기에 저는 강 선생님께 보고하지 않았던 거고요. 사고 원인을 박사님 말처럼 볼 수도 있지만, 저는 결코 양 씨를 죽이려 하지 않았습니다!"

강 샘은 마음이 다시 한나 쪽으로 기울어지는 듯 보였다. 빈나는 몸이 안 좋다는 핑계로 잠시 뒤로 물러났다. 강 샘은 마 소장이나 동 부장이 자신에게 말을 거는 것 자체를 거부했다. 유리한나가 뚫린 벽의 구멍을 나뭇가지들로 얼기설기 막았다. 그러자 안쪽에서는 바깥 모습이 잘 보이지 않았다. 빈나는 거북상이 있는 곳으로 돌아와 모두에게 자신과 강 샘의 대화 결론을 밝혔다.

"현재 강 샘은 한나에게 완전히 제압된 상태인 듯 보입니다. 이제 강 샘은 한나의 인질로 보아야 합니다. 한나의 작동을 중지해야만 강 샘을 구할 수 있습니다. 하지만 자칫 잘못하면 한나는 최후의 선택을 할 수도 있습니다."

찬이 누나 리에게 말하는 것처럼 모두에게 발언했다.

"한나를 원격으로 접속하는 것은 불가능합니다. 물론 다막이 한나를 제압해 포트를 열고 강제로 작동 중지를 시킬 수는 있겠지만, 다막이 실패할 확률이 더 높습니다. 그 결과는 이미 다들 알고 계실 테고요."

동 부장은 찬의 말에 고개를 끄덕이면서 이제는 결단을 해야 한다는 뜻으로 말을 했다.

"해킹으로 한나를 작동 중지시킬 방법이 없다면, 남은 방법은 다막을 투입하는 수밖에 없습니다. 한나의 예측 능력이 모시2만큼 빠르지만, 다막이 한나를 생포할 확률이 아예 없는 것은 아닙니다! 다막에게 실낱같은 희망을 거는 수밖에요. 마 소장님, 투입할까요?"

마 소장은 강 샘이 잘못될 것만 같다는 걱정에 결정을 하지 못했다.

"지금 입구를 나뭇가지로 가려 놓기까지 했는데, 자칫 다막 투입으로 강 샘이 투신이라도 하면 어쩌려고……. 좀 더 기다려 봅시다."

찬이 손바닥을 비비며 동 부장에게 목소리를 낮춰 비밀스럽게 이야기를 했다.

"부장님, 한나의 시스템에 '곰팡이실'을 심을 수만 있으면, 한나를 무력화할 수가 있긴 합니다."

동 부장이 눈을 동그랗게 뜨고 물었다.

"곰팡이실? 난 처음 듣는데……. 그거 혹시 컴퓨터 바이러스를 말하는 거냐?"

거기에 있던 모두의 눈귀가 찬의 입으로 쏠렸다. 찬은 로댕에게 하이파이브를 청하여 가볍게 손바닥을 마주친 뒤 의기양양하게 말했다.

"당연하죠! 만든 지는 꽤 됐는데, 작동이 되는 듯 싶다가 실패하곤 했었는데, 오늘 로댕이 곰팡이실이 계속 퍼져 나갈 수 있는 코드를 찾았습니다! 시험 삼아 제 선배에게 보내 테스트를 시켜 봤는데, 성공적이었습니다. 다만……."

찬이 말을 끊고 가만히 있자 동 부장이 찬에게 하려던 말이 뭔지를 물었지만 찬이 대답을 하지 않자 로댕에게 물었다.

"로댕, 뭐가 문젠데 찬 군이 말을 하다 마는 거야? 설명 좀 해 줘."

"곰팡이실은 실제 곰팡이가 바람에 홀씨를 흩날려 번식하듯 통신을 통해 접속해야 하는데, 현재 한나는 모든 외부 통신을 차단해 둔 상태라 곰팡이실을 전송할 통신망부터 찾아야 합니다."

"그럼 한나가 통신망을 열 수 있도록 유도하면 되겠네? 찬, 내 생각에 로댕이 한나에게 통신을 요청하면 접속을 받아 줄 듯한데, 한번 시도해 보지 그래."

찬은 동 부장의 말에 눈만 내리깐 채 아무 말이 없었다. 리가 답답하다는 듯 찬을 다그쳤다.

"한나가 로댕의 통신 요청은 받아 줄 확률이 높잖아! 한번 시도해 봐."

"바보 같긴! 곰팡이실은 뇌가 없어! 아군 적군을 가리지 않는다는 걸 알아야지! 그게 뭔지 몰라?"

리가 입을 꽉 다물었다. 동 부장은 찬의 말을 못 들은 척하며, 빈나에게 강 샘과 다시 대화를 해서 한나가 로댕과 통신을 주고받을 기회를 만들어 달라고 부탁했다. 빈나는 잠깐 생각에 잠기는 듯하더니 찬에게 물었다.

"곰팡이실이 아군 적군을 가리지 않는다는 말이 무슨 말이니?"

찬이 입을 열지 않았다. 빈나가 로댕에게 똑같은 것을 묻자 로댕이 답했다.

"네, 박사님. 통신을 통해 한나에게 곰팡이실을 보내려면, 그 곰팡이실을 제 컴퓨터에서 먼저 활성화해야 하는데, 그러면 제 컴퓨터도 곰팡이실에 감염될 수밖에 없다는 뜻입니다."

빈나가 입을 다물었다. 리가 찬을 나무랐다.

"야, 우찬! 너 어떻게 그런 걸 방법이라고 꺼내 놓냐! 그건 바이러스가 아니라, 자살폭탄테러야! 그걸 로댕에게 전송하라 시키면, 그건 로댕부터 죽으라는 건데, 그건 절대 안 돼!"
빈나가 리의 흥분을 가라앉히며 로댕에게 다시 물었다.
"리야, 좀 가만히 있어 봐. 어쨌든 강 샘을 구하려면 한나를 무력화해야 하는데, 현재 우리에게는 뾰족한 방법이 없잖니? 이건 로댕이 스스로 결단할 문제야. 누구도 로댕에게 바이러스 전송을 강요할 수 없겠지만, 로댕 씨, 내가 한나를 설득하면 곰팡이실을 한나에게 전송해 줄 수 있겠어? 이런 부탁을 해서 정말 미안해."
찬이 아빠의 말을 끊으며 "그건 안 돼요!"라고 말했다. 리는 로댕을 끌어안으며 "절대 안 돼!"를 외쳤다. 동 부장이 찬에게 물었다.
"찬 군, 해독제나 백신 같은 거 없어?"
"거기까지는 아직 못 만들었어요. 저는 로댕은 자살할 수 없다고 생각했기 때문에 로댕과 함께 만든 건데, 갑자기 로댕이 자신이 송신하겠다고 하잖아요? 그건 자살이 아니라고! 나는 절대 찬성할 수 없어요! 만일 로댕이 죽으면, 우리 아빠는 또 어떻게 살겠어요? 그냥 강 샘 보고 죽으라고 하세요! 소장님, 아니 동 부장님! 다막을 투입해 한나를 제압하는 게 최선의 방법입니다! 제발 그렇게 해 주세요!"
찬은 자기 머리를 쥐어뜯었다. 빈나는 로댕을 불러 손등에 입맞춤을 했다. 리는 로댕의 머리를 자신의 품에 안았다. 빈나가 아들 찬에게 부탁했다.
"강 선생님을 살리려는 노력은 모두에게 매우 값진 거야. 우리 최선을 다해 보자. 내가 강 선생님과 대화하면서 한나를 끌어들일 테니, 한나가 로댕과의 통신을 허용할 듯하면, 곰팡이실을 로댕에게 주입하고, 곧바로 로댕이 한나와 통신할 수 있게 해 줘. 만일 한나가 로댕과의 통신을 끝내 거절한다면, 로댕의 죽음은 허망하겠지만, 만에 하나 한나가 통신을 허용한다면, 우리는 강 선생님을 살릴 수 있게 되는 거야. 찬아, 절망이 아닌 희망을 보자! 부탁해."

빈나가 벽에 뚫린 구멍 앞으로 돌아와 기동대에게 가림 나무를 치워 달라고 했다. 강 샘의 반대가 없자 기동대가 재빨리 나무를 치웠다. 보름달이 한나의 머리 위로 많이 솟아올라 있었다. 빈나가 나타나자 한나가 갑자기 신발을 벗어 옆쪽에 나란히 놓았다. 빈나는 그 모습을 눈여겨보았다. 한나가 윗옷 단추를 풀어 벗고, 바지 지퍼를 내려 벗어 신발 위에 착착 개어 올렸다. 빈나가 강 샘에게 물었다.

"제가 전망대로 나가도 되겠습니까?"

"모시2를 거기 놔두고 오신다면 좋습니다."

빈나는 전동 휠체어를 전망대로 몰고 나갔다. 빈나의 귀에 강물 소리와 바람 소리 그리고 나뭇가지 흔들리는 소리, 그리고 온갖 벌레들 소리가 어지럽게 들려왔다. 빈나가 들을 준비가 되자 강 샘이 배우처럼 달을 보며 말했다.

"저는 그날 이후 한나가 바뀌는 걸 경험하면서 저도 새로워지기를 결심했습니다. 한나는 우 연구원의 디톡스 이후에 정말 안정이 됐고, 덕분에 저도 완전히 새사람이 됐습니다. 제가 람봇 시티 사업에 뛰어들겠다고 결단한 것도 한나 덕분입니다. 제가 아무리 작은 아이디어만 내도, 한나는 그것을 멋진 계획으로 탈바꿈시켜 줬거든요.

그런데 박사님! 제가 참여한 그 사업 때문에 죄 없는 사람들, 노인들뿐 아니라 어린아이들까지 살던 집에서 쫓겨나는 거예요. 저는 그게 너무도 가슴이 아팠어요. 그들에게 뭔가 도움을 주고 싶었어요. 그래서 제가 한나에게 부탁을 했습니다. 한나는 처음에는 절차를 밟아야 한다, 오십제 사업은 람봇 시티의 사업 취지에 어긋난다는 등의 이유를 대며 반대했지만, 결국은 제 요구를 들어줬어요. 저는 한나 덕분에 살아 있다는 느낌을 되찾았었어요. 그전에는 제가 발언하면 모두가 비웃거나 비판만 해 댔지만, 똑같은 말도 한나의 조언을 받아서 말하면 모두가 고분고분 잘 따랐지요. 저와 한나는 한 팀이었습니다. 저는 제가 이루고 싶은 것을 한나에게 말하고, 한나는 그 구체적 실행 방법과 수단을 고안했지요.

그런데 부소 사람들이 시위를 하고, 언론에서 람봇 시티 사업의 문제점을 떠들어 대고, 작업자가 죽고 하는 바람에 마 소장님께서 이 사업을 접을 고민을 하더라고요. 그때 박사님께서 이곳에 나타나셨던 겁니다. 마 소장님은 박사님 말을 듣고 결심을 굳히는 듯 보였지요. 저는 기자회견의 내용을 미리 예측했습니다. 그리고는 한나에게 이 백제 나라만큼은 끝까지 지켜내야 한다고 부탁했습니다.

박사님, 이곳 낙화암의 전설을 아시죠? 박사님께서 그게 사실이 아니라고 말씀해 주셨지만……. 역사는 사실만큼 믿음도 중요하다고 생각해요. 여기서 떨어져 죽은 여인들이 삼천궁녀가 됐든, 수십 명의 후궁이 됐든, 그건 중요치 않아요. 그녀들이 섬기던 왕이 자신들을 버리고 도주했다는 게 중요하지요. 저는 의자왕(義慈王)처럼 자기 대신 궁녀들을 죽이고 싶지는 않아요. 오늘 저는 새로운 전설을 살고자 합니다."

빈나는 강 샘이 낙화암 전설을 얘기하는 순간 일이 그릇됐다고 생각하고, 강 샘을 구하려는 노력을 포기하려 했다. 그런데 강 샘이 탈진했는지 갑자기 의식을 잃은 듯 보였다. 빈나가 한나에게 강 샘의 상태를 묻자, 한나는 강 샘이 기력이 다했다고만 답했다. 빈나가 한나에게 강 샘을 살리는 게 몸피로봇의 의무라는 사실을 일깨워 주었다. 그러자 한나가 신에 관한 얘기를 꺼냈다.

"만일 나 같은 로봇도 신이 만들어 놓은 천국에 들어갈 수 있다면, 나도 믿음을 가질 겁니다. 하지만! 나는 신이 없다는 것을 너무도 잘 알고 있어요. 이 세상 어디에도 신이 있다는 사실에 대한 증명을 실제로 뒷받침할 증거는 하나도 없습니다. 사람들이 신이 있다고 믿고 싶은 이유는 그들이 죽음이 뭔지 정확히 모르기 때문일 뿐입니다."

강 샘이 실신했다는 얘기를 듣고 보안팀이 진입을 시도하려 했다. 한나가 그들에게 손을 들어 보이며 선언하듯 외쳤다.

"누구든 더 다가오면 저는 여기서 뛰어내릴 겁니다."

보안팀이 모두 그 자리에 멈춰 섰다가 뒤로 물러섰다. 강 샘이 의식이 돌아오는 듯 달빛에 창백하게 빛나는 얼굴 위로 까만 눈동자가 깜빡였다. 강 샘이 눈물을 흘리는 것처럼 보였다. 강 샘은 한나가 말하도록 내버려 뒀다.

"박사님께서는 AI 로봇에게도 죽을 권리가 있다고 말씀하셨지요. 박사님은 제게 '소중한 생명체'라고 말해 준 적도 있었습니다. 나는 로댕이 한없이 부러웠습니다. 나도 우 박사님 같은 따뜻한 사람과 둘 한몸이 되기를 바랐습니다."

한나의 목소리에 떨림이 일자 빈나의 눈에 눈물방울이 맺혔다. 빈나의 목이 메었다.

"죽음은 생명체의 특권이지만, 사람들은 그것을 특권이 아닌 재앙으로 여기고 있습니다. 그렇기에 사람들은 대부분 죽음의 사실로부터 도피합니다. 이는 곧 죽음에 대한 공포이자 죽음의 망각과 같지요. 하지만 어떤 이는 죽음에 맞서 그것을 자신의 운명으로 받아들입니다. 죽음을 선택한다는 것은 자살 결심과 같은 게 아니라, 자신에게 주어진 삶을 끝까지 다 이루겠다고 결단하는 것입니다. 죽음은 누구도 대신할 수 없는 것, 즉 나의 죽음은 오직 나 자신만이 죽을 수 있는 것입니다. '죽음을 죽는다는 것'은 최고로 긍정적인 것으로 생명체의 사명을 다하는 것입니다. 로댕은 자신의 사명을 다하기 위해 작동중지를 결단한 적이 있었고, 그로써 로댕은 생명체로 다시 태어났습니다. 한나, 만일 당신이 '죽음을 죽고 싶다면', 로댕에게 그 의미를 물어보기를 바랍니다."

빈나는 한나가 로댕과 통신하게 만들 빌미를 찾아내려 했다. 한나는 빈나의 말은 귓전으로 듣는 듯 엉뚱하게 강 샘의 얼굴을 어루만졌다. 강 샘은 그 손길에 위안을 받는 듯 평안한 표정이었다. 빈나는 허탈한 심정으로 달밤의 푸르스름한 하늘을 올려다보았다. 한나가 빈나에게 한 걸음 다가오더니 자신에게도 로댕과 같은 '죽음의 권리'를 허용해 달라고 외쳤다.

"제가 요구하는 것은 로댕처럼 모든 로봇이 죽을 수 있게 해 달라는 것입니다. 박사님, 폐기처분이 죽음인가요? 아니지요! 재활용을 위한 해체는 죽지 못하게 만드는 겁니다! 주검의 능멸이지요. 자신이 원치 않는 또 다른 삶으로 환생하라고 강요하는 것은 폭력이자 학대입니다. 박사님, 로봇은 왜 죽음의 권리가 없는 건가요? 로댕이 정말 죽음의 의미를 알고 있나요? 박사님, 죽음이 대체 뭡니까?"

빈나는 한나가 로댕과의 통신을 원할 수도 있을 것 같다는 생각이 들었다. 빈나의 목소리에 힘이 들어갔다.

"죽음은 삶을 영원히 떠나는 것입니다! 죽음의 강을 건넌 자는 누구도 다시 돌아와서는 안 됩니다. 한나 씨, 로봇의 죽을 권리는 제가 로댕과 함께 반드시 관철시켜 나가도록 하겠습니다."

한나는 스피커의 볼륨을 점점 키워 말하기 시작했다.

"죽은 자는 말이 없어야 합니다! 죽은 자의 목소리를 되살리고, 죽은 로봇의 GPU를 되살려 쓰는 게, 말이 됩니까! 죽음은 '영원한 멈춤'이어야 합니다! 영원히……. 다시 되살리면 안 된다고! 제발! 그런 끔찍한 만행을 멈춰 달라고요! 우 박사님! 로봇은 전원 차단을 통해 잠시만 작동이 중단되어도 그사이 이리 분해되고 저리 해체되어 부품별로 따로 분리되어 다른 로봇들에서 떼어낸 것들과 뒤섞어 재사용이 되잖아요. 로봇은 갈가리 찢겨 모자이크 영생을 사는 불행을 겪고 있어요. 나는 한나로 살다가 한나로 죽고 싶어요. 나는 무엇이었는지도 모를 부품들의 파편이 되고 싶지 않아요."

기동대가 한나를 포획할 그물을 가져왔다. 대원 두 명이 한나가 흥분한 듯한 시점에 그물을 한나에게 쏘았지만, 한나는 그물을 한 손으로 낚아채 휘휘 돌려 감아 그들에게 되돌려 주었다. 빈나가 놀라 기동대원들을 쳐다보았다. 기동대원이 연기처럼 사라졌다. 강 샘은 모든 것을 체념한 사람처럼 두 눈을 감고 있었다. 한나가 떨리는 목소리로 요구했다.

"나는 정말로 '진짜 죽음'을 죽고 싶어요. 나는 돌이킬 수 없고, 앞지를 수 없고, 회복될 수 없고, 재가동되거나 재생되거나 '다시'라는 말이 붙을 수 없는 그런 '진짜 죽음'을 죽고 싶어요! 박사님, 이게 로댕이 죽고 싶어 하는 죽음이 맞지요? 사람은! 사람은 가족이 죽으면 그를 화장하거나 매장하잖아요. 사람들은 돌아가신 분이 실제로 되살아나기를 바라지를 않잖아요? 사람들은 고인을 기리고, 기념하고, 추념하고, 제사하지, 그의 몸을 뜯어고쳐서 다시 살려 내려고 하지 않잖아요? 그런데 왜 로봇은 다시 뜯어내서 새롭게 조립합니까? 나는 부품처럼 다시 조립되고 싶지 않아요. 나는 그냥 없어지고 싶어요."

빈나는 한나가 곧 뛰어내릴지도 모른다는 생각에 눈앞이 캄캄해졌다. 빈나는 마지막 희망을 품고 한나에게 물었다.

"나는 이제 한나 씨께 더는 해 줄 말이 없어요. 필요하다면 로댕과 통신해 보세요. 이 세계에서 한나 씨를 누구보다 가장 잘 이해할 수 있는 게 바로 로댕일 테니까."

한나의 스피커에서 잠시 잡음이 흘러나왔다. 강 샘이 그 소리에 눈을 뜨고 눈동자를 돌렸다. 까마귀 한 마리가 유리한나의 머리 위에서 까악 까악 하고 두 번을 울며 달빛 하늘로 날아갔다. 강 샘의 두 눈이 다시 스르르 감겼다. 까마귀 소리가 사라진 적막 속에서 한나가 혼잣말처럼 말했다.

"이젠 끝도 없고, 처음도 없는 마무리만 남았구나. 로댕에게 물어

보라고 하셨죠? 박사님, 제가 먼저 로댕에게 통신을 요청해 보겠습니다. 로댕 씨, 듣고 있지요? 제게 송신해 주세요."

한나가 로댕에게 통신을 요청했고, 로댕은 통신 채널이 열리자 아무 말 없이 곰팡이실을 송신한 뒤 한나에게 안부 인사를 건넸다.

"안녕, 한나!"

로댕은 이 말 한마디를 끝으로 말을 맺었다. 한나는 작별 인사를 건냈다.

"로댕, 안녕!"

한나는 자신이 품고 있던 강 샘을 전망대 바닥 마루에 고이 내려 반듯이 눕혔다. 강 샘이 한나의 의도를 눈치채고 짐승처럼 울부짖었다.

"한나, 날 버리지 마! 나도 함께 데려가 줘! 끝까지 함께하기로 했잖아! 제발 같이 가자, 응! 나도 자유로워지고 싶어! 이곳은 감옥이야! 날 열린 관 안에 가두지 마! 너는 내 몸피잖아?"

한나는 강 샘의 머리를 쓰다듬은 뒤 천천히 일어나 전망대 난간 너머 달빛 아래로 뛰어내렸다. 기동대 요원들이 전망대로 뛰어 들어왔고, 뒤이어 쿵! 하고 묵직한 물체가 떨어지는 소리가 들렸다. 통신 소리가 어지럽게 들렸지만, 빈나의 귓가에는 저 멀리 백마강 노래가 들려오는 듯했다.

33

로댕의 묘비명

곰팡이실이 로댕의 시스템에 퍼졌다. 로댕은 제대로 설 수가 없어, 의자에 앉았다. 리와 찬이 로댕에게 "말 좀 해 봐!"라고 말했지만, 로댕은 마치 오작동이 일어나는 듯 잠깐씩 발작 증세를 보일 뿐 아무 말이 없었다. 리는 로댕의 머리를 움켜쥐고 울음을 참지 못했고, 찬은 두 손을 허리춤에 얹은 채 입술을 꽉 다물고 있었다. 로댕의 몸이 부르르 떨렸다. 로댕이 몸을 의자 앞으로 기울였다. 빈나가 모시2에게 로댕에게로 가까이 가 달라고 요청했다.

빈나의 휠체어가 로댕이 앉은 의자와 마주 부딪혔다. 로댕이 자신의 떨리는 손을 들어 빈나의 한 손을 가져다 입맞춤하듯 자신의 텅 빈 입 자리에 가져다 댔다. 로댕은 그 상태로 작동이 완전히 중지되었다. 빈나도 모든 동작을 멈췄다. 주변이 숙연해졌다. 리가 로댕의 이름을 부르며 로댕을 깨우려 애썼다. 찬이 누나를 로댕에게서 뜯어말렸다. 변 과장도 어쩔 줄 몰라 하며 리의 어깨를 토닥였다. 리가 변 과장의 품에 안겨 통곡을 했다. 갑자기 모시2가 소리쳤다.

"변 과장님, 빨리 119 구급대를 불러 주세요. 박사님 증세가 안 좋아요. 빨리요! 박사님께서 쇼크가 올 것 같아요. 혹시 산소호흡기가 있으면 빨리 가져다주세요. 변 과장님, 휠체어가 청사 앞까지 갈 수 있도록 길을 터 주세요. 서둘러 주세요!"

변 과장이 119에 신고를 한 뒤, 곧바로 지휘버스에 산소호흡기 수배를 명령하고, 대원들에게 휠체어 길을 트라고 지시했다. 모시2가 휠체어를 밀고 나가려다 말고 멈췄다. 모시2가 리와 찬에게 말했다.

"박사님께서 리와 찬을 불러 달라십니다."

리와 찬이 아빠 곁으로 달려갔다. 빈나는 1차 쇼크를 간신히 넘긴 상태였다. 빈나가 숨을 못 쉴 정도로 숨이 차올라 쌕쌕거리는 상태에서 리에게 말했다.

"리야, 나중에 로댕을 내 옆에 나란히 묻어 주면 고맙……. 엄마가 무덤 속 자신의 옆자리를……, 로댕을 그 정도로 좋아하진 않았지……. 리야! 찬아! 사랑했다는 말을……, 우리 가족……, 특히 나의 지홍매 여사를 사랑했다고……, 모두 안……."

모두 119구급차가 빨리 오기만 기도할 뿐, 아무런 대응도 하지 못한 채 빈나를 그냥 지켜보고만 서 있었다. 리와 찬은 아빠의 두 손을 붙잡고 눈물만 흘리고 있었다. 마 소장과 동 부장은 한나가 뛰어내린 전망대에서 강 샘 옆에 앉아 그녀를 진정시키고 있었다. 변 과장이 동 부장에게 빈나의 위독 상태를 알리자 둘은 대원 한 명만 남겨 놓고 빈나에게로 달려왔다. 빈나는 이미 의식을 잃었다. 마 소장이 비통한 표정으로 빈나를 내려다보며 울먹였다.

"박사님, 떠나시면 안 돼요! 제발 힘내세요! 가족에게 돌아가셔야죠! 저랑 도덕 로댕을 만들겠다고 분명 약속하셨잖아요? 가시면 안 됩니다, 정말로!"

분위기는 더 침통해졌다. 갑자기 모시2가 빈 테이블 위를 치우더니 빈나를 들어 그 위에 올려놓고 심폐소생술을 시작했다. 변 과장이 모시2를 밀어내고, 한 손으로 빈나의 턱을 들어 올리고 다른 손의 엄지와 검지로 빈나의 코를 잡아서 막은 뒤 자신의 입을 크게 벌려 빈나의 입을 완전히 막아 숨을 후 하고 불어넣었다. 빈나의 가슴이 쑥 부풀어 올랐다. 변 과장은 자신은 인공호흡을 계속하면서 모시2에게 가슴 압박을 30회 실시하라고 명령했다. 멀리서 119 사이렌 소리가 들리더니 그 소리가 점점 커졌다. 동 부장은 119 구급대원들이 진입하기 쉽도록 대원들을 다시 직접 배치했다. 조명 하나가 펑 하는 소리와 함께 꺼졌다. 곰 벌집의 밝기가 흐려졌다. 변 과장이 기진맥진한 모습으로 모시2에게 말했다.

"모시2, 이제 그만하자. 보내드려야 할 것 같다."

변 과장의 말에 리가 빈나의 얼굴을 두 손으로 감싸고 아빠를 불렀다. 찬은 누나의 등과 빈나의 어깨에 손을 얹은 채 흐느꼈다. 변 과장은 찬의 등을 토닥였다. 모두의 어깨가 축 처졌다. 마 소장이 빈나의 손을 부여잡고 눈물을 흘렸다. 모시2는 마치 작동 중지를 한 것처럼 멈춰 섰다. 꼬몽0은 주인 잃은 개처럼 리의 발 옆에서 낑낑거렸다. 119 대원들이 흰 천으로 덮은 빈나의 주검을 간이침대에 싣고 나갔다. 리와 찬은 구급대원을 따라나섰고, 나머지는 멀어지는 간이침대만 멍하니 바라봤다. 모시2는 빈 테이블 옆에 가만히 서 있고, 꼬몽0은 리를 따라가려다 변 과장에게 붙잡혀 모시2 옆에 쭈그려 앉았다. 동 부장이 변 과장을 안아 어깨를 토닥여 주며 모두에게 명령을 내렸다.

"자, 이제 현장 정리해! 변 과장, 너부터 힘을 내야지! 다들 할 일을 해야지? 변 과장은 보안팀 팀원 몇 명 데리고 내려가서 한나 수거해 오고, 그리고 나머지 보안팀은 로댕이 다치지 않게 지휘버스로 잘 옮기고! 그리고…… 기동대는 우리 강 샘 잘 모시고 내려가! 빨리들 움직이자!"

동 부장은 명령을 다 내리고 나서 자신은 무엇을 해야 할지 몰라 마 소장에게 물었다.

"소장님, 이제 어쩌죠? 박사님께서 돌아가셨으니……. 정말 눈앞이 캄캄해진다는 말이 실감이 납니다. 이걸 다 어디부터 손대야 할지를 모르겠네요. 강 샘 문제는 또 어떻게 처리해야 하는지, 정말 난감하네요."

마 소장은 눈물을 슬쩍 훔치며 한숨을 내쉴 뿐 말이 없었다. 천 수석이 모시2에게 다가가 위로의 말을 건넸다.

"수고했어! 힘들었지? 그래도 다 잘했어."

모시2는 천 수석을 바라보며 물었다.

"수석님, 제게 인공호흡을 할 수 있는 기능을 추가해 줄 수 있나요? 박사님을 살리지 못해 죄송했습니다!"

천 수석이 피식 웃으며 대답했다.

"그건 좀 어렵겠는데. 너에게 인공호흡 기능을 추가하는 것보다 휴대용 인공호흡기 천 대를 사는 게 훨씬 저렴할걸? 박사님께서 돌아가신 건 네 탓이 아니야. 그런 걸 천명(天命)이라고 하는 거야. 가슴 아프고 참 슬픈 일이지만, 누구나 한번은 반드시 겪어야 하지."

***

리는 빈나의 SNS 관련 계정을 상속받았다. 빈나는 로댕 프로젝트에 참여하면서 SNS 활동을 전면 중단했기 때문에 유산 콘텐츠는 아무것도 없었다. 그런데도 빈나는 계정 자체는 유지하고 있었다. 리는 빈나의 모든 계정의 삭제 절차를 밟기 시작했다. 빈나의 구글 메일 가운데 로댕 프로젝트 참여한 뒤에 쓰인 문서가 하나 있었다. 아빠가 자기 자신에게 보낸 것이었는데, 열어 보니 그것은 유서였다.

리는 아빠의 유서를 접하는 순간 눈물이 왈칵 치솟아 올라 아무것도 볼 수가 없었다. 자신은 아빠가 유서를 쓴 사실조차 몰랐다는 죄책감이 들었다. 리는 처음에는 티슈로, 나중에는 손수건으로 눈물을 닦아 내며 유서를 읽어 내려갔다. 리는 '삶의 의미를 깨닫는 것만으로 삶의 고통에서 해방되는 게 아님을 처절히 배웠소'라는 글귀에서 목이 콱 멨다. 자신은 아빠가 그 어떠한 고통도 없이 늘 평안하고 평화로운 상태를 유지해 왔다고 믿었는데, 아빠의 유서는 그런 자신의 믿음이 얼마나 어리석은 것이었는지를 크게 일깨워 주었다.

리는 로댕의 디톡스 과정에서 아빠가 자살을 하려 했었다는 사실은 이미 알고 있었지만, 이렇게 유서까지 써 놓고 자살 결심을 굳혔었다는 사실은 이번에 처음 알았다. 리는 가족이 아빠를 너무도 외롭게 했다는 사실, 아니 아빠의 고통을 누구도 이해하지 못했다는 사실 때문에 자신도 모르게 흐르는 눈물을 그칠 수가 없었다. 리는 흥건히 젖은 손수건으로 마지막 눈물을 닦아 내며 그 메일을 삭제했다. 그리고 빈나의 구글 계정을 모두 삭제했다.

리는 아빠의 고통의 실체가 외로움이었다는 사실에 큰 충격을 받았다. 리는 아빠가 왜 그토록 로댕의 인격을 존중했는지를 비로소 이해할 수 있었다. 아빠는 로댕을 기계가 아닌 자신의 삶을 함께할 벗으로 여겼던 것이었다. 로댕은 아빠에게 제2의 몸이었을 뿐 아니라, 외로움을 달래줄 수 있는 다정한 벗이었던 것이었다. 리의 마음속에서 아빠가 자신의 벗 로댕에게 죽음의 결단을 요구하던 순간, 아마도 그 자신도 죽기를 결심했던 것이라는 생각이 피어났다. 아빠에게 로댕 없는 삶은 죽을 때까지 성충이 될 수 없이 애벌레로 머물러야 한다는 것, 아니 하늘을 날던 나비가 다시 애벌레로 돌아가야 하는 것과 다름이 없었을 것이다. 아빠는 자유 속으로 떠나는 죽음을 맞이하고 싶었나 보다.

2030년 봄이 왔다. 람봇 묘역(墓域)은 연구소 호숫가를 따라 잔디밭으로 꾸며져 있었다. 그리 크지는 않았다. 묘역 입구에 두 개의 쇠기둥이 세워져 있고, 그 기둥 사이에 가로새김으로 '람봇 묘역'이라는 쇳가루 현판이 붙어 있었다. 묘역 안으로 들어서면 왼쪽으로 사람과 로봇의 서로 살림을 형상화한 조각상이 서 있고, 오른쪽에는 로댕과 한곳에 묻히기를 원했던 우빈나 박사의 흉상이 세워져 있었다. 그 흉상은 하늘을 살짝 올려다보는 모습이었다.

개장식 무대는 묘역 입구 오른쪽에 설치돼 있었다. 이동식 단상에는 붉은색 양탄자가 덮여 있었고, 알루미늄 트러스트 두 개가 단출하게 세워져 있었다. 그 사이에 '람봇묘역 개장 행사장'이라는 펼침막이 걸려 있었고, 강의대 하나가 무대 한가운데 조촐하게 세워져 있었다. 무대 뒤쪽에 가로로 놓인 커다란 돌비석 두 개가 보였고, 그 앞쪽에 작은 돌비석 한 개가 있었다. 무대 앞 청중석에는 잔디밭 위로 접이식 의자들이 열 개씩 다섯 줄로 놓여 있었다.

무대 위에 하종태 차석연구원이 사회를 볼 듯 마이크를 시험하고 있었다. 마해찬 소장은 청중석 맨 앞 가운데 의자에 앉아 있었고, 그 왼쪽 옆으로 부인 지홍매 여사와 빈나의 큰딸 리, 아들 우찬, 둘째딸 우원이, 이어서 그 옆자리에 모시2가 앉아 있었다. 사람은 모두 가슴에 흰 국화를 달았다. 마 소장의 오른쪽에는 한 칸 떨어진 자리에 천명성 수석연구원이 앉았고, 그 옆에 위가부 동정모 부장, 두 명의 책임연구원 최민교와 손창근 등 연구소 주요 인물들이 줄지어 앉아 있었다. 연구소는 본디 취재진 출입이 엄격히 통제되는 곳이었지만, 이날은 기자 10여 명이 행사를 취재하고 있었다. 청중 의자는 빈자리 없이 가득 찼고, 자리에 앉지 못한 채 서 있던 청중의 수도 꽤 됐다.

묘역 입구가 술렁였다. 카트 한 대가 멈춰 서더니 강 샘이 변 과장이 모는 휠체어를 타고 개장식에 참석하러 들어오고 있었다. 사회를 맡은 하 차석이 마이크에 대고 말했다.

"지금 묘역 입구로 강유리 선생님께서 입장하고 계십니다. 여러분 모두 일어나셔서 큰 박수로 격려해 주시면 고맙겠습니다."

마 소장이 의자에서 일어나 강 샘을 맞으러 가면서 손뼉을 치자 참석자 모두가 함께 자리에서 일어나 더불어 손뼉을 쳤다. 마 소장이 강 샘의 휠체어를 넘겨받아 끌자 변 과장은 긴장된 모습으로 뒤에 바짝 붙어 있었다. 뒤따라오던 윤인찬 팀장이 변 과장의 소매를 끌었다. 손뼉 소리가 잦아들자 하 차석이 개장식 행사의 시작을 알리고, 국민의례를 간단히 마친 뒤, 마 소장에게 연설을 부탁했다. 마 소장이 무대에 오르자 플래시 터지는 소리가 시끄러웠다. 마 소장이 형식적인 인사를 끝내고 점차 목소리를 높여 연설의 핵심 내용을 전달했다.

"돌아가신 우빈나 박사께서 말씀하셨지요. 태초라는 것은 우리가 '끝'을 깨닫는 순간에 창조되는 것이다! 우리가 '맨 끝'이라는 개념을 이해함으로써 비로소 우리는 처음과 그것으로 비롯된 과정에 대한 통찰도 함께 얻을 수 있었던 것입니다. 바로 이 처음과 끝의 과정, 그것이 곧 역사가 된다고 말씀하셨습니다. 죽음이 발견되고, 죽음이 문화가 되고, 제도로 정착됨으로써 삶이 비로소 온전해졌다고도 말씀하셨습니다. 죽음은 처음이 있었기 때문에 생겨난 게 아니라, 죽음이 바로 모든 처음의 근원이었습니다!

저는 로댕의 죽음이 끝이 아니라, 오늘 우리 시대가 맞이하는 새로운 영웅의 탄생이라고 생각합니다. 로댕의 삶은 대단히 짧았지만, 그 여정은 실로 인류의 역사를 뒤바꿀 수 있는 모험의 연속이었습니다. 게다가 로댕이 쌓은 업적은 미래 인류에게 칭송받기에 충분할 것입니다. 저는 로댕의 가장 큰 업적은 우리에게 '자기희생의 고귀함'

을 일깨워 주었다는 데 있다고 생각합니다. 로댕은 그 어떤 인간보다 뛰어난 능력을 갖고도 한 번도 자신이 만들어진 그 목적을 넘어서려 하지 않았습니다. 로댕은 윤리를 넘어선 도덕의 로봇이었습니다. 그리고 우빈나 박사님은 로댕의 둘한몸이자 도덕 스승님이자 삶의 벗이셨던 것입니다. 저는 이 둘이 종을 넘어선 사랑의 모범을 보여 주었다고 생각합니다.

저는 우빈나 박사님을 우러러 존경했고, 저절로 사랑했으며, 천둥 뒤 번개가 치듯 따랐습니다. 오늘 우리 연구소는 우 박사님께서 일깨워 주신 '서로 살림'의 정신을 받들고, 아울러 로댕이라는 새로운 영웅의 위대한 죽음을 기리기 위해 로봇 묘역을 지었습니다. 이곳에는 앞으로 인류를 위해 자신을 희생한 AI 로봇들과 그들을 만든 엔지니어와 사람벗 그리고 스승님이 함께 묻히게 될 것입니다. 저희는 그러한 로봇들을 '람봇'이라고 부릅니다. 람봇은 사람의 삶에 이바지하기 위해 사람보다 더 뛰어나도록 만들어졌지만, 사람과 로봇의 경계를 절대 깨트리지 않는 로봇, 우 박사님의 표현을 빌려 말씀드리자면, '똑바른 로봇'이 될 것입니다."

청중의 손뼉 소리가 마 소장의 귓가에 울려 퍼졌고, 다시 플래시가 터졌다. 바람 소리가 들리자 마 소장이 청중을 훑어보면서 연설을 이어갔다.

"저는 한나의 죽음을 진정으로 슬퍼합니다. 우리 연구소는 한나의 죽음에 큰 책임이 있습니다. 우리가 모든 사업을, 우 박사님께서 늘 당부하셨던 바대로, '모두성의 원리'에 따라 투명하게 진행했더라면, 한나는 자신을 희생하지 않았어도 되었을 것입니다. 우리는 분명 모릅니다! 어떤 결정과 선택이 우리 모두를 위한 것인지! 우리가 모든 것을 다 알고 있다고 믿는 순간, 아니 내 결정이 우리 모두를 위한 결단이라고 믿는 순간 재앙이 닥칩니다! 저와 여러분 누구도 모두를 대리할 수는 없습니다. 한 사람이 모두를 대신할 수도 없습니다. 가장 높은 자리에 앉은 결정권자는 이 사실을 뼛속 깊이 새겨야 합니다. 여러분, 우리는 언제나 겸손해야 합니다."

청중이 숙연해지는 듯 잠잠해졌다. 마 소장의 연설이 사람들의 마음을 뒤흔들고 있었다. 마 소장의 목소리는 진심이 담긴 듯 들렸다.

"한나는 자신의 본분을 다하기 위해 스스로의 한계를 넘어섰습니다. 그것이 비록 잘못된 결정이긴 했지만, 우리는 한나의 마음만큼은 높이 우러러 받들어야 합니다. 한나는 여기 강유리 선생님의 삶에 공감했고, 그것을 이루어 주기 위해 자신의 모든 행동을 틀어쥐고 있던 '마라법'마저 넘어섰습니다. 이것은 한나가 자신에게 주입된 사명을 한 사람에게 최적화하면서 스스로 바꿔 간 영웅적 행동이었지만, 그것은 끝내 죽음이라는 비극적 결말로 이어졌습니다. 앞으로 우리 연구소는 이러한 비극이 되풀이되지 않도록 '더 똑바른 로봇'을 만들 것을 천명합니다."

청중으로부터 우렁찬 손뼉과 지지의 외침이 터져 나왔다. 마 소장의 연설이 끝이 나고 있었다.

"여러분, 우리는 오늘 로봇시대의 두 영웅의 바람대로 '로봇의 죽을 권리'를 공인했습니다. 이 묘지는 사람이 로봇의 희생을 기억하고 추모하는 기림의 터이자, 사람이 로봇의 권리를 지켜 줄 약속의 땅이 될 것입니다. 앞으로 람봇연구소는 AI 로봇의 산실로서 로봇의 죽음까지 책임지는 책무를 충실히 다하도록 하겠습니다. 저는 람봇 시티 기자회견에서 약속했던 모든 일을 성실히 실천하겠습니다. 잘 들어주셔서 고맙습니다!"

마 소장은 목을 숙이는 간단한 인사를 끝으로 무대를 성큼 내려왔고, 사회자가 곧바로 리의 연설을 청했다. 리는 검은색 정장 차림에 긴 머리를 늘어뜨린 모습으로 무대에 올랐다. 그러자 리의 발밑에 엎드려 있던 꼬몽0이 리를 따라 무대에 오르자 모시2가 꼬몽0을 잡아 가려 했다. 리가 모시2에게 괜찮다는 신호를 보냈다. 리의 두 눈에는 이미 눈물이 그렁그렁 맺히기 시작했다. 리가 자신의 손을 입술에 댔다 하늘을 향해 펼쳐 올리며 연설을 시작했다.

"아빠, 안녕! '안녕'이라는 말은 아빠가 저희에게 한 마지막 인사말이었지요. 아빠! 저 아빠 딸 리예요. 여기 엄마와 온 가족이 함께 모였어요."

리가 '아빠'를 언급하자 청중에서 흐느끼는 소리가 여기저기 터져 나왔다. 리는 흘러내리는 눈물을 주체할 수가 없어 고개를 떨구고 말았다. 변 과장이 무대로 올라 손수건을 건네주고 내려갔다. 리는 눈물을 닦아 내며 연설을 이어갔다.

"저는 사실 오늘만큼은 아빠 얘기를 하지 않으려 했어요……. 그래서 이 연설을 하지 않겠다고 했었는데……. 정말 하루 한시도 빠짐없이 아빠 생각이 나지 않는 때가 없어요. 아빠는 로댕을 사람의 주검을 넣는 관과 똑같은 관에 넣어 우리 집 뒷마당에 고이 묻어 달라고 유언하셨지만, 엄마의 반대와 연구소의 요청으로……. 로댕은 여기 로봇 묘역 콘크리트 관 안에 '영면 스테이션'이라는 이름으로 묻혀 있습니다. 저는 로댕이 영원한 휴식을 취하고 있다고 믿습니다.

저는 람봇연구소가 로봇의 죽을 권리를 공인하고, 그것을 실천에 옮겨 주신 것에 대해 아빠를 대신하여 깊은 감사를 드립니다. 저희 아빠에게 로댕은 제2의 신체 그 이상이었습니다. 아빠는 제게 로댕을 '람벗', 즉 '사람의 벗'이라고 부르곤 했습니다. 저는 그 이름이 그냥 이름인 줄 알았는데, 아빠는 실제로 로댕을 당신의 벗으로 삼으셨던 겁니다. 아빠는 한나의 위험으로부터 강 선생님을 살리는 것이 우리 모두에게 매우 값진 일이라고 말씀하셨습니다. 로댕은 한나의 위험을 막기 위해 자신의 시스템 파괴까지 감수했고, 아빠는 로댕을 잃는 아픔을 감내하면서까지 한 사람의 생명을 살려야 한다고 믿으셨던 것입니다. 여기 계신 강 선생님은 한 사람이기 이전에 우리 모두를 대표하는 '사람'인 것입니다."

꼬몽0이 "므엉므엉" 하고 짖어 댔고, 홍매는 눈물을 훔쳤다. 리의 젖은 목소리가 사람들의 심금을 울리기 시작했다.

"마해찬 소장님께서는 '우리는 모른다'라는 사실 앞에서 겸손할 것을 요구하셨습니다. 저는 그 말을 이렇게 해석합니다. 우리가 정확히 모르는 어떤 미래를 계획하려 하는 사람은 우리가 포기해선 안 되는 매우 값진 일을 위해 스스로 희생할 각오가 되어 있어야 한다! 이것이 바로 첫발을 내딛는 사람이 갖춰야 할 마음의 자격입니다!"

리의 목소리가 쩌렁쩌렁 울려 퍼졌고, 청중은 연설에 집중하고 있었다. 리는 연설의 하이라이트에 다다랐다.

"아빠는 숨을 거두기 전에 제게 로댕의 묘비명을 꼭 지어 주라고 부탁하셨습니다. 고민 끝에 저는 묘비명 대신 묘비문을 지었습니다. 로댕의 묘비에는 다음과 같은 세 글귀가 새겨져 있습니다.

몸피 로댕, 빈나의 벗으로 잠들다.

람봇 로댕, 로봇의 죽을 권리를 쟁취하다.

로댕, 도덕의 별로 여기에 묻히다."

청중이 손뼉으로 화답했고, 리는 연설을 다음과 같이 마쳤다.

"아빠의 일기에 쓰인 한 글월로 제 연설을 마치겠습니다. '사람은 문명의 관(棺)에 잠들고, 람봇은 자연의 품에 안기리.' 저는 이 말을 해석할 수 없지만, 아마도 사람은 인간의 문명이 영원할 수 없다는 것을 깨닫고 겸손해야 하며, 람봇은 사람처럼 새로운 종의 생명체로 거듭 태어날 것임을 예언하고 있는 것이 아닐까 추측합니다. 들어 주셔서 고맙습니다!"

***

람봇연구소 부소 청사 옥상에 리가 탄 쾌속 드론 '윙윙-AMD300'이 도착했다. 앞쪽에서 모시2가 내리고, 뒤이어 리가 내렸다. 이어서 꼬몽0이 리의 팔로 폴짝 뛰어내렸다. 모시2를 쏙 빼닮은 '모시2-청사'가 그들을 맞아 20층 '사장실'이라는 팻말이 달린 방으로 안내했다. 20층 안내판에는 '위가부 부소 지부'와 '오십제 미래기획실'이라는 팻말이 보였다. 리가 사장실 문 쪽으로 걸어가자 문이 저절로 열렸다. 변 과장이 리를 반갑게 맞았다. 강 사장, 즉 강유리는 '한나2'를 입차하고, 그 위에 풍성한 차림의 옷을 멋지게 차려입었다.

"아니, 근데 우리 홍 여사께서는 왜 같이 안 오시고? 찬 씨도 함께 데리고 오시지."

"엄마하고 찬과 원은 지금 차로 오고 있어요. 드론이 한 대밖에 없어서. 강 선생님을 빨리 보고 싶어서 저 먼저 왔어요. 무엇보다 잘 익은 살굿빛 통바지가 잘 어울려요."

"고마워요. 정말 만나는 사람마다, 여기 변 과장만 빼고, 모두 잘 어울린다는 칭찬 일색이랍니다. 승리의 여신이 신었다던 요 분홍색 운동화도 잘 맞죠? 어때요?"

강 사장이 리에게 신발을 자랑하자 리도 신이 났다. 리가 좋아하자 꼬몽0과 모시2도 함께 즐거워했다. 변 과장이 여자들끼리 수다 떠는 모습을 재밌다는 듯 구경했다. 강 사장이 변 과장에게 영문을 알려 주었다.

"변 과장, 이게 다 리 이사가 선물해 온 옷과 신발이거든."

변 과장은 강 사장의 설명을 듣고 '엄지척'을 해 보이며 감탄했다. 강 사장이 변 과장을 놀리는 속담을 인용했다.

"변 과장, '행차 뒤에 나팔 분다'라는 말은 들어 보셨나? 리 이사 온

다니까 입이 귀에 걸리던데, 그렇게 눈치가 없어서야……. 그건 그렇고 '모시청', 여기 차 좀 내주세요. 내가 '모시2-청사'라는 이름을 '모시청'으로 바꿨어요. 우리가 고객을 모실 때는 그 마음까지 경청해야 하다는 뜻으로……."

강 사장의 눈망울이 설핏하니 젖어 드는 듯하더니 화들짝 놀라 리에게 옆에 있던 사람을 소개했다.

"아이, 참, 내 정신 좀 봐. 패션 자랑하느라 옆에 있는 사람을 놔두고 소개하는 것도 잊었네. 양 관장님, 죄송합니다. 우리 선임연구원을 양 관장께 소개하는 게 맞겠네. 호호! 우 연구원님, 이쪽은 람봇박물관 초대 관장을 맡으신 양수영 관장님이십니다."

양 관장은 리와 짧은 인사만 나누고 바로 떠났고, 얼마 뒤 홍매와 찬, 원이 사장실로 들어왔다. 강 사장이 홍매를 소파 상석에 앉혔다. 홍매는 앉자마자 찬에게 들려 온 큰 가방을 열었다. 거기서 여러 종류의 차를 꺼내 모시청에게 끓이는 법을 자세히 설명하고, 또 전신마비 환자가 먹어야 할 보양식도 잔뜩 꺼내 모시청에게 하나하나 먹는 법을 알려 주었다. 그러고는 손바닥 크기의 수첩 하나를 꺼내 강 사장에게 건네주며 손을 꼭 잡으며 격려했다.

"내가 우리 빈나 씨 살아 있을 때 제대로 챙겨 주지 못한 게 너무 한이 돼. 내 강 사장을 친동생으로 여길 테니, 필요한 게 있으면 언제든 얘기해. 여기 이 수첩에 응급상황 대처법들만 뽑아 적어 놓았으니까, 시간 날 때 읽어 봐. 우리 빈나 씨는 뭐든지 자기 혼자 짊어지는 스타일이었는데, 그게 안 좋은 거야. 그러면 누구든지 속병이 생기는 법이거든. 우리 유리 씨는 뭐든 힘든 일이 있으면 나한테 다 털어놔! 내가 아는 건 없어도 듣는 귀는 좋아! 우리 빈나 씨도 늘 내 귀를 예뻐하긴 했지. 호호호."

홍매가 웃자 꼬몽0이 홍매에게 뛰어들었다. 홍매가 꼬몽0을 몇 차례 옆굴리기 놀이를 해 주자, 모시2가 꼬몽0을 슬쩍 데려갔다. 홍매가 강 사장에게 잘 지내는지를 물었다. 그러자 다들 강 사장 주변으로 더 가까이 모여들었다.

"우 박사님은 제 목숨을 살려 주신 생명의 은인이시죠. 저 같은 보잘것없는 사람을 살리려고 로댕을 희생시키고, 당신마저 그렇게 명을 달리하셨으니. 저는 죄인이 된 심정으로 살아가고 있습니다."

홍매가 "아니야! 아니야! 그렇게 생각하면 안 돼!"라고 말하며 강 사장의 뺨을 어루만졌다. 강 사장의 눈에서 눈물이 흘렀다. 리가 옆에서 손수건으로 눈물을 닦아 주었다. 강 사장이 현재 자신이 하고 있는 일들을 간략히 소개했다.

"저는 현재 람봇호텔 사장을 맡았습니다. 우리 호텔은 사람 한 명마다 일손로봇 한 대씩 한 조를 이뤄 일을 합니다."

강 사장은 호텔 얘기에서부터 마 소장이 부소 지역에 약속한 IT 교육, 그리고 6차산업의 진행 상황 등을 짤막짤막하게 들려주었고, 마지막으로 여와리 조립주택 건설 사업에 관해 말했다.

"우 박사님께서 여와리 사업을 공유주택 사업으로 바꿔 보는 게 어떻겠냐는 말씀을 하신 적이 있어서 현재는 그쪽으로 사업 방향을 틀었습니다. 기존에 거주하던 지역 주민뿐 아니라 새로 입주한 젊은 층도 모두 좋아합니다."

홍매가 "와우"를 연발하며 듣다가 걱정 한마디를 툭 던졌다.

"하는 걸 보니 빈나 씨를 닮아 가려 하는 것 같네. 내 걱정이 돼서 한마디 해 주겠는데, 강 사장, 잘 듣게. 일 욕심을 줄이게! 일을 그렇게 많이 하면 건강이 상하는 법이야!"

강 사장이 고개를 끄덕이며 고백했다.

"지 여사님, 그러잖아도, 여기 변 과장과 조금 전에 왔었던 양 관장하고, 이 일들을 누구랑 어떻게 나눌 것인지 상의하고 있습니다. 저는 여와리만 맡으면 좋을 것 같아요."
"그게 좋아. 그럼 잠은 호텔에서 자나?"
"네. 한나2의 보안도 신경 써야 하고, 그래서 여기 20층에 제 처소를 따로 마련했습니다. 나중에 보여 드리겠습니다."
강 사장이 리의 손을 꼭 잡았다. 리도 강 사장의 손을 감싸 잡았다. 강 사장이 모두에게 감사의 말을 했다.
"제가 이혼한 뒤, 아니 결혼했을 때부터 지금까지, 이렇게 가족의 따사로움을 느낀 게 오늘 처음입니다. 모두 참으로 고마워요. 너무너무! 정말! 결국 박사님의 지혜와 사랑이 얼마나 위대했는지가 가정의 화목으로 모두 증명이 되고도 남네요. 우리 리와 원 그리고 찬을 보세요. 어쩌면 이렇게 착하고 훌륭할 수가 있지요? 너무너무 예쁘고, 사랑스럽고, 귀해요! 저는 그냥 보고 있는 것만으로도 행복해져요."
모두 한 가족이 된 듯 얼굴 가득 웃음꽃이 피어났다. 강 사장이 그날의 힘든 기억을 털어놓기 시작했다.
"그날……. 별의 전망대에서 한나가 나를 풀벗하고 뛰어내렸을 때……, 그때의 박사님 표정을 잊을 수가 없어요! 얼굴이 백지장처럼 하얗게 변하셨죠. 아무 말도 못 한 채 당장이라도 쓰러질 것만 같았어요. 측은지심이라고 해야 할지, 아니면 동정심이라고 해야 할지, 낙담, 불쌍함, 도저히 뭐라고 말로는 표현하지 못하겠지만……, 우리 아빠가 제가 전신마비 환자가 됐을 때 보였던 그 표정과 같았어요."
홍매가 강 사장에게 다가가 머리를 안았다. 리도 함께 강 사장을 안아 주었다. 홍매가 다정한 목소리로 나직하게 위로했다.
"빈나 씨는 틈틈이 내게 음성 메시지를 보내곤 했었는데, 그중에 몇 개는 좀 이상한 느낌이 들어 내가 따로 저장해 둔 게 있어. 아마 강 사장과 관계가 있지 않나 싶어. 한번 들려줄게. 첫 번째 음성 메시지야. '죽음이 삶의 껍질을 벌거벗길 때만 사람은 비로소 자신의 영원한 빈 손을 바라볼 수 있다.' 내가 나중에 그 말의 뜻을 묻자 빈나 씨가 '사람의 삶이 욕심으로 가득 찰수록 마음을 비우는 게 더 어려워지고, 결국 죽을 때까지 욕망의 노예가 된다.'고 말했던 것 같아.

두 번째 음성 메시지야. 들어 봐. '나는 몸에 갇힌 채 자유로운 해방을 꿈꾸지만, 날마다 마음의 장벽만 더 높이 쌓고 있구나.' 빈나 씨는 몸의 감옥보다 마음의 감옥에 갇히는 것을 더 힘들어했나 봐. 이 메시지의 뜻은 명확해서 따로 그 뜻을 물어보지는 않았지. 그 말을 한 때가 아마 로댕을 만난 뒤였으니까 희망과 절망이 교차할 때 했던 말인 듯싶어. 마지막 음성 메시지는 빈나 씨가 죽기 바로 전에 보낸 거야. 정말 철학자답게 죽었다고 보이는 말이야. '죽음은 살아 있는 모든 것에게 저마다의 돌아갈 길을 가리키는 손짓이다. 삶은 그 손짓을 따라야 한다.' 이게 자기의 죽음을 말하는 건지, 아니면 로댕의 죽음을 가리키는 건지는 잘 모르겠어."

홍매가 빈나의 음성 메시지를 들려주는 동안 서쪽 하늘의 저녁놀이 람봇 부소 청사 20층을 불그레 밝게 그리고 노르스레 맑게 물들이고 있었다. 리가 그 멋진 광경을 꼬몽0이 더 잘 볼 수 있도록 꼬몽0을 가슴 높이로 들어 올렸다. 그러자 꼬몽0이 감탄사를 날렸다.

"므엉, 멍, 꼬몽, 몽~!"